Jörg Kastner

Der Engelsfluch

Jörg Kastner

Der Engelsfluch

Roman

Droemer

Besuchen Sie uns im Internet:
www.droemer.de

Die Folie des Schutzumschlags sowie die Einschweißfolie
sind PE-Folien und biologisch abbaubar.
Dieses Buch wurde auf chlor- und säurefreiem Papier gedruckt.

Umschlaggestaltung: ZERO Werbeagentur, München
Umschlagabbildung: Getty Images, München
Satz: Ventura Publisher im Verlag
Druck und Bindung: Ebner & Spiegel, Ulm
Printed in Germany
ISBN 3-426-19673-5

2 4 5 3 1

Dieses Buch ist allen gewidmet,
die mich bei meiner Arbeit unterstützt haben.
Besonderer Dank gebührt Andrea und Roman Hocke,
mit denen es eine Lust ist, Italien zu erkunden,
Signor Angelo Ciofi für unerwartet tiefe Einblicke
in die etruskische Kultur und meiner Frau Corinna,
die Entstehung und Vollendung des Romans mit großer
Sachkunde und viel Verständnis begleitet hat.

JK

Das Wesentliche
ist für die Augen unsichtbar.

Antoine de Saint-Exupéry

I

Rom, Donnerstag, 17. September

Und so ist heute das vielleicht größte Unglück über die katholische Kirche hereingebrochen, das man sich überhaupt vorstellen kann. Eine Ungeheuerlichkeit, wie sie seit vielen Jahrhunderten nicht mehr vorgekommen ist. Wenn wir den Begriff Schisma hören, denken wir an das Mittelalter und an Avignon. Aber ab heute hat das Wort eine neue, ganz aktuelle Bedeutung. Die katholische Kirche ist nicht mehr das, was sie bis gestern noch war. Sie hat sich in zwei eigenständige Kirchen aufgespalten!«

Giovanni Dottesio saß gebannt vor dem Fernseher. Das Glas Rotwein und der Teller, auf dem ein mit Schinken und Rucola belegtes Weißbrot lag, standen unberührt auf dem Tisch. Wie es seine Gewohnheit war, hatte er beim Hinsetzen nach der Fernbedienung gegriffen und den Apparat angeschaltet, um sich die Abendnachrichten anzusehen. Er hatte nichts Besonderes erwartet, nur die üblichen Katastrophen. Ein abgestürztes Flugzeug hier, eine Massenkarambolage dort und irgendwo auf der Welt ein schlimmes Bombenattentat – all die Ereignisse, die im einundzwanzigsten Jahrhundert normal waren und bei denen dennoch die Betroffenen, selbst wenn sie nicht gläubig waren, ihre Zweifel an Gott anmeldeten. Stirnrunzelnd hatte Dottesio zur Kenntnis genommen, dass statt der gewohnten

Nachrichtensendung ein Sonderbericht lief. Mitten auf dem Petersplatz stand ein Reporter im offenen Mantel und sprach so hastig ins Mikrofon, als befürchte er, mit den aktuellen Ereignissen nicht Schritt halten zu können.

»Noch liegt uns keine Bestätigung aus dem Vatikan zu dieser Meldung vor. Aber die Presseerklärung seitens der neu gegründeten« – der Reporter zog mit der linken Hand einen Zettel hervor und warf einen kurzen Blick darauf – »*Heiligen Kirche des Wahren Glaubens* lässt keinen Zweifel aufkommen. Teile der Kirche, die vom kleinen Dorfpfarrer mit seiner Gemeinde bis hin zu einflussreichen Kardinälen reichen, haben sich vom Vatikan, vom Papst, losgesagt. Im Vatikan scheint man davon selbst überrascht, wie die Aufregung rund um mich herum zeigt.«

Die Kamera zoomte zurück und präsentierte Dutzende von Fahrzeugen, zivile Limousinen und Taxis, die vor den Toren des Vatikans kirchliche Würdenträger ausspuckten. Männer in Soutanen und in dunklen Anzügen mit weißen Römerkragen durften nach kurzer Kontrolle durch die Wachtposten der Schweizergarde passieren und eilten fast im Laufschritt weiter. Dottesio erkannte einige der Gesichter, die nur kurz in die Kamera blickten, weil die Kardinäle und ihre Begleiter zu einem Kommentar nicht bereit und vielleicht auch nicht befugt waren. Kein Zweifel, die Häupter der Kirche strömten im Zentrum des Katholizismus zusammen. Ein Auftrieb, wie er ihn sonst allenfalls von der Wahl eines neuen Papstes gewohnt war. Natürlich hatte ein kleiner Pfarrer aus Trastevere mit den hohen kirchlichen Würdenträgern kaum etwas zu schaffen. Aber Dottesio kannte sie noch aus seiner Zeit im Vatikan.

Auf dem Fernsehschirm erschien wieder der Reporter. »Noch ist nicht klar, wie der Vatikan auf das Schisma reagieren wird. Es sieht nicht so aus, als würde sich hier in den nächsten Minuten etwas tun. Aber natürlich bleiben wir für Sie vor Ort und am Ball. Ich gebe jetzt erst einmal zurück ins Studio zu Norina.«

Norina trug zu ihrer dunkelroten Löwenmähne ein grünes Kostüm, das nicht so recht mit dem gelben Hintergrund des Fernsehstudios harmonieren wollte. Der Titel der Sondersendung wurde am unteren Bildrand eingeblendet: »Krise im Vatikan – die Kirche ist gespalten.« Die Moderatorin lächelte, als habe der Reporter soeben drei Tage Sonnenschein angekündigt, und sagte: »Roberto wird uns auf dem Laufenden halten. Sobald sich im Vatikan etwas Wichtiges ereignet, schalten wir sofort zu ihm. Zunächst aber will ich die überraschende Entwicklung einer Kirchenspaltung mit zwei Gästen erörtern, deren Kompetenz in Sachen Vatikan und Kirche niemand bestreiten kann.«

Die beiden Gäste wurden eingeblendet, ein Mann und eine Frau, beide noch jung an Jahren. Dottesio erkannte sie, sobald er ihre Gesichter sah. Kein Wunder, waren ihre Bilder doch einige Monate zuvor durch die römische Presse gegangen wie sonst nur die von Fernseh- oder Fußballstars. Die beiden waren in das verwickelt gewesen, was ein Vatikanist in einem Zeitungskommentar als die größte Krise bezeichnet hatte, die der katholischen Kirche in der Neuzeit widerfahren war. Damit hatte der Vatikanjournalist zweifellos Recht gehabt – jedenfalls bis heute.

Als Norina ihre Gäste vorstellte, hörte Dottesio nur mit einem Ohr hin. Seine Erinnerung trug ihn zurück zu jenem unglaublichen Ereignis Anfang Mai, das die Medien als »Gardemord« bezeichnet hatten. Damals waren der Kommandant der Schweizergarde und seine Frau in ihrer Wohnung mitten im Vatikan ermordet worden. Als Mörder galt ein junger Gardist, dessen Leiche man ebenfalls in der Wohnung des Ehepaars fand. Man nahm an, dass der Gardist, ein gewisser Marcel Danegger, seinen Vorgesetzten aufgrund dienstlicher Differenzen getötet und sich dann selbst gerichtet hatte. Die Frau des

Ermordeten hatte sterben müssen, weil sie zufällig anwesend war. So weit die offizielle Version, die der Vatikan damals an die Öffentlichkeit gab. Die Kirche hatte kein Interesse an einem Skandal, war doch erst kurz zuvor ein neuer Papst, Custos, gewählt worden, dessen unorthodoxe Ansichten und Angewohnheiten schon für genug unliebsames Medieninteresse sorgten. Aber schnell wurde klar, dass der angebliche Mörder Danegger auch nur ein Opfer war und dass etwas ganz anderes, Größeres und Fürchterlicheres, hinter dem dreifachen Mord steckte. Aufgeklärt hatten das der Neffe des ermordeten Gardekommandanten, der Schweizergardist Alexander Rosin, und die Vatikanjournalistin Elena Vida. Und diese beiden saßen jetzt im Fernsehstudio bei der ewig lächelnden Norina.

Noch immer liefen Giovanni Dottesio Schauer über den Rücken, wenn er an die Enthüllungen dachte, die im Frühsommer nicht nur Rom und den Vatikan, sondern die gesamte Christenheit erschüttert hatten. Selbst für ihn als Geistlichen war all das nur schwer zu verstehen, wie sollte es da erst den vielen Gläubigen in aller Welt gehen? Er griff zum Rotweinglas und nahm einen kräftigen Schluck, den er ein wenig hastig hinunterkippte. Der leicht süßliche Geschmack des Weins und die Wärme, die der Alkohol in ihm verbreitete, beruhigten seine angespannten Nerven etwas. Er stellte das Glas ab, lehnte sich auf dem abgewetzten Stuhl zurück und schloss die Augen, um seine Gedanken zu ordnen.

Hinter dem Gardemord hatte eine Geheimgesellschaft gesteckt – oder zwei, was verwirrender, aber genauer war. Da hatte es den so genannten *Zirkel der Zwölf* gegeben, dem jeweils zwölf Schweizergardisten angehörten. Sie wachten über ein Geheimnis, das man die *Wahre Ähnlichkeit Christi* nannte. Das war ein Smaragd, auf dem das wahre Abbild Jesu Christi zu sehen war. Eines doppelten Messias! Denn mit dem Smaragd verbunden war das Geheimnis, dass Jesus gar nicht am Kreuz gestorben, sondern nur in einen Scheintod verfallen war. Seine Freunde hatten ihn heimlich zur Küste gebracht, von wo er per Schiff übers Meer reiste, nach Gallien. Der angeblich auferstandene Erlöser war in Wahrheit der Zwillingsbruder des Herrn, Judah Toma, der die Legende von der Auferstehung benutzte, um eine neue Religion zu begründen.

Als hätte all dies noch nicht gereicht, um die katholische Kirche in ihren Grundfesten zu erschüttern, hatte sich Papst Custos auch noch als Nachfahre des geretteten Jesus entpuppt. Die wunderbaren Heilkräfte, über die der Heilige Vater verfügte, verliehen dieser Behauptung einiges Gewicht.

Verflochten mit dem *Zirkel der Zwölf* war die mächtige katholische Organisation *Totus Tuus* gewesen. Dieser erzkonservative Orden tat alles, um die althergebrachte Lehre und damit seinen eigenen Einfluss zu erhalten. Seine Mitglieder gingen sogar so weit, den Gardekommandanten umzubringen, der nicht länger das Geheimnis hüten, sondern mit dem neuen Papst zusammenarbeiten und die Kirche in ein neues, aufgeklärteres Zeitalter führen wollte. Der Heilige Vater selbst sollte von *Totus Tuus* ermordet werden, aber das Attentat war gescheitert und die Verschwörung aufgeflogen. Als Anführer der Geheimgesellschaft hatte sich niemand anderer als der Bruder des ermordeten Gardekommandanten entpuppt, der totgeglaubte Exgardekommandant Markus Rosin. Mehr als einmal hatte Dottesio sich gefragt, welche Überwindung es Alexander Rosin gekostet haben mochte, sich gegen seinen eigenen Vater zu stellen.

Ein Geräusch, das sich wie eine zuschlagende Tür anhörte, ließ Dottesio zusammenfahren. Er öffnete die Augen und sah sich um, aber er war allein. Natürlich war er das. Lucilla, seine Haushälterin, hatte heute ihren freien Abend. Sie war zusammen mit ihrem Mann Alberto, dem Kirchendiener, zu ihrem Vater nach Viterbo gefahren.

Im Fernsehen wandte sich Norina an Alexander Rosin: »Signor Rosin, Sie haben einen guten Einblick in das Innenleben des Vatikans. Bis vor kurzem noch haben Sie der Schweizergarde angehört. Nach den Ereignissen, die mit der Ermordung Ihres Onkels und Ihrer Tante zusammenhängen, sind Sie vorzeitig aus dem Dienst ausgeschieden. Jetzt arbeiten Sie als Vatikanjournalist zusammen mit Signorina Vida beim ›Messaggero di Roma‹ und …«

Rosin fiel ihr ins Wort: »Sagen wir besser, ich unterstütze Elena bei ihrer Arbeit ein wenig. Sie ist die erfahrene Journalistin. Ich fange gerade erst an, in diesen Beruf hineinzuschnuppern.«

Dottesio fand Gefallen an dem Ernst und der Aufrichtigkeit, mit der Rosin die Moderatorin korrigierte, und er betrachtete den jungen Mann genauer. Das Gesicht, über dem sich rotbraunes, lockiges Haar ringelte, besaß feste Züge und wurde von einem markanten Kinn beherrscht. Geradlinigkeit und ein fester Wille sprachen aus diesem Gesicht. Und während der Ereignisse im Mai hatte Rosin bewiesen, dass er über diese Charaktereigenschaften verfügte.

Norina erholte sich von ihrer Irritation über die Unterbrechung und sprach Rosin direkt darauf an, ob er einen Zusammenhang zwischen der Kirchenspaltung und den Vorfällen sehe, die mit der Ermordung seines Onkels und dem fehlgeschlagenen Attentat auf den Papst in Verbindung standen.

Rosin nahm sich die Zeit, kurz zu überlegen, bevor er antwortete: »Bevor wir nichts Genaueres über die Motive derjenigen wissen, die sich zur so genannten *Heiligen Kirche des Wahren Glaubens* zusammengefunden haben, lässt sich darüber kaum etwas Konkretes sagen.«

»Aber der Name *Heilige Kirche des Wahren Glaubens* legt doch nahe, dass die Gründer dieser Kirche mit dem neuen, aufklärerischen Kurs von Papst Custos nicht einverstanden sind«, insistierte die Moderatorin.

»Das sehe ich auch so. Die Häupter der neuen Kirche werden aus ihrer Sicht schon gute Gründe haben, sonst hätten sie solch ein Projekt nicht unternommen.«

Zwar lächelte Norina noch immer, aber ihren zuckenden Mundwinkeln sah Dottesio den Unwillen darüber an, dass ihr Gast sich zu keinen Spekulationen verleiten ließ. »Sie glauben also nicht an einen direkten Zusammenhang zwischen der neuen Kirche und *Totus Tuus*, Signor Rosin?«
»Ich kann einen solchen Zusammenhang nicht ausschließen, aber ihn zum jetzigen Zeitpunkt auch nicht bejahen.«
Norina beugte sich zu Rosin vor und sah aus wie ein rotmähniger Löwe, der zum Sprung auf sein Opfer ansetzt. »Es könnte doch sein, dass Ihr Vater Ihnen etwas über so einen Zusammenhang verraten hat. Stimmt es nicht, dass Sie Ihren Vater erst vor zwei Tagen besucht haben?«
Dottesio erinnerte sich, dass Markus Rosin bei einer bewaffneten nächtlichen Auseinandersetzung in den unterirdischen Gängen des Vatikans, über die nur wenig an die Öffentlichkeit gedrungen war, sein Augenlicht verloren hatte. Der Vatikan, der als eigenständiger Staat auch über eine eigene Justiz verfügte, hatte Markus Rosin zu lebenslanger Haft verurteilt. Jetzt saß das ehemalige Oberhaupt von *Totus Tuus* wie einige andere Anführer der Verschwörung im neuen vatikanischen Gefängnis ein.
»Ja, ich war bei meinem Vater«, beantwortete Rosin die Frage.
»Und hat er Ihnen gegenüber eine Andeutung gemacht, was es mit der neuen Kirche auf sich haben könnte?«
»Nein. Wenn er etwas davon weiß, hat er es mir gegenüber nicht erwähnt.«
»Worüber hat er dann mit Ihnen gesprochen?«
Rosin blickte die Moderatorin ernst an. »Wir haben nur über Privates gesprochen, und darüber möchte ich in der Öffentlichkeit nicht reden.«
Leicht pikiert wandte sich Norina an Elena Vida und bat sie um eine Einschätzung. Während die Vatikanistin zu einer Antwort ansetzte, wurde Dottesio durch neuerlichen Lärm aufgeschreckt. Kam das aus der Sakristei? Einen Moment zögerte er und blickte zum Telefon, überlegte, ob er die Polizei anrufen

solle. In den vergangenen sechs Wochen war zweimal in die Sakristei eingebrochen worden, wobei allerdings lediglich ein paar vernachlässigenswerte Sachschäden entstanden waren. Bei den Tätern hatte es sich offenbar um Jugendliche gehandelt, vielleicht Drogensüchtige, die gehofft hatten, Dottesio würde die Klingelbeutel samt Spenden offen herumliegen lassen. Dottesio hatte daraufhin kurz überlegt, die Kirche, durch die die Einbrecher vermutlich gekommen waren, nur noch zu bestimmten Zeiten zu öffnen, wenn der Kirchendiener anwesend war, um aufzupassen. Aber er hatte sich dagegen entschieden. Ein Gotteshaus hatte nach seiner Vorstellung für jedermann offen zu sein, von morgens bis abends.

Jetzt war wieder alles ruhig. Schlug vielleicht irgendwo ein Fensterladen im Wind? Wenn er wegen so etwas die Polizei rief, machte er sich nur lächerlich. Dottesio gab sich einen Ruck und ging in die Sakristei. Nein, die Fensterläden waren geschlossen. Durch ihre Ritzen fiel genügend Licht, um den Raum in einen ungewissen Dämmer zu tauchen. Die Schränke und der große Tisch in der Mitte hatten im Zwielicht verwischte Konturen, als gehörten sie nicht ganz zu dieser Welt. Am Ende des Raums, wo der schmale Durchgang zur Kirche war, glaubte Dottesio, eine Bewegung wahrzunehmen.

»Ist da jemand?«, fragte er vorsichtig, als könne er mit einer zu lauten Stimme einen ungebetenen Gast verschrecken.

Er erhielt keine Antwort und ging langsam zum Durchgang. Erleichtert stellte er fest, dass er allein hier war. Vielleicht hatte ihn der Bericht über die Kirchenspaltung zu sehr aufgewühlt, und er sah deshalb Gespenster. Er entschloss sich, noch einen kurzen Blick in die Kirche zu werfen und dann schnell in seine Wohnung zurückzukehren, vor den Fernseher. Er wollte nichts verpassen, falls es Neuigkeiten zu dem ungeheuerlichen Vorgang der Kirchenspaltung gab, vielleicht gar eine erste Stellungnahme aus dem Vatikan.

Aus dem Halbdunkel der Kirche kam ihm ein kalter Luftzug

entgegen, der ihn frösteln ließ, obwohl dieser September Rom mit sommerlichen Temperaturen beglückte. Kirchen waren fast immer kalt und dunkel, und zum ersten Mal in seiner langen Laufbahn als katholischer Geistlicher fragte er sich, warum das so war. Brauchte das göttliche Mysterium den diffusen Schleier des Halbdunkels, und war das Frösteln notwendig, um den Menschen Respekt einzuflößen? Wenn die Menschen, um die es ging, wirklich gläubig waren, sollte das eigentlich unnötig sein. Während er sich solchen abstrakten Überlegungen hingab, betrat er das Kirchenschiff, wo ungefähr zwei Dutzend Opferkerzen still vor sich hin flackerten. Niemand war hier, um zu beten, was ihn nicht verwunderte. Vermutlich saß ganz Rom vor dem Fernseher.
Auch Dottesio wollte sich die Sondersendung weiter ansehen. Doch als er sich zur Sakristei umwandte, sah er sich etwas Fremdem gegenüber. Ein Schatten, dunkler noch als die Dämmerung in der Kirche, kam über Dottesio und riss ihn in die absolute Finsternis.

Sandrina Ciglio wunderte sich über die wenigen Menschen, denen sie begegnete, während sie mit schleppenden Schritten durch die alten Gassen von Trastevere ging. Je länger sie unterwegs war, desto weniger Menschen begegnete sie. Dabei war dieser Septemberabend wie geschaffen dafür, auf den Balkons und vor den Haustüren zu sitzen und sich über Gott und die Welt und vor allem über die jüngsten Steuererhöhungen zu unterhalten. Sie war eine alte Frau, aber sie konnte sich nicht erinnern, die engen Gassen, in denen sich die Menschen normalerweise drängelten, jemals so leer gesehen zu haben. Als sie an einer Bar vorüberkam, bemerkte sie durch das große Fenster mit der Werbeaufschrift »New York Caffè«, dass sich die Menschen dort um den Fernseher scharten. Sie konnte nicht erkennen, was für ein Programm lief, aber vermutlich war es ein wichtiges Fußballspiel von Lazio oder AS Roma. Was sonst

konnte die Römer davon abhalten, diesen lauen Sommerabend an der frischen Luft zu genießen?
Sandrina hatte sich kein Fußballspiel mehr angesehen, seit ihr Mann Ernesto vor acht Jahren gestorben war, und so kümmerte sie sich nicht weiter um den Auflauf in der Bar. Sie war lange am Tiber spazieren gegangen und hatte dann Ernestos Grab besucht, wie sie es jeden Abend tat. Jetzt spürte sie, wie ihre alten Beine zu schmerzen begannen. Aber sie wollte nicht in ihre kleine Wohnung an der Piazza Mastai heimkehren, ohne für Ernesto eine Kerze angezündet zu haben. Auch das war eine tägliche Gewohnheit – jedenfalls war es zu einer solchen geworden. Anfangs hatte es ihr wie die Besuche auf dem Friedhof geholfen, über den Verlust hinwegzukommen. Jetzt waren es Rituale, die zu ihrem Leben gehörten wie das Rosinenbrötchen zum Frühstück oder der sonntägliche Besuch bei ihrer Tochter Arietta und deren Familie.
Die kleine Kirche Santo Stefano in Trastevere tauchte erst im letzten Augenblick vor ihr auf. Fast gänzlich von großen, wuchtigen Wohnhäusern umgeben, gewährte nur ein winziger Vorplatz den freien Blick auf das Gotteshaus. Es war außerhalb Trasteveres kaum bekannt, und darüber war Sandrina auch ganz froh. Die Touristen sollten sich lieber die berühmte Santa Maria in Trastevere ansehen, dann blieb Sandrina beim Beten wenigstens ungestört. Hier in Santo Stefano hatte sie Ernesto vor vierundvierzig Jahren geheiratet, hier hatte sie ihre Tochter getauft und um Ernesto geweint. Hier wollte sie seiner in Ruhe gedenken, bis sie endlich neben ihm auf dem Friedhof lag.
Während sie langsam auf das dunkle Kirchenportal zuschritt, dachte sie an Pfarrer Dottesio. Als er vor fünf Jahren die Gemeinde übernahm, hatten sich die Menschen hier gewundert. Es hieß, der Pfarrer habe eine bedeutende Stellung im Vatikan gehabt. Wie konnte es dann sein, dass er in eine so kleine Kirche geschickt wurde? Die Leute munkelten von einer Strafversetzung und davon, dass Dottesio es bestimmt nicht lange

hier aushalten würde. Aber er hatte sich in das neue Umfeld eingefügt, war bescheiden und immer höflich, und inzwischen betrachteten die alteingesessenen Gemeindemitglieder ihn fast als einen der Ihren.

Nur schwer ließ sich die knarrende Kirchentür öffnen, jedenfalls für eine alte Frau. Noch während Sandrina die rechte Hand ins Weihwasserbecken tauchte, um sich zu bekreuzigen, fiel die Tür hinter ihr wieder zu. Sandrina war von Kälte und Dunkelheit umfangen. Der Weihrauchgeruch kitzelte ihre Nase, und ihr Niesen hallte im Kirchenschiff überlaut wider. Hatte sie jemanden beim Gebet gestört? Als ihre Augen sich an den Halbdämmer der Kirche gewöhnt hatten, stellte sie erleichtert fest, dass sie allein war. Natürlich, der Fußball!

Sie ging zwischen den alten Holzbänken entlang und blickte zum Opferstock, wo die kleinen Kerzen flackerten. Es gab auch größere Kerzen, aber von denen brannten nur wenige. Sie kosteten fünfzig statt zwanzig Cent. Sandrina beschloss, heute eine große Kerze zu nehmen. Wenn sie schon mit schmerzenden Füßen herkam, sollte Ernesto auch etwas davon haben. Ihr Geldstück fiel mit einem hellen Geräusch in den Opferstock. Sie nahm eine Kerze, entzündete sie und stellte sie direkt unter die Füße der großen Statue des heiligen Stephanus, der wegen seines Bekenntnisses zu Jesus Christus gesteinigt worden war. Sie blickte zu dem Erzmärtyrer auf, und er schien ihr aufmunternd zuzublinzeln. Natürlich war das nur ein Reflex des unsteten Kerzenlichts, das in der zugigen Kirche keine Ruhe finden konnte.

Trotzdem freute sich Sandrina darüber und ging die paar Schritte in Richtung Altar, um unter dem gewaltigen hölzernen Kruzifix mit der mannshohen Jesusfigur ihr Bittgebet zu sprechen. Den Blick ehrfürchtig gesenkt, fiel sie unter dem Heiland auf die Knie und begann im Flüsterton das Vaterunser zu sprechen, wie sie es schon als kleines Kind von ihrer Großmutter gelernt hatte.

Als sie etwas Feuchtes auf ihrer linken Wange spürte, erschrak sie. Mit einem leichten Plitschen fiel vor ihr etwas auf die steinernen Stufen zum Altarraum. Ein Tropfen. Rot. Unwillkürlich fuhr ihre rechte Hand zur linken Wange, und sie berührte vorsichtig mit dem Zeigefinger die feuchte Stelle. Zögernd hielt sie sich den Finger vor das Gesicht und betrachtete die Kuppe. Sie war rot. Blutrot.

Sandrinas Erschrecken wuchs, und gleichzeitig mischte sich ein unheimlicher Gedanke darunter – der Gedanke an ein Wunder. Die Figur des Erlösers über ihr blutete!

Aber als sie den Kopf in den Nacken legte und nach oben blickte, erkannte sie ihren Irrtum. Nicht der Heiland hing am Kreuz, sondern ein Mann im dunklen Anzug und mit weißem Römerkragen. Ein Geistlicher. Ans Kreuz genagelt wie zweitausend Jahre vor ihm Jesus Christus, hing dort Pfarrer Dottesio und starrte Sandrina aus weit aufgerissenen Augen an.

»Gekreuzigt, sagst du, wie Jesus? Und wir sollen hin? Aber was ist mit dem Vatikan? Du hast gesagt, nach unserem Auftritt im Fernsehen sollen wir ... Ah, Emilio ... verstehe. Aber wieso kann Emilio das nicht übernehmen, und wir fahren wie vorgesehen ... Gut, na schön, wir fahren hin.«

Mit einem unwilligen Seufzer ließ Elena Vida das Handy sinken und legte es achtlos in die kleine Ablage des winzigen Autos. Ihre grünen Augen funkelten zornig wie die eines erregten Raubtiers. Alexander Rosin auf dem Beifahrersitz kannte seine Freundin gut genug, um zu wissen, dass mit ihr in diesem Augenblick nicht gut Kirschen essen war.

»Was ist los?«, fragte er vorsichtig. »Haben die Großmächte aus Versehen ihr gesamtes Atombombenpotential in die Luft gejagt, oder ist nur weltweit die Pest ausgebrochen?«

Normalerweise hätte das gereicht, um Elena zumindest ein kleines Schmunzeln zu entlocken, aber mit geradezu verbissenem Gesichtsausdruck fädelte sie den Fiat 500 in den Straßenverkehr ein und setzte den linken Blinker.

»Geradeaus kommen wir schneller zum Vatikan«, sagte Alexander.

»Wir fahren nicht zum Vatikan.«

»Wer sagt das?«

»Laura.«

In diesen zwei Silben ließ Elena so viel Zorn mitschwingen, als sei Laura Monicini, die neue Chefredakteurin des »Messaggero di Roma«, der Teufel in Person. Dabei hatten sich die beiden Frauen immer gut verstanden. Alexander hatte den Eindruck, als sei Laura in den zwei Monaten, seit sie zusammenarbeiteten, für Elena so etwas wie eine mütterliche Freundin geworden, vielleicht ein Ersatz für die Mutter, die Elena nie gehabt hatte.

»Wenn du dich ein wenig beruhigt hast, könntest du mir in ganzen Sätzen Aufschluss geben«, schlug Alexander vor. »Oder soll ich dich mit blöden Fragen quälen wie diese Fernsehkuh eben?«

Er blickte über die Schulter nach hinten, wo das Fernsehstudio gerade aus dem Sichtfeld verschwand. Mit Schaudern dachte er an den Auftritt vor laufenden Kameras und schwor sich, sich nicht so schnell wieder auf etwas Derartiges einzulassen. Die Ereignisse um Papst Custos und die *Wahre Ähnlichkeit Christi* waren noch zu frisch. Da war es wohl unvermeidbar, dass die Journalisten ihn immer wieder auf seinen Vater ansprachen. Und das war ein Thema, über das er für kein Honorar der Welt gesprochen hätte, schon gar nicht für die mickrige Aufwandsentschädigung, die es für den Fernsehauftritt von eben gab. Laura hatte ihn und Elena dazu verdonnert, weil sie meinte, das sei eine gute Werbung für den »Messagero«. Alexander glaubte allerdings nicht, dass zurzeit irgendeine Zeitung in Rom Werbung benötigte: Angesichts der Hiobsbotschaft von der Kirchenspaltung würden die Kioskbesitzer ihre Blätter morgen schneller verkauft haben, als sie *buon giorno* sagen konnten. Vielleicht, überlegte Alexander, war er einfach zu empfindlich. Immerhin war er jetzt selbst ein Journalist – oder versuchte zumindest, einer zu werden. Sollte er da nicht Verständnis aufbringen für die berufliche Neugier seiner Kollegen? Aber es war eine Sache, die Fragen zu stellen, und eine ganz andere, die Antworten zu geben.

Nachdem Elena an der Kreuzung abgebogen war, sagte sie: »Unser lieber Kollege Emilio Petti hält im Vatikan die Stellung, während wir in Trastevere nach einem ermordeten Priester sehen.«

»Ein Mord an einem Priester, ausgerechnet heute?«

»Das hat Laura auch gesagt. Sie meint, jeder auch noch so kleine oder unwahrscheinliche Zusammenhang zwischen dem Mord und der Kirchenspaltung gäbe eine prima Schlagzeile ab.«

Alexander grinste. »Allmählich beginne ich zu verstehen, was man mit Sensationsjournalismus meint.« Er wurde schnell wieder ernst. »Du hast zu Laura etwas von ›gekreuzigt‹ gesagt. Was hast du damit gemeint?«

»Laura sagte, man habe den ermordeten Priester an das Kruzifix seiner eigenen Kirche genagelt. So hat man ihn gefunden.«

»Das scheint in der Tat eine Schlagzeile wert zu sein. Trotzdem wäre ich jetzt lieber im Vatikan.«

Nun war es Elena, die grinste. »Der Journalist denkt, und die Chefredakteurin lenkt. Das, mein Lieber, ist die erste Lektion, die du als Mitglied unserer Zunft zu lernen hast.«

Sie kamen gut voran. Die Straßen waren längst nicht so voll gestopft wie an anderen Tagen um diese Zeit. Wer jetzt nicht wegmusste, saß zu Hause vor dem Fernseher und verfolgte auf einem der vielen Kanäle, die ihr Programm geändert hatten, eine Sondersendung zum Schisma. Dank ihrer hervorragenden Ortskenntnis lenkte Elena den Fiat zielsicher durch die engen Straßen Trasteveres, bis es plötzlich nicht mehr weiterging.

Mehrere Fahrzeuge, darunter Streifenwagen der Carabinieri und der Polizia municipale, der Stadtpolizei, versperrten die Straße. Zwischen den Fahrzeugen drängten sich die Menschen auf Fahrbahn und Gehweg. Die uniformierten Polizisten hatten Mühe, die aufgebrachte Menge im Zaum zu halten.

»Hier in Trastevere scheinen die Leute nicht vor dem Fernseher zu hocken und gebannt auf Neuigkeiten aus dem Vatikan zu warten«, sagte Alexander, als Elena den Fiat neben einem blau-weißen Wagen der Stadtpolizei abstellte.

»Kein Wunder, wenn man bedenkt, dass gerade ihr Pfarrer gekreuzigt wurde.«

Alexander und Elena kämpften sich durch die Menge und konnten dank ihrer Presseausweise durch die Sperrkette der Uniformierten schlüpfen. Auf dem kleinen Platz vor der Kirche standen einträchtig ein Ambulanz- und ein Leichenwagen nebeneinander, als wollten sie sich den Leichnam teilen. Die letzten Strahlen der sinkenden Sonne, die noch über die umliegenden Hausdächer fielen, wurden vom bunten Glas der Kirchenfenster reflektiert, und das Licht blendete Alexander für einen Augenblick. Als er wieder sehen konnte, stand vor ihm ein wahrer Schrank von Carabiniere, ein Angehöriger der Motorradstaffel, der durch seinen dunkel glänzenden Helm noch martialischer wirkte. Die ausgebreiteten Arme des Polizisten waren für Elena und Alexander wie eine Mauer.

»Durchgang verboten«, verkündete die Schwarzenegger-Version eines italienischen Polizisten.

»Presse«, entgegnete Elena und zückte ihren Ausweis.

»Das spielt keine Rolle.« Der Carabiniere blieb standhaft. »Ich habe meine Anweisungen.«

»Wer hat Ihnen diese Anweisung gegeben?«, fauchte Elena.

»Commissario Donati!«

Die Antwort kam nicht von dem Carabiniere, sondern von Alexander. Er hatte es laut gerufen und winkte dem grauhaarigen Mann zu, den er im geöffneten Kirchenportal erspäht

hatte. Als Donati ihn und Elena bemerkte, gab er dem Carabiniere einen Wink, die beiden durchzulassen.
»Ich habe doch gesagt, Presse!«, bemerkte Elena spitz zu dem Motorradpolizisten, bevor sie sich an ihm vorbeidrängte. Zusammen mit Alexander ging sie zu Donati, der sich gerade von einer jungen Frau verabschiedete. Er begrüßte seine alten Bekannten knapp und blickte dann seiner Gesprächspartnerin hinterher. »Das ist meine junge Kollegin Micaela, Micaela Mancori. Sehr talentiert. Ich habe sie gebeten, sich unter den Leuten ein wenig umzuhören. Und wie ich sehe, ist der ›Messaggero‹ auch schon vor Ort. Dabei dachte ich, sämtliche Journalisten Roms treten sich zur Stunde die Füße im Vatikan platt.«
»Wir nicht«, erwiderte Alexander mit säuerlicher Miene. »Unsere Chefredakteurin hält einen gekreuzigten Priester für interessanter als eine gespaltene Kirche.«
Donati zog die Brauen hoch. »Sie sind erstaunlich gut informiert. Da hat doch nicht jemand heimlich den Polizeifunk abgehört?«
»Von uns beiden war es keiner«, versicherte Alexander augenzwinkernd. »Wir sind beide katholisch. Was hat es nun mit diesem toten Priester auf sich? Und wie kommt es, dass ausgerechnet Sie mit diesem Fall betraut wurden?«
»Seit der Sache im Vatikan damals gelte ich bei unserer Polizeiführung als Spezialist für alles Klerikale, und ein gekreuzigter Priester fällt nun mal in diesen Bereich.«
»Also stimmt das mit der Kreuzigung?«, hakte Elena nach.
»Ja, es stimmt. Eine alte Frau kam in die Kirche, um zu beten. Als sie den toten Pfarrer sah, rannte sie schreiend nach draußen. Sie steht noch immer unter Schock. Zum Glück lief die Frau zwei Touristen in die Arme, die sich um sie kümmerten und die Polizei alarmierten.«
»Touristen bei Santo Stefano in Trastevere, wie ungewöhnlich«, wunderte Elena sich.
»Zwei beinharte Romfanatiker, die von der Kirche in irgend-

einem obskuren Reiseführer gelesen haben«, erläuterte Donati. »Ein deutsches Schriftstellerehepaar, das sich hier auf Bildungs- oder Recherchereise befindet. Aber sonst völlig harmlos. Sicherheitshalber habe ich die beiden dennoch zum Verhör bringen lassen. Vielleicht haben sie etwas Verdächtiges bemerkt, vielleicht sogar die Täter gesehen. Der Mord muss sich ereignet haben, kurz bevor Signora Ciglio die Kirche betrat.«

»Signora Ciglio?«, fragte Alexander.

»Die alte Frau, die den Toten entdeckt hat.«

»Hat sie die Mörder gesehen?«

»Vermutlich nicht, aber ganz genau können wir das noch nicht sagen. Der Schock war zu groß. Es ist kaum ein vernünftiger Satz aus ihr herauszubringen. Jetzt haben die Ärzte sie erst mal in den Klauen.«

Elena brannte eine Frage auf der Zunge, und sie ließ den Commissario kaum ausreden. »Woher wissen Sie, dass es mehrere Täter waren, wenn es bislang keinen Augenzeugen gibt?«

»Kommen Sie mit!«, lautete die lakonische Antwort.

Donati wandte sich um und ging mit steifen, ungelenken Schritten in die Kirche. Seit vor acht Jahren eine Mafiabombe in Mailand seine Frau und seine beiden Kinder getötet hatte, war Donatis Leben nicht mehr dasselbe. Der gefürchtete Mafiajäger war zwar mit dem Leben davongekommen, aber die Bombe hatte sein linkes Bein unter dem Knie zerfetzt. Mit einer Prothese hatte er wieder zu gehen gelernt, und die Polizei setzte ihn nun vornehmlich zu Unterrichtszwecken und für Sonderaufgaben ein. Vor drei Monaten hatte er sich für Alexander und Elena als unschätzbare Hilfe erwiesen. Er hatte auf der Seite von Papst Custos gestanden und geholfen, alle Anschläge auf den neuen Papst und sein Pontifikat abzuwehren.

Das große Kruzifix im Altarraum der Kirche war blutverschmiert. Mit all dem Blut sah die geschnitzte Jesusfigur aus, als sei sie eben gekreuzigt worden, und ihre Augen unter der Dornenkrone blickten traurig auf die Menschen zu ihren

Füßen herab. Aber nicht der hölzerne Heiland war der frisch Gekreuzigte, sondern der Mann im schwarzen Priesteranzug, der rücklings auf dem Boden lag und von einem Polizeiarzt untersucht wurde. Alexander bemerkte die blutigen Hände und Füße, wo die Nägel durch die Gliedmaßen getrieben worden waren.

»Jetzt verstehe ich«, sagte er. »Ein Mann allein kann den Toten unmöglich an das Kreuz geschlagen haben. Es müssen mehrere gewesen sein. Mindestens einer hat den Toten festgehalten, während ein anderer den Hammer schwang. Das heißt, falls der Priester da schon tot war.«

Der Arzt blickte zu ihnen auf. »Das war er. Natürlich kann ich zum gegenwärtigen Zeitpunkt noch nichts Definitives sagen, aber bislang habe ich folgendes Bild gewonnen: Erst wurde der Priester niedergeschlagen, worauf eine frische Wunde am Kopf hindeutet. Vermutlich war er bewusstlos. Jedenfalls hat man ihn erstickt und dann, als er bereits tot war, ans Kreuz genagelt.«

»Also war die Kreuzigung weder eine Folter noch der Akt des Mordes«, überlegte Alexander laut. »Trotzdem haben sich die Mörder erhebliche Mühe gemacht. In der Zeit, die sie benötigten, um dem Toten Schuhe und Strümpfe auszuziehen, ihn ans Kreuz zu schlagen und dieses wieder an seinen Platz zu bringen, hätten sie von einem zufälligen Kirchenbesucher entdeckt werden können. Damit stellt sich die Frage, was den Mördern an der Kreuzigung so wichtig war.«

Donati lächelte. »Sehr gut, Signor Rosin. Mein Unterricht scheint sich bezahlt zu machen. Vielleicht hätten Sie zur Polizei gehen sollen anstatt zur Zeitung.«

»Es gab gute Gründe, die für die Zeitung sprachen«, sagte Alexander und legte einen Arm um Elena.

»Keine Frage«, stimmte ihm Donati zu und blickte zum Kruzifix. »Die Mafia hat verschiedene Rituale entwickelt, nach denen Leichen aufgefunden werden. Es sind Botschaften für die Hinterbliebenen, häufig Warnungen. Ich vermute, die Kreuzigung hat einen vergleichbaren Hintergrund.«

»Aber welchen?«, fragte Elena, während sie ihre Fotokamera aus der Umhängetasche zog.

»Das«, antwortete Donati gedehnt, »sollten wir herausfinden.«

2

Rom, Freitag, 18. September

»Und was gibt es Neues aus dem Vatikan? … Ah, na gut … Ja, machen wir. Ciao, Laura.«

Alexander blickte Elena über den Frühstückstisch an und bemerkte an ihrem Gesichtsausdruck und an ihrem Tonfall, dass sie unzufrieden war. Sie schien seinen fragenden Blick nicht zu bemerken. Sie legte ihr Handy auf den Tisch und rührte lustlos in ihrem Cappuccino herum.

»Wenn du so weitermachst, kommst du selbst aufs Titelblatt des ›Messaggero‹, Elena. Als die erste Frau, die sich totgerührt hat.«

»Haha«, sagte sie in übertriebenem Tonfall. »Überaus witzig, und das am frühen Morgen!«

Alexander setzte sein breitestes Grinsen auf. »Gut gelaunt sollten wir den Tag angehen, der uns noch genügend düstere Neuigkeiten bringen wird. Ich denke, heute wird der Vatikan um eine Presseerklärung nicht mehr herumkommen. Wenn sie das gestrige Schweigen zur Kirchenspaltung fortsetzen, stürmt eine Armee wild gewordener Journalisten den kleinsten Staat der Welt. Da kann dann auch die Schweizergarde nicht mehr helfen.«

»Vermutlich wird es heute eine Presseerklärung geben, aber uns kann das egal sein.« Elena seufzte und legte endlich ihren Löffel auf die blaue Untertasse. »Wir fahren nämlich nicht zum

Vatikan. Laura hat uns gerade damit beauftragt, an dem gekreuzigten Priester dranzubleiben.«

»Aber wir haben unseren Artikel abgeliefert«, sagte Alexander und hielt die neueste Ausgabe des »Messaggero di Roma« hoch, auf der ein von Elena geschossenes Foto des ermordeten Geistlichen prangte, zusammen mit der Überschrift »Priester gekreuzigt – grausamer Mord in Trastevere«. »Wenn es Neuigkeiten gibt, wird Donati es uns wissen lassen.«

»Laura meint, die Sache gebe mehr her. Wir sollen nach Trastevere und uns in Dottesios Gemeinde umhören. War der Ermordete beliebt oder nicht, hatte er viele Freunde oder vielleicht sogar Todfeinde? Und so weiter und so fort, das ganze Standard-Abc.«

»Dazu missbraucht Laura ihre Topvatikanistin?«

»Laura meint, bei einer Presseerklärung des Vatikans auf dem Hintern zu sitzen und zuzuhören wäre für uns Zeitverschwendung. Das könne Emilio ebenso gut.«

»Da hat sie nicht ganz Unrecht. Fast wird sie mir wieder sympathisch. Aber wenn ...«

Das helle Läuten der Türglocke unterbrach ihn, und die beiden sahen sich fragend an, jeder von demselben Gedanken bewegt: Wer konnte das zu dieser frühen Stunde sein? Achselzuckend stand Alexander auf und drückte auf den Türöffner. Da es in Elenas gemütlicher Dachwohnung auf dem Gianicolo keine Gegensprechanlage gab, blieb ihnen nichts anderes übrig, als auf ihren unangemeldeten Gast zu warten.

»Vielleicht die Post?«, überlegte Alexander laut. »Wer immer da die Treppe raufkommt, lässt sich Zeit. Das könnte ein Beamter sein.«

»Nicht zu dieser frühen Stunde«, wandte Elena ein.

»Da hast du auch wieder Recht.«

Als im Treppenhaus Schritte zu hören waren, zog Alexander die Tür auf.

»Doch ein Beamter, und was für einer!«, entfuhr es ihm, als

Stelvio Donati auf dem kleinen Treppenabsatz erschien. »Lässt Sie der tote Priester nicht schlafen, Commissario?«

»So kann man's sehen«, brummte der Kriminalkommissar, der übernächtigt aussah. Bartstoppeln, Schatten unter den Augen und eine äußerst lässig geknotete Krawatte ließen ihn ein wenig wie Lieutenant Columbo aus dem Fernsehen aussehen.

Elena lud ihn auf einen Cappuccino und ein Marmeladehörnchen ein, und Donati setzte sich dankend zu ihnen an den Tisch. Nachdem er gegessen hatte, blickte er Alexander an und sagte: »Würden Sie mich in den Vatikan begleiten?«

»Ich würde gern, aber ich darf nicht«, antwortete Alexander und erzählte von dem Auftrag, den er und Elena eben von Laura Monicini erhalten hatten. »Wir müssen uns also um den toten Priester kümmern. Sie offenbar nicht, Commissario.«

»Doch, ich auch. Und ich bin gebeten worden, Sie mitzubringen, Alexander.«

»Mich? Wer hat Sie darum gebeten?«

Donati beugte sich über den Tisch und sagte leise, als befürchte er, abgehört zu werden: »Seine Heiligkeit, der Papst.«

Eine Viertelstunde später saß Alexander neben Donati in dessen Wagen und fragte sich voller Spannung, was sie im Vatikan erwarten würde. Donati hatte nur gesagt, er habe einen Anruf aus dem Vatikan erhalten, von Henri Luu, dem Privatsekretär des Papstes. Seine Heiligkeit hatte den Wunsch geäußert, den in der Mordsache Dottesio ermittelnden Commissario so schnell wie möglich zu sprechen, und er solle nach Möglichkeit Alexander Rosin mitbringen. Alexander war gespannt auf die Unterredung, und er bedauerte Elena, die sich zähneknirschend allein auf den Weg nach Trastevere gemacht hatte.

Überall auf den Straßen rund um den Vatikan hatte die römische Polizei seit gestern eilig Absperrungen errichtet. Die Nachricht von der Kirchenspaltung lockte Scharen von Journalisten an, von Kamerateams und Übertragungswagen. Um dem Ansturm einigermaßen Herr zu werden, hatte die Polizei alle Zufahrtsstraßen zum Vatikan für den Privatverkehr gesperrt. Auch Donati wurde dreimal angehalten, aber sein Dienstausweis räumte ihnen den Weg frei. Der Petersplatz tauchte vor ihnen auf. Tausende von Menschen hatten sich dort versammelt, warteten und bangten, was aus ihrer Kirche werden würde und aus ihrem neuen Papst, in dessen liberale Gesinnung viele Menschen ihre Hoffnung gesetzt hatten. Donati lenkte den Fiat Tempra zur Porta Sant'Anna, einem der drei Eingänge zum Vatikan. Zwei Schweizergardisten in ihren blauen Alltagsuniformen mit den dunklen Baretts bewachten das Tor.

Noch vor wenigen Monaten hatte auch Alexander diese Uniform getragen, hatte ebenfalls Wachdienst an der Porta Sant'Anna geschoben, doch es schien ihm eine kleine Ewigkeit her zu sein. Den jüngeren der Gardisten kannte Alexander nicht. Die Aufdeckung der Verschwörung gegen den Papst, in die viele Mitglieder der Garde verwickelt waren, hatte zu einem wahren Aderlass bei der Wachtruppe geführt. Ja, man hatte sogar überlegt, ob die Schweizergarde der Päpste nicht ganz aufgelöst werden solle. Immerhin verfügte der Vatikan noch über eine zweite Schutzmannschaft, die Vigilanza, die dem Bild einer modernen Polizeitruppe mehr entsprach als die Schweizergarde mit ihren althergebrachten Traditionen. Da die Vigilanza aus Italienern gebildet wurde, schien eine Aufstockung ihres Mannschaftsbestandes einfacher als die Rekrutierung von Schweizer Staatsbürgern, die den strengen Zugangsvoraussetzungen für die Aufnahme in die Schweizergarde entsprachen und dazu noch bereit waren, den harten Dienst für einen vergleichsweise kargen Sold zu verrichten. Als das bekannt wurde, war es in der Schweiz zu einer patriotischen Aufwallung gekommen, infolge deren sich so viele Männer um einen Posten bei der päpstlichen Garde bewarben, dass die großen Lücken rasch geschlossen werden konnten. Die Pläne zur Auflösung wurden daraufhin fallen gelassen, wohl auch, weil

der neue Papst es nicht für ratsam hielt, zu schnell mit zu vielen Traditionen zu brechen. Die Menschen mussten ihre Kirche noch wiedererkennen, wenn sie ihr treu bleiben sollten.
Der zweite Gardist trat in Alexanders Blickfeld, ein hoch gewachsener, schmaler Mann mit sehr ernstem Blick. Gardeadjutant Werner Schardt war kein enger Freund Alexanders gewesen, aber immerhin ein bekanntes Gesicht. Wegen seiner schweigsamen, zurückhaltenden Art hatten die Kameraden ihm den Spitznamen »der Asket« verliehen.
»Alexander!«, staunte er, als Donati das Fenster herunterließ.
»Hallo, Werner! Eine Menge los bei euch. Das sieht mir mächtig nach Überstunden aus.«
Das Zucken, das Schardts schmale Lippen umspielte, vermochte Alexander nicht zu deuten. Es konnte ebenso gut ein Ausdruck der Erheiterung als auch des schmerzhaften Gedankens an viele zusätzliche Dienststunden sein.
»Weiß man schon, was es mit dieser Kirchenspaltung auf sich hat?«, fragte Alexander.
Schardt sah ihn missbilligend an. »Du weißt, dass wir über solche Fragen keine Auskunft erteilen dürfen. Überhaupt, was tust du hier? Der Presse ist der Zugang zum Vatikan nicht erlaubt.«
»Mir schon. Seine Heiligkeit hat nach mir gefragt und« – Alexander zeigte auf seinen Begleiter – »Commissario Donati beauftragt, mich mitzubringen.«
»Habt ihr denn ein Visum?«, fragte Schardt zögerlich.
»Dazu ist kaum Zeit gewesen«, erwiderte Donati. »Ich habe den Anruf erst vor eineinhalb Stunden erhalten.«
»Und wer hat Sie angerufen, Commissario?«
»Don Luu.«
»Hm.«
Nach kurzem Zögern ging Schardt in das kleine Wachhäuschen und griff zum Telefon. Es dauerte keine Minute, und der Gardeadjutant gab seinem Kameraden einen Wink, den Wagen

durchzulassen. Hinter dem Fiat hatte sich schon eine kleine Schlange von Fahrzeugen gebildet, deren vorderstes eine dunkle Limousine war. Bei einem Blick über die Schulter glaubte Alexander, auf dem Beifahrersitz einen Mann in der Kleidung eines Kardinals zu erkennen. Vermutlich trafen in diesen Stunden die katholischen Oberhirten aus allen Teilen der Welt im Vatikan ein, um über die Kirchenspaltung zu beratschlagen. Dementsprechend viele Autos waren hier geparkt. Während Donati mit Schrittgeschwindigkeit auf der Suche nach einem Abstellplatz über das Vatikangelände fuhr, bemerkte Alexander einen Helikopter, der jenseits des Petersdoms auf dem Hubschrauberlandeplatz niederging.
Auf dem Damasushof stand ein uniformierter Gendarm der Vigilanza und spielte den Parkwächter. Donati folgte seinen Weisungen und quetschte den Tempra in eine enge Parklücke, die ihm und Alexander kaum Platz zum Aussteigen ließ.
Der Gendarm eilte auf sie zu. »Die Herren Donati und Rosin?«
»Dieselben«, bestätigte der Commissario, während er den Wagen abschloss.
»Warten Sie bitte einen Augenblick hier, Sie werden abgeholt.«
Kaum hatte der Gendarm ausgesprochen und sich den anderen Fahrzeugen zugewandt, die einen Parkplatz benötigten, trat auch schon ein drahtiger Mann im schwarzen Priesteranzug aus dem Schatten des Apostolischen Palastes und kam ihnen mit schnellen Schritten entgegen. Schwarz glänzendes Haar umrahmte ein Gesicht, das durch die hohen Wangenknochen und die schmalen Augen einen deutlichen asiatischen Einschlag hatte. Alexander wusste von Henri Luu nur, dass ein Elternteil französisch und der andere vietnamesisch war. Luu war teils in Asien und teils in Europa aufgewachsen und hatte seine klerikale Karriere in Frankreich begonnen. Papst Custos war, bevor er nach Rom kam, unter seinem bürgerlichen Namen Jean-Pierre Gardien Erzbischof von Marseille gewesen.

Aus dieser Zeit kannte und vertraute er Luu, den er daher vor kurzem als seinen Privatsekretär nach Rom geholt hatte.
»Buon giorno, signori!«, rief Luu ihnen entgegen. »Schön, dass Sie beide so schnell gekommen sind!«
Trotz der freundlichen Worte wirkte Luus Gesicht so ernst wie das von Werner Schardt. Falls Alexander das Klischee vom ewig lächelnden Asiaten im Hinterkopf gehabt hatte, sah er sich enttäuscht. Ohne eine Miene zu verziehen, bat Luu die beiden, ihm in den Apostolischen Palast zu folgen. Der Geistliche führte sie durch die Gänge zum privaten Arbeitszimmer Seiner Heiligkeit, das Alexander bereits kannte. Luu trat nach kurzem Anklopfen allein ein und winkte Alexander und Donati nach wenigen Sekunden, ihm zu folgen.
Papst Custos saß in seiner weißen Soutane mit sorgenvollem Gesicht am Schreibtisch und telefonierte. »Ich will mit ihm persönlich sprechen!«, sagte er in energischem Tonfall. »Wie, eine Aufwertung seines angemaßten Amtes? Das sehe ich nicht so. Noch wurde er nicht offiziell als Gegenpapst ausgerufen. Vielleicht können wir vorher zu einer Einigung kommen … Wie die aussehen soll?« Custos holte tief Luft und sah zur Decke hinauf, als flehe er Gott um eine Eingebung an. »Kommt Zeit, kommt Rat. Stellen Sie erst einmal den Kontakt her, Monsignore! Ich warte auf Ihren Rückruf, danke.«
Mit einem schweren Seufzer legte der Papst den Hörer auf und starrte versunken auf die mit Papieren überhäufte Schreibtischplatte, als sei er ganz allein in diesem Raum. Das Arbeitszimmer wirkte aufgrund seiner mit Bücherregalen voll gestellten Wände reichlich dunkel, aber das schien der Stimmung des Heiligen Vaters nur angemessen. Als Custos endlich aufsah und sich zur Begrüßung erhob, wirkte das Lächeln auf seinem Gesicht angestrengt. Die tiefen Schatten unter seinen Augen verrieten, dass eine schlaflose Nacht hinter ihm lag. Trotz der großen Sorgen, die auf ihm lasteten, hieß er seine Gäste freund-

lich willkommen, und er bat sie, auf einer kleinen Sitzgruppe Platz zu nehmen.
»Sie haben es gehört, in Kürze werden wir einen zweiten Papst haben.« Custos seufzte erneut. »Jedenfalls dann, wenn es nach dem Willen der so genannten *Heiligen Kirche des Wahren Glaubens* geht.«
»Wer soll es werden?«, platzte Don Luu heraus, der damit auch das Klischee von der eisernen asiatischen Selbstbeherrschung widerlegte.
»Salvati«, sagte der Papst nur.
»Tomás Salvati?«, vergewisserte sich sein Privatsekretär.
Der Papst nickte.
Luu ließ ein Geräusch hören, das an das wütende Knurren eines Hundes erinnerte. »Ich wusste, dass Salvati mit Ihrem Reformkurs nicht einverstanden ist, Heiligkeit. Ich hatte auch vermutet, dass er mit den Kirchenspaltern unter einer Decke steckt. Aber das?«
»Jetzt wissen wir, dass er auf der anderen Seite steht«, sagte Custos in sachlichem Ton. »Es heißt, seine Gegner zu kennen, sei der erste Schritt, um sie zu überwinden. Ich muss allerdings gestehen, dass ich wenig glücklich darüber bin, Salvati im anderen Lager zu wissen.«
»Verzeihen Sie meine Unwissenheit«, mischte Donati sich ein. »Wer ist dieser Tomás Salvati?«
Die Antwort gab Alexander: »Ein verhältnismäßig junger, aber sehr charismatischer Mann, Leiter der Kongregation für religiöse Orden. Vorher war er Bischof von Messina.«
Custos wandte sich an Alexander, und diesmal wirkte das Lächeln des Papstes ungezwungen. »Bravo, mein Sohn, Sie haben Ihre Hausaufgaben gemacht, wie es sich für einen Vatikanberichterstatter gehört! ›Charismatisch‹ ist der richtige Ausdruck. Und energiegeladen. Ja, ich kann mir gut vorstellen, dass Salvati das Amt des Papstes ausfüllt. Unglücklicherweise hat er es nicht rechtmäßig inne.«

»Ich würde eher sagen, dass er es glücklicherweise nicht rechtmäßig innehat«, sagte Luu und wandte sich dann an Alexander. »Wo Seine Heiligkeit es gerade erwähnt, Signor Rosin: Sie müssen für den Augenblick Ihren neuen Beruf vergessen. Alles, was hier gesprochen wird, ist streng vertraulich.«

»Nichts anderes hatte ich erwartet«, erwiderte Alexander ohne jede Ironie. »Es liegt nicht in meiner Absicht, die Probleme der Kirche noch zu vergrößern.«

Custos sagte leise: »Derjenige, der hier die Probleme schafft, bin wohl ich. Meine Reformen sind es, die zur Kirchenspaltung geführt haben. Ich habe damit gerechnet, auf Widerstände zu stoßen, auf große Widerstände sogar, aber ich habe nicht mit einem Schisma gerechnet. Vielleicht war es ein Fehler, dass ich dieses Amt angetreten habe. Während der vergangenen Nacht habe ich mehrmals an einen Rücktritt gedacht.«

Luu blickte ihn erschrocken an. »So etwas dürfen Sie nicht sagen, nicht einmal denken, Heiliger Vater! In den wenigen Monaten Ihrer Amtszeit haben Sie schon so viel bewegt. Wenn Sie aufgeben, wird all das, was Sie bis jetzt erreicht haben, umsonst gewesen sein. Alle Opfer waren dann vergebens. Wer weiß, wann die Kirche wieder das Glück hat, einen Mann von Ihrem Format an ihrer Spitze zu haben. Vielleicht niemals.«

Custos machte eine beschwichtigende Handbewegung. »Machen Sie mich nicht größer, als ich bin, Don Luu! Aber was das Ende der Reformen und die vergeblichen Opfer betrifft, all das habe ich mir auch gesagt und mich deshalb zum Weitermachen entschlossen. Das Amt des Papstes ist kein Job in der Tankstelle oder im Kaufhaus, den man einfach an den Nagel hängen kann, wenn man keine Lust mehr hat. Doch ich muss mir selbst und meiner Kirche eingestehen, dass ich Fehler gemacht habe. Ich glaubte, die Reformen sinnvoll und für alle tragbar durchzuführen, aber für die konservativen Kreise der Gläubigen und auch der kirchlichen Amtsträger ging das meiste viel zu schnell, und es war zu viel auf einmal. Verheiratete Priester und Frauen im Priesteramt, das hätten wir nicht auf die Tagesordnung setzen sollen, nicht so schnell und nicht beides zum selben Zeitpunkt.«

»Sie wollen das Zölibat aufheben und Frauen die Priesterweihe gestatten?«, fragte Alexander verblüfft.

»Noch ist nichts offiziell«, beeilte Luu sich zu sagen. »Wir haben diese Punkte auf Wunsch Seiner Heiligkeit der Kongregation der Kardinäle zur Beratung vorgelegt. Aber das hat schon ausgereicht, um diese Verräter zur Abspaltung zu bringen.«

»Sagen wir lieber, es war der berüchtigte Tropfen, der das Fass zum Überlaufen gebracht hat«, schränkte Papst Custos ein. »Beide Punkte sind ebenso vernünftig wie notwendig, wenn die Kirche nicht in naher Zukunft ohne ausreichendes Personal dastehen soll. Ich glaubte, solch große, schmerzhafte Einschnitte sind im Paket leichter zu ertragen, aber da habe ich mich geirrt.« Die Andeutung eines bitteren Lächelns umspielte seine Lippen. »So viel zur viel besungenen Unfehlbarkeit des Papstes.«

Luu ergriff wieder das Wort, wobei er sich an Alexander und Donati wandte: »Vielleicht sollten wir jetzt auf den eigentlichen Grund unseres Zusammentreffens kommen, auf die schrecklichen Morde an unseren Geistlichen.«

»Morde?«, wiederholte Alexander. »Gibt es denn mehrere?«

»Bislang zwei«, sagte Donati. »Wussten Sie das nicht, Signor Rosin?«

Elena Vida klebte ihren Daumen auf den Klingelknopf neben dem Türschild mit der Aufschrift »Parolini«. Sie hörte den durchdringenden Klingelton, der ohne Unterlass durch die Hochhauswohnung schrillte, und fragte sich, wie lange das ein Mensch aushalten konnte, der seine Ohren nicht mit Wachs versiegelt hatte. Natürlich bestand die Möglichkeit, dass niemand zu Hause war. Aber der sechste Sinn, den Elena im Laufe ihrer Journalistenlaufbahn entwickelt hatte, sagte ihr, dass hinter der in billigem Weiß gestrichenen Wohnungstür jemand furchtbar unter dem Dauerklingeln litt. Wie groß musste da erst die Furcht vor demjenigen sein, der die Klingel betätigte? In Situationen wie dieser konnte Elena ihren Job fast hassen. Für sie war es alles andere als ein Spaß, einer alten Frau Angst einzujagen. Aber so etwas gehörte zum täglichen Brot ihres Berufslebens.

Als Elenas Daumen schon zu schmerzen begann, ertönte aus der Wohnung eine keifende Stimme: »Hören Sie endlich damit auf, zum Teufel! Wir machen nicht auf!«

Es war die Stimme einer Frau, allerdings nicht die einer alten. Elena vermutete, dass sie Arietta Parolini gehörte.

Sie nahm den Daumen von der Klingel und fragte im besten Unschuldston: »Warum wollen Sie nicht aufmachen?«

»Weil wir nicht mit Ihnen sprechen wollen.«

»Aber Sie wissen doch gar nicht, wer ich bin.«

»Und ob wir das wissen! Sie sind von der Zeitung, oder vom Fernsehen oder Radio. Stimmt's?«

»Von der Zeitung, ja. Ich heiße Elena Vida und schreibe für den ›Messaggero di Roma‹.«

»Ist doch egal, für wen Sie schreiben. Hier ist niemand, der mit Ihnen sprechen möchte.«

»Vielleicht kann Ihre Mutter mir das selbst sagen«, schlug Elena vor.

»Meine Mutter? Die ist nicht hier.«

»Da haben mir ihre Nachbarn in Trastevere aber etwas anderes erzählt.«

Für einen Augenblick herrschte Schweigen. Elena vermutete, dass Arietta Parolini sich mit ihrer Mutter beriet. Dann hörte sie das erlösende metallische Geräusch eines sich im Schloss drehenden Schlüssels, und die Wohnungstür wurde ein kleines Stück geöffnet. Eine Kette sicherte die Tür. Durch den Spalt sah Elena das rundliche Gesicht einer Frau in den Vierzigern,

an den falschen Stellen zu stark und an den richtigen zu wenig geschminkt.
»Signora Parolini?«, fragte Elena.
»Ja, ganz recht. Ich wohne hier. Und wenn Sie nicht gleich verschwinden, rufe ich die Polizei!«
»Das gibt aber einiges Aufsehen. Wollen Sie das wirklich? Dadurch könnten meine Kollegen Wind von der Sache kriegen. Sie haben ja vielleicht gesehen, wie viele Reporterteams das Haus in Trastevere belagern, in dem Ihre Mutter wohnt. Es war wirklich klug von Ihnen, Ihre Mutter zu sich zu holen.«
Elena war tatsächlich in Trastevere gewesen, in dem alten Haus an der Piazza Mastai, in dem Sandrina Ciglio wohnte. Allerdings hatte ihr kein Nachbar verraten, wo die Frau sich aufhielt, die den toten Pfarrer Dottesio entdeckt hatte. Das war ein Bluff gewesen. Mit ein wenig journalistischem Spürsinn und der dazugehörigen Kombinationsgabe war Elena selbst darauf gekommen, Sandrina Ciglio bei ihrer Tochter zu suchen, die mit ihrem Mann und ihren Kindern in dieser tristen Vorortsiedlung nahe dem Autobahnzubringer zum Flughafen Leonardo da Vinci wohnte.
Zum ersten Mal wirkte Arietta Parolini ein wenig unsicher. »Die Ärzte haben gesagt, dass meine Mutter sich schonen soll.«
»Ich will nur kurz mit ihr sprechen. Falls sie sich in irgendeiner Weise aufregt, breche ich das Gespräch sofort ab.« Elena streckte der Frau ihre Hand entgegen. »Mein Wort darauf.«
Zögernd ergriff Arietta Parolini die Hand und ließ Elena eintreten. Sandrina Ciglio lag im Wohnzimmer auf der Couch und hatte eine Decke über den Knien, obwohl es nicht kalt war. Durch die großen Fenster schien warm die Spätsommersonne herein. Wärme und Helligkeit waren wohl die einzigen Vorteile dieser Wohnung im neunten Stock, überlegte Elena. Der Blick auf eine Welt aus sich gleichenden Hochhäusern und auf graue Straßenbänder, über die sich endlose Blechlawinen wälzten, deprimierte sie.

»Soll ich mit der Frau sprechen, Arietta?«, fragte die Frau auf der Couch, wobei sie mit einer Mischung aus Neugier und Unbehagen auf Elena blickte.
»Du sollst gar nichts, *mammina*. Diese Journalistin möchte dir ein paar Fragen stellen. Aber du musst ihr nicht antworten. Und wenn es dich anstrengt, geht sie auch gleich wieder weg.« Hoffnung schwang bei diesem Satz in Arietta Parolinis Stimme mit.
Sandrina Ciglio setzte sich auf und zog die Decke wieder sorgsam über ihre Knie. »Ich werde mit ihr sprechen. Vielleicht tut es mir gut. Und die anderen Zeitungsleute lassen uns dann hoffentlich in Frieden.«
»Ich werde in meinem Artikel nicht erwähnen, wo ich Sie gefunden habe«, versprach Elena und nahm in dem blauen Sessel Platz, auf den Arietta Parolini mehr pflichtschuldig als höflich wies. »Am besten erzählen Sie mir in Ihren eigenen Worten, was Sie gestern Abend in Santo Stefano in Trastevere erlebt haben, Signora Ciglio.«
»Eigentlich gibt es da nicht viel zu erzählen«, begann die alte Frau vorsichtig und berichtete dann, wie sie in die Kirche gegangen war, eine Opferkerze für ihren verstorbenen Mann angezündet und sich anschließend zum Gebet vor dem großen Kruzifix niedergelassen hatte. »Da war diese Feuchtigkeit, die ich plötzlich auf meiner Wange spürte. Ich ... ich glaubte schon an ein Zeichen des Herrn, als ich merkte, dass es Blut war. Aber dann blickte ich auf ... und sah ihn!«
»Wen?«, fragte Elena in der Hoffnung, einen Hinweis auf die Mörder zu erhalten.
»Pfarrer Dottesio. Er hing am Kreuz wie der Heiland und blickte zu mir herab. Es war grässlich! An mehr kann ich mich nicht erinnern. Ich glaube, ich bin dann aus der Kirche gelaufen.«
Das war mehr als mager, absolut nichts Neues, aber Elena versuchte, sich ihre Enttäuschung nicht anmerken zu lassen. »Und

Sie haben niemanden sonst in der Kirche bemerkt? Oder haben Sie draußen etwas Verdächtiges wahrgenommen, bevor Sie die Kirche betraten? Menschen? Oder ein Auto, das Ihnen aufgefallen ist?«
»Nein, gar nichts. Die Straßen waren ja auch sehr leer.«
»Diese Fragen wurden meiner Mutter schon von der Polizei gestellt«, murrte Arietta Parolini.
»Ich hatte gehofft, dass sich Ihre Mutter zwischenzeitlich an etwas erinnert hat. Manchmal dauert es seine Zeit, bis man einen Schock überwunden hat und seine Erinnerung wiedererlangt.«
»Ich habe der Polizei alles gesagt, was ich weiß«, beteuerte Signora Ciglio. »Nur an die Kette habe ich nicht gedacht, das ist mir erst später wieder eingefallen.«
Elena beugte sich neugierig zu ihr vor. »Was für eine Kette?«
Die alte Frau griff nach ihrer grauen Handtasche, die neben ihr auf der Couch lag, kramte umständlich darin herum und beförderte schließlich eine dünne silberne Kette zutage, die sie vor Elena auf den sechseckigen Glastisch legte. An der Kette, die an einer Stelle zerrissen war, hing ein zierliches Silberkreuz. Auf den ersten Blick sah es nach dem billigen religiösen Schmuck aus, den man im und rund um den Vatikan an Touristen verkaufte.
Elena nahm die Kette in die Hand und betrachtete sie sorgsam, konnte aber nichts Besonderes an ihr feststellen. »Was hat es mit dieser Kette auf sich?«
»Sie gehört mir nicht«, erklärte Signora Ciglio. »Als man mich ins Krankenhaus gebracht hatte, gab man mir dort die Kette, weil man glaubte, es sei meine. Ich hätte sie angeblich in der Hand gehalten. Aber ich weiß nicht, wie ich dazu komme. Vielleicht lag sie unter dem Kruzifix, und ich habe nach ihr gegriffen.« Sie schüttelte verzweifelt ihren grauhaarigen Kopf. »Ich kann mich beim besten Willen nicht daran erinnern. Ich habe die Kette in meine Handtasche gesteckt und mich erst vor

einer halben Stunde an sie erinnert. Was meinen Sie? Muss ich deshalb die Polizei anrufen?«

»Wenn Sie möchten, kann ich die Kette dem zuständigen Commissario übergeben«, schlug Elena vor. »Ich kenne ihn ganz gut.«

Signora Ciglio lächelte schwach. »Das wäre nett von Ihnen, Signorina.«

»Aber gern.« Elena lächelte zurück und steckte rasch die Kette ein, bevor Arietta Parolini einen Einwand erheben konnte.

»Der erste Priestermord ereignete sich vor drei Tagen«, erklärte Commissario Donati dem staunenden Alexander Rosin. »Das Opfer war ein gewisser Giorgio Carlini, dessen Gemeinde in den Bergen liegt, in Ariccia. Man fand ihn über das Taufbecken gebeugt. Jemand hat ihn im Taufwasser ersäuft. Wie auch im Fall von Pfarrer Dottesio gibt es keinen Hinweis auf den oder die Täter.«

»Ich habe nichts davon gehört«, wunderte Alexander sich.

»Der Vorfall wurde auf Bitten der Kirche nicht im Polizeibericht erwähnt«, sagte Donati. »Aber der gestrige Mord ließ sich leider nicht verheimlichen.«

»Warum leider?«, fragte Alexander. »Hat die Öffentlichkeit kein Recht auf Information?«

»Commissario Donati will uns nur helfen«, sagte Henri Luu. »Die Kirche hat in diesen Tagen schon genug Schwierigkeiten.«

»Zwei Priestermorde so kurz aufeinander folgend«, sagte Donati kopfschüttelnd. »Ich möchte wissen, ob es einen Zusammenhang zwischen den beiden Toten gibt, eine Gemeinsamkeit, die über das Priesteramt hinausgeht.«

»Die gibt es«, kam es zu Donatis und Alexanders Überraschung von Papst Custos. »Und das ist der Grund, warum ich Sie beide hergebeten habe.«

Don Luu übernahm wieder das Wort: »Den beiden Ermordeten gemeinsam ist, dass sie früher im Vatikan gearbeitet haben, und zwar beide in der Glaubenskongregation. Giovanni Dottesio hat die Registratur des Archivs geleitet, und Giorgio Carlini war sein Stellvertreter.«

»Also haben sie sich gekannt«, murmelte Donati.

»Seltsam«, überlegte Alexander laut. »Pfarrer von Santo Stefano in Trastevere oder in Ariccia zu sein ist nicht gerade ein Aufstieg. Warum wurden sie versetzt?«

Luu lächelte dünn. »Wenn Sie an eine Strafversetzung denken, irren Sie sich. Laut unseren Personalunterlagen wurden beide auf eigenen Wunsch versetzt.«

»Zu welchem Zeitpunkt?«, fragte der Commissario.

Luu griff nach einem abgewetzten Aktenordner auf dem Schreibtisch und blätterte darin. »Ah, hier ist es. Dottesio verließ den Vatikan vor fünf Jahren im Mai, Carlini folgte ihm zwei Monate später.«

»Die Sache riecht immer seltsamer«, fand Donati. »Sie stinkt schon beinah.«

»Deshalb ließ ich Sie rufen«, sagte der Papst. »Ich möchte die Morde schnellstmöglich aufgeklärt haben, Commissario Donati. Sie erhalten eine von mir persönlich ausgestellte Sondervollmacht, die Ihnen erlaubt, ungehindert innerhalb des Vatikans zu ermitteln. Und Sie, Alexander, sollen dem Commissario mit Ihrer Kenntnis vom Innenleben des Vatikans dabei helfen.«

»Sehr gern, aber ich habe einen Job.«

»Das ist bereits abgeklärt«, sagte Luu. »Als Sie hierher unterwegs waren, habe ich mit Ihrer Chefredakteurin telefoniert. Sie, Signor Rosin, haben unbegrenzte Freiheit, Commissario Donati zur Seite zu stehen. Dafür darf der ›Messaggero di Roma‹ vorab über alle Ergebnisse Ihrer Recherchen berichten – natürlich nur dann, wenn der Vatikan sie zur Veröffentlichung freigibt.«

Stelvio Donati nickte zufrieden. »Das alles hört sich sehr vielversprechend an. Als Erstes würde ich gern mit dem Leiter der Glaubenskongregation sprechen.«

Die Glaubenskongregation oder Kongregation für die Glaubenslehre war die Nachfolgerin der berüchtigten Inquisition. Noch immer hatte diese kirchliche Institution darauf zu achten, dass kein Irrglaube verbreitet wurde, und sie besaß Gerichtsgewalt gegenüber den Gläubigen. Ihr Leiter, der Kardinalpräfekt Renzo Lavagnino, hatte große Macht inne und war nur dem Papst gegenüber verantwortlich. Lavagnino gehörte der Glaubenskongregation schon längere Zeit an, war aber erst nach den Ereignissen um die *Wahre Ähnlichkeit Christi* zu ihrem Leiter ernannt worden. Viele Posten waren seit damals neu besetzt worden. Böse Zungen nannten es eine Säuberungswelle. Aber Papst Custos musste an den entscheidenden Stellen der Kirche Männer wissen, denen er vertrauen konnte, wollte er seine Reformpläne durchsetzen. Wie groß und einflussreich der Kreis seiner innerkirchlichen Widersacher war, bewies die Abspaltung der *Heiligen Kirche des Wahren Glaubens*.

Das alles ging Alexander durch den Kopf, als er mit Don Luu und Commissario Donati auf umständlichem Weg zum Palast des Heiligen Offiziums ging, dem Sitz der Glaubenskongregation. Der Palazzo del Sant'Uffizio lag dem Apostolischen Palast gegenüber am anderen Ende des Petersplatzes. Aber den zu überqueren hätte bedeutet, sich den neugierigen Blicken und Fragen von ganzen Reporterscharen auszusetzen. Deshalb hatte Luu es vorgezogen, mit Alexander und Donati um den Petersdom herumzugehen.

Als sie die Rückseite des Doms umrundet hatten, blieb Alexander für einen kurzen Augenblick stehen. Zwischen Stephanskirche und Tribunalspalast sah er weiter hinten den Bahnhof des Vatikans, der als solcher nur noch selten genutzt wurde. Aus diesem Grund hatte man jüngst einen Teil des Gebäudes abgetrennt und in einen Gefängnistrakt verwandelt. Ein Gefängnis im Vatikan, das hatte es lange nicht mehr gegeben. Die meisten der Verschwörer vom Mai hatten ihre kirchlichen Ämter verloren und waren exkommuniziert worden. Viele, die sich nach weltlichem Recht Straftaten hatten zuschulden kommen lassen, hatte der Vatikan der italienischen Justiz übergeben. Aber ein paar Anführer der Verschwörer waren vom Vatikan unter Rückgriff auf seine autonome Justiz selbst verurteilt und in dieses neu geschaffene Gefängnis gesteckt worden. Sämtliche Urteile lauteten auf Haft für unbestimmte Zeit, was bedeutete, dass nur ein Gnadenentscheid des Papstes die Freilassung bewirken konnte. Und einer der Gefangenen war Alexanders Vater Markus Rosin, der seine Taten nicht im Mindestens zu bereuen schien. Mit Schaudern und zugleich voller Trauer dachte Alexander an die wenigen Besuche, die er seinem inhaftierten Vater abgestattet hatte. Markus Rosin weigerte sich, mit seinem Sohn zu sprechen. Nur einmal hatte er etwas gesagt, und das waren bittere Vorwürfe gewesen.

»Wollen wir weitergehen, Signor Rosin?«

Trotz des sanften Tonfalls war ein leichtes Drängen in der Stimme von Don Luu unüberhörbar. Vermutlich hatte er in diesen aufregenden Tagen viel zu tun, und jede Minute zählte. Alexander beeilte sich, zu ihm und Donati aufzuschließen.

In Kardinal Lavagninos Vorzimmer bat der Sekretär die drei, kurz zu warten, und trat in das Büro seines Vorgesetzten, um sie anzumelden. Eine Frau, die auch auf ein Gespräch mit dem Kardinal zu warten schien, zog Alexanders Aufmerksamkeit auf sich: eine attraktive Rothaarige um die dreißig, die auf einem Besucherstuhl saß und gelangweilt in einer Ausgabe des »Osservatore Romano« blätterte. Bei näherem Hinsehen erkannte er, dass es sich um die deutschsprachige Wochenausgabe der Vatikanzeitung handelte. Die Frau bemerkte seinen forschenden Blick und sah zu ihm auf. Grüne Augen zu roten Haaren, wie aus der ungezügelten Phantasie eines Schriftstellers, dachte Alexander. Während er noch überlegte, ob er die Frau ansprechen solle, kam der Sekretär zurück, um ihn, Donati und Don Luu hereinzubitten. Täuschte Alexander sich, oder verfolgte die Frau sie tatsächlich mit neidischem Blick?

Kardinal Renzo Lavagnino war ein eher klein gewachsener Mann von asketischem Äußeren, der in dem großen Büro ein wenig verloren wirkte. In seinen schwarzledernen Schreibtischstuhl zurückgelehnt, die Hände wie zum Gebet gefaltet und das Kinn darauf gestützt, hörte er sich Luus Bericht über die beiden Morde und die Verbindung der Toten zur Glaubenskongregation an. Luu schloss: »Seine Heiligkeit wünscht, dass Sie Commissario Donati und Signor Rosin jedwede Unterstützung bei ihren Ermittlungen gewähren, Eminenz.«

Die Miene des Kardinals hatte sich zusehends verfinstert. »Meine Unterstützung ist den beiden Herren gewiss, Don Luu. Nicht nur, weil es im Interesse der Kirche liegt. Ich kannte die beiden Toten, und diese schreckliche Tat darf nicht ungesühnt bleiben.«

»Sie kannten die Toten, Eminenz?«, hakte Donati nach. »Wie gut?«

»Nicht sonderlich gut, aber gut genug, um ihr Dahinscheiden auch persönlich zu betrauern. Unsere Bekanntschaft stammt aus der Zeit, als Carlini und Dottesio in der Registratur des Archivs gearbeitet haben. Ich war damals der Archivar der Heiligen Römischen Kirche.«

»Also der Vorgesetzte der beiden?«

Lavagnino lächelte schwach, wie es ein nachsichtiger Lehrer bei einem schlecht vorbereiteten Schüler tut. »In gewisser Hinsicht, ja. Die Leitung der Verwaltungsarbeit obliegt allerdings dem Präfekten des Archivs. Der Archivar der Heiligen Römischen Kirche hat eher auf den religiösen Überbau zu achten.« Er warf Don Luu einen um Verständnis heischenden Blick zu. »Wenn ich das einmal so kirchenuntechnisch bezeichnen darf.«

Auch Donati lächelte, und es wirkte verbindlich. »Ich danke Ihnen für Ihre kirchenuntechnische Ausdrucksweise, Eminenz. Sie sollten mich als interessierten Laien betrachten. Deshalb noch eine Frage: Mit dem Archiv ist das berühmte Geheimarchiv des Vatikans gemeint, nicht wahr?«
Jetzt hatte der Kardinal Mühe, ein Lachen zu unterdrücken. »Das hört sich an, als lauere James Bond schon um die Ecke, um den hier verborgenen Geheimnissen nachzuspionieren. Das Wort Geheimarchiv weckt bei den Uneingeweihten Assoziationen, die, um es gelinde auszudrücken, schief sind. Der Name wurde nur aus Traditionsgründen beibehalten wie fast alle Bezeichnungen im Vatikan. Böse Zungen behaupten, hinter den Mauern des Vatikans könne man leichter einen neuen Papst wählen als einen neuen Namen. Hinter dem so genannten Geheimarchiv verbirgt sich die große Bibliothek des Vatikans, in der allerdings viele wertvolle historische Dokumente aus vergangenen Jahrhunderten lagern. Geheim heißt hier aber nur so viel wie nicht öffentlich. Sonst würden Hunderte neugieriger Touristen tagtäglich unsere Bibliothek überfluten, und an eine ernsthafte wissenschaftliche Arbeit wäre nicht mehr zu denken. Aber auf Antrag können Forscher aus aller Welt Zutritt zu unserer Bibliothek erlangen, und nicht nur katholische.«
»Dann gibt es keine unter Verschluss gehaltenen Dokumente im Geheimarchiv?«, fragte Donati und klang fast enttäuscht.
Lavagnino wiegte den Kopf hin und her. »Ein paar natürlich schon. Auch die römische Polizei wird nicht jede Akte an die Öffentlichkeit geben, oder? Na, sehen Sie. Akten, die jünger als hundert Jahre sind, bleiben für die Forscher gesperrt. Ich glaube, heutzutage ist so etwas schon allein aus Datenschutzgründen geboten, nicht wahr? Natürlich gibt es auch ein paar Schriften, die aus bestimmten Gründen unter Verschluss gehalten werden. Was wäre der Vatikan im Blick der Öffentlichkeit ohne seine kleinen Geheimnisse?«

»Zu diesen Schriften hat niemand Zugang?«
»Sie lagern in einem abgeschotteten Raum, zu dem es nur einen Schlüssel gibt.«
»Wer besitzt diesen Schlüssel, Eminenz?«
»Ich in meiner Eigenschaft als Präfekt der Kongregation für die Glaubenslehre. Möchten Sie ihn sehen?« Der Kardinal griff in den Halsausschnitt seines schwarzen Gewands und zog eine silberne Kette mit einem Schlüssel hervor, der nichts Altehrwürdiges an sich hatte, sondern zu einem modernen Sicherheitsschloss gehörte. Nach fünf Sekunden ließ Lavagnino ihn wieder in der Versenkung verschwinden.
»Kommen wir noch einmal zu Dottesio und Carlini zurück«, fuhr der Commissario fort. »Wann haben Sie die beiden zuletzt gesehen, Eminenz?«
»Als sie aus ihren Ämtern ausschieden. Vor fünf Jahren war das, glaube ich.«
»Warum sind sie aus dem Vatikan ausgeschieden?«
Lavagnino zuckte mit den Schultern. »Da bin ich überfragt, Commissario. Ich erinnere mich nur, dass es in beiden Fällen auf eigenen Wunsch geschah. Auch Geistliche sind nur Menschen, und jeder Mensch verspürt mal das Verlangen nach beruflicher Veränderung. Bei Dottesio und Carlini war es offenbar der Wunsch, eine Gemeinde zu leiten und mit Menschen zu tun zu haben anstatt mit Büchern, Akten und Papierstaub.« Er warf einen langen Blick auf eine mit Aktenschränken voll gestellte Wand. »Dafür habe ich großes Verständnis.«
Alexander, der bislang geschwiegen und aufmerksam zugehört hatte, ergriff das Wort: »Aber ist es nicht seltsam, dass beide den Vatikan so kurz hintereinander verlassen haben? Fast so, als seien sie vor etwas geflohen?«
»Vielleicht sind sie geflohen, vor der Eintönigkeit ihrer täglichen Arbeit«, antwortete der Kardinal. »Soweit ich mich erinnere, waren sie miteinander befreundet. Möglicherweise haben sie sich ausgetauscht, hat der eine dem anderen als Vorbild

gedient, sein Aufgabenfeld zu wechseln. Ich bedaure, Ihnen über diesen Punkt keine genauere Auskunft geben zu können. Als Geistlicher sollte man eigentlich wissen, was seine Untergebenen, die ja auch Anvertraute sind, bewegt. Aber gerade hier im Vatikan wird leider so manche Christenpflicht unter der Last von Arbeit und Verantwortung erstickt.«

»Das ist ein offenes Wort für einen Mann in Ihrer Position, Eminenz«, fand Alexander.

»Ich bin ein Freund offener Worte und meine, was ich sage. Deshalb glauben Sie mir bitte, dass ich die Morde genauso gern aufgeklärt sähe wie Sie. Wann immer ich Ihnen helfen kann, scheuen Sie sich nicht, sich an mich zu wenden.« Mit diesen Worten stand er auf und reichte ihnen zum Abschied die Hand.

Als die drei Besucher wieder ins Vorzimmer traten, saß die rothaarige Frau noch immer dort, hatte den »Osservatore Romano« aber inzwischen beiseite gelegt. Jetzt sprang sie auf und wandte sich an den Sekretär. »Kann ich nun endlich mit Seiner Eminenz sprechen?«

Der Sekretär starrte sie durch seine dicken Brillengläser an wie ein seltenes Insekt, das er soeben entdeckt hatte. »Kardinalpräfekt Lavagnino wird Sie zu sich bitten, wenn er Zeit für Sie hat.«

»Aber für diese Herren hat er sofort Zeit gehabt!«, sagte sie mit Blick auf Alexander und seine Begleiter.

»›Diese Herren‹ befinden sich auch in Begleitung des Privatsekretärs Seiner Heiligkeit«, wies der bebrillte Geistliche sie emotionslos zurecht.

Die Frau sprach gut Italienisch, doch Alexander hatte einen – wie er glaubte – deutschen Akzent herausgehört. Was zu der deutschsprachigen Ausgabe des »Osservatore« passte, in der sie vorhin mehr genervt als interessiert geblättert hatte. Also ging er zu ihr und sagte auf Deutsch: »Verzeihen Sie, wenn wir uns vorgedrängelt haben. Es lag nicht in unserer Absicht, Ihnen die Zeit zu rauben, Frau …«

»Falk ist mein Name. Vanessa Falk.«
Jetzt lächelte sie sogar, und Alexander wäre versucht gewesen, schwach zu werden, hätte er sich nicht in festen Händen befunden. In Händen, die ihm überaus gut gefielen. Wie auch der Rest an Elena.

Elena erwartete ihn in einer kleinen Bar am Corso Vittorio Emanuele, wo sie bei einem Cappuccino saß und fleißig mit einem dünnen Stift in ihr Notizbuch schrieb. Auch sie hatte grüne Augen, und vielleicht war Alexander deshalb von dieser Vanessa Falk so fasziniert gewesen. Im Gegensatz zu dem langen roten Haar der Deutschen trug Elena ihr dunkles, fast schwarzes Haar sehr kurz, was den Vorteil hatte, dass ihr schönes Gesicht mit den hohen Wangenknochen gut zur Geltung kam.
»Na, Signore, Musterung abgeschlossen?«, sagte Elena plötzlich, ohne aufzublicken. »Werden Sie es wagen, sich zu mir an den Tisch zu setzen?«
Er trat zu ihr, und sie küssten sich leidenschaftlich. Alexander bestellte einen Latte Macchiato und berichtete ihr von seinen Erlebnissen im Vatikan.
»Besser hätten wir es doch gar nicht treffen können«, meinte Elena. »Immer an Commissario Donatis Seite und ungehinderten Zugang zum Vatikan, da hätte ich dich an Lauras Stelle auch sofort freigestellt. Und wie es aussieht, habt ihr mit der Verbindung der beiden Toten zum Geheimarchiv auch schon eine heiße Spur entdeckt.«
»Entdeckt ist zu viel gesagt, Elena. Papst Custos hat uns mit der Nase drauf gestoßen.«
»Ja, der Papst«, sagte sie nachdenklich. »Welchen Eindruck hat er auf dich gemacht?«
»Die Kirchenspaltung geht ihm an die Nieren, aber er versucht, es nicht zu zeigen. Du weißt, dass er ein mutiger Mann ist.«

Sie nickte. »Nur ein mutiger Mann kann das vollbringen, was er sich vorgenommen hat.«
Dann erzählte sie von ihrem Gespräch mit Sandrina Ciglio und legte die Kette in die Mitte des kleinen Tisches. »Ein relativ billiger religiöser Schmuck. Aber mit etwas Glück ist es ein Hinweis auf die Mörder Dottesios.«
Alexander nahm die zierliche Kette in die Hand und betrachtete sie eingehend. »In der Tat nicht sehr aufwendig, aber doch echtes Silber.«
»Oh!«, machte Elena überspitzt. »Der Herr kennt sich aus?«
»Nicht besonders, aber ich besitze die gleiche Kette.«
»Du meinst, eine ähnliche.«
»Nein, ich meine die gleiche.« Er hielt ihr die Rückseite des kleinen Kreuzes vor die Nase. »Wenn du deine hübschen Augen ganz doll anstrengst, wirst du hier eine winzige Gravur entdecken. Nur drei Buchstaben: MSN. Dieselbe Gravur hat auch mein Kreuz. Ich muss es noch irgendwo haben.«
»Woher hast du das mit der Gravur gewusst? Mir ist sie nicht aufgefallen, so klein ist sie.«
»Die Gravur ist der Clou an dem Kreuz, hat vermutlich am meisten daran gekostet.«
Verblüfft starrte Elena ihn an. »Gleich sagst du mir auch noch, was diese Buchstaben bedeuten, wie?«
»Sie stehen für die drei Schutzheiligen der Schweizergarde: der heilige Martin, der heilige Sebastian und der heilige Niklaus von Flüe.« Als Elena ihn mit offenem Mund ansah, fuhr er fort: »Der Gardekaplan, damals noch Franz Imhoof, hat jedem Gardisten so ein Kreuz als Ostergeschenk überreicht. Das war in meinem ersten Jahr bei der Garde.«
»Die Kette eines Schweizergardisten!«, staunte Elena. »Das wirft ein ganz neues Licht auf den Mord.«
»Ja, leider«, seufzte Alexander. »Ein sehr hässliches Licht.«

3

Pescia, nördliche Toskana,
Dienstag, 22. September

Er ahnte, nein, er wusste, dass in dem steinernen Labyrinth etwas Unheimliches, Böses auf ihn wartete. Trotzdem ging er weiter, setzte einen Fuß vor den anderen wie unter einem geheimen Zwang. War es Neugier, die stärker war als seine Furcht und ihn vorantrieb? Er kannte die Antwort nicht, und ihm war auch nicht danach, länger darüber nachzudenken. Der verschlungene Pfad, der mal durch enge Gänge, dann wieder über geländerlose, kühn geschwungene Steinbrücken führte, beanspruchte seine ganze Aufmerksamkeit. Einmal blieb er mitten auf einer schmalen Brücke stehen und sah hinab in die Tiefe. Schon in dem Augenblick, als er den Kopf nach unten wandte, wusste er, dass es ein Fehler war. Der gähnende schwarze Schlund unter ihm schien kein Ende zu kennen. Ein falscher Schritt, ein Stolpern nur, und er würde unrettbar in die Tiefe stürzen und nach langem Fall zur Unkenntlichkeit zerschellen. Ihm war plötzlich sehr warm, aber er unterdrückte das drängende Gefühl, sich mit dem Arm den Schweiß von der Stirn zu wischen.

Geh weiter und sieh nicht nach unten!

Das flüsterte eine Stimme direkt in seinem Kopf. Er gehorchte der Stimme. Sie war es gewesen, die ihn in dieses Labyrinth gelockt hatte. Die Stimme war einerseits sanft, fast verlockend,

andererseits aber schwang in ihr etwas mit, das keinen Widerspruch duldete. Sie bat nicht, sie befahl.
Um ihn herum gab es nur Felsgestein, kein Gras, keine Bäume, kein Wasser und schon gar keinen Himmel. War er in einem Berg oder unter der Erde? Er wusste es nicht. Er konnte nicht einmal sagen, wie er in dieses Labyrinth geraten war, an welcher Stelle er es betreten hatte. Er wusste nur, dass er der Stimme folgte. Etwas anderes gab es für ihn nicht.
Nicht mehr lange, gleich bist du am Ziel!
Die Stimme war jetzt laut und klar. Wem immer sie gehörte, er konnte nicht mehr fern sein. Ein letztes Aufflackern des eigenen Willens ließ ihn stehen bleiben und darüber nachsinnen, was – wer – ihn erwartete und warum. Augenblicklich verspürte er einen sanften, doch zugleich starken Druck in seinem Rücken, wie die Hand eines unsichtbaren Riesen, die ihn weiterschob.
Gleich wirst du alles erfahren, was du wissen willst. Hab nur noch ein wenig Geduld!
Vor ihm machte der Weg eine Kurve, flankiert von steilen, hoch aufragenden Felswänden. Die Wärme wurde stärker, entwickelte sich immer mehr zu einer wahren Hitze, während er monoton einen Fuß vor den anderen setzte. Er konnte kaum noch atmen, was sowohl an der Hitze als auch an seiner Beklemmung liegen mochte, an seiner Furcht vor dem Ungewissen.
Fürchte dich nicht, denn ich bin bei dir, mein Sohn!
Langsam, mit zögernden Schritten nahm er die Biegung, hinter der sich unvermutet ein weites Tal öffnete. Nein, das war nicht einfach ein Tal, es war Wasser. Ein großer unterirdischer See. Ganz still lag der See vor ihm. Kein noch so kleiner Lufthauch rief das Kräuseln einer Welle hervor. Es sah einladend aus, und er wollte sich dem See schon nähern, da spritzte das Wasser unvermutet in alle Richtungen wie von der Schwanzflosse eines Riesenwals aufgepeitscht. Vor ihm, neben ihm und rings um

ihn fielen schwere Tropfen auf den Boden. Und wo das Wasser – oder was immer es war – das Felsgestein berührte, ätzte es tiefe Löcher hinein.
Unwillkürlich machte er ein paar Schritte zurück, während er ungläubig auf den so plötzlich zum Leben erwachten See starrte. Aus dessen brodelnder Mitte tauchte etwas auf, das seine Augen blendete, seinen Verstand überforderte und sein Innerstes mit Schrecken erfüllte. Er wandte sich zur Flucht und rannte davon.
Und in seinem Kopf war die unheimliche Stimme.
Bleib hier und ängstige dich nicht! Ich bin bei dir, mein Sohn!

Schweißgebadet erwachte Enrico und benötigte einige Zeit, um herauszufinden, wo er war. Anfangs kam ihm der hohe, große Raum mit dem nackten Mauerstein und den schweren Holzbalken an der Decke fremd vor, wie ein Bild aus seinem Traum – aus dem immer wiederkehrenden Alptraum, der schon seit frühester Kindheit auf ihm lastete. Und doch war etwas anders, stellte Enrico bei genauerem Nachdenken fest. Noch nie war das Erlebnis so intensiv und trotz des surrealistischen Ambientes so real gewesen. Real? Der Begriff erschien ihm paradoxerweise nicht unpassend. Ihm war wirklich, als hätte er nicht nur geträumt, sondern als sei er tatsächlich in einer unterirdischen Welt gewesen, in einem Labyrinth aus Stein.
Der Teil seines Verstands, der sich mit seinem derzeitigen Aufenthaltsort beschäftigte, identifizierte den seltsamen Raum, dessen Konturen im durch die hölzernen Fensterläden einfallenden Mondlicht gut zu erkennen waren, als das Hotelzimmer in Pescia, das er heute bezogen hatte. Wirklich heute? Mit einer fahrigen Bewegung fischte er seine Armbanduhr vom Nachttisch und drückte auf den winzigen Lichtknopf. Es war schon vier Uhr morgens, also Dienstag, sein zweiter Tag in der Toskana.

Enrico wollte ins Bad gehen, um sich etwas zu erfrischen. Aber sobald er aufstand, begann sich das Zimmer um ihn zu drehen. Er ließ sich rücklings aufs Bett fallen, schloss die Augen und atmete tief und gleichmäßig durch. Der Schwindelanfall kam für ihn nicht überraschend. Er hatte so etwas häufig nach diesem Alptraum.

Nach fünf Minuten ging es ihm besser. Der Schwindel war verflogen, aber er fühlte sich ausgedörrt, als hätte die Hitze der Traumwelt seinen Körper wahrhaftig umschlungen gehalten. Er zog seinen schweißnassen Pyjama aus und ging nackt ins Bad, wo er den Mund unter den Wasserhahn hielt, bis sein brennender Durst gestillt war. Anschließend stellte er sich für eine kleine Ewigkeit unter die Dusche. Er ging nicht wieder ins Bett, dazu war er viel zu aufgewühlt. Stattdessen zog er sich an, stellte einen Stuhl an eins der Fenster, das er weit öffnete, und wartete auf den Sonnenaufgang. Die kühle Nachtluft tat ihm gut, und er dachte daran, was er hier in den norditalienischen Bergen finden mochte. Aber vielleicht sollte er sich erst einmal darüber klar werden, was er überhaupt suchte.

Irgendwann bemerkte er den rötlichen Lichtschimmer zu seiner Linken. Allmählich wurde daraus ein stärkeres Leuchten, und die Sonne schob sich über den Horizont, um ihr Licht auf die Landschaft zu werfen, die Enrico in aller Ruhe betrachtete. Irgendwo weit vor ihm, im Süden, begann jener Teil der Toskana, den man in Fotokalendern und auf den Abbildungen unzähliger Reisebücher fand: grüne Wiesen, die sich zu sanft geschwungenen Hügeln wölben, in die Felder voller roter oder gelber Blumen eingewoben sind, um dem Auge des Betrachters die nötige Abwechslung zu bieten; dazwischen Weinstöcke, Olivenbäume und Zypressen. Die Gegend um Pescia war anders, markierte den Übergang zum toskanischen Bergland. Das Hotel »San Lorenzo« stand inmitten einer weitläufigen Anlage nördlich der Stadt. Er konnte von Pescia nur ein paar Dächer und Kirchtürme erkennen. Dort war das Land noch verhältnis-

mäßig flach. Wenn er aber nach rechts und links blickte, türmten sich schroff die Berghänge auf, als wollten sie sagen: Bis hierher und nicht weiter!
Das helle Licht der mediterranen Sonne vertrieb die Erinnerung an seine schlechte Nacht und erfüllte Enrico mit Optimismus. Sein Magen knurrte, und er beschloss, frühzeitig in den Frühstücksraum zu gehen, bevor Scharen von Touristen dort einfielen. Aber der Raum, der tagsüber als Café und Weinlokal diente, war nur klein und schon jetzt überfüllt. Er konnte auch nicht einen freien Tisch entdecken.
»Wenn Sie möchten, können Sie sich zu mir setzen. Ich erwarte niemanden mehr.«
Enrico lächelte. Die Sonne der Toskana schien es wirklich gut mit ihm zu meinen. Eine junge Frau, die allein an einem Tisch saß, hatte ihn angesprochen. Und was für eine Frau! Ihr Anblick brachte das italienische Blut in seinen Adern zum Wallen. Sie war außerordentlich hübsch und trug, als wolle sie ihr schönes Gesicht niemandem vorenthalten, das dunkle Haar kurz geschnitten. Enge Jeans betonten ihre langen, schlanken Beine, und unter dem weißen Top zeichneten sich frauliche Formen ab. Als er an ihren Tisch trat, zwang er sich, sie nicht mit seinen Blicken zu verschlingen.
»Enrico Schreiber, Tourist«, stellte er sich vor. »Gestern erst angekommen und noch vollkommen fremd in dieser schönen Gegend. Ach ja, und ich erwarte auch niemanden mehr.«
»Sie sehen aus wie ein Italiener und sprechen wie ein Italiener«, stellte die schöne Unbekannte fest. »Aber der Name Schreiber klingt deutsch, österreichisch oder meinethalben auch schweizerisch. Jedenfalls nicht italienisch.«
»Das ist er auch nicht. Ich bin deutscher Staatsbürger, und mein Vater war Deutscher. Aber meine Mutter war eine waschechte Italienerin. Sie stammte aus dieser Gegend. Und mit wem habe ich das unerwartete Vergnügen?«
Sie streckte ihm ihre Hand entgegen. »Ich heiße Elena, bin

auch Touristin und auch erst gestern hier angekommen. So ein Zufall, nicht?«
»Ein überaus willkommener und angenehmer Zufall«, sagte Enrico, als er ihre Hand ergriff. »Elena also, und wie weiter? Müller, Meier oder Schmidt? Aus Berlin oder aus Hamburg?«
Sie lachte, und das stand ihr sehr gut. »Weder noch. Ich heiße Elena Vida und komme aus Rom.«
Enrico bestellte sich einen Cappuccino und bediente sich am kleinen Büfett mit frischem Brot, Schinken und Melonenspalten. Während er hungrig zulangte, fragte seine neue Bekannte, ob er die Familie seiner Mutter besuchen wolle.
»Soweit ich weiß, gibt es keine Familie in diesem Sinne mehr, jedenfalls keine näheren Angehörigen. Aber Sie haben trotzdem nicht ganz Unrecht, Elena, ich möchte mir das Dorf ansehen, aus dem meine Mutter stammt. Seltsam, dass mich diese Idee ausgerechnet jetzt packt.«
»Wieso seltsam?«
»Weil meine Mutter im letzten Monat gestorben ist. Man könnte doch meinen, dass ich mich schon früher für ihre Heimat hätte interessieren sollen.«
»Ich finde das gar nicht seltsam. Sie haben Ihre Mutter verloren. Da ist es nur natürlich, dass Sie hier etwas von ihr wiederzufinden hoffen.«
»Vielleicht«, sagte Enrico nachdenklich und sah durch die großen Fenster hinaus auf die grün bewaldeten Berge. »Als Erwachsener macht man sich nicht so viele Gedanken, was einem die Eltern bedeuten. Erst wenn sie nicht mehr da sind, merkt man es.«
»Ihr Vater ist auch schon tot?«
»Ja.«
»Und früher sind Sie nie hier gewesen, auch nicht mit Ihrer Mutter?«
Er schüttelte den Kopf. »Meine Mutter ist als sehr junge Frau von hier weggegangen und niemals wieder zurückgekehrt,

auch nicht zu einem kurzen Besuch. Sie war der Meinung, nun sei Deutschland ihre Heimat.«
»Wenigstens hat sie Ihnen perfekt Italienisch beigebracht.«
Enrico grinste. »So sehr deutsch war sie nun auch wieder nicht. Sie hat die ihr fremde Sprache nie hundertprozentig gelernt und sich mit mir immer auf Italienisch unterhalten.«
»Wie heißt der Ort, aus dem Ihre Mutter stammt?«
»Es ist nur ein winziges Nest hoch oben in den Bergen. Borgo San Pietro.«
»Klingt interessant. Das sollte ich mir wohl auch ansehen.«
»Aber hier ist die Toskana! Wollen Sie nicht viel lieber Florenz und Pisa erkunden, Siena und Lucca?«
»Das meiste kenne ich schon, und wirklich schön finde ich nur das kleine, zumeist übersehene Lucca. Aber ich stehe nicht auf Menschenmassen, die einander auf die Füße trampeln. Dann hätte ich auch in Rom bleiben können. Nein, ich habe mir extra hier ein Zimmer genommen, weil ich die angeblich so malerischen Bergdörfer abklappern will. In einem Reisebuch habe ich viel darüber gelesen und bin regelrecht neugierig geworden.«
Enrico zögerte nur kurz, bevor er sagte: »Dann lassen Sie uns die toskanische Bergwelt doch gemeinsam erkunden, Elena!«
Sie strahlte. »Einverstanden! Aber nur unter einer Bedingung: Sie müssen mir unbedingt dieses winzige Nest zeigen, aus dem Ihre Mutter stammt. Wie heißt es doch gleich?«
»Borgo San Pietro.«
»Ja, Borgo San Pietro.«
Im Radio, das den Frühstücksraum mit Adriano Celentano und Zucchero beschallt hatte, begannen die Nachrichten. Enrico fiel auf, dass Elena plötzlich hellhörig wurde.
»... gibt es Neuigkeiten aus Neapel, wo die neu gegründete *Heilige Kirche des Wahren Glaubens* ihren Sitz hat. Wie soeben vom Pressesprecher der neuen Kirche bekannt gegeben wurde, soll noch heute im Laufe des Tages die Amtseinführung des so genannten Gegenpapstes erfolgen. Natürlich werden

wir live darüber berichten, wie Kardinal Tomás Salvati zum Papst gekrönt wird. Im Anschluss an diese Nachrichten erfahren Sie in einer Sondersendung Näheres zu der abgespaltenen Kirche und ihren jüngsten Verlautbarungen. Zum Sport: Die beiden römischen Fußballvereine ...«

»Das scheint Sie sehr zu interessieren, Elena«, stellte Enrico fest.

»Ich bin katholisch.«

»Ich auch. Na und?«

»Sie haben wohl Recht, Enrico, zwischen katholisch auf dem Papier und gläubig im Herzen liegt ein gewaltiger Unterschied. Mich interessiert das alles sehr, mehr noch, ich fürchte mich vor dem, was daraus erwachsen kann. Eine gespaltene Kirche ist eine geschwächte Kirche, und gerade in diesen Zeiten sollte die Kirche stark sein.«

»Spielen Sie auf den neuen Papst an, den richtigen?«

»Ganz recht. Papst Custos. Ich finde es gut, wie er die Kirche reformieren will. Er braucht jede Unterstützung, die er kriegen kann. Es ist nicht schön, dass ihm ausgerechnet jetzt Knüppel zwischen die Beine geworfen werden.«

»Verzeihen Sie, Elena, aber sehen Sie die Sache nicht etwas einäugig? Sie kennen sich mit der katholischen Kirche wohl besser aus als ich, aber selbst mir ist nicht entgangen, dass der Papst die Kirchenspaltung erst durch seine Reformen ausgelöst hat. Da trägt er nach meiner Meinung zumindest eine Mitschuld an den Knüppeln, über die er jetzt zu stolpern droht.«

Elena machte ein ernstes Gesicht, jede Heiterkeit schien aus ihren Zügen verflogen zu sein. Sie schob die Schale mit dem erst halb gegessenen Fruchtjoghurt von sich weg. »Seien Sie mir nicht böse, Enrico, aber aus unserem Ausflug in die Berge wird nichts. Sie werden das sicher nicht verstehen, aber ich werde diesen sonnigen Tag im Fernsehraum des Hotels verbringen. Die Amtseinführung des Gegenpapstes will ich mir nicht entgehen lassen.«

Als Enrico eine Stunde später in den Fernsehraum trat, war er überrascht, wie voll es hier war. Er hatte gedacht, Elena allein anzutreffen. Aber er hatte nicht mit der tief verwurzelten Religiosität der Italiener gerechnet. Ganze Familien saßen dicht gedrängt in den Sitzgruppen und verfolgen gespannt die Live-Übertragung aus Neapel. Auf dem Bildschirm des umlagerten Fernsehers sah man eine große Kirche, um die sich Tausende von Menschen drängten.
»… sehen wir den Dom von Neapel, wo in wenigen Minuten die Amtseinführung des Gegenpapstes stattfinden wird«, berichtete eine Stimme aus dem Off. »Hier im Dom wird das Blut des heiligen Gennaro aufbewahrt, und vor drei Tagen fand hier, wie an jedem neunzehnten September, das so genannte Blutwunder statt. Wenn das Blut sich an diesem Tag verflüssigt, was meistens geschieht, ist alles in Ordnung. Verflüssigt es sich aber nicht, drohen große Katastrophen. In diesem Jahr ist das Blut nicht flüssig geworden. Die neue Glaubenskirche führt das auf die nach ihrer Meinung frevlerischen Reformen des Vatikans zurück, die Gott verärgert hätten. Aus dem Vatikan wiederum war zu hören, dass an dem negativen Ausgang des diesjährigen Blutwunders die Kirchenspaltung und der damit verbundene Verrat vieler Geistlicher an der Amtskirche schuld sei.«
»Gehören solche ›Blutwunder‹ auch zu Ihrem Glauben, Elena?«, fragte Enrico im Flüsterton, als er neben sie trat.
Sie saß in einem weichen Sessel. Da kein Sitzplatz mehr frei war, ließ er sich einfach neben ihr im Schneidersitz auf dem Boden nieder.
Elena blickte ihn mit hochgezogenen Brauen an. »Sie hier?«
»Wie Sie sehen.«
»Aber Sie wollten doch in die Berge!«
»Sie auch. Jetzt haben wir beide unsere Pläne geändert. Ein Vorschlag zur Güte: Heute machen wir unseren Fernsehtag, und morgen geht's hinaus in die freie Natur. Was halten Sie davon?«

»Ein ganz und gar hervorragender Vorschlag«, sagte sie mit einem breiten Lächeln, das Enrico sehr gefiel.
Der Fernsehreporter, der jetzt eingeblendet wurde, berichtete, dass die neu gegründete Glaubenskirche, wie sie kurz genannt wurde, gerade im südlichen Italien viele Anhänger gefunden habe. Ein Großteil der neapolitanischen Geistlichen war zu ihr übergewechselt. Der Reporter führte das als Grund dafür an, dass die Amtseinführung des Gegenpapstes in Neapel stattfand.
Plötzlich wirkte der Reporter verwirrt, er hatte anscheinend über den Miniempfänger in seinem Ohr eine wichtige Nachricht erhalten. »Meine Damen und Herren, wie ich gerade erfahre, steht der erste öffentliche Auftritt des Gegenpapstes kurz bevor. Wir schalten deshalb zum Hauptportal des Doms.«
Dort stand vor dem mittleren der drei Tore ein abtrünniger Kardinal in seiner purpurnen Amtstracht und verkündete: »*Habemus papam!* – Wir haben einen Papst!«
Die drei Tore wurden geöffnet, und Hellebardenträger in alten Uniformen traten im Paradeschritt ins Freie, um auf dem Vorplatz Aufstellung zu nehmen.
»Das sieht ja aus wie eine Travestie der Schweizergarde«, platzte Enrico heraus.
»Es sind tatsächlich Schweizer, aus denen die Gegenkirche ihre Papstgarde gebildet hat«, erklärte Elena. »Die Abtrünnigen geben sich alle Mühe, authentischer zu wirken als die authentische Kirche.«
Den Hellebardieren folgten Musikanten in den gleichen, an die richtige Schweizergarde erinnernden Uniformen. Mit einem Trommelwirbel begleiteten sie den Auftritt des Gegenpapstes, der in seinem weißen Gewand aus dem Dunkel des mittleren Portals auftauchte und von großem Jubel empfangen wurde. Offenbar waren viele Anhänger der Glaubenskirche zu dem großen Ereignis nach Neapel gekommen.

»Wir haben einen Papst«, sagte der abtrünnige Kardinal erneut. »Kardinal Tomás Salvati, der den Namen Lucius IV. gewählt hat.«

»Ausgerechnet Lucius«, sagte Elena leise.

»Was ist dagegen einzuwenden?«, fragte Enrico.

»Nichts, es ist aus der Sicht des Gegenpapstes ein sehr sinnvoller Name. Der Lichte, der Klare. Das behauptet der Gegenpapst ja zu sein. Die klare Alternative zu dem aus seiner Sicht frevlerischen Papst.«

»Das alles kann ich nicht beurteilen. Aber rein äußerlich gibt dieser Lucius eine gute Figur ab.«

Der Gegenpapst war schlank und hoch gewachsen und für einen Papst noch relativ jung. Enrico hätte ihn als einen agilen Mittfünfziger bezeichnet. Lucius lächelte gewinnend in die Kameras und erteilte den Segen urbi et orbi.

Bislang war es im Fernsehraum verhältnismäßig ruhig geblieben. Jetzt aber schieden sich die Geister in Befürworter und Gegner des Gegenpapstes.

»Der Stadt und dem Erdkreis, dass ich nicht lache!«, spottete einer der Gegner. »Dieser Lucius ist doch gar nicht in der Stadt Rom. Nur dort hat ein Papst seinen rechtmäßigen Sitz, aber nicht in Neapel!«

»Nur Geduld, Lucius wird schon noch nach Rom kommen!«, erwiderte jemand aus der anderen Ecke des Raums.

So ging es eine ganze Weile hin und her, und der Streit überlagerte einen Teil von Lucius' Ansprache. Elena rutschte in ihrem Sessel ganz weit nach vorn, um sich nichts von der Rede entgehen zu lassen. Auch Enrico konzentrierte sich auf den Fernseher, aber er konnte die Worte des Gegenpapstes nicht hören. In seinem Kopf war wieder diese seltsame Stimme, die ihn rief.

Hörst du mich? Das ist gut. Du musst mir folgen, darfst nicht vor mir davonlaufen. Folge mir!

Sosehr Enrico sich auch bemühte, er konnte die Stimme nicht

aus seinem Kopf verdrängen. Wieder sah er die Traumbilder vor sich, spürte er die Hitze und den Schrecken. Erneut packte ihn Schwindel, und der ganze Raum mit dem Fernseher und den vielen Leuten verwandelte sich in ein Karussell, das sich drehte und drehte und drehte …

Hände packten ihn, stützten ihn auf dem Weg in sein Zimmer, und erleichtert sackte er auf das vom Zimmermädchen frisch gemachte Bett. Über ihm erschien ein besorgtes Gesicht mit grünen Augen und hohen Wangenknochen. Elena.

»Wie geht es Ihnen, Enrico? Soll ich einen Arzt rufen?«

»Nicht nötig, danke. Ich kenne diese Anfälle schon. In ein paar Minuten ist alles vorüber. Ich muss mich nur ausruhen. Gehen Sie ruhig wieder zum Fernseher!«

»Und Sie?«

»Ich werde versuchen zu schlafen. Letzte Nacht habe ich sehr schlecht geschlafen. Vielleicht kann ich das jetzt nachholen. Wollen wir uns heute Abend zum Essen treffen? Das Restaurant hier im Hotel soll sehr gut sein.«

»Einverstanden«, sagte Elena.

Als Enrico allein war, klangen seine Beklemmung und das Schwindelgefühl langsam ab. Er schämte sich für den jämmerlichen Eindruck, den er bei Elena und den anderen Gästen hinterlassen haben musste. Mehr noch aber wunderte er sich über den Vorfall. Sicher, er kannte diese Traumbilder, die seltsame Stimme in seinem Kopf und die Schwindelanfälle. Aber bislang hatte ihn all dies immer nur nachts heimgesucht, im Schlaf. So schlimm ein Alptraum auch sein mochte, man konnte ihm immer entfliehen, indem man aufwachte. Wie aber sollte man vor Alpträumen fliehen, die in den Wachzustand einbrachen, in die Realität?

Obwohl Enrico sich hundemüde fühlte, legte er sich nicht zum Schlafen hin. Er hatte Angst vor dem Schlaf, einem Zustand, in dem er seinen Träumen erneut ausgeliefert war. Stattdessen kramte er in seinem Koffer, bis er das Buch fand, das seine

Mutter ihm auf dem Sterbebett gegeben hatte. Sie hatte nicht mehr viel sagen können, aber ihre wenigen, leisen, brüchigen Worte klangen ihm noch im Ohr: »Lies das, Enrico, und versteh!«

Es war ein altes Tagebuch, zweihundert Jahre alt, und der lederne Einband war an vielen Stellen brüchig. Enrico hatte arge Mühe, die altertümliche, teilweise schon arg verblichene Handschrift zu entziffern. Bisher hatte er nur die Eintragung auf der ersten Seite gelesen und herausgefunden, dass es sich um die Aufzeichnungen eines gewissen Fabius Lorenz Schreiber handelte, eines Vorfahren des Mannes, den Enrico fast sein ganzes Leben lang für seinen leiblichen Vater gehalten hatte. Sosehr er auch darüber gegrübelt hatte, ihm war nicht klar geworden, warum seine Eltern ihm die Wahrheit verschwiegen hatten, so lange, fast bis zum Tod seiner Mutter. Vielleicht sollte er ihren Rat befolgen und tatsächlich diese alten Aufzeichnungen lesen, um zu verstehen. Sie handelten von einer Reise nach Oberitalien, also in die Gegend, in der er jetzt war. Deshalb hatte Enrico das Buch in sein Gepäck gesteckt, bevor er in Hannover zum Flughafen fuhr.

Er machte es sich im Bett bequem, stopfte das Kissen in seinen Rücken und konzentrierte sich auf die altertümlichen, kunstvoll geschwungenen Buchstaben, die sich allmählich zu Silben und Worten formten …

Das Reisebuch des Fabius Lorenz Schreiber, verfasst anlässlich seiner denkwürdigen Reise nach Oberitalien im Jahre 1805

Erstes Kapitel – »Banditi!«

Nun, da meine Reisekutsche an diesem heißen Sommertag des Jahres 1805 durch die waldreichen Hügel Norditaliens rumpelte, stellte ich mir zum wiederholten Male die Frage, ob ich richtig gehandelt hatte, als ich beschloss, dem höchst seltsamen Aufruf zu folgen. Die schlechte, vorwiegend aus Löchern bestehende Straße ließ den Kutschaufbau fortwährend von einer Seite zur anderen schaukeln, als sei er nicht mehr denn ein loses Blatt im Herbstwind. Längst hatte ich es aufgegeben, mich mit den Armen abzustützen, um meinen Kopf vor allzu heftigen Stößen zu bewahren. Dennoch blieb ich vor den übelsten Kollisionen meines Schädels mit den Verstrebungen des Gefährts verschont. Eine gewisse Gewöhnung an die nicht gerade komfortable Fahrt hatte sich eingestellt, wie von selbst reagierten meine Glieder und Muskeln auf die Bewegungen der Kutsche und brachten meinen Oberkörper in die jeweils günstigste Position. Fast fühlte ich mich wie ein Seemann auf schwankendem Deck, dem es in Fleisch und Blut übergegangen ist, seine Körperhaltung dem Rhythmus des Meeres anzupassen. Im Gegensatz zu einem Seemann aber war ich nicht gegen die Auswirkung der ständigen Schaukelei auf meine inneren Organe gefeit. Schon seit Stunden kämpfte ich gegen die Übelkeit an, und die Mittagshitze tat ein Übriges, mir die dicksten Schweißperlen auf die Stirn zu treiben. Als mein vormals weißes, sauberes Taschentuch ein vom Schweiß durchtränktes graues Knäuel war, beugte ich mich aus dem offenen Fenster

und rief Peppo in einem recht ungehaltenen Tonfall zu, er möge gefälligst etwas langsamer fahren und sich nach einem geeigneten Ort für eine Mittagsrast umsehen. Der hohlwangige Italiener auf dem Bock blickte mich entgeistert an, schüttelte dann den Kopf, noch heftiger, als die Kutsche wackelte, und schlug meine Bitte mit einem einzigen, inbrünstig ausgestoßenen Wort ab: »*Banditi!*« Auch das noch, wir durchquerten also ein Gebiet, in dem Räuber ihr Unwesen trieben. Ob es tatsächlich so war oder ob Peppo mehr von seiner Furcht als von konkreten Verdachtsmomenten getrieben wurde, blieb sich gleich. Mein Kutscher schien nicht gewillt, in nächster Zeit eine Rast einzulegen oder die beiden kräftigen Pferde auch nur ein wenig langsamer laufen zu lassen. Ich konnte es ihm nicht einmal verübeln. Diese unwegsame Gegend bot Räuberbanden wohl die besten Verstecke, und die einsame Straße lud zu einem Überfall auf Reisende geradezu ein. Die Kriege der letzten Jahre, mit denen der frisch gekrönte Kaiser der Franzosen Europa überzogen hatte, ließen eine ständig wachsende Schar an menschlichem Strandgut zurück: Deserteure und Versehrte, Leichenfledderer und Halsabschneider, Witwen und Waisenkinder säumten den Weg der großen Armeen, brachten auch dort noch Unheil über die Menschen, wo Marschtritt und Kanonendonner längst verhallt waren.
Erschöpft ließ ich mich zurückfallen in das schweißfleckige Polster der Sitze und war jetzt gar nicht mehr so unfroh über den Umstand, dass ich ohne Reisegefährten auskommen musste. Zuweilen hatte ich die Gelegenheit, ein treffliches Wort zu wechseln, schmerzhaft vermisst, zumal der Italiener vorn auf dem Kutschbock überaus maulfaul war. Jetzt aber war ich froh, dass niemand sonst Zeuge meines erbärmlichen Zustands war und dass ich selbst davon verschont wurde, die Leiden anderer

Reisender ertragen zu müssen, ihr Gejammer und ihre Ausdünstungen. Ich schloss die Augen und versuchte zu schlafen, aber das ständige Gehüpfe der über Stock und Stein rollenden Kutsche ließ mich nicht zur Ruhe kommen. Ich fühlte mich gefangen in einem Wachtraum, der vor drei Wochen begonnen hatte, mit dem ungewöhnlichsten Brief, den ich zeit meines Lebens erhalten habe. Ich zog den ledernen Umschlag hervor, in dem ich das Schreiben verwahrte, packte es aus und faltete es auseinander. Auf teurem Papier standen, geschrieben im saubersten Kanzleistil, jene wenigen französischen Sätze, die mich aus dem beschaulichen, für mich aber in letzter Zeit nicht sehr komfortablen Celle fortgelockt hatten. Mit Postkutschen und Flussbooten war ich gereist, um schließlich in einem kleinen Ort an der Grenze zum norditalienischen Fürstentum Lucca die avisierte Reisekutsche zu besteigen, deren einziger Passagier ich seitdem war.

»Hochverehrter Monsieur Schreiber!
Wenn Sie an einer gut bezahlten Aufgabe im sonnigen Italien interessiert sind, sollten Sie unser Angebot auf der Stelle annehmen. Über Art und Dauer Ihrer Tätigkeit können wir Ihnen gegenwärtig leider keine Angaben machen. Seien Sie aber versichert, dass Ihr berufliches Interesse nicht zu kurz kommen wird, wie übrigens auch nicht Ihre Börse. Sie müssten sich allerdings heute noch entscheiden. Falls, was wir sehr hoffen, Ihre Antwort bejahend ausfällt, melden Sie sich beim Herrn Direktor des Bankhauses Dombrede, der Ihnen weitere Instruktionen sowie eine ausreichende Reisekasse aushändigen wird. Es versteht sich, dass in diesem Fall auch Ihre sämtlichen Verbindlichkeiten beim genannten Bankhaus als von uns getilgt gelten.«

Das war alles. Kein Abschiedsgruß und keine Unterschrift, nicht einmal ein Absender. Und dieser letzte Satz! Ich las ihn wieder und wieder, damals wie heute, und wusste nicht, ob ich in Lachen oder Weinen ausbrechen sollte. Sämtliche Verbindlichkeiten getilgt? Damit wäre die Sorge meines Lebens von meinen Schultern genommen. Gab es tatsächlich einen unbekannten Gönner, der mir solch eine Wohltat erweisen wollte? Oder wurde ich, wie ich damals befürchtete, das Opfer eines geschmacklosen Scherzes? Alles Grübeln half nichts, nur im Bankhaus Dombrede konnte ich die Wahrheit erfahren.
Als ich über den Marktplatz meiner Heimatstadt eilte, suchten meine Augen die Fassaden nach einem verborgenen Beobachter ab, der sich den Bauch vor Lachen hielt und sich über seinen gelungenen Streich freute. Aber ich konnte niemanden entdecken. Im Bankhaus fragte ich fast schüchtern nach dem Direktor und hatte zu meiner Überraschung den Eindruck, dass ich bereits erwartet wurde. Man behandelte mich nicht wie den mittellosen Schuldner, als der ich hier verschrien war, sondern wie einen willkommenen Gast, und der Herr Bankdirektor Lohmann schüttelte meine Hand wie die eines gutes Freundes, mindestens aber eines bedeutenden Kunden. Er beglückwünschte mich zu meinem generösen Auftraggeber, der meine sämtlichen Verbindlichkeiten zu tilgen bereit sei. Ich wollte mir nicht die Blöße geben, ihn erkennen zu lassen, wie wenig ich über diesen Auftraggeber wusste. Durch geschickte Fragen versuchte ich, mehr in Erfahrung zu bringen, aber entweder wusste Herr Lohmann nichts, oder er wich gewandt meinen Fragen aus. Er überreichte mir die in dem Brief genannte Reisekasse, die nicht nur ausreichend, sondern üppig genannt werden musste, und ein weiteres,

ebenfalls anonymes Schreiben, das Einzelheiten über meinen Reiseweg enthielt. Am nächsten Morgen schon sollte ich Celle verlassen, und ich folgte dem, ohne zu zögern. Die Hälfte der Reisekasse ließ ich meiner Mutter und den Schwestern zurück, womit sie gut versorgt waren.

Tausendmal und mehr hatte ich mir während der Reise den Kopf darüber zerbrochen, wer in Italien von mir gehört hatte und so sehr auf meine Hilfe erpicht war, dass er ein kleines Vermögen dafür opferte. Und welche Aufgabe harrte meiner? Ich fand keine Antworten, hatte einfach viel zu wenig Hinweise. Ich wusste nicht einmal, wo meine Reise enden sollte.

Etwa hier, in dieser unwirtlichen Hügellandschaft? Der Gedanke durchfuhr mich, als sich draußen Lärm erhob und die Kutsche noch bedrohlicher wankte als bisher. Ich hörte laute, heftige Schreie und das unverkennbare Krachen von Schüssen. Pulverrauch lag auf einmal in der Luft, und dann drehte sich die Welt um mich. Die Bäume tanzten, der Himmel wollte mit dem Boden tauschen, und mir wurde noch viel übler als zuvor. Meine Stirn stieß mit böser Wucht gegen eine Holzstrebe, und ein stechender Schmerz wollte meinen Kopf spalten. Mit einer unbeschreiblichen Verrenkung meiner Glieder lag ich in der umgestürzten Kutsche und fühlte mich hilflos wie ein auf den Rücken gefallener Maikäfer. Ich drehte den schmerzenden Kopf und konnte durch das Fenster der linken Tür des Verschlags in den blauen Himmel hinaufstarren, woraus ich schloss, dass mein Reisegefährt auf die rechte Seite gefallen war. Welch belanglose Schlussfolgerungen des Menschen Verstand doch zuweilen in den unpassendsten Augenblicken anstellt!

Den Himmel sah ich nur kurz, dann wurde er von wilden Gesichtern verdeckt: schmutzig, überwuchert von ungepflegtem Bartwuchs. Die Blicke der Männer glichen denen eines Raubtiers, das seine Beute sicher weiß. Ich erinnerte mich an die Schüsse und an Peppos inbrünstigen Ausruf: »*Banditi!*«

Die linke – oder obere, ganz wie man die Sache betrachtete – Tür des Verschlags wurde geöffnet, und grobe Hände streckten sich mir entgegen, zerrten mich aus der Kutsche und dann hinunter auf den festen Boden. Von heftigem Schwindel gepackt, taumelte ich und ließ mich, mit dem Rücken an einen Baumstamm gelehnt, zu Boden sinken. Ich lehnte den Kopf nach hinten und empfand den Baumstamm als angenehm kühl. Allmählich konnte ich klarer sehen, aber was ich erblickte, heiterte mich nicht auf. Die beiden Zugpferde, noch immer im Geschirr, schienen verletzt und wieherten, ja schrien qualvoll. Nicht weit von ihnen lag Peppo, verrenkt und leblos wie eine weggeworfene Puppe. Einer der Männer – der Räuber? – beugte sich über ihn.

»Was ist mit dem Kutscher?«, fragte ich auf Italienisch, und jedes Wort führte zu neuerlichem Stechen in meinem Schädel.

Der Fremde ergriff Peppos Kopf und wackelte mit ihm wie mit einer Holzkugel, drehte ihn in jede beliebige Richtung. Dann sah er mich an. Es war ein hartes und doch schönes Gesicht, geprägt von südlicher Männlichkeit und geziert von einem imposanten Schnauzbart mit spitz zulaufenden Enden.

»Genickbruch«, erklärte der Fremde und lächelte dabei. »Der Sturz vom Bock ist ihm nicht gut bekommen, als unsere Schüsse die Pferde erschreckten. Der Kerl hätte gleich anhalten sollen, als ich ihn dazu aufgefordert habe.«

Die Gleichgültigkeit, mit der dieser Lump von Peppos Tod sprach, machte mich rasend. Ich verspürte die unbändige Lust, mich auf ihn zu stürzen und ihn windelweich zu prügeln. Aber kaum hatte ich mich von dem Baumstamm abgestoßen und war wankend auf die Beine gekommen, da spürte ich einen harten Schlag am Hinterkopf. Das Letzte, was ich sah, bevor vollkommene Finsternis mich übermannte, war das grinsende Gesicht des schnauzbärtigen Fremden.

Dieses Gesicht ließ mich nicht los, schwebte über mir, wenn die Finsternis für kurze Momente aufriss. Mal schien es mich neugierig anzublicken, dann wieder spöttisch. Aber meine wachen Momente waren zu kurz und ich noch zu kraftlos, um mir ein wirkliches Bild darüber zu machen, was das Funkeln in den dunklen, fast schwarzen Augen des Fremden bedeutete.

Jemand flößte mir vorsichtig Wasser ein, und ich trank. Jemand gab mir eine Suppe, fütterte mich wie ein kleines Kind, und ich aß. Meine Kräfte erstarkten, und als ich aus der großen Finsternis zurückkehrte, war da dieses andere Gesicht. Ebenfalls südländisch und von schönem Schnitt, anmutig geradezu. Es gehörte einer Frau, jung noch, fast ein Mädchen. Langes dunkelbraunes Haar umspielte die glatten Wagen, wenn die schöne Unbekannte sich über mich beugte, um mir zu trinken und zu essen zu geben. Als ich sie nach ihrem Namen fragte, sah sie mich erstaunt, fast furchtsam an. Hatte sie nicht damit gerechnet, dass ich schon wieder so weit bei Kräften war?

»Meine Schwester heißt Maria«, sagte eine dunkle, volltönende Stimme vom Eingang der Höhle her, in der ich lag.

Draußen musste helllichter Tag sein, denn das hereinfallende Licht blendete mich, und so konnte ich nur eine schemenhafte Gestalt erblicken, die langsam auf mich zutrat. Allmählich schälten sich die Umrisse eines großen, athletischen Mannes heraus, der kniehohe Stiefel über einer roten Hose, ein weißes Hemd und eine rote Weste trug. Um die Hüften hatte er eine blaue Schärpe geschlungen, in der ein Dolch und zwei Pistolen steckten. Jetzt konnte ich auch das Gesicht erkennen. Es war der Mann mit dem spitz zulaufenden Schnauzbart, dessen Augen mich die ganze Zeit verfolgt hatten.

»Ihre ... Schwester?«, erwiderte ich überrascht. »Und wer sind Sie?«

Ein spöttisches Grinsen breitete sich unter dem großen Bart aus, während der Mann eine Verbeugung andeutete. »Verzeihen Sie meine schlechten Manieren, Signor Schreiber. Mein Name ist Riccardo Baldanello. Zu Ihren Diensten.«

»Woher kennen Sie meinen Namen?«

»Ich habe mir erlaubt, in der Zeit Ihres, hm, Schlafes Ihre Papiere zu lesen. Sie scheinen in einer sehr ungewöhnlichen Mission zu reisen. Unterwegs zu einem Auftraggeber, den Sie selbst nicht kennen. Ist es nicht so?«

»Wenn Sie meine Papiere gelesen haben, wissen Sie, dass es sich so verhält«, versetzte ich barsch. Ich dachte wieder an die umgestürzte Kutsche und an den toten Peppo, was mich mit Zorn erfüllte. »Weshalb haben Sie meine Kutsche überfallen?«

»Das ist mein Geschäft«, bekannte Riccardo Baldanello freimütig. »Meine Leute und ich leben von dem Wegzoll, den wir von den Durchreisenden kassieren.«

»Und wer sich nicht abkassieren lässt, den töten Sie!«, stieß ich verächtlich hervor.

»Falls Sie auf Ihren Kutscher anspielen, Signor Schreiber, der ist nicht ganz unschuldig an seinem Los. Hätte er auf uns gehört und sein Gefährt angehalten, wäre ihm nichts zugestoßen, und auch Ihnen wären einige Blessuren erspart geblieben. Aber der dumme Kerl wollte

fliehen und trieb seine Pferde an, worauf die Kutsche umstürzte.«
»So ist Peppo Ihrer Meinung nach selbst schuld an seinem Tod?«
»Sie sagen es.«
Zornerfüllt spie ich vor diesem Baldanello aus. *»Bandito!«*
Ungerührt betrachtete er sein Knie, wo mein Auswurf ihn getroffen hatte. »Da Sie meinen Beruf kennen, Signor Schreiber, würde ich gern den Ihren erfahren. Was muss ein Mann können, damit man ihm ein so verlockendes und zugleich mysteriöses Angebot unterbreitet?« Während er sprach, zog er ein Papier unter der Weste hervor, und ich erkannte den anonymen Brief, der mich in dieses Abenteuer gestürzt hatte.
»Ich forsche nach Altertümern.«
»Come?«, fragte Baldanello. »Wie?«
»Ist mein Italienisch so schlecht? Ich habe mich den Altertumswissenschaften verschrieben.«
»Was will man hier von Ihnen? Sollen Sie die Überreste unserer römischen Vorfahren ausgraben?«
»Das werde ich wohl erst in Erfahrung bringen, wenn ich meinen Auftraggeber treffe. Jetzt, wo Peppo tot ist, weiß ich allerdings nicht, wie ich das anstellen soll.«
Die Unterhaltung zerrte zunehmend an meinen Kräften, und ein dumpfer Schmerz, der die ganze Zeit über meinen Kopf gepeinigt hatte, wurde von Minute zu Minute stärker. Plötzlich verwandelte er sich in ein scharfes Stechen. Ich verzog das Gesicht und stöhnte auf.
»Wir sollten uns später weiter unterhalten, Signore«, sagte Baldanello in einem Tonfall, als befänden wir uns aus gesellschaftlichem Anlass in einem feinen Salon. »In der Zwischenzeit wird meine Schwester dafür sorgen, dass es Ihnen bald besser geht.«

Während er sich zum Gehen wandte, löste die schöne junge Frau vorsichtig den Verband um meinen Kopf, der an der Stirnseite blutgetränkt war. Sie säuberte meine Wunde so sanft, wie es ihren zarten Händen möglich war, und griff dann zu einer Tonschale, um eine grüngelbe Paste auf meine Stirn zu streichen.
»Was ist das?«, fragte ich misstrauisch.
»Ein gutes Mittel zum Heilen von Wunden«, antwortete Maria und blickte mich offen an. »Schon meine Großmutter hat es oft angewandt.«
»Kein Wunder bei solchem Banditengezücht!«
Als ein Schatten sich auf Marias Gesicht legte, bereute ich meine harten Worte.

Ich hatte zwei Kopfverletzungen. Eine in Form einer großen Beule am Hinterkopf, wo mich der Kolbenhieb einer Muskete getroffen hatte. Die zweite Verletzung war die klaffende Wunde an der Stirn, die ich mir beim Umstürzen der Kutsche zugezogen hatte. Wenn Maria auch nicht in den medizinischen Künsten geschult war, so kümmerte sie sich doch sehr sachkundig um mich. Als Schwester eines Banditenführers hatte sie wohl gelernt, wie man Wunden versorgte.
Aber Banditenschwester oder nicht, Maria gefiel mir, und ich versuchte, mich mit ihr zu unterhalten. Anfangs war sie sehr einsilbig, besonders wenn ich das Gespräch auf ihren Bruder und seine Räuberbande brachte. Doch wenn es um meine Heimat und um mein Leben ging, leuchteten ihre Augen wissbegierig auf, stellte sie Fragen über Fragen, als sei ihr das Leben hier in Norditalien nicht genug. Hin und wieder lachten wir, wenn mein nicht ganz perfektes Italienisch oder Marias Unkenntnis zu kuriosen Missverständnissen führte, und ich vergaß fast, dass ich ein Gefangener war.

Ich erfuhr, dass sich der Überfall bereits am Vortag ereignet hatte und dass ich lange Zeit ohne Bewusstsein zugebracht hatte. Aber es ging mir zusehends besser, und ich verbrachte eine verhältnismäßig ruhige zweite Nacht im Lager der Banditen. Gedanken an Flucht tauchten auf, aber ich verwarf sie schnell. Riccardo Baldanello hatte eine ständige bewaffnete Wache am Eingang der Höhle postiert. Der Wächter hätte mich vermutlich niedergeschossen, bevor ich überhaupt in seine Nähe gelangt wäre.

Als Maria gegen Mittag in die Höhle trat, erwartete ich, sie würde mir etwas zu essen bringen. Doch sie kam mit leeren Händen und sagte: »Riccardo meint, Sie sollen draußen mit uns essen. Frische Luft und etwas Bewegung tun Ihnen gut, sagt er.«

»Da mag Ihr Bruder Recht haben«, stimmte ich zu und wollte mich erheben.

Ein leichter Schwindel erfasste mich, und Schweiß bedeckte meine Stirn. Als ich wankte, sprang Maria schnell hinzu und ergriff meinen rechten Arm. Ich atmete tief durch, und bald ging es mir besser. Von Maria gestützt, verließ ich die Höhle, begleitet von einem verächtlichen Blick des Wachtpostens.

Draußen blieb ich stehen und blinzelte in das Mittagslicht, bis ich mich an die Helligkeit gewöhnt hatte. Tief sog ich die klare und zugleich würzige Luft ein, während ich in die Runde blickte. Das Banditenlager befand sich in einem kleinen Tal, das ringsum von größtenteils bewaldeten Anhöhen umgeben war. Nur ein einziger schmaler Weg schien aus dem Tal zu führen, und an ihm hockte ein weiterer bewaffneter Wächter auf einer felsigen Anhöhe, die ihm offenbar einen guten Überblick gewährte. Im Tal standen mehrere windschiefe Hütten, hastig und ohne Aussicht auf einen längeren Bestand errichtet. Ein paar Ziegen streunten zwischen den Hütten umher, und eine kleine Quelle am Rand der Lichtung spendete ausreichend Wasser. Riccardo Baldanello hatte für seine Bande, die ich auf zehn bis zwölf Mann schätzte, einen idealen Unterschlupf gefunden.

Der Banditenführer saß mit einem Großteil seiner Leute um ein großes Feuer, über dem ein kupferner Kessel hing. Als er uns erblickte, winkte er. Wir traten näher, und Maria ließ sich an seiner Seite auf einem umgestürzten Baumstamm nieder. Ich nahm neben ihr Platz. Riccardo reichte mir einen Tonkrug, und ich trank etwas von dem frischen Quellwasser.

»Wie fühlen Sie sich, Signor Schreiber?«, fragte er.

»Schon besser als gestern. Ihre Schwester hat sich vorbildlich um mich gekümmert.«

»Das will ich hoffen«, sagte Riccardo mit gespielter Strenge, während er zugleich Maria mit einem Lächeln bedachte. »Wir müssen noch etwas warten, bis die Suppe heiß ist. Vielleicht haben Sie jetzt Lust, unsere Unterhaltung von gestern fortzusetzen?«

»Sie sind ein seltsamer Mann, Signor Baldanello«, erwiderte ich. »Erst verschleppen Sie mich und töten dabei meinen Kutscher, und jetzt fragen Sie so höflich, als wären wir nicht irgendwo in der Einöde, sondern mitten in der Zivilisation. Überhaupt sprechen Sie nicht so, wie ich es vom Anführer einer Räuberhorde erwartet hätte.«

Riccardo grinste von einer Bartspitze zur anderen. »Ich hoffe, Sie entschuldigen meinen gewählten Umgangston, aber ich habe mich nicht zeitlebens hier in den Bergen herumgetrieben, um Reisenden aufzulauern.«

»Und weshalb tun Sie es jetzt?«

»Weil mein Magen knurrt. Und der meiner Schwester und meiner Männer auch. Wir leben nicht gerade in einfachen Zeiten.«

Ich nickte und hätte gern mehr über das Schicksal Riccardos, besonders aber Marias erfahren. Doch die Situation erschien mir nicht angemessen. Deshalb fragte ich einfach nur, wie es mit mir weitergehen solle.
»Sie werden noch einige Zeit unser Gast bleiben, Signor Schreiber«, erklärte Riccardo. »Bis wir Ihren sonderbaren Auftraggeber ausfindig gemacht haben und er uns für unsere Aufwendungen entschädigt hat.«
»Für Ihre Aufwendungen?«, wiederholte ich langsam, jede Silbe betonend. »Wie soll ich das verstehen?«
Er zeigte mit theatralischer Geste erst auf den Kupferkessel über dem Feuer und dann zu der Höhle, aus der ich gekommen war. »Signore, Sie essen und trinken bei uns, Sie schlafen bei uns. Zudem hatten wir einige Mühe, Sie herzuschaffen. Halten Sie es nicht für angemessen, dass Ihr offenbar äußerst wohlhabender Auftraggeber uns dafür entschädigt? Ihm scheint sehr viel an Ihnen gelegen zu sein. Da wird er sich gewiss nicht lumpen lassen, wenn es gilt, Sie unbeschadet zurückzuerhalten.«
»Sie wollen Lösegeld erpressen!«
»Das ist ein hartes Wort. Ich bevorzuge den Ausdruck Aufwandsentschädigung.«
»Wie Sie es bezeichnen, bleibt sich gleich! Und überhaupt, wie wollen Sie meinen Auftraggeber ausfindig machen, wenn nicht einmal ich ihn kenne?«
»Die Umstände sprechen dafür, dass Sie fast am Ziel Ihrer Reise sind, Signor Schreiber. Der Kutscher, der Sie abgeholt hat, sollte Sie wohl zu Ihrem Auftraggeber bringen. Der muss also irgendwo hier in der Nähe zu finden sein. Ich habe einen Teil meiner Leute ausgeschickt, um ihn aufzuspüren. In wenigen Tagen dürften wir mehr wissen.«
Obwohl ich Marias Gesellschaft als überaus angenehm empfand, erfüllte mich die Aussicht, auf unbestimmte

Zeit der Gefangene dieser Banditen zu sein, mit Abscheu. Riccardo mochte zu mir sprechen wie zu einem Gast, aber ich war nicht freier als ein Vogel in seinem Käfig. Ich suchte Blickkontakt zu Maria, wollte herausfinden, ob sie das Vorgehen ihres Bruders billigte, aber sie blickte fast krampfhaft zu Boden.
»Sie sind ein Lump, Riccardo!«, rief ich und sprang von dem Baumstamm auf. »Trotz Ihrer gewählten Worte sind Sie ein ebenso dreckiger und gemeiner Lump wie jeder Ihrer Männer!«
Ein Bandit, der mir gegenübergesessen hatte, sprang ebenfalls auf und sagte wütend: »Müssen wir uns das von diesem feinen Pinkel gefallen lassen, Riccardo? Er beleidigt uns und unsere Ehre!« Der große, muskulöse Mann, dessen Gesicht unter dem wuchernden Vollbart fast verschwand, trug ebenfalls eine Schärpe um den Leib, und darin steckten genug Hieb- und Schusswaffen, um einen ganzen Trupp auszurüsten.
Riccardo blieb ruhig sitzen. Sein Blick wanderte zwischen mir und dem schwer bewaffneten Banditen, der seine großen Hände zu Fäusten geballt hatte, hin und her. »Mit Gästen soll man höflich umgehen, aber Gäste haben auch die Pflicht, sich rücksichtsvoll zu verhalten. Du hast Recht, Rinaldo, unser Gast hat gegen diese Pflicht verstoßen. Meinetwegen erinnere ihn daran. Aber du solltest vorher deine Schärpe leeren.«
»Sehr gern!« Mit einem breiten Grinsen legte Rinaldo seine Waffen ab und trat dann langsam auf mich zu.
Maria sah mich an und warf dann ihrem Bruder einen flehenden Blick zu, der aber schüttelte den Kopf.
In Rinaldos stechendem Blick lag nicht der geringste Zweifel daran, dass er mir – mit oder ohne Waffen – eine fürchterliche Lektion erteilen würde. Er grinste wie ein Kind, das sich auf das Gelingen eines besonders hin-

terhältigen Streiches freut, während er immer näher kam. Ich machte eilig ein paar Schritte vom Feuer weg.
»Was soll das, Feigling?«, rief Rinaldo. »Willst du vor dem Kampf fliehen?«
»Nein, aber ich will vermeiden, dass du in die Suppe fällst. Zu viel fettes Fleisch zu Mittag macht deine Kumpane nur träge.«
Das brüllende Gelächter der anderen ließ Rinaldo erröten, soweit das unter seinem Bartgestrüpp zu erkennen war. »Wenn ich dich erst in den Fingern habe, wird dir die Lust zu weiteren Scherzen schnell vergehen!«, knurrte er und setzte mir im Laufschritt nach. Er war jetzt weniger achtsam als zuvor, und genau darauf hatte ich gehofft. Ich tat so, als wolle ich dem Angriff standhalten, wich aber im letzten Augenblick zur Seite aus und ließ nur ein Bein ausgestreckt, über das mein Gegner stolperte. Er taumelte und schlug wenig elegant auf dem Boden auf, was bei seinen Kumpanen zu neuerlichem Gelächter führte.
Kurz sah ich Maria an und bemerkte, dass sie mich mit bangem Blick beobachtete. War es die bloße Sorge um ihren Patienten, oder bedeutete ich ihr mehr?
Rinaldo kam schnaufend auf die Beine, klopfte den Staub aus seinen Kleidern und dröhnte: »Willst du nicht kämpfen, Hund? Kannst du nichts anderes als davonlaufen?«
»Das muss ich gar nicht, du stolperst ja über deine eigenen Füße!«
Meine Provokation verleitete ihn zu einem neuen wütenden Angriff. Ich wollte zwei Schritte zurückweichen, um mehr Raum zum Manövrieren zu haben. Jetzt aber war es an mir, zu stolpern. Mit den Hacken verfing ich mich in einer abgestorbenen Baumwurzel, die ausgerechnet hier aufragte. Ich fiel rücklings zu Boden, und

der Aufprall raubte mir für ein paar Sekunden den Atem. Wieder hörte ich raues Gelächter, und diesmal galt es unzweifelhaft mir.

Rinaldo stand über mir und hielt einen kopfgroßen Stein in den Händen. Er grinste und hob die Arme, um den Stein mit möglichst großer Wucht auf mich zu werfen. Ich wollte mich zur Seite wegrollen, war aber noch von dem Sturz gelähmt. Schon sah ich meinen Schädel unter dem Aufprall zerquetscht, da taumelte Rinaldo auf einmal. Fast gleichzeitig hörte ich lautes Krachen wie von einem aus heiterem Himmel hereingebrochenen Gewitter. Schreie mischten sich in den Lärm. Rinaldo wankte und stürzte dicht neben mir zu Boden. Der Stein rollte aus seinen kraftlosen Händen. Rinaldo hatte nur noch ein Auge und ein Ohr. Seine linke Kopfhälfte war ein Brei aus Blut, Knochensplittern und freigelegtem Gehirn.

Um mich herum war ein Chaos ausgebrochen. Die Banditen liefen vom Feuer weg, ohne sonderlich weit zu kommen. Immer wieder krachten die Schüsse – nichts anderes war der unaufhörliche Donner –, und ein Gesetzloser nach dem anderen brach getroffen zusammen. Von den bewaldeten Hügeln liefen uniformierte Männer herbei, und neben mich kniete sich ein Offizier. Er trug eine französische Uniform und sagte auf Französisch: »Monsieur Schreiber? *Bon*, Hauptmann Jacques Lenoir, zu Ihren Diensten.«

Er half mir auf, und ich sah, dass es mit den Banditen zu Ende ging. Sie starben unter Musketenkugeln und Bajonettstichen, wenn sie nicht schon reglose Haufen verblutenden Fleisches waren. Im Schatten einer Hütte kauerten Arm in Arm Maria und ihr Bruder, von mehreren Bajonetten bedroht. Riccardo blutete aus zwei oder drei Wunden, und eine blutige Furche zog sich quer über seine Stirn.

»Halt!«, schrie ich, und Marias Anblick erfüllte meine Stimme mit Panik. »Die beiden sind meine Diener!«
Ein Wink des Hauptmanns, und die Soldaten ließen ihre Bajonette sinken. Maria sah mich dankbar an, aber Riccardos Blick konnte ich nicht deuten. Gab er mir die Schuld am Tod seiner Männer? Ich blickte um mich und fand keinen einzigen Banditen, der noch kampffähig war. Einige waren noch am Leben, aber die Bajonette der französischen Soldaten änderten das schnell.
Entsetzt wandte ich mich an den Hauptmann und fragte ihn, warum die hilflosen Verwundeten getötet wurden. Lenoir sah mich verständnislos an. »Aber es sind doch nur Banditen!«

4

Nördliche Toskana,
Mittwoch, 23. September

Die schmale Bergstraße war derart gewunden, dass Enrico Schreiber das Lenkrad ständig von einer Richtung in die andere kurbeln musste, um den kleinen Fiat-Mietwagen auf der nur mangelhaft befestigten Fahrbahn in der Spur zu halten. Immer wieder knirschten Zweige und kleine Steine unter den Rädern. Zu beiden Seiten der diese Bezeichnung kaum mit Recht tragenden Straße ragte dichter Wald auf, dessen Blätterdach sich an vielen Stellen über der Fahrbahn schloss. Enrico hatte häufig das Gefühl, durch einen Tunnel zu fahren. Wurde der Wald einmal etwas lichter, bildeten die gleißenden Strahlen der Vormittagssonne einen unangenehmen Kontrast zum Walddunkel, der seine Augen blendete und das Fahren nicht gerade einfacher machte.

»Zum Glück habe ich mich am Mietwagenschalter auf dem Flughafen für diesen kleinen Fiat entschieden«, sagte er. »Ein etwas größeres Auto wäre schon fast breiter als die Fahrbahn.«

Auf dem Beifahrersitz lachte Elena Vida und sagte: »Dann bin ich gespannt, was du jetzt machst, Enrico.« Als sie sich gestern Abend zum Essen getroffen hatten, waren sie zum zwanglosen Du übergegangen.

Elena zeigte nach vorn, wo ein Kleintransporter um die nächste Kurve bog und zu hupen begann.

»Der ist gut!«, zischte Enrico. »Wer von unten kommt, hat Vorfahrt.«
»Vielleicht in Deutschland«, feixte Elena. »Aber hier wohl kaum, und schon gar nicht als Tourist.«
»Dann müssen wir die Notbremse ziehen«, meinte Enrico und hielt den Fiat mitten auf der Straße an, während er gleichzeitig das Warnblinklicht einschaltete.
»Was soll das?«, fragte Elena irritiert.
Unter erneutem Hupen kam der Kleintransporter, ein japanisches Fabrikat, nur einen halben Meter vor dem Fiat zum Stehen. Der Fahrer, ein stiernackiger, noch junger Mann im verschwitzten Unterhemd stieg aus und überschüttete die Insassen des Fiats mit einer Schimpfkanonade, wie man sie nirgendwo sonst als im italienischen Straßenverkehr zu hören bekommt.
Auch Enrico und Elena stiegen aus und warteten ab, bis ihr schimpfendes Gegenüber sich ein wenig beruhigt hatte.
Enrico bedachte ihn mit einem entwaffnenden Lächeln. »Entschuldigen Sie, dass wir Sie aufhalten, Signore, aber hier sieht ein Baum und ein Weg aus wie der andere. Könnten Sie uns sagen, ob wir noch auf der richtigen Straße sind?« Dem Wort Straße legte er einen eigentümlichen Unterton bei.
Der Mann aus dem Transporter kratzte sich in der linken Achselhöhle und fragte: »Wohin wollen Sie?«
»Nach Borgo San Pietro«, antwortete Enrico.
Der andere legte den Kopf schief, als habe er nicht richtig gehört. »Wohin?«
Enrico wiederholte seine Antwort.
»Das ist nur ein kleines Bergdorf, nichts Besonderes. Was wollen Sie da?«
Elena trat einen Schritt vor. »Wir haben uns in den Kopf gesetzt, uns kleine Bergdörfer anzusehen, die nichts Besonderes sind.«
»Aber Borgo San Pietro liegt ziemlich weit oben in den Bergen.«

»Kennen Sie den Ort gut?«, fragte Elena.
Statt zu antworten, sagte der Mann im Unterhemd: »Ich muss weiter. Machen Sie die Straße frei!«
Er stieg wieder in seinen Wagen, ohne Enrico und Elena noch eines Blickes zu würdigen.
»Sind hier in den Bergen alle so drauf?«, fragte Enrico, als er und Elena wieder einstiegen.
»Keine Ahnung, ich bin nur aus Rom«, sagte Elena mit aufgesetzter Unschuldsmiene. »Aber falls das Verhalten des Typen da in dieser Gegend üblich ist, bin ich froh, dass deine Mutter rechtzeitig von hier abgehauen ist.«
»Ist das eine verklausulierte Formulierung dafür, dass du mich ganz erträglich findest?«, kam es von Enrico, während er den Wagen anließ, sich halb nach hinten wandte und vorsichtig zurücksetzte.
Elena zwinkerte ihm zu. »Bis jetzt hast du dich noch nicht so schrecklich danebenbenommen.«
»Auch nicht gestern, als ich den Schwindelanfall bekam?«
»Dafür konntest du wohl kaum was. Wenn du das öfter hast, würde ich an deiner Stelle mal zum Arzt gehen.«
»Da war ich schon als kleines Kind. Meine Eltern haben mich von einem Doktor zum nächsten geschleppt. Ohne den geringsten Erfolg. Körperlich bin ich kerngesund, sagen die Quacksalber. Ist alles irgendwie psychisch, die Alpträume und das Schwindelgefühl. Aber was der Auslöser ist, hat keiner von ihnen sagen können. Ich muss wohl damit leben, dass ich eine Macke habe.«
»Das müssen andere auch«, sagte Elena und blickte zu dem Kleintransporter, der sich mit einer wütenden Huporgie an ihnen vorbeischob. »Aber bei denen ist es mir egal.«
»Bei mir nicht?«
»Nein.«
»Warum nicht?«
»Weil du ein netter Junge bist. Du solltest auf dich Acht geben.

Ohne dich müsste ich mich ganz allein diese Berge raufquälen.«
Sie setzten ihre Fahrt fort, und nach ein paar weiteren Biegungen wurde die Straße weniger kurvenreich. Enrico entspannte sich ein wenig und dachte über die seltsame Lektüre nach, mit der er den gestrigen Nachmittag verbracht hatte. Während er hier durch die einsame Bergwildnis fuhr, fühlte er sich fast ein bisschen wie Fabius Lorenz Schreiber auf seiner Reise ins Ungewisse. Ein seltsamer Zufall, dass er zweihundert Jahre später dieselbe Gegend bereiste wie der Vorfahr jenes Mannes, den er fast sein ganzes Leben lang für seinen Vater gehalten hatte.
Er war nicht sonderlich weit mit Fabius Schreibers Reisetagebuch gekommen. Die Schrift war nur sehr mühsam zu entziffern gewesen, und irgendwann besiegte seine Müdigkeit seine Angst vor dem Einschlafen. Also hatte er das Buch nach dem ersten Kapitel beiseite gelegt und war in einen glücklicherweise traumlosen Schlaf gefallen. Jetzt fragte er sich, worauf der Reisebericht von Fabius Schreiber hinauslief. Interessanter als Fabius Schreibers aufregende Erlebnisse fand Enrico den Familiennamen des Räuberhauptmanns und seiner Schwester: Baldanello. So hatte auch seine Mutter vor ihrer Hochzeit geheißen. Was bedeutete, dass der Kontakt zwischen den Familien Schreiber und Baldanello zweihundert Jahre alt war. Lag hierin der Grund, warum seine Mutter ihm das Buch gegeben hatte? Enrico war gespannt auf die Fortsetzung der Lektüre.
»Fahr langsam, da vorn kommen Hinweisschilder!«, machte Elena ihn aufmerksam.
»Eine echte Kreuzung!«, staunte Enrico. »Das ist ja fast wie bei euch in Rom oder bei uns in Hannover.«
An einem schiefen Holzpfahl waren ein paar Hinweisschilder befestigt, für die man in einem Antiquitätenladen vielleicht gutes Geld bekommen hätte. Auf einem konnten sie mit viel Mühe den Namen Borgo San Pietro entziffern.
»Also nach rechts und dann immer der Nase nach«, sagte En-

rico und steuerte den Fiat in die angegebene Richtung. »Was machst du eigentlich in Rom? Ich meine dann, wenn du nicht gerade aus der Stadt fliehst, um abgelegene Bergdörfer zu besichtigen.«

»Dann stehe ich in einer Schule am Lehrerpult und unterrichte Kinder in Kunst und Geschichte.«

»Oha. Zu meiner Zeit hat es so hübsche Lehrerinnen nicht gegeben. Ist auch besser so, das hätte mich nur vom Pauken abgelenkt.«

»Und zu welchem Beruf hat dich deine Paukerei geführt?«

»Ich bin Jurist.«

»Ein Paragrafenreiter? Den stellt man sich auch anders vor.«

»Ich kann gar nicht reiten. Und wie soll ich deiner Meinung nach rumlaufen? Mit schwarzer Robe durch die sonnenbestrahlte Toskana, den Aktenkoffer immer dabei?«

»Keine Ahnung. Wie läufst du denn bei dir in Hannover rum?«

»Bis vor kurzem genau so: mit schwarzer Robe und Aktenkoffer, wenn es in den Gerichtssaal ging. Ich habe als Rechtsanwalt gearbeitet. Aber zurzeit bin ich arbeitslos und darüber sogar froh. Ich muss niemanden um Urlaub bitten. Nachdem meine Mutter gestorben war und ich all ihre Angelegenheiten geregelt hatte, habe ich mir ein Flugticket nach Florenz gekauft und bin los. Einfach so.«

»Ich wusste nicht, dass man als Rechtsanwalt arbeitslos werden kann. Ich dachte, die Menschen streiten und verklagen sich immer, und Straftaten werden auch immer begangen, eher mehr als weniger.«

»Stimmt. Es gibt viele Rechtsstreitigkeiten und viele Straftaten, aber es gibt auch viele Juristen. Und etliche davon sind arbeitslos. Aber das ist, zumindest in Deutschland, ein Tabuthema. In meinem Fall war es so, dass ich als Angestellter in einer großen Kanzlei gearbeitet habe. Unser Senior war in krumme Geschäfte verwickelt und hatte Mandantengelder in beträchtlicher Höhe veruntreut. Ich spreche von einem zweistelligen

Millionenbetrag. Als das aufflog, haben seine Partner so schnell wie möglich die Fliege gemacht. Und wo es keine Chefs mehr gab, benötigte man auch keine Angestellten mehr.«

»Aber du musst nicht betteln gehen, oder?«

»Meine beiden Staatsexamen waren nicht so ganz schlecht. Ich denke schon, dass ich bei Bedarf schnell wieder einen Job finde.«

»Bei Bedarf? Willst du gar nicht wieder als Anwalt arbeiten?«

»Ich weiß noch nicht, was ich in Zukunft machen werde. Ich habe festgestellt, dass es nicht meine Lebenserfüllung ist, sich tagein, tagaus mit den Streitereien fremder Leute zu befassen. Vielleicht werde ich Schriftsteller und schreibe ein Buch über meine Reiseabenteuer in Italien.«

»Wie kommst du darauf?«

»Ach, nur so«, sagte Enrico, der Elena zum gegenwärtigen Zeitpunkt nichts von dem Reisetagebuch erzählen wollte. Er wollte erst selbst herausfinden, welche Bewandtnis es damit hatte.

»Da musst du aber noch ein paar Abenteuer erleben, wenn du ein ganzes Buch füllen willst.«

»Der Anfang ist doch schon mal gut. Ich habe eine junge, attraktive Italienerin kennen gelernt, und jetzt erkunde ich mit ihr zusammen ein geheimnisvolles Dorf in den Bergen.«

»Wieso geheimnisvoll?«

»Na, sieht das etwa nicht geheimnisvoll aus?«, erwiderte Enrico und zeigte nach vorn.

Vor ihnen lichtete sich der Wald, und auf einer Hügelkuppe lag ein Mittelding zwischen Dorf und Festung. Borgo San Pietro, denn nichts anderes konnte es sein, machte einen wenig einladenden Eindruck. Türme, Mauern und Zinnen aus dunklem Stein wirkten abweisend, als sei der Ort seinem ganzen Wesen nach darauf ausgerichtet, Fremde fern zu halten. Das Dorf thronte auf diesem Hügel wie das Nest eines großen Raubvogels, der von hier aus über sein Reich wachte.

»Wenn wir näher kommen, werden wir bestimmt mit brennendem Pech und einem Steinhagel empfangen«, scherzte Enrico, während er den Fiat außerhalb des Ortes auf einem Parkplatz abstellte, auf dem eine ganze Reihe von Fahrzeugen stand.
»In früheren Jahrhunderten vielleicht. Diese Bergorte waren regelrechte Wehrdörfer, deshalb die verschachtelte Bauweise mit Türmen und Zinnen. Ein Feind sollte es möglichst schwer haben, den Ort zu erobern.«
»Vielen Dank für den Unterricht, Frau Lehrerin«, sagte Enrico grinsend und stieg aus, um sich zu recken und zu strecken. Er war von großer Statur, und die lange Fahrt in dem kleinen Fiat hatte ihn ordentlich zusammengestaucht. »Hier scheint der ganze Ort zu parken. Kein Wunder, durch die engen Dorfgassen passen kaum vier Räder.«
Sie tauchten in die Schatten der schmalen Gassen ein, und Enrico stellte sich vor, wie seine Mutter als Kind ebendiesen Weg gelaufen war. Es war ein seltsamer Gedanke, und er fühlte sich seiner Mutter so nah wie seit ihrem Tod nicht mehr. Trauer überkam ihn, und er war froh über seine Sonnenbrille, die seine Tränen verbarg.
»Übervölkert ist es hier nicht gerade«, stellte Elena fest.
»Vielleicht halten die Leute Siesta, es geht auf Mittag zu. Oder sie sind ausgewandert. Das würde ich auch tun, wenn ich hier leben müsste. Wenn alle Bergdörfer hier oben so aussehen, wundert mich nicht mehr, dass der Typ vorhin so mies drauf war.«
Vor ihnen wurde es heller, und sie traten auf die Piazza des Dorfes, die einen freundlicheren Eindruck machte als die düstere Gasse hinter ihnen. Außerdem sahen sie hier die ersten Dorfbewohner: ein paar Männer, die vor einer Bar saßen und sich im Schatten eines großen Sonnenschirms lautstark unterhielten. Als sie die beiden Fremden erblickten, verstummte die Unterhaltung, und neugierige Blicke saugten sich an Enrico und Elena fest.

»Wenigstens gibt es hier was zu trinken«, sagte Enrico. »Ich habe einen Durst wie eine Kompanie Fremdenlegionäre nach dem Durchqueren der Sahara.«

»*Zwei* Kompanien«, berichtigte ihn Elena und hakte sich bei ihm unter. »Gibst du einen Hektoliter aus?«

Sie ließen sich neben den Männern nieder, die ihren Gruß erwiderten, und bestellten eine große Flasche Mineralwasser. Jetzt, nachdem sie etwas zu trinken hatten und nicht mehr die einzigen Menschen hier waren, wirkte Borgo San Pietro nicht mehr so abschreckend auf Enrico. Die Piazza hatte sogar etwas Malerisches, fand er, und ein Bild von hier hätte sich gut in einem Reiseführer über die Toskana gemacht. Er bezweifelte allerdings, dass viele Touristen oder auch nur wenige Reisebuchfotografen den Weg hierher fanden.

Als der Junge, der auch sie bedient hatte, aus der Bar kam, um ein Bier an den Nachbartisch zu bringen, gab Enrico ihm ein Zeichen und fragte ihn, ob es hier eine Familie Baldanello gebe. Der Junge sah ihn nur verständnislos an und zuckte mit den Schultern.

Einer der Männer am Nebentisch sagte: »Fragen Sie am besten den Bürgermeister, wenn Sie etwas wissen wollen, oder den Pfarrer.«

Enrico blickte über die Dächer, wo sich in etwa hundert Meter Entfernung die Turmspitze der örtlichen Kirche erhob. »Den Pfarrer finde ich wohl in seiner Kirche. Und den Bürgermeister?«

»Benedetto Cavara isst um diese Zeit zu Mittag. Sein Haus ist das gelbe dort drüben, direkt neben dem Aufgang zur Stadtmauer.«

Die Familie Cavara bestand aus Benedetto Cavara, seiner Frau, fünf Kindern und der Großmutter. Sie saßen um einen großen Tisch, aßen ein köstlich duftendes Fleischgericht und blickten die beiden Besucher höchst erstaunt an. So, wie man hier jeden unerwarteten Besucher – und andere gab es wohl kaum – anstarrte. Der Bürgermeister trug die Lederschürze eines Schusters und hatte ein rundes Gesicht, das von einem großen Schnurrbart beherrscht wurde. Sobald Enrico mit Elena das Haus betreten hatte, fühlte er sich unwohl. Sie beide waren hier Fremdkörper, vielleicht nicht einmal unerwünscht, aber auf jeden Fall unpassend. Mit leisen Worten, als wolle er die Cavaras nicht noch mehr stören, erkundigte er sich nach der Familie Baldanello.

Benedetto Cavara ließ seine Gabel sinken und blickte Enrico skeptisch an. »Warum wollen Sie das wissen?«

»Bevor meine Mutter heiratete, hieß sie Mariella Baldanello. Im August ist sie verstorben. Wenn hier noch Verwandte von ihr leben, würde ich sie gern sprechen und sie vom Tod meiner Mutter in Kenntnis setzen.«

Der Bürgermeister schüttelte den Kopf. »Ich muss Sie enttäuschen, Signore. Die Baldanellos gab es hier mal, das ist richtig. Aber die alten Leute aus dieser Familie sind gestorben und die jungen fortgezogen. Ihnen ist vielleicht schon aufgefallen, dass Borgo San Pietro nicht gerade an Übervölkerung leidet.«

»So ein Pech«, sagte Enrico enttäuscht. »Haben Sie möglicherweise Adressen der Fortgezogenen?«

»Nein, nichts. Wozu auch? Wer Borgo San Pietro einmal verlässt, kehrt nicht wieder. Wie es auch bei Ihrer Mutter gewesen ist.«

»Und der Dorfpfarrer? Kann er mir vielleicht weiterhelfen?«

»Das glaube ich nicht. Er bewahrt auch keine Adressen Fortgezogener auf. Außerdem ist er heute nicht im Ort. Er musste in einer familiären Angelegenheit dringend nach Pisa. Wir wissen nicht, wann er zurückkommt.«

Enrico und Elena verabschiedeten sich und gingen wieder hinaus auf die Piazza, wo inzwischen kein Mensch mehr zu sehen war. Stühle, Tische und Sonnenschirme standen noch vor der Bar, aber die Gäste waren verschwunden, und vor der Tür hing

ein braunes Pappschild, auf das in roten Blockbuchstaben ein Wort gemalt war: »*Chiuso*« – geschlossen.
Enrico kratzte sich am Kopf. »Nanu, war die Mittagspause so kurz?«
Elena zog ihre Sonnenbrille von den Haaren hinunter ins Gesicht und ließ ihren Blick über den verwaisten Platz schweifen. »Ich glaube, das liegt an uns. Borgo San Pietro versteckt sich vor uns.«
»Was haben wir beide nur an uns, dass man uns meidet wie Aussätzige?«
»Wir sind Fremde. Vielleicht die ersten in diesen Tagen, aber nicht die einzigen. Der zu erwartende Ansturm ist es wahrscheinlich, den die Leute hier fürchten. Es kann nicht mehr lange dauern, bis hier die ersten Journalisten herumschnüffeln. Wir sind für die Dorfbewohner so etwas wie die Vorhut angesichts der letzten Ruhe vor dem Sturm.«
»Ein Sturm? Wovon sprichst du, Elena? Habe ich was verpasst?«
»Das kann man wohl sagen. Als es dir gestern nicht gut ging und du dich ins Bett gelegt hast, wurde es im Fernsehbericht über die Amtseinführung des Gegenpapstes erwähnt.«
»Was? Dass dem Dorf hier ein Sturm droht?«
»So ungefähr. Genauer gesagt: Gegenpapst Lucius alias Tomás Salvati stammt aus diesem Ort, und er hat hier auch ein paar Jahre als Priester gewirkt.«
»Ach du Scheiße!«
»Lass uns das hier nicht in der prallen Sonne besprechen, Enrico. Gehen wir zurück zum Wagen!«
Sie überquerten den Platz und tauchten in den Schatten der schmalen Gasse ein, durch die sie hergekommen waren. Nach nur wenigen Schritten blieb Enrico stehen und murmelte: »Sie sollten doch eigentlich froh sein.«
»Wer?«
»Die Leute hier in Borgo San Pietro. Das Dorf könnte ein Tou-

ristenmagnet werden, ein Wallfahrtsort für die Anhänger der neuen Kirche.«
»Vielleicht legen die Menschen hier darauf keinen Wert. Es ist nicht jedermanns Sache, Scharen von Fremden durch seinen Vorgarten trampeln zu lassen und sein Seelenleben vor Journalisten auszubreiten, denen es in Wahrheit nur um Schlagzeilen und Auflage geht.«
»Das hört sich an, als würdest du dich damit auskennen, Elena.«
Elena wirkte für einen Augenblick irritiert, als wüsste sie nicht, was sie darauf erwidern solle. Während sie noch nach Worten suchte, wurde sie von etwas abgelenkt und sagte leise: »Das ist doch der Bürgermeister! Der hat sein Mittagessen aber schnell vertilgt.«
Benedetto Cavara war aus seinem Haus getreten und blickte über den Platz. Dann ging er eiligen Schrittes am Rand der Piazza entlang und verschwand hinter einem Mauervorsprung.
»Er hat bestimmt nach uns Ausschau gehalten«, murmelte Enrico.
»Du meinst, er sucht uns?«
»Im Gegenteil, er schien mir nicht besonders erpicht auf eine nähere Bekanntschaft. Hast du gesehen, wohin er gegangen ist? In der Richtung liegt doch die Dorfkirche.«
»Du könntest Recht haben, Enrico. Vielleicht ist die Geschichte mit dem verreisten Pfarrer nur ein Märchen. Vorhin vor der Bar hat niemand erwähnt, dass er nicht im Dorf sei.«
»Aber wozu der Aufwand? Nur, um uns schnell loszuwerden?«
»Keine Ahnung, was das Ganze soll. Schauen wir doch einfach nach!«
Sie liefen zurück auf die Piazza und zu der Stelle, wo Bürgermeister Cavara aus ihrem Blickfeld verschwunden war. Als sie den Mauervorsprung erreichten, sahen sie, dass von dort ein

direkter Weg zur Kirche führte. Sie folgten ihm und blieben am Rand des kleinen Kirchenvorplatzes stehen.
»Warten wir hier?«, fragte Enrico. »Falls Cavara denselben Weg zurückkommt, wäre es doch eine hübsche Überraschung für ihn, uns hier anzutreffen.« Er lachte trocken. »Ob er uns dann wohl erzählt, er geht jeden Mittag zum Beten in die Kirche?«
Aber sie warteten vergeblich auf Cavara und beschlossen nach einer Viertelstunde, in der Kirche nachzusehen.
»Selbst wenn Cavara nicht da ist, ist es dort drinnen auf jeden Fall kühler als hier draußen in der Mittagshitze«, meinte Elena, und Enrico stimmte ihr zu.
Enrico musste sich anstrengen, um einen Flügel der schweren Kirchentür aufzuziehen. Aber es lohnte sich. Der kühle Lufthauch, der ihm entgegenwehte, war hochwillkommen. Enrico störte sich nicht daran, dass die Kirchenluft von durchdringendem Weihrauchgeruch durchsetzt war. Er nahm, wie auch Elena, seine Sonnenbrille ab, und sie betraten das Gotteshaus. Enrico achtete darauf, dass die Tür leise schloss. Die Kirche schien leer zu sein, was angesichts der Tageszeit nicht verwunderlich war. Durch die bunten Fenster, auf denen Szenen aus dem Leben Jesu abgebildet waren, fielen Lichtbahnen in das sonst dunkle Kirchenschiff. Enrico und Elena durchschritten die leeren Bankreihen, ohne auf eine Menschenseele zu stoßen.
»Was jetzt?«, fragte Enrico, als sie vor dem blumengeschmückten Altar standen. »Hier gibt es weder einen Bürgermeister noch einen Pfarrer.«
Elena ging zu einer Seitentür und drückte die Klinke nach unten. Mit leisem Quietschen schwang die Tür auf.
»Hier geht's weiter«, sagte sie und verschwand durch die Türöffnung.
Enrico folgte ihr in die Sakristei und flüsterte ihr ins Ohr: »Juristisch betrachtet, begehen wir gerade einen Hausfriedensbruch.«

Elena wandte sich zu ihm um und grinste. »Das macht mir keine Angst, ich habe meinen Anwalt dabei.«
»Aber mir macht das Angst«, sagte er mit gespieltem Augenrollen. »Man hört so allerlei Unangenehmes von den Bedingungen in italienischen Gefängnissen.«
»Das trifft aber nur diejenigen, die sich erwischen lassen«, sagte Elena und ging auf eine geschlossene Tür zu, die sich ebenfalls öffnen ließ. »Angst vor Dieben scheint der Pfarrer jedenfalls nicht zu haben. Ich frage mich nur, ob jemand, der für unbestimmte Zeit nach Pisa fährt, alles so unverschlossen zurücklassen würde.«
Sie kamen in einen schmalen Flur mit einer Garderobe, an der einige Kleidungsstücke hingen, darunter ein schwarzer Priesterrock. Offenbar befanden sie sich jetzt in der Privatwohnung des Pfarrers. Enrico fühlte sich nicht ganz wohl in seiner Haut, aber Elena schien zunehmend Spaß an dem Abenteuer zu finden. Fast schien es ihm, als mache sie so etwas nicht zum ersten Mal.
Sie zeigte zum Ende des schmalen, sehr dunklen Flurs. »Da vorn steht eine Tür ein Stück offen. Versuchen wir da unser Glück!«
Sie drückte die Tür auf, die zu einer Wohnküche führte. Auf dem Tisch standen ein nur halb geleertes Weinglas und ein Teller mit Nudeln und dunkelroter Sauce. Niemand saß an dem Tisch. Aber davor lag ein Mann mit einer blutenden Wunde am Hinterkopf. Fassungslos betrachtete Enrico die Szene, und auch Elena wirkte wie in der Bewegung erstarrt. Der Mann am Boden rührte sich nicht. Aber sie beide kannten den Mann. Die lederne Schürze hatte Benedetto Cavara noch umgebunden. Er lag in seltsam verrenkter Haltung auf der Seite, und sein glasiger Blick zeigte ins Leere. Enrico beugte sich über ihn, fühlte seinen Puls und versuchte festzustellen, ob er noch atmete.
»Was ist?«, fragte Elena erregt. »Lebt er noch?«

Enrico sah zu Elena auf. »Nichts. Der Bürgermeister ist definitiv tot.«
Er dachte daran, wie Cavara vor noch nicht einer halben Stunde inmitten seiner Familie am Mittagstisch gesessen hatte. Seine Mutter, seine Frau und fünf Kinder warteten auf ihn, aber er würde niemals mehr zu ihnen kommen, sein Stuhl würde leer bleiben. Ein flaues Gefühl breitete sich in Enricos Magengegend aus, als ihm bewusst wurde, wie kurz der Schritt vom Leben zum Tod war.
Elena schien sich einigermaßen gefasst zu haben, und einmal mehr hielt Enrico sie für eine erstaunliche Frau. Aufmerksam sah sie sich in der Küche um.
»Er ist definitiv ermordet worden«, sagte sie mit Blick auf den blutenden Schädel und den schweren Kerzenständer, der blutverschmiert in einer Ecke auf dem Küchenboden lag. »Wer tut so etwas in einem Ort wie Borgo San Pietro?«
»Auf dem abgelegenen Land findet man oft abgefeimtere Verbrechen als in der Großstadt.«
»Lernt man solche Weisheiten vor Gericht?«, fragte Elena.
»Nein, in Kriminalromanen. Und da lernt man auch, dass man in einem Fall wie diesem schleunigst die Polizei rufen sollte.«
Enrico zückte sein Handy, erstarrte aber mitten in der Bewegung. Sein Blick war auf den kleinen, etwa sechsjährigen Jungen gefallen, der mit weit aufgerissenen Augen in der Küchentür stand. Sie kannten ihn, hatten ihn erst vor kurzem am Mittagstisch des Bürgermeisters gesehen. Vermutlich hatte Signora Cavara ihn ausgesandt, um nach seinem Vater Ausschau zu halten. Die Lippen des Jungen bebten, als wolle er etwas sagen, könne aber keinen Ton hervorbringen.
»Wir haben deinem Vater nichts getan …«, setzte Elena zu einer hilflosen Erklärung an. »Du solltest dir das nicht länger ansehen. Wie heißt du, Junge?«
Sie ging langsam auf den Jungen zu. Vielleicht löste das seine Erstarrung. Er wandte sich um, lief schreiend durch den Flur

und verschwand durch eine halb offen stehende Tür, die direkt ins Freie führte.
»Das ist gar nicht gut«, zischte Elena. »Wenn der Kleine da draußen seine Geschichte erzählt, hat man uns nicht nur wegen Hausfriedensbruchs beim Wickel. Wir sollten ihm schnellstens nach und dafür sorgen, dass kein falsches Bild entsteht!«
Aber es war schon zu spät. Eben noch menschenleer, hatte sich draußen auf dem Vorplatz jetzt, wie es schien, das halbe Dorf versammelt. Die Menschen umringten den Sohn des Ermordeten und lauschten seinen hastigen Worten. Böse Blicke richteten sich auf die beiden Fremden, und dann flog etwas durch die Luft und streifte Enricos rechte Wange. Es war ein Stein, der hinter ihm gegen die Hauswand knallte. Ein brennender Schmerz überzog seine rechte Gesichtshälfte. Als er die Hand dagegen hielt, waren sämtliche fünf Finger von einer Sekunde zur anderen blutig.
Weitere Steine flogen und gingen um Enrico und Elena wie Hagel nieder. Die Dorfbewohner schlossen sich zu einer bedrohlichen Front zusammen, die Schritt für Schritt näher rückte. Knüppel und Messer in den Händen der Männer verhießen nichts Gutes.
»Die lassen nicht mit sich reden«, erkannte Elena. »Wir müssen hier weg, schnell!«
Sie nahm Enrico bei der Hand und zog ihn in die nächste Gasse. Sie liefen, so schnell sie konnten, und er fragte keuchend: »Wie ist dein Plan?«
»Zurück zum Auto und abhauen.«
»Ein guter Plan. Hoffentlich finden wir den Weg.«
»Ich habe einen guten Orientierungssinn.«
Tatsächlich kamen Enrico und Elena aus dem Gewirr der Gassen an einer Stelle heraus, die nicht weit vom Parkplatz entfernt lag. Enrico spürte, wie das warme Blut von seiner Wange den Hals entlang unter seinen Hemdkragen lief, kümmerte sich aber nicht weiter darum. Seine Verletzung war nichts im Ver-

gleich zu dem, was ihnen drohte, wenn sie den Dorfbewohnern in die Hände fielen.

Der Parkplatz lag hinter einem kleinen, buschbewachsenen Hügel. Als sie den umrundet hatten, blieben sie wie angewurzelt stehen. Bei ihrem Wagen standen vier Männer, bewaffnet mit Knüppeln und Schrotflinten. Da krachte auch schon der erste Schuss, und wenige Meter neben ihnen spritzte der Boden auf.

»Die sind wahnsinnig«, keuchte Enrico. »Weg hier, schnell!«

Diesmal war er es, der Elena mit sich zerrte, bis der Hügel sie vor den Männern auf dem Parkplatz abschirmte. Aber eine Ruhepause war ihnen nicht vergönnt. Zahlreiche Dorfbewohner strömten zwischen den Häusern und Mauern von Borgo San Pietro ins Freie, und allen stand blanker Zorn ins Gesicht geschrieben.

5

Rom, Mittwoch, 23. September

Pünktlich um ein Uhr mittags traf Commissario Donati in seinem Fiat Tempra vor dem schmalen Haus an der Via Catalana ein, in dem Alexander Rosin sich nach seinem Ausscheiden aus der Garde eine kleine Wohnung genommen hatte. Alexander wartete schon vor dem Haus und stieg schnell ein, bevor die Autofahrer hinter dem Tempra zu hupen begannen. Die Römer meisterten den chaotischen Straßenverkehr in ihrer Stadt mit ebensolcher Kunstfertigkeit wie Ungeduld. Dabei war es um diese Zeit noch erträglich, erst recht, als Donati und Alexander endlich den engeren Stadtbezirk verließen und auf der Via Appia in südöstlicher Richtung fuhren, den Albaner Bergen entgegen. Morgens und abends, wenn der Berufsverkehr die Ausfallstraßen überflutete, war hier oft kein Durchkommen mehr. Gerade deshalb hatten sich Alexander und Donati für die Mittagszeit verabredet. Sie wollten nach Ariccia fahren, um Näheres über Pfarrer Giorgio Carlini in Erfahrung zu bringen, den man in seiner Kirche, der Chiesa Santa Maria dell'Assunzione, im Taufbecken ertränkt aufgefunden hatte.

Nicht eine Wolke hinderte die Mittagssonne daran, Rom und seine Umgebung in ihr helles Licht zu tauchen, und Alexander klappte die Sonnenblende herunter. »Wie laufen Ihre Ermittlungen, Commissario?«

Donati warf ihm einen nicht gerade fröhlichen Blick zu, bevor er sich wieder auf den Verkehr konzentrierte. »Eher bescheiden. Ich wühle mich durch die Akten und Zeugenaussagen und versuche, eine Spur herauszufiltern, aber es will mir nicht gelingen. Hoffentlich stoßen wir in Ariccia auf einen Hinweis.«

»Aber wir haben einen Hinweis: das Kreuz, das Elena von Signora Ciglio bekommen hat. Haben Sie es untersuchen lassen, wie Sie es vorhatten?«

»Mehr noch. Wir haben den Juwelier ausfindig gemacht, bei dem der Gardekaplan seinerzeit die Kreuze gekauft hat. Es ist ein kleines Geschäft unweit des Vatikans. Der Inhaber konnte sich noch gut an den Vorgang erinnern, weil es für ihn ein verhältnismäßig großer Auftrag gewesen ist, insbesondere die Ausführung der Gravuren. Er hat das Kreuz zweifelsfrei als eines derjenigen identifiziert, die er dem Kaplan verkauft hat.«

»Das ist doch schon etwas. Jetzt wissen wir, dass zumindest einer der Mörder zur Schweizergarde gehört. Und es kann keiner der neu in Dienst genommenen Gardisten sein.«

»Na schön, aber wie bringt uns das praktisch weiter?«, brummte Donati, während er mit einer knappen Handbewegung einen jungen Mann abwimmelte, der an einer roten Ampel die Autoscheiben putzen wollte. »Soll ich in den Vatikan marschieren und alle altgedienten Schweizer bitten, mir ihre Kreuze vorzuzeigen? Und wer keins hat, den stecke ich in Untersuchungshaft?«

»Warum nicht? Wenn wir so den Mörder kriegen.«

»Und was ist, wenn mir zehn oder zwanzig Mann erzählen, sie hätten ihr Kreuz verlegt, verloren, verkauft, verschenkt oder weggeworfen? Soll ich die alle in Kollektivhaft nehmen?«

»Vielleicht wäre der Richtige dabei«, erwiderte Alexander, obwohl er einsah, dass Donati Recht hatte.

»Aber auch nur vielleicht. Schließlich kann der Eigentümer des von Signora Ciglio gefundenen Kreuzes auch ein ehemaliger

Gardist sein oder jemand, der das Kreuz gekauft oder gefunden hat.«

»Sie glauben also nicht, dass der Mann, dem das Kreuz gehört und der nach aller Wahrscheinlichkeit zu Dottesios Mördern gehört, in den Reihen der Schweizergarde zu suchen ist, Commissario?«

»Doch, das glaube ich schon, Alexander. Ich will Ihnen nur verdeutlichen, mit welchen Schwierigkeiten ein übereiltes Vorgehen verbunden wäre. Im Zweifelsfall kann es uns mehr schaden als nützen. Denn eins brächte eine solche Aktion auf jeden Fall mit sich: Die Mörder wären gewarnt, wüssten, dass wir ihre Witterung aufgenommen haben.«

»Wenn wir das nur schon hätten!«, seufzte Alexander und blickte nach vorn, wo sich die grünen Hänge der Albaner Berge hinter den Überresten eines alten Viadukts unter dem blauen Spätsommerhimmel erstreckten. Wo es den süffigen, gelben Frascati gab, Köstlichkeiten wie die Castelli-Porchetta, ein im Ofen gebratenes und mit Gewürzen und Kräutern gefülltes Ferkel, Castel Gandolfo mit der Sommerresidenz des Papstes, Sehenswürdigkeiten wie den Albaner See im Krater eines erloschenen Vulkans – und eine Kirche, deren Priester man auf perfide Weise ermordet hatte. Das alles ging Alexander blitzartig durch den Kopf, aber hauptsächlich dachte er an Elena, die jetzt wohl auch in den Bergen unterwegs war, allerdings etwa dreihundert Kilometer weiter nördlich. Er konnte es sich nicht erklären, aber ein beklemmendes Gefühl überfiel ihn.

Als hätte Donati seine Gedanken erraten, fragte er: »Wie kommen Sie und Elena voran, Alexander?«

»Ich habe versucht, vorsichtig meine Kontakte zur Garde zu reaktivieren. Es ist nicht ganz leicht, weil viele von meinen alten Kameraden nicht mehr dabei sind. Aber ich konnte herausfinden, dass es im Borgo Pio eine neue Kneipe gibt, die seit kurzem so eine Art inoffizielles Stammlokal der Garde ist. Sie heißt ›Fame da Lupi‹. Heute Abend will ich mich dort ein bisschen umhören. Der verlorene Sohn kehrt heim und schmeißt ein paar Runden, so in der Art. Damit kann ich hoffentlich die Zungen meiner ehemaligen Kameraden lösen.«

»Womit sonst, wenn nicht mit Wein und Bier.« Donati lachte. »Und Elena? Womit ist sie befasst?«

»Unsere Chefredakteurin hat sie in die Toskana geschickt. Sie soll sich ein kleines Bergdorf einmal näher ansehen, Borgo San Pietro. Der Gegenpapst stammt aus dem Ort und hat dort auch sein erstes Priesteramt innegehabt. Ich habe gestern Abend mit ihr telefoniert. Sie hat im Hotel einen jungen Deutschen oder Halbitaliener kennen gelernt, dessen Familie aus Borgo San Pietro stammt. Elena hat sich ihm angeschlossen, um im Dorf als harmlose Touristin aufzutreten.«

»Elena weiß sich immer zu helfen«, sagte Donati anerkennend. »Da oben in der Toskana ist es sicher angenehmer als hier, wo ein Priestermörder umgeht.«

»Ich weiß nicht recht«, sagte Alexander zweifelnd. »Immer, wenn ich an Elena denke, beschleicht mich ein ungutes Gefühl. Keine Ahnung, warum.«

»Ach was! Sie sind nur ein bisschen eifersüchtig auf Elenas neuen Bekannten. Ihnen wäre wohler, wenn Sie selbst mit Ihrer hübschen Freundin durch die Toskana fahren würden. Stimmt's?«

»Kann schon sein, Commissario.«

»Sag endlich Stelvio zu mir, sonst komme ich mir noch so alt vor, wie ich aussehe. Wir begießen das nachher mit einem Glas Frascati. Und was Elena angeht, sei unbesorgt! Deine Freundin ist zu schlau dazu, sich um Kopf und Kragen zu bringen.«

Hastig blickte Elena sich um. Immer mehr Dorfbewohner strömten ins Freie, und hinter ihnen tauchten die vier Männer auf, die sie auf dem Parkplatz erwartet hatten. Der Typ, der eben geschossen hatte, ein rotgesichtiger Mann mit Halbglatze, versuchte, im Laufen seine Schrotflinte nachzuladen.

»In den Wald!«, rief sie Enrico zu. »Im Freien haben wir nicht die geringste Chance, ihnen zu entkommen.«

Enrico nickte, und sie schlugen sich durchs nahe Unterholz, um tiefer in den Wald einzudringen. Dabei achteten sie nicht auf die Richtung, in die sie liefen. Wichtig war für sie nur, schnell voranzukommen. Hinter sich hörten sie die Schritte der Verfolger, ihre Stimmen und das Knacken von Ästen und Zweigen.

»Schneller!«, trieb Enrico seine Begleiterin an, als sie hinter ihm zurückblieb.

Er drehte sich zu ihr um und sah voller Schrecken, dass sie am Boden lag. Panik stieg in ihm hoch, Angst nicht nur um das eigene Leben, sondern auch um Elena. Er kannte sie erst seit gestern, und doch bedeutete sie ihm schon sehr viel. Sie war die Frau, in die er sich verlieben konnte – in die er sich vielleicht schon verliebt hatte.

Als er zu ihr eilte, stand sie schon auf und keuchte: »Bin nur über einen Stein gestürzt, keine Sorge! Los, weiter!«

Es war höchste Zeit, die Flucht fortzusetzen.

Enrico glaubte, schon das schnelle Atmen der Verfolger zu hören. Oder war es nur das Rauschen des Blutes in seinen Ohren? Die beiden liefen durch immer dichteren Wald, und immer wieder peitschten Zweige schmerzhaft über ihre Gesichter und ihre Arme. Auch Enrico stürzte, diesmal über eine Baumwurzel, und stieß sich das Knie an der bogenförmig aus dem Boden ragenden Wurzel blutig. Er nahm sich nicht mal die

Zeit, den Schmutz aus der Wunde zu wischen. Augenblicklich sprang er wieder auf und lief weiter, versuchte mit zusammengebissenen Zähnen, den Schmerz in seinem rechten Knie zu ignorieren.

Vergingen drei Minuten, fünf oder zehn? Er wusste es nicht, gönnte sich nicht die halbe Sekunde, um auf die Uhr zu sehen. Es war auch nicht wichtig, jetzt, wo es um ihr Überleben ging. Wortlos und heftig keuchend rannten sie durch den Wald, in gebückter Haltung, um sich vor den tief hängenden Ästen und Zweigen zu schützen, so gut es ging. Irgendwann wurde es vor ihnen etwas lichter.

Im Laufen deutete Enrico nach vorn, wo die Bäume spärlicher wurden, und rief kurzatmig: »Vielleicht kommen wir da etwas schneller voran.«

»Die hinter uns aber auch.«

Es wurden immer weniger Bäume, weil sich überall seltsame Bauwerke erhoben, oben abgerundete Steingebilde, die oft mit Moos und Gras überwachsen waren. Sie mussten seit vielen Jahrhunderten hier stehen und Wald und Wildnis trotzen. Enrico entdeckte Eingänge in den hüttenartigen Gebilden, aber kein einziges Fenster.

»Was ist das?«, fragte Elena.

»Keine Ahnung. Aber wir könnten uns in einem von den Dingern verstecken.«

»Dann sitzen wir in der Falle. Unsere Verfolger werden bestimmt diese komischen Hütten durchstöbern.«

Als Enrico sich umsah, erkannte er, dass es ohnehin zu spät war. Sie hatten das Wettrennen verloren. Überall am Waldrand erschienen ihre Verfolger und mäßigten ihr Tempo, als sie erkannten, dass das Wild in der Falle saß.

»Sie haben uns!«, stieß Elena hervor, und Panik schwang in ihrer Stimme mit.

»Zurück!«, sagte Enrico leise und fasste sie am Arm, zog sie langsam mit sich durch das scheinbar endlose Labyrinth der

fensterlosen Steinhütten. »Ganz langsam, wir wollen sie nicht reizen.«
Die Verfolger bildeten einen Halbkreis, dessen Enden näher und näher an Enrico und Elena herankamen.
Elena schüttelte den Kopf. »Es hat keinen Sinn, Enrico. Wir können nicht entkommen. Unsere einzige Chance besteht darin, mit ihnen zu reden.«
Die beiden blieben stehen, weil jeder weitere Schritt eine sinnlose Kraftvergeudung war. Vielleicht hatte Elena Recht, und sie konnten den Zorn, der sich auf den Gesichtern der Dörfler spiegelte, mit Worten besänftigen. Enrico hoffte es, aber er glaubte nicht daran. Aus den Augen der Menschen, die sie allmählich umringten, sprach das Verlangen nach Vergeltung, nach der *vendetta del sangue* – der Blutrache.
Die ersten Steine flogen und trafen eine der merkwürdigen Steinhütten neben ihnen. Sie duckten sich rasch. Mehr Sorgen als die Steinewerfer machten Enrico diejenigen unter den Männern, die Gewehre und Schrotflinten in den Händen hielten. Die Männer aus Borgo San Pietro waren vermutlich keine schlechten Schützen. Die Schusswaffen befanden sich nicht nur zur Zierde in ihren Häusern. Hier ging man mit ihnen noch auf die Jagd in den weitläufigen Wäldern, wo man kaum damit rechnen musste, auf einen staatlichen Forstbeamten zu treffen.
Der rotgesichtige Mann, der schon einmal auf sie geschossen hatte, trat zwei Schritte vor und brachte sein Gewehr in Anschlag. Verzweifelt überlegte Enrico, was er tun konnte, um Elena und sich zu retten. Aber der Schütze war schon zu nah und die Streuung der Schrotflinte zu groß. Sie konnten nur abwarten, bis die Schrotkörner sie durchsiebten.
Enricos Blick begegnete dem des Rotgesichtigen, und der Mann zuckte mit den Mundwinkeln. Unmöglich zu sagen, ob es ein Zeichen der Anspannung oder des Triumphs war. Sie würden es wohl nie erfahren. Enrico hielt den Blick fest auf

sein Gegenüber gerichtet und wartete darauf, dass der Zeigefinger am Abzug sich krümmte.
Stattdessen ließ der Dorfbewohner die Waffe langsam sinken und sah Enrico und Elena enttäuscht an. Nein, Enrico musste sich korrigieren, der Mann aus Borgo San Pietro sah an ihnen vorbei. Sein Blick war auf irgendetwas hinter ihnen gerichtet. Alle Dorfbewohner sahen auf diesen Punkt, und in vielen Gesichtern spiegelte sich die Enttäuschung, wie in dem des Mannes mit der Schrotflinte.
Langsam wandten Enrico und Elena sich um. Etwa zehn Meter hinten ihnen erhob sich eine seltsame Gestalt auf dem Dach einer der halbrunden Steinhütten und streckte den Menschen die Hände entgegen. Die Geste wirkte auf Enrico halb abwehrend, halb gebieterisch.
Der Mann war alt, sehr alt. Wo nicht ein struppiger grau-weißer Bart sein hageres Gesicht bedeckte, sah man unzählige Runzeln. Er trug die einfache Kleidung eines Landmenschen, aber sämtliche Sachen wirkten abgerissen, als hätte er niemanden, der sich um sie kümmert. Die nackten Füße steckten in Ledersandalen.
»Tut diesen beiden nichts!«, rief er den Dorfbewohnern mit altersrauer Stimme zu. »Habt ihr das Gebot Gottes vergessen? Du sollst nicht töten!«
»Sie selbst haben gegen das Gebot verstoßen«, entgegnete ein Mann aus der Menge. »Sie haben Benedetto Cavara ermordet, erst vor einigen Minuten.«
»Selbst wenn das wahr sein sollte, habt ihr nicht das Recht, euch an ihnen zu versündigen. Im Jenseits wird Gott sie richten, und hier wird sich die Justiz ihrer annehmen.«
»Wir nehmen die Sache lieber selbst in die Hand!«, schrie der Mann und schwang eine eiserne Brechstange über seinem Kopf. »Nur dann können wir sicher sein, dass sie ihre gerechte Strafe erhalten.«
Zustimmende Rufe wurden laut, und die Menge rückte ein,

zwei Schritte näher. Wieder flog ein Stein und riss den Boden zwischen Enrico und Elena auf.
»Halt!«, erscholl die Stimme des Alten mit einer Kraft, die Enrico erstaunte. »Seid ihr des Teufels? Wollt ihr Schuld auf euch und eure Kinder laden, für alle Zeiten? Bedenkt doch, was so ein Racheakt für eure Familien und das ganze Dorf bedeutet!«
Offenbar wirkten die Worte. Die Leute blieben stehen und begannen, miteinander zu diskutieren. Enrico wollte schon erleichtert aufatmen, da flog ein weiterer, faustdicker Stein durch die Luft und traf Elena an der linken Schläfe. Sie sackte zusammen wie vom Blitz getroffen und blieb reglos vor seinen Füßen liegen. Er kniete nieder, beugte sich über sie und sah, dass ihre linke Kopfhälfte blutüberströmt war.

Ariccia

Verschlossen«, stellte Alexander enttäuscht fest, als er an dem Kirchenportal rüttelte. »Wozu soll die Kirche auch offen sein, wenn es hier in Ariccia keinen Pfarrer mehr gibt?«
»Aber im Polizeibericht stand etwas von einem Küster«, sagte Stelvio Donati. »Ich hoffte, ihn hier anzutreffen.«
»Hören wir uns ein wenig um!«, erwiderte Alexander und zeigte auf die Straße, durch die Touristen bummelten und Schaufenster begutachteten; die kühle Luft des auf einem Sattel zwischen zwei Tälern gelegenen Ortes zog im heißen Sommer viele Menschen an. »In einem der Läden kann man uns sicher sagen, wo wir den Küster finden. Und vielleicht entdecken wir bei der Gelegenheit auch eine Bar, in der wir auf unser neues Du mit einem Frascati anstoßen können.«
»Man muss jeder Situation ihr Gutes abgewinnen«, sagte Donati augenzwinkernd, schloss seinen vor der Kirche geparkten

Fiat ab und ging neben Alexander die Straße entlang. Sein ungelenker Gang zog neugierige Blicke auf sich, aber das schien er gar nicht wahrzunehmen. Vermutlich hatte er sich in den Jahren, die er sich jetzt mit der Beinprothese herumschlug, längst daran gewöhnt.

Sie waren noch nicht weit gekommen, als mit quietschenden Bremsen ein Wagen neben ihnen anhielt und zwei Männer heraussprangen. Es war ein Streifenwagen, und die Männer trugen Polizeiuniform. Sie bauten sich drohend vor Alexander und Donati auf, und einer bellte: »Wer sind Sie? Was wollen Sie hier?«

Donati lächelte den Mann an. »Und selbst? Wer sind Sie? Und was wollen Sie hier?«

Der Uniformierte, der eben gesprochen hatte, war ein großer Mann mit kantigem Schädel und einem vorspringenden Kinn, was ihm das Aussehen eines Nussknackers verlieh. Er wirkte irritiert und tauschte einen unsicheren Blick mit seinem jüngeren Kollegen aus. Dann legte er, wie um sich einen Halt zu verschaffen, die rechte Hand ans Leder der Pistolentasche. »Wir sind die Polizei, also stellen wir die Fragen!«

»Falls Ihr Berufsstand das ausschlaggebende Kriterium ist, bin ich genauso berechtigt, Fragen zu stellen«, sagte Donati gelassen und griff in seine Jacke, um den Dienstausweis zu zücken.

Der Nussknacker riss die Augen auf und hielt Donatis rechte Hand fest. »Halt! Was soll das?«

»Ich möchte Ihnen meinen Ausweis zeigen. Sie haben mich doch eben gefragt, wer ich bin.«

»Gut. Aber ganz vorsichtig, okay?«

Donati nickte und zog seinen Dienstausweis hervor, den er dem Nussknacker mit spitzen Fingern unter die Nase hielt.

Ungläubig betrachtete der den Ausweis und stammelte: *»Polizia criminale!* Sie ... Sie sind bei der Kriminalpolizei in Rom!«

»Ich weiß.«

»Warum haben Sie das nicht gleich gesagt?«, brachte der Nussknacker vorwurfsvoll hervor und salutierte umständlich. »Ispettore Capo Marcello Trasatti und Sovrintendente Fabrizio Polani vom Polizeiposten in Ariccia, zu Ihren Diensten, Commissario.«

»Vielen Dank, Signor Trasatti.« Donati steckte seinen Ausweis wieder ein. »Die Polizei in Ariccia scheint mir von der schnellen Truppe zu sein.«

Trasatti nahm das als Kompliment und warf sich stolz in die Brust. »Ein Anwohner hat uns informiert, dass sich jemand am Kirchenportal zu schaffen gemacht hat. Nach dem Mord an Don Carlini sind wir natürlich in höchster Alarmbereitschaft. Fabrizio und ich sind sofort in den Streifenwagen, um nach dem Rechten zu sehen.«

»Wegen des Mordes sind wir auch hier. Wir hatten gehofft, uns den Tatort mal ansehen zu können. Gibt es in Ariccia nicht einen Küster?«

»Gewiss doch, das ist Signor Questi. Wir haben ihm gesagt, er soll die Kirche verschließen, damit sich nicht die Schaulustigen da herumtreiben und die Spuren verwischen. Soll ich ihn bitten, die Kirche für Sie zu öffnen, Commissario?«

»Sie lesen meine Gedanken, Ispettore Capo.«

Signor Questi war ein nervöser kleiner Mann, den der Mord sichtbar mitgenommen hatte. Fast ohne Unterlass redete er von bösen Mächten, die sich an der Kirche versündigt hätten, und als er einen Seiteneingang aufschließen wollte, zitterten seine Finger so stark, dass Trasatti ihm helfen musste, den Schlüssel ins Schloss zu stecken. Als Donati dem Küster anbot, er könne vor der Kirche auf sie warten, nahm Questi das dankbar an.

Die beiden Polizisten aus Ariccia führten Alexander und Donati zu dem Taufbecken, das in der Tat groß genug war, um darin zu ertrinken. Jedenfalls dann, wenn man jemandes Kopf mit Gewalt unter Wasser drückte.

»Wer hat eigentlich den Toten gefunden?«, fragte Alexander.
»Signor Questi«, antwortete Trasatti und lieferte damit eine Erklärung für die strapazierten Nerven des Küsters. »Als Don Carlini nicht zum Abendessen kam, das Signora Questi gekocht hatte, ging ihr Mann in die Kirche, um nach Carlini zu sehen. Questi fand den Pfarrer über das Taufbecken gebeugt vor und dachte erst, Carlini habe etwas darin verloren. Aber unser Pfarrer war tot.«
Sie gingen wieder nach draußen, wo der Küster stand und die Hände in hilflosem Zorn zu Fäusten ballte. »Wer tut so etwas, Commissario?«
Donati sah ihn ernst an. »Das, Signor Questi, ist die alles entscheidende Frage.«
Alexander und Donati unterhielten sich eingehend mit den beiden Polizisten und auch mit dem Küster. Aber es tauchten keine neuen Gesichtspunkte auf, nichts, was ihnen einen Hinweis geben konnte. So landeten sie schließlich unter dem Sonnenschirm vor einer kleinen Bar und bestellten zwei Gläser Frascati.
Während sie auf den Wein warteten, sagte Donati: »Eine etwas andere Todesart, wenn auch nicht weniger abscheulich als im Fall von Giovanni Dottesio, aber beiden Fällen ist dasselbe Muster gemeinsam. Schnell und konsequent vorgehende Täter, die sich vorher offenbar gut über ihr Opfer und die örtlichen Gegebenheiten informiert haben. Sie sind jeweils ungesehen in die Kirche eingedrungen, haben den Mord vollbracht und sind dann wieder hinaus. So wie ein Paketbote klingelt, sein Paket abgibt und dann in seinen Wagen steigt.«
»Mit dem Unterschied, dass der Paketbote in der Regel gesehen wird – vom Empfänger der Sendung.«
»Stimmt schon, Alexander. Ich wollte mehr darauf hinaus, dass unsere Mörder keine Amateure sind. Sie müssen Übung im disziplinierten Vorgehen haben. Wie Soldaten.«
»Oder wie Schweizergardisten«, ergänzte Alexander.

Der Wein kam, und sie stießen an, versuchten, für die Dauer eines Glases die beiden Morde zu vergessen. Aber Alexander wollte es nicht gelingen, sich zu entspannen. Immer wieder musste er an Elena denken, und ein unerklärliches Gefühl der Unruhe, der Sorge, machte sich in ihm breit.

6

In der Gegend von Borgo San Pietro

Elena lag noch immer reglos auf dem Boden, der sich unter ihrem Kopf rot färbte. Die Wunde blutete stark. Über sein Handy hatte Enrico die Polizei in Pescia informiert, die versprochen hatte, sofort einen Notarzt in die Berge zu schicken. Jetzt konnte er nicht mehr tun als warten. Elena war ohne Bewusstsein, aber vielleicht war das besser für sie. Er hockte neben ihr und blickte sie fast unverwandt an. Obwohl es ihm in der Seele wehtat, sie so daliegen zu sehen, konnte er seine Augen nicht abwenden. Nur hin und wieder warf er den Leuten aus Borgo San Pietro einen kurzen Blick zu, um sich zu vergewissern, dass sich kein neuer Zornesausbruch anbahnte. Aber die größte Wut schien sich gelegt zu haben. Vielleicht lag es an der Autorität, die der alte Mann mysteriöserweise ausstrahlte. Oder der Stein, der Elena getroffen hatte, hatte sie zur Vernunft gebracht. Vielleicht hatten sie erkannt, dass ein Menschenleben schnell ausgelöscht war, dass man aber sehr lange mit der Schuld an einer solchen Tat leben musste.
Der alte Mann ließ sich auf der anderen Seite von Elena nieder und strich ganz sanft über ihren Kopf. Trotzdem machte Enrico sich Sorgen, der Alte könne Elenas Zustand durch eine unsachgemäße Berührung noch verschlimmern, und er ermahnte den Mann zur Vorsicht.

»Ich bin vorsichtig«, sagte dieser leise, ohne den Blick von Elena zu nehmen.
Die Blutung schien nachzulassen, was Enrico ein wenig Erleichterung brachte. Angestrengt dachte er darüber nach, was er für Elena tun könnte, aber ihm wollte nichts einfallen. Um sich abzulenken, fragte er den alten Mann nach seinem Namen.
»Mein Name?« Er schien seltsamerweise überlegen zu müssen, als sei ihm sein eigener Name entfallen. Zögernd sagte er endlich: »Man nennt mich Angelo.«
»Ich möchte mich bei Ihnen bedanken, Angelo. Ohne Ihr Einschreiten wären wir« – er blickte auf Elena – »jetzt vermutlich beide tot.«
»Es ist nicht recht, zu töten, weder einen Schuldigen noch einen Unschuldigen«, sagte Angelo, und es hörte sich an wie ein Satz, den er vor langer Zeit auswendig gelernt hatte.
»Wir beide sind unschuldig!«, beteuerte Enrico.
»Das weiß ich.«
»Sie wissen das? Woher?«
Angelo lächelte schwach. »Ich spüre es.«
Enrico zeigte auf die großen Steinbauten. »Leben Sie hier?«
»Ja.«
»In diesen … diesen Hütten?«
»Es sind Häuser für die Toten.«
»Sie meinen Gräber?«
»Gräber, ja.«
»Und wer ist hier begraben?«
»Menschen aus dem Volk, das vor vielen hundert Jahren in diesen Bergen lebte. Etrusker.«
Enrico versuchte, mehr über den Mann zu erfahren, aber dessen Antworten waren einsilbig, und irgendwann versiegte das Gespräch. Enrico verfiel in eine Art Lethargie, aus der er erst erwachte, als der schrille Ton von Sirenen die Stille des Waldes hinwegfegte. Der Lärm kam näher, und noch niemals in seinem

Leben hatte Enrico sich so über das Heulen von Sirenen gefreut.

Ein ziviler Geländewagen rumpelte durch das unwegsame Gebiet und blieb etwa fünfzig Meter entfernt stehen, weil es dort kein Durchkommen mehr gab. Eine Frau um die fünfzig mit Kurzhaarfrisur und altmodischer dicker Hornbrille lief zu ihnen, in der rechten Hand einen Notarztkoffer. Enrico winkte ihr, und sie kniete sich neben Elena nieder, wobei sie ihren Namen murmelte: »Dr. Riccarda Addessi.«

Sie untersuchte Elena eingehend und sagte: »Ein sehr ernster Zustand. Zum Glück wurde die Blutung gestillt. Wie haben Sie das gemacht?«

»Ich war das nicht«, antwortete Enrico und erinnerte sich, wie der alte Mann mit der Hand über Elenas Kopf gestrichen hatte. »Wenn das jemand erklären kann, dann Angelo.«

»Und wer ist dieser Angelo?«

Enrico wollte ihr den Alten zeigen, aber so genau er sich auch umsah, Angelo war verschwunden. Zwei Sanitäter mit einer zusammengeklappten Bahre erschienen im Laufschritt. Ihre Ambulanz, die nicht so geländegängig war wie Dr. Addessis Wagen, parkte ein gutes Stück entfernt. Während sie Elena unter Anleitung der Ärztin vorsichtig auf die Bahre legten, erschienen Männer in Polizeiuniform, begleitet von einem Priester.

»Da ist ja Pfarrer Umiliani!«, rief eine Frau aus der Menge. »In seiner Küche wurde der Mord begangen, und der da ist's gewesen!« Dabei zeigte sie auf Enrico.

Sofort wurden andere Stimmen laut, die ebenfalls Enrico beschuldigten, den Bürgermeister ermordet zu haben. Enrico war froh, dass die Sanitäter Elena abtransportierten. Wenn der Zorn der Dörfler wieder hochkam, war wenigstens sie in Sicherheit, falls man das Wort in Anbetracht ihres Zustands überhaupt benutzen durfte.

»Ruhe!«, brüllte ein beleibter Polizist so laut, dass tatsächlich

Schweigen einkehrte und aller Augen sich neugierig auf ihn richteten. »Dieser Fremde ist nicht der Mörder eures Bürgermeisters. Ihr habt zwei Unschuldige verfolgt.«

Wieder brandete ein Durcheinander von Stimmen auf: »Lüge!« – »Woher wollen Sie das wissen?« – »Cavaras kleiner Sohn hat die zwei doch bei der Leiche gesehen!« – »Die Polizei deckt die Fremden!«

»Ich decke niemanden!«, erwiderte der Polizist in schneidendem Tonfall. »Was ich sage, ist wahr. Und ich weiß das, weil sich der Mörder vor wenigen Minuten gestellt hat. Er hat am Ortseingang auf uns gewartet.«

»Wer ist es?« – »Wer hat Benedetto Cavara auf dem Gewissen?« – »Zeigen Sie uns doch den wahren Mörder, wenn Sie ihn haben!«

Der Polizist drehte sich ein Stück zur Seite und sah den Priester an. »Pfarrer Umiliani hat zugegeben, den Bürgermeister Cavara getötet zu haben.«

Sämtliche Stimmen verstummten, und die Blicke der Dorfbewohner richteten sich auf ihren Pfarrer, voller Unglauben und Entsetzen.

Rom, im Borgo Pio

Das »Fame da Lupi« lag nur einen Steinwurf vom Vatikan entfernt, was für die Schweizergardisten einen praktischen Vorteil hatte: Sie konnten die Zeit bis zum Zapfenstreich fast bis zur letzten Minute genießen. Der Borgo Pio, das alte Pilgerviertel in unmittelbarer Nachbarschaft des Vatikans, war voller Bars und Restaurants, denn Pilger, die Hunger und Durst haben und denen das Geld locker sitzt, gibt es zu allen Zeiten. Zudem übte das Stadtviertel aufgrund seines urwüchsigen Charmes auf Touristen einen besonderen Reiz aus. Während man ringsherum in den vergangenen Jahrzehnten ganze

Straßenzüge abgerissen, Straßen begradigt und modernere, aber auch schmucklosere Häuser gebaut hatte, war der Borgo Pio ein Stück altes Rom geblieben. Deshalb lauerten hier viele Touristenfallen, in denen ebenso überteuertes wie schlechtes Essen an Gäste verkauft wurde, die ohnehin nicht wiederkommen würden. Aber es gab auch gute Lokale jeder Preisklasse, die man daran erkannte, dass hier die im Vatikan Tätigen anzutreffen waren, Kardinäle und Verwaltungsangestellte, Gendarmen und Schweizer. Selten mischten sich die verschiedenen Gruppen in einem Lokal. Wo die Kardinäle dinierten, konnten Angestellte und Wachpersonal sich kein Essen leisten. Gendarmen und Schweizer wiederum waren einander schon aus Tradition nicht grün. Wenn ein Schweizer sich in ein Gendarmenlokal verirrte oder umgekehrt, hatte es für den Betreffenden böse Folgen. So hatte jedes der anständigen Lokale im Borgo Pio unter den Vatikanleuten seine spezielle Stammkundschaft. Entweder es wählte durch Preise und Ambiente seine Klientel selbst, oder aber das jeweilige Haus war von einer Berufsgruppe okkupiert worden. So war es dem »Fame da Lupi« ergangen, wie man Alexander erzählt hatte. Eines Abends waren die Schweizer hier eingezogen, hatten sich wohl gefühlt und das Lokal kurzerhand für die Stunden nach Dienstschluss zu ihrem Hauptquartier erklärt.
Als Alexander eintrat, schlug ihm ein Gemisch aus Zigarettenqualm, Küchengerüchen, Bier- und Weindunst entgegen. Einem Kardinal hätte es hier gewiss nicht behagt, für einen Schweizer war es gerade richtig. Das »Fame da Lupi« hatte eine rustikale Einrichtung mit viel Holz, und an den Wänden hingen ein paar Ölschinken. Offenbar hatten sich die Betreiber inzwischen auf ihre neue Stammkundschaft eingestellt: Eins der Bilder war eine Kopie der Kreuzigungsszene, deren Original in der Kirche Santa Maria auf dem Campo Santo Teutonico, dem deutschen Friedhof auf dem Vatikangelände, hing. Das Gemälde vermischte die Kreuzigung Jesu mit der Geschichte der

Schweizergarde. Im Vordergrund umklammerte kauernd jener Kaspar Röist das große Kreuz mit dem Heiland, der als Gardehauptmann im Mai 1527 bei der Verteidigung des Vatikans gegen die deutschen Landsknechte sein Leben geopfert hatte. Eine Seitenkapelle der Kirche diente als Grablege für die in diesem Kampf gefallenen Schweizer, weshalb die Kirche mit dem Gemälde so ziemlich das Erste war, was einem frisch gebackenen Gardisten gezeigt wurde.
Alexander blieb am langen Tresen stehen und ließ seinen Blick durch das verwinkelte Lokal schweifen. An einem der hinteren Tische entdeckte er endlich ein paar bekannte Gesichter, darunter das asketische von Gardeadjutant Werner Schardt. Das Gemälde ist ein guter Anknüpfungspunkt, um ins Gespräch zu kommen, dachte Alexander und steuerte den Tisch an. Aber er kam nicht weit. Schon nach den ersten Schritten hielt eine Hand seinen linken Arm fest, und eine fremde Stimme rief: »Na, wenn das nicht Alexander Rosin ist, der Held der Schweizergarde. Komm, setz dich zu uns, Kamerad!«
Der Sprecher war ein junger Mann, sehr groß und kräftig, mit rotblondem Haar und einem Babyface, das ein wenig zu rundlich wirkte. Zwei weitere Männer saßen an dem Tisch, ebenfalls noch sehr jung. Alexander kannte keinen der drei. Sie mussten zu den Schweizern gehören, die man nach den Vorfällen im Mai sehr überhastet rekrutiert hatte. Alexander nahm auf dem letzten freien Stuhl am Tisch Platz. Wenn diese Jungs um seine Gesellschaft baten, warum nicht? Ihm war es nur wichtig, mehr über die aktuelle Lage in der Schweizergarde zu erfahren, über die Stimmung in der Truppe, über die Gerüchte, die überall dort blühen, wo viele Menschen auf engem Raum zusammenhocken.
Der pausbäckige Rotblonde hieß Martin Gloor und kam aus dem Kanton Zürich. Er war der Wortführer der drei, das war schnell klar, und er gefiel sich in dieser Rolle. Anfangs fragte er Alexander über die Vorfälle im Mai aus, aber je mehr Bier floss,

desto besser gelang es Alexander, den Spieß umzudrehen und seine Fragen zu stellen. Martin Gloor zum Reden zu bringen war nicht weiter schwer. Zwischen den Zeilen hörte Alexander einiges über Eifersüchteleien innerhalb der Garde. Die altgedienten Schweizer waren neidisch auf die jungen Rekruten, die in der Hierarchie schneller als üblich aufstiegen, damit die Lücken gefüllt werden konnten. Aus Gloors Sicht war dieser Aufstieg natürlich hochverdient, und er bezeichnete seine älteren Kameraden sogar als wichtigtuerische Neidhammel. Dass er es innerhalb der kurzen Zeit von nur drei Monaten geschafft hatte, den Posten eines Vizekorporals im Rang eines Feldweibels zu bekleiden, schrieb er ganz allein seinen Fähigkeiten und nicht der Personalnot der ausgebluteten Garde zu.

Alexander lenkte das Gespräch vorsichtig in eine andere Richtung, erwähnte wie beiläufig den Mord an Pfarrer Dottesio und dass der Tote früher im Vatikan gearbeitet habe.

Das viele Bier hatte Gloors Verstand offenbar noch nicht ganz benebelt. Er beugte sich zu Alexander hinüber und sagte leise: »Ich könnte dir dazu etwas Interessantes erzählen, Kamerad, aber nicht hier drinnen. Hier gibt's zu viele Ohren.«

»Wo dann?«

Gloor deutete mit dem linken Daumen über seine Schulter. »Siehst du die schmale Tür, neben der ein Feuerlöscher hängt? Sie führt auf einen abgelegenen Hinterhof. Ich kenne ihn ganz gut. Wenn das Klo hier besetzt ist, kann man da gut pissen. Warte da auf mich! Ich komme in ein paar Minuten nach.«

»In Ordnung«, sagte Alexander und erhob sich, um zu der bezeichneten Tür zu gehen. Erwartungsvoll trat er ins Freie. Offenbar hatte er einen Glückstreffer gelandet, als er sich zu Gloor und dessen Kameraden an den Tisch setzte.

Draußen war es bereits dunkel, und der Hof war reichlich finster. Nur das Licht aus einigen Fenstern des Lokals und umliegender Häuser sorgte für eine schwache, unregelmäßige Beleuchtung. Zwei große Müllcontainer und der beißende

Gestank der Hinterlassenschaften blasenschwacher Gardisten sorgten für einen unangenehmen Geruch, der Alexander veranlasste, vornehmlich durch den Mund zu atmen. Er ging in die Ecke des Hofs, die am weitesten von den Containern entfernt lag. Unterwegs huschte etwas zwischen seinen Füßen hindurch, das verdächtig nach einer fetten Ratte aussah.

Gloor trat auf den Hof, drehte sich zur Rückwand des Restaurants um, nestelte an seiner Hose und ließ ein gut Teil des geschluckten Biers wieder ab. Danach trat er lächelnd zu Alexander und verpasste ihm einen harten Schlag in die Nieren. Von dem Angriff überrascht und von dem stechenden Schmerz überwältigt, sackte Alexander auf die Knie. Der Schmerz trieb ihm Tränen in die Augen.

»Verdammter Schnüffler!«, fluchte Gloor und spuckte ihm ins Gesicht. »Glaubst wohl, nur weil du jetzt bei der Zeitung bist, kannst du uns nach Strich und Faden aushorchen. Aber nicht Martin Gloor! Ich werde dich Respekt vor der Schweizergarde lehren!«

Die Belehrung sollte in einem Fußtritt in Alexanders Magengegend bestehen. Aber diesmal war Alexander vorbereitet. Er packte Gloors Fuß und drehte ihn mit einer schnellen, harten Bewegung herum. Der rotblonde Gardist verlor das Gleichgewicht und krachte mit einem Aufstöhnen auf den schmutzigen Steinboden. Augenblicklich warf Alexander sich auf ihn und versetzte ihm einen Kinnhaken, der Gloors Kopf herumriss. Gloor öffnete den Mund, wollte etwas sagen oder seinem Schmerz Luft machen, aber er konnte nur Blut spucken. Alexander saß rittlings auf seinem Gegner und drückte seine Knie auf Gloors Oberarme, um ihn am Boden festzunageln.

»Du tust mir weh!«, keuchte Gloor und spuckte noch mehr Blut.

»Wie ungeschickt von mir. Dabei sind wir doch *Kameraden*, nicht?«

»Scheißkerl!«

Alexander lächelte ihn kalt an. »Solche Ausdrücke musst du dir aber noch abgewöhnen, wenn du deine erstaunliche Karriere in der Garde fortsetzen willst. Ich glaube allerdings nicht daran. Dazu hast du ein zu großes Mundwerk und ein zu kleines Hirn. Ich wette, du hast mir auch nichts Wichtiges zu erzählen, oder?«

»Natürlich nicht. Wir wollten dir nur eine Abreibung verpassen, Schnüffler!«

Das »Wir« und das gleichzeitige Aufleuchten ins Gloors Augen alarmierten Alexander. Er folgte Gloors Blick zur Tür und sah die beiden Begleiter des Feldweibels auf den Hof treten. Vermutlich war es abgesprochen, dass sie kurz nach ihrem Anführer herauskamen, um Alexander den Rest zu geben. Sofort erfassten sie die Situation und liefen auf Alexander und Gloor zu.

Einer der beiden zog ein Kampfmesser mit breiter Klinge und hielt es bedrohlich in Alexanders Richtung. »Lass Martin sofort frei, oder ich schneide dir das Gesicht in Fetzen!«

Alexanders Reaktion bestand darin, seine Daumen unter Gloor Augen zu drücken. »Wenn du dein Messer auch nur um einen Zentimeter bewegst, steche ich deinem Kameraden die Augen aus!« Er erhöhte den Druck seiner Daumen, und Gloor heulte vor Schmerz auf.

»Das … das wagst du nicht!«, behauptete der Mann mit dem Messer.

Alexander lachte trocken. »Glaubst du, ich lasse mich lieber von dir tranchieren? Und jetzt lass den Zahnstocher fallen!«

Der Messerheld zögerte. Sein unsicherer Blick wanderte zwischen Gloor und dem dritten Gardisten hin und her. Alexander bemerkte, wie die Hand mit dem Messer kaum merklich zu zittern begann.

»Fallen lassen!«, wiederholte er.

Langsam öffnete sich die Hand des Messerhelden, und seine Waffe fiel mit einem harten Klirren auf den steinernen Boden.

Auf diesen Zeitpunkt, zu dem Alexander abgelenkt war, hatte Gloor gewartet. Mit einer ruckartigen Bewegung zog er seine Knie an und katapultierte Alexander über seinen Kopf. Alexander schlug mit dem Schädel gegen eine Mauer, und der harte Schlag verursachte ihm Übelkeit und Benommenheit. Er kämpfte gegen den Schwindel an, der ihn übermannen wollte, und zog sich an der Mauer nach oben. Kaum hatte er sich umgedreht, sah er sich einer bedrohlichen Lage ausgesetzt.

Gloor hatte sich ebenfalls erhoben, und die drei Gardisten kreisten Alexander ein. Der Messerheld hat seine Waffe wieder aufgehoben, und in der Hand des dritten Gardisten lag ein schwerer Stein. Gloor schien unbewaffnet, aber seine großen Fäuste waren nicht zu unterschätzen, wie Alexander durch den Schlag in seine noch immer schmerzenden Nieren erfahren hatte.

»Jetzt ist Schluss mit lustig!«, knurrte Gloor und kam langsam auf Alexander zu.

»Das glaube ich auch!«, rief eine Stimme von der Hoftür her, und ein hoch gewachsener, schmaler Mann trat näher. »Feldweibel Gloor, ich hoffe, Sie und Ihre Kameraden haben eine gute Erklärung für diesen Vorfall.«

»Werner!«, stieß Alexander erleichtert hervor, als er den Gardeadjutanten Schardt erkannte. »Schön, dich zu sehen!«

Gloor zeigte auf Alexander. »Dieser Mann hat uns überfallen. Wir … wir haben uns nur verteidigt!«

Schardt sah Gloor kopfschüttelnd an. »Ich kenne ›diesen Mann‹ zufällig. Alexander Rosin ist nicht gerade bekannt dafür, andere zu überfallen, schon gar nicht, wenn diese drei zu eins in der Überzahl sind und mit einem Rambomesser herumfuchteln. Mann, Gloor, denken Sie sich schleunigst eine bessere Geschichte aus!«

Aber Gloor starrte seinen Vorgesetzten nur blöde an. Wahrscheinlich, dachte Alexander, war dies ein seltener Moment im Leben des großmäuligen Feldweibels.

»Verschwindet, aber schnell!«, befahl Schardt. »Bezahlt eure Rechnung und dann zurück in die Kaserne! Rosin und ich werden entscheiden, welche Folgen dieser Vorfall haben wird.«
Die drei zogen davon wie ein Haufen geprügelter Hunde. Bevor Gloor den Hinterhof verließ, warf er Alexander noch einen zornigen Blick zu.
»Seit wann begibst du dich in so schlechte Gesellschaft, Alexander?«, fragte Schardt.
Alexander zwang sich trotz seiner Schmerzen zu einem Grinsen. »Natürlich erst, seit ich für den ›Messaggero‹ arbeite.« Von den Müllcontainern klang ein Rascheln herüber. »Wie du siehst, habe ich es seitdem mit Ratten zu tun, mit vierbeinigen und mit zweibeinigen. Schade nur, dass ein paar der Ratten im Dienst die Gardeuniform tragen. Nach der Sache im Mai hatte ich gedacht, unser Verein sei endlich sauber.«
»Wir mussten die Lücken rasch schließen und nehmen, was wir kriegen konnten. Leider sind dabei auch Rekruten aufgenommen worden, die zu unserer Zeit gnadenlos ausgesiebt worden wären. Dass dieser Gloor blitzartig zum Feldweibel ernannt wurde, nur weil er mal einen Taschendieb auf dem Petersplatz dingfest gemacht hat, spricht für sich. Aber wie übel sich manche Gardisten nach Dienstschluss auch benehmen, es ist doch kein Vergleich zu den vorherigen Zuständen, als die Garde mit Verrätern durchsetzt war.«
»Vielleicht, Werner, vielleicht auch nicht.«
Schardt musterte ihn eingehend. »Weißt du etwas, das ich nicht weiß?«
»Kann schon sein. Aber hier ist es zu ungemütlich, um darüber zu reden. Und da drinnen sitzen zu viele Schweizer. Apropos, wie bist du dazu gekommen, meinen rettenden Engel zu spielen?«
»Dich hatte ich gar nicht bemerkt. Ich sah nur, wie erst Gloor und dann seine beiden Freunde auf den Hof hinausgingen. Mir ist bekannt – und man riecht es auch –, dass ein paar Männer

diesen Hof als Toilette missbrauchen, aber als sie nicht wieder zurückkamen, machte ich mir meine Gedanken. Du weißt doch, ein treu sorgender Vorgesetzter ist immer im Dienst.«
Alexander winkte ab. »Die Sprüche habe ich zur Genüge gehört. Ich würde gern zahlen und mich im Waschraum etwas auffrischen und dir dann zum Dank ein gutes Glas Wein spendieren. An einem Ort, wo wir ganz ungestört reden können.«
Schardt nickte. »Dann gehen wir am besten ins ›Caverna‹. Seitdem es das ›Fame da Lupi‹ gibt, herrscht dort tote Hose. Es heißt, der Laden macht dicht, sobald die Weinvorräte verkauft sind.«
»Das klingt ja geradezu verlockend.«
Fünfzehn Minuten später saßen sie im ›Caverna‹, wo sie neben einem angeschlagenen Trunkenbold am Tresen die einzigen Gäste waren. Sie zogen sich mit einer Flasche Velletri an den hintersten Tisch zurück und unterhielten sich eine Weile ungezwungen über die alten Zeiten. Die Schmerzen in Alexanders Nierenbereich hatten etwas nachgelassen, und seine Anspannung löste sich zusehends. Auch Werner Schardt war relativ locker drauf und gestattete sich, was man bei dem »Asketen« selten sah, hin und wieder sogar ein schmales Lächeln, als sie die heiteren Seiten ihrer Rekrutenzeit Revue passieren ließen.
Unvermittelt setzte Schardt wieder die ernste Miene auf, für die er bekannt war. »Tempi passati, Alexander. In den letzten Monaten hat sich die Kirche und mit ihr auch die Schweizergarde grundlegend gewandelt. Seit neuestem gibt es sogar zwei Kirchen und zwei Garden. Und auch du bist ein anderer geworden. Etwas bedrückt dich. Was ist es?«
»Was ich dir jetzt sage, ist vertraulich.«
»Geht klar.«
»Ich bin, inoffiziell natürlich, beauftragt, die Polizei bei den Ermittlungen über die Priestermorde zu unterstützen.«

Schardt legte die Stirn in Falten. »Beauftragt? Von wem?«
»Von Seiner Heiligkeit.«
Schardt pfiff leise durch die Zähne. »Das ist in der Tat ein Ding. Aber wenn ich dich so ansehe, glaube ich, das dicke Ende kommt erst noch.«
»Da hast du Recht, leider. Ich habe Grund zu der Annahme, dass Angehörige der Garde in die Morde verwickelt sind.«
»Was heißt verwickelt?«
»Na, was wohl?«
»Verstehe.« Schardt nippte wie geistesabwesend an seinem Wein. »Das sind keine guten Nachrichten, Alexander, weiß Gott nicht. Darfst du mir verraten, woher dein Verdacht stammt?«
Alexander griff in eine Innentasche seiner Lederjacke und zog die dünne Kette mit dem Kreuz hervor, die er vor Schardt auf den Tisch legte. »Kennst du das noch?«
»Selbstverständlich, unser Osterei von Kaplan Imhoof. Was ist damit?«
»Eine identische Kette wurde an der Stelle gefunden, wo man Pfarrer Dottesio ans Kreuz genagelt hat.«
»Und? Rom ist voll von religiösem Schmuck, von Andenken, Kitsch und Tand. Wer weiß, wie viele Menschen, Touristen oder Einheimische, sich so eine Kette gekauft haben.«
»Das mag sein«, sagte Alexander und drehte das Kreuz um, sodass die Gravur sichtbar wurde. »Aber deren Kreuze tragen auf der Rückseite bestimmt nicht die Anfangsbuchstaben der drei Gardeheiligen.«
»Und das Kreuz, das in Santo Stefano in Trastevere gefunden wurde, hat eine solche Gravur?«
»So ist es. Der Juwelier, von dem die Kreuze stammen, hat es einwandfrei als eines der Stücke identifiziert, die er damals für Imhoof angefertigt hat.«
Jetzt nahm Schardt einen großen Schluck Wein, griff zur Flasche und füllte beider Gläser auf. »Es gibt andere Erklärungen

für den Fund dieser Kette. Viele haben die Kreuze verschenkt oder versetzt. Oder ein Gardist hat es bei einem ganz normalen Kirchenbesuch verloren.«

»Du weißt doch, dass die Schweizer in der Regel die Kirchen im Vatikan besuchen, aber nicht eine kleine Kirche mitten in Trastevere.«

»Ja, stimmt schon, Alexander.« Schardt seufzte. »Was willst du jetzt tun?«

»Ich bin zwar erst dreieinhalb Monate von der Garde weg, aber heute Abend habe ich erlebt, wie schwierig es für mich ist, an Informationen zu kommen. Ich brauche jemanden innerhalb der Garde, der Augen und Ohren für mich offen hält und mich über alles Ungewöhnliche unterrichtet. Jemanden, der das nicht als Verrat an seinen Kameraden betrachtet, sondern als Dienst an seiner Einheit. Ein neuer Skandal in der Garde kann leicht ihr Ende bedeuten. Deshalb sollte nichts unter den Teppich gekehrt werden.«

»Habe schon kapiert. Dann müssten aber Gloor und seine Freunde besser unbehelligt bleiben. Wenn sie für den Vorfall heute Abend zur Verantwortung gezogen werden, wird kaum zu verheimlichen sein, dass du dich für das Innenleben der Garde interessierst.«

»Heißt das, du bist dabei?«, fragte Alexander hoffnungsvoll.

»Unter einer Bedingung.«

»Ja?«

»Du verrätst mir, warum du ausgerechnet mir vertraust. Wir waren nie die engsten Freunde.«

Alexanders Gesicht verfinsterte sich. »Ist das wirklich ein Kriterium, Werner? Mein bester Freund in der Garde, Utz Rasser, hat versucht, mich umzubringen. Du dagegen hast mir heute Abend beigestanden.«

»Der Fluch der guten Tat«, brummte Schardt und griff mit der rechten Hand in seinen Hemdkragen. »Nur damit du siehst, dass du nicht den Bock zum Gärtner gemacht hast. Ich trage

das Ding nämlich tatsächlich und habe es nicht wie so viele einem Mädchen oder einem Pfandleiher überlassen.«
Er zog die Kette mit dem kleinen Kreuz hervor und hielt sie unter Alexanders Nase. Das schmutzige Licht der Lampe fiel auf die eingravierten Buchstaben MSN.

Pescia

Der Kaffee war kalt geworden und schmeckte so schlecht, wie Enrico sich fühlte. Er stellte die weiße Plastiktasse auf den Kunststofftisch und stand auf, um wie ein aufgescheuchtes Raubtier in dem langen Gang des Krankenhauses auf und ab zu laufen. Draußen war es längst dunkel geworden, und noch immer hatte er nichts Neues über Elenas Zustand gehört. Er machte sich tausend Vorwürfe, Elena nach Borgo San Pietro mitgenommen zu haben. Dann wieder sagte er sich, dass ihn keine Schuld traf. Er war kein Hellseher, hatte nicht wissen können, was für ein Drama sich in dem verschlafenen Bergdorf abspielen würde. Ein Dorfpriester, der den Bürgermeister ermordete, und das scheinbar auch noch aus heiterem Himmel. Das klang wie eine bösartige Variante von Don Camillo und Peppone.
Soweit Enrico wusste, hatte die Polizei nichts weiter aus Pfarrer Umiliani herausgebracht. Er schwieg eisern über sein Motiv. Immer wieder dachte Enrico darüber nach, was den Priester dazu getrieben haben mochte, gegen das fünfte Gebot zu verstoßen. Er wurde den Verdacht nicht los, dass es etwas mit dem Besuch zu tun hatte, den er und Elena dem Bürgermeister abgestattet hatten. Kurz danach war Cavara eilig zur Kirche gelaufen, wo ihn sein Schicksal ereilt hatte. Der enge zeitliche Zusammenhang konnte kaum ein Zufall sein. Doch diese Erkenntnis brachte Enrico nicht viel weiter. Er hatte nur nach der Familie seiner Mutter gefragt. Irgendetwas stimmte da nicht.

Als Cavara sagte, der Pfarrer sei in Pisa, hatte er gelogen. Enrico hatte dies alles der Polizei erzählt, aber die Beamten konnten sich auch keinen Reim darauf machen.
So fruchtlos diese Überlegungen letztlich auch waren, sie halfen Enrico, nicht ständig an Elena zu denken, die, soviel er wusste, noch nicht wieder zu Bewusstsein gekommen war. Die Stunden zogen sich quälend langsam dahin, und zum x-ten Mal trat er an das Fenster am Ende des Ganges und blickte hinaus auf Pescia, das jetzt von künstlichen Lichtern erhellt war. Das kleine Krankenhaus stand im sakralen Viertel der Stadt am linken Ufer des Flüsschens, dem der Ort seinen Namen verdankte. In der Nachbarschaft des Krankenhauses befanden sich der Dom, der Konvent und die Franziskuskirche. Der kleine Parkplatz direkt vor dem Hospital war bei ihrer Ankunft überfüllt gewesen, jetzt standen dort nur noch drei Fahrzeuge, darunter Enricos Mietwagen. Dahinter führte eine Brücke über den Fluss. Jenseits des Flusses ragten finstere Umrisse der Berge wie böse Riesen in den Nachthimmel.
»Kein schöner Abend für Sie, nicht wahr?«
Die Stimme ließ ihn zusammenfahren. Er war so in Gedanken versunken, dass er nicht gehört hatte, wie sich jemand genähert hatte.
Hinter ihm stand Dr. Riccarda Addessi in einem offenen weißen Arztkittel, und ihre Augen hinter den dicken Brillengläsern wirkten müde.
»Elena!«, stieß Enrico hervor. »Wie geht es ihr?«
»Unverändert«, antwortete die Ärztin matt.
»Was heißt das?«
»Sie ist noch immer nicht bei Bewusstsein.«
»Warum nicht?«
»Wir lassen Elena morgen von Spezialisten untersuchen, dann können wir Genaueres sagen. Vielleicht hat der Stein Teile ihres Gehirns beschädigt. Erschrecken Sie nicht, das ist nur eine Vermutung.«

»Dann liegt Elena also in einer Art Koma?«, fragte er vorsichtig und musste sich zwingen, das letzte Wort auszusprechen.
»Ja, so kann man es ausdrücken.« Dr. Addessi nahm ihre Brille ab und fuhr mit der rechten Hand über ihre müden Augen. »Wenigstens ist sie uns nicht verblutet. Und Sie sind sicher, dass dieser seltsame alte Mann, von dem Sie sprachen, die Blutung zum Stillstand gebracht hat?«
»Sicher bin ich mir nicht, aber ich habe keine andere Erklärung.«
»Den Mann hätte ich gern kennen gelernt. Bei dem würde ich sofort einen Erste-Hilfe-Kurs buchen. Seltsam, dass er so sang- und klanglos verschwunden ist.«
»Alles, was ich heute erlebt habe, ist seltsam.« Enrico seufzte. »Um diesen Mann mache ich mir die wenigsten Gedanken.«
Sie musterte ihn eingehend und sagte dann: »Es war ein harter Tag für Sie, man sieht es Ihnen an. Sie sollten sich jetzt ins Bett legen und schlafen. Hier können Sie zurzeit nichts weiter tun.«
»Aber Elena!«
»Ihr Zustand ist nicht erheiternd, aber stabil. In dieser Nacht wird sich daran nichts ändern. Außerdem wissen wir, in welchem Hotel Sie wohnen. Wir werden Sie sofort benachrichtigen, wenn es etwas Neues gibt. Versprochen!«
Enrico sah ein, dass er schlecht die ganze Nacht hier auf dem Krankenhausflur verbringen konnte. Also verabschiedete er sich von Dr. Addessi und verließ das Hospital. Vor dem Gebäude blieb er stehen, schloss die Augen und atmete die kühle Nachtluft ein. Es war ein milder Spätsommerabend gewesen, und er wünschte sich, er hätte ihn mit Elena zusammen genießen können, an einem Tisch vor einer Bar in Pescia. Als er spürte, wie ein Gefühl unendlicher Traurigkeit ihn zu übermannen drohte, gab er sich einen Ruck und stieg in den Fiat.
Die kurze Strecke zum Hotel »San Lorenzo« führte auf dem rechten Flussufer an zahlreichen großen, dunklen Gebäudekomplexen vorbei: Papierfabriken und Gerbereien, die sich

wegen des Flusses hier angesiedelt hatten. Die Fabriken blieben hinter ihm zurück, und die Straße führte allmählich hinauf ins Gebirge. Nach einer Kurve bog er nach rechts ab, wo eine schmale Brücke über den Fluss zum Hotelparkplatz führte. Als er aus dem Wagen stieg, erinnerten ihn die Düfte, die aus dem zum Hotel gehörenden Kellerrestaurant nach oben stiegen, daran, dass er seit dem Frühstück nichts mehr gegessen hatte. Sein Magen war leer, aber er verspürte nicht den geringsten Appetit.

Erschöpft ging er auf sein Zimmer, aber er fand keinen Schlaf. Diesmal war es nicht die Angst vor seinem Alptraum, die ihn wach hielt, sondern die Sorge um Elena. Je stärker er sich darauf konzentrierte, nicht an sie zu denken, desto mehr rückte sie in das Zentrum seiner Überlegungen. Schließlich griff er, um sich abzulenken, nach dem alten Reisetagebuch und vertiefte sich erneut in die Lektüre.

Das Reisebuch des Fabius Lorenz Schreiber, verfasst anlässlich seiner denkwürdigen Reise nach Oberitalien im Jahre 1805

Zweites Kapitel – Lucca

Obgleich ich inmitten der Toten stand, um mich herum Pfützen aus Blut, konnte ich nur schwer begreifen, was sich zugetragen hatte. Eben noch war ich der Gefangene von Riccardo Baldanellos Bande gewesen, attackiert von dem aufgebrachten Banditen Rinaldo, und jetzt waren alle mit Ausnahme von Riccardo und seiner Schwester tot. Wie hatten die Soldaten das Lager stürmen können, ohne dass der am Eingang der Schlucht aufgestellte Wachtposten sie bemerkte? Vermutlich hatte mein Zweikampf mit Rinaldo den Wächter abgelenkt, der jetzt wie ein umgestürzter Kartoffelsack mitten auf dem Weg lag. Ich hegte wenig Zweifel, dass Hauptmann Lenoirs Männer auch ihn getötet hatten. Mein Mitleid mit den Toten hielt sich allerdings in Grenzen, wenn ich daran dachte, wie die Banditen mit dem Kutscher Peppo umgesprungen waren.

Ich wandte mich an den Hauptmann, der neben mir stand und seinen Männern Anweisungen erteilte. »*Mon capitaine*, wie haben Sie so schnell von meiner Notlage erfahren? Und, vor allen Dingen, wie konnten Sie das Versteck der Banditen aufspüren?«

Lenoir strich lächelnd über seinen sorgfältig gestutzten Kinnbart. »Als Ihre Kutsche nicht zum erwarteten Zeitpunkt in Lucca eintraf, wurden sofort Suchtrupps losgeschickt. Mehrere Kompanien haben nach Ihnen gesucht, Monsieur. Wir kannten zum Glück die Route Ihrer Kutsche, und so fiel es uns nicht schwer, den Ort des Überfalls auszumachen. Der Rest war sorgfältiges Suchen und ein wenig Glück. Dieses Versteck ist zweifelsohne gut gewählt, aber ich habe ein Auge für gut gewählte Verstecke. Und wie es aussieht, bin ich gerade im rechten Augenblick gekommen.« Bei den letzten Worten wanderte sein Blick zu Rinaldos Leichnam.

»Er war der Anführer dieser Bande«, log ich. »Ich habe ihn wohl zu sehr gereizt, aber es machte mich wütend, hier wie ein Tier gefangen zu sein.«

Ich erhob Rinaldo postum zum Banditenführer, um Riccardo von jedem Verdacht reinzuwaschen. Eigentlich lag mir nichts an diesem Baldanello, aber Maria war seine Schwester, und an ihr lag mir umso mehr. Wenn herauskam, dass ihr Bruder der Räuberhauptmann war, würde sie wohl kaum glimpflich davonkommen. Ich trat zu den beiden und erkundigte mich nach Riccardos Verletzungen. Maria kniete neben ihrem Bruder und legte einen Verband, den sie aus dem Hemd eines getöteten Banditen gerissen hatte, um seine Brust.

»Meine Wunden sind zum Glück nur oberflächlich«, sagte Riccardo mit einem tapferen Lächeln. »Aber ohne Ihre Hilfe wäre ich jetzt vermutlich so tot wie all die anderen. Warum haben Sie das getan?«

»Nicht für Sie tat ich es, sondern für Maria. Im Übrigen werde ich Sie beide in Zukunft als meine angeblichen Diener duzen.«

Riccardos Lächeln verwandelte sich in ein Grinsen. »Ich verstehe. Trotzdem stehe ich in Ihrer Schuld, Signor Schreiber. Ich werde mich dafür erkenntlich zeigen.«

Hauptmann Lenoir brüllte einen Befehl, der Trommler an seiner Seite rührte das Kalbfell, und die Soldaten begannen sich zu sammeln.

Maria sah auf. »Was bedeutet das?«

»Der Hauptmann befiehlt den Abmarsch«, sagte ich.

»Aber die Toten? Sollen sie nicht begraben werden?«

»Haben diese Toten meinen Kutscher begraben?«, erwiderte ich, und die Härte meines Tons tat mir im nächsten Augenblick schon Leid.
Maria schwieg und sah beschämt zu Boden.
»Signor Schreiber hat Recht«, sagte Riccardo. »Für den Hauptmann sind wir drei allesamt Opfer der Banditen. Wenn wir uns zu viele Gedanken um die Toten machen, erwecken wir nur seinen Verdacht.«
Eine halbe Stunde später lag das Tal der Banditen hinter uns, und die Kolonne der Soldaten schlängelte sich durch das unwirtliche Terrain. Maria und ich nahmen Riccardo in die Mitte und stützten ihn beim Gehen, so gut es ging. Seine Verwundungen mochten nicht schwer sein, aber sie hatten ihn gleichwohl ein wenig geschwächt.
»Also Lucca«, brummte der Banditenführer leise. »Das hatte ich mir schon gedacht, die Route der Kutsche ließ darauf schließen. Wer immer Ihr Auftraggeber auch sein mag, Signor Schreiber, er verfügt nicht nur über viel Geld, sondern auch über die besten Beziehungen. Die Fürstin hätte sonst kaum ihre halbe Armee in Marsch gesetzt, um nach Ihnen zu suchen.«
»Die Fürstin?«, wiederholte ich.
»Elisa, die Schwester des Franzosenkaisers. Napoleon hat sie Anfang des Jahres zur Fürstin von Piombino ernannt.« Riccardo lachte rau. »Nicht gerade ein großes Reich, eher ein Fliegenschiss auf der Weltkarte. Aber Elisa hat es so geschickt verwaltet, dass der Kaiser ihr nun auch das Fürstentum Lucca übertragen hat. Diese Soldaten hier stehen unter ihrem Befehl, jedenfalls mehr als unter dem des Fürsten.« Wieder ließ Riccardo sein Lachen ertönen, und Verachtung schwang darin mit. Von einem Augenblick zum anderen wurde aus dem Lachen ein Husten, und Maria sah ihren Bruder besorgt an.

»Was ist mit dem Fürsten?«, fragte ich, als Riccardo sich wieder erholt hatte. »Du sprichst gewiss von Elisas Gemahl.«
»Ihr Gemahl, ja, damit umschreibt man seine Position wohl am besten. Felix Bacchiochi heißt er, und er ist Korse wie die Bonapartes. Das hat wohl ausgereicht, um Schwager des Kaisers zu werden. Irgendeinen Ehrgeiz lässt er nicht erkennen, und in der französischen Armee hatte er es nicht weiter als bis zum Hauptmann gebracht, bevor Napoleon ihn zum Brigadegeneral und Befehlshaber der Truppen von Piombino und Lucca ernannte. Aber auch hier ist Elisa es, die, wie gesagt, das eigentliche Kommando führt. Verfluchtes Höllenweib!« Bei der letzten Bemerkung spuckte er aus.
Maria drückte seinen Arm fester und sprach leise, aber eindringlich: »Du solltest so etwas nicht sagen, Riccardo! Wenn dich einer der Soldaten hört, ist es um dich geschehen!«
»Ich sage nur die Wahrheit über diese korsische Hexe, Maria.«
Ich ergriff wieder das Wort: »Du scheinst die Fürstin richtiggehend zu hassen, Riccardo. Warum?«
»Weil sie mich und meinesgleichen um Lohn und Brot bringen will. Sie führt einen regelrechten Kreuzzug gegen das, was sie Banditenunwesen nennt. Es heißt, des Kaisers Schwesterlein will sämtliche Wälder ihrer Fürstentümer abholzen lassen, damit sich kein Bandit mehr darin verstecken kann.«
Innerlich musste ich über Riccardo lachen. Er sprach von Lohn und Brot wie ein ehrbarer Kaufmann, Schreiner oder Bäcker, dabei waren er und seine Komplizen diejenigen, welche ehrbare Bürger um ihren Lohn und sogar um ihr Leben brachten. Ich für meinen Teil schätzte mich jedenfalls glücklich, dass die Fürstin Elisa so

rigoros mit den Banditen umsprang und dass sie nicht gezögert hatte, gleich mehrere Kompanien auf die Suche nach mir auszuschicken. Wieder drängte sich mir die Frage auf, was für ein mächtiger Mann mein Auftraggeber sein mochte, dass er einen solchen Einfluss auf die Schwester von Kaiser Napoleon ausübte.

Als die Soldaten sich auf einer Lichtung zu einer Rast niederließen und Hauptmann Lenoir sich zu mir und meinen vermeintlichen Dienstboten gesellte, hoffte ich, etwas mehr in Erfahrung zu bringen. Um nicht mit der Tür ins Haus zu fallen, fragte ich wie beiläufig, woher die Soldaten die Route meiner Kutsche gekannt hätten.

Zu meiner Enttäuschung bestand Lenoirs Antwort aus nur einem einzigen, nicht sonderlich erhellenden Satz: »Nur Geduld, Monsieur Schreiber, in Lucca werden Sie alles Wichtige erfahren!«

Hauptmann Lenoirs Kompanie schloss sich mit den anderen Suchtrupps zusammen, und am frühen Nachmittag des folgenden Tages erreichten wir Lucca. Sobald die Stadtmauern in Sicht kamen, ließen sich die Soldaten zu Jubelschreien hinreißen, weil sie froh waren, dass ihr Marsch ein Ende fand. Maria, Riccardo und ich mussten uns nicht über wunde Füße beklagen, dafür aber über einen anderen Körperteil, der gehörig strapaziert worden war, nachdem jeder von uns als Reittier eins der Maultiere zugeteilt bekommen hatte, die zum Tross des Suchtrupps gehörten. Ich vergaß meine Beschwerden, als die vagen Umrisse der Stadt im gleißenden Licht der Nachmittagssonne konkrete Formen annahmen, die mich augenblicklich in ihren Bann schlugen. Ringsum von alten Festungswällen umgeben, bot Lucca einen imposanten Anblick. Zahlreiche Bäume auf dem inneren Wall erweckten von außen den Eindruck, nicht eine

Stadt, sondern ein Wald liege hinter den breiten Mauern verborgen. Ein einzelner Geschlechterturm, wohl letztes Relikt des Himmelwärtsstrebens mittelalterlicher Bauherren, ragte über die Dächer und Wälle, und sogar auf diesem Turm erhoben sich stolze – auf sein Dach gepflanzte – Bäume. Lucca machte auf mich einen märchenhaften Eindruck, und als unsere lange Kolonne durch eines der Stadttore strömte, glaubte ich, in eine andere Welt einzutauchen.

Zahlreiche Menschen aller Schichten und beiderlei Geschlechts, jung wie alt, strömten uns entgegen und überschütteten uns mit Zurufen und Fragen. Die Aussendung der Expedition zur Aushebung der Banditen war in Lucca offenbar in aller Munde, und jeder war begierig, möglichst rasch Näheres über die Abenteuer der Soldaten zu erfahren. Mancher Infanterist lächelte mehr oder minder verstohlen einer Frau zu und freute sich nach dem strammen Marsch in spätsommerlicher Hitze wohl schon auf einen Abend mit Wein, Gesang und vor allem einem Weib. Nicht alle der Soldatenliebchen hätte ich als Schönheiten bezeichnet, aber nach der zweiten oder dritten Karaffe roten Weins würde das die Soldaten nicht mehr stören, würden sie wohl auch eine zahnlose Vettel für einen Ausbund an Liebreiz halten.

Mein Blick wanderte zu dem Maultier schräg hinter mir, auf dem Maria saß. Es gab wirklich kaum Frauen, die ihr an Schönheit gleichkamen. Das galt auch für jene weiblichen Angehörigen höherer Stände, die sich unter die Menge gemischt hatten, sich zwar äußerlich Zurückhaltung auferlegten, uns aber mit nicht weniger neugierigen Blicken bedachten wie die Eheweiber einfacher Handwerker oder Tagelöhner. Auch wenn die feinen Damen edle Kleider von gutem Schnitt trugen und ihre kleinen Schirme zum Schutz gegen die Sonne elegant über ihre

Häupter hielten, Maria stach sie mit ihrer natürlichen Anmut allesamt aus, mochte ihre Kleidung auch verschmutzt und abgerissen sein.
Riccardo sah mich an und grinste breit. Vermutlich ahnte er, welchen Eindruck seine Schwester auf mich gemacht hatte. Mir missfiel sein anmaßender Gesichtsausdruck, und schnell wandte ich meinen Blick ab und betrachtete die Straße, durch die unsere Kolonne sich mehr schlecht als recht voranbewegte. Lucca wirkte auf mich wie eine Stadt, die sich seit dem Mittelalter nicht mehr verändert hatte, und vielleicht verhielt es sich genau so. Die alten Festungswälle schienen Lucca vor Veränderungen bewahrt und nicht nur den Ort, sondern auch die Zeit eingeschlossen zu haben. Die Straße, durch die wir zogen, war im Vergleich zu den abzweigenden Seitengassen verhältnismäßig breit und bot doch kaum Platz für die Soldaten und die Schaulustigen. Mir fiel das rechtwinklige Muster der Straßenführung auf, das an ein Schachbrett erinnerte, und ich musste meine Überlegung von eben revidieren: Vieles in Lucca stammte nicht nur aus dem Mittelalter, sondern offensichtlich aus der Zeit der römischen Cäsaren.
Plötzlich geriet die Kolonne ins Stocken. Hauptmann Lenoir kam auf uns zu und zeigte auf ein großes Eckgebäude an einer Kreuzung, in dem sich eine Herberge befand. »Sie und Ihre Dienstboten können sich dort etwas ausruhen und frisch machen, Monsieur Schreiber. Ich werde Sie später abholen lassen. Wenn Sie besondere Wünsche haben, scheuen Sie sich nicht, diese gegenüber dem Wirt zu äußern. Für seine Entlohnung ist gesorgt. Ich werde Ihnen dreien saubere Kleider bringen lassen. Ein paar Wachen vor dem Haus werden für Ihre Sicherheit sorgen.«
Als ich mit Maria und Riccardo das Haus betrat,

brummte Letzterer: »Von wegen Sicherheit! Die Wachen sollen dafür sorgen, dass wir uns nicht davonstehlen!«

Erschrocken blieb ich stehen und fragte leise: »Glaubst du, der Hauptmann hat Verdacht geschöpft, was dich und Maria betrifft?«

Riccardo schüttelte den Kopf. »Ich glaube nicht, dass die Wachen wegen mir und Maria da draußen stehen. Nein, es geht wohl um Sie, Signore. Ihr einflussreicher Auftraggeber scheint Angst zu haben, dass Sie ihm im letzten Augenblick entwischen könnten.«

»Aber warum sollte ich das tun wollen?«

»Keine Ahnung. Vielleicht, weil Ihnen der ganze Zauber, der Ihretwegen veranstaltet wird, zu denken gibt?«

Ich ließ meinen Blick durch den Eingangsraum der Herberge schweifen. »Hier fühle ich mich jedenfalls sicherer als in deinem Lager, Baldanello. Die Aussicht auf ein warmes Bad, etwas zu essen und saubere Kleider tut ein Übriges, um jeden Gedanken an eine überhastete Abreise zu unterbinden. Und wie steht es da bei dir?«

»Wenn ich mich jetzt mit Maria absetze, wecken wir nur den Verdacht der Behörden. Hauptmann Lenoir wird mit Sicherheit melden, dass er Sie in Begleitung zweier Diener aus den Händen der Banditen befreit hat. Wenn wir beide uns verdünnisieren, wäre das zum gegenwärtigen Zeitpunkt äußerst unklug. Wenn Sie also gestatten, Signor Schreiber, werden wir noch ein wenig länger in Ihren Diensten verbleiben.« Bei den letzten Worten deutete er eine Verbeugung an, die aber von seiner respektlosen Miene konterkariert wurde.

»Ich gestatte es«, erwiderte ich in demselben ironischen Tonfall und war insgeheim sehr glücklich über diese Wendung der Dinge, konnte ich auf diese Weise doch weiterhin in Marias Nähe sein.

Hauptmann Lenoir hatte nicht zu viel versprochen. Der Wirt las uns jeden Wunsch von den Augen ab. Ich badete ausgiebig und ließ mehrmals heißes Wasser nachgießen. Danach lagen auch schon die von Lenoir versprochenen Kleider bereit. Ich musste mir ein Lachen verkneifen, als ich mich mit Riccardo und Maria zum Essen in der Schankstube traf. In der Dienstbotentracht, die Lenoir ihnen hatte schicken lassen, wirkten beide ein wenig unglücklich, Riccardo noch mehr als seine Schwester. Als er meinen spöttischen Blick bemerkte, verfinsterte sich sein Gesichtsausdruck. Der Wirt servierte uns als Erstes eine heiße Zwiebelsuppe und anschließend ein Kaninchenragout, zu dem es einen schmackhaften Rotwein gab.
Nachdem Riccardo den Wein gekostet hatte, sah er mich anerkennend an. »Vielleicht habe ich den falschen Beruf gewählt, wenn ich bedenke, was man Ihnen so alles kostenlos vorsetzt, Signor Schreiber.«
»Kostenlos wohl kaum«, wandte ich ein. »Ich denke, man wird mir die Rechnung sehr bald präsentieren.«
Keine Stunde später erschien Hauptmann Lenoir in der Herberge, und ich fragte mich, ob er es sein würde, der mir die Rechnung überbrachte. Von den Strapazen des Marsches war ihm nichts mehr anzumerken. Er war frisch rasiert und trug eine saubere Uniform mit blitzblank polierten Knöpfen.
»Haben Sie sich erholt, Monsieur Schreiber?«, fragte er nach einem kurzen Gruß.
»Ja, und Sie wohl auch. Sie sehen aus, als wären Sie nicht von einer militärischen Expedition zurückgekommen, sondern eben vom Paradeplatz.«
Der Franzose lächelte. »Im Gegenteil, Monsieur, dort will ich hin, in Ihrer Begleitung, wenn Sie gestatten. Zur Feier Ihrer Rettung findet eine Truppenparade statt, und ich bin gebeten worden, Sie abzuholen.«

Das war eine Einladung, der ich mich nicht widersetzen konnte und auch nicht wollte. Eine innere Stimme flüsterte mir zu, dass ich bald Näheres über den Grund meiner Reise erfahren würde, wenn ich den Hauptmann begleitete. Also sagte ich zu und ging mit Riccardo und Maria hinauf auf unsere Zimmer, um mich anzuziehen. Oben fragte Riccardo mich, ob er mich begleiten dürfe. »Da kündigt sich ein Schauspiel an, das ich nicht versäumen möchte.«

Als ich zustimmte, wollte auch Maria mitkommen, aber Riccardo murrte: »Du bleibst hier! Wir wissen nicht, was uns in Lucca erwartet. Hier in der Herberge bist du noch am sichersten.«

»Ich fühle mich aber sicherer bei dir und – bei Signor Schreiber«, sagte Maria und warf mir einen flehenden Blick zu.

Als sie meinen Namen nannte und mich dabei ansah, hätte sie sich von mir alles wünschen können, und so sagte ich: »Ich halte es für falsch, Maria hier allein zu lassen. Entweder ihr kommt beide mit oder gar keiner!«

Riccardos Miene verhärtete sich, und er ballte seine rechte Hand zur Faust, als wolle er mich im nächsten Augenblick mit einem gezielten Hieb zu Boden strecken. Dann aber lächelte er dünn und sagte mit unverhohlenem Sarkasmus: »Ganz wie Sie befehlen, Signore.«

Der Hauptmann hatte nichts dagegen einzuwenden, dass ich meine vermeintlichen Diener mitnahm. Mit einer kleinen Eskorte geleitete er uns durch Straßen und Gassen, bis sich vor uns ein weiträumiger Platz öffnete, dessen eine Seite von einem Palazzo beherrscht wurde. Davor hatte man eine hölzerne Tribüne errichtet, zu der Lenoir uns führte. »Sehen Sie sich von hier aus die Parade an! Man wird sich später um Sie kümmern.«

Zahllose neugierige Blicke begleiteten uns, als ich mit

Maria und Riccardo zwischen den ehrenwerten Bürgern der Stadt auf der Tribüne Platz nahm. Offenbar hatte sich schnell herumgesprochen, wer wir waren. Ein Teil der Tribüne, ganz in unserer Nähe, war mit Bändern abgesperrt und wurde, obwohl leer, von Soldaten in prächtigen Uniformen bewacht. Während ich noch überlegte, welch hoch gestellte Personen wohl von hier aus das Schauspiel der Parade betrachten würden, ertönte Hörnerklang, und ein großes Tor in der Mauer des Palazzos öffnete sich. Berittenen Gardesoldaten folgte eine schmucke, von vier Schimmeln gezogene Kutsche, die langsam auf die Tribüne zurollte und neben der Absperrung anhielt. Diener, die neben dem Gefährt hergelaufen waren, öffneten den Verschlag und ließen eine Frau und einen Mann aussteigen. Die versammelte Menge begrüßte die beiden mit Beifall und Hochrufen. Es konnte sich um niemand Geringeren handeln als um die Schwester des Kaisers Napoleon und ihren von Riccardo so abschätzig beurteilten Mann.
Ich vermochte weder seinen Ehrgeiz noch seine Fähigkeiten zu beurteilen, doch sein äußeres Erscheinungsbild war durchaus geeignet, eine Frau für sich zu gewinnen, mochte sie auch die Schwester des meistgefürchteten und wohl auch mächtigsten Mannes Europas sein. Felix Bacchiochi war von mittlerer Statur und besaß ein wohlgeformtes Gesicht, dessen dunkle Augen das Herz einer Frau leicht zum Schmelzen bringen konnten. Locken welligen dunklen Haares lugten unter dem Zweispitz hervor. Die goldbetresste Uniform tat ein Übriges, um den Mann zu einer beeindruckenden Erscheinung zu machen.
Als ich meinen Blick der Frau an Bacchiochis Seite zuwandte, war ich überrascht. Die große, raubvogelartig gekrümmte Nase und das vorspringende Kinn verliehen

Elisa Bonapartes Gesicht einen energischen, eher männlichen Ausdruck, wie man ihn bei ihrem Mann vergeblich suchte. Ihre großen Augen huschten aufmerksam umher, als wolle sie feststellen, wer von ihren Untertanen heftig Applaus spendete und wer nicht. Obgleich sie ein blütenweißes Kleid trug und ihr Gemahl die Uniform, hatte ich den Eindruck, Elisa sei der Mann und Bacchiochi das fügsame Weib an ihrer – oder seiner – Seite. Ihr unsteter Blick erfasste mich und ruhte mit großem Interesse auf mir, wie ich festzustellen glaubte. Das wunderte mich nicht, falls sie wusste, wer ich war. Immerhin hatte sie meinetwegen eine kleine Armee ausgeschickt.

Während die beiden in dem abgesperrten Bereich auf der Tribüne Platz nahmen, versuchte ich herauszufinden, wer mein geheimnisvoller Auftraggeber sein mochte. Wenn er der Fürstin tatsächlich eng verbunden war, wofür alles sprach, saß er mit großer Wahrscheinlichkeit nicht sonderlich weit von ihr und ihrem Mann entfernt, so wie ich selbst. Aber keines der Gesichter, in die ich blickte, gab mir durch ein Lächeln oder eine andere Miene auch nur das geringste Zeichen, weshalb ich mich schließlich enttäuscht wieder umwandte, um mir die Parade anzusehen. Die frisch gestriegelten Pferde der Kavallerie trabten hoch erhobenen Hauptes an der Tribüne vorbei, und die Offiziere grüßten das Fürstenpaar mit gezogenem Säbel. Dragoner, Kürassiere und Husaren trugen farbenfrohe Uniformen, waren aber nur in kleinen Kontingenten vertreten. Das Reich von Napoleons Schwester und ihrem Gemahl war klein, und entsprechend bescheiden durfte es um den Umfang ihrer Armee bestellt sein. Soldaten und Pferde, Kanonen und Gewehre kosteten Geld, viel Geld, und ein so winziges Land, von Riccardo sehr treffend als »Fliegenschiss auf der Weltkarte« bezeichnet, konnte sich nur eine schmale

Streitmacht leisten. Der Reiterei folgte die Infanterie, und unter den Offizieren, die ihren Kompanien voranritten, entdeckte ich Hauptmann Lenoir.
Die Musik der Regimentskapellen, der hallende Marschtritt blank geputzter Stiefel sowie das Funkeln von Waffen und Uniformteilen im Sonnenlicht verwandelten die Szenerie vor meinen Augen. Aus den Häusern Luccas wurden Sanddünen, aus blühenden Blumen dürres Gestrüpp, und auf einmal schienen mir die Uniformen und Stiefel gar nicht mehr sauber, wirkten die Gesichter der Soldaten unrasiert, schleppten sie sich nur mehr müde dahin, statt mit stolzgeschwellter Brust zu paradieren. Der Anblick der Uniformierten versetzte mich um einige Jahre zurück in ein fernes Land – Ägypten. Ich spürte den allgegenwärtigen feinen Sand zwischen meinen Zähnen knirschen und in meinen Augen brennen, sog mit jedem Atemzug die stickige, abgestandene Luft der unendlichen, eintönigen Wüste ein und schwitzte unter den stechenden Strahlen der gnadenlos auf eine schattenlose Landschaft herabbrennenden Sonne. Ägypten war die Hölle für jeden Fremden, der mit den Eigenheiten dieses sonderbaren Landes nicht vertraut war. Doch als reichte das nicht, grassierten die Pest und die Ruhr, und sowohl unter den Tieren als auch den Menschen erhoben sich alle nur erdenklichen Feinde, um uns das Leben zur Hölle zu machen: Skorpione und Giftschlangen, säbelschwingende Mamelucken und räuberische Beduinen und schließlich die Engländer, die den erschöpften Resten des französischen Expeditionskorps bei Alexandria und Kairo den Rest gaben.
Eine Hand auf meiner Schulter holte mich aus dem ägyptischen Alptraum ins Hier und Jetzt zurück, und erstaunt stellte ich fest, dass die Parade beendet war. Gardesoldaten präsentierten das Gewehr, als das Fürsten-

paar unter erneutem Applaus in seine Kutsche stieg, die im gewohnt gemächlichen Tempo zu dem Palazzo zurückkehrte. Die Vergangenheit hatte mich über längere Zeit in Anspruch genommen, so stark, dass die Strahlen der nur eingebildeten ägyptischen Sonne auf meiner Stirn den Schweiß perlen ließen.

»Geht es Ihnen nicht gut, Monsieur Schreiber?«

Als ich den Mann, der mich dankenswerterweise aus dem fernen Nordafrika zurückgeholt hatte, anblickte, blinzelte ich unwillkürlich wie zum Schutz gegen eine blendende, die Luft zum Flirren bringende Wüstensonne. Vor mir stand ein hoch gewachsener Offizier in der Uniform eines Obristen und sah mich mit einer Mischung aus Befremden und Sorge an. Seine langen Koteletten waren grau, wie ausgebleicht, und seine Haut war auffallend dunkel. Gehörte er gar zu den Veteranen von Napoleons ägyptischem Feldzug?

»Monsieur, soll ich Ihnen einen Arzt rufen?«

Ich schüttelte den Kopf, bemühte mich um ein Lächeln und tupfte mit dem Taschentuch den Schweiß von meiner Stirn. »Danke, nein, es geht schon wieder«, sagte ich und fügte, um langwierige Erklärungen zu vermeiden, hinzu: »Die Aufregungen der vergangenen Tage haben mich wohl ein wenig mitgenommen, *mon colonel.*«

Die Haltung meines Gegenübers versteifte sich, und er schien um eine Handbreit zu wachsen, als er sich vorstellte: »Colonel Horace Chenier, Adjutant Ihrer Hoheit, der Fürstin Elisa.«

»Sie sind Adjutant der Fürstin?«, wunderte ich mich. »Bekleidet Ihre Hoheit einen militärischen Rang?«

»Sie und ihr Gemahl, General Bacchiochi, stehen an der Spitze der Armee von Lucca und Piombino. Ich berate Ihre Hoheit in allen militärischen Fragen und bin gleichzeitig für den Schutz der Fürstin verantwortlich.«

»Ich verstehe. Was kann ich für Sie tun, Colonel Chenier?«
»Die Fürstin bittet Sie, auf dem Fest, das sich der Parade anschließt, ihr Gast zu sein. Wenn Sie sich wieder besser fühlen, würde ich Sie gern zum Palazzo geleiten.«
War der Oberst lediglich ein Bote, der eine Einladung überbrachte? Oder war er mein Wächter, der darauf achten sollte, dass ich es mir nicht im letzten Augenblick anders überlegte? Ich wusste die Antwort nicht und dachte auch nicht sonderlich lange darüber nach. Zu groß war die Neugier auf meinen Auftraggeber. Meine innere Stimme sagte mir, ich würde ihn in dem großen Gebäude da drüben, dem Palazzo der Fürstin, bestimmt treffen. Deshalb war es aufrichtig von mir, als ich dem Colonel sagte, dass ich die Einladung mit Freuden annähme. Gefolgt von Riccardo und Maria, näherten wir uns dem Palazzo, und mit jedem Schritt wuchs meine Spannung.

7

Pescia, Donnerstag, 24. September

Enrico hatte bis weit nach Mitternacht gelesen. Dann hatten die Aufregungen des Vortags ihr Recht gefordert. Er konnte gerade noch Fabius Lorenz Schreibers Tagebuch weglegen und das Licht ausknipsen, bevor er in einen tiefen Schlaf fiel. Er schlief so fest, dass er keine Erinnerung an seine Träume hatte, und das war ihm nur recht. Der neue Tag begrüßte ihn mit einem diffusen Grau. Der Sommer schien sich zu verabschieden. Eine dicke Wolkendecke lag über den Bergen und schob sich beständig weiter nach Süden.

Als Enrico aus dem Bad kam, erinnerte ihn ein schmerzhaftes Gefühl in der Magengegend daran, dass er seit ungefähr vierundzwanzig Stunden nichts gegessen hatte. Er nahm seinen Toskana-Reiseführer mit in den Frühstücksraum, um mehr über jene Stadt Lucca zu erfahren, in die es Fabius Lorenz Schreiber verschlagen hatte. Unterwegs fragte er an der Rezeption, ob eine Nachricht für ihn vorliege. Er wusste nicht, ob er hoffen oder fürchten solle, dass jemand aus dem Krankenhaus für ihn angerufen hatte. Als die hübsche Blondine am Empfang ihm mitteilte, dass sie nichts für ihn habe, verspürte er Erleichterung. Wenigstens schien es Elena nicht schlechter zu gehen. Er nahm sich vor, gleich nach dem Frühstück zum Krankenhaus zu fahren.

Während er mehr mechanisch als mit Lust aß und dazu einen

Cappuccino und Orangensaft trank, dachte er über die Aufzeichnungen in dem Tagebuch nach. Er wusste nicht recht, was er von diesem Fabius Lorenz Schreiber halten sollte. Seine Erlebnisse erschienen Enrico zuweilen sehr abenteuerlich. Hatte der Chronist sich strikt an die Fakten gehalten? Oder hatte er seiner Phantasie freien Lauf gelassen, um seinen Ruf bei seinen Zeitgenossen und für die Nachwelt aufzuwerten? Enrico wusste es nicht, aber zumindest war der Reisebericht sehr unterhaltsam.

Er schlug seinen Toskana-Führer auf und suchte den Abschnitt über Lucca. Die Stadt wurde als malerisch beschrieben, ihr Kern umgeben von einer vollkommen intakten alten Stadtmauer. Die Straßen dort mussten auch heute noch so ähnlich aussehen, wie Fabius Lorenz Schreiber sie beschreiben hatte. Die Herrschaft Elisa Bonapartes wurde in nur wenigen Zeilen erwähnt, aus denen Enrico keine neuen Erkenntnisse gewann. Für kulturhungrige Touristen schien Lucca ein wahrer Schatz zu sein, aber was hatte die Stadt für Fabius Lorenz Schreiber bereitgehalten? Sicher würde er es erfahren, wenn er Muße fand, die Lektüre fortzusetzen.

An diesem Morgen aber trieb ihn die Sorge um Elena zum Krankenhaus in Pescia, wo er sich nach Dr. Addessi erkundigte. Die Ärztin war nicht im Haus, und er wurde an einen gewissen Dr. Cardone verwiesen, den Leiter der Intensivstation. Laut Cardone war Elenas Zustand unverändert.

»Darf ich sie sehen?«, fragte Enrico.

»Es ist kein erheiternder Anblick«, warnte ihn der Arzt.

»Vielleicht hilft es mir trotzdem.«

»Va bene«, sagte Cardone nach kurzem Überlegen und führte ihn zu Elenas Krankenzimmer.

Der Arzt hatte Recht gehabt, der Anblick war deprimierend. Mit geschlossenen Augen, einen dicken Verband um den Kopf, lag Elena in einem Bett, über dem Überwachungsgeräte ein monotones Dauerfeuer an optischen und akustischen Signalen ausstießen. Die zahlreichen Kabel und Schläuche, durch die Elena mit den Geräten verbunden war, erweckten in Enrico die Erinnerung an Horrorfilme, in denen durchgeknallte Wissenschaftler mit menschlichen Körpern experimentierten. Einerseits konnte er den Anblick kaum ertragen, aber er konnte sich auch nicht von Elena lösen. Cardone schien zu ahnen oder aus Erfahrung zu wissen, was in Enrico vorging, und schob ihn mit sanfter Gewalt aus dem Zimmer.

»Sie können sich darauf verlassen, dass wir Sie informieren, sobald sich der Zustand der Patientin ändert«, versicherte der Arzt, und Enrico gab ihm seine Visitenkarte mit der Handynummer.

Als er das Krankenhaus verließ, empfing ihn Nieselregen, und ein frischer Wind wehte von den Bergen herab. Mit hochgeschlagenem Kragen ging er über den Parkplatz zu seinem Mietwagen. Auf halbem Weg wurde er von der Lichthupe eines Autos geblendet, das auf den Parkplatz einbog. Es war ein Streifenwagen der Polizei, und hinter dem Lenkrad erkannte Enrico den fülligen Polizisten, der am Vortag den Einsatz in den Bergen geleitet hatte.

Der Polizist stieß die Fahrertür auf, streckte den von der Polizeimütze beschirmten Kopf heraus und rief: »Steigen Sie bitte bei mir ein, Signor Schreiber! Ich möchte mit Ihnen sprechen. Draußen im Regen ist es zu ungemütlich.«

Neugierig folgte Enrico der Aufforderung und nahm auf dem Beifahrersitz Platz.

»Fulvio Massi, Commissario«, stellte der Polizist sich vor und fügte nicht ohne Stolz hinzu: »Stellvertretender Polizeichef von Pescia. Ich war bei Ihnen im Hotel. Als ich Sie dort nicht antraf, vermutete ich, dass ich Sie hier finde.«

»Gut kombiniert, Commissario. Was gibt es so Dringendes?«

»Sie haben doch in Borgo San Pietro nach Angehörigen der Familie Baldanello gesucht, aus der Ihre Mutter stammt.«

»Stimmt. Und der Ermordete, der Bürgermeister, sagte mir,

dass es keine Baldanellos mehr im Dorf gibt. Sie sind tot oder weggezogen.«

»Da hat er Sie falsch informiert. Ob absichtlich oder aus Unkenntnis, weiß ich nicht. Jedenfalls lebt in Borgo San Pietro eine alte Dame namens Rosalia Baldanello. Ihr scheint es gesundheitlich nicht sonderlich gut zu gehen. In den letzten Monaten wurde sie zweimal hier ins Hospital eingeliefert. Ich muss ohnehin nach Borgo San Pietro und wollte Sie fragen, ob Sie mich begleiten möchten. Wir könnten uns während der Fahrt unterhalten. Dann brauche ich mir nicht die ganze Zeit das Radiogedudel und den Polizeifunk anzuhören.«

»Aber ich habe hier meinen Wagen stehen.«

Massi verzog sein breites, von einem schmalen Schnurrbart verziertes Gesicht zu einem Lächeln. »Ich bringe Sie selbstverständlich wieder zurück.«

Enrico erklärte sich einverstanden. Im Krankenhaus konnte er zurzeit nichts tun, und er war neugierig, eine mögliche Verwandte kennen zu lernen. Er glaubte nicht, dass Bürgermeister Cavara nicht von der Frau gewusst hatte. In einem kleinen Ort wie Borgo San Pietro kannte jeder jeden. Wahrscheinlich war Cavaras Auskunft hinsichtlich der Familie Baldanello ebenso eine Lüge gewesen wie seine Behauptung, der Pfarrer sei nach Pisa gefahren. Wenn man dann auch noch den Mord berücksichtigte, steckte vermutlich etwas Größeres hinter der Sache. Etwas, das über Enricos persönliche Betroffenheit hinaus seinen Spürsinn weckte. Strafrecht hatte ihn immer sehr interessiert, und das unscheinbare Borgo San Pietro schien ein düsteres Geheimnis zu hüten.

Sie überquerten den Fluss, bogen nach rechts ab, ließen das Hotel »San Lorenzo« hinter sich und fuhren in die Berge hinauf, während der Regen dichter wurde. Die Scheibenwischer des Polizeiwagens arbeiteten unentwegt, wenn auch unter protestierendem Quietschen.

»Wie kommt es, dass Sie in diesem Fall ermitteln, Commissario

Massi?«, fragte Enrico. »Ich dachte, damit sei die Kriminalpolizei befasst.«
»Kriminalpolizei!«, schnaufte Massi verächtlich, während er den Wagen abbremste, um durch eine enge Kurve zu fahren. »Immer wenn es in Pescia eine größere Sache aufzuklären gilt als einen Handtaschenraub oder einen Einbruch, rücken die werten Kriminalpolizisten aus der großen Stadt bei uns an und glauben, sie haben die Weisheit mit Löffeln gefressen. Für die Polizei von Pescia ist es eine Frage der Ehre, den Fall selbst aufzuklären.«
»Dann sind Sie quasi in inoffizieller Mission unterwegs?«
»Ich bestimme als stellvertretender Polizeichef von Pescia selbst meine Mission. Und ich halte es für tausendmal sinnvoller, mich in Borgo San Pietro umzuhören, anstatt mich wie diese Kriminalbeamten im Verhörzimmer mit einem Pfarrer herumzuschlagen, der so stumm ist wie ein ganzes Meer voller Fische.«
»Pfarrer Umiliani schweigt immer noch?«
»Wie ein Grab. Er gibt frank und frei zu, den Bürgermeister mit dem Kerzenleuchter erschlagen zu haben. Er sagt auch, dass er keineswegs in Notwehr gehandelt habe und dass seine Tat eine schwere Sünde und ein Verstoß gegen Gottes Gebote sei. Er lehnt sogar die Hinzuziehung eines Anwalts ab, hat nur um geistigen Beistand gebeten. Aber wenn er nach dem Grund für seine Tat gefragt wird, stellt er auf stur. So etwas habe ich in all den Jahren als Polizist noch nicht erlebt, wirklich nicht.«
»Vielleicht ist er einfach verrückt?«, fragte Enrico.
Massi schüttelte den Kopf. »Den Eindruck macht er nicht. Natürlich werden psychologische Gutachten über seinen Geisteszustand angefertigt werden, aber ich wette um ein Jahresgehalt, dass nichts dabei herauskommt.«
»Das wäre auch zu einfach gewesen und hätte nicht erklärt, warum Cavara mich angelogen hat.«

Massi warf ihm einen kurzen, hoffnungsvollen Blick zu. »Den Grund werden wir hoffentlich in Borgo San Pietro erfahren.«
»Ja, hoffentlich«, pflichtete Enrico ihm nicht sonderlich enthusiastisch bei. Seine bisherigen Erlebnisse in dem Dorf ließen ihn nicht viel erhoffen. Er musste wieder an Elena denken und fragte: »Haben Sie inzwischen Angehörige von Signorina Vida ausfindig gemacht? Ihre Familie müsste verständigt werden.«
»Bislang sieht es so aus, als hätte sie keine Angehörigen. Aber unsere Kollegen in Rom recherchieren noch.«
»Was ist mit ihrem Handy? Wie die meisten Menschen wird auch sie die Nummern der wichtigsten Bezugspersonen eingespeichert haben.«
»Wir haben kein Handy bei ihr gefunden, auch nicht in ihrem Hotelzimmer. Vermutlich hat sie es auf der Flucht verloren.«
Der Himmel hatte sämtliche Schleusen geöffnet, als Fulvio Massi den Polizeiwagen endlich am Rande von Borgo San Pietro abstellte. Das Dorf mit seinen abweisenden Mauern wirkte unter den grau-schwarzen Wolken düster, geheimnisvoll und bedrohlich. Der Anblick jagte Enrico einen Schauer über den Rücken, falls es nicht der kalte Wind war, der ihm frech ins Gesicht blies. Er dachte an das Unheil, das gestern hier über den Bürgermeister und über Elena gekommen war, und er fragte sich, welche bösen Überraschungen Borgo San Pietro noch bereithielt.
»Haben Sie einen Schirm?«, fragte Massi.
»Nein.«
»Ich auch nicht.«
Die engen Gassen boten ein wenig Schutz vor Wind und Regen, und so waren sie nicht völlig durchnässt, als sie das Haus des Bürgermeisters erreichten. Drinnen waren viele Menschen versammelt, und alle trugen Schwarz. Enrico meinte, vorwurfsvolle Blicke zu spüren, und er konnte es den Dorfbewohnern nicht einmal verdenken. Auch wenn Pfarrer Umiliani den Mord eingestanden hatte, blieb sein und Elenas Besuch für die

Menschen hier untrennbar mit dem Tod ihres Bürgermeisters verbunden. Und mit dem Verlust ihres Pfarrers. Für einen kleinen Ort wie diesen waren das gewiss die beiden wichtigsten Männer. Insofern bedeutete der gestrige Tag nicht nur für die Familie Cavara, sondern für das gesamte Dorf eine Katastrophe.

Die Witwe des Ermordeten nahm die Beileidsbekundungen Massis und Enricos mit unbewegtem Gesicht entgegen und führte die beiden in einen kleinen Raum, in dem sie ungestört waren. Es war ein Büro mit Aktenschrank und Computer, wo Benedetto Cavara vermutlich seinen Papierkram erledigt hatte. Enrico wunderte sich, in was für einem vertrauten Tonfall Massi mit Signora Cavara sprach.

»Wie geht es den Kindern?«, fragte der Polizist.

»Sie haben alle geweint, aber den kleinen Roberto hat es besonders schlimm getroffen. Er kriegt den Anblick seines toten Vaters nicht aus dem Kopf.«

»Vielleicht sollten die fünf Borgo San Pietro für eine Weile verlassen.«

»Daran habe ich auch schon gedacht. Benedettos Schwester wird sie mit nach Montecatini nehmen.«

»Gut, sonst hätte ich mich angeboten. Die Kinder sind immer gern im Polizeiwagen gefahren. Sag Bescheid, wenn du meine Hilfe brauchst. Sag mal, was wollte Benedetto gestern vom Pfarrer?«

Signora Cavara schwieg und überlegte, bevor sie sagte: »Das weiß ich nicht. Er sagte nur, er muss Don Umiliani etwas Wichtiges sagen und ist zurück, bevor das Essen kalt wird. Als er nicht kam, habe ich Roberto geschickt, um nachzusehen. Wäre ich bloß selbst gegangen!«

»Hatte der plötzliche Besuch beim Pfarrer etwas mit diesem Mann hier und seiner Begleiterin zu tun?«

»Das weiß ich nicht.«

»Aber sie sind kurz vorher bei euch gewesen, oder?«

»Ja.«
»Und was wollten sie?«
»Sie fragten nach der Familie Baldanello.«
»Was hat dein Mann geantwortet?«
Die Frau zögerte.
»Antonia, was hat Benedetto geantwortet?«
»Er sagte, dass es hier keine Angehörigen der Familie Baldanello mehr gibt.«
»Stimmt das?«, hakte Massi nach. »Anworte mir!«
»Nein. Signora Rosalia Baldanello lebt noch hier. Aber es geht ihr sehr schlecht. Der Arzt sagt, ihre Tage sind gezählt.«
»Warum hat dein Mann die Fremden angelogen?«
»Er … er wollte Rosalia vor unnötigen Aufregungen bewahren. Ihre Nichte Mariella Baldanello und deren deutsche Familie haben sich die ganze Zeit nicht um ihre Angehörigen hier gekümmert. Jetzt, wo Rosalia bald stirbt, muss dieser Fremde sie nicht belästigen.«
»Und weshalb hat Benedetto ihm gesagt, der Pfarrer sei nach Pisa gefahren?«
»Aus demselben Grund. Benedetto hat befürchtet, dass Don Umiliani den Fremden von Rosalia erzählt.«
»Und sobald die Besucher weg waren, ist dein Mann schnell zum Pfarrer gelaufen, um ihn einzuweihen, nicht wahr?«
Signora Cavara nickte. »Ja, Fulvio, genauso war es.«
»Ach! Eben hast du noch erzählt, du wüsstest nicht, warum Benedetto so übereilt zur Kirche gelaufen ist!«
»Ich … ich wusste nicht, ob ich es vor dem Deutschen sagen soll.«
»Und der Mord? Wie erklärst du dir den? Glaubst du, Pfarrer Umiliani wollte sich deinem Mann nicht fügen und hat ihn deshalb erschlagen?«
»Ich weiß es nicht«, sagte die Witwe leise und blickte zu Boden, um ihre Tränen zu verbergen.
»Antonia, ich glaube dir nicht«, sagte Massi vorwurfsvoll. »Du

sagst mir nicht die ganze Wahrheit, nicht einmal die halbe! Willst du dein Gewissen nicht erleichtern?«
Mit einem weißen Taschentuch trocknete die Frau ihre Tränen, bevor sie den Polizisten ansah. »Mehr habe ich dir nicht zu sagen, Fulvio.«
»Schade«, brummte Massi und wandte sich zu Enrico um. »Bevor Sie einen falschen Eindruck von der italienischen Polizei bekommen und denken, wir würden alle Zeuginnen in diesem Ton verhören, muss ich Ihnen Folgendes sagen: Antonia Cavara ist meine Schwester.«

Rom

Der Quirinal, einer der sieben legendären Hügel Roms, lag unter einem dicken Wolkenschleier, als Alexander direkt vor dem Polizeihauptquartier einen Parkplatz fand. Er meldete sich beim Pförtner an und fuhr mit dem Fahrstuhl in den dritten Stock, wo Stelvio Donatis Büro lag. Der Commissario saß hinter seinem Schreibtisch voller Papiere und blätterte, einen Zigarillo im Mundwinkel, durch einen dicken Terminplaner.
»Und ich dachte immer, ein Kriminalkommissar wartet im Trenchcoat und mit hochgeschlagenem Kragen an der Straßenecke, um den überraschten Verdächtigen mit einem genialen Bluff zum Geständnis zu bringen«, scherzte Alexander beim Eintreten.
»Die Situation habe ich auch schon erlebt, im Kino.« Donati breitete die Arme über dem Schreibtisch aus, als wolle er den Tisch mit sämtlichen Papieren zum Verkauf anbieten. »Na, Alexander, hast du nicht doch Interesse, in den Polizeidienst zu wechseln?«
»Nein danke.« Alexander legte eine Hand an die Stelle, wo seine Nieren noch ein wenig schmerzten. »Der Journalistenjob ist schon gefährlich genug.«

»Hast du gestern schlechte Erfahrungen gemacht?«
Alexander nickte, während er sich auf einen freien Stuhl setzte. »Mit einem Kampfmesser, einem Stein und zwei bloßen Fäusten. Alle bedrohten mich, und ich hätte ziemlich alt ausgesehen, wäre mir nicht Werner Schardt zu Hilfe gekommen.«
»Wer?«
»Der Gardeadjutant, der uns am letzten Freitag in den Vatikan gelassen hat«, antwortete Alexander und schilderte sein gestriges Abenteuer. »Tja, und jetzt spielt Werner für uns den Spitzel bei der Garde. Ich hoffe, es ist dir recht, dass ich ihn eingeweiht habe. Aber irgendjemandem müssen wir vertrauen.«
»Ich verlasse mich da auf dein Urteil. Außerdem stimmt es, wir müssen endlich mal vorankommen. Die beiden Priestermorde haben einiges Aufsehen erregt, und ich werde schon mit unangenehmen Fragen von ganz oben bedrängt, wann es denn erste Ermittlungsergebnisse gibt.«
»Und? Wann gibt es die?«
»Keine Ahnung. Ich wühle mich gerade durch Pfarrer Dottesios Papiere. Ich hatte keinen blassen Schimmer, mit was für einem Verwaltungskram der Hirte einer Kirchengemeinde beschäftigt ist. Mit fast mehr als die Polizei, und das will was heißen!«
»Irgendetwas von Belang dabei?«
»Kaum. Ich studiere gerade Dottesios Terminplaner von diesem Jahr. Hochzeiten, Taufen, Gemeinderatssitzungen, Beerdigungen, runde Geburtstage, christliche Gedenktage und und und. Wenn etwas von Belang ist, dann allenfalls dieser Eintrag vom sechzehnten.«
»Das war der Tag vor seiner Ermordung«, stellte Alexander fest.
»Ganz genau«, sagte Donati und drehte das in Leder gebundene Buch so, dass Alexander die Eintragungen lesen konnte. »Hier steht es, um vierzehn Uhr: ›V. Falk‹. Aber wer oder was ist ›V. Falk‹?«
Alexander überlegte, er hatte den Namen schon einmal gehört.

In Gedanken ging er die letzten Tage zurück, bis er beim Freitag war, im Vorzimmer des Kardinalpräfekten Renzo Lavagnino.

»Vanessa Falk!«, sagte er. »Das V steht für Vanessa.«

»Mir ist, als hätte ich den Namen schon mal gehört«, murmelte Donati.

»Aber Stelvio! Ein Mann in den besten Jahren und kein Auge für das schöne Geschlecht? Erinnerst du dich wirklich nicht an die Rothaarige, die in Kardinal Lavagninos Vorzimmer saß und reichlich düster dreinschaute, als wir vor ihr durchgelassen wurden?«

Donati schnippte mit Daumen und Mittelfinger. »Du hast Recht, die hieß Vanessa Falk! Die Dame scheint dich mächtig beeindruckt zu haben.«

Alexander grinste. »Wäre ich nicht schon vergeben, könnte mir ›die Dame‹ durchaus gefährlich werden – und ich ihr. Unter den gegebenen Umständen interessiert mich an ihr aber nur die Frage, was um alles in der Welt sie von Pfarrer Dottesio wollte.«

»Oder er von ihr.«

Alexander nickte. »Oder so.«

»Du hast auf Deutsch mit ihr gesprochen, nicht?«

»Korrekt.«

»Weißt du mehr über sie?«

»Bedaure. Wir haben uns ja nur kurz gesehen.«

»Dann hoffen wir mal, dass wir im Sekretariat des Kardinalpräfekten mehr über sie erfahren«, sagte Donati und griff zum Telefon. Das Gespräch war kurz und offenbar erfreulich. Mit zufriedenem Gesicht legte er den Hörer auf. »Die Dame ist Wissenschaftlerin und hat um die Erlaubnis gebeten, im vatikanischen Geheimarchiv zu recherchieren.«

»Und weiter?«

»Sie hat die Erlaubnis erhalten und sitzt zurzeit im Lesesaal der Bibliothek.« Donati stand auf, griff nach seiner Jacke und sagte mit breitem Grinsen: »Watson, rufen Sie uns eine Droschke!«

Die erste Aufregung um das Schisma hatte sich zwar gelegt, aber im Vatikan und rund um den Kirchenstaat war längst keine Ruhe eingekehrt. Noch immer waren auf den Straßen und Plätzen des Viertels mehr Kamerateams und Polizeiposten anzutreffen als unter normalen Umständen. Die Zahl der aufgebrachten Gläubigen auf dem Petersplatz war etwas zurückgegangen, woran das schlechter werdende Wetter vielleicht eine Mitschuld trug. Ganz so viele Überläufer zur *Heiligen Kirche des Wahren Glaubens* wie vor ein paar Tagen gab es auch nicht mehr. Nicht nur Kardinäle, Bischöfe und Priester hatten sich der neuen Glaubenskirche und ihrem Papst Lucius angeschlossen, manchmal hatten ganze Gemeinden, die ihrem Hirten besonders eng verbunden waren, die Seite gewechselt. In einem Zeitungskommentar, den Elena vor ihrer Reise in die Toskana geschrieben hatte, sprach sie von der größten Krise der Kirche seit ihrem Bestehen.

Das war sicher nicht übertrieben, dachte Alexander, als er seinen Peugeot am Petersplatz vorbei zur Porta Sant'Anna lenkte. Die beiden Schweizer am Tor kannte er nicht und hielt sie für neue Gardisten, was in ihm unliebsame Erinnerungen an die gestrige Begegnung mit Martin Gloor und seinen Kameraden auslöste. Im Vorzimmer des Kardinalpräfekten wurden Alexander und Donati von dem Sekretär höflich begrüßt, der sie ohne Umschweife zu Kardinal Lavagnino ins Zimmer führte.

»Was ist das mit dieser deutschen Wissenschaftlerin?«, fragte Lavagnino nach der Begrüßung. »Was hat sie mit den Morden zu tun?«

»Ob und was, das müssen wir erst herausfinden«, antwortete Donati. »Bisher vermuten wir nur, dass sie sich mit Giovanni Dottesio getroffen hat, einen Tag vor seinem Tod. Können Sie uns etwas über die Frau erzählen?«

»Dr. Falk hat Theologie studiert und kommt aus München. Sie

hat um die Erlaubnis ersucht, Recherchen für eine wissenschaftliche Abhandlung in der Vatikanbibliothek durchzuführen.«

»Zu welchem Thema?«, erkundigte sich Alexander.

»Moment, das muss ich hier irgendwo haben.« Der Leiter der Glaubenskongregation blätterte in seinen Unterlagen. »Ja, hier ist es: ›Parapsychologische Phänomene und religiöse Erscheinungen vor dem Hintergrund des Ersten Weltkriegs‹. Darüber will sie ein Buch schreiben, sagt sie.«

»Wer liest denn so was?«, entfuhr es Donati.

Der Kardinal lächelte nachsichtig. »Andere Wissenschaftler oder religiös Interessierte. Aber Dr. Falk kann Ihnen selbst wohl besser sagen, worum es in ihrer Arbeit geht. Wenn Sie möchten, führe ich Sie zu ihr.«

»Wir wollen Ihre Zeit nicht über Gebühr beanspruchen, Eminenz«, erwiderte Donati.

»Das tun Sie nicht. Auch ich bin sehr an der Klärung dieser Mordfälle interessiert, wie ich Ihnen bereits versicherte.«

»Am vergangen Freitag, ja«, sagte Donati. »Da sind wir Dr. Falk kurz in Ihrem Vorzimmer begegnet. Hat sie an diesem Tag um die Erlaubnis nachgesucht, im Geheimarchiv zu recherchieren?«

»Sozusagen. Sie hatte den Antrag schon vorher gestellt und war am Freitag gekommen, um meine Antwort zu hören.«

»Ist es üblich, dass die Antragsteller persönlich bei Ihnen erscheinen, Eminenz?«

»Nein, Commissario. Aber Dr. Falk weilt ohnehin in Rom und hat ihre Angelegenheit als sehr dringend dargestellt, deshalb habe ich eingewilligt, sie persönlich zu empfangen.«

»Verstehe«, sagte Donati und erhob sich von dem hölzernen Besucherstuhl. »Wenn es Sie nicht stört, Eminenz, würden Signor Rosin und ich ganz gern allein mit Dr. Falk sprechen. Ihre Anwesenheit könnte sie in der einen oder anderen Art befangen machen.«

»Ich habe nichts dagegen. Geben Sie mir einfach Bescheid, wenn es Neuigkeiten gibt!«

»Sie werden es als Erster erfahren, Eminenz«, versicherte Donati.

Und Alexander ergänzte: »Zusammen mit Seiner Heiligkeit.«

Die Vatikanische Bibliothek lag im Gebäudekomplex der Vatikanischen Museen am anderen Ende des Kirchenstaats. Dank Alexanders Ortskenntnis nahmen sie einen relativ kurzen Weg dorthin, der erst um den Petersdom herum und dann durch den schnurgeraden Stradone dei Giardini führte. Im Lesesaal fanden sie Dr. Falk über einen Stapel Bücher gebeugt. Sie machte sich eifrig Notizen und schien Donati und Alexander gar nicht zu bemerken. Vanessa Falk trug heute eine Brille, aber das tat in Alexanders Augen ihrer Attraktivität nicht den geringsten Abbruch.

Als Donati sie ansprach, zuckte sie erschrocken zusammen, und ihre grünen Augen blitzten die beiden Männer über den Rand der Brille an. »Ist das Ihr Hobby, nichts ahnende Frauen zu erschrecken, oder ... Moment, kennen wir uns nicht?«

»Aus dem Vorzimmer von Kardinal Lavagnino, am Freitag«, bestätigte Alexander.

»Ja, stimmt, die beiden Herren mit dem schnellen Zutritt.«

»Nehmen Sie uns das immer noch übel?«, fragte Alexander.

Sie lächelte. »Nein. Was kann ich für Sie tun?«

Donati hielt ihr seinen Dienstausweis unter die schöne Nase. »Kriminalpolizei. Ich möchte Ihnen ein paar Fragen stellen, die Ihr Verhältnis zu Pfarrer Giovanni Dottesio betreffen.«

»Ich hatte kein ›Verhältnis‹ zu Pfarrer Dottesio.«

»Aber Sie haben ihn gekannt?«

»Wir haben zweimal miteinander telefoniert, und letzte Woche am Mittwoch haben wir uns persönlich kennen gelernt. Das einzige Mal übrigens, dass wir uns getroffen haben.«

»Ihm blieb ja auch nicht mehr viel Zeit zu weiteren persönlichen Treffen«, bemerkte Donati.

Vanessa Falk nickte. »Sie spielen auf seinen Tod an, nicht? Eine schreckliche Geschichte. Hat die Polizei schon nähere Hinweise auf den Täter?«
»Deswegen sind wir hier. Wir hoffen, dass Sie uns weiterhelfen können.«
Dr. Falk sah sich im Saal um und sagte noch eine Spur leiser als bisher: »Ich glaube, wir stören die anderen hier. Mein Magen knurrt schon seit einer halben Stunde. Wollen wir nicht irgendwo eine Kleinigkeit essen gehen? Rings um die Vatikanischen Museen gibt es doch wundervolle Pizzerien.«
»Wundervolle Touristenfallen«, sagte Alexander. »Aber ich kenne ein Lokal in der Nähe, wo es gute und preisgünstige Pizzas gibt.«
Das Lokal lag am Rand des Borgo Pio. Da es noch nicht Mittag war und der Regen zudem eine Menge Touristen verschreckte, fanden sie einen Tisch, an dem sie sich ganz ungestört unterhalten konnten.
Nachdem sie ihre Bestellung aufgegeben hatten, fragte Vanessa Falk: »Wieso sind Sie der Ansicht, dass ausgerechnet ich Ihnen bei Ihren Ermittlungen weiterhelfen könnte? Wo ich Pfarrer Dottesio doch kaum gekannt habe.«
»Dottesio hatte das Treffen mit Ihnen in seinem Terminplaner eingetragen, und wir konnten uns keinen Reim auf diesen Eintrag machen«, erklärte Donati. »Vielleicht sagen Sie uns ganz einfach, worum es dabei ging.«
»Ich hatte Dottesio um Hilfe gebeten, weil er früher in der Registratur des Geheimarchivs gearbeitet hat. Ich hoffte, er könnte mir bei meinen Forschungen helfen.«
»Wäre es nicht angebrachter gewesen, sich an den jetzigen Leiter der Registratur zu halten?«, fragte der Commissario.
Dr. Falk lächelte versonnen. »Nicht, wenn man Auskünfte haben möchte, die der Vatikan an Außenstehende nicht weitergibt. Ich hoffte, einen ehemaligen Vatikanmitarbeiter eher erweichen zu können.«

»Hatten Sie Erfolg bei Pfarrer Dottesio?«
»Leider nicht den geringsten. Es gibt tatsächlich noch katholische Geistliche, die ihre Pflichten sehr ernst nehmen.« Sie zwinkerte verschwörerisch. »Einschließlich des Zölibats.«
Die Getränke wurden serviert, und danach fragte Alexander: »Warum überhaupt der Kontakt zu Dottesio? Sie haben doch die Erlaubnis erhalten, im Geheimarchiv zu recherchieren.«
»Ja, aber selbst dann birgt das Geheimarchiv des Vatikans noch einige Geheimnisse, die der Forschung nicht zugänglich sind.«
Alexander beugte sich neugierig vor. »Zum Beispiel?«
»Zum Beispiel die Weissagung von Fatima, mit der ich mich in der wissenschaftlichen Studie, die ich anfertige, beschäftige. Ich weiß nicht, inwieweit Sie über meine Arbeit informiert sind?«
»Irgendetwas mit Parapsychologie und Religion im Ersten Weltkrieg«, meinte Donati und sah die dampfenden Pizzas an, die gerade gebracht wurden.
»Ganz recht. Ich beschäftige mich mit so genannten übernatürlichen Vorfällen, die von 1914 bis 1918 in Erscheinung getreten sind.«
»Wieso gerade die Zeit des Ersten Weltkriegs?«, wollte Alexander wissen.
»Weil in dieser Zeit besonders viele unerklärliche Phänomene und spirituelle Vorfälle wie Marienerscheinungen oder Weissagungen verzeichnet wurden. Nach meiner Theorie hängt das mit dem großen psychischen Druck zusammen, dem Menschen in Krisenzeiten ausgesetzt sind. In mystischen Erscheinungen, die ihnen ihre überforderte Psyche vorgaukelt, finden sie ein Ventil, eine zumindest zeitweilige Fluchtmöglichkeit aus der trostlosen Realität.«
»Sehr viel Psychologie«, sagte Donati, während er seine Pizza Funghi probierte. »Ich dachte, Sie haben Theologie studiert.«
»Ich habe beides studiert.«
»Und in welchem Bereich haben Sie promoviert?«

»In Theologie«, antwortete Dr. Falk und nahm einen Bissen von ihrer vegetarischen Pizza. »Und danach in Psychologie.«
Alexander grinste den staunenden Commissario kurz von der Seite an und fragte: »Was für übernatürliche Vorfälle sind das konkret, mit denen Sie sich beschäftigen, Dr. Falk?«
»Grob gesagt, kann man sie in zwei Teile gliedern, die weltlichen und die religiösen. Ein Beispiel für den weltlichen Bereich ist das angebliche Verschwinden von zweihundertsiebenundsechzig Soldaten eines britischen Regiments während der Schlacht um Gallipoli im Jahr 1915. Die Männer sind im Sturmlauf in einen Wald gerannt und dann nie wieder aufgetaucht. Jedenfalls ungefähr die Hälfte von ihnen. Drei Jahre später entdeckte man die Leichen von einhundertzweiundzwanzig Soldaten auf einem türkischen Bauernhof, aber die restlichen blieben verschwunden.«
»Vielleicht hatten sie die Nase voll vom Krieg und haben sich abgesetzt«, schlug Donati vor. »Sie wären nicht die ersten Soldaten gewesen, die sich so weise entschieden haben.«
»Das könnte man annehmen, hätte sich der Vorfall mitten in Europa ereignet, unweit der Heimat jener Männer. Aber auf einer türkischen Halbinsel im Bereich von Mittelmeer und Schwarzem Meer?«
»Was denken Sie dann?«, entgegnete Donati. »Dass diese Männer von UFOs entführt wurden?«
Vanessa Falk sah ihn ernst an. »Es gibt einige UFO-Sichtungen gerade aus der Zeit des Ersten Weltkriegs. Einen Teil davon kann man problemlos auf die damals neuesten technischen Errungenschaften wie Flugzeuge und Luftschiffe zurückführen, die in diesem Krieg erstmals großflächig zum Einsatz kamen. Viele andere allerdings sind ungeklärt, und Mythen ranken sich um sie. Zielsetzung meiner Forschungsarbeit ist es nicht, das Unmögliche zu leisten und definitive Erklärungen für solche Vorkommnisse zu bieten. Ich will vielmehr die Muster herausarbeiten, nach denen solche Mythen entstehen, will aufzeigen,

wie es überhaupt dazu kommt, dass die Menschen glauben, Außerirdischen oder Engeln gegenüberzustehen.«

»Mit den Engeln sind wir im religiösen Bereich«, stellte Alexander fest. »Sie erwähnten eben die Weissagung von Fatima, die der Öffentlichkeit nicht zugänglich sei. Aber das stimmt doch nicht. Im Jahr 2000, anlässlich des Heiligen Jahres, ist auch der dritte und bislang unveröffentlichte Teil der Weissagung von der Kirche publiziert worden.«

»Für einen Polizisten sind Sie erstaunlich gutgläubig«, spottete die Wissenschaftlerin.

»Ich bin kein Polizist, sondern Journalist«, sagte Alexander und erläuterte kurz sein Verhältnis zu Commissario Donati.

Dr. Falk gestattete sich ein ironisches Lächeln. »Für einen Journalisten finde ich Ihre Gutgläubigkeit fast noch erstaunlicher, Signor Rosin.«

»Ich mache den Job erst ein Vierteljahr. Und warum, bitte, halten Sie mich für gutgläubig?«

»Weil Sie voraussetzen, dass der Vatikan die ganze Wahrheit und nichts als die Wahrheit veröffentlicht hat.«

»Bestehen aus Ihrer Sicht ernsthafte Zweifel daran?«

»Als Wissenschaftlerin glaube ich nur das, was ich überprüfen kann. Wenn aber ein Text veröffentlicht wird, dessen Original weiterhin vor den Augen der Öffentlichkeit und der Wissenschaft verborgen im Geheimarchiv des Vatikans bewahrt wird, *muss* ich Zweifel an seiner Wahrheit beziehungsweise seiner Vollständigkeit haben. Alles andere wäre grob fahrlässig.«

»Ich bin nicht so schrecklich informiert über die Weissagung«, gestand Donati. »War es nicht so, dass drei Kindern die Muttergottes erschienen ist? In Spanien?«

»In Portugal«, berichtigte ihn Vanessa Falk. »Das Dorf Fatima liegt einhundertdreißig Kilometer nördlich von Lissabon. Die drei Kinder, die Sie erwähnten, hüteten am Himmelfahrtstag des Jahres 1917 außerhalb des Ortes Schafe, als ihre Aufmerksamkeit von seltsamen Lichtern erregt wurde. Plötzlich stand

eine Frau in einem weißen Umhang und mit einem funkelnden Rosenkranz in der Hand vor ihnen und eröffnete ihnen, sie komme vom Himmel. Die Frau erschien den Kindern noch mehrere Male. Bei diesen Gelegenheiten waren auch andere Menschen zugegen, die zwar die Lichter sahen, die Frau aber konnte nur von den drei Kindern wahrgenommen werden.«
»Ich habe mal etwas darüber gelesen«, erinnerte Donati sich. »Die Weissagung dieser Frau, Muttergottes oder nicht, hatte etwas mit schrecklichen Kriegen zu tun, oder?«
»Die Weissagung gliedert sich in drei Teile«, erklärte Vanessa Falk. »Der erste Teil wird allgemein als Vision der Hölle gedeutet. Die Kinder sahen ein riesiges Feuermeer in den Tiefen der Erde, wo sie Gestalten erblickten, die sie für Teufel und sündhafte Seelen hielten. Der zweite Teil der Weissagung betrifft tatsächlich einen Krieg, der unter dem Pontifikat von Papst Pius XII. beginnen sollte, falls die Menschheit nicht aufhörte, Gott zu beleidigen. Ein unbekanntes Licht, das die Nacht erleuchtete, würden diesen Krieg ankündigen. Um die Bestrafung der Welt für ihre Missetaten zu verhindern, sollte Russland der Kirche geweiht werden. Andernfalls, so verkündete die Lichtgestalt, werde Russland seine Irrlehren über die Welt verbreiten und dabei Kriege und Kirchenverfolgungen heraufbeschwören.«
»Pius XII. war doch während des Zweiten Weltkriegs Papst«, warf Donati ein.
Dr. Falk nickte. »So ist es. Und ein seltsames rötliches Licht, das am fünfundzwanzigsten Januar 1938 die nördliche Hemisphäre erleuchtet hat, hält man für das vorausgesagte Kriegszeichen. Kurz darauf, im März, marschierten die deutschen Truppen in Österreich ein, und im Mai 1938 stattete Hitler seinem Bundesgenossen Mussolini einen großen Staatsbesuch ab, um die Einheit der so genannten Achse zu demonstrieren. Die Weichen für den Krieg waren gestellt.«
»Der Russland betreffende Teil der Weissagung ist auch nicht

schwer zu entschlüsseln«, sagte Alexander. »Stalin und die unter ihm erfolgte Ausweitung der kommunistischen Einflusssphäre sprechen für sich.«

»So weit, so gut«, meinte Donati. »Aber was ist nun mit dem dritten Teil der Weissagung?«

»Der wurde vom Vatikan lange Zeit unter Verschluss gehalten, was natürlich die Spekulationen blühen ließ«, antwortete Vanessa Falk. »Bei uns in Deutschland erschien 1963 in der ›Stuttgarter Zeitschrift‹ der angebliche Text der Prophezeiung, den ich aus heutiger Sicht für sehr interessant halte. Darin war von schlimmen Heimsuchungen für die Kirche die Rede. Kardinäle würden sich gegen Kardinäle wenden und Bischöfe gegen Bischöfe. Satan werde in ihrer Mitte marschieren, und in Rom werde es große Veränderungen geben. Dunkelheit werde über der Kirche liegen und Terror die Welt erschüttern.«

Donati und Alexander starrten die Wissenschaftlerin verblüfft an. Alexander fand zuerst die Sprache wieder und sagte: »Das klingt wie eine Voraussage der aktuellen Kirchenspaltung!«

Borgo San Pietro

Ein kalter Wind fegte durch die engen Gassen, als Enrico und Fulvio Massi zum Haus von Rosalia Baldanello gingen. Fast unvorstellbar, dachte Enrico, dass er gestern noch unter sommerlicher Hitze seinen Schweiß vergossen hatte. Heute war er über die wetterfeste Jacke froh, die er beim Verlassen des Hotels mitgenommen hatte. Das Dorf wirkte so ausgestorben wie gestern, als er es zusammen mit Elena betreten hatte. Doch wenn er genauer hinsah, bemerkte er etliche Gesichter, die sich hinter den Fensterscheiben die Nasen platt drückten. Er konnte nicht sagen, ob sein Anblick bei den Leuten mehr Neugier oder Ablehnung hervorrief. Jedenfalls war er froh, dass Massi ihn begleitete.

Der Umstand, dass die Witwe des Bürgermeisters die Schwester des Commissario war, warf ein erhellendes Licht auf Massis Interesse an dem Fall. Es ging ihm also nicht nur um die Ehre der Polizei von Pescia, sondern vor allem darum, den Mord an seinem Schwager aufzuklären.
Enrico wandte sich an den Polizisten: »Können Sie sich vorstellen, was Ihre Schwester verschweigt?«
»Leider nein«, seufzte Massi. »Ich konnte mir noch nie sonderlich gut vorstellen, was in den Köpfen von Frauen vorgeht. Aber eins weiß ich mit Sicherheit: Solange Antonia nicht von selbst mit uns sprechen will, werden wir nichts von ihr erfahren. Sie war schon als Kind so stur wie zwei ineinander verkeilte Ziegenböcke zusammen.«
Sie umrundeten die Kirche, und ein ungutes Gefühl beschlich Enrico. Er musste an den ermordeten Bürgermeister denken und daran, dass in der Küche des Pfarrers für ihn und Elena der Alptraum begonnen hatte. Und zum hundertsten Mal stellte er sich die Frage, was den Pfarrer eines abgelegenen Bergdorfes in der Toskana veranlasst haben mochte, den Bürgermeister zu erschlagen.
Hinter der Kirche kamen sie zu kleinen, eng beieinander stehenden Häusern, die sämtlich aussahen, als hätten sie seit den Zeiten Leonardo da Vincis keinen Farbtopf und keinen Nagel mehr gesehen. Vor einem der letzten dieser Häuser blieb Massi stehen und klopfte laut an die fleckige Holztür. Eine Klingel oder auch nur einen Türklopfer gab es nicht. Zaghaft rief eine Stimme etwas Unverständliches, und keine dreißig Sekunden später wurde die Tür geöffnet. Sie standen einem verwitterten alten Mann gegenüber, den die Jahre gekrümmt hatten und der vielleicht deshalb besonders klein auf Enrico wirkte.
Massi kratzte sich nachdenklich an der Wange und sagte: »Sie sind Ezzo Pisano, nicht wahr? Guten Tag, Signor Pisano. Wir wollten eigentlich zu Signora Baldanello.«
»Und Sie sind der Bruder der armen Signora Cavara«, sagte

der alte Mann mit heiserer Stimme. »Was wollen Sie von Signora Baldanello? Es geht ihr gar nicht gut. Sie muss das Bett hüten.«
»Und Sie kümmern sich um Signora Baldanello?«
»Sie hat sich um meine Frau gekümmert, kurz bevor Nicola starb. Jetzt ist die Reihe an mir, Signora Baldanello diesen letzten Dienst zu erweisen. Wir Alten müssen zusammenhalten, besonders, da wir immer weniger werden.« Er lachte in seiner heiseren Art. »Ich kann nur hoffen, dass noch jemand übrig bleibt, der sich um mich kümmern kann.«
Massi zeigte auf Enrico. »Dieser junge Mann kommt aus Deutschland und möchte Signora Baldanello besuchen. Er ist der Sohn von Mariella Baldanello.«
»Er kommt aber spät«, sagte Ezzo Pisano nur und trat zur Seite, um die Besucher ins Haus zu lassen.
Drinnen war es düster, und es roch muffig, als sei hier seit Monaten nicht mehr richtig gelüftet worden. Enrico fragte sich, ob Frischluft und Tageslicht alten Menschen gleichgültig wurden oder ob sich die Alten auf diese Weise gar aufs Grab vorbereiteten.
Pisano führte sie in eine kleine Kammer, wo Rosalia Baldanello auf einem schmalen Bett lag, bewacht von einem Kruzifix und einem geschnitzten Bildnis der Muttergottes. Sie machte einen dünnen, ausgemergelten Eindruck, und das weiße Haar hing in unordentlichen Strähnen um ihr eingefallenes Gesicht. Aber vor Enricos geistigem Auge verjüngte sich die Frau, glätteten sich die zahllosen Falten, wurde das Haar dunkler, und er stellte eine erstaunliche Ähnlichkeit mit seiner Mutter fest.
Pisano räusperte sich, um die Aufmerksamkeit der starr nach oben blickenden Frau zu erregen. »Signora, dies ist Ihr Großneffe aus Deutschland, der Sohn Ihrer Nichte Mariella. Er ist gekommen, um Ihnen seine Aufwartung zu machen.«
Langsam wandte die Frau ihren Kopf und blickte die drei Männer aus tief in den Höhlen liegenden Augen an. Auf Enrico

blieb ihr Blick lange haften, und ihm war nicht klar, ob sie wirklich verstand, wer er war. Sie wirkte sehr geschwächt, körperlich und geistig, und machte den Eindruck, als würde sie das nächste Jahr nicht mehr erleben, vielleicht nicht einmal den nächsten Monat.

»Mariella ist tot?«, fragte sie schließlich mit heller, hauchdünner Stimme.

»Ja, meine Mutter starb im letzten Monat«, sagte Enrico. »Woher wissen Sie das?«

Die spröden, dünnen Linien, die nur noch entfernt an Lippen erinnerten, zitterten, was auf Enrico wie die Karikatur eines Lächelns wirkte. »Ich spüre das. Vielleicht, weil ich selbst dem Tod näher bin als dem Leben. Ich spüre, dass Mariella um mich ist.« Ihr Gesicht veränderte sich, wirkte auf einmal erschrocken, und sie kreischte aufgeregt: »Nein, geh weg, versündige dich nicht an mir! Du hast schon genug Unglück und Sünde über uns gebracht, Mariella!«

Sie sprach zu einer Toten! Enrico tauschte einen bedenklichen Blick mit Massi aus und verfolgte erschrocken, wie die unbegreifliche Panik immer stärker von seiner Großtante Besitz ergriff. Ihr flackernder Blick heftete sich erneut auf Enrico, und stoßweise atmend brachte sie hervor: »Geh auch du weg! Du bist der Sünde verfallen wie dein Vater, das sehe ich dir an. Du hast dieselben Augen, denselben Blick. Dein Vater hat sich an Gott versündigt und die Strafe des Herrn über uns gebracht. Hat er dich zu seinem Vollstrecker ernannt?«

Enrico glaubte, dass Rosalia Baldanello phantasierte. Erinnerungen und Ängste vermischten sich in ihrem verwirrten Verstand mit der Realität. Und doch jagten ihre Worte ihm einen Schauder über den Rücken. Tief in sich spürte er, dass dies nicht nur Phantastereien waren.

Er blickte ihr in die Augen und fragte: »Was wissen Sie über meinen Vater, Signora?«

Für einen kurzen Augenblick schien ihr Blick sich zu klären.

»Dein Vater ist ein besonderer Mann, aber er hat die falsche Wahl getroffen. Er hat sich für Satan entschieden.«
»Kennen Sie seinen Namen?«
Sie bäumte sich unter ihrer Wolldecke auf und kreischte: »Geh fort! Verlass mein Haus, Satan, und kehr nie mehr zurück!«
Kaum hatte sie diese Worte mit Inbrunst hervorgestoßen, fiel sie in sich zusammen und begann leise zu wimmern wie ein kleines Kind.
»Sie gehen jetzt besser«, sagte Pisano und brachte die Besucher zur Haustür. »Signora Baldanellos Zustand wird leider immer schlechter. Sie wird wohl nicht mehr viele Tage haben, und vielleicht ist es für sie so am besten.«
»Hat die Signora Ihnen gegenüber einmal erwähnt, wer mein Vater ist? Wie er heißt?«
Der Alte schüttelte den Kopf und blickte Enrico verwundert an: »Wissen Sie denn nicht, wer Ihr Vater ist?«

Rom

Der dritte Teil der Weissagung von Fatima wurde doch im Jahr 2000 veröffentlicht, wir sprachen eben darüber«, sagte Commissario Donati, während er sich nach dem Kellner umsah, um noch etwas zu trinken zu bestellen. »Stimmt der tatsächliche Text mit der ominösen Voraussage aus dieser deutschen Zeitung überein?«
Vanessa Falk lächelte hintergründig. »Wörtlich ganz sicher nicht. Aber ich möchte doch auf der Unterscheidung bestehen, dass der vom Vatikan freigegebene Text nicht unbedingt der tatsächliche oder der vollständige Wortlaut sein muss.«
Donati hob abwehrend die Hände. »Gut, gut, ich hab's begriffen. Aber was steht jetzt in der vom Vatikan veröffentlichten Fassung?«
»Die Kinder sahen einen Engel mit einem Flammenschwert,

das offenbar die ganze Welt in Brand setzen wollte. Aber als die Flammen mit der Erscheinung der Frau, der mutmaßlichen Muttergottes, in Berührung kamen, verlöschten sie, und der Engel rief zur Buße auf. Die Kinder hatten dann eine Vision, in der ein in Weiß gekleideter Bischof, also wahrscheinlich der Papst, in Begleitung anderer Bischöfe, Priester, Ordensmänner und Ordensfrauen einen steilen Berg hinaufstieg, auf dem ein großes Kreuz stand. Der Weg dorthin führte den Heiligen Vater durch eine halb zerstörte Stadt. Als er vor dem großen Kreuz niederkniete, schossen Soldaten mit Feuerwaffen und mit Pfeilen auf ihn. Viele der Bischöfe, Priester und Ordensleute starben dabei, und mit ihnen starb der Papst. Zwei Engel sammelten das Blut der Märtyrer in kristallenen Kannen und tränkten damit die Seelen, die sich Gott näherten.«

Donati sah die schöne Wissenschaftlerin abwartend an. »Und?«

»Was und?«

»Das ist alles?«

»Reicht das nicht? Eine zerstörte Stadt, ein toter Papst, eine in Auflösung begriffene Welt und eine führungslose Kirche?«

»Vielleicht, ja. Was die Kinder da gesehen haben wollen, ist nichts anderes als ein Attentat auf den Papst. Ich frage mich nur, wann und wo es stattfinden und welchen Papst es treffen soll, den jetzigen oder einen zukünftigen.«

»Oder vielleicht den Gegenpapst«, warf Alexander ein, und Donati nickte ihm zustimmend zu.

»Sie müssen sich von der Vorstellung lösen, dass eine solche Prophezeiung ein konkretes Ereignis meint«, sagte Dr. Falk. »Sie kann aus vielen Elementen bestehen, aus Phantasie und Tatsächlichem, aus Zukünftigem und Vergangenem. Setzen wir einmal voraus, die drei Kinder haben wirklich eine Botschaft empfangen und sich das Gesehene nicht bloß eingebildet, so kann diese Botschaft viele verschiedene Elemente

haben. Nur für die Kinder schien es sich um einen konkreten Handlungsablauf zu handeln.«
»Ganz schön verwirrend«, ächzte Donati und nahm einen großen Schluck von seinem Wasser.
Alexander, der die ganze Zeit schon über eine bestimmte Passage der Weissagung nachdachte, ergriff das Wort: »Für die Vermischung von Vergangenheit und Zukunft spricht auch die Ausführung des Attentats mit Feuerwaffen und Pfeilen. Als seien da in Wahrheit zwei Anschläge gemeint, die Jahrhunderte auseinander liegen.«
»Sehr gut beobachtet!«, lobte ihn Vanessa Falk. »Das Attentat mit Feuerwaffen hat ja auch schon stattgefunden, im Mai, als man versuchte, Papst Custos zu erschießen.«
»Schon möglich, dass dieser Vorfall gemeint war«, sagte Alexander, der sich nur zu gut an jene schrecklichen Augenblicke erinnerte, als das Leben des Heiligen Vaters keinen Cent mehr wert zu sein schien.
»Das alles ist hochinteressant, aber kommen wir zu Pfarrer Dottesio zurück«, schlug Donati vor. »Er hat Ihnen gegenüber keinerlei Entgegenkommen gezeigt, Dr. Falk?«
»Nicht das geringste, leider. Er sagte mir, seine uneingeschränkte Loyalität gehöre nach wie vor der Kirche und dem Vatikan. Ich war natürlich enttäuscht, aber glauben Sie mir, das war kein Grund, ihn umzubringen.«
»Natürlich glaube ich Ihnen.« Der Commissario lächelte unschuldig. »Sie haben für die Tatzeit sicher auch ein Alibi, oder?«
»Bedaure, aber nach Dottesios ablehnender Antwort habe ich mich aus Frust zu einem Einkaufsbummel über den Corso Vittorio Emanuele entschlossen.«
»Haben Sie Quittungen, die das belegen? Oder kann das mittels Ihrer Kreditkartenabrechnung überprüft werden?«
Sie schüttelte den Kopf. »Die Höhe der Preise in den Boutiquen war größer als mein Frust. Werden Sie mich jetzt verhaften?«

»Natürlich nicht, ich habe nur mal so gefragt. Berufskrankheit, verstehen Sie? Wenn ich jeden verhaften wollte, der in den letzten Tagen mit Dottesio gesprochen und für die Tatzeit kein Alibi hat, hätte ich viel zu tun.«

»Dann kann ich ja jetzt gehen.« Vanessa Falk schob ihren geleerten Teller zur Seite und griff nach ihrer Tasche. »Die Arbeit ruft.«

Donati nickte ihr freundlich zu. »Vielen Dank für Ihre Gesellschaft, Dr. Falk. Und kümmern Sie sich nicht um die Rechnung! Die Pizza geht auf die römische Polizei.«

Als sie das Restaurant verlassen hatte, beugte Alexander sich zu Donati vor und fragte: »Glaubst du wirklich, dass sie in den Mord verwickelt ist, Stelvio?«

»Glauben können die Menschen da drüben im Vatikan. Ich muss mich an die Fakten halten. Und wo die unklar sind, ist es meine Aufgabe, sie zu überprüfen.«

»Du weichst mir aus«, stellte Alexander fest.

»Vanessa Falk ist eine interessante Frau, sehr schön, sehr intelligent und sehr willensstark. Kurzum, sie hat alles, was man zu einer Karriere als Wissenschaftlerin heutzutage braucht.« Nach einer kurzen Pause fügte er hinzu: »Oder zu einer Karriere als Verbrecherin.«

8

Nördliche Toskana, Donnerstag, 24. September, nachmittags

Eine ganze Weile herrschte Schweigen in dem Polizeiwagen, den Fulvio Massi bergab in Richtung Pescia lenkte. Die Sonne war schon hinter den Baumwipfeln verschwunden, und der schattige Wald links und rechts der Straße wirkte auf Enrico bedrohlich. Er war ein Fremder, der dabei war, in die Geheimnisse dieser Berge einzudringen, in Geheimnisse, deren wahre Natur er wohl nicht einmal ahnte. Die unzähligen alten Bäume erschienen ihm als eine Armee von Riesen, die Front machte gegen alles Fremde und jeden, der es wagte, neugierig zu sein. Der zweite Besuch in Borgo San Pietro hatte ihm keinerlei Aufhellung gebracht. Im Gegenteil, das seltsame Betragen seiner Großtante hatte ihn nur noch mehr verwirrt. Er wollte seine Gedanken ordnen und war deshalb sehr froh, dass auch dem Polizisten nicht nach einem Gespräch zumute war.
Aber auf ungefähr halbem Weg stellte Massi die Frage, mit der Enrico rechnete, seit sie das Bergdorf verlassen hatten: »Wissen Sie wirklich nicht, wer Ihr Vater ist, Signor Schreiber?«
Massi hörte sich fast an wie der alte Ezzo Pisano, der Enrico vorhin auch mit dieser Frage konfrontiert hatte. Als Antwort hatte Enrico etwas Unverständliches gemurmelt und sich rasch von Pisano verabschiedet. Er wusste, dass er sich dem Polizisten gegenüber nicht so einfach aus der Affäre ziehen konnte.

»Jahrelang habe ich den Mann meiner Mutter für meinen leiblichen Vater gehalten, den Rechtsanwalt Lothar Schreiber aus Hannover«, begann Enrico, das schmerzhafteste Kapitel seiner Lebensgeschichte zu erzählen. »Dem Gesetz nach war er auch mein Vater. Er und meine Mutter hatten vor meiner Geburt geheiratet. Ich wusste allerdings nicht, dass meine Mutter zu diesem Zeitpunkt bereits schwanger war, von einem anderen Mann.«

»Und Sie kennen diesen Mann nicht?«

»Leider nein, sonst hätte ich vorhin nicht die Signora gefragt. Vielleicht hätte ich nie erfahren, dass Lothar nicht mein leiblicher Vater war, wäre er nicht schwer erkrankt. Er benötigte eine neue Niere, hatte aber die seltene Blutgruppe B, was die ohnehin nicht rosigen Aussichten auf eine Spenderniere noch verschlechtert hat. Ich habe mich untersuchen lassen, um zu erfahren, ob ich als Organspender für meinen Vater in Frage käme. Fehlanzeige. Ich habe nicht nur die stinknormale Blutgruppe A, ich erfuhr auch noch, dass ich mit meinem gesetzlichen Vater so wenig blutsverwandt war wie ein Elefant mit einer Maus. Mit ihm ging es schnell bergab, und ich habe das Thema ihm gegenüber nicht erwähnt. Er hat mich großgezogen und ist immer für mich da gewesen. Für mich blieb er bis zu seinem Tod mein Vater, den ich liebte und achtete. Aber später, einige Zeit nach der Beerdigung, habe ich meine Mutter gefragt.«

»Und sie hat Ihnen den Namen Ihres wirklichen Vaters nicht verraten?«

»Meine Mutter sagte mir, sie kenne seinen Namen nicht. Er sei ein Fremder gewesen, der nur kurz auf der Durchreise in Borgo San Pietro geblieben sei. Als sie merkte, dass sie schwanger war, hatte sie weder seine Adresse noch seinen Namen. Ihr blieben nichts als ihr langsam dicker werdender Bauch und die damit verbundene Schande.«

»Das kann ich mir vorstellen. Ein uneheliches Kind ist in Borgo

San Pietro noch heute so etwas wie eine Pesterkrankung, aber zur Zeit Ihrer Mutter muss es um vieles schlimmer gewesen sein. Zumal es das Kind von einem Unbekannten, einem Fremden, war.«

»Die Eltern meiner Mutter beschlossen, aus der misslichen Situation das Beste zu machen. Sie schickten ihre Tochter nach Deutschland, zu einer Familie, mit der die Familie Baldanello schon seit vielen Jahren befreundet war.«

»Die Familie Ihres vermeintlichen Vaters?«, fragte Massi.

»Ja. Meine Mutter sollte bei den Schreibers in Hannover bleiben, bis sie entbunden hatte. Praktischerweise verliebten sich meine Mutter und Lothar Schreiber ineinander, und so kam ich als eheliches Kind zur Welt.«

»Dann sind Sie ja ein waschechter Italiener, was Ihre Abstammung betrifft. Jedenfalls, wenn man davon ausgeht, dass der große Unbekannte kein Ausländer war.«

»Er war Italiener. Immerhin das konnte – oder wollte – meine Mutter mir sagen.«

»Deuten Sie damit an, dass Ihre Mutter Ihnen nicht alles gesagt hat, was sie über Ihren leiblichen Vater wusste?«

»Ich deute an, Signor Massi, ich deute an. Dass meine Mutter mehr über den Mann wusste, an den sie ihre Unschuld verlor, habe ich immer schon geahnt. Ohne konkreten Grund, aber etwas in mir hat nicht geglaubt, dass ich den Namen meines wahren Vaters niemals erfahren sollte. Gewissheit erlangte ich aber erst am Sterbebett meiner Mutter. Vielleicht bereute sie im Angesicht des Todes, mir nicht die ganze Wahrheit gesagt zu haben. Sie konnte wegen eines Schlaganfalls kaum sprechen, aber sie hat es versucht. Und ein paar Worte konnte ich verstehen. Sie sagte, ich solle meinen Vater suchen oder besuchen, so ganz konnte ich es nicht verstehen. Aber deutlich hörte ich, wie sie in diesem Zusammenhang von Borgo San Pietro sprach.«

»Also war Ihr Vater kein Fremder, kein Durchreisender. Er kam aus dem Ort.«

»Entweder das, oder in Borgo San Pietro gibt es zumindest einen Hinweis auf meinen Vater. Oder jemanden, der seinen Namen kennt.«
»Zum Beispiel Rosalia Baldanello.«
»Das hatte ich bis heute gehofft, aber nach dem Besuch bei meiner Großtante habe ich starke Zweifel, dass ich von ihr mehr erfahren werde. Ihr Geist ist verwirrt, und irgendetwas versetzt sie in Panik.«
»Vielleicht derselbe Grund, der auch Don Umiliani in Panik geraten ließ«, schlug der Commissario vor. »So sehr, dass er meinen Schwager getötet hat.«
»Möglich. Aber was ist es?«
»Ich weiß es nicht, noch nicht, aber es ist eine seltsame Geschichte«, fand Fulvio Massi, während er vor einer scharfen Kurve auf die Bremse trat. »Und eine beunruhigende.«
»Wieso beunruhigend?«
»Gehen wir einmal davon aus, dass die Ermordung meines Schwagers tatsächlich etwas mit Ihrem Besuch zu tun hat. Liegt dann nicht die Überlegung nahe, dass der Mörder, Pfarrer Umiliani, den armen Benedetto zum Schweigen bringen wollte?«
»Sie meinen, damit er mir nicht etwas über meinen Vater verrät?«
»So ungefähr«, brummte Massi und wechselte den rechten Fuß wieder aufs Gaspedal, um am Ende der Kurve zu beschleunigen.
»Weshalb finden Sie das beunruhigend?«
»Wenn ein kreuzbraver Priester wegen des Auftauchens eines Mannes aus heiterem Himmel zum Mörder wird, finde ich das allerdings beunruhigend. Sie etwa nicht?« Ohne eine Antwort abzuwarten, fragte Massi weiter: »Welcher Art ist eigentlich die Verbindung zwischen den Familien Schreiber und Baldanello?«
»Auch das habe ich nie in Erfahrung bringen können. Man

scheint sich schon seit etwa zweihundert Jahren gekannt zu haben und stand seitdem im Kontakt miteinander. Aber es gibt offenbar keine Aufzeichnungen über den Grund und den Beginn dieser Freundschaft.«

Enrico überlegte, ob er dem Polizisten von Fabius Lorenz Schreibers Reisetagebuch erzählen sollte. Immerhin war es seiner Mutter so wichtig gewesen, dass sie es ihm auf dem Sterbebett übergeben hatte. Er sah ihren geschwächten, halb gelähmten Körper vor sich und die zitternde Hand, die ihm mit letzter Kraft das alte Buch hinhielt. Aus diesen Aufzeichnungen erfuhr er zumindest mehr darüber, wie sich die Familien Schreiber und Baldanello kennen gelernt hatten. Ob sie auch einen Hinweis auf seinen Vater enthalten würden, musste sich noch zeigen.

Aber bis dahin, beschloss er, wollte er niemandem von dem Buch erzählen. Vielleicht enthielt es weitaus unliebsamere Wahrheiten als die, dass ein Räuberhauptmann zur Familie Baldanello gehört hatte.

Als sie den dunklen Wald verließen und auf Pescia zufuhren, wurde es nicht merklich heller. Die Wolken hatten sich über der kleinen Stadt zusammengezogen und hingen über ihr wie eine gigantische dunkelgraue Glocke. Der Regen hatte den schmalen Fluss ein wenig breiter werden lassen und die Straßen leer gefegt. Massi setzte Enrico vor dem Krankenhaus ab und fuhr dann weiter in Richtung Piazza, wo die Polizeistation lag.

Enrico lief durch den Regen zum Krankenhauseingang und erkundigte sich beim Pförtner nach Dr. Addessi. Diesmal war die Ärztin im Haus und auch für ihn zu sprechen. Als er den kleinen Büroraum betrat, in dem sie ihn erwartete, sah er gleich an ihrem bekümmerten Ausdruck, dass sie keine guten Nachrichten für ihn hatte.

»Geht es Elena schlechter?«, fragte er und sparte sich die Höflichkeit einer Begrüßung.

»Es sah kurzzeitig so aus, als würde sie aus dem Koma er-

wachen. Aber sie war zu schwach, sie wäre uns gestorben, wenn wir nicht …«
Riccarda Addessi beendete ihren Satz nicht, sondern starrte auf einen imaginären Punkt an der Wand neben Enrico.
»Wenn Sie was nicht?«, fragte er laut. »So reden Sie doch!«
»Wir haben sie wieder künstlich ins Koma geschickt. Nur so konnten wir ihren Zustand stabilisieren.«
»Ins künstliche Koma?« Enrico überlegte eine Weile, sortierte seine Gedanken und versuchte zu begreifen, was Dr. Addessis Eröffnung bedeutete. »Heißt das, Elena wird nie wieder erwachen, weil sie sonst … stirbt?«
»Wir arbeiten an einer Lösung dieses Problems«, versicherte ihm die Ärztin mit einer Zuversichtlichkeit in der Stimme, die im Widerspruch zu ihrem ratlosen Gesichtsausdruck stand. »Glauben Sie mir, wir tun alles, was wir können!«
»Die Frage ist nur, ob das ausreicht«, sagte Enrico leise und verließ den Raum, ohne sich zu verabschieden.
Er fühlte sich auf einmal sehr müde und erschöpft. Machte sich der fehlende Schlaf der letzten Tage bemerkbar? Fast war er froh, als ihm draußen vor dem Krankenhaus der kalte Wind den Regen ins Gesicht peitschte. Das weckte wenigstens seine Lebensgeister ein wenig. Sein Blick fiel auf die Kirchen, die in der Nähe des Hospitals standen: der mächtige Dom, die kleine Kirche Sant'Antonio Abate und die größere Kirche San Franceso. Wie lange war er, von dem gestrigen Besuch in der Dorfkirche abgesehen, nicht mehr in einem Gotteshaus gewesen, wenn ihn nicht ein äußerer Anlass wie eine Hochzeit im Freundeskreis oder ein Trauerfall in der Familie dazu veranlasst hatte? Als Kind war er regelmäßig zur Kirche gegangen, darauf hatte seine gläubige Mutter bestanden. Als er älter wurde, hatte sich das gelegt wie bei fast allen Jugendlichen. Und später, als Erwachsener, hatte er es sich einfach gemacht und die Schuld an seinem mangelnden religiösen Interesse seiner Mutter zugeschoben. Sie, eine strenggläubige Frau, hatte ihn sein ganzes

Leben lang über seinen Vater im Ungewissen gelassen oder gar belogen. Wie konnte da an dem katholischen Glauben, der die Lüge doch verbot, etwas dran sein?
Jetzt, als er hier auf dem kleinen Platz im Regen stand, wusste er, dass er seiner Mutter unrecht getan und sie als Alibi benutzt hatte. Die Erlebnisse in Borgo San Pietro hatten ihn gelehrt, dass seine Mutter für ihr Schweigen gute Gründe gehabt haben musste. Wenn ein Priester zum Mörder wurde, wie sollte eine einfache Frau dann freimütig sprechen?
Enrico ging auf die Kirche San Francesco zu, ohne zu wissen, warum er gerade sie ausgewählt hatte. Fast automatisch tauchte er die Hand beim Eintreten ins Weihwasserbecken und bekreuzigte sich. Er konnte sich nicht erinnern, wann er das zum letzten Mal getan hatte. Die Kirche war dunkel, kalt und leer. Seine Schritte hallten, wie er fand, überlaut wider, als er langsam durch das Kirchenschiff schritt, bis er vor dem Tisch mit den Opferkerzen stand. Seine rechte Hand suchte in der Jackentasche nach einer Münze, die er durch den Schlitz in den Geldbehälter fallen ließ. Das metallische Klirren wollte nicht recht zu der weihevollen Stille passen. Er entzündete eine Kerze und stellte sie zu den anderen, wobei er an seine Mutter dachte und daran, wie ungerecht er über sie gedacht und gesprochen hatte.
Dann warf er eine zweite Münze in den Kasten, entzündete eine weitere Kerze und sprach zum ersten Mal seit vielen Jahren wieder so etwas wie ein Gebet. Keine auswendig gelernten Formulierungen, wie sie von den Kirchenbesuchern so oft ohne Sinn und Verstand heruntergeleiert werden, sondern Worte, die ihm gerade einfielen, die ihm aus dem Herzen kamen. Er bat für Elena, um ihr Leben und ihre Gesundheit, während er auf die Knie sank und die Hände faltete. Dabei fühlte er sich, als habe er etwas lange Verlorenes wiedergefunden.

»Das Gebet hilft in der Not, uns selbst genauso wie denen, für die wir beten. Gott hört uns zu, wenn wir zu Ihm sprechen, auch wenn es kein äußeres Zeichen gibt, an dem wir das erkennen. Wir wissen einfach, dass Gott bei uns ist und uns zur Seite steht. Das ist das Wunderbare an unserem Glauben.«

Wie durch eine Nebelwand drangen die Worte an Enricos Ohr und holten ihn aus der Versunkenheit des Gebets zurück. Erst als er diese Worte vernahm und die schwarz gewandete Gestalt neben sich sah, wurde ihm bewusst, dass er nicht länger allein in der Kirche war. Erst glaubte er, der Pfarrer von San Francesco sei neben ihn getreten, aber dann bemerkte er die breite purpurne Schärpe, die runde Kopfbedeckung gleicher Farbe und das große goldene Kreuz, das an einer langen Kette vor der Brust des Geistlichen hing. Der Mann war um die sechzig, von mittlerer Gestalt, mit einem ernsten, entschlossenen Gesicht, dessen Augen hinter einer randlosen Brille lagen – und er war ein Kardinal.

Verwirrt darüber, im eher kleinen Pescia einen so hohen kirchlichen Würdenträger anzutreffen, stand Enrico auf. »Sie irren sich, Eminenz, ich bin zwar katholisch, aber nicht gläubig.«

»Und ich hätte schwören können, dass Sie eben gebetet haben«, sagte der Geistliche mit leichtem Kopfschütteln.

»Das ... das habe ich auch. Aber es war zum ersten Mal seit vielen Jahren.«

»Besser zum ersten Mal seit vielen Jahren als überhaupt nicht. Die verlorenen Söhne, die zurückkehren, sind diejenigen unter seinen Kindern, über die sich unser Herr besonders freut.«

»Ich bin mir aber nicht sicher, ob ich das regelmäßig tun werde – beten, meine ich.«

»Gehen Sie in sich und hören Sie auf das, was Ihr Herz Ihnen sagt! Das menschliche Herz ist in der Regel kein schlechter Ratgeber, mein Sohn.«

»Vielleicht haben Sie Recht, Eminenz.«

»Es freut mich, wenn Sie dabei sind, Ihren Glauben wiederzufinden.« Er zeigte mit einladender Geste auf die leeren Beichtstühle. »Es ist sicher lange her, dass Sie Ihr Gewissen vor Gott erleichtert haben. Wenn Sie möchten, stehe ich Ihnen zur Verfügung.«

»Ich weiß nicht«, sagte Enrico zögernd. »Ich glaube, dazu ist es zu früh.«

Der Kardinal nickte verständnisvoll. »Wie ich schon sagte, hören Sie auf Ihr Herz! Es kann einem Menschen unendlich viel helfen, sein Gewissen zu erleichtern. Ich habe es gerade erlebt, als ich Pfarrer Umiliani die Beichte abnahm.«

Enrico sah ihn erstaunt an. »Sie waren bei Umiliani? Er hat sich Ihnen offenbart?«

»So ist es, und hinterher ging es ihm etwas besser.«

»Warum hat er Benedetto Cavara getötet?«

»Aber Signor Schreiber, als Katholik sollten Sie wissen, dass mich das Beichtgeheimnis zum absoluten Stillschweigen verpflichtet. Selbst der Justiz darf ich nicht mitteilen, was Umiliani mir als seinem Beichtvater anvertraut hat.«

»Sie wissen, wer ich bin, Eminenz?«

»Ich kam hierher, um mit Ihnen zu sprechen. Der Pförtner im Hospital sagte mir, er habe sie durch das Portal von San Francesco gehen sehen. Die Kirche ist, wie Sie sich denken können, sehr besorgt über den Vorfall in Borgo San Pietro. Vielleicht können Sie mir helfen, ein wenig Licht in die Sache zu bringen.«

»Sie haben sicher mit der Polizei gesprochen, Eminenz.«

»Sicher.«

»Dann kennen Sie die äußeren Umstände. Mehr weiß ich auch nicht. Ich habe mich bei dem Bürgermeister lediglich nach meiner Familie erkundigt. Er log mich an, sagte, es lebe kein Baldanello mehr im Ort und der Pfarrer sei verreist. Warum er log und warum er danach zu Umiliani eilte, kann ich mir ebenso wenig erklären wie die Tat des Priesters. Darüber wissen Sie vermutlich mehr als ich.«

»Auch Pfarrer Umiliani hat sein Päckchen zu tragen«, erklärte der Kardinal und wies zum Ende des rechten Langschiffs. »Schauen Sie mal!«

Er führte Enrico zu einem Tafelbild, das einen Heiligen mit den Wundmalen darstellte, wie man sie auch auf vielen Abbildungen des gekreuzigten Heilands findet. Sechs Szenen aus dem Leben des Heiligen umrahmten das Tafelbild, und Enrico erkannte an diesen Szenen, um wen es sich handelte.

»Der heilige Franziskus, Franz von Assisi«, sagte er.

»Ja, der Patron dieser Kirche und der Schutzheilige ganz Italiens«, bestätigte der Kardinal. »Ein reicher Kaufmannssohn, ein Playboy nach heutigen Maßstäben, der auf alles verzichtete, um barfuß und nur mit einer rauen Kutte bekleidet sein Leben Gott zu weihen. Ein Beispiel für jeden Menschen, der glaubt, sein eigenes Leid nicht mehr ertragen zu können. Franziskus hat immer nur an Gott gedacht, an seine Mitmenschen und an die Tiere, denen er ebenso verbunden war wie den Menschen, aber niemals an sich selbst.«

»Sollen diese Wundmale seine Leidensfähigkeit veranschaulichen?«

»Mehr noch, er hat sie tatsächlich empfangen, dafür gibt es Zeugen. Im Jahr 1224, als er schon alt war, krank und sehr schwach, erhielt er auf dem Monte Alverna die Wundmale des Herrn. Es war der Tag des Festes der Kreuzerhöhung, als Christus ihm zum Zeichen höchster Anerkennung diese Gnade erwies.«

»Ich weiß nicht, ob ich das Zufügen von Wunden als das Erweisen einer Gnade bezeichnen würde«, sagte Enrico zweifelnd.

»Es sind die Wunden des Herrn!«, sagte der Kardinal streng, lächelte dann aber nachsichtig und griff in eine Tasche seines Gewands. »Mein Sohn, wenn Sie christlichen Beistand benötigen oder wenn Ihnen noch irgendetwas Wichtiges zu dem Vorfall in Borgo San Pietro einfällt, wenden Sie sich bitte jederzeit an mich.«

Er gab Enrico eine Visitenkarte mit einer Adresse im Vatikan und dem Aufdruck: »Araldo Kardinal Ferrio – Sekretär der Kongregation für die Glaubenslehre«.
»Sie gehören der Kongregation für die Glaubenslehre an? Ist das nicht die Nachfolgeorganisation der Inquisition?«
»Wenn ich ein Inquisitor wäre, mein Sohn, würde ich mich dann so freundlich mit Ihnen unterhalten?«
Der Kardinal verabschiedete sich, weil er, wie er sagte, zurück nach Rom müsse. Enrico blieb noch eine Weile in der Kirche und dachte über die merkwürdige Begegnung nach. Trotz der freundlichen Worte Ferrios wurde er den Eindruck nicht los, dass er gerade einem Verhör unterzogen worden war. Einem Verhör, bei dem der Kardinal sehr viel subtiler vorgegangen war als die Inquisitoren vergangener Jahrhunderte.
Schulterzuckend steckte Enrico die Karte ein und ging zum Kirchenportal. Er hatte Hunger, und er war müde. Nach einem schnellen Essen irgendwo im Ort wollte er zum Hotel zurückfahren und sich früh schlafen legen. Aber vorher würde er sich noch die Aufzeichnungen von Fabius Lorenz Schreiber vornehmen, um mehr über seine Familiengeschichte zu erfahren.

Das Reisebuch des Fabius Lorenz Schreiber, verfasst anlässlich seiner denkwürdigen Reise nach Oberitalien im Jahre 1805

Drittes Kapitel – Enthüllungen

Seltsam, aber ohne Riccardo und Maria Baldanello fühlte ich mich plötzlich sehr einsam zwischen all den Offizieren und hoch gestellten Persönlichkeiten aus Lucca und Umgebung, die im Palazzo der Fürstin Elisa Bonaparte zu dem großen Fest zusammengeströmt waren. Colonel Chenier, der Adjutant der Fürstin, hatte meinen vorgeblichen Dienstboten einen Platz in der großen Küche zugewiesen, wo man sich, wie er sagte, um ihr leibliches Wohl sorgen würde. Hatte ich mich in den wenigen Tagen schon so sehr an Marias Nähe gewöhnt, dass ihre Abwesenheit mir schmerzliche Gefühle verursachte? Auch jetzt, als Chenier mich einigen Herren und ihren in Seide gekleideten und mit glitzerndem Schmuck behängten Gemahlinnen und Töchtern vorstellte, verglich ich diese feinen Damen unwillkürlich mit dem einfachen Mädchen, und der Vergleich fiel nicht zu Marias Ungunsten aus. Umso mehr bedauerte ich, dass sie die Schwester eines skrupellosen Banditenführers war, die von seinen Untaten gewusst, sie geduldet und womöglich sogar unterstützt hatte. Immer wieder wurde ich zu meiner Rettung beglückwünscht, fragte man mich mit echter oder vorgetäuschter Sorge nach meinem Befinden und hörte ich Verwünschungen betreffs des »Banditenpacks«, das in der Umgebung Luccas sein Unwesen trieb. Die Schmähreden machten mir nur noch stärker bewusst, dass Maria eine Ausgestoßene war und in der ständigen Gefahr schwebte, am Galgen zu enden, wenn die Wahrheit über sie und ihren Bruder bekannt wurde.

Der Gedanke veränderte meine Gefühle, und aus Bedauern wurde Angst.
Wieder bemühte ich mich, unter den Menschen, die sich neugierig um mich scharten, jenen gewiss wohlbetuchten Herrn herauszufinden, dem ich meine Reise nach Oberitalien zu verdanken hatte. Doch niemand gab sich als mein Auftraggeber zu erkennen, und Enttäuschung machte sich in mir breit. Dann aber sagte ich mir, dass dieser geheimnisvolle Herr vielleicht nicht in aller Öffentlichkeit den Kontakt zu mir aufnehmen wolle, und ich beschloss, mich in Geduld zu üben. Wer einen derartigen Aufwand traf, um mich herzuholen, würde sich gewiss bald an mich wenden. Hauptmann Lenoir trat auf mich zu und fragte mich, wie mir die Parade gefallen habe. Als ich seine Soldaten und ihre Kameraden in höchsten Tönen lobte, brachte mir das ein Stirnrunzeln von Colonel Chenier ein. Zu Recht glaubte er nicht, dass ich die Parade in der schlechten Verfassung, in der er mich vorgefunden hatte, auch nur halbwegs hatte genießen können.
Wie auf einen geheimen Wink hin wandte sich die allgemeine Aufmerksamkeit einer Dame zu, die in die Mitte des Festsaals trat. Es war die Fürstin Elisa, die eine besondere Attraktion ankündigte: ein Violinsolo, dargeboten von ihrem Gemahl. Der Beifall wollte nicht enden, als der Fürst neben seine Frau trat, sich höflich verneigte und dann sein Instrument in Position brachte. Glaubte ich erst, der Applaus entspringe bloßer Höflichkeit und dem Respekt vor der hohen Position des Künstlers, so musste ich meine Ansicht revidieren, sobald die ersten Töne erklangen. Bacchiochi war wirklich ein Künstler auf der Violine, und so bemerkte Lenoir dann auch höchst treffend: »Der Fürst versteht es, mit der Violine umzugehen wie mit sonst kaum etwas.«

Ich glaubte, aus Lenoirs Worten einen versteckten Hintersinn herauszuhören, und blickte ihn forschend an. Wollte der Hauptmann damit andeuten, dass die Fähigkeiten seines Oberkommandierenden auf dem Gebiet der Musik bei weitem höher lagen als im militärischen Bereich? Das hätte zu dem gepasst, was Riccardo mir über Bacchiochi erzählt hatte. Aber Lenoir sah unschuldig drein, lauschte offenbar ergeben den melodischen Klängen der Violine und schien wenig geneigt, seiner Äußerung weitere Erklärungen hinzuzufügen. Vielleicht lag das auch an der Anwesenheit Colonel Cheniers.

Der Colonel gab mir unvermittelt ein Zeichen und bedeutete mir, ihm zu folgen. Ich wandte mich zum Gehen und bemerkte, dass Lenoir uns einen neugierigen Blick nachsandte. Die meisten Gäste allerdings schenkten dem Künstler ihre ungeteilte Aufmerksamkeit und bemerkten nicht, dass wir uns entfernten. Durch einen kurzen Gang gelangten wir in einen Raum, den man wohl am treffendsten als Studierzimmer bezeichnen konnte. Zwei Wände nahmen Bücherschränke ein, und auf einem großen Tisch lagen zwei oder drei Landkarten übereinander. Unruhe erfasste mich, als wir den Raum betraten. Sollte ich hier endlich den Mann kennen lernen, der meine Schulden beglichen und meine Reise finanziert hatte?

Aber durch eine kleine Seitentür betrat das Zimmer kein Mann, sondern eine Frau: die Dame des Hauses. Die Fürstin von Piombino und Lucca begrüßte mich mit einem Lächeln, hieß mich in Lucca willkommen und beglückwünschte mich zu meiner Rettung. Wieder zogen mich ihre großen Augen in den Bann, deren Blick jetzt auf mir ruhte, mit einer gewissen Erwartung, wie mir schien. »Mein Bruder hat oft von Ihrem großen Wissen und Ihren außerordentlichen Fähigkeiten erzählt«, fuhr sie fort.

»General Bona…«, begann ich, räusperte mich dann, und sagte: »Entschuldigung, Hoheit sprechen von Seiner Majestät, dem Kaiser?«
Elisa lachte amüsiert. »Ja, Sie kennen ihn noch als Bürger General Bonaparte. Er sagte einmal zu mir, ohne Männer wie Sie, Monsieur Schreiber, wäre die Expedition nach Ägypten nicht mehr als ein militärisches Abenteuer gewesen. Sie und Ihre Kollegen aber hätten durch Ihre Studien und Funde bleibende Werte für die zivilisierte Menschheit geschaffen.«
»Ich wusste nicht, dass Seine Majestät eine so hohe Meinung von mir hat«, sagte ich, angesichts des überschwänglichen Lobes etwas verlegen.
»Die hat er. Er zeigte sich sehr beeindruckt von der Art und Weise, wie Sie mit ihm im *Institut von Ägypten* diskutiert haben. Er sagte, Sie hätten ihm gegenüber ein sehr offenes Wort geführt und manches Mal, wenn auch nicht immer, Recht behalten.« Bei der letzten Bemerkung lachte die Fürstin erneut, und das stand ihr ganz ausgezeichnet, weil es ihrem Gesicht Ernst und Strenge nahm und es viel weiblicher erscheinen ließ.
Wieder tauchten Erinnerungen an Ägypten vor meinem geistigen Auge auf. Aber diesmal war es nicht die Wüste mit ihrer gnadenlosen Hitze und ihrer Monotonie, die urplötzlich mit tausenderlei tödlichen Gefahren aufwarten konnte. Ich sah mich in Kairo, umgeben von den Düften und Farben des Orients, die unsere europäischen Sinne so sehr zu reizen verstehen. Hier hatte Bonaparte das *Institut von Ägypten* errichtet, dem er selbst als Vizepräsident angehörte. Dass er nicht nur an militärischen Eroberungen interessiert war, sondern auch an kulturellem und historischem Gewinn, hatte er bereits bewiesen, als er zahlreiche Wissenschaftler, Forscher und Künstler mit auf sein großes Orientabenteuer nahm. Damals, im

Jahre 1798, hielt ich mich meiner wissenschaftlichen Studien wegen in Paris auf, und kurzerhand packte ich die einmalige Gelegenheit beim Schopf, auf Kosten des französischen Staates Ägypten zu bereisen. Dort angekommen, förderte Bonaparte Künste und Wissenschaften durch die Gründung des Instituts. Sooft er konnte, nahm er persönlich an den Sitzungen teil, nicht als Kopf der französischen Ägyptenarmee, sondern als Gleicher unter Gleichen, der viele hilfreiche Anregungen gab, sich aber auch berechtigter Kritik stellte. Tatsächlich hatte ich mit ihm das eine oder andere Thema diskutiert, aber ich hatte geglaubt, dass er mich längst vergessen hatte. Zwischen damals und heute lagen der Sturz des französischen Direktoriums und Bonapartes Einzug in die Tuilerien, die Schlacht von Marengo und der Frieden von Lunéville und schließlich die Kaiserkrone, die Napoleon sich selbst aufs Haupt gesetzt hatte.

»Mein Bruder lobte Ihre großen Kenntnisse der Antike«, fuhr die Fürstin fort. »Vielleicht können Sie mir helfen, diese Fundstücke einzuordnen.«

Während sie noch sprach, nahm Chenier ein paar in Tücher gehüllte Gegenstände aus einer großen Truhe, legte sie vorsichtig auf den Kartentisch und schlug den Stoff zur Seite. Vor mir lagen beschädigte Vasen und Krüge, zum Teil nur noch in Bruchstücken erhalten, aber alle mit interessanten Verzierungen versehen. Mein Forscherdrang erwachte, ich nahm die Stücke eins nach dem anderen in die Hand und trat, um sie bei bestem Licht zu betrachten, zu den großen Fenstern.

»Dies hier ist eine römische Arbeit aus der Zeit der ersten Kaiser«, begann ich meine Einordnung. »Und das hier auch. Diese Vase hier ist eindeutig etruskischen Ursprungs. Der Krug auf den ersten Blick ebenfalls, betrachtet man ihn aber genauer, stellt man fest, dass man

hier den etruskischen Stil kopiert hat. Vermutlich stammt die Bemalung von einem Griechen.«
»Bravo!«, rief Elisa und klatschte begeistert in die Hände. »Bravo, Monsieur Schreiber! Mein Bruder hat nicht übertrieben, als er von Ihren Fähigkeiten erzählte.«
Als ich endlich begriff, starrte ich die Schwester des mächtigen Franzosenkaisers wohl ziemlich böse an. »Das war eine Prüfung, nicht wahr? Sie haben vorher schon gewusst, um was für Stücke es sich handelt!«
Chenier erhob beschwichtigend die Hand. »Mäßigen Sie sich, Monsieur! Vergessen Sie nicht, zu wem Sie sprechen!«
Elisa hatte beschlossen, mir mein Aufbrausen nicht übel zu nehmen. Sanft berührte sie meinen linken Arm und lächelte mich an. »Ärgern Sie sich nicht, Monsieur Schreiber! Ich vertraue Ihnen. Aber immerhin lasse ich mir Ihre Anwesenheit einiges kosten. Darf ich angesichts dessen Ihr profundes Wissen nicht mal ein klein wenig auf die Probe stellen?«
Ihre Worte wirkten einen Augenblick auf mich, als hätte mir jemand den Teppich unter den Füßen weggezogen. Aber je länger ich über sie nachdachte, desto mehr Sinn ergaben sie für mich. »*Sie* sind meine Auftraggeberin!«, platzte es aus mir heraus. »*Sie* haben mich nach Lucca geholt!«
Elisa nickte. »Und ich war ganz schön erschrocken, als ich von Ihrer Entführung durch die Banditen erfuhr. Ich habe Colonel Chenier beauftragt, unsere besten Soldaten auf die Suche nach Ihnen zu schicken, Gott sei Dank mit Erfolg.«
»Haben Sie sich Sorgen um mein Wohlergehen gemacht oder um Ihre Investition, Hoheit?«
»Beides liegt mir am Herzen«, antwortete sie mit einem unschuldigen Augenaufschlag, der nicht zu ihrer Posi-

tion und ihrem sonstigen Auftreten passen wollte. »Schließlich sind Sie sehr wichtig für mich und mein Fürstentum, Monsieur.«

»Das müssen Sie mir erklären, Hoheit!«

Elisa nahm die Vase zur Hand, die ich als etruskisches Fundstück identifiziert hatte. Die Grundfarbe war Schwarz, und der unbekannte, seit vielen Jahrhunderten tote Künstler hatte sie mit rotbrauner Farbe bemalt. Das Bild zeigte einen unbekleideten Jüngling, der auf einer Art Sockel saß und anderen nackten Personen, Männern wie Frauen, mit einer Hand ein flaches Gefäß, vermutlich eine Schale, darbot. Auffällig an dem sitzenden Jüngling war sein großes Flügelpaar, das an die christliche Darstellung von Engeln erinnerte. Wesen mit Engelsflügeln findet man sehr häufig auf etruskischen Abbildungen.

»Die Etrusker sind ein geheimnisvolles Volk, nicht wahr?«, fragte Elisa.

»Das kann man reinen Gewissens sagen«, stimmte ich ihr zu. »Uns fehlen bis heute jegliche Hinweise auf ihre Herkunft. Es gibt darüber zwar verschiedene Theorien, aber keine davon vermag einer wissenschaftlichen Überprüfung standzuhalten. Auch ihre Sprache – oder nennen wir es besser ihre Schrift – liefert keinen Aufschluss. Sie scheint mit keiner anderen bekannten verwandt zu sein. Fast so, als seien die Etrusker aus dem Nichts aufgetaucht.«

»Und hier, wo wir uns jetzt befinden, hatten sie ihre Siedlungen«, fuhr Elisa fort.

»Ganz recht«, sagte ich, erstaunt über ihr Interesse an der alten Kultur der Etrusker; ein wenig fühlte ich mich an die Diskussionen mit ihrem Bruder im *Institut von Ägypten* erinnert. »Oberitalien gilt gewissermaßen als ihr Stammland, aber ihre Städte finden sich auch noch in Kampanien.«

Colonel Chenier sah mich fragend an. »Wieso nur ›gewissermaßen‹, Monsieur?«
»Wie ich eben erläuterte, fehlen uns nähere Hinweise auf die Herkunft dieses Volkes, *mon colonel.* Unter diesem Gesichtspunkt ist es ein wenig anmaßend, von einem Stammland zu sprechen. Aber man kann sagen, dass die Etrusker sich von hier aus über Italien verbreitet haben, bis sie der römischen Machtpolitik und dem römischen Heer unterlagen. Sulla hat das letzte Aufbäumen der Etrusker blutig niedergeschlagen, und in der Folgezeit ging dieses Volk in der römischen Kultur auf. Poetischere Geister sagen, es verschwand in das Nichts, aus dem es gekommen war.«
»Es gibt in der Geschichte der Menschheit immer wieder starke Nationen, deren eiserne Faust schwächeren Völkern die Richtung weist«, sagte Chenier, und Pathos schwang in seiner Stimme mit. »Im Altertum waren das die Römer, heute sind es die Franzosen.«
»Wenn Sie es sagen«, brummte ich nur, da ich wenig Lust verspürte, eine Lobpreisung auf die französischen Eroberungen anzustimmen. Gewiss, ich hatte mich Napoleon Bonapartes Zug nach Ägypten freiwillig angeschlossen, wenn auch nicht als Soldat. Aber was ich dort an Not und Elend gesehen hatte, sowohl bei den im Feld verwundeten Soldaten als auch bei der unter dem Krieg leidenden Zivilbevölkerung, hatte mich von jedweder Verblendung bezüglich militärischen Ruhms geheilt. Ich wandte mich wieder der Fürstin zu und wiederholte meine Frage, weshalb ich so wichtig für ihr Fürstentum sei.
»Weil Sie für mich eine alte Etruskersiedlung aufspüren sollen, ein Heiligtum dieses Volkes. Die Einheimischen hier munkeln, die Stadt sei bei einem Erdrutsch verschüttet worden. Wenn das stimmt, müssen dort gut erhaltene Zeugnisse der etruskischen Kultur zuhauf anzu-

treffen sein. Finden Sie diesen Ort für mich, Monsieur Schreiber, und Sie werden ein gemachter Mann sein!«

»Was liegt Ihnen an diesem geheimnisvollen Ort, Hoheit?«

Elisa drehte sich zu der einzigen Wand des Zimmers um, die nicht von Bücherschränken oder Fenstern eingenommen wurde. Dort hing ein Gemälde, das mich sehr an einen weit verbreiteten Kupferstich erinnerte: Der junge Bürger General Bonaparte stürmt, in einer Hand einen Degen und in der anderen eine wehende Fahne, seinen Truppen bei der Schlacht von Arcole voran.

»Mein Bruder hat nicht gerade ein großes Reich unter meine Regentschaft gestellt. Erst war es nur das winzige Piombino. Als er sah, dass ich meine Sache dort gut machte, gab er mir Lucca hinzu. Aber auch das ist ein kleiner Staat. Nur zu gut kenne ich die Witze, die man sich in den Salons Europas über mein Reich erzählt. Man benötige ein Vergrößerungsglas, um es auf der Landkarte zu finden, und wenn ich einen Schritt in die falsche Richtung machte, hätte ich schon die Grenze eines anderen Landes überschritten. Doch ich bin fest entschlossen, mehr aus Piombino und Lucca zu machen. Ich habe erfahrene Verwaltungsbeamte ins Land geholt, Ingenieure und Fachleuchte für das Agrarwesen. Die Eisen- und Bleigruben von Piombino, die vollkommen heruntergekommen und verlassen waren, arbeiten bereits wieder. Ich habe den Marmorbrüchen von Carrara neue Aufträge verschafft und lasse heruntergewirtschaftete Fabriken renovieren. Dichter, Musiker, Bildhauer und Maler rufe ich an meinen Hof, damit hierzulande nicht nur die Wirtschaft floriert, sondern auch die schönen Künste blühen. Und Sie, Monsieur Schreiber, sollen meinem kleinen Land zu einer exquisiten Sammlung etruskischer Fundstücke verhelfen.«

»Sie meinen den Aufbau eines Museums, Hoheit?«
Elisa nickte. »Ich hoffe, Sie werden den Posten eines Direktors nicht abschlagen, wenn es so weit ist.«
»Das ist sicherlich eine reizvolle Aufgabe, aber ich verstehe das alles noch nicht ganz.«
»Was verstehen Sie nicht?«
»Den Aufwand, den Sie betrieben haben, Hoheit. Warum die ganze Heimlichtuerei?«
»Wegen meines Bruders. Ihre Heimat gehört zu seinem Reich, und er soll nicht erfahren, was ich plane. Erst wenn wir das etruskische Heiligtum gefunden haben, will ich Napoleon einweihen. Es soll eine Überraschung für ihn sein. Ich weiß, wie sehr ihn die Geschichte Europas interessiert, der Ursprung unserer Zivilisation. Wenn wir ihm eine prächtige Sammlung von Fundstücken und neue Erkenntnisse über das Volk der Etrusker präsentieren, wird er mir … wird er uns sicherlich sehr verbunden sein. Was sagen Sie, Monsieur Schreiber, wollen Sie mir dabei helfen?«
Angesichts der Tatsache, dass die Fürstin mich von meinen exorbitanten finanziellen Verbindlichkeiten befreit hatte, besaß ich wohl kaum eine echte Wahl. Außerdem reizte mich die Aufgabe, mehr über das geheimnisvolle Volk der Etrusker in Erfahrung zu bringen. Und, ich muss es gestehen, ich dachte auch an den enormen wissenschaftlichen Ruhm, den ich im Erfolgsfalle erwerben würde. Also trat ich ein zweites Mal in meinem Leben in die Dienste der Familie Bonaparte, nicht ahnend, dass mein italienisches Abenteuer nicht weniger aufregend und beschwerlich verlaufen sollte als meine Reise nach Ägypten.

Wir kehrten zu den Feiernden zurück, und ich verbrachte ein paar unbeschwerte Stunden bei Musik, Gesang,

Tanz und einem wahrhaft fürstlichen Mahl. Als draußen das Dämmerlicht schwand und sich die Reihen der Gäste zusehends lichteten, wollte auch ich mich verabschieden. Aber Colonel Chenier, der sich, wie mir jetzt auffiel, immer in meiner Nähe aufgehalten hatte, wollte davon nichts wissen. »Ihre Hoheit will Sie noch einmal sprechen und erwartet Sie bereits, Monsieur Schreiber.«

»Aber es ist schon spät. Meine Diener werden sich um mich sorgen, wenn ich nicht bald komme.«

»Das soll Sie nicht kümmern, Monsieur. Man hat den beiden bereits Zimmer im Dienstbotentrakt dieses Hauses angewiesen. Auch für Sie ist ein Gästezimmer hergerichtet. Es ist also für alles gesorgt. Wenn Sie mich jetzt zu Ihrer Hoheit begleiten würden!«

Das war keine Frage, sondern ein Befehl. Chenier führte mich in das bereits bekannte Studierzimmer, trat aber nicht mit mir ein, sondern schloss hinter mir die Tür. Elisa Bonaparte stand an einem Fenster und starrte hinaus in den von zahlreichen Laternen erhellten Garten.

Ohne sich zu mir umzudrehen, sagte sie: »Jetzt kehren die braven Bürger zurück nach Hause und erzählen ihren Lieben von Soldaten und Banditen und von dem Deutschen, der in ihrer Stadt ein neues Museum errichten soll. Ich habe übrigens nicht erwähnt, dass Sie speziell nach dem alten etruskischen Heiligtum suchen sollen. Ich will keine Grabräuber anlocken. Bitte bewahren auch Sie strengstes Stillschweigen über die Angelegenheit! Wollen Sie mir das versprechen?«

»Sehr gern, Hoheit.«

Jetzt erst drehte sie sich zu mir um, und auf ihrem Gesicht lag wieder dieses Lächeln, das aus der eher maskulinen Herrscherin eine Frau machte. »Wenn wir unter uns sind, sagen Sie einfach Elisa zu mir, das ist bequemer!«

Ich nickte und sagte zögernd: »Danke … Elisa.«

»Ich habe Ihnen zu danken, Fabius. Hinter Ihnen liegt eine lange, anstrengende Reise. Hinzu kommen die Ungewissheit über Ihr Ziel und das ungeplante Abenteuer mit den Banditen. Und doch haben Sie sich kein einziges Mal beklagt.«

»Es steht mir nicht an, mich zu beklagen, Hoh… – Verzeihung, Elisa. Sie haben sich meine Anwesenheit hier einiges kosten lassen und mich aus einer Verlegenheit befreit, die nur zu rasch zu einem Ende im Schuldturm hätte führen können.«

»Aber nicht Sie haben diese Schulden angehäuft, sondern Ihr Vater, der sich mit seinem Geschäft finanziell übernommen hatte.«

»Das war den Banken egal, für sie waren es die Schulden der Familie Schreiber. Und nach dem Tod meines Vaters waren es meine Schulden. Sie haben mir wirklich sehr geholfen, Elisa!«

Sie trat auf mich zu und nahm meine Hände in die ihren.

»Wir beide können einander helfen, Fabius, und wir haben vieles gemeinsam. Sie und ich sind fremd in diesem Land, einsam, und deshalb sollten wir einander beistehen.«

»Ich kann mir nicht vorstellen, dass Sie einsam sind. Heute habe ich erlebt, wie das Volk Ihnen zugejubelt hat.«

»Der Jubel galt nicht der Frau, sondern der Fürstin. Und täuschen Sie sich nicht: Nicht zu jeder jubelnden Stimme gehörte auch ein jubilierendes Herz. Wie viel Berechnung, wie viel Opportunismus mag in dem Jubel gelegen haben? Vielleicht mehr, als mir lieb sein kann. Als ich nach Italien kam, hat kaum einer gejubelt. Ich war für die Menschen hier nur die Schwester eines Kaisers, der das Land mit Gewalt unterworfen hatte und der es seiner Schwester nun gleichsam als Brosamen vorwarf. Die

Einstellung der Menschen änderte sich, als sie sahen, was ich alles für sie tat. Aber ich bin dennoch eine Fremde für sie, und vielleicht würde keiner von ihnen mehr jubeln, wenn Napoleon, was Gott verhüten möge, eines Tages seine Macht verliert.«

»Danach sieht es nun wirklich nicht aus. Er hat sich einen Platz an der Spitze der europäischen Monarchen erobert.«

»Aber er hat viele Feinde – und ich auch. Und wenn man von Feinden umringt ist, sollte man wenigstens ein paar gute Freunde haben, denen man vertrauen kann.«

»Die haben Sie sicherlich, Elisa. Colonel Chenier scheint Ihnen sehr ergeben, und dann ist da natürlich Ihr Gemahl, der Fürst.«

Elisas Blick verdüsterte sich. »Ja, dem Titel nach ist er der Fürst von Piombino und Lucca, und dem Gesetz nach ist er mein Gemahl. Aber ich würde ihn nicht als meinen Mann, nicht einmal als meinen Freund bezeichnen. Es gab einmal eine Zeit, da fühlten wir so etwas wie gegenseitige Zuneigung. Ich redete mir ein, dass der hübsche Hauptmann genau der Richtige für mich sei, weil ich als älteste von drei Schwestern noch keinen Mann hatte. Und für Felix war es sicher angenehm, der Schwager von Napoleon Bonaparte zu werden. Vom Hauptmann zum General steigt man üblicherweise nicht so schnell auf, zumindest nicht, ohne auf dem Schlachtfeld Kopf und Kragen riskiert zu haben. Aber letztlich war ich Felix gleichgültig, wie ihm alles gleichgültig ist, solange er seine Musik hat und seine Frauen.«

»Seine Frauen?«

»Mätressen, wenn Sie es so nennen wollen. Wahrscheinlich ist er bereits bei ihnen. Nein, nicht hier, er trifft sie in einem anderen Haus.«

»Warum erzählen Sie mir das?«

»Weil ich Sie bitten möchte, mein Freund zu sein und bei mir zu sein ... heute Nacht.«
Sie sprach aus, was ich längst schon geahnt hatte. Noch immer lagen meine Hände in den ihren, stand sie so dicht vor mir, dass mich ihr Atem streifte und ich den süßen Duft ihres Parfüms roch. Gewiss gab es schönere Frauen als Elisa, und mit Maria konnte sie sich kaum vergleichen. Aber was ihr an Schönheit mangelte, machte sie mit ihrer Ausstrahlung wett. In ihren Augen lag etwas Magnetisches, wie ich es sonst nur bei ihrem Bruder gesehen hatte, wenn er seine Soldaten dafür zu begeistern verstand, ein weiteres Mal für ihn in den Kugelhagel der Schlacht zu marschieren.
Ich blickte tief in die großen, dunklen Augen Elisas und las in ihnen das Verlangen nach mir. In diesem Blick lag eine Verletzlichkeit, die nicht zu ihrem Stand und auch nicht zu ihrem öffentlichen Auftreten passen wollte. Ich sah die andere Elisa vor mir, das Mädchen aus Korsika, das hier in der Fremde lebte und einen Rang bekleidete, den es sich in seiner Heimat wohl niemals auch nur erträumt hatte. Aber auch mit der entsprechenden Last auf seinen Schultern. Und von mir wollte sie, dass ich sie diese Last für eine Nacht vergessen ließ.
Unsicher, was ich tun sollte, war ich erschrocken und zugleich erleichtert, als ohne ein vorheriges Anklopfen die Tür aufgestoßen wurde und Felix Bacchiochi in Begleitung von Colonel Chenier eintrat. Der Adjutant warf der Fürstin einen bedauernden, um Entschuldigung heischenden Blick zu.
Meine Erwartung, dass Elisas Gemahl mir Vorwürfe machen, mich vielleicht gar tätlich angreifen würde, wurde zum Glück enttäuscht. Er bedachte mich nur mit einem kurzen Blick, und der fiel überaus gleichgültig aus. Dann wandte er sich seiner Frau zu und sagte: »Du solltest dich

jetzt anderen Dingen zuwenden, Elisa! Gerade ist ein Eilkurier eingetroffen. Die Österreicher unter Erzherzog Ferdinand sind in Bayern eingefallen. Eine zweite österreichische Armee unter Erzherzog Karl ist auf dem Marsch nach Italien. Wir haben Krieg!«

9

Pescia, Freitag, 25. September

Der Morgen lugte grau und trüb durch die großen Fenster in Enricos Hotelzimmer. Er richtete sich halb im Bett auf und betrachtete das alte Tagebuch auf dem Nachttisch. Mehr als die Hälfte von Fabius Lorenz Schreibers Aufzeichnungen hatte er jetzt gelesen, und noch immer war er skeptisch, ob er den Verfasser für einen gewissenhaften Chronisten oder für einen Aufschneider halten sollte. Erst rühmte er sich, mit Napoleon Bonaparte wissenschaftliche Dispute geführt zu haben, und dann wollte er auch noch mit der Schwester des Franzosenkaisers beinah ein Schäferstündchen gehabt haben!

Kopfschüttelnd stand Enrico auf und ging schlaftrunken zu den Fenstern. Leichter Regen und dampfender Nebel hüllten die Berge in einen grauen Schleier. Sie wirkten dadurch umso mysteriöser, als verhüllten sie sich und ihre Geheimnisse absichtlich vor neugierigen Augen. Als Enrico an seine Erlebnisse in Borgo San Pietro dachte, fand er Fabius Lorenz Schreibers Schilderungen nicht mehr ganz so unglaubwürdig. Diese Berge hatten etwas Magisches an sich, etwas, das einen Menschen leicht dazu bringen konnte, Pfade jenseits dessen zu beschreiten, was man allgemein als Realität bezeichnete.

Der melodische Klingelton seines Handys schreckte ihn auf. Er ging zur Garderobe und zog den Apparat aus seiner Jackentasche. Nur zögernd nahm er den Anruf in Empfang, als ahnte er, dass er keine erfreulichen Nachrichten hören würde. Er erkannte Dr. Addessis Stimme, noch bevor sie ihren Namen nannte. Ihr Tonfall verriet ihm, dass seine Ahnung sich bewahrheiten würde.

»Ich rufe wegen Signorina Vida an«, sagte sie so behutsam, als liege allein in diesem Satz schon eine schwerwiegende Mitteilung.

»Was ist mit Elena?«

»Ihr Zustand hat sich gegen Morgen verschlechtert, und …«

»Ja?«, bellte Enrico nervös ins Handy, als die Ärztin mitten im Satz verstummte.

»Es besteht Grund zu der Annahme, dass sie den heutigen Tag nicht überleben wird.« Die Ärztin legte eine kurze Pause ein, und Enrico spürte, wie unwohl ihr bei diesem Telefonat war. »Es tut mir sehr Leid, Signor Schreiber.«

»Können Sie denn nichts für Elena tun?«

»Ich fürchte, nein.«

»Ich komme sofort.«

»Sie können nichts daran ändern.«

»Ich komme!«, wiederholte Enrico und beendete das Telefonat ohne eine Verabschiedung.

Fünf Minuten später saß er, hastig angekleidet und unrasiert, in seinem Mietwagen und fuhr die Straße, die zwischen Bergen und Fluss in mehreren Windungen in die Stadt hineinführte, in halsbrecherischem Tempo entlang. Die Ampel an der Brücke nahm er bei Rot, und vor dem Krankenhaus schnappte er einer schimpfenden Matrone den letzten Parkplatz weg. Riccarda Addessi stand im Eingangsbereich der Intensivstation, als hätte sie hier auf ihn gewartet. Sie sprach Enrico ihr Bedauern in einer Art aus, als sei Elena bereits tot. Das schockierte ihn am meisten.

»Darf ich sie sehen?«

»Sie hat ihr Bewusstsein nicht wiedererlangt.«

»Trotzdem … bitte!«

»Sie kennen den Anblick bereits«, sagte die Ärztin schulterzuckend. »Aber wenn Sie unbedingt möchten!«

Sie führte ihn in das Zimmer, wo er Elena schon am Vortag gesehen hatte. Alles schien unverändert. Die medizinischen Apparate, Lebenserhaltungs- und Überwachungssysteme, blinkten und piepten eintönig vor sich hin. Elena lag noch immer da wie schlafend, und eine Art Schlaf war es wohl auch.

»Ich kann nicht erkennen, dass es ihr schlechter geht«, sagte Enrico trotzig.

Dr. Addessi zeigte auf die Monitore über Elenas Bett. »Würden Sie sich mit diesen Apparaten auskennen, könnten Sie es sehen. Wir halten die Patientin mit technischer Hilfe am Leben, aber in Wahrheit ...«

Sie verstummte und biss sich auf die Unterlippe. Enrico ahnte, was sie hatte sagen wollen: In Wahrheit lag dort vor ihm eine Tote!

Bei dem Gedanken brach ihm der Schweiß aus. Mit ungelenken Worten bedankte er sich bei Dr. Addessi und verließ das Krankenhaus. Er fühlte sich wie in Watte gepackt, nahm seine Umwelt nur undeutlich war. Er musste immerzu an Elena denken. An die fröhliche, lebenslustige Elena, die er für kurze Zeit gekannt hatte. Und an die reglose, fast leblose Elena, die in ihrem Bett auf der Intensivstation darauf wartete, dass die Apparate ihren Tod verkündeten und abgeschaltet wurden. Er wusste nicht, was er jetzt tun sollte. Hilflos blieb er auf dem Vorplatz des Krankenhauses stehen, und sein Blick fiel auf die Kirche San Francesco. Er dachte an seine gestrige Begegnung mit Kardinal Ferrio und hörte wieder die Worte, die der Geistliche zu ihm gesprochen hatte: »Das Gebet hilft in der Not, uns selbst genauso wie denen, für die wir beten. Gott hört uns zu, wenn wir zu Ihm sprechen, auch wenn es kein äußeres Zeichen gibt, an dem wir das erkennen. Wir wissen einfach, dass Gott bei uns ist und uns zur Seite steht. Das ist das Wunderbare an unserem Glauben.«

Unsicher steuerte Enrico auf die Kirche zu, öffnete das schwere Portal und bekreuzigte sich mit dem geweihten Wasser. Heute war er nicht allein. Zwei Frauen und ein alter Mann beteten in aller Stille. Enrico zündete eine Kerze für Elena an und zog sich zum Gebet in eine der hinteren Bankreihen zurück. War es fair, ausgerechnet in einem ausweglosen Moment zu Gott zu beten? Aber wenn nicht in einem Moment wie diesem, wann dann? Er dachte an Elena und an seinen Wunsch, wieder in ihre grünen Augen zu sehen und ihr Lachen zu hören. Musste er Gott im Gegenzug etwas anbieten, um den Pakt zu besiegeln? Aber was? Er betrachtete das Bildnis des heiligen Franz von Assisi mit den Wundmalen und fragte sich, ob das Empfangen solcher Male großen Schmerz bereitete. Und wenn, er wäre bereit gewesen, den größten Schmerz auf sich zu nehmen, um Elena zu helfen.

Als er die Kirche verließ, nahm er nur unterschwellig wahr, dass es nicht mehr regnete. Langsam ging er in Richtung Krankenhaus und sah, dass neben seinem Mietwagen ein Streifenwagen auf dem Parkplatz stand. Zwei Männer erwarteten ihn bei den Fahrzeugen, Commissario Massi und Ezzo Pisano.

Letzterer streckte Enrico die knochige Hand entgegen und sagte leise: »Signor Schreiber, ich bin gekommen, um Ihnen mein Beileid auszudrücken.«

Enrico fühlte sich, als würde ihm der Boden unter den Füßen weggezogen. Er wandte den Kopf zur Kirche um und dachte bitter, dass Gott nicht mit sich handeln ließ – falls Er überhaupt auf einen Menschen hörte, noch dazu auf einen so wenig religiösen wie Enrico. Er war ein Narr gewesen, als er vorhin in der Bank gekauert und gehofft hatte, jenes so wenig greifbare Wesen, das die Menschen Gott nannten, habe ein Interesse daran, Elena zu helfen. Warum auch? Selbst wenn es einen Gott gab, warum hätte Er für einen Menschen in Not – für Elena – auch nur einen Finger rühren sollen?

»Wie haben Sie in Borgo San Pietro so schnell davon erfah-

ren?«, fragte Enrico verwirrt. »Ich bin vor kaum einer Stunde bei Elena gewesen, und da lebte sie noch – falls man es leben nennen kann.«
Pisano legte den Kopf schief und sah Enrico fragend an. »Elena? Ich weiß nicht, wovon Sie sprechen.«
Allmählich begriff Enrico. »Sie sind wegen meiner Großtante hier, Signor Pisano?«
»Ja, sie ist in der Nacht verstorben.«
Widerstreitende Gefühle machten sich in Enrico breit. Zum einen war da die unendliche Erleichterung darüber, dass er sich getäuscht hatte: Der alte Mann hatte ihm nicht wegen Elena kondoliert. Aber auch der Tod von Rosalia Baldanello ließ Enrico nicht unberührt. Er hatte die alte Dame nur ein einziges Mal gesehen, und man konnte die Begegnung wohl kaum als erfreulich bezeichnen. Dennoch war sie seine Verwandte gewesen, die vielleicht letzte Verbindung zu seiner Familie, seiner Herkunft – zu seinem Vater. Die Trauer, die ihn überkam, galt vielleicht weniger der Toten als der verpassten Chance, den Namen seines Vaters herauszufinden. Enrico hätte nicht zu sagen vermocht, wie viel von seinem Schmerz rein egoistisch war. Er wusste nur eins: Diesen Tag hätte er am liebsten aus dem Kalender gestrichen.
Er sah den Commissario und dann den Mann aus Borgo San Pietro an. »Ist es unsere Schuld? Hat unser Besuch meine Großtante zu sehr aufgewühlt? Sie war gestern, als wir bei ihr waren, sehr erregt.«
Pisano machte mit beiden Händen eine beschwichtigende Geste. »Machen Sie sich keine Vorwürfe, Signor Schreiber! Rosalias Uhr war abgelaufen. Das ist normal, wenn wir alt werden. Aber sie hat in der Stunde ihres Todes an Sie gedacht und mich beauftragt, Ihnen das zu übergeben.«
Er beugte sich ins Innere des Streifenwagens und brachte einen Schuhkarton zum Vorschein, der mit faserigen Bändern umwickelt war. Pisano überreichte Enrico den Karton.

»Was ist da drin?«, fragte Enrico.

»Das weiß ich nicht. Rosalia hat mir nur das Versprechen abgenommen, Ihnen den Karton zu überreichen. Es schien ihr sehr wichtig zu sein, und sie war bei klarem Verstand. Ich bin mit dem nächsten Wagen, der aus Borgo San Pietro nach Pescia fuhr, hergekommen und habe mich bei dem Commissario nach Ihnen erkundigt.«

Massi ergriff das Wort: »Im Hotel teilte man mir mit, Sie seien nicht auf Ihrem Zimmer und vermutlich weggefahren. Ich dachte mir schon, dass Sie ins Hospital sind, aber wir kamen zu spät. Dr. Addessi sagte mir, dass es der Signorina aus Rom nicht gut geht.«

»Sie wird sterben, wahrscheinlich noch heute«, sagte Enrico mit belegter Stimme. »Die Kunst der Ärzte ist am Ende. Niemand kann Elena mehr helfen. Es sei denn …« Als sein Blick auf Ezzo Pisano fiel, kam ihm ein Gedanke, der neue Hoffnung in sein Herz pflanzte. »Es sei denn, der alte Mann aus den Bergen – Angelo …«

»Der Alte, der angeblich Signorina Vidas Blutung gestillt hat?«, erkundigte sich Massi.

»Ich weiß, es hört sich verrückt an. Aber ich wüsste niemanden sonst, der Elena noch helfen könnte. Er hat es schon einmal getan.« Enrico wandte sich an Pisano. »Wissen Sie, wo ich diesen Angelo finden kann?«

Pisano wirkte erschrocken. »Ich weiß nicht, wovon Sie sprechen, Signore.«

»Sie lügen«, fuhr Massi den alten Mann an. »Ich wäre nicht stellvertretender Polizeichef von Pescia, wenn ich einen Lügner nicht auf hundert Meter gegen den Wind erkennen würde. Sie haben Angst, Signor Pisano. Wovor?«

Pisano schlug die Augen nieder, um dem bohrenden Blick des Commissario auszuweichen. »Ich … möchte nicht darüber sprechen.«

»Aber ich!«, sagte Massi. »Lebt dieser Angelo in Borgo San

Pietro? Verfügt er wirklich über heilende Kräfte? Falls ja, sollten Sie es uns sagen! Ein Leben hängt davon ab. Genügt es nicht, dass sich der Tod Rosalia Baldanello geholt hat? Soll auch noch diese junge Frau dran glauben?«

Pisano rang mit sich selbst und wirkte, als wollten zwei widerstreitende Seelen in seiner Brust ihn zerreißen. »Selbst wenn ich Sie zu ihm bringe, ich weiß nicht, ob Angelo der Signorina überhaupt helfen will.«

»Das werden wir ihn schon selbst fragen«, beschied Commissario Massi.

Rom, Vatikan

Alexander stellte seinen Peugeot auf dem Parkplatz vor dem Gouverneurspalast ab, in dem die Verwaltung des Vatikans ihren Sitz hatte. Leichter Nieselregen empfing ihn, als er ausstieg und tief durchatmete. Er wusste, dass ihm kein leichter Gang bevorstand. Die Besuche bei seinem Vater waren vielleicht für beide eine Belastung. Vor drei Monaten war Alexander so weit gewesen, seinen Vater zu verleugnen, sich ganz und gar von ihm loszusagen. Aber wie hieß es doch: Blut ist dicker als Wasser. Mochte Markus Rosin als General des Ordens *Totus Tuus* auch die größten Untaten auf sich geladen und Menschenleben auf dem Gewissen haben, er war und blieb Alexanders Vater. Deshalb hatte Alexander in der Vergangenheit das Gespräch mit ihm gesucht. Er würde seinem Vater wohl nie verzeihen können, was er getan hatte, aber er wollte ihn wenigstens verstehen. Heute gab es noch einen anderen Grund, ihn aufzusuchen, und Alexander war sich nicht sicher, wie sein Vater darauf reagieren würde.

An der Kirche Santo Stefano vorbei ging er zum vatikanischen Bahnhof und trat zur stählernen Eingangstür jenes modernen Vorbaus, der durch mehrere Überwachungskameras gesichert

war. Er drückte auf den großen Klingelknopf und sagte seinen Namen in die Gegensprechanlage. »Don Luu hat mich angekündigt.«
Ein tiefes Summen ertönte. Alexander drückte die Tür auf und betrat den Wachraum, wo zwei Vigilanza-Männer seinen Ausweis kontrollierten und ihn nach versteckten Waffen durchsuchten. Sie ließen ihn fünf Minuten warten, bevor sie ihn in den Besucherraum führten. In der Mitte des Raums saß Markus Rosin steif an einem großen Tisch, die Hände auf die Tischplatte gelegt, als würde er sich daran festhalten. Die Sonnenbrille, die seine leeren Augenhöhlen verbarg, wirkte in dem fensterlosen, von Neonröhren in gelbliches Licht getauchten Raum deplatziert. Noch heute erinnerte Alexander sich mit Schaudern an die blutige Auseinandersetzung mit Markus Rosin und den Verschwörern in den geheimen Gängen unterhalb des Vatikans. Eine alte Frau, die man Katzennärrin nannte, hatte Alexander und seinen Leuten den Weg ins unterirdische Labyrinth gezeigt. Sie war angeschossen worden, und einer ihrer Kater hatte dem Ordensgeneral von *Totus Tuus* dafür die Augen ausgekratzt.
Ein Gendarm blieb als Wache im Besucherraum zurück und tat so, als interessierten ihn der Gefangene und sein Besucher nicht. Alexander setzte sich auf den Besucherstuhl seinem Vater gegenüber.
»Alexander?«, fragte Markus Rosin.
»Ja. Guten Morgen, Vater. Hat man dir gesagt, dass ich der Besucher bin? Oder hast du mich an den Schritten erkannt?«
»Weder noch. Wer sonst sollte mich hier besuchen?«
»Ich weiß nicht. Alte Freunde vielleicht?«
»Machst du Witze? Glaubst du, die kommen in die Höhle des Löwen, ins neue vatikanische Gefängnis?«
»Aber es gibt sie noch, deine alten Freunde«, schlussfolgerte Alexander. »Obwohl Papst Custos den Orden für aufgelöst erklärt hat, existiert er insgeheim weiter. Oder?«

»Wenn Menschen von einer Sache überzeugt sind, so sehr, dass sie ihr sogar ihr Leben weihen, lassen sie sich nicht durch die Auflösungsverfügung eines falschen Papstes davon abbringen.«
»Custos ist der rechtmäßige Papst.«
»Das muss sich erst noch erweisen, jetzt, wo es einen zweiten Papst gibt«, sagte Markus Rosin, und in seinen Worten schwang Genugtuung mit.
»Du bist gut informiert.«
»Ich darf hier Radio hören, und das tue ich ausgiebig.« Markus Rosin tippte mit dem Zeigefinger gegen seine Sonnenbrille. »Was sonst bleibt mir übrig?«
»Ich weiß, dass du gegen die Reformen des Papstes bist und vor allem auch gegen den Papst selbst, der diese Reformen durchführen will«, seufzte Alexander. »Hast du noch Kontakt zu deinen Gesinnungsgenossen?«
»Du meinst meine Mitbrüder und -schwestern?«
»Nenn sie, wie du willst.«
»Wie sollte ich zu ihnen Kontakt haben? Sollte ich etwa geheime Nachrichten lesen, die sie mir in die Zelle schmuggeln?« Markus Rosin ließ ein kurzes, freudloses Auflachen hören. »Abgefasst in Blindenschrift?«
»Es gibt immer Mittel und Wege«, sagte Alexander bewusst vieldeutig.
Ein skeptischer Zug legte sich um die Lippen seines Vaters. »Was soll das werden, Alexander, ein Verhör?«
»Ich möchte dich um deine Hilfe bitten, Vater.«
»Da bin ich aber gespannt.« Wäre es nicht unmöglich gewesen, hätte Alexander geschworen, dass sein Vater ihn neugierig ansah.
»Wenn du fleißig Radio hörst, hast du sicher auch von den beiden Priestermorden in Rom und Ariccia gehört.«
»Ja. Und?«
»Was weißt du darüber?«

»Vermutlich weniger als du. Du kannst im Gegensatz zu mir Zeitung lesen.«
»Sind vielleicht die übrig gebliebenen Mitglieder von *Totus Tuus* in die Sache verwickelt?«
Die Finger von Markus Rosins rechter Hand vollführten auf der Tischplatte einen Trommelwirbel. »Langsam begreife ich, Alexander. Das also führt dich zu mir! Und ich hatte schon gedacht, es seien die Blutsbande.«
»Willst du mich verletzen? Ich habe in der Vergangenheit wohl bewiesen, dass du mir nicht gleichgültig bist. Aber heute habe ich tatsächlich ein Anliegen. Wenn du irgendetwas über die Priestermorde weißt, sag es mir bitte! Vielleicht hilft es, weitere Todesfälle zu verhüten.«
»Hältst du mich für einen Verräter?«, fragte Markus Rosin vorwurfsvoll.
»Ich hatte nicht gedacht, dass du so stur bist«, erwiderte Alexander enttäuscht. »Ich hatte gehofft, die Ereignisse im Mai und der Verlust deines Augenlichts hätten dich nachdenklich gemacht, dich vielleicht sogar zur Umkehr bewogen. Aber da habe ich mich wohl getäuscht.«
»Das hast du allerdings! Ihr raubt mir das Augenlicht, sperrt mich hier ein, vielleicht für den Rest meines Lebens, und erwartet dann von mir, dass ich euch helfe?« Die Bitterkeit in Markus Rosins Stimme schlug in Zorn um, und laut stieß er hervor: »Geh, Alexander, verschwinde!«
»Nicht meine Gefährten und ich haben dir das Augenlicht geraubt, sondern die Katzen, die dich anfielen. Doch es stimmt, wir beide haben auf unterschiedlichen Seiten gestanden und uns bekämpft. Damals habe ich dich verabscheut, Vater, dich für das, was du getan hast, vielleicht sogar gehasst. Aber dann habe ich nachgedacht und bin zu der Erkenntnis gelangt, dass du getan hast, was aus deiner Sicht richtig war. Deine Sichtweise halte ich weiterhin für falsch, aber ich versuche zumindest, dein Handeln zu verstehen. Ich hätte mir

gewünscht, auch du würdest in dich gehen, zumindest deine Taten bereuen, auch wenn du deiner Einstellung treu bleibst. Aber ich glaube, du hast die ganze Zeit über nur an dich gedacht, um dich selbst geweint und dich dahin geflüchtet, anderen die Schuld an deinem Schicksal zu geben. Du solltest mir Leid tun, Vater, aber ich glaube, das wäre eine Verschwendung von Gefühlen.«

Alexander stand auf und verließ den Besucherraum ohne ein weiteres Wort. Er hatte kaum damit rechnen können, von seinem Vater einen Hinweis auf die Priestermörder zu erhalten. Es war nur ein vager Verdacht gewesen, dass die Überreste des Ordens *Totus Tuus* in die Sache verwickelt waren. Alexander wollte nichts unversucht lassen und hatte deshalb seinen Vater aufgesucht. Nicht die Tatsache, dass er keinen Hinweis erhalten hatte, enttäuschte ihn, sondern die strikte Weigerung Markus Rosins, auch nur ein einziges Mal die Dinge aus der Perspektive jener Menschen zu sehen, die er für seine Feinde hielt. Er musste sie alle abgrundtief hassen. Alexander fragte sich, ob sich dieser Hass auch auf seinen Sohn erstreckte.

Nördliche Toskana, nahe Borgo San Pietro

Sie hatten den Streifenwagen auf einer kleinen Lichtung abgestellt und schlugen sich, angeführt von Ezzo Pisano, durchs dichter werdende Unterholz. Dornenranken verhakten sich in Enricos Hose, und Zweige peitschten ihm als Strafe für jede Unachtsamkeit ins Gesicht. In ihm wurden unangenehme Erinnerungen an seine Flucht mit Elena vor den aufgebrachten Dorfbewohnern wach. Längst hatte er jede Orientierung verloren, und Fulvio Massi erging es wohl kaum besser. Pisano aber schien auch in dem größten Dickicht noch einen Weg zu erkennen, so zielsicher ging er voran. Hin und wieder schlug er mit einem Stock, den er unterwegs aufgelesen hatte, ein widerspenstiges Gestrüpp zur Seite. Trotz seines Alters bewegte er sich erstaunlich behände. Er war hier zu Hause und hatte die Wälder rings um Borgo San Pietro wohl schon seit frühester Kindheit erforscht. Den schlammigen Pfützen, die der Regen hinterlassen hatte, wich er mit geschickten kleinen Sprüngen aus, wogegen sowohl Enrico als auch Massi sich längst schmutzige, nasse Schuhe eingefangen hatten.

»Kaum zu glauben, dass jemand in dieser Abgeschiedenheit sein Haus gebaut hat«, brummte der Commissario, nachdem er in letzter Sekunde an einem Matschloch vorbeigeschlittert war. »Man muss schon ein ausgesprochener Einsiedler sein, um sich hier wohl zu fühlen.«

»Angelo ist ein Einsiedler«, kam es von Pisano. »Und er lebt nicht in einem Haus. Jedenfalls nicht in so einem, wie Sie und ich es gewohnt sind.«

Enrico fielen Mauerreste auf, die links von ihm hinter einem Dornbusch aufragten. Bald sah er ein ganzes Gebäude, eine jener runden Steinhütten, wie sie ihm auf seiner Flucht vor zwei Tagen bereits untergekommen waren. Gräber der Etrusker, wie jener geheimnisvolle Angelo gesagt hatte. Das Unterholz wurde lichter, und bald erhoben sich mehrere solcher Steingräber links und rechts von ihnen, teils derart von Grün überwuchert, als wären sie eine Symbiose mit der Natur eingegangen.

»Sind das alles Gräber?«, fragte Enrico.

»Hier gibt es noch viel mehr davon«, antwortete Pisano. »Borgo San Pietro steht auf den Ruinen einer Etruskerstadt. Und hier in diesen Wäldern haben die Etrusker ihre Toten bestattet.«

Er blieb zwischen einigen der teilweise sehr großen Graberhebungen stehen und blickte sich suchend um. Zum ersten Mal, seit sie den Wald unter Pisanos Führung betreten hatten, zeigte er ein Zeichen von Unsicherheit.

»Hier irgendwo muss es sein«, murmelte er und drehte sich im Kreis. »Ah ja, dort, das ist die richtige Richtung!«

Sie folgten ihm weiter, bis er vor dem Eingang zu einer der Steinhütten stehen blieb. Es war ein großes Grab von mindestens fünfzehn Metern Durchmesser. Eine Treppe, aus der Wind und Wetter schon beträchtliche Stücke herausgebrochen hatten, führte in die Tiefe, wo der unverschlossene Eingang lag. Von oben sah er aus wie ein schwarzes Loch. Was sich dahinter verbarg, war nicht zu erkennen. Pisano stieg vorsichtig die Treppe hinunter, gefolgt von Enrico und Massi.

»Reichlich düster hier unten«, bemerkte Enrico, als sie vor dem Eingang standen.

»Nicht mehr lange.« Massi zog eine kleine Stabtaschenlampe aus einer Tasche seiner Uniformjacke und knipste sie an.

Enrico nickte ihm anerkennend zu. »Sie sind anscheinend auf alles vorbereitet, Commissario.«

»Besser so …«, antwortete der Polizist und öffnete den Knopf seiner Pistolentasche, um im Notfall leichter an seine Waffe zu kommen.

Langsam gingen sie durch die Finsternis, die nur vom dünnen Strahl aus Massis Taschenlampe erhellt wurde. Der Gang war eng, und zu beiden Seiten taten sich türartige Durchbrüche auf. Vor jedem blieb Massi stehen und leuchtete den dahinter liegenden Raum mit seiner Lampe aus. Es gab tatsächlich richtige Zimmer hier unten in dem Grab, mit aus Stein gehauenen Betten oder Tischen, ganz so, als sollten die Toten ihr gewohntes Leben weiterführen. Am eindrucksvollsten fand Enrico die Wandmalereien, die in erstaunlich kräftigen Farben erhalten waren. Szenen aus dem Alltagsleben sollten den Toten offenbar verdeutlichen, dass sie auch im Jenseits nicht von ihren Gewohnheiten lassen mussten. Auffallend waren die geflügelten Männer, die auf mehreren Bildern zu sehen waren und an christliche Engel erinnerten.

Als Enrico den Commissario darauf ansprach, sagte der: »Ich

muss gestehen, dass ich mich in der etruskischen Mythologie nicht sonderlich gut auskenne. Aber mit dem christlichen Glauben hatten sie, soweit ich mich erinnere, nichts am Hut. Auf jeden Fall, da stimme ich Ihnen zu, sehen diese Flügelmenschen sehr interessant aus.«

»Fällt die Erkundung alter Kulturgüter auch in die Zuständigkeit der Polizei?«

»Nur dann, wenn Grabräuber am Werk sind. Eigentlich bin ich hergekommen, um diesen ominösen Angelo zu treffen.«

»Er wird kaum der Mörder Ihres Schwagers sein.«

»Das nicht. Aber vielleicht kann er ein wenig Licht in die Sache bringen. Die Leute in Borgo San Pietro sind nicht sehr gesprächig, nicht einmal meine Schwester.« Massi lachte trocken. »Ich habe es schon als Kind gehasst, wenn meine Schwester vor mir Geheimnisse hatte.«

Enrico wollte noch einmal auf die Engelsfiguren zu sprechen kommen, die ihn aus gutem Grund beeindruckten. Mehr noch, in gewisser Weise flößten sie ihm Angst ein. Hier unten in dem großen Grab fühlte er sich wie in dem unterirdischen Labyrinth aus seinem Alptraum. Aber als er sich zu Massi umwandte, fiel ihm auf, dass ihr Führer verschwunden war.

»Wo steckt Pisano?«, fragte er deshalb nur.

Massi tastete den Gang mit dem Lichtstrahl seiner Lampe ab und stieß einen leisen Fluch aus, als Pisano nirgendwo zu entdecken war. »Sollte der Alte uns reingelegt haben?«

»Ich hatte den Eindruck, er meint es ehrlich. Aber nach allem, was ich hier in den Bergen schon erlebt habe, würde ich dafür nicht meine Hand ins Feuer legen. Wenn das hier eine Falle ist, dann ist sie hervorragend gewählt.«

»Sprach der Tiger, bevor er in die Grube sprang.«

Massi wechselte die Lampe in die linke Hand und zog mit der rechten seine Dienstpistole. Vorsichtig gingen sie weiter. Enrico hielt sich hinter dem Polizisten, um ihm nicht in die Schusslinie zu geraten.

Eine fremde Stimme sagte plötzlich: »Ihr müsst euch nicht fürchten. Hier wird euch niemand etwas tun.«
Der Lichtstrahl erfasste zwei Männer am Ende des Ganges: Ezzo Pisano und den bärtigen Alten, der Elena geholfen und sich als Angelo vorgestellt hatte.
Er war derjenige, der eben gesprochen hatte, und jetzt fuhr er fort: »Ezzo hat mir erzählt, weshalb er euch hergeführt hat. Der jungen Frau geht es sehr schlecht, nicht wahr?«
»Die Ärzte meinen, dass sie sterben wird, heute noch!«, platzte es aus Enrico heraus. »Können Sie ihr helfen?«
»Das traust du mir zu? Ich bin nur ein alter Mann. Ich habe kein Medizinstudium hinter mir wie die Ärzte in Pescia. Was soll ich bewirken, wo sie versagen?«
»Ich weiß, dass Sie besondere Kräfte haben, Angelo. Ich habe erlebt, wie Sie Elenas Blutung stillten. Wollen Sie ihr nicht noch einmal helfen?«
»Selbst wenn ich es könnte, warum sollte ich das wohl tun?«
Erst wollte Enrico erwidern, dass die Menschen aus Borgo San Pietro die Schuld an Elenas Zustand trugen. Aber das wäre unfair gewesen. Angelo traf schließlich keine Schuld, im Gegenteil, er hatte ihm und Elena beigestanden.
Verzweifelt suchte Enrico nach einer Antwort, aber er konnte nur sagen: »Sie sind doch ein Mensch, Angelo, und Elena auch!«
Angelo nickte bedächtig. »Das ist eine gute Antwort, vielleicht die einzig mögliche. Aber wenn ich dir helfe, musst du etwas versprechen. Du und der Polizist.«
»Was?«, fragte Massi skeptisch.
»Alles, was ihr hier gesehen habt, und alles, was ihr noch sehen und erleben werdet, bleibt unter uns!«
Massi gab ein unwilliges Knurren von sich. »Die Gräber hier stellen wertvolle Kulturgüter dar. Es ist die Pflicht der Polizei, sie vor Grabräubern zu schützen.«
»Hierher kommen keine Grabräuber«, sagte Angelo in einem Ton, der keinen Zweifel duldete.

Pisano fügte hinzu: »Außerdem ist das Gelände im Besitz der Gemeinde Borgo San Pietro. Solange sich niemand an den Gräbern zu schaffen macht und sie im Originalzustand belassen werden, können die Behörden nichts machen. Sie als Polizist sollten die Rechtslage kennen.«
»Ich kenne sie«, versicherte Massi und steckte endlich seine Waffe zurück in die lederne Tasche an seiner Hüfte. »Ich wundere mich nur, dass Sie sie auch kennen.« Er wandte sich wieder an Angelo. »Was machen Sie eigentlich hier unten?«
»Ich lebe hier.«
»In einem Grab?«, staunte der Commissario. »Ist das nicht ein bisschen düster und vor allem einsam?«
»Wenn ich Licht brauche, zünde ich mir eine Kerze an. Und wenn ich die Menschen brauchen würde, wäre ich nicht hierher gegangen.«
»Können wir uns nicht später unterhalten?«, fragte Enrico ungeduldig. »Wenn wir zu viel Zeit vergeuden, kann es für Elena zu spät sein.« Er wandte sich an den alten Einsiedler. »Angelo, ich verspreche Ihnen zu schweigen. Und ich bin sicher, auch der Commissario gibt Ihnen sein Wort. Werden Sie Elena helfen?«

Rom, Vatikan

Mit Schrittgeschwindigkeit fuhr Alexander auf die Porta Sant'Anna zu, während er an das fruchtlose Gespräch mit seinem Vater dachte. Angesichts dessen, was Markus Rosin heute zu seinem Sohn gesagt hatte, fragte sich dieser, ob weitere Besuche überhaupt sinnvoll waren. Riss er damit nicht nur immer wieder von neuem die Wunden auf?
Verwundert sah Alexander, wie vor ihm ein Schweizergardist auf die Straße sprang und heftig winkte. Alexander trat auf die Bremse, und der Peugeot kam einen halben Meter vor Werner

Schardt zum Stehen. Der Gardeadjutant trat ans Fahrzeug, und Alexander ließ das Fenster auf der Fahrerseite herunter.

»Ist das jetzt ein Selbstmordversuch oder eine besonders auffällige Art der Kontaktaufnahme, Werner?«

»Weder noch. Ich habe einen Anruf von Don Luu erhalten. Seine Heiligkeit möchte dich sprechen, bevor du den Vatikan verlässt.«

»Warum das denn?«

»Der Heilige Vater pflegt seine Wachen nicht in all seine Gedanken einzuweihen.«

Alexander nickte und fragte leise: »Und sonst? Gibt es etwas Wichtiges?«

»Bis jetzt nicht. Ich melde mich, wenn ich etwas habe.«

Alexander parkte auf dem Damasushof und ging zum Apostolischen Palast. Dort geleitete ihn ein junger Schweizergardist, den er nicht kannte, hinauf in den dritten Stock. Als sie aus dem Lift stiegen, erwartete sie Don Luu in dem kleinen Empfangsbereich, dem Korbsessel und mannshohe Kübelpflanzen ein heimeliges Aussehen verliehen. Der Privatsekretär des Papstes schickte den Schweizer mit einem kurzen Dank zurück auf seinen Posten und hieß Alexander willkommen.

»Schön, dass Sie Zeit für Seine Heiligkeit haben, Signor Rosin. Wenn Sie mir folgen wollen!«

Der Papst saß hinter dem Schreibtisch seines Arbeitszimmers und unterschrieb eine ganze Reihe von Schriftstücken im Sekundentakt.

»Lästiger Verwaltungskram«, sagte er mit einem müden Lächeln, als er Alexander und Don Luu bemerkte. »Danksagungsschreiben an alle hoch stehenden Persönlichkeiten des öffentlichen Lebens, die unserer Kirche trotz des Schismas ihr Vertrauen und ihre Unterstützung ausgesprochen haben.«

»Gibt es für so etwas nicht Unterschriftenautomaten?«, fragte Alexander, ein wenig erstaunt darüber, womit sich der Papst befassen musste.

»Natürlich gibt es solche Automaten«, antwortete Henri Luu. »Aber stellen Sie sich einmal vor, das kommt raus! Ein Politiker oder ein Filmstar kann so einen Automaten benutzen, um seine Autogrammkarten zu unterschreiben, aber doch nicht der Papst! Die Kirche wird doch besonders streng beäugt, wenn es um Wahrheit und Authentizität geht.«

»Außerdem kann man bei so einer stupiden Arbeit bestens meditieren«, sagte Custos. »Und Stoff zum Nachdenken habe ich derzeit mehr, als mir lieb ist.«

Der Papst wirkte abgespannt, als er das sagte. Alexander fand, dass er in der einen Woche, die seit ihrer letzten Begegnung vergangen war, um fünf Jahre gealtert war. Seine Haut sah grau aus, die Augen waren von Schlafmangel gerötet. Custos schien wie ein Mann, der die letzten Reserven mobilisierte, um sich aufrecht zu halten.

»Es gehört sich vielleicht nicht, das einfach so zu fragen«, begann Alexander vorsichtig. »Aber gibt es Neuigkeiten hinsichtlich der Glaubenskirche?«

Custos bot ihm einen Platz an und sagte: »Wir suchen den Dialog mit den Spaltern, aber sie ignorieren uns, tun ganz so, als seien *sie* die althergebrachte Kirche. Wie soll man einen Gegner überwinden, wenn man ihn nicht zu fassen kriegt?«

Alexander überlegte kurz und sage: »Man müsste ihn dazu bringen, dass er es ist, der einen fassen möchte.«

In den Augen des Papstes blitzte es auf. »Eine gute Idee! Es ist immer eine Freude, mit Ihnen zu sprechen, Alexander Rosin. Darf ich mich erkundigen, wie Ihr Besuch bei Ihrem Vater verlaufen ist? Ich will nicht indiskret sein und in persönlichen Angelegenheiten schnüffeln, aber Don Luu sagte mir, Sie wollten Ihren Vater nach einem Zusammenhang der Priestermorde mit *Totus Tuus* fragen.«

»Das habe ich getan. Aber er zeigt wenig Neigung, uns zu helfen. Für ihn sind wir seine Feinde, diejenigen, die ihn um alles gebracht haben, um seine Pläne und um sein Augenlicht.«

»Ist er wirklich so verbittert?«
»Ja, offensichtlich. Aber immerhin hat er mir indirekt bestätigt, dass *Totus Tuus* trotz der Auflösung des Ordens noch aktiv ist.«
»Darauf deuten auch unsere Erkenntnisse hin«, sagte Don Luu. »Wir haben dem Kraken ein paar seiner Arme abgeschlagen, aber die anderen wirken im Verborgenen fort und knüpfen dort neue, unheilvolle Fäden.«
»Sie haben eine sehr bildhafte Ausdrucksweise, Henri«, bemerkte der Papst. »Haben Sie schon einmal daran gedacht, Abenteuerromane zu schreiben?«
Luu verstand den Scherz und erwiderte blinzelnd: »Wenn all dies hier vorüber ist, Heiligkeit. Noch sammle ich Stoff.« Er wurde wieder ernst und wandte sich an Alexander. »Hat Ihnen Ihr Vater keinen einzigen Hinweis gegeben?«
»Leider nein. Ich fürchte, der Besuch war ein völliger Fehlschlag. Mein Vater denkt jetzt vielleicht, dass ich ihn nur aushorchen will, dass all meine bisherigen Besuche nur diesem Zweck gegolten haben.«
Custos erhob sich, trat zu Alexander und legte eine Hand auf seine Schulter. »Es gibt zwei Arten von Menschen. Diejenigen, die sich aufgegeben haben und die nichts mehr berührt. Und diejenigen, die sich selbst prüfen, mag es auch schmerzhaft und langwierig sein. Ich kenne Ihren Vater nicht gut, aber ich glaube, er gehört zu der zweiten Sorte. Falls ich Recht habe und er sich prüft, wird er erkennen, dass er Ihnen unrecht getan hat und dass er in Ihnen einen echten Sohn hat.«
Die Berührung und die Worte des Papstes nahmen Alexander etwas von der schweren Last, die er seit dem Besuch bei seinem Vater spürte. So fern ihm vorhin im Gefängnis auch die Möglichkeit erschienen war, Markus Rosin könne so etwas wie Reue empfinden, jetzt, wo Custos zu ihm sprach, schöpfte er wieder Hoffnung. Ein beruhigendes Gefühl breitete sich in ihm aus wie körperliche Wärme. Er fühlte sich zuversichtlich

und gelöst. Alexander wusste, dass Custos' besondere Kräfte ihm diese Zuversicht einflößten, und er wünschte, der Papst könnte sich angesichts der Kirchenspaltung dieselbe Hoffnung selbst vermitteln.

Pescia

Die Ärzte, Schwestern und Pfleger im Hospital machten große Augen, als Enrico und Commissario Massi mit dem alten Angelo die Intensivstation betraten. Sie waren nur zu dritt; Ezzo Pisano hatte sich in den Bergen von ihnen verabschiedet und war zu Fuß nach Borgo San Pietro zurückgegangen.

Dr. Cardone, der Stationsleiter, baute sich vor ihnen auf. »Was wollen Sie? Sie können hier nicht so einfach durch!«

Statt zu antworten, fragte Enrico: »Wie geht es Elena Vida?«

Ein besorgter Ausdruck trat auf Cardones Gesicht. »Nicht sehr gut, fürchte ich. Es geht mit ihr zu Ende.«

»Dann lassen Sie uns zu ihr!«, forderte Enrico und zeigte auf Angelo. »Dieser Mann kann ihr vielleicht helfen.«

»Dieser Mann?« Cardone musterte den Alten in seinen abgerissenen Kleidern und mit den nackten Füßen, die in ausgetretenen Sandalen steckten. »Ist er etwa Arzt?«

»Nein, aber er verfügt über besondere Fähigkeiten.«

»Ach ja?«, machte der Stationsleiter ungläubig. »Und die wären?«

»Wir haben jetzt keine Zeit für Erklärungen«, sagte Enrico hastig. »Lassen Sie uns doch bitte durch!«

»Den Teufel werde ich tun. Als Leiter dieser Station trage ich die Verantwortung für die Patienten.«

»Hören Sie auf den jungen Mann, Dottore!«, verlangte Massi. »Es hat schon seine Richtigkeit.«

»Ich entscheide, was hier seine Richtigkeit hat«, schnappte

Cardone. »Das hier ist ein Krankenhaus und kein Polizeirevier!«
Riccarda Addessi trat aus einer offenen Tür und wirkte, als habe sie die Auseinandersetzung mitgehört. Sie sah Angelo an und fragte: »Ist das der Mann, von dem Sie mir erzählt haben, Signor Schreiber?«
»Ja, das ist er«, antwortete Enrico. »Und er will Elena helfen.«
»Glauben Sie, das kann er?«
»Wenn nicht er, wer sonst?«
Dr. Addessi nahm ihren Kollegen zur Seite und redete leise, aber wortreich auf ihn ein. Die beiden gestikulierten heftig, bis Cardone laut sagte: »Also gut, Riccarda, aber auf deine Verantwortung. Das meine ich so, wie ich es sage. Ab jetzt trägst du die medizinische Alleinverantwortung für die Patientin, gleich, was passiert.«
Die Ärztin bedankte sich bei ihm und bat die anderen, ihr zu Elenas Zimmer zu folgen. Cardone schloss sich der kleinen Gruppe an. Als Dr. Addessi das Krankenzimmer betreten wollte, schüttelte Angelo den Kopf.
»Nein, nicht die Dottoressa. Nur er« – Angelo blickte Enrico an – »und ich.«
»Aber das geht nicht!«, protestierte Cardone. »Was immer Sie da drin vorhaben, Sie können es nicht ohne ärztliche Aufsicht tun!«
Angelo blickte ihn ernst an. »Wir müssen unter uns sein. Nur so können wir es vollbringen.«
Riccarda Addessi legte Cardone beruhigend eine Hand auf den Arm. »Ich übernehme die Verantwortung, Filippo.« Mit Blick auf den Commissario fügte sie hinzu: »Die Polizei kann das bezeugen. Und wenn du willst, gebe ich es dir auch schriftlich.«
Cardone ließ sich beschwichtigen, und Enrico betrat mit Angelo das Krankenzimmer. Als Enrico hinter sich die Tür schloss, kreuzte sein Blick den der Ärztin, und Dr. Addessi lächelte ihm aufmunternd zu.

Als er sich umdrehte, kniete Angelo bereits neben dem Krankenbett und hatte seine Hände auf Elenas Stirn und ihren Hals gelegt. Enrico empfand die Szene als surreal. Sosehr er auch Dr. Cardone eben noch gedrängt hatte, Angelo zu Elena vorzulassen, jetzt fragte er sich selbst, ob dieser alte Mann irgendetwas für die Sterbende tun konnte. Dabei sah man Elena nicht einmal an, dass sie dem Tod nah war. Sie schien friedlich zu schlafen.

»Knie dich auf die andere Seite und leg deine Hände auf sie!«, verlangte Angelo.

»Ich? Aber wieso?«

»Weil du mir helfen sollst. Vereint sind unsere Kräfte stärker.«

»*Unsere* Kräfte? Ich verfüge nicht über solche Kräfte wie Sie.«

»Doch, das tust du. Ich habe es schon bei unserer ersten Begegnung gespürt. Du hast nur nie gelernt, deine Fähigkeiten zu nutzen. Jetzt ist es an der Zeit. Knie dich hin!«

Wie in Trance befolgte Enrico die Anweisung. War der Alte verrückt? Enrico wusste nichts von besonderen Fähigkeiten ähnlich denen, die er bei Angelo vermutete. Aber er legte seine Hände auf Elenas Brust, als Angelo ihn dazu aufforderte. Was auch immer dazu dienen mochte, Elena zu helfen, er würde es tun.

»Jetzt schließ die Augen, damit du dich besser konzentrieren kannst!«, sagte Angelo.

Enrico gehorchte und fragte: »Was muss ich tun?«

»Nichts Besonderes. Denk einfach an die Frau und entspann dich! Denk daran, dass es ihr gut geht! Denk an ihre Stimme und an ihr Lächeln!«

Enricos Gedanken wanderten zurück zu seiner ersten Begegnung mit Elena. Er dachte an ihre Unterhaltung und daran, wie ihre fröhliche Art ihn beeindruckt hatte. Ein seltsames Gefühl ergriff von ihm Besitz. Erst war es nur ein leichtes Kribbeln, das von seinen Fingerspitzen in seine Hände kroch, dann seinen ganzen Körper erfasste und sich in eine Welle aus Wärme

umwandelte. Wie eine warme Dusche, die ihn von innen durchströmte. Es war keineswegs unangenehm, im Gegenteil. Er fühlte sich geborgen und aufgehoben wie schon lange nicht mehr. Wie als Kind, dachte er, als er Lothar Schreiber noch für seinen leiblichen Vater gehalten hatte.
Dann aber geschah etwas Seltsames, Unheimliches: Aus dem Dunkel, das ihn umgab, tauchte eine Gestalt auf, ein hoch gewachsener Mann mit Flügeln. Nur wer diesen Traum noch nie gehabt hatte, konnte die Gestalt für einen Engel halten. Was Enrico befürchtet hatte, trat ein. Die eben noch harmonischen Züge eines Engels verwandelten sich in eine Teufelsfratze von solcher Hässlichkeit und Bösartigkeit, dass Enrico Panik ergriff. Der Impuls, den er zu unterdrücken versuchte, wurde übermächtig: fliehen, wegrennen – nur fort von dieser monströsen Gestalt aus seinen Träumen, die mehr und mehr versuchte, in die Wirklichkeit einzudringen. Enrico fühlte sich, als verlöre er den Boden unter den Füßen. Ein tiefes Loch tat sich unter ihm auf, und er fiel hinein, tiefer und tiefer …
Mit Gewalt riss er die Augen auf, und der Unheimliche löste sich von einer Sekunde zur anderen in nichts auf. Enricos Atem rasselte, und seine Hände, die noch auf Elenas Brust lagen, zitterten wie im Schüttelfrost. Er fühlte in sich noch die Panik, die der Anblick des Geflügelten ausgelöst hatte. Aber das alles zählte nicht mehr, als er in Elenas Gesicht sah. Sie hatte die Augen geöffnet und betrachtete ihn verwirrt.
»Was mache ich hier?«, kam es stockend über ihre Lippen. Ihr Blick wanderte weiter zu Angelo, der sich langsam erhob. »Wer …«
»Ich bin Angelo. Zusammen mit diesem jungen Mann dort habe ich dich aus dem Schlaf geholt. Jetzt müssen sich die Ärzte um dich kümmern.«
Er öffnete die Tür und winkte Addessi und Cardone herein. Die beiden wollten ihren Augen nicht trauen, als sie Elena bei Bewusstsein vorfanden. Angelo wehrte alle Fragen ab und zog

Enrico mit sich hinaus. Er ließ Commissario Massi einfach stehen und eilte mit Enrico aus der Intensivstation. In einer Ecke, in der ein paar Stühle und ein kleiner runder Tisch mit Zeitschriften standen, machten sie Halt.

»Setz dich!«, sagte Angelo. »Dich hat die Sache mehr mitgenommen, als ich dachte. Was hast du gefühlt?«

Enrico schilderte seine Empfindungen und auch die Traumgestalt, die ihm erschienen war. Er berichtete Angelo, dass er dieser Gestalt in seinen Träumen schon häufig begegnet war. Er wusste nicht, warum er Angelo gegenüber so offen war. Irgendetwas an dem Einsiedler flößte ihm Vertrauen ein. Vielleicht war es einfach die Tatsache, dass er Elena gerettet hatte.

»Was ist mit mir, Angelo?«, fragte er.

»Ich weiß es nicht. Aber mir wird klar, dass in dir mehr steckt, als ich ahnte.«

»Sie wissen auch nicht, warum ich diese Träume habe? Wie ich ihnen entfliehen kann?«

»Du kannst ihnen nicht entfliehen. Eines Tages wirst du dich dem Geflügelten stellen müssen.«

»Aber wer – oder was – ist er?«

»Vielleicht das Gute, vielleicht das Böse. Auf jeden Fall das, was du in ihm siehst.«

»Das ist keine Antwort, die mich zufrieden stellt, Angelo. Ich habe noch so viele Fragen.«

»Ich kann dir nicht mehr sagen. Ich bin müde und erschöpft. Bitte!«

Der Einsiedler hob abwehrend die Hände, und jetzt erst bemerkte Alexander die roten Kreise in den Handtellern. Er dachte an seine gestrige Begegnung mit Kardinal Ferrio und an das Bildnis des heiligen Franz von Assisi. Die Wundmale des Herrn!

»Woher stammt das?«, fragte Enrico.

Aber Angelo schüttelte nur stumm den Kopf und wandte sich in Richtung Ausgang. Enrico fühlte sich ausgelaugt und hatte

nicht die Kraft, ihn aufzuhalten. Außerdem wäre es auch nicht recht gewesen. Angelo hatte mehr getan, als er ihm jemals vergelten konnte.
Enrico wollte den schweren Kopf in seine Hände stützen. Aber er erschrak und hielt mitten in der Bewegung inne. Auch seine Hände wiesen innen und außen die roten Flecke auf, schwächer als bei Angelo, aber eindeutig erkennbar. Vielleicht war es dieser Augenblick, in dem Enrico begriff, dass für ihn nach dieser Reise nichts mehr so sein würde wie zuvor. Hier in Italien würde sich sein Schicksal erfüllen.

10

Vorsichtig betastete Enrico mit den Fingern einer Hand die roten Flecke auf der anderen. Keine Feuchtigkeit, kein Blut und vor allem kein Schmerz. Er dachte an Jesus Christus, den Gekreuzigten, und versuchte sich den Schmerz von Nägeln vorzustellen, die einem durch Hände und Füße getrieben wurden. Es musste fürchterlich sein und doch belanglos im Vergleich zu der Pein, wenn man am Kreuz hing und das eigene Gewicht an den Wunden zerrte. Er blickte auf seine Füße und war versucht, die Schuhe auszuziehen, um auch dort nach den seltsamen roten Flecken zu suchen. Aber in diesem Augenblick trat sichtlich aufgeregt Fulvio Massi zu ihm und streckte ihm etwas entgegen. Es war der Schuhkarton, den Enrico von Ezzo Pisano im Auftrag der verstorbenen Rosalia Baldanello erhalten hatte. Seit Enrico den Karton vor ihrem Aufbruch in die Berge in den Streifenwagen gelegt hatte, hatte er nicht mehr an ihn gedacht.

»Das gehört Ihnen, Signor Schreiber. Nehmen Sie, rasch, ich muss los!«

»Was ist?«, fragte Enrico, während er den Karton entgegennahm.

»Ich habe gerade einen Anruf aus dem Hauptquartier erhalten. Don Umiliani ist tot.«

»Was?«

»In seiner Zelle erhängt. Diese Idioten haben ihm seinen Gürtel gelassen, nur weil er ein Geistlicher war! Jetzt werden wir vielleicht niemals erfahren, warum mein Schwager sterben musste. Bis später, Signor Schreiber!«

Der Commissario eilte mit großen Schritten in Richtung Fahrstuhl, und Enrico dachte an den Pfarrer von Borgo San Pietro. Erst Mord und dann Selbstmord! Was konnte einen Geistlichen dazu bringen, sich so gegen die Gebote Gottes zu versündigen? Enrico hatte keine Erklärung dafür. Gestern erst war dieser Kardinal aus dem Vatikan bei Umiliani gewesen. Man hätte glauben sollen, Umiliani habe ihm gegenüber sein Gewissen erleichtert. Aber offenbar war die Bürde seiner Tat für den Pfarrer zu schwer gewesen. Nur ein Punkt erschien Enrico nun noch mysteriöser als bisher: Wenn der Mord an Cavara den Dorfpfarrer so sehr mitgenommen hatte, warum hatte er ihn überhaupt begangen?

Jemand im weißen Kittel trat zu Enrico. Er blickte auf und erkannte Riccarda Addessi, die ihn forschend ansah.

»Wie fühlen Sie sich, Signor Schreiber?«

»Ganz gut, Dottoressa. Sagen Sie mir doch lieber, wie es Elena geht!«

»Besser.« Sie lächelte und schüttelte den Kopf. »Wenn mir das jemand heute Morgen erzählt hätte, hätte ich ihn in die geschlossene Abteilung eingewiesen. Dieser Angelo verfügt über ganz außergewöhnliche Fähigkeiten. Wo ist er hin?«

»Zurück in die Berge, nehme ich an.«

»Ich muss ihn unbedingt sprechen. Seine Kenntnisse könnten für die Medizin von unschätzbarem Nutzen sein.«

»Ich glaube nicht, dass er darüber mit Ihnen sprechen will. Nach meinem Dafürhalten will er am liebsten mit niemandem sprechen.«

»Aber es ist wichtig. Bringen Sie mich bitte zu ihm, damit ich ihn selbst fragen kann!«

»Das darf ich nicht. Ich habe es ihm versprochen.«

»Sie sind nicht sehr kooperativ.« Die Worte der Ärztin klangen nicht wütend, eher enttäuscht.
»Würden Sie Ihr Wort gegenüber dem Mann brechen, der gerade ...« Enrico sprach nicht weiter, sondern blickte zum Eingang der Intensivstation.
»Vermutlich würde ich ebenso schweigsam sein wie Sie«, sagte Dr. Addessi und ließ sich auf einem freien Stuhl neben Enrico nieder. »Ich nehme an, Sie dürfen mir auch nicht sagen, was in dem Zimmer geschehen ist.«
»Nichts Besonderes. Ich habe Elena mit meinen Händen berührt, die Augen geschlossen und an sie gedacht. So hat es Angelo verlangt.«
»Und dann?«
Er beschrieb das Kribbeln, die Wärme und das Gefühl von Geborgenheit, das ihn übermannte. Aber er erwähnte weder die geflügelte Gestalt aus seinem Alptraum, noch sagte er der Ärztin, dass auch er nach Angelos Worten über die besonderen Kräfte verfügte. Er fühlte sich ausgebrannt und verspürte keine Neigung, das Thema jetzt zu vertiefen. Er wollte seine Gedanken lieber erst selber ordnen. Dr. Addessi war eine kluge Frau, und sie mochte sich ihren Teil denken.
»Heilung durch Handauflegen?«, fragte sie zweifelnd. »Das ist alles?«
»Ja, das ist alles.«
»Und diese Flecke?« Die Ärztin wies auf seine Hände.
»Angelo hatte sie auch. Ich weiß nicht, woher sie kommen. Erst dachte ich, es sei Blut. Aber es sind keine Wunden.«
»Darf ich mal?« Sie sah sich seine Hände von beiden Seiten an. »Sie haben Recht, keine Wunden, obwohl es auf den ersten Blick so aussieht. Es scheint eine leichte Schwellung zu sein. Ein Hautarzt könnte Ihnen vielleicht sagen, woher das kommt.«
»Das bezweifle ich«, seufzte er. »Kann ich jetzt zu Elena?«
Die Ärztin schüttelte den Kopf. »Sie schläft. Wir haben ihr ein

Mittel gegeben. Zu viel Aufregung ist jetzt nicht gut für sie. Aber sorgen Sie sich nicht, Elenas Werte sind gut. Wie auch immer Angelo es geschafft hat, sie ist über den Berg. Auch Dr. Cardone ist ganz aus dem Häuschen. Und Sie, Signore, sollten sich jetzt ein wenig ausruhen. Sie sehen reichlich mitgenommen aus. Heute Abend können Sie Ihre Freundin besuchen.«

Enrico verließ das Krankenhaus und ging zu seinem Wagen. Nachdem er den Schuhkarton auf den Beifahrersitz gestellt hatte, überlegte er es sich anders. Er schloss den Wagen wieder ab und ging in die Kirche San Francesco, die er menschenleer vorfand. Er entzündete eine Kerze als Dank für Elenas Genesung und fiel auf die Knie, suchte in sich nach Worten, um mit Gott zu sprechen.

War es vermessen, anzunehmen, dass seine Fürbitte geholfen und eine höhere Macht – Gott – dazu gebracht hatte, Elena beizustehen? Er konnte es nicht sagen, aber eins wusste er: Was er heute in dem Krankenzimmer erlebt hatte, konnte er nicht anders bezeichnen als ein Wunder. Er blickte auf seine gefalteten Hände mit den roten Flecken und fragte sich, inwieweit er selbst mit jenen Kräften, die der Einsiedler erwähnt hatte, zu dem Wunder beigetragen hatte. Bevor er die Kirche verließ, blieb er vor dem Bildnis Franz von Assisis stehen und betrachtete die Wundmale des Heiligen. Nein, sagte Enrico zu sich selbst und schüttelte den Kopf. Einen Vergleich zu dem heiligen Mann zu suchen, das wäre wirklich vermessen gewesen.

Beim Verlassen der Kirche verspürte er einen Bärenhunger. Vergeblich versuchte er sich zu erinnern, wann er das letzte Mal etwas gegessen hatte. Auf dieser Seite des Flusses schien es wenig Restaurants zu geben. Er ging über eine der vielen Brücken, die den Wasserlauf in fast regelmäßigen Abständen überspannten, und steuerte die kleine Piazza im Stadtkern an. Hier schien die Zeit stehen geblieben zu sein, hier versprühte Pescia den leicht vergilbten Charme eines Italien, das alte Fotos und

Filme vermittelten. Da der Regen schon vor einiger Zeit aufgehört hatte, schlenderten die Menschen gelassen über den Platz, blieben vor Schaufenstern stehen, suchten eine Bar oder ein kleines Lokal auf. Alltägliches Leben, und doch erschien es Enrico mit einem Mal fremd. Seit seinem ersten Besuch in Borgo San Pietro spürte er, dass es hinter der Fassade der äußeren Welt noch etwas anderes gab, schwer fassbar und wohl noch schwerer begreifbar. Ein Walten von Mächten, das die Menschen, die ihren tagtäglichen Geschäften nachgingen, nicht wahrnahmen. Vielleicht deshalb nicht, weil sie es gar nicht wollten, weil es ihren Verstand überfordert und ihr Vertrauen in die Welt des Greifbaren, des Faktischen, erschüttert hätte.
Er betrat eine winzige Pizzeria, bestellte am Tresen eine Thunfischpizza und setzte sich auf einen freien Stuhl am Fenster. Auf der Piazza liefen die Menschen vorbei, ohne ihm einen Blick zu gönnen. Enrico hatte den Eindruck, dass ihn von diesen Menschen weitaus mehr trennte als nur die Glasscheibe. Da oben in den Bergen, in Borgo San Pietro, war er durch ein Tor getreten, das in eine andere Welt führte, in einen anderen Kosmos. Aber er fühlte keine Überheblichkeit gegenüber den Menschen da draußen. Er wusste, dass er ein Suchender war, jemand, dem nur winzige Teile eines gigantischen Puzzles unter die Augen gekommen waren. Er hätte sich selbst noch nicht einmal als einen Einäugigen unter den Blinden bezeichnet.
Aber was war er dann? Er blickte auf seine Hände mit den roten Flecken und war ratlos. Er fühlte sich als Spielball von Mächten, die er nicht kannte, nicht durchschaute und schon gar nicht beeinflussen konnte. Ein wenig verloren kam er sich vor, wie in einem winzigen Rettungsboot auf hoher See und kein Land in Sicht. Lag das nur an den mysteriösen Ereignissen, mit denen er in den letzten Tagen konfrontiert worden war? Wenn er ehrlich zu sich sein wollte, musste er das verneinen. Sein Leben war auch ohne das alles an einem Punkt ange-

kommen, wo er sich entscheiden musste. Bisher hatte er sich auf eingefahrenen Bahnen bewegt, durchaus erfolgreich. Zwei Prädikatsexamen in Jura konnte nicht jeder vorweisen, und er war sicher, dass er als Jurist jederzeit eine neue Stelle finden würde, eine gute Stelle. Aber er wusste nicht, ob er das überhaupt wollte.

Als er zu Elena gesagt hatte, dass die Juristerei nicht seine Lebenserfüllung sei, war das die Wahrheit gewesen. Er hatte Jura studiert, weil Lothar Schreiber Rechtsanwalt gewesen war. Irgendwie hatte es von vornherein festgestanden, dass Enrico eines Tages die Kanzlei seines Vaters übernehmen würde. Aber dann war Lothar Schreiber erkrankt und gestorben. Die Kanzlei musste verkauft werden, um die teure Behandlung zu bezahlen, die letztlich nicht geholfen hatte. Viele andere hätten Enrico um den Job beneidet, den er nach dem zweiten Staatsexamen in der Kanzlei Kranz & Partner angenommen hatte. Aber schon bald begannen ihn die Streitereien der Leute mehr zu nerven als zu interessieren, und als die Kanzlei sich wegen der krummen Geschäfte des Seniors in Wohlgefallen auflöste, war Enrico wohl derjenige unter allen Angestellten gewesen, der das am wenigsten – wenn überhaupt – bedauerte. Er war geradezu dankbar für die Chance, sein Leben in aller Ruhe von Grund auf zu überdenken. Noch war vielleicht Zeit, die Weichen in die richtige Richtung zu stellen, nicht nur nach einer vorgefertigten Schablone zu leben, sondern etwas zu tun, was ihn herausforderte und ihm das Gefühl gab, sein Leben nicht mit etwas Bedeutungslosem zu verschwenden.

In diese Zeit waren die Erkrankung und der Tod seiner Mutter gefallen. Fast so, als hätte eine höhere Macht beschlossen, ihn von allem loszulösen, was sein bisheriges Leben ausgemacht hatte. Als er den dringenden Wunsch verspürte, in Norditalien den Wurzeln seiner Herkunft nachzuspüren, hatte er nicht geahnt, was ihn hier erwartete. Jetzt, nachdem er hier war, fragte er sich, ob er nicht abermals einem vorgezeichneten Weg gefolgt war. Eine unbekannte Kraft schien ihn diesmal zu leiten, deren Ziele er ebenso wenig kannte wie ihre Natur. War sie gut oder böse? Er dachte an die Gestalt aus seinem Traum, die mal ein hell strahlender Engel und dann wieder ein Furcht einflößender Teufel war. Hatte der Geflügelte ihn hergelockt? Enrico schüttelte sich, als er wie aus weiter Ferne die Traumstimme vernahm, die ihn verlocken und ihm zugleich befehlen wollte.

»Frieren Sie, Signore? Soll ich die Heizung aufdrehen?«

Neben ihm stand eine füllige Frau und servierte die Pizza. Der Geruch von warmem Hefeteig, Thunfisch und Zwiebeln stieg ihm in die Nase.

»Nicht nötig, danke«, sagte er und merkte, dass er eine trockene Kehle hatte. »Könnten Sie mir noch eine Cola bringen, eine große?«

Er aß schnell, aber lustlos, obwohl die Pizza nicht schlecht war. Sein Blick wanderte wieder über die Piazza mit den weiß und gelb getünchten Palazzi. Blumengeschmückte Balkone in den oberen Stockwerken und Markisen über den Geschäften im Erdgeschoss trugen zu der heimeligen Atmosphäre bei, die das Zentrum von Pescia ausstrahlte. An dem Ende des Platzes, auf das Enrico schaute, erhob sich die Kirche Madonna di Piè di Piazza. In ihrer Nähe stand ein Palazzo ganz ohne Markisen und mit nur einem Balkon im ersten Stock, den kein einziger Blumenkasten schmückte. Ansonsten sah das sandfarbene Gebäude mit den grünen Fensterläden wie die anderen Wohnhäuser aus. Das Schild neben der breiten Eingangstür konnte Enrico nicht lesen, aber die vor dem Haus geparkten Polizeifahrzeuge verrieten, dass es sich um das örtliche Polizeihauptquartier handelte. Ein beleibter Mann in Uniform trat heraus und ging, die Hände in den Hosentaschen vergraben, zu der kleinen Tabaccheria, die der Polizeistation direkt gegenüberlag. Es war Fulvio Massi, und er machte auf Enrico einen missmutigen Eindruck.

Obwohl er mit der Pizza und der Cola noch nicht fertig war, legte Enrico fünfzehn Euro auf den Tisch, was reichlich Trinkgeld beinhaltete, und verließ die Pizzeria. Vor dem Tabakladen traf er auf den Commissario, der gerade eine Zigarettenpackung mit dem Daumennagel aufschlitzte.
»Eine Frustzigarette, Commissario?«
Massi sah ihn erstaunt an und schob die Schirmmütze ins Genick. »Eine Zigarette wird kaum reichen, um meinen Frust auszugleichen. Sagen wir, es ist die erste von mehreren Frustpackungen. Sie auch?«
Er hielt Enrico die Packung hin, aber der hob abwehrend die Hände.
»Nein, danke, chronischer Nichtraucher.«
»Ich habe auch mal versucht, es mir abzugewöhnen, aber es nicht geschafft. Übrigens sind die meisten Polizisten, die ich kenne, Raucher. Das wäre doch mal eine medizinisch-psychologische Studie wert.« Massi zeigte auf eine Bar in der Nähe. »Wollen wir? Oder sind Sie auch chronischer Nichttrinker?«
Sie betraten die Bar, und Massi bestellte zwei Gläser deutsches Bier, bevor sie sich an einen der schmalen Tische setzten.
»Alkohol im Dienst? Ist das erlaubt?«
»Sie hören sich an wie in einer deutschen Krimiserie im Fernsehen, Signor Schreiber. Heute erlaube ich mir einfach mal was. Wann verliert man schon den ungewöhnlichsten Mörder, den man jemals in der Zelle hatte?« Das Bier kam, und der Commissario hob sein Glas. »Auf Don Umiliani, möge seine Seele jetzt im Himmel sein oder in der Hölle schmoren!«
Auch Enrico hob sein Glas und trank, schloss sich dem Trinkspruch aber nicht an. Er fand es befremdlich, dass der Commissario einen Toast auf den Mörder seines Schwagers ausbrachte. Vermutlich war es seine Art von Galgenhumor.
»Dann hat sich der Anruf bestätigt?«, fragte Enrico. »Der Pfarrer hat sich in der Zelle aufgehängt?«

»Ja, lautlos und mit tödlichem Erfolg.«
»Hat er irgendetwas hinterlassen?«
»Nur dumme Gesichter und eine Menge Papierkram, der jetzt erledigt werden muss. Der Kollege, der ihm seinen Gürtel gelassen hat, wird um ein Disziplinarverfahren nicht herumkommen. Wenn es nicht sogar auf eine Anklage wegen fahrlässiger Tötung hinausläuft. Aber es gab keinen Abschiedsbrief oder etwas in der Art.«
»Eine Anklage gegen Ihren Kollegen? Kann man so etwas nicht polizeiintern regeln?«
Massi grinste. »Normalerweise schon. Aber nicht, wenn es sich bei dem Toten um einen Priester handelt.«
»Sie scheinen Umilianis Tod zu bedauern, Commissario.«
»Sollte ich das etwa nicht? Ein Mensch ist tot.«
»Immerhin der Mörder Ihres Schwagers. Der Mann, der Ihre Schwester zur Witwe und Ihre Neffen und Nichten zu Halbwaisen gemacht hat.«
»Tja, seltsam«, seufzte Massi, trank einen großen Schluck Bier und wischte den Schaum aus seinem Oberlippenbart. »Man sollte glauben, niemals in meiner Polizistenkarriere hätte ich einen Mörder so verachtet wie Umiliani. Aber so ist es nicht. Im Gegenteil, noch nie war ich mir in der Beurteilung einer Straftat so unsicher, trotz Umilianis Geständnis.«
»Glauben Sie, er hat Ihren Schwager gar nicht getötet?«
»Das ist es nicht. Ich denke schon, dass der Pfarrer Benedetto erschlagen hat. Anders wäre sein Selbstmord kaum zu erklären. Aber nach allem, was ich über Umiliani weiß, war er ein herzensguter Mann. Nicht besonders helle und auch nicht ehrgeizig, weshalb es nur zum Dorfpfarrer in den Bergen gereicht hat. Aber nicht jeder Gottesmann muss ein Genie sein mit der Ambition, Bischof oder Kardinal zu werden. Umiliani soll auf seinem Posten sehr zufrieden gewesen sein.«
»Sie wollen sagen, ein Mord passt nicht zu seinem Charakter.«

»So wenig wie eine Friedenstaube zu Benito Mussolini.«
»Und trotzdem halten Sie ihn für den Mörder?«
»Für den Mörder ja, aber nicht unbedingt für den Schuldigen.«
»Jetzt verstehe ich Sie, Commissario. Sie denken an einen Hintermann, an einen Tatbestand, den wir Juristen mittelbare Täterschaft nennen.«
»Exakt. Jemand hat den Pfarrer als Werkzeug benutzt.«
»Aber das setzt voraus, dass der Tatmittler, das ausführende Werkzeug also, infolge Irrtums, Zwangs oder Schuldunfähigkeit selbst nicht rechtswidrig und schuldhaft handelt«, verfiel Enrico in die Sprache der Juristen. »Umiliani schien mir nach der Tat doch sehr gefasst und im vollen Bewusstsein dessen, was er getan hat.«
»Ihr Rechtsverdreher!«, murrte Massi mit einer wegwerfenden Handbewegung. »Ich habe keine Ahnung, ob der juristische Tatbestand einer mittelbaren Täterschaft in diesem Fall gegeben ist, und nach Umilianis Tod werden wir es vielleicht nie erfahren. Ich spreche vom tatsächlichen Ablauf. Ich kann mir nicht vorstellen, dass der Pfarrer von ganz allein und aus heiterem Himmel auf die Idee gekommen ist, Benedetto zu erschlagen.«
»Aber wenn Sie Recht haben, wer ist der Hintermann, der Verantwortliche für den Tod Ihres Schwagers?«
»Das, würde Sherlock Holmes sagen, ist ein Problem, das mehr als die Länge einer Pfeife erfordert.« Der Commissario drückte den Rest seiner Zigarette im Aschenbecher aus und zündete sich eine neue an. »Oder mehr als eine Packung Sargnägel.«
Er erkundigte sich nach Elena, und Enrico berichtete ihm von dem seltsamen Vorgang, für den er noch immer keinen passenderen Begriff hatte als Wunderheilung. Auch Massi gegenüber erwähnte er seine Vision von dem Geflügelten nicht. Das hätte zu vieler Erklärungen bedurft und vor allem erfordert, dass Enrico sich neuerlich mit seinem Alptraum auseinander setzte. Und dazu verspürte er nicht die geringste Lust.

»Ein seltsamer Vogel, dieser Angelo«, meinte der Commissario. »Ich werde mich in Borgo San Pietro mal ein wenig nach ihm umhören. Allerdings befürchte ich, dass die Dorfbewohner nicht sehr gesprächig sein werden.«
»Vielleicht verrät Ihnen Ihre Schwester doch noch etwas mehr.«
Massi setzte eine gequälte Miene auf. »Darauf würde ich nicht bauen. Außerdem weiß sie vielleicht wirklich nicht viel über den Einsiedler. Schließlich ist sie nicht in Borgo San Pietro geboren, sondern nur eine Zugereiste. Die Menschen in den Bergen machen da feine Unterschiede.« Er trank sein Bier aus und fragte: »Haben Sie schon in den Karton gesehen, den Signor Pisano Ihnen gebracht hat?«
»Ich bin noch nicht dazu gekommen.«
»Falls er irgendetwas enthält, das uns in der Mordsache weiterhelfen könnte, lassen Sie es mich wissen, ja?«
»Selbstverständlich, Commissario.«

Enrico fuhr zum Hotel »San Lorenzo« zurück, zog sich aus, sobald er sein Zimmer betreten hatte, und stellte sich unter die Dusche. Mit abwechselnden warmen und kalten Schauern spornte er seine Lebensgeister an. Er schloss die Augen und gab sich der Vorstellung hin, eins zu werden mit dem heißkalten Nass. Es tat gut, unter dem prickelnden Wasserstrom zu stehen und alle Sorgen, alle quälenden Fragen zu vergessen, und am liebsten hätte er die Geborgenheit der Dusche gar nicht mehr verlassen. Aber irgendwann kam nur noch eiskaltes Wasser aus dem Duschkopf, und das holte ihn in die Wirklichkeit zurück.
Erst als er sich abtrocknete, dachte er daran, auch an seinen Füßen nach den roten Flecken zu suchen. Als er keine entdecken konnte, fühlte er eine gewisse Erleichterung. Er betrachtete seine Hände und hatte den Eindruck, dass die Rötung etwas nachgelassen hatte. Er hoffte, dass er sich das nicht nur

einbildete, denn er hatte keine Lust, für den Rest seiner Tage als Stigmatisierter herumzulaufen.
Nachdem er in Hose und T-Shirt geschlüpft war, griff er nach dem Schuhkarton und setzte sich damit aufs Bett. Die Schnüre, die das schwere Päckchen zusammenhielten, mochten schon zerfasern, aber sie waren erstaunlich fest. Jeder Versuch, sie zu zerreißen, scheiterte. Er ging zur Garderobe und zog sein Taschenmesser aus der Allwetterjacke. Doch als die scharfe Klinge die Schnüre berührte, zögerte er und fragte sich, ob er wirklich wissen wollte, was sich in dem angegrauten Karton befand. Vielleicht hatte es seinen guten Grund, dass seine Mutter ihm verheimlicht hatte, wer sein Vater war.
Er dachte an die Worte, die Rosalia Baldanello voller Panik ausgestoßen hatte: *Geh auch du weg! Du bist der Sünde verfallen wie dein Vater, das sehe ich dir an. Du hast dieselben Augen, denselben Blick. Dein Vater hat sich an Gott versündigt und die Strafe des Herrn über uns gebracht. Hat er dich zu seinem Vollstrecker ernannt?* Und dann hatte sie unter Aufbietung aller ihr noch verbliebenen Kräfte Enrico angeschrien: *Geh fort! Verlass mein Haus, Satan, und kehr nie mehr zurück!*
Wenn man das als Fieberphantasien einer alten, todkranken Frau abtat, war es traurig und erschütternd genug. Aber was war, wenn in diesen Worten Wahrheit lag, wenn Rosalia Baldanello sie im vollen Bewusstsein dessen, was sie sagte, ausgesprochen hatte? Dann hatte Enrico erst recht Grund, erschüttert zu sein. War er ein Satan? Unwillkürlich kam ihm der Geflügelte aus seinen Träumen in den Sinn, dessen anfangs engelsgleiche Erscheinung sich mit erschreckender Regelmäßigkeit in die eines Teufels verwandelte, wobei aus den gefiederten Flügeln fledermausartige Schwingen wurden. Und jedes Mal erfasste ihn das Grauen, wenn er in die Teufelsfratze blickte, die ein Zerrbild menschlicher Züge war. Denn in dem, was darin noch an einen Menschen erinnerte, erkannte er sich selbst.

Das Grübeln brachte ihn nicht weiter, wie er aus reichlicher Erfahrung wusste. Mit einer ruckartigen Bewegung schnitt er die Bänder durch, und ohne jede Andacht nahm er den Deckel von dem Karton. Er hatte sich entschieden, und jetzt wollte er wissen, was Rosalia Baldanellos Vermächtnis an ihn enthielt. Enrico hatte mit persönlichen Aufzeichnungen gerechnet, mit alten Fotos, vielleicht mit einem Tagebuch ähnlich dem von Fabius Lorenz Schreiber, aber auf den ersten Blick bestand sein kleines Erbe aus nichts anderem als Zeitungsausschnitten. Ein ganzer Karton, voll gepfropft mit kleinen und großen Zeitungsartikeln, alle fein säuberlich ausgeschnitten, ohne schiefe oder zerfasernde Ränder. Hier hatte jemand die Schere geführt, für den Ordnung und Genauigkeit eine große Rolle spielten, wie es zu einer Frau aus der Generation seiner Großtante passte.

Der oberste Zeitungsartikel bestand aus mehreren Spalten und stammte aus einer der großen römischen Tageszeitungen, dem »Messaggero di Roma«. Er war am siebten Mai dieses Jahres erschienen und trug die fette Überschrift: »Wunderheilung im Vatikan«. Die Unterzeile lautete: »Ist der neue Papst ein Heiliger oder ein Scharlatan?« Als er die ersten Zeilen des Artikels las, erinnerte er sich an den Vorfall, von dem die Kunde vor ein paar Monaten um die Welt gegangen war. Enrico hatte in einem Fernsehbericht quasi miterlebt, wie der neu gewählte Papst Custos während einer Audienz einer an den Rollstuhl gefesselten Frau wieder zum Gehen verhalf. Die Medien hatten sich damals mit Meldungen überstürzt, die sich zum Teil heftig widersprachen. Die einen behaupteten, die auf so wundersame Weise Geheilte sei vom Hals abwärts gelähmt gewesen, andere sprachen von einem plumpen Trick, von purem Hokuspokus. Jedenfalls war dieser Vorfall der Auftakt zu jenen aufregenden Ereignissen im Zusammenhang mit dem Papst und dem Vatikan gewesen, die in einem Attentat auf Custos und einem Machtkampf im Vatikan kulminierten. Obwohl an der Kirche

nicht sonderlich interessiert, hatte Enrico die Vorgänge damals verfolgt. Wer Zeitung las, fernsah oder Radio hörte, kam nicht darum herum.
Er kramte weiter in dem Karton und entdeckte eine Vielzahl von Artikeln, Kommentaren und Meldungen, die sich mit den tatsächlichen oder angeblichen Wunderkräften des Papstes beschäftigten. Enrico konnte nicht sagen, was ihn mehr verwunderte: dass seine Großtante ein so reges Interesse an dem Papst und seinen ungewöhnlichen Fähigkeiten zeigte oder dass sie anscheinend sämtliche größeren Zeitungen Italiens, die im kleinen Borgo San Pietro gewiss nicht erhältlich waren, nach diesen Beiträgen durchforstet hatte. Einige wenige Zeitungsausschnitte beschäftigten sich mit der Kirchenspaltung und dem Gegenpapst Lucius, ohne dass Enrico einen Zusammenhang mit den Berichten über Custos' so genannte Wunderkräfte entdecken konnte. Jedenfalls hatte Rosalia Baldanello ihr großes Interesse an der Kirche und den Päpsten bis zu ihrem Tod bewahrt.
Enrico ging den Inhalt des Kartons dreimal durch, ohne etwas Persönliches zu finden. Kein Foto, keine Aufzeichnungen, nicht einmal eine kurze Notiz, warum die Verstorbene ihm ihre Ausschnittsammlung vermacht hatte. Das alles war sehr mysteriös, und Enrico hätte es als Spleen der alten Frau abgetan, wäre nicht sein Erlebnis mit Angelo gewesen. Übereinstimmungen zwischen den Kräften des Einsiedlers und denen des Papstes waren unübersehbar. Nach allem, was Enrico heute im Hospital erlebt hatte, war er geneigt, die Heilung der gelähmten Frau für bare Münze zu nehmen.
Wenn aus dem Inhalt des Schuhkartons auch nicht hervorging, weshalb seine Großtante ihm die Berichte vermacht hatte, es gab doch einen Hinweis: Angelo hatte zu ihm gesagt, auch er verfüge über diese Kräfte. Und da waren die roten Male an seinen Händen. Hatte Rosalia Baldanello von seinen angeblichen Kräften gewusst? Und wenn ja, woher? Enrico kam zu dem

Schluss, dass es etwas mit seinem Vater zu tun haben musste. Er nahm sich vor, alle Zeitungsausschnitte in Ruhe zu studieren. Vielleicht fand er auf diese Weise doch etwas, das ihm weiterhalf.
Schon als er den ersten Artikel über die Wunderheilung während der Papstaudienz zur Hand nahm, stutzte er. Vorhin hatte er nicht auf die Verfassernamen der Zeitungsberichte geachtet, aber jetzt las er: »Von unserer Vatikan-Korrespondentin Elena Vida«.

Rom, Vatikan

Dieses Mal erwartete Papst Custos seine Gäste nicht in der kleinen Bibliothek, die zugleich sein Arbeitszimmer war. Don Luu führte Alexander Rosin und Stelvio Donati in einen behaglichen Raum, der vom Duft frischen Kaffees erfüllt war. In der Mitte des gedeckten Tisches stand eine große, silbern schimmernde Kanne auf einem Stövchen. Eine ältere Frau in Ordenstracht stellte eine Platte mit einem Marmorkuchen neben das Stövchen, griff zu der Kanne und goss dampfenden Kaffee in die vier Tassen. Custos stand am Fenster und sah hinaus auf den Petersplatz. Die Menge, die bei der Meldung über die Kirchenspaltung zusammengeströmt war, hatte sich während der letzten acht Tage allmählich verlaufen. Auf dem großen Vorplatz sah man die üblichen Touristen, vielleicht ein paar Neugierige mehr, aber nicht viele. Ein ausländisches Fernsehteam hatte mitten auf dem Platz seine Ausrüstung aufgebaut und machte Aufnahmen vom Petersdom. Der Papst drehte sich um und hieß seine Gäste mit einem warmen Lächeln willkommen, während die Frau jedem ein Stück Kuchen auf den Teller legte.
Custos nickte ihr zu. »Danke, Schwester Amata, den Rest erledigen wir selbst.« Als sie den Raum verlassen hatte, fuhr er fort:

»Nehmen Sie doch Platz, meine Herren, damit wir uns in aller Ruhe austauschen können. Ohne ein wenig Ruhe und Entspannung reibt man sich in solch aufregenden Zeiten zu leicht auf. Und greifen Sie zu! Schwester Amatas Marmorkuchen ist im Apostolischen Palast heiß begehrt. Fragen Sie nur Don Luu!«

Der Privatsekretär des Papstes nickte freundlich. Für ein paar Sekunden entsprach er dem Klischee des lächelnden, unterwürfigen Asiaten, das Alexander aus zweitklassigen Filmen kannte. Aber das Lächeln verschwand schnell, und sein Gesicht wirkte wieder ernst und konzentriert.

Auch der Papst setzte sich, warf vorher aber noch einen letzten Blick durchs Fenster. »Wenn man auf die Welt da draußen sieht, wirkt alles friedlich und ruhig. Die Aufregungen, die noch vor einer Woche den Vatikan zu einer von Gläubigen, von Neugierigen und vor allem von Medienvertretern belagerten Festung gemacht haben, scheinen sich verflüchtigt zu haben. Aber der Schein trügt. Für die Medien sind neue Sensationen interessanter. Sondersendungen und Extrablätter ermüden das Publikum leicht, wenn sie zur Regel werden. Unter der Oberfläche brodelt es nach wie vor. Der Kirche droht ein bleibender Schaden, wenn es der Gegenkirche und ihrem neuen Papst gelingt, ihren jetzt schon beträchtlichen Einfluss zu festigen und auszubauen.« Custos stützte die Ellbogen auf die Tischplatte und das Kinn auf seine ineinander gelegten Hände. Sein Blick glitt ruhig über die beiden Gäste. »Ich erzähle Ihnen das nicht, um auf irgendeine Weise an Ihr Mitgefühl zu appellieren. Ich will Ihnen nur verdeutlichen, welcher Druck auf mir und meinen Mitstreitern hier im Vatikan lastet. Jeder kleine Lichtblick verringert diesen Druck ein wenig. Wenn wenigstens diese schrecklichen Morde aufgeklärt wären, das wäre schon so ein Lichtblick. Darf ich in dieser Hinsicht hoffen?«

Commissario Donati breitete in einer entschuldigenden Geste die Arme aus. »Leider sind wir von einer Aufklärung noch weit entfernt«, begann er sein Referat über den Stand der Ermittlungen, das Grund dieses Treffens war. Papst Custos hatte darum gebeten, in allen Einzelheiten über den Fortgang der Untersuchung unterrichtet zu werden.

Als Donati nach einer Viertelstunde geendet hatte, herrschte eine kleine Weile Schweigen. Custos und sein Sekretär, der sich fleißig Notizen gemacht hatte, benötigten etwas Zeit, um das Gehörte zu verarbeiten.

Schließlich fragte der Papst mit gequältem Unterton: »Und Sie glauben wirklich, dass die Schweizergarde in die Morde verwickelt ist?«

»Die Kette mit dem Kreuz, die Elena von Signora Ciglio erhalten hat, spricht dafür«, antwortete Alexander. »Ich selbst habe damals auch solch eine Kette von Imhoof als Ostergabe erhalten. Die Kette aus der Kirche Santo Stefano in Trastevere ist zweifelsohne die eines Gardisten. Leider wissen wir nicht, wer sie dort verloren hat. Es muss kein Schweizer gewesen sein, aber das ist die unwahrscheinlichere Variante.«

»Es wäre nicht gut, wenn die Garde schon wieder in die Schusslinie gerät«, sagte Custos. »Der Mord am Gardekommandanten, Ihrem Onkel, liegt noch keine fünf Monate zurück. Ein zweite Mordaffäre im Umfeld der Schweizer könnte deren Ende bedeuten.«

»Ist das für Sie so bedeutsam, Heiligkeit?«, fragte Alexander. »Ich dachte, Sie hätten ohnehin mit dem Gedanken gespielt, die Garde aufzulösen.«

»Wir haben uns aus guten Gründen anders entschieden«, kam es, kaum dass Alexander ausgesprochen hatte, von Don Luu. »Die tief greifenden Reformen der Kirche verlangen, dass nach außen hin lieb gewonnene Traditionen bestehen bleiben, zumindest für eine Weile. Und der Anblick der Schweizer in ihren malerischen Uniformen und mit ihren Hellebarden gehört ohne Zweifel zu diesen Traditionen. Das belegt nicht zuletzt die Tatsache, dass die so genannte Glaubenskirche nichts

Besseres zu tun hatte, als zur Amtseinführung ihres falschen Papstes eine Abteilung Schweizer aufmarschieren zu lassen.«
Donati blickte erst Luu und dann den Papst an. »Ehrlich gesagt verstehe ich nicht, worauf Sie hinauswollen. Möchten Sie, dass wir bei den weiteren Ermittlungen auf einem Auge blind sind? Sollen wir die Schweizergarde decken, selbst wenn wir herausfinden, dass sich brutale Mörder in ihren Reihen befinden?«
Der Papst streckte abwehrend die Hände aus. »Um Gottes willen, nein! Das ist ein Missverständnis, Commissario. Natürlich wünsche ich mir, dass Sie so diplomatisch wie nur möglich vorgehen und keine Mutmaßungen an die Öffentlichkeit dringen lassen, solange Sie keine Gewissheit haben. Aber ich möchte, seien Sie dessen versichert, die Morde ebenso dringend aufgeklärt sehen wie Sie. Und wenn die Mörder aus den Reihen der Garde kommen, wird sie das nicht vor der gerechten Strafe bewahren. In diesem Fall aber wäre es besonders zuvorkommend von Ihnen, Signor Donati, mich vorab zu informieren. Ich wäre gern auf den Sturm vorbereitet, der dann auf mich zukommt.«
»Das ist doch selbstverständlich, Heiligkeit«, sagte Donati.
Custos nickte dankbar. »Ihre Unterstützung ist sehr wertvoll für mich und für die Kirche. Ich meine damit Sie beide. Ich setze mein volles Vertrauen in Sie und hoffe, dass Ihre Ermittlungen bald zu konkreten Ergebnissen führen.«
Alexander wechselte einen kurzen Blick mit Donati und erwiderte: »Ergebnisse haben wir zwar noch nicht, aber immerhin gehen wir einer Spur nach. Da ist eine Frau, die mit Don Dottesio am Tag seines Todes gesprochen hat.« Er berichtete von Dr. Vanessa Falk. »Der Commissario hat die Frau seit unserem gestrigen Gespräch mit ihr beschatten lassen und ihre Handygespräche abgehört. Dr. Falk hat Kontakt mit einem Pfarrer in Marino aufgenommen, einem gewissen Leone Carlini, der …«

»Carlini?«, unterbrach ihn Don Luu. »So hieß doch der ermordete Pfarrer in Ariccia!«
»So hieß er, Giorgio Carlini«, bestätigte Alexander. »Leone Carlini ist sein Cousin. Ariccia und Marino liegen nicht sonderlich weit entfernt voneinander, der eine Ort am südlichen, der andere am nördlichen Ufer des Albaner Sees. Leone Carlini bekleidet seinen Posten schon seit elf Jahren. Wir vermuten, dass er dabei geholfen hat, seinem Cousin die Stelle in Ariccia zu verschaffen. Interessanterweise hat Vanessa Falk gestern Abend Leone Carlini angerufen und für morgen Nachmittag ein Treffen mit ihm vereinbart. Sie fährt dazu hinauf in die Berge, nach Marino.«
»Hat dieser Leone Carlini auch, wie sein Cousin, im Vatikan gearbeitet?«, fragte der Papst.
»Nicht nach allem, was wir wissen. Aber vielleicht hat der Ermordete seinem Cousin etwas Wichtiges mitgeteilt.«
Don Luu kratzte sich nachdenklich am Hinterkopf. »Welchen Grund hat diese Deutsche Pfarrer Carlini für ihren Besuch genannt?«
»Keinen konkreten«, antwortete Alexander. »Sie hat ihm nur gesagt, es gehe um seinen verstorbenen Cousin. Das hat genügt, um Carlinis Neugier zu entfachen – und unsere auch.«

Pescia

Vor der Tür des Krankenzimmers blieb Enrico stehen und zögerte, obwohl er die Hand bereits zum Anklopfen erhoben hatte. Elena hatte sich schnell erholt, wie Dr. Addessi ihm vorhin am Telefon mitgeteilt hatte. Laut Auskunft der Ärztin lag sie nur noch pro forma auf der Intensivstation. Es war einfach nicht üblich, jemanden, der vor einigen Stunden noch mit dem Tod gerungen hatte, so schnell auf eine andere Station zu verlegen. Eigentlich hätte Enrico also froh sein müssen. Sein sehnlichster Wunsch, um dessen Erfüllung er sogar gebetet hatte, war in Erfüllung gegangen. Aber er hatte sich das Wiedersehen mit Elena anders vorgestellt. Ihr Name über dem Zeitungsartikel hatte alles ins Wanken gebracht, was er in den vergangenen Tagen gefühlt und erhofft hatte.

Er hatte in Rom angerufen, in der Redaktion des »Messaggero di Roma«, und sich nach Elena Vida erkundigt. Eine Redaktionsassistentin hatte ihm mitgeteilt, Signorina Vida sei für mehrere Tage zu Recherchen unterwegs und deshalb nicht in Rom. Auf Enricos Frage, ob sich Signorina Vida in der Toskana aufhalte, hatte die Redaktionsassistentin nicht antworten wollen. Trotzdem hatte er keinen Zweifel daran, dass seine Elena Vida mit der Verfasserin des Zeitungsartikels identisch war. Jetzt sah er auch ihr starkes Interesse an der Kirche in einem neuen Licht. Als Vatikankorrespondentin hatte sie natürlich die Fernsehübertragung anlässlich der Amtseinführung des Gegenpapstes verfolgen wollen. Enrico fühlte sich getäuscht und missbraucht.

Er unterdrückte den Impuls, auf dem Absatz kehrtzumachen und das Kapitel Elena Vida aus seinem Leben zu streichen. Obwohl er sie erst wenige Tage kannte, bedeutete sie ihm viel. Er wusste, dass er sie nicht einfach vergessen konnte. Und er war der Meinung, dass er ein Recht auf eine Erklärung hatte. Also klopfte er an, und Elenas »Herein!« klang so munter, als sei sie niemals krank gewesen.

Sie trug noch einen Kopfverband, war aber von den Schläuchen und Kabeln befreit. Sie saß halb aufrecht im Bett und las eine Zeitung. Beim Nähertreten erkannte Enrico, dass es die heutige Ausgabe des »Messaggero di Roma« war. Elena legte die Zeitung beiseite und begrüßte ihn mit einem strahlenden Lächeln.

»Wie geht es dir?«, fragte er, aber angesichts ihres Zustands war es eher eine rhetorische Frage.

»Ich fühle mich wie neugeboren. Kein Wunder, ich habe ja auch eine Menge Schlaf hinter mir. Das reicht fürs restliche

Jahr, glaube ich. Dr. Addessi hat mir gesagt, ich hätte es dir zu verdanken, dass es mir so gut geht. Danke, Enrico!«

Er hatte den Eindruck, sie würde ihn in die Arme nehmen und küssen, wenn er zu ihr ans Bett trat. Noch vor ein paar Stunden hätte er nichts lieber getan als das. Jetzt aber hielt ihn eine unsichtbare Hand zurück, und er sagte nur: »Ich habe nicht viel getan. Dieser Einsiedler aus den Bergen, Angelo, hat dir geholfen.«

»Der Mann, der die Dorfbewohner aufgehalten hat?«

»Derselbe.«

»Ich erinnere mich nur noch ungenau an ihn.«

»Dann hat dich ja auch der Stein getroffen, und du bist im Reich der Träume gewesen.«

Sie klopfte mit der rechten Hand auf die Bettkante. »Setz dich zu mir und erzähl mir mehr von Angelo und davon, wie er mir geholfen hat! Dr. Addessi hat gesagt, nur er und du seien bei mir im Zimmer gewesen.«

Zögernd nahm er auf der Bettkante Platz und berichtete in dürren Worten, was sich ereignet hatte. Auch diesmal verschwieg er die unheimliche Vision, die ihn während der seltsamen Zeremonie überfallen hatte.

»Aber was genau hat Angelo mit mir getan?«, hakte Elena nach. »Du hast das nicht gerade sehr ausführlich geschildert.«

»Ist das wirklich nötig, Elena?« Er blickte sie traurig an und zog den Zeitungsausschnitt mit ihrem Artikel aus einer Jackentasche, um ihn vor ihr aufs Bett zu legen. »Du kennst dich doch gut mit Wunderheilungen aus.«

Elena starrte erst den Artikel und dann Enrico an. Ihre Lippen bewegten sich, ohne dass sie etwas sagte. Offenbar fand sie nicht die richtigen Worte.

»Habe ich dich jetzt schockiert?«, fragte Enrico. »Ich muss gestehen, dass ich auch überrascht war, als ich auf den Artikel stieß, *Frau Lehrerin*.«

»Woher hast du das?«
Er berichtete von Rosalia Baldanellos seltsamem Vermächtnis.
»Der Karton enthielt nur die Zeitungsausschnitte?«, vergewisserte sich Elena. »Nichts sonst, keinen Brief, keinen Hinweis, was die Ausschnitte bedeuten?«
»Nichts.«
»Wie seltsam.«
»Das ist alles, was du dazu zu sagen hast?«, fragte er enttäuscht.
Elena blickte ihm in die Augen. »Ich weiß, dass ich mich bei dir entschuldigen muss, Enrico, und ich möchte es auch. Ich weiß bloß nicht, wie. Du denkst jetzt, dass ich dich benutzt habe, und in gewisser Weise stimmt das. Aber es war keine böse Absicht, wirklich nicht. Als ich hörte, dass du nach Borgo San Pietro willst, sah ich das als gute Gelegenheit, den Ort ohne viel Aufhebens zu besichtigen. Ich dachte, ein Touristenpaar fällt weit weniger auf als eine Journalistin.«
»Du hättest es mir sagen können. Warum hast du dich als Lehrerin auf Urlaub ausgegeben und mir nicht einfach gesagt, dass du Recherchen im Geburtsort des Gegenpapstes betreiben willst?«
Sie zuckte ratlos mit den Schultern. »Berufskrankheit, schätze ich. Wie sagte doch immer der alte Bernardo, der Redakteur, bei dem ich mein Handwerk gelernt habe: ›Vertraue niemandem und nur im Zweifelsfall dir selbst!‹«
»Du hast also geglaubt, ich könnte dich verraten.«
»Nicht direkt. Aber ich dachte, wenn du die Wahrheit nicht weißt, kannst du dich auch nicht verplappern.«
»Vielen Dank für dein großes Vertrauen!«, sagte er säuerlich.
»Ich wollte dich nicht verletzen, Enrico! Wie kann ich das wieder gutmachen?«
»Indem du mir jetzt die ganze Wahrheit sagst.«
»Die kennst du schon.«
»Nur über deinen Beruf.«

»Ach so«, sagte Elena mit einem tiefen Seufzer. »*Das* meinst du.«
»Ja, *das* meine ich«, erwiderte er mit belegter Stimme. »Frauen sind in solchen Dingen sehr sensibel. Vermutlich hast du längst gemerkt, dass du mir nicht gleichgültig bist. Vielleicht bin ich zu unsensibel, aber ich hätte gern von dir gehört, wie du dazu stehst.«
Elena legte ihre rechte Hand auf seine. »Ich könnte mir gut vorstellen, mein Herz an dich zu verlieren, Enrico – wenn ich es nicht schon an jemand anderen verloren hätte.«
Er ignorierte das leichte Schwindelgefühl, das ihn erfasste, und fragte: »Darf ich etwas mehr darüber wissen? Wer ist der Glückliche?«
»Er heißt Alexander. Nachdem ich aufgewacht bin, habe ich lange mit ihm telefoniert. Stell dir vor, er wusste gar nicht, dass ich im Krankenhaus liege. Irgendwie hat die Polizei es nicht fertig gekriegt, die Nachricht nach Rom zu übermitteln.«
»So etwas kann passieren, wenn man zu viel Geheimniskrämerei um seine Person betreibt.«
»Das habe ich jetzt wohl verdient«, sagte Elena ein wenig betrübt, lächelte aber gleich wieder. »Wir sind in einer sehr dummen Situation, Enrico. Aber wir sollten uns nicht mit Vorwürfen beharken, das hilft uns nicht wirklich. Lass uns lieber in Ruhe über alles sprechen!«
»Gut, dann erzähl mir mehr von deinem Alexander! Der Name klingt nicht gerade nach einem Italiener.«
»Er ist Schweizer«, erklärte sie und erzählte ausführlich, wie sie und Alexander Rosin sich kennen gelernt hatten. Sie schloss mit den Worten: »Jetzt kennst du mein Privatleben fast besser als ich selbst.«
»Ja, und ich habe den Eindruck, dass du mit deinem Alexander verdammt glücklich bist.«
»Wir sind sehr glücklich zusammen, ja.«
»Gut für euch, nicht so gut für mich«, sagte er mit einem ge-

zwungenen Lächeln und erhob sich. »Na ja, da muss ich mich wohl auf die Suche nach Müttern mit hübschen Töchtern begeben.«
Obwohl er das so leichthin sagte, war ihm kein bisschen fröhlich zumute. Aber nur auf diese Weise konnte er die tiefe Traurigkeit, die ihn erfüllte, überspielen. Die Vorstellung war zu Ende, und er wollte sich und Elena einen weinerlichen Abgang ersparen.
Überraschenderweise hielt Elena ihn an der Hand fest. »Bleib noch, Enrico, bitte!«
»Wozu?«
»Ich weiß, ich habe dazu kein Recht, aber ich möchte dich noch einmal um deine Hilfe bitten. Auch wenn es mir besser geht, bin ich laut Aussage der Ärzte noch einige Zeit Gast in diesem schönen Hospital. Würdest du für mich nach Rom fliegen? Meine Zeitung übernimmt selbstverständlich alle Kosten. Berichte Alexander alles, was du hier erlebt hast, besonders, was dein Zusammentreffen mit Angelo betrifft! Und zeig ihm die Zeitungsausschnitte, die du von deiner Großtante bekommen hast! Ich selbst kann mir noch keinen Reim auf all das machen, aber ich werde das Gefühl nicht los, es steht in einem Zusammenhang mit der Glaubenskirche und ihrem Gegenpapst.«
»Warum? Nur, weil er aus Borgo San Pietro stammt?«
»Ist das nicht Anlass genug, der Sache auf den Grund zu gehen?«
»Für dich vielleicht. Aber was geht mich das an?«
»Vielleicht mehr, als dir lieb ist, Enrico. Denk an die Worte deiner Großtante, die bei deinem Besuch regelrecht in Panik geriet! Und denk an das, was dieser Angelo zu dir gesagt hat! Seine Kräfte, über die auch du angeblich verfügst, erinnern mich sehr an die außergewöhnlichen Fähigkeiten von Papst Custos. Spürst du keinen Drang, dem nachzugehen? Ich dachte, du seist nach Italien gekommen, um mehr über dich herauszufinden.«

Damit hatte sie Recht. Ihr Vorschlag, auf Kosten des »Messaggero« nach Rom zu fliegen, war eigentlich sehr gut, wäre damit nicht verbunden gewesen, Alexander Rosin zu treffen. Enrico verspürte auf nichts weniger Lust als auf eine Begegnung mit ausgerechnet diesem Mann. Aber was nützte es, den Kopf in den Sand zu stecken? Vielleicht war es sogar ganz gut, Elenas Freund persönlich kennen zu lernen. Er dachte an alte Westernfilme, in denen man Wunden mit einem glühenden Eisen ausbrannte.

Enrico zog sein Handy hervor und reichte es Elena. »Ruf deine Redaktion an! Sie soll mir einen Flug und ein Hotelzimmer buchen.«

»Danke«, sagte Elena lächelnd. »Ich hoffe, du wirst dich nicht langweilen.«

»Ich nehme mir etwas zu lesen mit«, antwortete er und dachte an das Reisetagebuch.

Das Reisebuch des Fabius Lorenz Schreiber, verfasst anlässlich seiner denkwürdigen Reise nach Oberitalien im Jahre 1805

Viertes Kapitel – Das Dorf in den Bergen

Die spätsommerliche Hitze und der beschwerliche Weg durch die zerklüfteten Berge ließen mich an Ägypten denken, auch wenn ich hier nicht von sandiger, felsiger Wüstenei, sondern von Wiesen und Wäldern umgeben war. Es ging so steil bergauf, und das Gelände war so unwegsam, dass Hauptmann Lenoir und ich längst von unseren Pferden gestiegen waren. Die Tiere schienen noch erschöpfter als wir, und hinter uns trottete die kleine Truppe von dreißig Soldaten. Mehr hatte Lenoir, dem von Elisa Bonaparte der Schutz meiner Expedition aufgetragen worden war, nicht mitnehmen dürfen. Die österreichische Armee Erzherzog Karls, die Italiens Nordgrenze bedrohte, sollte an die einhunderttausend Mann stark sein. Elisa benötigte jeden verfügbaren Soldaten zur Verteidigung ihres kleinen Reiches.

Eine gute Woche waren wir jetzt unterwegs, und ich hatte in den umliegenden Ortschaften Erkundigungen über den möglichen Standort des alten etruskischen Heiligtums eingeholt. Viel war bei den Gesprächen mit den Einheimischen nicht herausgekommen. An alten Kulturgütern waren die italienischen Bauern nicht interessiert. Die Menschen bewegte allein die Furcht, Ausgrabungen auf ihrem Grund könnten ihre Weinberge und Felder zerstören. Aber ich hatte viele Gegenstände bei den einfachen Leuten gesehen, für die Sammler und Museumsdirektoren einen hübschen Batzen Geld hingelegt hätten: Töpfe und Krüge, bemalte oder mit Reliefarbeiten verzierte Steine. Diese Fundstücke benutzte man für den täglichen Gebrauch, ohne sich des wahren Wertes bewusst zu sein. Durch geschicktes Fragen hatte ich nähere Hinweise auf den Fundort erhalten. Alles deutete auf einen einsamen Ort hoch oben in den Bergen hin, in dessen Nähe ich das etruskische Heiligtum vermutete. Der Name dieses Ortes war Borgo San Pietro.

Der schmale Pfad, falls man überhaupt von einem solchen sprechen konnte, schlängelte sich zwischen dichten Reihen von Eichen und Kastanien hindurch, deren dicke Wurzeln widerspenstig aus dem Boden lugten und oft genug quer über den Weg ragten.

Ein heiserer Schrei über unseren Köpfen ließ mich nach oben sehen. Gegen die blendende Sonne erkannte ich den Schattenriss eines Raubvogels, wohl eines Bussards, der dort seine Kreise zog, als hätte er uns zu seiner Beute erkoren.

Hinter mir hörte ich ein dumpfes Geräusch, gefolgt von einem schmerzerfüllten Aufstöhnen. Ich wandte mich um und sah Maria, die offenbar über eine Baumwurzel gestürzt war, am Boden liegen. Ich gab die Zügel meines Braunen einem Korporal und eilte zu der Gestürzten, aber Riccardo, der neben ihr gegangen war, beugte sich bereits über seine Schwester.

»Es ist nicht weiter schlimm«, sagte Maria und lächelte tapfer. »Ich habe mich nur über den Vogel erschrocken und darum die Wurzel nicht gesehen.«

Sie strich das lange Haar, in dem sich während des Marsches ein paar Kletten verfangen hatten, aus ihrem Gesicht. Ich entdeckte eine Wunde auf ihrer Stirn, klein nur, aber sie blutete. Maria behauptete, keine Schmerzen zu haben. Doch ich ließ es mir nicht nehmen, die Wunde mit der Hilfe ihres Bruders zu säubern und zu verbinden.

Die Soldaten genossen die unverhoffte Rast und griffen zu den Feldflaschen, um ihre ausgetrockneten Kehlen anzufeuchten. Mir entgingen die lüsternen Blicke nicht, die sie der schönen Italienerin, der einzigen Frau weit und breit, zuwarfen. Nur widerstrebend hatte ich Maria und Riccardo mitgenommen. Ich befürchtete, dass Maria den Strapazen nicht gewachsen war. Und was ihren Bruder betraf, so konnte mich das lammfromme Verhalten, das er seit der Erstürmung seines Lagers durch Hauptmann Lenoirs Soldaten an den Tag legte, nicht darüber hinwegtäuschen, dass ich es mit einem ebenso gerissenen wie gefährlichen Mann zu tun hatte. Aber ich wollte die beiden nicht allein in Lucca zurücklassen. Nur mein Wort bewahrte sie vor dem Strick, und ein längerer Aufenthalt in der Stadt hätte die Wahrscheinlichkeit erhöht, dass etwas über Riccardos und Marias Vorleben herauskam. Außerdem, das muss ich gestehen, war mir Marias Nähe höchst angenehm.

Als wir ihr einen Verband angelegt hatten, hob sie den Kopf gen Himmel und beschattete ihre Augen mit der flachen Linken. »Der Unheilsvogel schwebt über unseren Köpfen. Unser Vorhaben steht unter keinem guten Zeichen.«

»Wieso Unheilsvogel?«, fragte ich.

Riccardo antwortete mit einer wegwerfenden Handbewegung. »Nur ein dummer Aberglaube aus unserer Kindheit.«

Hauptmann Lenoir drängte zum Weitermarsch, und so ging ich nicht näher auf die Sache mit dem Vogel ein. Immer noch ging es steil bergan, sahen wir vor uns und um uns nichts anderes als dichten Wald. Nur der ausgetretene Fußpfad wies darauf hin, dass wir uns nicht verlaufen hatten, dass es einen Anfang gab und ein Ziel. In dumpfer Ergebenheit, fast mechanisch setzten wir einen

Fuß vor den anderen, und nach weiteren zwei Stunden lag dieses Ziel so plötzlich vor uns, dass es wie ein Schock auf alle wirkte. Der gesamte Trupp hielt an, ohne dass jemand den Befehl dazu gegeben hatte, und starrte auf die Mauern von Borgo San Pietro.

Der erste Eindruck war nicht der eines Bergdorfes, sondern einer Festung. Hohe, finstere Mauern, wohin man sah. Kaum einmal eine Fensteröffnung, allenfalls ein schmaler Spalt, eher eine Schießscharte. Die Mauern überragten einander, überschnitten sich, und ich konnte bei aller Anstrengung keinen Eingang in dieses Bollwerk entdecken. Der Wald bildete rund um den Ort, der von seiner Erhebung aus die Gegend nach allen Himmelsrichtungen beherrschte, eine große Lichtung. Ringsum lagen Felder, durch die sich schmale Bäche schlängelten.

Lenoir sprach aus, was wir alle wohl dachten: »Das sieht nicht aus wie ein Ort, in dem Menschen leben, sondern wie eine von ihrer Garnison aufgegebene Bastion.«

»Orte wie diesen findet man häufig hier in den Bergen«, sagte Riccardo, der mit Maria neben mich getreten war. »Sie stammen aus einer Zeit, die ähnlich kriegerisch war wie die heutige, einer Zeit, als sich die italienischen Fürstentümer untereinander bitter bekriegten. Feindliche Überfälle waren an der Tagesordnung. Deshalb baute man die Dörfer wie Festungen, und oft genug mussten sie tatsächlich Sturmangriffen und Belagerungen standhalten.«

»Offenbar haben die Bewohner es irgendwann aufgegeben, sich zu verteidigen«, meinte Lenoir. »Der Ort sieht so tot aus wie das österreichische Heer nach der Schlacht von Rivoli.«

Riccardo kniff die Augen zusammen und starrte angestrengt auf das dunkle Konglomerat aus Mauern,

Türmen und Dächern. »Da wäre ich mir nicht so sicher. Ich glaube, auf dem Turm dort links hat sich eben etwas bewegt.«

Ich schirmte meine Augen mit beiden Händen gegen die Sonne ab und musterte den Turm, ohne jedoch eine Menschenseele zu entdecken. Lenoir zog ein Fernrohr hervor und nahm den Turm ins Visier, konnte aber Riccardos Beobachtung auch nicht bestätigen.

»Vielleicht habe ich mich getäuscht, was bei der gleißenden Sonne kein Wunder wäre«, gestand Riccardo zu. »Trotzdem glaube ich, dass Menschen in dem Dorf leben. Wie sonst wäre es zu erklären, dass die Felder bestellt sind?«

Damit hatte er zweifelsohne Recht, und auch Lenoir stimmte ihm zu. Der Hauptmann traf sofort Anordnungen zur Erkundung des geheimnisvollen Bergdorfes. Zehn seiner Männer ließ er zur Bewachung der Pferde und der Maultiere zurück, die unsere Verpflegung und Ausrüstung trugen. Die anderen sollten mit aufgepflanztem Bajonett unter seiner Führung den Ort erkunden. Ich schloss mich dem Trupp an, und Riccardo gesellte sich an meine Seite. Als auch Maria mitkommen wollte, lehnten wir beide das ab. Borgo San Pietro erschien uns nicht geheuer, weshalb wir Maria lieber beim Tross in Sicherheit wussten. Langsam rückten wir gegen den Ort vor, und die Mauern wuchsen vor uns zu bedrohlicher Größe, gleich einem finsteren Untier, das sich erhob, um uns zu verschlingen.

»Ein Eingang, hier ist ein Eingang!«

Der Ruf kam von unserer linken Flanke, wo ein Soldat heftig winkte. Lenoir, Riccardo und ich liefen zu dem Mann und sahen den schmalen Durchlass im Mauergewirr, kaum breit genug für einen Karren.

Als unsere Kolonne durch diesen Eingang den Ort betrat, sagte Lenoir: »Mir gefällt das nicht. Dies hier sind ideale Gegebenheiten für einen Hinterhalt. Wir müssen wie die Gänse hintereinander gehen und können uns kaum wehren, wenn jemand aus den Schießscharten oder von den Dächern auf uns schießt. Man kann uns hier abknallen wie die Kaninchen.«

»Vermutlich ist das der Zweck dieser Einrichtung«, bemerkte ich. »Auch ein zahlenmäßig überlegener Gegner könnte sich hier nicht entfalten und von einer kleinen Schar von Verteidigern niedergehalten werden.«

Aber kein Schuss fiel, und wir erreichten unangefochten den Dorfplatz. Er war nicht übermäßig groß, wirkte nach der Enge der gewundenen Gassen auf uns aber geradezu erlösend. Lenoir richtete seine Männer so aus, dass sie den Platz nach allen Seiten sicherten.

»Und jetzt, Monsieur Schreiber?«, wandte er sich mit ratlosem Gesichtsausdruck an mich.

»Vielleicht sollten wir die Kirchenglocke läuten«, schlug ich nur halb im Scherz vor und zeigte dabei zu dem hohen Kirchturm, der die Dächer überragte. »Mag sein, dass sich die Bewohner von Borgo San Pietro dann endlich zeigen.«

Während ich sprach, entfernte sich Riccardo wie zufällig und schlenderte zu einem der schmalen Häuser. Ein unerwarteter, schneller Sprung, und er verschwand im Eingang, dessen Tür nur angelehnt gewesen war. Für einen Augenblick dachte ich, er wolle sich auf diese Weise absetzen, aber schon kehrte er zurück und hielt ein strampelndes, keuchendes Bündel unter dem rechten Arm. Es war ein Kind, vielleicht sechs oder sieben Jahre alt. Die strubbeligen dunklen Haar hingen ihm ins Gesicht, sodass ich nicht zu erkennen vermochte, ob es ein Junge oder ein Mädchen war. Auch die Kleidung, die aus einem groben Kittel bestand, bot keinen weiteren Aufschluss.

»Ich sagte doch, hier gibt es Menschen«, knurrte Riccardo mit Genugtuung und musste sich dabei anstrengen, seinen sich heftig sträubenden Gefangenen im festen Griff zu behalten.

»Ein Kind«, murrte Lenoir zweifelnd.

»Wo es ein Kind gibt, gibt es meistens auch Eltern«, versetzte Riccardo. »Und jetzt wäre es nett, wenn sich Ihre Männer um das kleine Biest kümmern könnten, Herr Hauptmann.«

Ein Wink Lenoirs, und zwei Soldaten packten das gefangene Kind und hielten es fest. Endlich konnte ich das verschmutzte Gesicht erkennen und feststellen, dass das abgerissene Bündel Mensch ein Junge war. Wir fragten ihn nach seinem Namen, nach seinen Eltern, nach den Bewohnern von Borgo San Pietro, danach, ob er Hunger oder Durst habe. Vergebens. Er schwieg so fest, als sei er stumm auf die Welt gekommen. Ein grobknochiger Sergeant erbot sich, den Jungen mit einer Tracht Prügel zum Reden zu bringen.

»Entweder er spricht, oder aber er wird nur noch verstockter«, wandte ich zweifelnd ein. »Verschreckte Kinder bringt man kaum durch die rohen Pranken eines Soldaten zum Reden. Dazu sind eher die zarten Hände einer Frau geeignet. Wir sollten ihn zu Maria bringen.«

Der Vorschlag wurde von Riccardo und Lenoir mit Zustimmung aufgenommen, und unsere Kolonne setzte sich wieder in Bewegung, um das geheimnisvolle Bergdorf auf demselben verschlungenen Weg zu verlassen, auf dem wir es betreten hatten. Kaum hatten wir das Ende des Dorfplatzes erreicht, da erscholl hinter uns eine aufgeregte Frauenstimme: »Mein Sohn, lasst ihn hier, *per amor di Dio!*«

Eine Frau lief quer über den Platz auf uns zu und streckte die Arme aus. Die überraschten Soldaten, die den Jungen festhielten, konnten seinem unbändigen Aufbäumen nichts entgegensetzen, und schon lag das Kind in den Armen seiner Mutter. Hinter ihr tauchten weitere Menschen auf, Männer, Frauen und Kinder, in so großer Zahl, dass es mich erstaunte, wie gut sie sich vor uns verborgen hatten. Sahen die Kinder eher neugierig drein, so blickten uns die Erwachsenen teils ängstlich, teils feindselig an. Die meisten Männer hielten Waffen in den Händen, einfache Knüppel, Messer, Heugabeln und vereinzelt ein paar alte Musketen. Hauptmann Lenoir rief einen knappen Befehl, und seine Männer legten ihre Gewehre auf die Dorfbewohner an. Ich hatte keinen Zweifel, dass ein Kampf zu unseren Gunsten ausgehen würde. Der geballten Feuerkraft der Soldaten und ihrer Übung im Umgang mit dem Bajonett hatten die Menschen von Borgo San Pietro wohl kaum etwas entgegenzusetzen.

Ein Dorfbewohner mit üppigem, bereits leicht ergrautem Schnauzbart legte seine Muskete auf den Boden und trat langsam auf uns zu. Neben der Frau und dem Kind blieb er stehen und sagte: »Mein Name ist Giovanni Cavara. Als Bürgermeister des Ortes heiße ich Sie in Borgo San Pietro willkommen. Und ich danke Ihnen dafür, dass Sie meinem Sohn Romolo nichts getan haben.«

»Warum haben Sie sich vor uns versteckt?«, fragte der Hauptmann.

»Meine Leute hatten Angst vor Ihren Soldaten. Es sind fremde Uniformen. Sie dachten, wir haben Krieg.«

»Wir haben auch Krieg, gegen die Österreicher. Aber wir sind Franzosen. Sie wissen doch, dass die Fürstin Elisa, die Schwester von Kaiser Napoleon, jetzt über dieses Land herrscht?«

Cavara nickte. »Ich habe davon gehört. Befürchten Sie einen Angriff auf unser Dorf?«

»Das wohl kaum.« Lenoir lachte. »Wir sind aus einem anderen Grund hier. Wir suchen die Ruinen einer alten Etruskerstadt.«
Schlagartig verfinsterte sich das Gesicht des Bürgermeisters. »So etwas gibt es hier nicht.«

Wen wir auch in Borgo San Pietro fragten, jeder gab uns dieselbe Antwort oder tat so, als würde er überhaupt nicht verstehen, was wir wollten. Hatte ich mich getäuscht und unseren Trupp irrtümlich in die Bergwildnis geführt? Mein Instinkt sagte mir, dass es nicht so war. Die Verschlossenheit der Dörfler erschien mir verdächtig und nährte in mir den Eindruck, dass sie uns etwas verschwiegen. Ich beriet mich mit Lenoir, und wir beschlossen, vor den Mauern des Ortes unser Lager aufzuschlagen. Zwar hätte es wohl genügend Unterkünfte im Ort gegeben, aber das abweisende Verhalten der Einheimischen ließ es uns sicherer erscheinen, draußen zu biwakieren. Als es dämmerte, teilte Lenoir die Nachtwachen ein, während über dem Lagerfeuer ein Wildschwein briet, das einer der Soldaten erlegt hatte.
Während des Essens fiel mir auf, dass Maria bedrückt wirkte. Sie war noch schweigsamer als sonst und nahm kaum einen Bissen zu sich. Alle anderen aßen noch, da stellte Maria ihren Teller ab und stand auf. Auch ich stellte meinen Teller weg und folgte ihr in das Dämmerlicht zwischen den Zelten. Im Vorbeigehen fing ich einen Blick Riccardos auf, der von einem wissenden Lächeln begleitet wurde. Leise rief ich Marias Namen. Sie blieb stehen und wandte sich zu mir um.
»Was hast du?«, fragte ich. »Du hast kaum etwas gegessen.«
»Mir ist nicht ganz wohl.«
»Dich bedrückt etwas, nicht wahr?«

Sie blickte zu dem Lagerfeuer, um das die Soldaten saßen, sich von dem Wildschwein bedienten und lauthals derbe Witze zum Besten gaben. Ich verstand und schlug vor, das Lager zu verlassen. Noch war es hell genug, um den schmalen Weg zu erkennen, der zu einem Bach führte, aus dem unsere Truppe sich mit Wasser versorgte. Nicht weit entfernt hoben ein paar Pinien ihre breiten Kronen in den Abendhimmel, und hinter der losen Baumgruppe markierte dichtes Buschwerk den Übergang zum Wald. Wir ließen uns auf zwei großen Steinen am Rand des Baches nieder, und ich fragte Maria noch einmal, was sie bedrücke.

»Es ist der Vogel«, sagte sie. »Etwas Schlimmes wird geschehen.«

»Der Vogel? Wovon sprichst du?«

Maria schaute mich voller Erstaunen an. »Signore, erinnern Sie sich nicht an den Bussard, der über uns kreiste?«

»Du meinst, als du über die Baumwurzeln gestürzt bist?«

»Ja.«

Ich erinnerte mich ungenau an Marias Worte von dem Unheilsvogel, der ein schlechtes Vorzeichen für unser Vorhaben sei. »Der Bussard hat dich erschreckt. Warum?«

»Ich habe diesen Vogel schon dreimal gesehen.«

»Den Bussard von heute Nachmittag?«, fragte ich ungläubig.

»Den Unheilsvogel. Zum ersten Mal kreiste er über meinem Heimatdorf, als ich noch ein kleines Kind war. Zwei Tage später starb mein Vater bei einem Gewitter. Der Blitz schlug in unser Haus. Als ich zwölf war und von einer Kräuterfrau Medizin für meine kranke Mutter holen sollte, bemerkte ich auf dem Heimweg wieder den

Unheilsvogel, der über meinem Kopf kreiste und seine heiseren Schreie ausstieß. Ich lief so schnell ich konnte, aber ich kam zu spät, meine Mutter hatte ihre Augen für immer geschlossen. Von da an musste ich selbst für mich und meine kleine Schwester sorgen. Wir arbeiteten für einen entfernten Verwandten, einen Müller, der uns dafür Unterkunft und Essen gab. Aber er war nicht gut zu uns, wurde schnell wütend und schlug uns dann. An dem Morgen, als ich den Unheilsvogel ein drittes Mal sah, wusste ich, dass etwas Schlimmes geschehen würde. Meine Schwester war noch so klein, und ich ging fest davon aus, dass ich es war, die sterben musste. Aber der wütende Müller schlug meine Schwester, und sie fiel in den Mühlbach, wo sie ertrank.«

»Was ist mit deinem Bruder? Warum hat Riccardo euch nicht geholfen?«

Für einen Augenblick schien sie über meine Frage verwirrt, dann sagte sie: »Er hat sich erst später um mich gekümmert. Zu der Zeit, als Mutter starb, trieb er sich in der Fremde herum.«

Ich dachte über ihre Worte nach. »Jetzt glaubst du, du musst sterben, weil du meinst, diesen Vogel heute wieder gesehen zu haben?«

»Es *war* der Unheilsvogel.«

»Was macht dich dessen so gewiss?«

»Ich weiß es ganz einfach. Genügt das nicht?«

»Fürchtest du um dein Leben oder um das von Riccardo?«

»Ist das nicht gleichgültig?«

»Aber dein Bruder glaubt nicht daran. Er hat es als Aberglauben abgetan.«

»Riccardo hat immer darüber gelacht, wenn ich ihm von dem Unheilsvogel erzählt habe. Er war bisher auch nie dabei, wenn der Vogel sich gezeigt hat.«

Maria war so von ihrer Geschichte mit dem Unheilsvogel überzeugt, dass jeglicher Versuch, sie davon abzubringen, ein fruchtloses Bemühen geblieben wäre. Deshalb nahm ich einfach nur ihre rechte Hand in meine Hände, hielt sie fest und sagte: »Ich bin bei dir, Maria. Ich werde auf dich aufpassen und dir zur Seite stehen, das verspreche ich.«

»Danke«, sagte sie nur und schluckte. Sie wirkte verlegen.

Ich hatte ein wenig den Eindruck, dass ihr mein Versprechen unangenehm war. Oder war es meine Nähe, meine Berührung, die sie nicht ertrug?

Ich blickte sie ernst an und sagte: »Maria, du bedeutest mir sehr viel. Vielleicht ahnst du nicht, wie viel. Ich wünsche mir, dass du ...«

Weiter kam ich nicht. Sie stand abrupt auf und sagte: »Schweigen Sie, Signore, bitte! Sprechen Sie nicht davon, niemals wieder!«

Ehe ich sie noch nach dem Grund fragen konnte, drehte sie sich um und lief in Richtung der Pinien davon.

Ich war reichlich durcheinander. Schnell gesellte sich zu meiner Enttäuschung und Verwirrung die Wut darüber, so von Maria abgespeist worden zu sein. Ich redete mir ein, das Recht auf eine Erklärung zu haben, und lief ihr deshalb hinterher.

Es war bereits so dunkel, dass ihre Umrisse unter den düsteren Schemen der Pinien nicht zu erkennen waren. Also rief ich abermals ihren Namen, erhielt aber keine Antwort. Ich gelangte zu den Bäumen, blieb zwischen ihnen stehen und sah mich nach Maria um. Ich hörte ein Rascheln aus der Richtung des Waldes und sah eine schattenhafte Gestalt, die sich durchs Buschwerk kämpfte. Das konnte nur Maria sein, und ich rief noch einmal nach ihr. Wieder vergebens. Gerade wollte ich ihr nachlaufen, da hörte ich einen kurzen Schrei, und sie war verschwunden.

Angst griff nach mir und umklammerte mein Herz, Angst um Maria. Hatte sich ihre düstere Prophezeiung von dem todbringenden Unheilsvogel jetzt und hier erfüllt?

Ich lief in das Gebüsch und achtete nicht auf die Dornenranken, die meine Kleider und meine Haut aufrissen. Die Sorge um Maria trieb mich voran und ließ mich alles andere vergessen, auch jede Vorsicht. Als der Boden plötzlich unter mir nachgab, traf es mich vollkommen unvorbereitet. Ich verlor das Gleichgewicht, stürzte in ein Loch und schlug auf einem harten Untergrund auf, während um mich herum Erdreich und Steine niederprasselten. Ich war mit der linken Seite aufgeschlagen, und mein Arm schmerzte fürchterlich. Schmutz war in meine Augen gefallen und brannte. Ob meine tränenden Augen etwas sahen oder nicht, blieb sich allerdings gleich, da es in diesem Loch vollkommen finster war. Während ich mir noch meine schmerzenden Augen rieb, hörte ich dicht neben mir ein leises Stöhnen.

»Maria?«, rief ich. »Bist du da?«

»Ja, hier. Was ist geschehen?«

Ihre Stimme klang unglaublich nah. Und tatsächlich, als ich meine rechte Hand ausstreckte, berührte sie Marias Haar.

»Du warst plötzlich verschwunden«, erklärte ich. »Als ich dir folgte, gab der Boden unter meinen Füßen nach.«

»So ist es mir auch ergangen. Was sollen wir jetzt tun?«

»Schwer zu sagen. Hier unten ist es stockfinster. Wir bräuchten ein Licht, um einen Weg heraus zu finden.«

Kaum hatte ich das gesagt, erklang über uns eine vertraute Stimme: »Darf ich vielleicht behilflich sein?«

Gleichzeitig fiel das flackernde Licht einer Fackel auf

uns. Ich blickte nach oben und sah Riccardo, der sich über das Loch beugte.
»Was machst du hier?«, fragte ich ungläubig.
»Hören Sie mal, Signore! Ein Mann von Ehre lässt seine Schwester doch nicht allein mit einem Fremden, zumal in der Nacht!«
»Dann ist es ja gut für uns, dass du ein Mann von Ehre bist, Baldanello«, sagte ich voller Sarkasmus.
»Sie sollten mich nicht so verspotten, wenn Sie wollen, dass ich Ihnen helfe. Sind Sie oder Maria verletzt?«
»Bei mir ist es nichts Schlimmes«, antwortete ich und sah Maria an.
»Bei mir auch nicht«, sagte sie. »Der Schreck war schlimmer als der Sturz.«
»Bene.« Riccardo atmete auf. »Dann haltet ein paar Minuten hier aus, ich hole Hilfe. Aber benehmt euch anständig!«
Keine fünf Minuten später kehrte er mit der versprochenen Unterstützung in Gestalt von Hauptmann Lenoir und mehreren Soldaten zurück. Die Männer hatten Laternen und ein Seil bei sich, mit dessen Hilfe Riccardo und der Hauptmann zu uns hinunterstiegen. Im Schein von Riccardos Laterne sahen wir, dass dies nicht ein einfaches Loch im Erdreich war, sondern der Teil eines unterirdischen Ganges. Die Wände waren aus Stein gemauert und in bunten Farben bemalt. Bei genauerem Hinsehen erkannten wir auf den Bildern Männer in antiker Kleidung, in Togen und Tuniken. Es waren Jagdszenen. Berittene Jäger, von Hunden begleitet, verfolgten einen flüchtenden Bären. Auf einem anderen Bild stand ein einsamer Jäger, bewaffnet mit einem Speer und einer Axt, einem mächtigen Eber gegenüber. Andächtig blickte ich die Bilder an und vergaß den Schmerz in meinem linken Arm vollkommen.

»Was sind das für Darstellungen?«, fragte Hauptmann Lenoir.
»Sie sind sehr alt«, erwiderte ich. »Und es sollte mich sehr wundern, wenn sie nicht etruskischen Ursprungs sind.« Ich blickte den Gang entlang, der in Richtung des Waldes verlief. »*Mon capitaine,* wir haben das Heiligtum der Etrusker gefunden!«

11

Rom, Sonnabend,
26. September

Oberhalb der Wolken hatte das strahlende Licht der Mittagssonne die Maschine der Alitalia überflutet, unten auf dem Boden aber sah es grau und trüb aus. Ein Wetter, das zu Enricos Stimmung passte, die noch bedrückter wurde, je näher er seinem Ziel und der Begegnung mit Alexander Rosin kam. Sollte er diesen ehemaligen Schweizergardisten als seinen Rivalen bezeichnen? Wohl kaum, denn das hätte vorausgesetzt, dass Enrico sich Chancen bei Elena ausrechnete. Nach allem, was sie ihm gestern Abend gesagt hatte, sah er aber nicht die geringste Chance, sie für sich zu gewinnen.

Nachdem er endlich seine Reisetasche, die als letztes Gepäckstück über das Laufband kam, an sich genommen hatte, verließ er die Ankunftshalle des weitläufigen Flughafens Leonardo da Vinci, der dreißig Kilometer südwestlich von Rom lag, und steuerte auf die Schlange der wartenden Taxis zu. Natürlich hätte er die Strecke von Pescia nach Rom bequem mit dem Auto zurücklegen können. Aber wenn schon der »Messaggero di Roma«, eine der bedeutendsten italienischen Tageszeitungen, seine Reise bezahlte, wollte er es so komfortabel wie möglich haben. Deshalb hatte er auch auf einem Platz in der Businessclass bestanden.

Gestern Abend im Hotel und eben im Flugzeug hatte er sich

das vierte und vorletzte Kapitel von Fabius Lorenz Schreibers Reisetagebuch vorgenommen. Im Taxi nach Rom dachte er über das Gelesene nach. Die Gegend rund um die Autobahn war nicht dazu angetan, seine Aufmerksamkeit zu fesseln – ganz im Gegensatz zu dem alten Reisebericht. Er brannte schon darauf, sich das letzte Kapitel vorzunehmen. Enrico dachte daran, wie Fabius Lorenz Schreiber mit Maria Baldanellos unfreiwilliger Hilfe die alte Etruskerstadt entdeckt hatte. Die Totenstadt, in der Angelo lebte, kam ihm in den Sinn. War es derselbe Ort? Wohl kaum, wenn Fabius Lorenz Schreiber kein ganz schlechter Archäologe gewesen war, sprach er doch ausdrücklich von einer Stadt und nicht von einer Nekropole. Vermutlich hing beides zusammen. Die Etrusker, die einst dort gesiedelt hatten, mussten in der Nähe ihrer Stadt die Toten bestattet haben. War es Zufall, dass Fabius Lorenz Schreiber von Elisa Bonaparte auf die Suche nach der Etruskerstadt geschickt worden war und dass Enrico zweihundert Jahre später auf die Gräber des alten Volkes stieß? Er mochte das nicht glauben, aber noch fehlten in dem Puzzle zu viele Stücke, um ein klares Bild zu gewinnen.

Während das Taxi sich über Autobahn und Schnellstraßen Rom näherte, beschlich Enrico das Gefühl, einen Fehler zu begehen. Sollte er die Klärung des Geheimnisses, das ihn umhüllte wie ein dichter Nebelschleier, nicht eher in dem kleinen Borgo San Pietro suchen als in Rom? Mit jedem Kilometer entfernte er sich von dem Ort, dem, wie ihm sein Gefühl sagte, sein Interesse eigentlich gelten sollte. Fast war er versucht, den Taxifahrer zur Umkehr aufzufordern und den nächsten Flug zurück nach Pisa zu nehmen. Aber dann dachte er an jenen Kardinal Salvati, den die Gegenkirche zu ihrem Papst gewählt hatte. Auch er stammte, wie Enricos Mutter, aus Borgo San Pietro. Ein Zufall mehr, oder gab es da eine Verbindung? Jedenfalls war Elena damit beschäftigt, über den Gegenpapst zu recherchieren, und Rom mit dem Vatikan war das Zentrum der

katholischen Kirche. Vielleicht lohnt der Umweg doch, dachte Enrico, lehnte sich im Sitzpolster zurück und versuchte, sich zu entspannen.
Er hatte Elena gefragt, weshalb Alexander Rosin nicht nach Pescia kommen könne. Sie hatte ihm etwas von wichtigen Ermittlungen über zwei Priestermorde erzählt, die sich in Rom und in den Albaner Bergen ereignet hatten. Nur kurze Zeit später war in der Toskana ein Priester zum Mörder und zum Selbstmörder geworden. Noch ein seltsamer Zufall mehr – wenn es denn einer war. Vor Enrico wuchs die Silhouette Roms aus dem grauen Dunst, aber er schloss die Augen und erinnerte sich an einen Satz, den er bei Friedrich Hebbel gelesen hatte: »Der Zufall ist ein Rätsel, welches das Schicksal dem Menschen aufgibt.« Enrico war fest entschlossen, dieses Rätsel zu lösen.
Als er die Augen wieder aufschlug, fuhr das Taxi durch einen hässlichen, von genormten Wohnblöcken geprägten Vorort, dessen Tristesse kaum wetterbedingt war. Wenn Enrico früher an Rom gedacht hatte, hatte er andere Bilder vor Augen gehabt: den Petersplatz und die Engelsburg, das Kolosseum und den Trevi-Brunnen, Audrey Hepburn und Gregory Peck auf einem Motorroller. Er lächelte über seine eigene Vorstellung. Obwohl zu hundert Prozent italienisches Blut in seinen Adern floss, war er nie in Rom gewesen, kannte er die Stadt lediglich aus Filmen und von Kalenderblättern. Zu Beginn des dritten Jahrtausends, in einer rasend schnell zusammenwachsenden und aus den Fugen geratenden Welt, konnte er kaum erwarten, das Postkartenrom aus Touristenträumen vorzufinden.
Aber plötzlich änderte sich das Bild. Das Taxi fuhr durch Straßen, die von eindrucksvollen alten Palazzi gesäumt wurden, hin und wieder wie selbstverständlich unterbrochen von antiken Ruinen. Jetzt hatte Enrico das Gefühl, wirklich in Rom zu sein. Der chaotische Autoverkehr tat ein Übriges, ihn davon zu überzeugen, dass er sich im Zentrum einer anderen Kultur be-

fand. Während Enrico mehr als einmal den rechten Fuß auf ein imaginäres Bremspedal presste, verschaffte sich der Taxifahrer mit aggressivem Hupen und einem noch aggressiveren Fahrstil freie Bahn.

Das Haus in der Via Catalana, in dem Alexander Rosin wohnte, war schmal und von außen eher schmucklos. Die beiden Palazzi, die es rechts und links flankierten, schienen es fast zu erdrücken. Enrico zahlte dem Taxifahrer den recht stolzen Fahrpreis und ließ sich eine Quittung für den »Messaggero« geben. Schon nach dem ersten Klingeln ertönte der Türsummer. Seine Reisetasche in der Linken, trat Enrico in den Hausflur und suchte vergebens nach einem Lift. Wahrscheinlich war das Gebäude für einen solchen einfach zu schmal. Seufzend stieg er die enge Treppe hoch, und seine Füße fühlten sich auf einmal sehr schwer an. Das lag nicht an der Treppe, sondern an dem Gedanken, oben im dritten Stock Alexander Rosin zu begegnen.

Vor dessen Wohnungstür holte er noch einmal tief Luft, und er wollte gerade auf den Klingelknopf drücken, da wurde die Tür geöffnet. Als Enrico den hoch gewachsenen Mann mit dem markanten Kinn, dem rotbraunen, leicht lockigen Haar und den ausdrucksstarken Augen sah, konnte er sich gut vorstellen, dass Elena sich in ihn verliebt hatte. Leider.

Der andere lächelte und sagte auf Deutsch: »Willkommen in Rom, Herr Schreiber! Ich bin Alexander Rosin. Treten Sie ein! Ich mache uns erst mal einen Kaffee. Der wird Ihnen nach der langen Reise gut tun.«

Und sympathisch war er auch noch!

Enrico folgte Rosin in eine kleine, behagliche Küche, wo er seine Reisetasche abstellte. Rosin machte sich an der Kaffeemaschine zu schaffen, drehte sich dann zu ihm um und sagte: »Wir kennen uns zwar kaum, aber Elena hat mir so viel von Ihnen erzählt, dass ich vorschlage, wir duzen uns.«

»Ja, sicher«, kam es zögernd von Enrico, der sich von dieser

Charmeoffensive überrollt fühlte. Hatte Elena ihrem Freund etwa aufgetragen, besonders nett zu ihm zu sein?

»Willst du mir von deinen Erlebnissen in der Toskana erzählen, während wir auf den Kaffee warten, Enrico?«

»Deshalb bin ich hier. Aber du wirst vieles schon von Elena wissen. Besser, du fragst mich, was dich interessiert.«

»Einverstanden«, sagte Alexander und begann mit seinen Fragen, die sich vorwiegend um Enricos Erlebnisse während Elenas Bewusstlosigkeit drehten. Besonders interessiert war der Exgardist an dem Einsiedler und seinen heilenden Kräften.

Als Alexander den Kaffee eingoss, stellte Enrico eine Gegenfrage: »Sind die ungewöhnlichen Fähigkeiten des Einsiedlers mit denen des Papstes zu vergleichen?«

»Im Ergebnis mit Sicherheit«, antwortete Alexander und setzte sich wieder an den kleinen Küchentisch. »Interessanter finde ich die Frage, woher dieser Angelo seine heilende Gabe hat.«

Enrico schüttelte leicht den Kopf.

»Was hast du?«, fragte sein Gegenüber.

»Wir sind zwei erwachsene Männer, nicht gerade mit Dummheit gesegnet, und hier sitzen wir und unterhalten uns über mysteriöse heilende Kräfte so selbstverständlich wie über das Wetter.«

»Du hast doch selbst erlebt, wie der Einsiedler mit seinen Kräften Elena gerettet hat. Worüber ich verdammt froh bin! Und ich war Zeuge, wie der Papst einer gelähmten Frau aus dem Rollstuhl half.«

»Stammt Papst Custos wirklich von Jesus ab?«, fragte Enrico zweifelnd.

»Ich glaube ihm das. Warum sollte er lügen?«

»Vielleicht, um ein besonders glaubwürdiger Papst zu sein.«

»Du bist aber sehr misstrauisch, Enrico!«

»Ich bin Jurist und damit gewohnt, sowohl von Prozessgegnern wie auch von den eigenen Mandanten mit Lügen gefüttert zu werden.«

»Ich habe Papst Custos als klugen und ehrenwerten Mann kennen gelernt. Er hat mir nie einen Grund gegeben, an ihm zu zweifeln. Sprechen wir lieber von den Ereignissen in Borgo San Pietro und Pescia. Auch du sollst über die heilende Kraft verfügen.«

»So hat es Angelo gesagt.« Enrico betrachtete seine Hände. Die roten Flecken waren fast vollständig verblasst.

»Was ist mit deinen Händen?«

Enrico erzählte ihm von den Flecken, die bei Angelo noch ausgeprägter gewesen waren.

»Wie Wundmale«, meinte Alexander.

»Ja, wie Wundmale«, bestätigte Enrico und dachte zum wiederholten Mal an das Bildnis in der Kirche San Francesco.

»Früher hast du das nicht gehabt?«, setzte Alexander die Fragestunde fort.

»Nein. Und ich hatte auch keine Ahnung, dass ich über irgendwelche heilenden Kräfte verfüge, falls es denn stimmt.«

»Warum sollte der Einsiedler lügen? Elenas Heilung beweist, dass er alles andere ist als ein Scharlatan.«

Alexander bat Enrico, sich Rosalia Baldanellos Zeitungsartikel ansehen zu dürfen. Enrico nahm den Schuhkarton aus seiner Reisetasche und stellte ihn mitten auf den Tisch.

Alexander überflog die Artikel und murmelte: »Seltsam, sehr seltsam. Offenbar hat sich deine Großtante für Päpste interessiert.«

»Besonders für die heilenden Kräfte von Papst Custos«, ergänzte Enrico.

»Aber was hat das alles mit dem Gegenpapst zu tun?«

»Vielleicht gar nichts. Vielleicht hat sie die Berichte über ihn nur gesammelt, weil er aus ihrem Heimatdorf kommt.«

»Dafür interessiert sich eine todkranke Frau?«

»Wenn sie ans Bett gefesselt war, hatte sie kaum was anderes zu tun.«

»Möglich«, sagte Alexander und setzte den Deckel wieder

auf den Schuhkarton. »Darf ich das bis morgen behalten und mir Kopien davon machen? Du übernachtest doch in Rom, oder?«
Enrico grinste. »Eure Zeitung spendiert mir eine Übernachtung. Ich wohne im Hotel ›Turner‹.«
Alexander stand auf und streckte zur Verabschiedung seine Hand aus. »Dann komme ich morgen Vormittag ins ›Turner‹ und bringe dir den Karton zurück. Sagen wir gegen zehn?«
»Ist mir recht«, erwiderte Enrico, während er aufstand und die Hand ergriff. Er fühlte sich von Alexanders freundlichem Rauswurf etwas überrumpelt.
Alexander schien seinen missmutigen Blick zu bemerken und sagte: »Tut mir Leid, dass ich jetzt keine Zeit mehr habe. Ein dringender Termin. Aber ich rufe dir ein Taxi.«

Das Taxi hielt ein paar Häuser weiter in einer Parklücke, und Enrico verstaute seine Reisetasche im Kofferraum. Als er dem Fahrer das Ziel nennen wollte, klingelte dessen Handy. Ohne Enrico weiter zu beachten, sprach der Fahrer mit einer Frau namens Monica, und sein Lächeln, als er für den Abend eine Verabredung traf, sprach Bände. Enrico übte sich in Geduld und blickte zu dem schmalen Haus, aus dem er vor wenigen Minuten hinauskomplimentiert worden war.
Er kam sich ein wenig ausgenutzt vor. Erst hatte er Alexander Rosin geduldig geantwortet, aber selbst war er kaum dazu gekommen, Fragen zu stellen. Er hätte von Alexander gern gehört, was der über Borgo San Pietro und den Einsiedler dachte. Aber irgendwie hatte der Schweizer es verstanden, seine eigenen Erklärungen sehr kurz zu halten. Nun gut, er war Journalist, und das gehörte vermutlich zu seinem Job.
Während Enrico das Haus betrachtete, trat Alexander vor die Tür, ging mit schnellen Schritten zu einem am Straßenrand geparkten Wagen und stieg ein. Der hellgrüne Peugeot reihte sich in den fließenden Verkehr ein und fuhr an dem Taxi vorbei,

ohne dass Alexander den Insassen einen Blick zuwarf. Er schien es wirklich eilig zu haben.
»Wohin, Signore?«, fragte der Taxifahrer, als er sein Telefonat beendet hatte.
Einer Eingebung folgend, zeigte Enrico auf Alexanders Wagen und sagte: »Folgen Sie dem grünen Peugeot!«
Der Taxifahrer lächelte gequält. »Das höre ich jeden Tag fünfmal. Und wohin möchten Sie wirklich?«
Enrico drückte ihm einen Fünfzigeuroschein in die Hand. »Folgen Sie dem Wagen!«
Der Fahrer grinste. »Wir sind schon unterwegs.«
»Gut. Achten Sie bitte darauf, dass wir nicht bemerkt werden!«
»Wie im Kino? Ich werd's versuchen.«
Der Taxifahrer stellte sich tatsächlich sehr geschickt an und hielt sich immer zwei, drei Fahrzeuge hinter dem Peugeot. Es wurde eine lange Fahrt, und nur mit einem Auge nahm Enrico von den römischen Altertümern Notiz, die sich mit moderneren Gebäuden abwechselten. Er musste an Borgo San Pietro denken und daran, wie er und Elena dem Bürgermeister heimlich zur Kirche gefolgt waren. Sie hatten ihn tot aufgefunden. Enrico hoffte, dass dies kein böses Omen für Alexander Rosin war.
Die dichte Bebauung der Stadt nahm ab, immer mehr Grün zeigte sich links und rechts einer geraden Straße, die über zum Teil recht buckeliges Pflaster führte. Platanen überschatteten die Fahrbahn, und große Villen versteckten sich hinter Büschen und Bäumen.
»Wo sind wir hier?«, fragte Enrico.
»Auf der Via Appia«, antwortete der Taxifahrer. »Das sieht nach einer längeren Fahrt aus. Kann sein, dass Sie mit dem Fünfziger nicht hinkommen.«
»Ich zahle den Fahrpreis, egal wie hoch. Und wenn Sie den Peugeot nicht verlieren und wir nicht entdeckt werden, gibt es das Doppelte!«

»Sagen Sie das doch gleich!«, kam es fröhlich vom Fahrer, bevor er zum Funkgerät griff und seiner Zentrale mitteilte, dass er eine längere Fuhre außerhalb der Stadt hatte.
Enrico hoffte, die Taxikosten irgendwie dem »Messaggero di Roma« unterjubeln zu können. Hin und wieder teilte der Fahrer ihm mit, wo sie sich befanden. Bald zeichnete sich ab, dass die Fahrt hinauf in die Berge ging.
»Schöne Orte gibt es da, die einen Besuch lohnen«, erzählte der Fahrer im Ton eines Fremdenführers. »Darunter auch Castel Gandolfo, wo der Papst seinen Sommersitz hat.«
Eine Zeit lang sah es so aus, als sei Castel Gandolfo tatsächlich Alexanders Ziel. Wollte er zum Papst? Aber auf Enricos Nachfrage sagte der Fahrer, der Papst halte sich gegenwärtig im Vatikan auf. »Und da gehört er auch hin in einer stürmischen Zeit wie dieser!«
Als sich die Straße gabelte, fuhr Alexander nicht nach rechts, wo Castel Gandolfo lag. Er wählte den Weg zur Linken, und Enrico las auf den Straßenschildern ihm unbekannte Ortsnamen wie Pascolaro, Monte Crescenzo, Villini und Marino. Aber Alexander blieb auf der Schnellstraße, die kleinen Ortschaften schienen ihn nicht zu interessieren. Erst bei Marino bog er ab, und das Taxi folgte ihm auch hier. Der Ort schien Alexanders Ziel zu sein.
»Was wissen Sie über dieses Marino?«, fragte Enrico.
»Nicht viel«, gestand der Taxifahrer. »In Rom kenne ich mich besser aus. In Marino stellen sie einen guten, schweren Weißwein her. Übernächsten Sonntag ist dort Weinfest. Wenn Sie noch etwas länger in Rom sind, können Sie dann aus dem Brunnen auf der großen Piazza den Wein trinken. Vielleicht komme ich auch.«
Das war nicht die Auskunft, die Enrico sich erhofft hatte. Er konnte sich nicht vorstellen, dass Alexander es wegen einer Weinprobe so eilig hatte. Jedenfalls war der Ort, der größer war, als Enrico erwartet hatte, tatsächlich das Ziel des Schwei-

zers. Alexander steuerte einen kleinen Parkplatz an und setzte den Blinker.
»Vorbeifahren und woanders halten!«, wies Enrico den Taxifahrer an.
Der warf ihm einen schrägen Blick zu. »Weiß ich doch. Ich gehe oft ins Kino.«
Er hielt in der nächsten Seitenstraße und nannte Enrico den exorbitanten Fahrpreis. »Für Fahrten außerhalb Roms berechne ich einen Zuschlag.«
Mit einem säuerlichen Lächeln bezahlte Enrico und ließ sich eine Quittung ausstellen, während er seine Tasche aus dem Kofferraum holte. Als das Taxi wendete, ging Enrico rasch in Richtung Parkplatz. Wobei er feststellte, dass die Detektive im Film beim Beschatten aus gutem Grund keine schwere Reisetasche mit sich herumschleppten. Er hätte den Taxifahrer gegen ein Aufgeld beauftragen sollen, die Tasche im Hotel »Turner« abzugeben, aber dazu war es jetzt zu spät.
Enrico sah Alexander gerade noch in einer von vielen netten Läden gesäumten Straße verschwinden und ging ihm nach, immer darauf bedacht, sich nicht auffällig zu verhalten. Allerdings konnte er sich mit seiner Tasche auch nicht unsichtbar machen. Falls Alexander sich überraschend umdrehte, war er aufgeflogen und stand ziemlich blöd da. Überhaupt fragte Enrico sich, ob diese Beschattungsaktion nicht eine Schnapsidee war. Alexander konnte wer weiß warum nach Marino gefahren sein. Vielleicht war er aus ganz privaten Gründen hier. Enrico kam sich zunehmend vor wie ein Idiot, während er dem Schweizer durch den hübschen Ort folgte, der bei besserem Wetter gewiss eine Augenweide für Touristen war. Aber als Alexander auf eine Kirche zuging, änderte Enrico seine Meinung. Erneut musste er an Borgo San Pietro denken, und ein mulmiges Gefühl, eine Vorahnung von Gefahr, ergriff von ihm Besitz.
Alexander blieb an einer Straßenecke stehen und blickte in

Richtung Kirche. Der Schweizer schien bemüht, sich nicht zu offen zu zeigen. Enrico hatte plötzlich den Eindruck, der Beschatter eines Beschatters zu sein. Alexander setzte sich wieder in Bewegung und ging mit schnellen Schritten auf die Kirche zu. Er öffnete eine Tür und verschwand im Innern des Gotteshauses. Enrico blieb keine Wahl, als ihm zu folgen. Wenn er hier draußen wartete, würde er wohl kaum erfahren, was Alexander hergeführt hatte.

In der Kirche war es sehr dunkel. Enricos Augen mussten sich erst an das Zwielicht gewöhnen. Soweit er erkennen konnte, war er allein hier. Er hatte keine Ahnung, wo Alexander sich verborgen hielt. Während sein Blick noch suchend über das Kirchenschiff mit den langen Bankreihen glitt, hörte er ein seltsames Geräusch – wie ein Schrei, der abbrach, bevor er noch richtig ausgestoßen werden konnte. Wieder musste er an Bürgermeister Cavara denken, der tot in der Küche von Don Umiliani gelegen hatte, und vor seinem geistigen Auge verwandelte der Tote sich in Alexander Rosin. Hastig stellte Enrico seine Tasche neben einen Holztisch mit Informationsbroschüren und eilte durch das Kirchenschiff, auf der Suche nach der Person, die vergebens zu schreien versucht hatte.

Ein Lichtschein, der von rechts in die Kirche fiel, ließ ihn anhalten. Dort stand eine Tür neben dem Beichtstuhl offen. In dem Gang dahinter brannte das elektrische Licht, das Enricos Aufmerksamkeit erweckt hatte. Es gab weitere Türen zu beiden Seiten, aber diese hier stand als einzige offen. Enrico lief zu ihr und wollte den Flur betreten, als ihn ein schreckliches Déjà-vu-Erlebnis erstarren ließ. Fassungslos blickte er in den Gang und sah seine schlimmsten Ahnungen bestätigt. Wie vor ein paar Tagen in der Küche hinter der Kirche von Borgo San Pietro sah er sich einer reglosen Gestalt gegenüber, die auf dem Boden lag, wahrscheinlich einem Toten. Die klaffende Halswunde, aus der das Blut in rasch aufeinander folgenden Schüben hervorquoll, verhieß wenig Hoffnung.

Er überwand die Starre und trat auf den am Boden Liegenden zu. Es war nicht Alexander Rosin, sondern ein grauhaariger Mittfünfziger im schwarzen Anzug eines Priesters. Der ehemals weiße Römerkragen war von Blut getränkt. Der Geistliche lag in verrenkter Haltung auf dem Rücken, das Gesicht vor Furcht, Überraschung oder Schmerz verzerrt. Enrico kniete sich neben ihn und konnte weder Atmung noch Puls feststellen. Der Körper war noch warm, und es gab keine Anzeichen einer Leichenstarre. Enrico hatte keinen Zweifel, dass der Mord gerade erst verübt worden und er Ohrenzeuge der Tat geworden war. Er zog sein Handy aus der Jackentasche und musste sich angesichts des Toten konzentrieren, um sich an die Notrufnummer der italienischen Polizei zu erinnern. Er hatte sich die Nummer der Carabinieri gemerkt, weil sie dem Notruf der deutschen Feuerwehr entsprach: eins-eins-zwei. Gerade wollte er die Ziffern eintippen, als ihn Schritte ganz in seiner Nähe aufschreckten. Sie kamen aus dem Kirchenschiff.

Enrico schalt sich einen Narren. Wenn der Mord gerade erst verübt worden war, musste der Mörder natürlich noch in der Nähe sein. Wie hatte er nur so dumm sein können, das außer Acht zu lassen? Zu erklären war das nur mit dem Schock, den ihm der Anblick des toten Geistlichen versetzt hatte.

Er sprang auf, lief zur offenen Tür und spähte ins Kirchenschiff. Hinter dem Beichtstuhl nahm er eine Bewegung wahr, und er hörte erneut Schritte. Jemand, den er im Zwielicht nicht genauer erkennen konnte, lief auf den Ausgang zu.

In der Schule und beim Sport an der Uni war Enrico ein hervorragender Sprinter gewesen. Das kam ihm zugute, als er dem Flüchtenden nachsetzte. Das letzte Stück überwand er mit einem Sprung in den Rücken des anderen. Mit dem Verfolgten ging er zu Boden, und er wunderte sich über die vielen Haare in seinem Gesicht.

Bedauerlicherweise hatte er keine Waffe. Der Mörder dagegen musste ein scharfes – tödliches – Messer bei sich tragen. Enrico

ballte die Rechte, um den Mann mit einem schnellen Fausthieb außer Gefecht zu setzen. Im letzten Augenblick hielt er inne, als er in das Gesicht des mutmaßlichen Mörders sah.
Es war das Gesicht einer Frau. Ein schönes Gesicht, das von langem, rötlich schimmerndem Haar umspielt wurde. In den weit aufgerissenen grünen Augen der Frau spiegelte sich Furcht, als sie mit sich überschlagender Stimme keuchte: »Bitte, töten Sie mich nicht! Ein Mord ist doch genug!«
Die Worte verwirrten Enrico. Die Frau hielt *ihn* für den Mörder!
»Wer sind Sie?«, fragte er stockend.
Die Antwort kam nicht von der Frau, sondern von jemandem hinter Enricos Rücken. »Das ist Dr. Vanessa Falk. Sie hat eine unbestreitbare Vorliebe für Treffen mit toten Priestern.«
Alexander Rosin kam mit schnellen Schritten herbei. Enrico registrierte mit einer gewissen Erleichterung, dass der Schweizer kein blutiges Messer in der Hand hielt. Andererseits konnte Alexander, wenn er der Mörder war, sich längst der Tatwaffe entledigt haben.
»Rosin!«, stieß die Frau hervor, und zu Enricos Erstaunen sprach sie Deutsch. »Wie kommen Sie hierher?«
»Diese Frage wollte ich eigentlich meinem neuen Bekannten stellen«, sagte Alexander, ebenfalls auf Deutsch, und blickte Enrico an.
»Ich bin dir gefolgt«, erklärte Enrico. »Du hattest es nach unserem Treffen so eilig, dass ich neugierig geworden war.«
Die Frau sah Alexander an und sagte vorwurfsvoll: »Sie haben mich verfolgt!«
Ein weiterer Mann trat aus dem Gang, in dem der Tote lag. Er hatte graues Haar und bewegte sich seltsam, als sei er gehbehindert. »Wir beide haben Sie verfolgt, Dottoressa, und das mit gutem Grund, wie man jetzt sieht.« Er wandte sich an Alexander und fuhr fort: »Die Kollegen sind verständigt und der Notarzt auch, sicherheitshalber.«

»Du meinst, der Priester könnte noch leben?«
»Wohl kaum. Aber das ist kein Grund, die Vorschriften zu missachten.«
»Ich verstehe nicht ganz«, sagte Enrico und sah den Grauhaarigen an. »Wer sind Sie? Und wer ist der Mörder?«
»Letzteres wüsste ich auch gern. Zu Ihrer ersten Frage: Commissario Stelvio Donati von der römischen Polizei.«

Eine Viertelstunde später sah Enrico allmählich klarer. Er hatte sich vorhin nicht getäuscht, als ihm der seltsame Gedanke gekommen war, der Beschatter eines Beschatters zu sein. Alexander Rosin arbeitete mit dem Commissario namens Donati zusammen, und die beiden hatten von einem Treffen zwischen der rothaarigen Frau, jener Dr. Vanessa Falk, und dem Ermordeten gewusst. Dieser hieß Leone Carlini und war der Pfarrer in dieser Kirche – gewesen. Während Enrico mit der Frau, Alexander und dem Commissario in einem schmucklosen Zimmer der örtlichen Polizeistation saß, erfuhr er mehr über die beiden Priestermorde, zu denen sich jetzt ein dritter gesellt hatte. Bei dem ermordeten Leone Carlini handelte es sich um den Cousin eines der beiden früheren Opfer.
Alexander sah Enrico kopfschüttelnd an. »Ich kann es noch immer nicht fassen, dass du hier Detektiv gespielt hast. Ich hatte mich mit Stelvio in der Kapelle versteckt. Erst hörten wir den unterdrückten Schrei und dann dich mit Dr. Falk ringen. Da haben wir gedacht, die fliehenden Mörder verursachen die Geräusche. Wäre ich nicht zu den Falschen gelaufen, hätte ich die Täter vielleicht erwischt.«
»Tut mir Leid«, seufzte Enrico. »Ich habe Dr. Falk für den Mörder gehalten und sie deshalb verfolgt.«
Vanessa Falk runzelte die Stirn. »Eigentlich sollte ich froh sein, wenn die Männer derart hinter mir her sind. Aber unter diesen Umständen?«
»So kommen wir nicht weiter«, sagte Donati ernst. »Wir

sollten uns an die Fakten halten. Dr. Falk, Sie haben sich in dem Beichtstuhl versteckt, bevor Sie vor Signor Schreiber weggelaufen sind. Warum?«

»Ich hatte kurz mit Carlini in seiner Wohnung gesprochen, dann ging er in die Kirche, um irgendetwas wegzuschließen. Er wollte in zwei Minuten zurück sein. Da hörte ich ein seltsames Geräusch, besagten abgebrochenen Schrei. Ich folgte dem Pfarrer und fand ihn tot vor. In dem Moment hörte ich Schritte. Ich dachte, das ist der Mörder, und habe mich nach einem Versteck umgesehen.«

»Den Beichtstuhl«, ergänzte Donati.

»Ja, den Beichtstuhl.«

»Das ist ja eine richtige Posse wie im Provinztheater«, meinte der Commissario. »Einer verfolgt und verdächtigt den anderen, während der wahre Mörder, wenn es nur einer war, sich ungestört absetzt. Und das vor den Augen der Polizei. Ich werde mir einiges anhören müssen, wenn ich wieder in Rom bin.«

»Warum sind Sie mir überhaupt gefolgt?«, fragte Dr. Falk.

»Vielleicht, weil ich so etwas geahnt habe.«

»Wie meinen Sie das, Commissario?«

»Auch Pfarrer Dottesio verstarb kurz nach dem Treffen mit Ihnen. Sie scheinen Geistlichen kein Glück zu bringen, Dottoressa.«

»Haben Sie mich etwa im Verdacht, etwas mit den Morden zu tun zu haben?«

Donati lächelte kalt. »Das ist mein Job.«

»Signor Schreiber könnte ebenso gut der Mörder sein!«

»Vergessen Sie nicht, dass er *nach* Ihnen den Gang betreten hat, in dem der Tote lag.«

»Vielleicht ist er noch einmal an den Tatort zurückgekehrt«, schlug Dr. Falk vor.

Enrico warf ihr einen giftigen Blick zu. »Vielen Dank, dass Sie mich zum Mörder stempeln wollen. Wirklich reizend von Ihnen!«

Kopfschüttelnd murmelte Donati: »Provinztheater, ich habe es ja gesagt.«
»Wahrscheinlich sind wir den Mördern fast auf die Füße gestiegen«, sagte Alexander missmutig. »Möglicherweise halten sie sich sogar noch in Marino auf, oder aber sie sind schon gut gelaunt auf dem Rückweg nach Rom.«
»Jeder verfugbare Polizist in Marino hält die Augen nach Verdächtigen auf«, erklärte Donati. »Zusätzliche Kräfte sind hierher unterwegs. Überall an den Straßen nach Rom werden Kontrollpunkte errichtet. Wir haben eine gute Chance, die Kerle zu kriegen.«
»Sie scheinen davon auszugehen, dass es sich um mehrere Täter handelt und dass sie aus Rom kommen«, wunderte Enrico sich.
»Eine Vermutung, allerdings eine begründete«, sagte der Commissario. »Im Fall des ermordeten Pfarrers Dottesio können wir mit an Sicherheit grenzender Wahrscheinlichkeit von mehreren Tätern ausgehen. Die Annahme, dass dieselben Leute auch hinter dem neuesten Mord stecken, liegt nicht fern.«
»Aber wenn ich Sie richtig verstanden habe, wurden die beiden anderen Pfarrer auf sehr ungewöhnliche Weise getötet beziehungsweise zugerichtet. Der eine wurde ans Kreuz genagelt, der andere im Taufbecken ertränkt. Richtig?«
Donati nickte. »Ich verstehe, worauf Sie hinauswollen, Signor Schreiber. Die durchgeschnittene Kehle von Leone Carlini passt nicht so recht in dieses Bild, könnte also auf einen anderen Täter hindeuten. Doch ich gebe zu bedenken, dass die Täter heute – gehen wir einmal von mehreren aus – unter Zeitdruck gestanden haben. Vielleicht hatten sie mit dem Toten noch mehr vor. Aber als erst Dr. Falk und dann noch Sie auftauchten, haben unsere Unbekannten sich klugerweise aus dem Staub gemacht.«
»Vielleicht sollte die Polizei sich mehr um die Mörder kümmern, anstatt Unschuldige zu beschatten«, versetzte Vanessa Falk schnippisch.

Donati strafte sie mit einem verächtlichen Blick. »Was genau wollten Sie eigentlich mit Leone Carlini besprechen, Dottoressa?«
»Ich dachte, sein Bruder könnte ihm etwas anvertraut haben.«
»Und an was dachten Sie da?«
»Ich hatte keine konkrete Vorstellung. Mirakel, die tief im Geheimarchiv des Vatikans verborgen sind. Irgendetwas, das mir bei meiner Arbeit weiterhelfen könnte.«
»Das ist aber eine reichlich vage Motivation für eine Fahrt nach Marino«, fand der Commissario.
Dr. Falk sah ihn mit einer Mischung aus Ärger und Trotz an. »Für mich war es Antrieb genug.«
»Als Sie Leone Carlini am Telefon sagten, Sie wollten mit ihm über seinen Bruder sprechen, klang das aber ein wenig konkreter. Ganz so, als wüssten Sie etwas über Giorgio Carlinis Tod.«
Jetzt brach Vanessa Falks aufgestauter Ärger aus ihr hervor. Sie sprang von ihrem Stuhl auf und fauchte Donati an: »Sie haben mein Telefon abgehört! Sie sind …«
»Auch in Italien ist Beamtenbeleidigung strafbar«, ermahnte der Commissario sie.
»Ach ja? Und die Abhöraktion? War die überhaupt legal?«
Donati setzte eine gleichgültige Miene auf. »Wenn Sie das überprüfen möchten, nehmen Sie sich doch einen Anwalt!«
Enrico betrachtete Vanessa Falk und fragte sich, ob sie mit den Mördern unter einer Decke steckte. Falls ja, war sie eine ziemlich gute Schauspielerin. Ihr Zorn wirkte echt. Das leichte Beben ihres Körpers, ihre angespannte Haltung, die Blitze, die ihre Augen auf Donati abschossen, all das verriet einen Zustand hoher Erregung. Und es stand ihr gut zu Gesicht. Sie war ohnehin eine attraktive Frau mit einer starken Ausstrahlung. In diesem Augenblick wirkte sie wie eine rothaarige Amazone, die bereit war, ihr Gegenüber zu zerfleischen. Aber konnte sie so etwas wirklich tun? Er versuchte sich vorzustellen, wie sie

dem Pfarrer Leone Carlini mit einem Messer die Kehle aufschlitzte. Es war ein Bild, das ihm nicht behagte. Nicht nur wegen des Toten, sondern auch wegen Vanessa Falk.

»Brauche ich einen Anwalt?«, fragte sie, und das Zittern ihrer Stimme verriet, dass sie sich nur mühsam unter Kontrolle hielt.

»Wie meinen Sie das?«, entgegnete der Commissario.

»Bin ich festgenommen?«

Donati schüttelte den Kopf. »Aber nicht doch. Ich muss Sie lediglich bitten, sich zur Verfügung der römischen Polizei zu halten. Und verlassen Sie Rom bitte nicht, ohne mich vorher anzurufen!« Er gab ihr seine Karte.

Mit einer schnellen Bewegung steckte sie die Karte ein, als wolle sie mit dem Commissario so wenig wie möglich zu tun haben. »Dann kann ich jetzt gehen?«

»Meinetwegen.«

Sie verließ den Raum, ohne sich zu verabschieden.

»Lassen wir gerade unsere Mörderin laufen?«, sprach Alexander laut aus, was wohl jeder im Raum dachte.

»Laufen vielleicht, aber nicht entkommen«, antwortete Donati. »Eine Zivilstreife wird ihr unauffällig folgen.«

»Haben Sie dasselbe mit mir vor?«, fragte Enrico.

Donati schüttelte den Kopf. »Sie haben doch gar keinen Wagen hier. Ich schlage vor, Sie fahren mit Alexander zurück nach Rom. Ich würde Sie auch mitnehmen, aber ich werde noch ein paar Stunden brauchen, bis hier alles geregelt ist.«

»Ich dachte schon, ich bin neben Dr. Falk Ihr Hauptverdächtiger. Schließlich scheine auch ich den Tod magisch anzuziehen.«

»Sie sprechen von der Sache in Borgo San Pietro«, stellte Donati fest.

»Sie haben davon gehört?«

»Ja, von Alexander. Wenn es dort nicht den Bürgermeister erwischt hätte, sondern den Pfarrer, wäre ich versucht zu glauben, dass der Fall mit den Morden hier zusammenhängt. Aber

unter den gegebenen Umständen glaube ich das kaum. Jedenfalls ist die Sache in Borgo San Pietro nicht weniger mysteriös.«
»Und Elena hätte sie fast das Leben gekostet«, fügte Alexander düster hinzu.
Donati blickte ihn mitfühlend an. »Möchtest du zu ihr fahren?«
»Am liebsten sofort. Aber derzeit komme ich aus Rom nicht weg. Den heutigen Abend werde ich damit verbringen müssen, für den ›Messaggero‹ einen Bericht über den neuesten Priestermord zu schreiben. Ein Augenzeugenbericht, wenn man so will.«

Enrico fuhr mit Alexander nach Rom zurück, wie der Commissario vorgeschlagen hatte. Dank eines von Donati ausgestellten Schreibens passierten sie die Polizeikontrollen unangefochten. Alexander setzte Enrico vor dem Hotel »Turner« ab und fuhr weiter in die Redaktion, um seinen Artikel zu schreiben.
Nach einem kurzen Blick auf das luxuriöse Zimmer, das er auf Kosten des »Messaggero« bewohnte, stieg Enrico unter die Dusche. Anschließend ging er ins Hotelrestaurant, weil sein Magen gehörig knurrte. Er hasste es, allein in Gaststätten zu gehen, aber außer Alexander kannte er niemanden in Rom. Das Essen war sehr gut, in netter Gesellschaft hätte er es jedoch mehr genossen.
Er dachte an Elena, und hin und wieder vermischte sich ihr Bild mit dem von Vanessa Falk. Hatte die Deutsche ihn so sehr beeindruckt? Warum auch nicht, schließlich hatte er sie unter sehr ungewöhnlichen Umständen kennen gelernt. Er zerbrach sich den Kopf darüber, ob sie tatsächlich eine Mörderin sein konnte. Sein Gefühl sagte nein, doch sein Verstand stellte das sogleich in Frage. Nur weil sie eine sehr attraktive Frau war, machte sie das nicht automatisch zum Unschuldslamm.
Zum Essen hatte er einen guten Wein getrunken, nun bestellte

er an der Hotelbar einen Frozen Margarita, zu dem sich noch zwei oder drei weitere gesellten. Der Tag war aufregend gewesen, aber auch frustrierend. Der Alkohol würde ihm hoffentlich helfen, die nötige Bettschwere zu finden. Als er auf sein Zimmer ging, stellte er fest, dass die Kombination von Rotwein und Tequila eine stärkere Wirkung hatte als beabsichtigt. Eigentlich wollte er vor dem Einschlafen noch das letzte Kapitel von Fabius Lorenz Schreibers Reisebericht lesen, aber kaum hatte er sich ins Bett gesetzt und das Buch aufgeschlagen, fielen ihm auch schon die Augen zu. Als er das Buch weglegte und das Licht ausschaltete, hoffte er, dass der Alkohol ihn wenigstens traumlos schlafen ließ.

12

Rom, Sonntag,
27. September

Enricos Hoffnung erfüllte sich nicht. Sein Alptraum suchte ihn heim, und dieses Mal war es ein besonders intensives Erlebnis. Er stand dem Geflügelten gegenüber und wusste nicht, ob es ein Engel oder ein Teufel war. Das Gesicht und der ganze Körper des Geflügelten schienen von innen heraus zu oszillieren, als versuchten zwei verschiedene Wesen, die in derselben Hülle steckten, die Gewalt über das jeweils andere zu erlangen. Einmal war es ein freundliches, gütiges Gesicht und ein makelloser, elfenbeinfarbener Leib. Dann wieder starrte ihn eine höhnische, boshafte Fratze an, aus den eben noch schlanken Händen wuchsen lange Krallen, der Körper war von roten und schwarzen Schuppen bedeckt wie bei einem Feuer speienden Drachen. Während das elfenbeinfarbene Wesen mit den gefiederten Flügeln ihn faszinierte, stieß der schuppige Dämon mit den fledermausartigen Schwingen ihn ab, erfüllte ihn mit abgrundtiefem Entsetzen. Wieder war in Enricos Kopf die Stimme, die ihn magisch anzog, die ihn beschwor, sich nicht zu fürchten und Vertrauen zu haben. Enrico stand am Rand des Sees, und der Geflügelte schnitt ihm den Fluchtweg ab.

Du musst nicht fliehen. Dir wird nichts Böses geschehen. Höre auf dein Herz und lass dich nicht vom äußeren Schein täuschen!

Während Enrico diese Worte vernahm, trat der schuppige Dämon auf ihn zu und breitete seine Flügel aus, als wolle er Enrico umschlingen. Enricos Panik wurde übermächtig. Er wollte zurückweichen, verlor bei einem Fehltritt den festen Boden unter den Füßen und stürzte dem See entgegen …

An diesem Punkt seines Traums schreckte er hoch und stellte fest, dass es draußen bereits hell war. Durch die Vorhänge drang ein diffuses Licht, das sein Hotelzimmer weder richtig hell noch dunkel erscheinen ließ. Das Licht war zwitterhaft wie das geflügelte Wesen in seinem Traum. Während er schlaftrunken zu den Fenstern ging und die Vorhänge beiseite zog, um das Morgenlicht ungehindert einzulassen, dachte er über die Intensität seines Traums nach. Er hatte geglaubt, sich an den Alptraum gewöhnt zu haben, der ihn seit seiner Kindheit nicht losließ. Aber seit er in Italien war, hatte sich etwas geändert. Der Schutzschild, den er gegen die Furcht vor dem Geflügelten aufgebaut hatte, wies Risse auf, starke Risse. Als sei ein Dämon dabei, seinen Kerker zu sprengen und von Enrico Besitz zu ergreifen.

Er blickte hinaus auf ein Rom, das in helles Licht getaucht war. Die Sonne schien kräftig an diesem Sonntagmorgen und hatte die dicke Wolkenschicht des Vortags weitgehend zerrissen. Obwohl es noch früh war, zeigten sich erste Spaziergänger. Enrico hätte diesen Morgen genießen sollen, aber er spürte noch die Furcht vor dem Geflügelten. Tief in ihm drin saß eine Angst, deren Natur ihm unbekannt war. Sollte er sich vor einer Traumgestalt fürchten oder eher davor, den Verstand zu verlieren?

Obwohl er wenig Hunger verspürte, beschloss er, ein ausgiebiges Frühstück einzunehmen. Das Büfett im Frühstücksraum bot eine reichhaltige Auswahl. Er entschied sich für Rührei mit Schinken und bestellte dazu einen starken Kaffee. Der Akt des Essens an sich gab ihm das Gefühl, ein Mensch zu sein, von dieser Welt. Als er sich vorzustellen versuchte, wie der Traumdämon Rührei mit Schinken aß, musste er laut lachen, und die Gäste an den anderen Tischen warfen ihm irritierte Blicke zu. Enrico war das gleichgültig, das Lachen tat ihm gut.

»Du bist heute Morgen aber guter Dinge, Enrico«, sagte eine vertraute Stimme in seinem Rücken. »Darf man den Grund deiner Heiterkeit erfahren?«

Enrico schaute um und sah sich Alexander Rosin gegenüber, der einen unausgeschlafenen Eindruck machte. »Ich habe einfach so gelacht. Wer ohne Grund lacht, soll zwar dämlich sein, aber lieber dämlich als trübsinnig. Oder?«

Alexander sah irritiert aus. »Um ehrlich zu sein, das ist eine Frage, über die ich noch keine grundlegenden Betrachtungen angestellt habe. Hast du etwas dagegen, wenn ich mich zu dir setze?«

»Ganz und gar nicht. Schon gefrühstückt?«

»Ja, aber einen Kaffee würde ich trinken. Viele Grüße von Elena übrigens. Ich habe ausführlich mit ihr telefoniert.«

»Wie geht es ihr?«

»Viel besser. Am liebsten würde sie sofort aus dem Bett springen und wieder an die Arbeit gehen.«

»Was hält sie davon ab?«

»Die Ärzte. Sie trauen dem Wunder nicht so ganz.«

Enrico schenkte Alexander einen Kaffee ein und fragte: »Gibt es Neuigkeiten über den Mord in Marino? Hat man die Täter gefasst?«

Alexander schüttelte den Kopf. »Das wäre auch zu schön gewesen. Die Kerle sind ausgekocht und wissen wohl auch, wie man sich Straßenkontrollen entzieht.«

»Und Dr. Falk? Haben Donatis Leute etwas herausgefunden?«

»Ebenfalls Fehlanzeige. Sie ist schnurstracks in ihr Hotel in Trastevere zurückgekehrt und hat es abends nur für eineinhalb Stunden verlassen, um in einem Restaurant in der Nähe Spaghetti Carbonara zu essen. Dann ist sie wieder auf ihr Zimmer gegangen.«

»Du bist erstaunlich gut informiert. Weiht die römische Polizei alle Journalisten so umfassend in ihre Ermittlungsergebnisse ein?«
Alexander lachte. »Wohl kaum, besonders dann nicht, wenn die Ergebnisse so dürftig sind. Aber da ich in diesem Fall auf Wunsch des Vatikans mit Stelvio Donati zusammenarbeite, haben wir keine Geheimnisse voreinander. Apropos Vatikan. Ich bin nicht ohne Grund hier. Eine hoch gestellte Persönlichkeit im Vatikan möchte mit dir zu Mittag essen. Ich soll dich hinbringen, wenn es dir recht ist.«
Jetzt war es an Enrico, irritiert dreinzuschauen. »Ein Mittagessen mit einer hoch gestellten Persönlichkeit? Wie komme ich zu der Ehre, und wer ist diese ›Persönlichkeit‹?«
»Die Wunderheilung in Pescia und deine Anwesenheit gestern in Marino sind zwei gute Gründe für den Vatikan, an dir interessiert zu sein, Enrico. Deinen Gastgeber wirst du kennen lernen, wenn du die Einladung annimmst.«
»Warum die Geheimniskrämerei?«
»Nicht alle römischen Journalisten sind so verschwiegen wie ich. Der Vatikan möchte keine Gerüchte in Umlauf setzen.«
»Gerüchte wabern immer dort, wo man nichts Konkretes weiß!«
»Nur Geduld! Ich empfehle dir, die Einladung anzunehmen. Dann erfährst du, wer an dir interessiert ist.«
»Meinetwegen. Ich habe nichts Besseres vor. Ich muss nur zusehen, dass ich meinen Flieger am Nachmittag kriege.«
»Du fliegst erst morgen. Ich habe alles arrangiert. Keine Sorge, der ›Messaggero‹ bezahlt auch die zusätzliche Übernachtung.«
»Woher wusstest du, dass ich mit dir in den Vatikan komme?«
»Ich habe auf deine Neugier gesetzt. Und jetzt solltest du dein Rührei aufessen, bevor es kalt wird. Außerdem müssen wir bald aufbrechen.«
»Wieso?«, fragte Enrico. »Bis zum Mittag sind es noch zweieinhalb Stunden.«

»Ich würde mir gern das Angelusgebet auf dem Petersplatz anhören. Es heißt, der Papst macht dabei eine wichtige Ankündigung im Hinblick auf die Kirchenspaltung. Als Reaktion auf das Konzil der Glaubenskirche, wie man sagt. Jedenfalls hat diese Nachricht schon in ganz Rom die Runde gemacht, und heute Mittag werden auf dem Petersplatz Scharen von Gläubigen und von Journalisten erwartet. Wenn wir einen guten Platz erwischen wollen, sollten wir nicht zu spät aufbrechen.«

»Eben hast du noch gesagt, der Vatikan setze nicht gern Gerüchte in Umlauf.«

»Wenn es in seinem Interesse ist, schon.«

»Was ist das für ein Konzil, das du erwähnt hast?«

»Hast du seit gestern keine Nachrichtensendung gesehen oder gehört?«

»Nein. Mein Bedarf an Sensationen wurde in Marino ausreichend gedeckt.«

»Gegenpapst Lucius hat für den kommenden Mittwoch alle Kardinäle der Glaubenskirche zu einem Konzil nach Neapel eingeladen. Dort sollen die Grundsätze und Richtlinien der neuen Kirche zementiert werden. Man rechnet mit einer großen Medienoffensive im Anschluss an das Konzil. Die *Heilige Kirche des Wahren Glaubens* wird versuchen, der Amtskirche das Wasser abzugraben und sich selbst als einzig legitime katholische Kirche zu positionieren.«

Enrico schaufelte den Rest seines Rühreis auf die Gabel und sagte: »Das klingt wie eine Marketingkampagne.«

»Es *ist* eine Marketingkampagne. Wenn man in unserer Welt erfolgreich sein will, muss man die Medien und die Öffentlichkeit hinter sich haben. Das wissen die Kirchenspalter in Neapel ebenso wie die Entscheidungsträger im Vatikan. Deshalb haben wir das Gerücht über die Ankündigung von Papst Custos ausgestreut und in allen großen Redaktionen und Mediendiensten Roms verbreitet.«

»›Wir‹? Was heißt das?«

»Nun ja«, sagte Alexander gedehnt und grinste spitzbübisch, »ich war an der Verbreitung des Gerüchts nicht ganz unbeteiligt.«

Alexanders Vorschlag, mit der Straßenbahn zum Vatikan zu fahren, erwies sich als klug. Zwar mussten Enrico und er sich in der voll gestopften Bahn wie die Sardinen in der Dose zusammendrängen, aber der Autoverkehr in Richtung Vatikan war vollends zum Erliegen gekommen.
»Das ist nicht der normale Andrang zum sonntäglichen Angelusgebet«, sagte Alexander, während die Straßenbahn an den feststeckenden Autos vorbeifuhr. »Die Ankündigung des Papstes scheint auf fruchtbaren Boden zu fallen.«
»Er hat ja auch eine gute Presseabteilung«, erwiderte Enrico und bedachte Alexander mit einem Zwinkern.
Schon von weitem sahen sie, dass der Petersplatz aus allen Nähten platzte. Gläubige, Neugierige, Geistliche, Journalisten, Kameraleute und Tontechniker standen kaum minder dicht gedrängt als die Menschen in der Straßenbahn. Polizisten und Schweizergardisten bemühten sich redlich, einigermaßen Ordnung in die Riesenmenge zu bringen. Alexanders Presseausweis und der Umstand, dass er einen der Gardisten gut kannte, ermöglichten es ihm und Enrico, auf den schmalen Gängen, die durch Absperrgitter freigehalten wurden, weit nach vorn zu gelangen, bis ihre Köpfe fast von der gigantischen Kuppel des Petersdoms überschattet wurden. Sie waren nahe dem Herzen der katholischen Christenheit, doch in Enrico, der zum ersten Mal hier war, wollte auch nicht der Ansatz einer weihevollen Stimmung aufkommen. Die vielen tausend Menschen um ihn herum, die laut redeten, einander etwas zuriefen, in ihre Handys schrien, etwas aßen oder tranken, ließen ihn eher an ein Volksfest denken als an einen heiligen Ort. Erst als er genauer hinsah, stellte er fest, dass nicht alle so gelöst waren. Er entdeckte viele Menschen, die sich still verhielten, ernst und

konzentriert wirkten und voller Erwartung zu dem Balkon im dritten Stock des Apostolischen Palastes hinaufsahen, von dem aus der Papst traditionell sein Sonntagsgebet sprach. Das waren jene Gläubigen, die von der Kirchenspaltung zutiefst betroffen waren und sich von der Ansprache ihres Oberhirten Trost und Hoffnung ersehnten.

Aber als dort oben im Apostolischen Palast das zweite Fenster von rechts geöffnet wurde und die Gestalt des Papstes zwischen den großen weißen Fensterläden erschien, verstummten auch die weniger frommen Menschen auf dem Petersplatz. Für ein paar lange Sekunden herrschte eine fast vollkommene Stille, und erwartungsvoll richteten etliche tausend Menschen ihren Blick auf den Papst, der da oben so klein und unscheinbar wirkte. Enrico war ein wenig enttäuscht, er hätte Papst Custos gern besser gesehen. Aber obwohl er und Alexander ziemlich weit vorn standen, konnte er nur die Umrisse des in Weiß gekleideten Heiligen Vaters erkennen. Die Stimme des Papstes aber hallte dank moderner Technik laut und deutlich über das weite Rund, während er das Angelusgebet sprach. Als es beendet war, herrschte wieder Schweigen, und die Menschen blickten unverwandt auf Custos.

Der Papst schien sich zu sammeln, bevor seine Stimme abermals über den Petersplatz schallte: »Meine Söhne und Töchter, Gläubige und Besucher, ihr Menschen in Rom und in der ganzen Welt, ich möchte diese Gelegenheit nutzen, um zu euch zu sprechen. Seit Tagen fragt ihr euch, wie es um die Heilige Römische Kirche steht, weil eine andere Kirche gegründet, ein anderer Papst gewählt wurde. Ihr fragt euch, welcher Kirche und welchem Papst ihr euer Vertrauen schenken sollt. Einige von euch haben sich längst entschieden, andere zweifeln noch. Ich kann das gut verstehen, und ich bin weit davon entfernt, die Anhänger der Gegenkirche zu verdammen. Mir ist bewusst, dass die Kardinäle, Bischöfe und Priester der Gegenkirche im besten Glauben handeln, und das gilt auch für die

Menschen, die ihre Gotteshäuser und ihre Gottesdienste besuchen.«
Diese Erklärung des Papstes rief allgemeine Verwunderung hervor, und ein Raunen ging durch die Menge. Einige Reporter, die vor laufenden Kameras live berichteten, sprachen hastig ihre Kommentare in die Mikrofone.
»Ja, ich habe Verständnis für die Abtrünnigen«, fuhr Custos fort und sprach eine Spur lauter, um die allgemeine Aufmerksamkeit zurückzugewinnen. »Aber ich billige nicht, was sie tun. Ich verstehe, dass wir in schwierigen Zeiten leben, in denen es schwer fällt, am Glauben festzuhalten, wenn dieser Veränderungen unterworfen ist. Ich selbst habe einige Veränderungen in der Kirche durchgeführt und weitere geplant. Viele derjenigen, die dem Gegenpapst Treue gelobt haben, waren mit diesen Veränderungen nicht einverstanden. Aber ist es falsch, neue Wege zu gehen, wenn ich als der von den Kardinälen gewählte Papst der Meinung bin, dass diese Wege notwendig sind? Ich glaube nicht, dass es falsch ist, und mein Herz vor Gott dem Allmächtigen ist rein. Als Papst ist es meine Aufgabe, die Kirche zu leiten und in eine leuchtende Zukunft zu führen, nicht aber, meine Augen vor notwendigen Reformen zu verschließen. Enttäuschung, Verärgerung und vielleicht auch mangelndes Vertrauen haben die Anhänger der Gegenkirche dazu bewogen, Rom und mir den Rücken zuzukehren. Aber ist Vertrauen nicht dasselbe wie Glauben, und ist der Glaube nicht das, was unser Christsein ausmacht? Wenn der Sohn dem Vater und der Bruder dem Bruder nicht mehr vertraut, ist der Glaube zerstört, ist die Gemeinschaft der Gläubigen zerbröckelt. Darum seid stark und haltet auch in schwierigen Zeiten an eurem Glauben fest! Erinnert euch an Moses, David oder Jesus Christus, Gottes Sohn! Sie alle haben nur durch Vertrauen – durch Glauben – zu Gott ihre schwierigen Prüfungen gemeistert. Seid jetzt stark, dann ist euer Glaube auch für die Zukunft gefestigt!«

Nachdem Custos den Aufruf ausgesprochen hatte, herrschte Stille. Dieses Mal ging kein Raunen durch die Menge, denn etwas Ähnliches hatte man erwartet. Aber das konnte noch nicht alles sein, sagten sich die meisten. Der Heilige Vater musste doch noch etwas in der Hinterhand haben!
Und tatsächlich setzte Custos ein weiteres Mal zum Sprechen an: »›Der Glaube versetzt Berge‹, schreibt Paulus im ersten Korintherbrief und betont, dass der Glaube allein nichts ist ohne die Liebe. Weil ich auch diejenigen liebe, die sich von mir abgewendet haben, und weil ich voller Sorge bin für die Zukunft der Kirche, werde ich jenen Schritt tun, den die Abtrünnigen nicht gewagt haben. Den Schritt aufeinander zu, zur Begegnung, zum Gespräch. Wie sagen doch die Mohammedaner: Wenn der Berg nicht zum Propheten kommen will, muss der Prophet zum Berg gehen. Der Gegenpapst hat seine Kardinäle für die nächste Woche zum Konzil nach Neapel gerufen. Auch ich werde das Konzil besuchen und hoffe sehr, dass man mir den Zutritt nicht verwehrt. Dann werde ich allen, die ihr Ohr und ihr Herz nicht verschließen, Rede und Antwort stehen. Ich weiß nicht, ob ich die Abtrünnigen von ihrem falschen Weg abbringen kann, aber mein Glaube daran, mein Vertrauen in Gott, lässt sich nicht erschüttern.« Nach kurzer Pause streckte er seine Arme nach vorn und sagte: »Der Herr segne euch!«
Custos verschwand, und die Menge erwachte aus ihrer Erstarrung. Vereinzelter Applaus wurde laut, pflanzte sich durch die Reihen fort, bekam mehr und mehr Widerhall, und schließlich setzte ein frenetischer Jubel ein, wie er nach Enricos Dafürhalten im Fußballstadion angemessener gewesen wäre als hier. Aber er konnte gut verstehen, dass die Menschen den Papst feierten. Es war eine ehrliche, bewegende Ansprache gewesen, und sie enthielt genügend Zündstoff, um die versammelten Journalisten zu elektrisieren. Eine Frau, die ganz in der Nähe vor der Kamera stand und ihren Text in rasend schneller Geschwindigkeit ins Mikrofon sprach, bezeichnete die Entschei-

dung des Papstes, nach Neapel zu reisen, als zweischneidig: »Custos will damit Liebe und Vertrauen demonstrieren, aber vielleicht sägt er damit an seinem eigenen Stuhl. Viele Menschen werden nicht verstehen, dass der rechtmäßige Papst zum Gegenpapst fährt und nicht umgekehrt. Man wird sagen, damit erkennt Custos den Gegenpapst mitsamt seiner so genannten Glaubenskirche als ebenbürtig an.«

»Ist das so?«, wandte Enrico sich an Alexander. »Wird man sagen, der Papst behandelt den Gegenpapst als seinesgleichen? Ist das der Ritterschlag für Lucius?«

»Einige werden so argumentieren, sicher. Aber was soll Custos sonst tun? Wie er eben sagte, wenn der Berg nicht zum Propheten kommt, muss der Prophet zum Berg gehen. Einer hat den ersten Schritt zu tun, sonst bleibt alles, wie es ist.«

»Und die Kirche bleibt gespalten«, fügte Enrico hinzu.

»Das ist es, was den Papst bewegt. Und wir sollten uns jetzt auch bewegen, unser Mittagessen wartet. Um ehrlich zu sein, mir knurrt schon ein wenig der Magen.«

»Mir nicht. Das Frühstück im ›Turner‹ war sehr reichhaltig.«

Vielleicht, sagte Enrico zu sich selbst, war aber auch seine innere Angespanntheit schuld an seiner Appetitlosigkeit. Schließlich wurde er nicht alle Tage zum Essen in den Vatikan eingeladen, und Alexanders Geheimnistuerei ließ die Sache noch bedeutungsvoller erscheinen. Vermutlich machte Enrico sich zu viele Gedanken. Irgendeiner von Alexanders Bekannten aus seiner Zeit als Schweizergardist, ein Kardinal vielleicht sogar, hatte von Enrico gehört und war neugierig geworden. Irgendetwas in der Art würde es sein.

Er folgte Alexander zu einem breiten Eingang, der ins eigentliche Vatikangelände führte. Ein Schweizergardist in seiner farbenfrohen Uniform stand an dem Durchgang Wache und hob erstaunt die Augenbrauen, als er Alexander und Enrico bemerkte.

»Grüß dich, Werner!«, sagte Alexander und zeigte auf seinen

Begleiter. »Das ist Herr Schreiber aus Deutschland. Wird sind angemeldet. Muss ich dir den Passierschein zeigen?«
Der Gardist setzte eine entschuldigende Miene auf. »Du kennst ja die Vorschriften, Alexander.«
Alexander zog ein zusammengefaltetes Papier aus einer Innentasche seines dunklen Sakkos und reichte es dem Soldaten. Der faltete es auseinander und betrachtete es mit zunehmend erstauntem Gesicht.
»Von höchster Stelle ausgefertigt, dann könnt ihr natürlich durch. Was gibt es denn so Wichtiges?«
»Ein Mittagessen«, sagte Alexander, nahm das Papier wieder an sich und ging mit Enrico an dem Schweizer vorbei. »Wir sprechen uns später, Werner.«
Als sie den Wachtposten hinter sich gelassen hatten, fragte Enrico: »Ein alter Kamerad?«
»Ja, kann man sagen.«
»Ihr scheint euch ganz gut zu kennen.«
»So gut nun auch wieder nicht. Werner Schardt und ich haben nur zur selben Zeit bei der Garde angefangen.«
Alexander schien nicht besonders interessiert daran, über seinen ehemaligen Kameraden zu sprechen. Auf Enrico wirkte es fast so, als wolle Alexander aus irgendeinem Grund nicht über diesen Werner Schardt reden. Aber er dachte nicht länger darüber nach, die fremde Welt des Vatikans nahm ihn gefangen.
»Ohne Einladung kommt man hier wohl nicht rein«, sagte er, während er sich umsah.
»Eigentlich nicht. Aber es gibt da ein paar Tricks. Du als deutscher Staatsbürger könntest jederzeit das Gelände des Vatikans betreten, auch ohne Einladung.«
»Willst du mich verkohlen?«
»Keineswegs. Komm mit, ich zeig dir was. So viel Zeit haben wir noch.«
Alexander führte ihn zu einem kleinen Platz, der sich als Friedhof entpuppte. Die Grabsteine, die Enrico näher betrachtete,

waren älteren Datums, und er las auf ihnen nur deutsche Namen.

»Das hier ist der Campo Santo Teutonico oder kurz auch nur Campo Santo genannt«, erläuterte Alexander. »Dieser Friedhof befindet sich zwar auf dem Gelände des Vatikans, ist aber exterritoriales Gebiet.« Er zeigte auf das angrenzende Gebäude. »Das hier ist ein wissenschaftliches Priesterkolleg, das zusammen mit dem Friedhof eine deutsche Stiftung bildet. Rechtsträgerin ist die *Erzbruderschaft zur Schmerzhaften Muttergottes am Campo Santo Teutonico*. Mitglieder der Erzbruderschaft sowie anderer deutscher Ordenshäuser in Rom können hier begraben werden, ebenso katholische Verstorbene aus dem deutschen Sprachraum, die sich auf einer kirchlichen Pilgerfahrt nach Rom befinden.«

»Das ist ja ein toller Trick, um in den Vatikan zu gelangen!«, spottete Enrico. »Als Erstes muss man also sterben, oder wie?«

»Irrtum. Wenn du den Wachen sagt, dass du Deutscher bist und den Campo Santo besuchen willst, lassen sie dich durch.«

»Seltsam, wo der Vatikan doch eine so abgeschlossene Welt ist.«

»Ein eigener Staat mit seinen Grenzen, ja. Aber du hast Recht, Enrico, vieles am Vatikan ist seltsam – oder sagen wir ungewohnt – für einen Außenstehenden.«

»Kein Wunder, dass man dich beim ›Messaggero‹ als Vatikanjournalist genommen hat, du kennst dich hier aus.«

»Erstens das, und zweitens hat Elena ein gutes Wort für mich eingelegt.«

Die Erwähnung Elenas ließ ihre Unterhaltung verstummen. Sie gingen weiter, umrundeten den Petersdom und betraten schließlich ein großes Gebäude, das von der Schweizergarde bewacht wurde.

»Ist das nicht der Palast des Papstes, von dem aus er vorhin gesprochen hat?«, fragte Enrico verwundert.

Alexander nickte nur, führte ihn zu einem Lift und zeigte dem

Liftführer, der eine schmucklose Uniform trug, die Einladung. Sie fuhren hinauf in den dritten Stock, und Enrico fragte sich zum wiederholten Mal, welcher hoch gestellten Persönlichkeit des Vatikans er hier begegnen würde. Als die Lifttür aufging, wurden sie von einem schlanken Mann erwartet, der den schwarzen Anzug und den weißen Kragen eines Geistlichen trug und dessen Gesicht durch die hohen Wangenknochen und die schmalen Augen einen asiatischen Einschlag hatte.

»Don Henri Luu, Privatsekretär Seiner Heiligkeit«, stellte Alexander ihn vor. »Und dies hier ist Signor Enrico Schreiber aus Deutschland, Don Luu.«

Luu schüttelte Enricos Hand. »Willkommen im Apostolischen Palast. Kommen Sie mit, die Suppe wird bereits aufgetragen. Es ist nur ein bescheidenes Essen, aber ich hoffe, es wird Ihnen schmecken.«

»Das wird es sicher«, sagte Enrico, weil alles andere unhöflich gewesen wäre. Noch immer verspürte er nicht den geringsten Appetit.

Sie betraten einen Raum, in dem zwei Ordensschwestern einen Tisch für vier Personen gedeckt hatten. Ein Mann im weißen Gewand blickte durch eins der Fenster nach draußen und drehte sich beim Eintreten der drei anderen Männer um. Es war der Papst.

»Da draußen hat sich ein großes Publikum versammelt«, sagte Custos, während er seinen Blick auf Alexander und Enrico richtete. »Wie ist meine kleine Ansprache angekommen?«

»Sehr gut, Heiligkeit«, versicherte Alexander. »Sie haben den Applaus wohl gehört.«

»Ja, darüber habe ich mich sehr gefreut. Nicht aus Eitelkeit, sondern weil es zeigt, dass viele Menschen noch festen Glaubens sind.« Nach einer kurzen Pause fügte der Papst hinzu: »Wenn ich ehrlich bin, ein bisschen auch aus Eitelkeit. Ich habe in den letzten Tagen nicht gerade ein überragendes Maß an Zustimmung erfahren.«

»So etwas baut einen wieder auf«, platzte Enrico heraus, bevor er sich auf die Lippen beißen konnte.
Custos lächelte, was sein angenehmes Gesicht noch sympathischer wirken ließ. »Ganz recht, Signor Schreiber, und treffend ausgedrückt. Es freut mich, dass Sie meiner Einladung gefolgt sind. Sie haben, seit Sie hier in Italien sind, einige erstaunliche Dinge erlebt. Ich würde mich freuen, wenn Sie mich in Ihre Erlebnisse einweihen könnten.« Damit wies er einladend zum Tisch, auf dem eine Terrine mit deftiger Kartoffelsuppe stand. Noch bevor Enrico den ersten Löffel zum Mund führte, meldete sich bei ihm plötzlich der Appetit. Jegliche Befangenheit war in dem Augenblick von ihm abgefallen, als der Papst zu ihm gesprochen hatte. Custos hatte eine seltene Gabe, auf die Menschen zuzugehen und sie für sich einzunehmen. Was hier im kleinen Kreis sichtbar wurde, hatte er bei seiner Ansprache vorhin auch im großen Maßstab unter Beweis gestellt.
Als hätte Don Luu die Einwände Enricos von vorhin gehört, sagte er: »Ich zweifle noch immer, ob Ihre Reise nach Neapel die richtige Entscheidung ist, Heiligkeit. Für die Öffentlichkeit entsteht dadurch der Eindruck, dass Sie die Abtrünnigen als gleichgestellt anerkennen.«
»Was hätte ich tun sollen? Die Führer der Gegenkirche wären kaum zu uns nach Rom gekommen, und eingeladen hätten sie mich wohl auch kaum. Da blieb mir nur der Weg, mich selbst einzuladen. Da ich das vor den Augen der Weltpresse getan habe, können die Abweichler es kaum ignorieren. Sie würden dann dastehen, als scheuten sie die Auseinandersetzung mit mir.«
»Wir hätten die Kontakte zur Gegenkirche zunächst auf einer unteren Ebene knüpfen können«, schlug Luu vor. »Dann wären die Erwartungen nicht so hoch und ein möglicher Fehlschlag nicht so gravierend gewesen.«
»Aber Henri, haben Sie mir vorhin nicht zugehört?«, fragte der Papst mit echtem Erstaunen. »Sie sollten nicht von einem

möglichen Fehlschlag reden, nicht einmal daran denken. Glauben Sie lieber an einen Erfolg. Sie wissen doch, der Glaube versetzt Berge!«

Luu lächelte schwach und wirkte nicht überzeugt.

»Außerdem sind wir in Zugzwang«, fuhr der Papst fort. »Die Zeit arbeitet für die Gegenkirche. Je mehr Zeit vergeht, desto mehr wird die Existenz einer zweiten katholischen Kirche und eines zweiten Papstes von der Öffentlichkeit und von den Gläubigen als gegeben hingenommen. Nein, wenn wir etwas dagegen tun wollen, dann jetzt!«

Die Nonnen räumten die Suppentassen ab, servierten einen Gemüseauflauf und anschließend einen Schokoladenpudding als Nachspeise. Es war gute Hausmannskost, und sie schmeckte Enrico. Während des Essens wechselte das Gesprächsthema: Der Papst und sein Privatsekretär erkundigten sich nach Einzelheiten über den Mord in Marino. Sie waren über den Vorfall sehr betroffen, und Custos sagte: »Es scheint nicht zu genügen, dass unsere Kirche von innen gespalten ist, zu allem Unglück muss auch noch ein äußerer Feind unsere Priester ermorden. Wir leben wahrhaftig in einer Zeit der Prüfungen.«

»Vielleicht steht beides in einem Zusammenhang, die Kirchenspaltung und die Priestermorde«, sagte Alexander. »Die anderen beiden Opfer haben früher im Vatikan gearbeitet. Möglicherweise waren sie der Gegenkirche aus irgendeinem Grund ein Dorn im Auge.«

»Und der tote Priester aus Marino?«, fragte Luu.

»Der musste sterben, weil er als Cousin von Giorgio Carlini etwas wusste. Oder weil die Mörder einfach nur befürchteten, dass er etwas wusste.«

»Das klingt plausibel«, fand Luu.

»Für mich nicht so sehr«, wandte Papst Custos ein. »Die in Neapel und ihre Anhänger sind Abtrünnige und haben sich in vielfacher Weise am Allmächtigen und seiner Kirche versündigt, aber ich halte sie nicht für abgefeimte Mörder. Auch die

Kirchenspalter sind Christen, halten sich selbst sogar für die besseren, und deshalb werden sie Gottes Gebote achten.«
»Die meisten schon«, stimmte Alexander zu. »Aber vielleicht gibt es unter ihnen einige, denen die Festigung ihrer Macht wichtiger ist als die Beachtung der Zehn Gebote.«
»Ja, vielleicht«, seufzte Custos und schob mit einer demonstrativen Geste die Puddingschale von sich weg. »Sie sollten Ihre Ideen mit Don Luu eingehend erörtern, Alexander. Er hat Ihnen außerdem etwas Wichtiges mitzuteilen. Ich für meinen Teil würde mich freuen, wenn Signor Schreiber mich zu einem kleinen Verdauungsspaziergang auf den Dachgarten begleiten würde.«
»Gern«, sagte Enrico und fragte sich, womit er diese Ehre verdiente. Offenbar wollte der Papst unter vier Augen mit ihm sprechen.

Über eine kleine Treppe stiegen sie zu dem Dachgarten hinauf, auf dem viele große Pflanzen und sogar kleine Bäumen wuchsen. In einem Brunnen tummelten sich zahlreiche Goldfische.
»Ich habe diesen Garten von meinem Vorgänger übernommen und ihn ohne große Änderungen beibehalten«, erklärte Custos. »Er bietet eine gute Gelegenheit, um sich zwischen all der Arbeit kurz an der frischen Luft zu entspannen.«
»Auch ohne die aktuellen Ereignisse dürfte Ihr Tagesablauf mit Verpflichtungen überhäuft sein, Heiligkeit«, sagte Enrico. »Umso erstaunter bin ich, dass Sie mir so viel von Ihrer kostbaren Zeit widmen.«
Der Papst lächelte ihn an. »Das ist aber eine sehr diplomatische Aufforderung, endlich auf den Punkt zu kommen. Aber Sie haben Recht, ich habe Sie nicht ohne Hintergedanken in mein kleines Dachparadies entführt. Ihre Anwesenheit in Marino, als der arme Leone Carlini ermordet wurde, ist nur einer der beiden Gründe, weshalb ich Sie sprechen wollte. Den anderen Grund kennen Sie vermutlich auch.«

»Wenn Sie die Ereignisse in Borgo San Pietro und in Pescia meinen, dann ja.«
»Genau das meine ich. Auch dort waren Sie beinah Zeuge eines Mordes. Aber Sie haben keinen Verdacht, weshalb der Pfarrer den Bürgermeister getötet hat?«
»Einen Verdacht nicht, allenfalls eine vage Vermutung. Aber sie ist so ungewiss, dass ich besser nicht darüber sprechen sollte.«
»Tun Sie es dennoch!«, forderte Custos ihn auf. »Ich bitte Sie darum.«
»Vielleicht wissen Sie, dass ich nach Borgo San Pietro gefahren bin, um nach Angehörigen meiner Mutter zu forschen.«
»Ja. Ihre Mutter stammte aus diesem Dorf, nicht wahr?«
Enrico nickte und erzählte, wie Bürgermeister Cavara ihn und Elena Vida angelogen hatte, um anschließend schnurstracks zum Pfarrer zu laufen.
»Ich verstehe, dass Sie da einen Zusammenhang vermuten. Aber was, das in irgendeiner Verbindung zur Familie Ihrer Mutter steht, kann so schwerwiegend sein, einen Mord zu rechtfertigen?«
»Das, Heiligkeit, ist eine Frage, die ich mir seit ein paar Tagen auch stelle, leider ohne eine Antwort gefunden zu haben.«
»Erzählen Sie mir doch weiter von Ihren Erlebnissen!«, bat Custos.
Als Enrico von dem Einsiedler sprach, wurde der Papst hellhörig und stellte öfters Zwischenfragen. Custos wollte ganz genau wissen, was sich bei Elenas so genannter Wunderheilung ereignet hatte, was in dem Krankenzimmer gesprochen worden war und was Enrico gefühlt hatte.
Enrico beschrieb das leichte Kribbeln, das von seinen Fingerspitzen auf seine Hände und dann auf seinen ganzen Körper ausgestrahlt hatte. »Ich fühlte mich wie von einer Welle warmen Wassers erfasst, die mich sanft umspülte. Es war ein Gefühl des Aufgehobenseins, der Geborgenheit, wie ich es nur aus meiner frühen Kindheit kenne.«

»Viele, die über die Gabe verfügen, haben ähnliche Erfahrungen gemacht wie Sie«, sagte Custos zu Enricos Verwunderung. »Bei jedem ist die Fähigkeit unterschiedlich ausgeprägt, und jeder hat auch leicht unterschiedliche Empfindungen dabei. Aber diese Wärme, die Geborgenheit, von der Sie sprachen, wird von fast allen bestätigt.«

»Ich verstehe Sie nicht, Heiliger Vater.«

»Oh, ich glaube doch. Wahrscheinlich wollen Sie mich nicht verstehen, weil etwas in Ihnen sich vor dem Unbekannten fürchtet. Aber der Einsiedler, Angelo, hat es Ihnen schon gesagt: Auch Sie haben die Fähigkeit, andere Menschen zu heilen. Angelo hat es verstanden, seine eigenen Kräfte mit den Ihren zu kombinieren, und mit vereinter Macht haben Sie Elena dem Tod entrissen.«

Enrico musste sich eingestehen, dass Custos Recht hatte. Er wollte sich nicht dem stellen, was so unglaublich klang und was doch nicht zu leugnen war. Wenn er seine besondere Fähigkeit akzeptierte, musste er auch die nächsten Schritte tun und sich die Fragen stellen, was die seltsamen Flecke auf seiner Hand und was der Geflügelte aus seinen Träumen bedeuteten. Er fühlte sich von einer Sekunde zur nächsten unwohl, und trotz der warmen Mittagssonne, die auf die Dachterrasse schien, fror er. So sehr, dass er am ganzen Körper zu zittern begann.

Custos trat auf ihn zu und umschlang ihn mit seinem Arm, wie um körperliche Wärme an Enrico abzugeben. Tatsächlich fror Enrico nicht länger, und dafür verantwortlich war eine innere Wärme, als hätte jemand tief in ihm ein Feuer entfacht. Es war eine wohltuende Wärme, die ihn gleichmäßig ausfüllte und ihm jenes Gefühl der Geborgenheit schenkte, wie er es auch bei Elenas Heilung verspürt hatte. Unwillkürlich schloss Enrico die Augen und sah sich als kleines Kind, wie er mit seinen Eltern über eine blumengeschmückte Wiese lief. Der Mann, den er für seinen Vater gehalten hatte, hob ihn hoch, warf ihn in die Luft und fing ihn wieder auf. Enricos Mutter stand daneben

und lachte. Und er wünschte sich, dieser kurze Augenblick seliger Erinnerung würde niemals enden. Aber das wohlige Gefühl ebbte ab, und er öffnete die Augen.
Papst Custos stand neben ihm und sah ihn forschend an. »Wie fühlen Sie sich?«
»Etwas wacklig auf den Beinen, aber sonst sehr gut.«
Custos zeigte auf eine kleine weiße Bank, die am Fischbrunnen stand. »Setzen wir uns doch!«
Als sie nebeneinander Platz genommen hatten, bat Custos Enrico zu beschreiben, was er eben gefühlt hatte.
»Es war eine ähnliche Wärme und Geborgenheit wie in Elenas Krankenzimmer, als Angelo und ich ihr die Hände auflegten.«
»Das dachte ich mir«, sagte Custos und fügte nach einem langen Blick auf seinen Gast hinzu: »Enrico, Sie sind einer von uns.«
»Von wem?«
»Was wissen Sie von den *Auserwählten*?«
»Das sind die Menschen, die von sich behaupten, die Nachfahren von Jesus zu sein. So wie …« Enrico verstummte, als ihm bewusst wurde, was er gerade sagen wollte.
»So wie ich, sagen Sie es nur! Sie müssen sich nicht schämen, wenn der Gedanke Ihnen fremd erscheint. Viele Menschen, auch und gerade unter den Gläubigen, haben ein Problem mit der Vorstellung, dass unser Erlöser nicht für unsere Sünden am Kreuz gestorben ist. Ein Jesus, der aus dem Scheintod erwacht ist und noch viele Jahre gelebt und Kinder gezeugt hat, ist nicht mit dem vereinbar, was ihnen in Kirche, Schule und Familie über Jahrzehnte eingetrichtert wurde. Es ist ein Unterschied, ob man Jesus Christus als eine hehre Heiligenfigur aus dem Religionsunterricht betrachtet oder als den Menschen aus Fleisch und Blut, der er gewesen ist.«
»Aber wenn das alles wahr ist, wenn er nicht für unsere Sünden gestorben ist, wie können Sie Jesus dann noch als Erlöser bezeichnen?«

»Auch wenn er nicht für unsere Sünden gestorben ist, er war nahe dran und bereit dazu. Er hat sich für uns ans Kreuz schlagen lassen. Aber das ist nicht das eigentlich Wichtige. Sein Leben und Wirken, sein Denken und das Beispiel, das er uns gegeben hat, sollten für uns zählen. Er hat sein Leben dem allmächtigen Vater im Himmel geweiht, und es ist gleich, ob er dieses Leben einer unbefleckten Empfängnis verdankt oder nicht.«

»Und Sie, Heiligkeit, sind wirklich ein Nachfahre von Jesus Christus?«

»Davon gehe ich aus. Und nach allem, was ich von Ihnen weiß, Enrico, gehören auch Sie zu uns. Hat Ihre Mutter Ihnen nie etwas von einer besonderen Gabe gesagt?«

»Nein, nie. Und ich weiß auch nichts davon, dass meine Mutter über solch eine Gabe verfügt hat.«

»Sie muss. Woher sonst sollen Sie die heilende Kraft haben?«

»Vielleicht von meinem Vater.«

»Aber der war Deutscher und kam nicht aus Borgo San Pietro. Nur wenn Ihre Mutter zu den *Auserwählten* gehörte, könnte das seltsame Verhalten von Pfarrer Umiliani zumindest ansatzweise erklärt werden.«

»Es gibt noch eine andere Erklärung«, sagte Enrico und berichtete dem Papst von seinem wahren – unbekannten – Vater.

Offenbar war Custos über diese Mitteilung erstaunt. Schweigend saß der Papst neben Enrico auf der Bank und blickte auf die Vatikanischen Gärten hinaus. In dieser Gesprächspause wurde Enrico das Absurde seiner Situation bewusst. Vor wenigen Tagen noch war er einer jener Menschen gewesen, die manche Pfarrer treffend als U-Boot-Christen bezeichneten. Sie tauchten allenfalls an Ostern und an Weihnachten in der Kirche auf, weil es in der Familie Brauch oder weil es einfach stimmungsvoll war, zahlten brav ihre Kirchensteuer und hatten mit der Religion ansonsten herzlich wenig am Hut. Schon das

Erlebnis in der Kirche San Francesco in Pescia, als er zu beten – zu glauben – begonnen hatte, war für ihn etwas gewesen, mit dem er nicht gerechnet und das er noch nicht verarbeitet hatte. Ihm fehlte in diesen aufregenden Tagen schlichtweg die Zeit, sich mit Gott und damit, was Gott ihm bedeutete, auseinander zu setzen. Aber er spürte, dass sein Gebet in San Francesco nicht allein der Angst um Elena entsprungen, sondern dass es tiefer in ihm verwurzelt war, in einem Bereich seines Denkens und Fühlens, dem er bislang keine Beachtung geschenkt hatte. Jetzt aber auch noch neben dem Papst zu sitzen und von ihm zu hören, dass nicht nur der Heilige Vater, sondern auch er selbst ein Nachfahre von Jesus sei, war eine Erfahrung, die er mit Worten nicht beschreiben konnte. Hätte irgendein anderer Mensch auf diesem Planeten ihm dasselbe eröffnet, hätte er es für eine Spinnerei oder für einen sehr dummen Scherz gehalten. Aber Papst Custos hatte nicht gescherzt, und Enrico fand keinen Grund, an seinen Worten zu zweifeln. Mehr noch, was er in Pescia mit Angelo erlebt hatte, schien die Worte des Papstes zu bestätigen.

Custos wandte sich nach langen Minuten des Schweigens wieder Enrico zu und sagte: »Das wirft ein ganz neues Licht auf Ihre Herkunft. Wir sollten unbedingt herausfinden, wer Ihr Vater ist.«

»Nichts lieber als das, aber offenbar ist auch nichts schwieriger als das. Schon über die Familie meiner Mutter wollte mir in Borgo San Pietro niemand etwas sagen, geschweige denn über meinen Vater. Wozu meine Erkundigungen in dem Bergdorf geführt haben, ist Ihnen ja bekannt.«

»Vielleicht hängt das eine mit dem anderen zusammen. Der Pfarrer von Borgo San Pietro wollte Ihnen eventuell deshalb nichts über Ihre Familie sagen, weil er nicht wollte, dass Sie mehr über Ihren Vater herausfinden.«

»Mag sein, aber wie bringt uns das weiter?«

»Ich bin leider nicht Pater Brown«, seufzte Custos. »Sie haben in Borgo San Pietro wirklich nicht den geringsten Hinweis auf Ihren Vater erhalten?«

Nach kurzem Überlegen antwortete Enrico: »Einen Hinweis kann man es wohl kaum nennen, aber ich hatte ein seltsames Erlebnis.« Er erzählte von dem Besuch bei seiner Großtante, von ihrer Panikattacke und von dem Schuhkarton voller Zeitungsausschnitte.

»Vielleicht ist es doch ein Hinweis«, sagte der Papst und wirkte betroffen. »Können Sie sich an die genauen Worte Ihrer Großtante erinnern?«

Enrico sah sich wieder in dem düsteren Haus stehen, roch die abgestandene Luft und hörte Rosalia Baldanello sagen: *Dein Vater ist ein besonderer Mann, aber er hat die falsche Wahl getroffen. Er hat sich für Satan entschieden.*

»Ein besonderer Mann, der sich für Satan entschieden hat«, wiederholte Custos leise. »Was hat sie gemeint? Hat Ihr Vater eine große Sünde begangen?« Er blickte Enrico forschend an. »Mag sein, dass meine Frage Ihnen ungewöhnlich vorkommt, aber haben Sie jemals eine Begegnung mit Satan gehabt?«

»Letzte Nacht erst und in vielen Nächten davor.« Enrico fühlte Custos gegenüber keine Scheu, über seinen Alptraum zu sprechen. Er spürte, dass der Papst es ehrlich mit ihm meinte und dass er hier oben auf dem Dach des Apostolischen Palastes der Wahrheit näher war als jemals zuvor. Also berichtete er von seinen Träumen, von dem unterirdischen Labyrinth und dem See, von der lockenden Stimme und von dem Geflügelten mit dem sanften Antlitz, der sich übergangslos in einen Schrecken einflößenden Dämon verwandelte. »In Satan?«, fragte Enrico. Die Betroffenheit im Gesichtsausdruck des Papstes war stärker geworden, enthielt einen Anflug von Furcht. »Ich weiß es nicht«, sagte er langsam. »Ich muss darüber nachdenken. Aber ich würde an Ihrer Stelle nicht den Kopf verlieren. Wenn eine dunkle Macht in Ihnen ist, so hat sie doch einen hellen Widerpart.«

»Die Gestalt mit den Engelsflügeln?«
»Ja, vielleicht ist es ein Engel.«
»Sie glauben an Engel, Heiligkeit?«
»Wieso nicht?«
»Ich weiß nicht«, sagte Enrico unsicher. »Ich habe mal irgendwo gelesen, dass die katholische Kirche Engel nicht offiziell anerkennt.«
»Das ist nicht ganz falsch, aber auch nicht ganz richtig. Da Engel in der Heiligen Schrift erwähnt werden, können selbst jene Theologen, die nicht viel von ihnen halten, sie nicht rundweg leugnen. Streit besteht allerdings hinsichtlich der Natur der Engel, über die eine breite Palette von Meinungen existiert. Auf der einen Seite der Skala steht der Glaube an Engel als körperliche Wesen, auf der anderen Seite die Auffassung, Berichte über Engelserscheinungen seien symbolhaft zu verstehen. Der Engel sei nur ein Sinnbild für die göttliche Inspiration. Das Wort Engel kommt übrigens vom griechischen *angelos*, das eine Übersetzung des hebräischen Wortes *malach* ist. Das wiederum heißt nichts anderes als Bote. Und so streiten sich die Gelehrten, ob Gottes Boten greifbare Wesen sind oder nur Sinnbilder für das Übertragen der Botschaft. Die katholische Kirche hat in der Tat die Bedeutung der Engel stark zurückgeschraubt. Nicht zuletzt deshalb, weil viele Engelserscheinungen und Engelsverehrungen nicht in der christlichen Lehre gründen, sondern dem Volksglauben entsprungen sind, um das Wort Aberglauben zu vermeiden. Überspitzt gesagt, sollte nicht jedes unerklärliche Licht für einen göttlichen Gesandten oder ein UFO gehalten werden.«
»Und was glauben Sie, Heiligkeit?«
»Als Papst halte ich mich mit solchen Einschätzungen sehr zurück. Als denkender und forschender Katholik muss ich zunächst einmal zur Kenntnis nehmen, dass die Engel keine Erfindungen der Heiligen Schrift beziehungsweise des christlichen Glaubens sind. In allen Kulturen und zu allen Zeiten gab

es den Glauben an Engel, mochten die auch anders geheißen haben. Der Glaube an das Übernatürliche, an die Nähe und die Verbindung zu Gott ist auch jenseits der christlichen Lehre in den Menschen tief verwurzelt.«

Enrico dachte an die engelsähnlichen Darstellungen der Etrusker, die ihm im Licht von Custos' Worten nicht mehr ganz so verwunderlich erschienen.

»Entwerten Sie damit nicht Ihren eigenen Glauben, Heiligkeit?«, fragte er weiter. »Wenn es die Engel schon vorher gab, können sie doch kaum Gottes Boten sein.«

»Wieso nicht? Man kann natürlich annehmen, dass der Glaube an Engel nur deshalb überall anzutreffen ist, weil er ein Grundbedürfnis der menschlichen Psyche erfüllt, nämlich die Bestätigung, nicht ohne den Beistand und Schutz einer höheren Macht auf dieser Welt zu sein. Aber das ist nur eine mögliche Deutung des weit verbreiteten Engelsglaubens. Eine andere ist die, dass diesem Glauben eine tiefere Wahrheit zugrunde liegt. Gott existiert nicht erst, seitdem es das Christentum gibt, folglich gilt das auch für die Engel.«

»Aber welcher Natur sind die Engel wirklich? Sind es greifbare Wesen oder nur Symbole?«

Custos sah ihn ratlos an. »Ich bin nur der Papst, nicht Gott. Warum ist diese Frage für Sie so wichtig, Enrico?«

»Ich möchte endlich wissen, was es mit meinen Träumen auf sich hat. Manchmal denke ich nämlich, dass dies mehr ist als Träume. Es erscheint mir wie eine zweite Realität, in die ich hinüberzugleiten drohe. Aber dann müsste auch diese Gestalt real sein. Kann es das geben, einen Engel, der zugleich ein Teufel ist?«

»Aber ja!«, antwortete Custos mit einer Überzeugung, die Enrico verwunderte und erschreckte. »Denken Sie nur an Luzifer, den Lichtträger. Das soll der Name Satans gewesen sein, als er sich noch nicht von Gott losgesagt hatte und der schönste und prachtvollste aller Engel war. Dann aber kam es zur Engelssünde und zum Engelssturz, mit dem die von Luzifer angeführten rebellischen Engel von Gott verbannt wurden. Jedenfalls sehen einige Theologen das so. Sie glauben, einen Beleg dafür im Buch Genesis zu finden, wo am ersten Schöpfungstag die Scheidung von Licht und Finsternis erwähnt wird. Damit seien die aufbegehrenden Engel angeblich in die Tiefe der Hölle gestürzt worden.«

»Verzeihen Sie, wenn ich in diesen Dingen nicht so bewandert bin. Aber was hat es mit der Engelssünde auf sich?«

»Zitieren Sie mich bloß nicht öffentlich mit dem, was ich jetzt sage«, bat Custos augenzwinkernd. »Belege dafür finden sich nämlich nicht in der Bibel, aber in Schriften, die zur selben Zeit entstanden sind wie das Neue Testament. Im außerbiblischen Buch Henoch wird der Sündenfall Luzifers und seiner Mitstreiter auf die Anziehungskraft irdischer Frauen auf die Göttersöhne zurückgeführt, die allerdings auch im Alten Testament, im Buch Genesis, Erwähnung findet. Luzifer und die Seinen ließen sich auf eine geschlechtliche Vereinigung mit den irdischen Frauen ein, und zur Strafe wurden sie von Gott verbannt. Dieser fleischbetonten Theorie zieht die kirchliche Lehre allerdings eine andere Version von Satans Sündenfall vor. Danach habe Satan sich geweigert, sich vor dem neuen Geschöpf Gottes, vor Adam, zu verneigen, weil er der Meinung gewesen sei, der neu geschaffene Mensch müsse den Engel als älteres Wesen verehren und nicht umgekehrt. Als Gott ihn zur Rede stellte, soll Satans dreiste Erwiderung gewesen sein: ›Wie kann ein Sohn des Feuers sich verneigen vor einem Sohn des Lehms?‹ Gott soll ihn daraufhin in die Tiefe geschleudert haben, und ein Drittel aller Engel, das ebenfalls zu stolz und hochmütig für die Verehrung des Menschen war, habe sich Satan angeschlossen.«

»Ein Engel, der zum Teufel wurde«, sagte Enrico nachdenklich. »Ist das nicht genau das, was mein Traum besagt?«

»So könnte man ihn deuten, ja. Ich würde Ihnen gern mehr

dazu sagen, aber zum jetzigen Zeitpunkt ist mir das nicht möglich.«

»So schnell kann es gehen«, sagte Enrico mit einem bitteren Unterton. »Eben war ich für Sie noch ein Nachfahre von Jesus und jetzt vielleicht eher ein Sohn Satans. Dabei ...« Er unterbrach sich und blickte auf seine Hände.

»Ja?«, hakte Custos nach.

»Heiliger Vater, haben Teufel Wundmale?«

Enricos Frage verblüffte den Papst. »Wie soll ich das verstehen?«

Enrico erzählte ihm von den roten Flecken, die er bei Angelo und in schwächerem Maß auch bei sich bemerkt hatte. »Sie kennen sich doch aus mit, hm, ungewöhnlichen Heilungen? Treten die Flecke, diese Wundmale, dabei denn immer auf?«

»Nein, ich höre davon zum ersten Mal.«

»Dann bin ich vielleicht doch keiner von Ihren Leuten, von den *Auserwählten*. Auch wenn ich über ähnliche Kräfte verfüge, stamme ich vielleicht von jemand – oder etwas – ganz anderem ab.«

»Ich muss darüber nachdenken«, sagte Custos, »ganz in Ruhe. Am liebsten wäre mir, Sie blieben länger in Rom, damit wir das Gespräch nach meiner Rückkehr aus Neapel fortsetzen können. Vorher habe ich zu viel um die Ohren.«

»Ich glaube, in Borgo San Pietro finde ich eher Antworten auf meine Fragen, Heiligkeit. Ich werde morgen zurück in die Toskana fliegen. Aber ich würde mich freuen, wenn wir unser Gespräch fortsetzen könnten. Es hat mir neue Einsichten vermittelt. Und noch etwas ...«

»Ja?«

»Sie werden unter den Mitgliedern Ihrer Kirche Millionen von Gläubigen finden, die fleißigere Kirchgänger sind als ich. Aber glauben Sie mir, Heiliger Vater, ich wünsche Ihnen für Ihre Reise nach Neapel von ganzem Herzen Erfolg!«

»Ich danke Ihnen, auch von ganzem Herzen«, sagte Custos und ergriff Enricos Hände.
Noch einmal spürte Enrico jene seltsame Wärme und Geborgenheit, die ihn von innen heraus erfüllte, und er bedauerte, dass er den Papst jetzt verlassen musste.
Unten trafen sie auf Don Luu und auf einen Alexander Rosin, der wie ausgewechselt war. Er wirkte sehr nervös und sagte Enrico, dass er nicht mit ihm zurückfahren könne, weil er noch etwas Wichtiges im Vatikan zu erledigen habe.
»Das ist nicht weiter schlimm«, sagte Enrico. »Die Sonne scheint, und ich hatte ohnehin vor, Rom auf einem ausgedehnten Spaziergang ein bisschen näher kennen zu lernen.«
Er war fast froh, dass er für ein paar Stunden ohne menschliche Gesellschaft war. Was er mit Custos besprochen hatte, wollte gründlich durchdacht sein.

Mit gemischten Gefühlen ging Alexander zum Trakt des vatikanischen Bahnhofs, der das neue Gefängnis beherbergte. Don Luu hatte ihm mitgeteilt, dass sein Vater ihn sprechen wolle. Markus Rosin hatte es sehr dringend gemacht und erwähnt, dass es um Leben und Tod gehe. Aber mehr war aus Alexanders Vater nicht herauszuholen gewesen. Er wollte mit seinem Sohn sprechen und mit niemandem sonst. Nach der letzten Begegnung mit seinem Vater hatte Alexander nicht gedacht, dass dieser ihn so schnell – oder überhaupt – wiederzusehen wünsche. Hatte sein Vater sein Unrecht eingesehen, war er zur Reue bereit? Zum x-ten Mal seit dem Gespräch mit Don Luu fragte Alexander sich, ob er das Gefängnis mit leichterem Herzen oder nur um eine Enttäuschung reicher verlassen würde.
Es war wie immer dieselbe Prozedur, und Alexander wurde in den Besucherraum mit dem klobigen Holztisch geführt. Vermutlich gab es nur diesen einen Besucherraum, das Gefängnis war nicht besonders groß. Diesmal war Alexander zuerst da, setzte sich auf den Besucherstuhl und wartete ungeduldig auf

seinen Vater. Der wurde keine drei Minuten später von einem Gendarmen hereingeführt und ging ohne die Hilfe des Wächters auf seinen Stuhl zu. Seine Bewegungen wirkten sicher, als habe er sich mittlerweile an seine Blindheit gewöhnt. Aber das mochte eine Täuschung sein. Wenige Monate des Blindseins konnten kein ganzes Leben mit sehenden Augen auslöschen. Markus Rosin stolperte unvermittelt über ein Stuhlbein und schlug mit einem Ellbogen hart auf der Tischplatte auf. Alexander unterdrückte den Impuls, aufzuspringen und seinem Vater zu helfen; ein unbestimmtes Gefühl hielt ihn davon ab. Nur ein kurzes Zucken der Mundwinkel verriet Markus Rosins Schmerz. Mit ansonsten unbewegter Miene setzte er sich und sagte: »Danke, dass du mir nicht geholfen hast, Alexander. Ich mag es nicht, wenn man mich wie ein hilfloses Kind behandelt.«

»Du weißt, dass ich schon hier bin?«

»Ich habe deinen Atem gehört. Du hast sicher schon mal einen schlechten Film gesehen, in dem behauptet wird, die übrigen Sinne des Betroffenen würden nach der Erblindung schärfer werden. Es stimmt.«

»Es ist wohl gut, wenn du dich allmählich daran gewöhnst.«

»Was bleibt mir übrig?«, entgegnete Markus Rosin, und jetzt schwang etwas Bitterkeit in seiner Stimme mit.

»Nichts«, sagte Alexander in dem Bewusstsein, dass es weder eine originelle noch eine tröstliche Antwort gab. Es gab keinen Trost für seinen Vater. Ihm blieb nur, sein Schicksal zu akzeptieren.

Markus Rosin beugte sich zu Alexander vor und senkte seine Stimme. »War es gestern gefährlich für dich?«

»Wie meinst du das?«, fragte Alexander und sprach ebenfalls leiser.

»Du warst doch in Marino, als der Pfarrer getötet wurde. Bist du dabei in Gefahr geraten?«

»Nein, leider nicht.«

»Leider?«

»Wenn ich in Gefahr geraten wäre, hätte ich die Mörder wenigstens zu Gesicht bekommen. Aber sie blieben unsichtbar wie Phantome. Wie kommt es überhaupt, dass du davon weißt?«

»Bei deinem letzten Besuch hast du doch selbst die Vermutung geäußert, dass ich noch über gute Kontakte verfüge.«

»Du hast es aber nicht bestätigt.«

»Ich will niemanden in Bedrängnis bringen. Also gib dich damit zufrieden, dass ich über die Geschehnisse in Marino informiert bin.«

»Ist der Mord an Leone Carlini der Grund, warum du mich sprechen wolltest?«

»In gewisser Weise, ja. Du kommst denjenigen, hinter denen du her bist, allmählich zu nahe. Ich will dich warnen. Hör lieber mit deiner Schnüffelei auf! Sonst droht dir ernste Gefahr.«

»Du hast mich rufen lassen, um mir zu drohen, Vater?«

Markus Rosin schüttelte den Kopf. »Du missverstehst mich. Es ist keine Drohung, sondern eine Warnung. Mich hat niemand beauftragt, mit dir zu sprechen, und niemand weiß, was ich dir sage.«

»Das macht mich fast ein wenig froh. Es zeigt mir, dass dir noch etwas an mir liegt.«

»Heißt es nicht, Blut sei dicker als Wasser? Ich habe festgestellt, dass da etwas dran ist.«

»Also bist du in dich gegangen?«, fragte Alexander hoffnungsvoll. »Siehst du endlich ein, dass du einen falschen Weg beschritten hast?«

»Keineswegs. Dass ich hier mit dir spreche, bedeutet nicht, dass ich alles über den Haufen werfe, an das ich jahrzehntelang geglaubt, für das ich gearbeitet und gelebt habe. Aber ich will nicht, dass du stirbst. Hör auf, diesen Leuten nachzuspüren, Alexander!«

»Wem soll ich nicht nachspüren?«

Sein Vater schwieg, als sei Alexanders Frage an dem schwarzen Glas der Sonnenbrille abgeprallt.
»Wie soll ich auf mich aufpassen, wenn ich nicht weiß, vor wem ich mich in Acht nehmen soll?«, versuchte Alexander es noch einmal.
»Ich sitze nicht hier, um jemanden zu verraten. Ich will dich auch nicht hinters Licht führen, um dich dadurch von deinen Nachforschungen abzubringen. Nimm meine Warnung bitte ernst, Alexander! Jemand, dem du vertraust, wird dich in eine Falle locken. Beende deine Recherchen über die ermordeten Priester, oder …«
»Oder?«, fragte Alexander, als sein Vater plötzlich die Lippen aufeinander presste, als habe er schon zu viel gesagt.
Markus Rosin atmete tief durch, bevor er langsam und leise sagte: »Oder du wirst sterben!«

Das Reisebuch des Fabius Lorenz Schreiber, verfasst anlässlich seiner denkwürdigen Reise nach Oberitalien im Jahre 1805

Fünftes Kapitel – Die verschüttete Stadt

Noch heute, Jahre später, da ich all dies zu Papier bringe, fehlen mir die rechten Worte, um zu beschreiben, was ich durch einen bloßen Zufall unweit des Bergdorfs Borgo San Pietro entdeckte. Das Loch im Erdreich, durch das Maria und ich in die Tiefe gestürzt waren und das sich als Teil eines unterirdischen Ganges entpuppt hatte, gehörte zu einer verzweigten Anlage, die sich bis weit in den dichten Wald hinein zu erstrecken schien. Eine ganze antike Stadt lag unter dem dichten Wald verborgen, verschüttet unter der Erde. Ungefähr zweitausend Jahre zuvor musste ein Erdrutsch von den umliegenden Bergen diese Siedlung verschlungen haben. Und was das Wichtigste war, mein anfänglicher Eindruck bestätigte sich: Die Gebäudereste und die Artefakte, die wir fanden, waren eindeutig etruskischen Ursprungs. Auffallend häufig stießen wir auf Abbildungen von Männern mit Engelsflügeln wie auf jener Vase, die Elisa Bonaparte mir gezeigt hatte. Ein wiederkehrendes Motiv etruskischer Kunst, über dessen Bedeutung ich mir ebenso wenig klar war wie alle anderen Wissenschaftler, die sich mit dieser alten Kultur beschäftigten. Zweifellos hatten wir das sagenhafte etruskische Heiligtum aufgespürt, das Elisa so sehr am Herzen lag.

Die Größe der Stadt und der Umstand, dass es zu einer großflächigen Ausgrabung der Rodung eines beträchtlichen Waldstücks bedurfte, machte das Anwerben einer großen Zahl von Hilfskräften notwendig. Aber die Bewohner von Borgo San Pietro gingen uns nach wie vor aus dem Weg, und aus Lucca weitere Soldaten anzufordern war angesichts der Bedrohung Oberitaliens durch die Österreicher aussichtslos. Unsere kleine Soldatentruppe mühte sich nach Kräften ab, doch auch nach drei Tagen hatten wir nur ein bescheidenes Stück Buschwerk entfernt und den unterirdischen Gang lediglich um ein kleines Stück weitergetrieben.

Am Morgen des nächsten Tages bemerkte ich, dass sich die Hälfte der Soldaten mit ihren Musketen abmarschbereit machte. Als Hauptmann Lenoir sich an ihre Spitze setzen wollte, lief ich eilig zu ihm und fragte ihn, was er vorhabe.

Er zeigte in die Richtung der Ausgrabungsstätte. »Meine Männer mühen sich dort ab, aber es führt zu nichts. Ich führe jetzt diesen Trupp nach Borgo San Pietro, und wir bringen jeden Dorfbewohner mit, der auch nur einen Stein hochheben kann.«

»Nein, nicht mit Gewalt!«, widersprach ich.

»Anders wird es kaum gehen. Die Dorfbewohner meiden uns wie der Teufel das Weihwasser.«

»Wir brauchen Helfer, sicherlich, aber freiwillige. Ich verbiete Ihnen jegliche Gewaltanwendung!«

»Wie wollen Sie das tun? Diese Soldaten stehen unter meinem Kommando.«

»Aber ich leite die Expedition. Soll ich der Fürstin melden, dass Sie sich meinen Anordnungen widersetzt haben?«

Wir blickten uns in die Augen, und es war wie ein stiller Zweikampf. Plötzlich grinste Lenoir und zuckte mit den Schultern. »Wie Sie wollen, Monsieur Schreiber. Sie leiten die Expedition, ganz recht, und Sie werden der Fürstin für den Erfolg oder auch den Misserfolg geradestehen.«

Der Hauptmann wandte sich zu den Soldaten um und

befahl ihnen, die Musketen abzulegen und mit den Spaten zu vertauschen, um bei den Ausgrabungen zu helfen.
Ich beschloss, den Bürgermeister um Hilfe zu bitten. Damit es kein böses Blut gab, suchte ich Borgo San Pietro ohne militärische Eskorte auf. Ich nahm nur Riccardo Baldanello mit, da mein Italienisch zwar im Allgemeinen sehr brauchbar war, aber angesichts gewisser Redewendungen der Menschen hier in den Bergen doch hin und wieder versagte.
Unterwegs fragte ich ihn nach seiner Schwester. »Maria scheint etwas gegen mich zu haben. Ich wüsste nur gern, was.«
Riccardo sah mich von der Seite an. »Maria gefällt Ihnen, nicht wahr?«
»Ich kann und will es nicht leugnen.«
»Maria ist kein Mädchen, mit dem ein Mann kurz seinen Spaß haben kann.«
»Das habe ich nicht behauptet und auch niemals angenommen.«
»Aber Sie kommen aus einem anderen Land, aus einer anderen Welt, Signore. Wenn Sie hier Ihre Arbeit getan haben, werden Sie in Ihre eigene Welt zurückkehren, und in die passt Maria nicht.«
»Woher willst du das wissen?«
Riccardo tippte mit den Fingern der rechten Hand gegen seine Stirn. »Ich bin nur ein einfacher Mann, aber deshalb ist da drinnen nicht ausschließlich Stroh.«
»Möglicherweise hast du Recht mit den verschiedenen Welten. Aber Maria sollte selbst entscheiden, ob sie das Wagnis eingehen will, sich an ein neues Leben zu gewöhnen.«
»*D'accordo*, fragen Sie Maria!«
»Wie denn? Sie geht mir aus dem Weg wie die Dorfbewohner.«

»Sie fürchtet sich vor Ihrer Welt und vor diesem verwünschten Unheilsvogel.«
»Maria macht sich noch immer Sorgen wegen des Bussards?«
»Sie ist sehr gläubig erzogen worden, und hierzulande ist der Glaube eng verwandt mit dem Aberglauben.«
Gern hätte ich mich mit Riccardo noch weiter über seine Schwester unterhalten, aber wir erreichten die Dorfmauern, und deren düstere Ausstrahlung ließ uns verstummen. Ein, zwei Gestalten, die wir von ferne gesehen hatten, verschwanden, sobald sie uns bemerkten, und abermals wirkten die engen Gassen wie ausgestorben.
Als wir den Dorfplatz erreichten, gingen wir zum Haus des Bürgermeisters, aus dem gerade der kleine Romolo lief, ein zusammengewickeltes Tuch in den kleinen Händen. Ich rief ihn und fragte, ob sein Vater zu Hause sei.
Er blickte mich stumm an und schüttelte den Kopf.
»Wo ist er denn?«
»Auf dem Feld«, antwortete der Junge. »Ich will ihm etwas Brot bringen.«
Wir schlossen uns Romolo an und begleiteten ihn zu seinem Vater, der schon seit dem frühen Morgen auf dem Feld arbeitete und allmählich unter den wärmer werdenden Strahlen der Septembersonne zu schwitzen begann. Erstaunt blickte er uns entgegen, zumindest lief er nicht gleich vor uns davon. Er schlug das Tuch auseinander und bot uns von dem frisch gebackenen, duftenden Brot an.
»So viel Gastfreundschaft sind wir von Ihren Mitbürgern nicht gewohnt«, sagte ich erstaunt.
»Meine Leute fürchten Sie und Ihre Soldaten.«
»Die Soldaten begleiten mich zu meinem Schutz.« Mit einem vielsagenden Blick auf Riccardo fügte ich hinzu:

»Ich bin erst vor kurzem von Banditen überfallen worden.«
Giovanni Cavara steckte sich ein Stück von dem Brot in den Mund und sagte, während er kaute: »Ich habe nichts gegen Sie persönlich, Signore, aber ich wünschte, die Banditen hätten Sie bei sich behalten.«
»Warum?«
»Weil Sie Unheil über unser Dorf bringen.«
»Es geht um die alte Etruskerstadt, nicht wahr? Sie wissen mehr darüber, als Sie uns sagen, Signor Cavara.« Das war schon mehr eine Feststellung meinerseits als eine Frage. Einen anderen Grund für die abweisende Haltung Cavaras und seiner Mitbürger konnte ich mir nicht vorstellen.
Cavara hielt im Kauen inne und wandte sein Gesicht nach Westen, dorthin, wo wir auf die Überreste der etruskischen Siedlung gestoßen waren. Mit ernster Stimme sagte er: »Wer den Schlaf der Engel stört, beschwört das Verderben!«
»Was wollen Sie damit sagen?«
»Lassen Sie die Engel in Frieden ruhen, dann werden die Engel auch die Menschen in Frieden lassen!«
»Welche Engel?«
»Die Geflügelten.«
Allmählich begann ich zu begreifen. Ich dachte an die etruskischen Kunstwerke, an die häufigen Abbildungen engelsähnlicher Wesen, obwohl zu einer Zeit entstanden, als der biblische Engelsglaube hierzulande noch unbekannt war. Die Dorfbewohner mussten irgendwann auf Überreste dieser Kunstwerke gestoßen sein, und seitdem war die verschüttete Stadt für sie so etwas wie ein Heiligtum, ein Hort der Engel, die man nicht stören durfte.
»Es sind keine Engel«, versuchte ich zu erklären. »Die

Abbildungen der Etrusker ähneln rein zufällig denen, die Sie aus der Kirche kennen.«
»Was wissen Sie schon«, knurrte Cavara und wandte sich wieder seiner Arbeit zu. Ohne uns noch einmal anzusehen, sagte er: »Gehen Sie, verlassen Sie diese Berge so schnell wie möglich! Oder das Unglück wird uns alle treffen.«
»Wir werden erst gehen, wenn unsere Arbeit erledigt ist. Wenn uns niemand hilft, wird es sehr lange dauern.«
»Keiner aus Borgo San Pietro wird Ihnen helfen!«
Enttäuscht machten wir uns auf den Weg zurück ins Lager, und ich sagte zu Riccardo: »Wie es aussieht, werden wir eine lange Zeit hier zubringen.«
Er schüttelte den Kopf. »Nein, wir brauchen Hilfe.«
»Aber wer soll uns helfen?«
»Die Bewohner anderer Dörfer, für die ein guter Arbeitslohn mehr bedeutet als eine verschüttete Stadt. Mit Ihrer Erlaubnis, Signore, werde ich heute noch aufbrechen, um Arbeiter anzuwerben. Sie müssen mir nur etwas Geld mitgeben, damit ich das Interesse der Menschen wecken kann. Und Sie müssen versprechen, während meiner Abwesenheit gut auf Maria aufzupassen.«
Das versprach ich mit Freuden, ahnte ich doch nicht, dass ich mein Versprechen sehr bald würde brechen müssen.

Am zweiten Tag nach Riccardos Abschied brach das Verhängnis herein, ein Gewitter aus heiterem Himmel, dessen Blitze tödliches Blei spuckten. Ich war mit der Hälfte der Soldaten damit beschäftigt, den unterirdischen Gang voranzutreiben, als wir laute Schreie und das Krachen von Schüssen hörten. Der Lärm kam aus der Richtung des Lagers, wo sich Hauptmann Lenoir mit der anderen Hälfte der Männer aufhielt und wo Maria damit beschäftigt war, das Mittagsmahl zuzubereiten. Wie erstarrt hielten wir in der Arbeit inne, um zu lauschen. Ich kletterte als Erster nach oben und rief den Männern zu, mir zu folgen.

»Aber wir haben unsere Musketen im Lager gelassen«, erwiderte ein Sergeant. »Hier haben wir bloß unsere Spaten.«

»Na und?«, fragte ich nur und lief los, ohne mich weiter um den Sergeanten und seine Kameraden zu kümmern. Die Angst um Maria trieb mich voran. Als es hinter mir im Buschwerk raschelte, wusste ich, dass die Soldaten mir folgten.

Vor uns tauchten die Zelte und Unterstände des Lagers auf, und ich sah reglose Gestalten, allesamt Lenoirs Leute, auf dem Boden liegen. Andere Männer, Unbekannte in Zivil, richteten ihre Musketen auf uns. Augenblicklich ließ ich mich ins Gras fallen und legte schützend meine Arme über den Kopf. Dem Knattern der Schüsse folgten die Schreie der Getroffenen, und hinter mir hörte ich die Franzosen, die ohne ihre Waffen keine Chance hatten, zu Boden stürzen.

Weitere Schüsse peitschten durch die Luft, und dicht vor mir sah ich schmutzbefleckte Stiefel durch das Gras näher kommen.

Ich begriff, dass die Unbekannten jeden Soldaten töteten, in dem noch Leben war. Auch auf meinen Kopf war die Mündung einer Muskete gerichtet, und ein hageres Gesicht blickte mich mitleidlos an.

»Den nicht!«, ertönte da eine kratzige Stimme. »Er trägt keine Uniform. Das scheint der Archäologe zu sein.«

Die Mündung der Muskete bewegte sich von mir weg, und der Mann mit dem hageren Gesicht sagte: »Zu Befehl, Herr Major.«

Mir wurde bewusst, dass die beiden Männer Deutsch

miteinander gesprochen hatten. Ein Deutsch, wie man es in Süddeutschland sprach oder in Österreich.
»Bringt den Mann ins Lager!«, befahl der Mann mit der kratzigen Stimme, der Major.
Zwei Männer zogen mich hoch. Zwischen all den Leichen entdeckte ich zu meiner Verwunderung Riccardo. Er hockte neben dem Lagerfeuer und hielt Maria in seinen Armen. Tränen liefen über sein Gesicht. Marias Augen waren geschlossen, und auf ihrem Kleid breitete sich über ihrer Brust Blut aus.
Als Riccardo mich erblickte, sagte er mit zitternder Stimme. »Maria ... sie hatte Recht mit dem Unheilsvogel ...«
»Ist sie ...« Auch mir versagte die Stimme.
»Tot«, sagte er nur leise. »Tot.«
Der Major, auch er in Zivil, trat zu uns. Er war ein großer, kräftiger Mann, auf dessen linker Wange ein feuerroter Schmiss prangte. »Das mit dem Mädchen war ein Unfall«, sagte er auf Italienisch. »Eine verirrte Kugel muss sie getroffen haben. Es tut mir sehr Leid für Sie, Signor Baldanello.«
Ungläubig sah ich erst den Offizier und dann Riccardo an. Erst allmählich begann ich darüber nachzudenken, wieso Riccardo ausgerechnet zu diesem Zeitpunkt zurückgekehrt war. Hinzu gesellten sich die Fragen, warum die Angreifer ihn unbehelligt ließen und weshalb der Offizier ihn auch noch mit Respekt behandelte, überhaupt nicht wie einen Gefangenen. Die Trauer um Maria saß tief in mir, aber es blieb noch genug Raum für die aufkeimende Empörung.
»Du hast diese Männer hergeführt, Riccardo!«
»Ja«, antwortete er leise. »Das war mein Auftrag.«
»Wer hat dich damit beauftragt?«
»Wer schon? Die Österreicher natürlich.«
Der Major nahm vor mir Haltung an, was angesichts

seines Räuberzivils mehr grotesk als schneidig wirkte, und sagte auf Deutsch: »Major von Rotteck, von den Grenadieren Seiner Majestät, des Kaisers.«
Ich erwiderte nichts. Angesichts der Toten und der leblosen Maria in Riccardos Armen fehlte mir jeder Sinn für Höflichkeitsfloskeln. Nur flüchtig streifte mein Blick den Major, dann sah ich wieder Maria an und wollte nicht glauben, dass alles Leben aus ihr gewichen war. Fast schien mir, als bewegten sich ihre Nasenflügel ganz leicht und als flatterten ihre Augenlider. Ich wischte mit der flachen Hand über meine Augen, die mir einen so schmerzhaften Streich spielten. Aber wieder sah ich das zaghafte Beben der Nasenflügel und das kaum merkliche Zucken der Lider. Schnell streckte ich meine Hand aus und hielt sie dicht über Marias Gesicht. Ich spürte ihren Atem, der nur ganz leicht war, aber doch unleugbar vorhanden.
»Sie lebt!«, rief ich so laut, dass man es wohl bis nach Borgo San Pietro hören konnte. »Maria lebt!«

Maria war am Leben, aber dieses hing an einem seidenen Faden. Die Kugel saß tief in ihrer Brust, nahe dem Herzen, und Major von Rottecks Trupp verfügte über keinen Arzt. Riccardo lief in den Ort, um Bürgermeister Cavara um Rat zu fragen, und erfuhr, dass es in dem Städtchen Pescia am Fuße der Berge einen Arzt geben sollte. Riccardo nahm das Pferd des toten Hauptmanns Lenoir und brach nach Pescia auf, während ich mich um Maria kümmerte. Wenn man es kümmern nennen konnte. Sie war nicht bei Bewusstsein, atmete nur flach und schlief einen Schlaf, aus dem wohl nur allzu leicht ein Schlaf ohne Erwachen werden konnte. Ich versuchte mir einzureden, dass es so besser für Maria sei, leichter. Sie verspürte keine Schmerzen, und wenn sie sterben musste, konnte der Tod kaum angenehmer sein. Aber für mich war das kein Trost. Ich wollte nicht, dass Maria starb.

Es dämmerte schon, als Riccardo mit dem Arzt zurückkehrte, der sich sofort um Maria kümmerte. Nach zehn Minuten trat er mit bleichem Antlitz aus dem Zelt, in dem Maria lag, und sagte: »Da ist nichts zu machen. Die Kugel sitzt zu nah am Herzen, um sie herauszuholen. Würde ich es wagen, dann würde die Frau es mit hoher Wahrscheinlichkeit nicht überleben.«

»Und wenn Sie es nicht tun, Dottore?«, fragte Riccardo.

»Wird sie sterben«, antwortete der Arzt leise.

»Dann operieren Sie Maria, sofort!«

Der Arzt schüttelte den Kopf. »Das kann ich nicht. Ich kann die Verantwortung nicht auf mich nehmen.«

Riccardo blickte ihm tief in die Augen. »Wenn Sie Maria nicht operieren, Dottore, werden Sie nie mehr zu Ihrer Familie nach Pescia heimkehren.«

»Sie meinen …«

»Ich meine, dass ich Sie töten werde, hier und jetzt!«

Der Arzt schwieg eine kleine Ewigkeit, während Schweiß auf seine Stirn trat, obwohl die Abendluft kühler wurde. »Gut, ich werde es tun«, sagte er schließlich. »Aber ich lehne jede Verantwortung ab. Ich brauche heißes Wasser und saubere Tücher. Im Dorf gibt es eine Frau, die sich mit medizinischen Dingen ein wenig auskennt. Sie hilft dort bei den Geburten. Jetzt muss sie mir helfen. Ihr Name ist Margherita Storaro.«

Wir ließen die Frau holen, und sie kam erstaunlicherweise sogar freiwillig mit. Vielleicht lag es an dem Namen des Arztes, der für die Menschen von Borgo San Pietro eine anerkannte Autorität war. Riccardo und ich warteten draußen, während der Arzt und die Hebamme sich um Maria kümmerten.

Ich hatte tausend Fragen an Riccardo, aber ich brachte kein Wort heraus. Es war eine gespenstische Szenerie. Während hier um das Leben Marias gerungen wurde, saßen nur ein kleines Stück entfernt die Männer des Majors und ließen sich unter lautem Grölen ihr Abendessen schmecken.
Ich achtete nicht auf die Zeit, die verstrich. Irgendwann trat der Arzt vor das Zelt, und er sah aus wie ein Geist: erschöpft und mit leerem Blick, das Haar hing ihm in wirren Strähnen in die Stirn.
Als er auf unsere drängenden Fragen nicht reagierte, packte Riccardo ihn bei den Schultern und schüttelte ihn heftig. »Was ist mit Maria? Wie geht es ihr?«
»Die Kugel ist draußen«, sagte der Arzt mit fast tonloser Stimme, in der Unglauben über die eigene Leistung mitschwang. »Es ist mir tatsächlich gelungen.«
»Lebt Maria?«
»Ja, sie lebt.« Schon wollten Riccardo und ich aufatmen, da fügte der Arzt hinzu: »Aber ich weiß nicht, wie lange noch.«
Wieder schüttelte Riccardo ihn. »Was soll das heißen, Dottore?«
Der Arzt blickte zu dem Zelt, aus dem er gerade getreten war. »Sie ist sehr schwach, und sie hat viel Blut verloren. Ich fürchte, es ist nur eine Frage von Stunden, bis das Leben sie verlässt.«
»Dann helfen Sie ihr!«, verlangte Riccardo. »Was stehen Sie hier so untätig herum?«
»Ich habe alles getan, was in meiner Macht steht. Sie können mich bedrohen, mich foltern und mich töten, Signore, aber mehr kann ich für die Frau nicht tun.«
Ich kämpfte gegen den Kloß an, der meinen Hals verstopfen wollte. »Ist Maria ansprechbar?«
Der Arzt schüttelte den Kopf. »Sie ist noch betäubt von

der Operation, und sie ist so schwach, dass sie vielleicht nicht mehr erwachen wird.«

Zögernd trat ich mit Riccardo an das Zelt, und wir spähten ins Innere. Maria lag dort im Schein eines Öllichts ganz friedlich auf ihrem Lager, den Kopf zur Seite gelegt. Bei dem Anblick krampfte sich mein Herz zusammen. Die Hebamme verließ das Zelt, nickte kurz dem Arzt zu und verschwand in der Dunkelheit.

Ich trat zu dem Arzt und legte eine Hand auf seine Schulter. »Sie haben Großartiges geleistet, Dottore, ich danke Ihnen dafür. Und verzeihen Sie unser ungehöriges Benehmen! Es ist nur ...«

Meine Stimme versagte mir, aber die Tränen in meinen Augen waren dem Arzt Erklärung genug. Er schüttelte meine Hand und ging zum Lagerfeuer, um sich zu stärken.

Riccardo hockte sich vor dem Zelt mit überkreuzten Beinen auf den Boden und brütete dumpf vor sich hin. Ich gesellte mich zu ihm und hörte, wie er leise sagte: »... ist es meine Strafe. Ich habe es wohl nicht anders verdient, Allmächtiger. Aber warum rächst du dich an Maria?«

»Ihre Strafe?«, fragte ich. »Wofür? Vielleicht für den Verrat, den Sie geübt haben und dem Hauptmann Lenoir mit all seinen Männern zum Opfer gefallen ist?« Während ich das sagte, blickte ich nach Norden, wo irgendwo außerhalb des Lagers die große Grube lag, in der von Rottecks Männer die Toten verscharrt hatten.

»Ich habe mehr als das auf mein Gewissen geladen«, sagte Riccardo. »Und obwohl ich mein Leben geben würde, um Maria zu retten, kann ich nicht behaupten, dass es mir um die Franzosen Leid täte. Hat es ihnen etwas ausgemacht, meine Männer niederzuschießen? Wenn die Armeen Kaiser Napoleons und seiner Feinde auf den

Schlachtfeldern aufeinander treffen, sterben die Menschen zu Tausenden und Zehntausenden, und niemand erhebt deshalb einen Vorwurf gegen die erlauchten Majestäten.«
»Vielleicht ihr Gewissen«, meinte ich. »Aber hier geht es nicht um Kaiser Napoleon und Kaiser Franz, sondern um Sie, Riccardo. Wieso dieser Verrat?«
Ohne mich anzusehen, antwortete er: »Alles gehört zum großen Plan, mehr oder weniger. Ich muss zugeben, dass ich gezwungen war, zu improvisieren, als Lenoirs Soldaten mein Lager überfielen und meine Männer niederschossen.«
Erst als ich eine Weile über Riccardos Worte nachgedacht hatte, kam mir das Ungeheuerliche seiner Rede zu Bewusstsein. »Wollen Sie etwa andeuten, alles war von vornherein geplant, auch der Überfall auf meine Kutsche?«
Jetzt erst sah er mich an, und ich bemerkte sein Erstaunen. »Ja, ist Ihnen das noch nicht klar gewesen, Signor Schreiber? Ich habe Ihre Kutsche überfallen, weil ich den Auftrag dazu hatte.«
»Wer hat Sie dazu beauftragt?«
»Wer wohl? In wessen Diensten stehen Major von Rotteck und seine Soldaten?«
»Die Österreicher?«, fragte ich zögernd.
Er nickte. »Fürstin Elisa hat einigen Aufwand betrieben, um Sie heimlich nach Italien zu bringen, aber weniger Aufwand wäre vielleicht unauffälliger gewesen. Durch Spione erfuhren die Österreicher davon und beschlossen, Sie abzufangen. Und diese Aufgabe fiel mir zu. Als Lenoirs Soldaten erschienen, musste ich schnell einen neuen Plan ersinnen. Mich als Ihren Diener auszugeben war kein schlechter Einfall. Das Lob geht an Sie, denn Sie haben diese Lüge selbst aufgebracht. Ich

begriff rasch, dass sich mir in meiner neuen Rolle ungeahnte Möglichkeiten boten. Ich beschloss, Sie zu begleiten, bis Sie das Heiligtum der Etrusker entdeckt hätten.«

»Und dann haben Sie unter dem Vorwand, Arbeitskräfte für die Ausgrabungen anzuwerben, Major von Rotteck hergeführt.«

»Das haben Sie zwar erst spät, aber richtig begriffen«, sagte Riccardo ohne jede Ironie.

»Aber warum? Was ist so wichtig an der alten Stadt der Etrusker?«

»Glauben Sie wirklich, es geht Fürstin Elisa nur darum, ihren kaiserlichen Bruder mit ein paar alten Scherben zu beeindrucken? Deshalb all der Aufwand, die Geheimhaltung? Meinen Sie, die Fürstin von Piombino und Lucca hat angesichts der gegenwärtigen Lage, des Kriegszustands mit Österreich und seinen Verbündeten, keine anderen Sorgen?«

»Aber worum geht es dann?«

Riccardos Züge wurden wieder ernst, und sofort wirkte er zehn Jahre älter. »Es geht um die Macht. Darum geht es doch allen Hochwohlgeborenen, die uns regieren, mögen sie sich nun Fürsten, Könige oder Kaiser nennen.«

»Sie sprechen in Rätseln, Riccardo.«

»Weil ich auch nicht viel mehr weiß als Sie. Ich bin in dem großen Spiel um Macht und Herrschaft recht bedeutungslos, Signor Schreiber. Ich weiß nur, dass die Bewohner von Borgo San Pietro nicht die Einzigen sind, die dieser verschütteten Stadt eine große, besondere Bedeutung beimessen. Einer alten Legende zufolge hatten sich hier die hervorragendsten Priester der Etrusker zusammengefunden, die weisesten und mächtigsten Männer jenes Volkes. Hier vermutete man eine Quelle unwiderstehlicher Macht, die den Etruskern helfen sollte, die immer weiter in ihr Gebiet vordringenden Römer zu vertreiben. Aber diese Macht wandte sich gegen diejenigen, die sie anwenden wollten. Es kam zu einer großen Katastrophe, bei der die Stadt vom Erdboden verschlungen wurde. So ungefähr lautet die Legende. Fragen Sie mich nicht, was daran Wahrheit ist und was Aberglaube! Immerhin scheinen ein paar einflussreiche Leute Interesse an dieser seltsamen Machtquelle zu haben: Kaiser Napoleon und sein Gegenspieler Franz.«

»Für den Sie arbeiten.«

»Sie sagen das so vorwurfsvoll. Finden Sie es ehrenhafter, in Bonapartes Diensten zu stehen?«

»Ich stehe nicht in seinen Diensten, sondern in denen seiner Schwester.«

»Das bleibt sich doch wohl gleich. Wenn es Elisa gelingt, dieser Machtquelle, sollte es sie denn wirklich geben, habhaft zu werden, wird über kurz oder lang Napoleon über diese verfügen.«

»Glauben Sie denn, dass diese Macht in den Händen der Habsburger besser aufgehoben wäre?«

»Wohl kaum, aber mich haben nun einmal die Österreicher bezahlt, so wie Sie von Elisa bezahlt werden.«

»So ist das eben, Riccardo, bei den Fürsten und Kaisern dreht sich alles um die Macht und bei uns ums Geld.«

Riccardo spuckte verächtlich aus. »Ich wünschte, ich hätte mich nie auf den Handel eingelassen. Maria bedeutet mir mehr als alles Geld der Welt.«

»Sie lieben Ihre Schwester sehr«, stellte ich fest.

Riccardo blickte mich an, als wolle er mir etwas Wichtiges sagen. Doch dann sah er zu Boden und brachte nur ein kurzes »Ja« hervor.

Unser Gespräch verebbte, und ich sah in die Dunkelheit

hinaus, dorthin, wo die Ausgrabungsstätte hinter den Schleiern der Nacht verborgen lag. Die Etrusker waren ein rätselhaftes Volk, ohne Frage, aber der Legende, von der Riccardo eben erzählt hatte, maß ich keinen Wahrheitsgehalt bei. Überall, wo sich in der Vergangenheit große Unglücke ereignet hatten, versuchten die Menschen, sich das Geschehene anhand solcher Geschichten zu erklären. In diesem Fall sollten die Etrusker sich an einer Macht versucht haben, die ihnen offenbar nicht zustand, und deshalb fielen sie ihr angeblich selbst zum Opfer. Das alles erinnerte mich sehr an die Geschichte von Evas Sündenfall. Vermutlich hatten die Menschen das biblische Motiv abgewandelt, um sich eine Erklärung für den Untergang dieser Etruskerstadt zurechtzuzimmern. Was mich allerdings erstaunte, war, dass gebildete Leute wie Kaiser Franz und Elisa Bonaparte, möglicherweise sogar ihr Bruder Napoleon, daran glaubten. Aber vielleicht griffen die Herrschenden ganz einfach nach jeder Möglichkeit, wie wenig erfolgversprechend sie auch sein mochte, das Ringen um die Macht über Europa zu gewinnen.

Laute Stimmen aus der Richtung des Lagerfeuers rissen mich aus meinen Gedanken. Dort musste etwas vorgefallen sein. Zusammen mit Riccardo ging ich zu dem Feuer, um das sich die Österreicher geschart hatten. Mitten unter ihnen stand Giovanni Cavara und redete unaufhörlich auf Major von Rotteck ein. Der Arzt stand neben dem Bürgermeister von Borgo San Pietro und versuchte zu übersetzen, kam aber kaum nach.

Als der Major uns erblickte, hellten sich seine skeptischen Züge auf, und er bedeutete uns, schnell zu ihm zu kommen. »Vielleicht finden Sie heraus, was dieser Bauer von uns will, Signor Baldanello. Er redet wie ein Wasserfall, aber ich verstehe nicht ein Wort.«

Cavara sah Baldanello und mich an. »Ich muss mit Ihnen reden, allein!«
»Das ist der Bürgermeister des Dorfes«, erklärte Riccardo dem Major. »Er möchte mit mir und Signor Schreiber unter sechs Augen sprechen.«
»Soll er, soll er«, sagte der Österreicher. »Nehmen Sie ihn nur mit und sprechen Sie in Ruhe mit ihm!«
Wir zogen uns zwischen die Zelte zurück, und Cavara sagte: »Ich weiß von Margherita Storaro, was hier vorgefallen ist. Wie geht es der Verletzten?«
»Noch lebt Maria«, antwortete ich, »aber der Arzt gibt ihr nur noch wenige Stunden.«
»So hat es Margherita mir auch erzählt. Ich bin gekommen, um Ihnen einen Vorschlag zu machen.«
»Ausgerechnet jetzt, wo es Maria so schlecht geht?«, fuhr Riccardo den Bürgermeister an.
»Es geht ja um Maria. Zusammen mit ein paar Freunden werde ich ihr helfen, wenn Sie versprechen, dass Sie hier nicht weitergraben und Borgo San Pietro schnellstens verlassen.«
»Maria helfen?«, fragte Riccardo. »Wie wollen Sie das tun? Selbst der Arzt kann nichts mehr für sie tun.«
»Es gibt gewisse Kräfte, über die verfügt selbst ein studierter Arzt nicht«, sagte Cavara. »Wir werden Maria gesund machen, wenn Sie mir das Versprechen geben, um das ich Sie gebeten habe.« Der Bürgermeister sagte das in einem selbstverständlichen Tonfall, als ginge es um irgendeinen Tauschhandel auf dem Markt.
Riccardo stürzte sich ohne Vorwarnung auf Cavara und riss ihn zu Boden, wo er mit den Fäusten auf ihn einschlug. »Elender Hund! Maria liegt im Sterben, und du verspottest sie auch noch!«
Ich sprang dazwischen, aber es gelang mir nur mit Mühe, Riccardo zu beruhigen und von Cavara wegzuziehen.

»Reißen Sie sich zusammen, Riccardo! Cavara ist nicht der Mann, andere zu verspotten. Ich glaube, er meint es ehrlich.«
Der Bürgermeister erhob sich schwerfällig und fragte: »Warum lassen Sie es nicht darauf ankommen? Was haben Sie zu verlieren?«

Keine halbe Stunde nach dem Vorfall betrat Cavara gemeinsam mit sechs weiteren Dorfbewohnern, Männern wie Frauen, das Zelt, in dem die noch immer schlafende Maria lag. Als Letzte verschwand Margherita Storaro im Eingang. Aus einiger Entfernung beobachtete Major von Rotteck das Geschehen mit gekräuselter Stirn. Riccardo hatte ihm nur die Hälfte erzählt. Er hatte dem Major gesagt, dass die Menschen Maria helfen wollten, ohne ihm zu verraten, was sie dafür verlangten.
In Marias Zelt blieb es seltsam ruhig, und Riccardo krampfte nervös die Hände zusammen. »Was, bei allen Heiligen, geht da vor sich?«
Der Arzt, der das gehört hatte, kam zwei Schritte näher und sagte: »Haben Sie Vertrauen! Vielleicht sind die Menschen aus Borgo San Pietro die Einzigen, die der Frau jetzt noch helfen können.«
»Das sagen Sie, der Maria für todgeweiht gehalten hat?«, wunderte ich mich.
»Ich kann es nicht genau erklären, aber die Menschen in Borgo San Pietro verfügen über besondere Gaben. Ich war einmal bei einer Geburt in dem Ort zugegen. Man hatte mich geholt, weil das Kind in einer ungünstigen Lage war und den Mutterleib nicht verlassen wollte. Ich konnte das Kind herausholen, aber die Mutter starb dabei vor Erschöpfung. Ich verließ den Raum und wunderte mich, dass sehr bald mehrere Menschen ins das Totenzimmer gingen, so ähnlich wie jetzt Signor Cavara mit

den anderen dort im Zelt verschwand. Cavara war damals auch dabei und natürlich Signora Storaro. Um es kurz zu machen, nach einer Viertelstunde kamen die Leute wieder heraus und sagten, der Mutter gehe es gut. Natürlich bin ich sofort in das Zimmer gegangen, und sie hatten Recht. Ich kann es mir bis heute nicht erklären.«
Riccardo sah ihn fast mitleidig an. »Vielleicht haben Sie sich einfach nur geirrt, als Sie die Mutter für tot hielten.«
»Ja, vielleicht«, sagte der Arzt, aber sein Gesichtsausdruck verriet, dass er das kaum für möglich hielt.
Eine Tote zum Leben erwecken, daran konnte auch ich nicht glauben, sosehr ich es mir auch gewünscht hätte. Aber vielleicht war in der Frau, von der soeben der Arzt erzählt hatte, noch ein Rest Leben gewesen. Und vielleicht hatte dieses Fünkchen genügt, um die Flamme neu zu entfachen. Das redete ich mir ein in der Hoffnung, bei Maria möge es ähnlich sein.
Als die Zeltplane sich am Eingang teilte und ein Dorfbewohner nach dem anderen heraustrat, klopfte mein Herz bis zum Hals. Die Leute aus Borgo San Pietro wirkten erschöpft wie nach einer großen Anstrengung, aber ich achtete nur beiläufig darauf. Zu groß war meine Sorge um Maria.
Der Bürgermeister trat als Letzter ins Freie und sah uns mit einem Lächeln an, wie ich es bei ihm noch nicht gesehen hatte. »Die Frau ist jetzt bei Bewusstsein. Das Schlimmste liegt hinter ihr. Sie muss sich in den nächsten Wochen nur schonen.«
Das war alles. Keine weitere Erklärung, keine Ermahnung an uns, unseren Teil der Abmachung zu erfüllen. Giovanni Cavara folgte seinen Leuten, die durch die kühle Nacht zu ihrem Bergdorf heimgingen.
Riccardo stürzte ins Zelt, und als auch ich eintrat, kniete er bereits neben Maria, strich zärtlich über ihre Stirn und

sagte leise: »Ich bin so glücklich, dass ich dich wiederhabe, meine Liebste. Nichts soll uns mehr trennen!«
In meine unbändige Freude über Marias Rettung mischte sich ein bitterer Beigeschmack. Ich blieb auf halbem Weg zu Marias Lager stehen und betrachtete die beiden Menschen, die ich so lange für Bruder und Schwester gehalten hatte. Und mein Herz zerbrach.

Am nächsten Morgen zeigte Riccardo ungewohntes Mitgefühl und versuchte, mir zu erklären, warum er und Maria mir diese abscheuliche Komödie vorgespielt hatten. Es gehörte zu Riccardos Plan, mein Vertrauen zu gewinnen. Seine »Schwester« Maria erschien ihm dafür besser geeignet als seine Liebste. Ich verzichtete auf alle weiteren Erklärungen und wandte mich an den Arzt, der Maria ein weiteres Mal untersuchen wollte, bevor er sich auf den Rückweg nach Pescia machte.
»Was sich schon in der Nacht abzeichnete, hat sich bestätigt«, sagte er. »Maria befindet sich auf dem Weg der Besserung. Ich habe keine Ahnung, wie die Leute von Borgo San Pietro das angestellt haben. Aber wenn es mehr Menschen von ihrer Art gäbe, wäre mein Berufsstand bald überflüssig.«
»Und?«, fragte ich Riccardo, nachdem der Arzt sich verabschiedet hatte. »Was sagen wir jetzt dem Major?«
»Ich habe da schon eine Idee.«
Wir beide waren fest entschlossen, unseren Teil der Abmachung zu erfüllen. Keiner sprach es aus, aber Riccardo befürchtete wohl genauso wie ich, dass ein Bruch unseres Versprechens Böses für Maria bedeuten würde, vielleicht den Tod. Es war wie ein Fluch, der nur so lange gebannt war, wie wir uns an das Versprechen hielten.
Also führte ich für Major von Rotteck ein Schauspiel auf, wie ich es mir selbst nie zugetraut hätte. Vor seinen

Augen verwandelte ich mich in der Ausgrabungsstätte zum Wüterich und zerschlug zwei kostbare, fast vollständig erhaltene Vasen, wertvolle Zeugnisse etruskischer Kunstfertigkeit, während ich schimpfte wie ein Rohrspatz. Der österreichische Offizier wurde so bleich, als sähe er sich ganz allein einem feindlichen Regiment gegenüber. Besorgt stieg er, begleitet von Riccardo, zu mir herab in die Grube und fragte mich, was ich habe, ob ich vielleicht krank sei.

»Wütend bin ich«, antwortete ich und trampelte auf den Scherben der Vasen herum. »Wütend auf mich selbst, weil ich mich so lange habe an der Nase herumführen lassen.«

Diese Wut zu spielen kostete mich keine große Mühe, ich brauchte nur an Riccardo und Maria zu denken.

Von Rotteck sah mich fragend an. »Wer hat Sie an der Nase herumgeführt, Herr Schreiber?«

»Diese angeblich etruskischen Künstler!« Ich spuckte verächtlich aus. »Dabei sind sie nichts als römische Imitatoren. Erst haben sie die Kultur der Etrusker vernichtet, dann ahmen sie sie nach. Typisch Rom!«

Der Major breitete in hilfloser Geste die Arme aus. »Ich verstehe Sie nicht.«

»Da müssen Sie sich nicht schämen, Herr Major, ich verstehe mich nämlich selbst nicht. Wie konnte ich mit meiner Erfahrung nur auf die römischen Imitate hereinfallen? Vielleicht liegt es an der hohen Kunstfertigkeit, mit der sie hergestellt wurden.«

»Sie meinen, diese Vasen waren nicht etruskisch?«, erkundigte sich der Österreicher.

»Sie haben es erfasst, Herr Major. Es waren keine etruskischen Vasen, und das Ganze hier ist auch keine etruskische Stadt, sondern eine römische. Die Römer sind immer Meister darin gewesen, andere Kulturen zu ver-

einnahmen und nachzuahmen. Unsere ganze Mühe war vergebens.«
Von Rotteck wirkte ernsthaft erschüttert. »Aber ... wie konnte das nur passieren?«
»Wahrscheinlich gibt es überhaupt kein etruskisches Heiligtum hier in den Bergen«, sagte ich und hoffte inständig, dass ich überzeugend wirkte. »Die ganzen Legenden bauen auf einer Täuschung auf, nämlich auf dieser römischen Siedlung. Was auch immer Sie hier zu finden hofften, Herr Major, es war niemals hier.«
»Aber wie soll ich das dem Kaiser erklären?« Der Major seufzte schwer und blickte mich Hilfe suchend an. »Nein, Sie werden es ihm selbst erklären, Herr Schreiber!«
Ich tat, als sei ich von dieser Aussicht nicht besonders erbaut. In Wahrheit war ich aber froh, zeigte mir von Rottecks Äußerung doch, dass er auf meine Scharlatanerie hereingefallen war.
Der Major hielt mit seinen Offizieren und Unteroffizieren eine kurze Lagebesprechung ab und beschloss anschließend, die Zelte hier noch an diesem Tag abzubrechen. Angesichts des Kriegszustands mit Frankreich erschien es ihm nicht angebracht, länger als notwendig im Feindesland zu verweilen.
Riccardo wollte mit Maria in Borgo San Pietro bleiben, bis er ihr besser ging. Deshalb suchte er Giovanni Cavara auf, und kurze Zeit später kamen beide mit einem Eselskarren, auf den wir Maria vorsichtig betteten. Der Bürgermeister hatte sich angeboten, die beiden einstweilen in seinem Haus aufzunehmen. Jetzt, da wir Fremden im Aufbruch begriffen waren, schien die Zurückhaltung der Dorfbewohner zu schwinden.
Als Maria auf dem Karren lag, winkte sie mich zu sich. Sie legte eine Hand auf meine Wange und sagte: »Es tut

mir so Leid. Ich wollte es Ihnen die ganze Zeit schon sagen, aber ich wusste nicht, wie, ohne Riccardo zu verraten. Ich wünsche mir, ich hätte Sie nicht verletzen müssen.«

»Nicht Sie haben mich verletzt, Maria. Das war ich selbst in meiner Vernarrtheit.«

Was soll ich noch erzählen? Ich habe weder Maria noch Riccardo jemals wiedergesehen, und ich kam auch nicht wieder nach Borgo San Pietro. In meine Heimat kehrte ich erst nach drei Jahren zurück. Schon der Weg nach Österreich gestaltete sich überaus schwierig und war voller Gefahren. Als wir dem Ziel endlich nahe waren, hörten wir von Napoleons großem Sieg bei Austerlitz über die vereinigten Armeen der Österreicher und der Russen. Der Krieg stand kurz vor seinem Ende, und der Sieger hieß einmal mehr Napoleon Bonaparte. Angesichts dessen hatte Kaiser Franz wohl andere Sorgen, als sich mit mir zu befassen. Jedenfalls kam ich nie in die Verlegenheit, ihm wegen der Etruskerstadt etwas vorflunkern zu müssen. Übrigens sah ich auch Lucca und Elisa niemals wieder, was ich nicht übermäßig bedauerte. Fünf Jahre nach den hier geschilderten Ereignissen erhielt ich einen Brief aus Italien. Er stammte von Riccardo. Verwundert nahm ich zur Kenntnis, dass er mit Maria in Borgo San Pietro geblieben war. Sie hatten bereits drei Kinder, und den ältesten Sohn hatten sie mir zu Ehren Fabio getauft. Ich kann nicht verhehlen, dass ich darüber gerührt war. Ein regelmäßiger Briefwechsel zwischen Riccardo und mir entspann sich, und so erfuhr ich, dass die Leute von Borgo San Pietro die Ausgrabungsstelle sorgfältig wieder zugeschüttet hatten. Welches Geheimnis diese alte etruskische Siedlung aber beherbergte, darüber ließ Riccardo sich in seinen Briefen ebenso wenig aus wie darüber, was in der Nacht geschehen war, als die Dorfbewohner Maria vor dem Tod erretteten.

Vielleicht mag der eine oder andere Leser glauben, meine wissenschaftliche Neugier hätte mich zurück nach Norditalien treiben müssen. Ich aber hatte das unbedingte Gefühl, dass die Menschen von Borgo San Pietro ihr Geheimnis aus gutem Grund bewahrten.

13

Toskana, Montag,
28. September

Das letzte Kapitel von Fabius Lorenz Schreibers Reisetagebuch lieferte Enrico eine Menge Stoff zum Nachdenken, aber keine definitiven Antworten. Er las den Schluss des Reiseberichts abends in seinem römischen Hotel, und während des Rückflugs nach Pisa und der Fahrt nach Pescia war er fast unentwegt damit beschäftigt, die Abenteuer des Archäologen in Verbindung zu seinen eigenen Erlebnissen zu setzen. Dass es eine solche Verbindung gab, war offensichtlich. Die Heilung Marias, von der Fabius Lorenz Schreiber berichtete, schien auf dieselbe unbegreifliche Weise erfolgt zu sein wie die Elenas. Was zu der Folgerung führte, dass die heilenden Kräfte in Borgo San Pietro Tradition hatten. Der Einsiedler Angelo und auch Enrico selbst waren nur späte Vertreter einer Heilkunst, deren Funktionsweise für Enrico ebenso im Dunkeln lag wie ihr Ursprung. Oder sollte er nach dem Gespräch mit Papst Custos tatsächlich glauben, dass alle Menschen in Borgo San Pietro – oder zumindest alle, die über die heilende Kraft verfügten – Nachkommen von Jesus Christus waren? Das schien ihm ein sehr kühner Gedanke zu sein, aber andererseits war die unbestreitbare Existenz der heilenden Kräfte ein äußerst ungewöhnliches Faktum, das bestimmt nicht einfach zu erklären war.

Ein Begriff ging ihm nicht aus dem Kopf. An einer Stelle sprach Fabius Lorenz Schreiber von dem *Hort der Engel*, und der Bürgermeister Cavara – offenbar ein Vorfahr des ermordeten Benedetto Cavara – sagte zu ihm: *Lassen Sie die Engel in Frieden ruhen, dann werden die Engel auch die Menschen in Frieden lassen!*

Wieder musste er an sein gestriges Gespräch mit dem Papst denken, und die Erwähnung der Engel gewann eine besondere Bedeutung. Hatten sie etwas mit jener alten Macht zu tun, die angeblich zum Untergang der Etruskerstadt geführt hatte? War die heilende Kraft ein Teil jener Macht, oder bestand sie unabhängig davon? Diese und weitere Fragen schwirrten in seinem Kopf herum, ohne dass er eine befriedigende Antwort fand. Die hoffte er nun in den Bergen zu finden, in Borgo San Pietro.

Der Weg zum Hotel »San Lorenzo« führte durch Pescia hindurch. Aber als vor Enrico der Fluss und die Brücke zum Hospital auftauchten, bog er nach rechts ab und überquerte den Fluss. Der kleine Parkplatz vor dem Krankenhaus war jetzt, am frühen Nachmittag, vollständig besetzt. Er folgte der Straße, die links am Hospital vorbei zu größeren Parkplätzen am Ortsrand führte, wo reichlich Platz für seinen kleinen Fiat-Mietwagen vorhanden war. Von hier aus waren es keine fünf Gehminuten zum Krankenhaus, wo Elena ihn mit einem Lächeln empfing.

Er freute sich, dass es ihr offenbar gut ging, und sein Schmerz darüber, dass sie seine Gefühle nicht erwiderte, hielt sich bei ihrer Begegnung zu seiner Verwunderung in Grenzen. Vielleicht war es gut gewesen, dass er Alexander Rosin getroffen hatte. Jetzt war der Schweizer für Enrico nicht länger ein Phantom, sondern ein Mann aus Fleisch und Blut, mit dem er sich als Rivalen besser abfinden konnte. Er sprach mit Elena lange über den Mord in Marino. Sie hatte von Alexander bereits am Telefon erfahren, was sich ereignet hatte, zeigte sich aber an

Enricos Sicht der Dinge sehr interessiert. Während er noch erzählte, hieb sie plötzlich mit ihrer geballten Rechten auf die Matratze, was ihn angesichts ihrer eben noch blendenden Laune verwunderte.

»Was ist mit dir? Habe ich dich verärgert?«

»Ich ärgere mich nicht über dich, sondern über die Ärzte.«

»Warum?«

»Weil ich hier liegen muss, obwohl ich kerngesund bin. Mir geht es schon wieder blendend, wirklich!«

»Da ist aber noch ein Verband um deinen Kopf.«

»Ach, das ist bloß eine blöde Beule. Die merke ich kaum noch. Ich fühle mich wieder voll einsatzfähig, aber ich muss hier liegen und meine Zeit verschwenden.«

»Die Ärzte werden schon ihre Gründe haben«, gab Enrico zu bedenken.

»Pah, was wissen die schon! Die trauen dem Ganzen nur deshalb nicht, weil nicht sie mich geheilt haben, sondern Angelo und du.«

»Es war sicher eine erfolgreiche Heilung, aber auch eine sehr mysteriöse. Ich will den Teufel wirklich nicht an die Wand malen, aber vielleicht gibt es Nebenwirkungen oder Rückschläge. Die Ärzte handeln nur verantwortungsvoll, wenn sie dich hier noch unter Beobachtung halten.«

»Du hörst dich jetzt an wie diese Quacksalber!«

Enrico lachte. »Ich bin aber nicht von ihnen bestochen worden, um dich zu beruhigen. Ich kann dich ja verstehen. Aber je mehr du dich schonst, desto eher bist du wieder auf den Beinen.«

»Dabei würde ich liebend gern Angelo aufsuchen und mehr über seine geheimnisvollen Kräfte erfahren.«

»Genau das habe ich vor. Wenn ich mich im Hotel frisch gemacht habe, will ich hinauf in die Berge, um dem Geheimnis von Borgo San Pietro etwas näher auf den Leib zu rücken.«

Elena hob die Brauen an. »Weißt du etwas Neues?«
Enrico überlegte, ob er sie einweihen solle. Sie war eine kluge Frau und im Aufspüren von verborgenen Dingen schon von Berufs wegen erfahren. Vielleicht fand sie in Fabius Lorenz Schreibers Reisebericht einen Hinweis, den er übersehen hatte.
»Sprichst du Deutsch?«, fragte er.
»Etwas. Seit ich mit Alexander zusammen bin, hat sich mein Deutsch verbessert.«
»Kannst du es auch lesen?«
»Besser als sprechen, um ehrlich zu sein, aber nicht besonders gut. ›Krieg und Frieden‹ würde ich mir in deutscher Sprache nicht vornehmen, aber zum Verstehen eines Zeitungsartikels reicht es.«
»Dann warte auf mich. In zehn Minuten bin ich wieder da.«
Er ging zu seinem Wagen und holte das alte Tagebuch aus seiner Reisetasche. Als er es Elena in die Hand drückte, betrachtete sie es verwundert.
»Was ist das?«
»Ein nicht weniger interessantes Buch wie ›Krieg und Frieden‹, und es spielt auch zur Zeit Napoleons. Allerdings ist es nicht ganz so umfangreich.«
Elena schlug das Buch auf, und ihre Augen weiteten sich. »O Gott, was ist das für eine Handschrift?«
»Eine alte, ich hatte auch Schwierigkeiten, mich daran zu gewöhnen.«
»Aber du bist mit der deutschen Sprache aufgewachsen. Es kann ja ewig dauern, bis ich das Buch durchhabe!«
Enrico grinste. »Du hast doch Zeit! Außerdem lohnt sich die Lektüre. Du wirst dich bestimmt nicht langweilen.«

Nach dem Besuch bei Elena fuhr Enrico kurz ins Hotel, brachte seine Sachen aufs Zimmer, duschte und zog sich um. Dann stieg er wieder in den kleinen Fiat und machte sich auf den Weg hinauf in die Berge. Das Wetter hatte sich verschlechtert.

Wolken zogen über den Bergen auf, als wollten sie sich formieren, um das Geheimnis von Borgo San Pietro vor Enrico zu verbergen. Er hoffte, es würde keinen Regen geben. Die Vorstellung, auf der Suche nach Angelo über aufgeweichte, schlammige Waldpfade zu stapfen, erschien ihm wenig angenehm. Es würde ohnedies nicht leicht sein, Angelo zu finden. Hoffentlich fand er den Weg wieder, den Ezzo Pisano vor drei Tagen genommen hatte. Natürlich konnte er versuchen, den Alten um Hilfe zu bitten. Aber er versprach sich davon nicht viel. Angelo hatte deutlich gemacht, dass er für sich bleiben wolle, und Pisano würde das vermutlich respektieren. Mehr noch, vielleicht würde Pisano den Einsiedler warnen, dass Enrico nach ihm suchte. Deshalb hielt Enrico es für das Beste, den Weg zu Angelo erst einmal auf eigene Faust zu suchen.

Die Bergstraße war wie üblich wenig befahren. Hin und wieder tauchte in seinem Rückspiegel ein gelber Kleinwagen auf, der sich aber keine Mühe gab, zu Enricos Fiat aufzuschließen oder ihn gar zu überholen. Letzteres wäre angesichts der engen Fahrbahn auch ein riskantes Manöver gewesen. Das gelbe Fahrzeug schien exakt denselben Weg zu haben wie er. Schon kurz hinter dem Hotel war es ihm zum ersten Mal aufgefallen. Intuitiv fuhr Enrico an einer Straßengabelung nicht weiter in Richtung Borgo San Pietro, sondern nahm die andere Richtung. Ein verwittertes Schild wies auf mehrere Bergdörfer hin, die von dieser schmalen, nur unzureichend asphaltierten Straße tangiert wurden. Die Strecke schlängelte sich kurvenreich in die Höhe. Auf dem ersten geraden Straßenabschnitt sah er wieder den gelben Fleck im Rückspiegel. Hundert Meter vor Enrico führte ein kleiner Feldweg, gerade breit genug für einen Kleinwagen, nach links. Er setzte frühzeitig den Blinker, damit der Fahrer des gelben Wagens auf jeden Fall mitbekam, dass er abbog.

Er hatte keine Ahnung, wohin der Feldweg führte. Ein Hinweisschild gab es nicht. Aber das war auch nicht wichtig, er hatte nicht vor, lange über die unebene Piste zu rumpeln. Als er den gelben Wagen erneut im Rückspiegel sah, war sein Plan gefasst. In der ersten Kurve hielt er an und stieg aus. Da bog das andere Fahrzeug, ebenfalls ein Fiat, auch schon um die Kurve. Als der Fahrer den haltenden Wagen bemerkte, trat er sofort auf die Bremse, und nach kurzem Schleifen auf dem sandigen Grund kam der Wagen nur zehn Zentimeter hinter Enricos Stoßstange zum Stehen.

Sofort sprang Enrico zur Fahrertür des gelben Kleinwagens und riss sie auf. Erstaunt stellte er fest, dass er nicht einen Fahrer, sondern eine Fahrerin vor sich hatte, die ihn aus ihren grünen Augen wütend anfunkelte.

»Sie?«, entfuhr es ihm voller Erstaunen und in Deutsch.

»Was dagegen?«, fragte Dr. Vanessa Falk.

»In der Tat, ich mag es nicht, wenn man mir nachschnüffelt.«

»Ich auch nicht, Herr Schreiber.«

»Falls Sie auf unsere Begegnung in Marino anspielen: Ich habe nicht Sie verfolgt, sondern war Alexander Rosin auf den Fersen.«

»Für mich hat das keinen großen Unterschied gemacht. Schließlich sind Sie es gewesen, der mir in den Rücken gesprungen ist wie ein wild gewordener Panther. Mir tut jetzt noch der Ellbogen weh, auf den ich gefallen bin.« Demonstrativ rieb sie sich mit der linken Hand den rechten Arm.

»Es tut mir Leid, wenn ich Ihnen wehgetan habe, Frau Dr. Falk. Aber was hätte ich tun sollen, nachdem ich Sie für den flüchtenden Mörder hielt?«

Für fünf oder zehn Sekunden kreuzten sich ihre Blicke zu einem stillen Duell, dann lachten beide wie auf Kommando los. So schrecklich für Enrico das Erlebnis in Marino auch gewesen war, im Nachhinein erschien es ihm so skurril komisch wie ein Film von Jacques Tati.

»Vier Menschen auf der Jagd nach oder auf der Flucht vor dem

Mörder«, brach es aus ihm heraus, während er noch immer lachte. »Ich glaube, die Einzigen, die in der Kirche absolut ungestört blieben, waren die Mörder selbst.«
Vanessa Falk nickte. »Wahrscheinlich hatten sie Mühe, sich nicht durch lautes Lachen zu verraten, weil sie sich über unser tölpelhaftes Benehmen amüsiert haben.«
Vanessa wollte noch etwas sagen, aber in diesem Augenblick spaltete ein grellweißer Blitz den Himmel, und wenige Sekunden später folgte nicht nur der Donner, sondern es setzte auch ein kräftiger Regen ein, dessen schwere Tropfen auf das Blech der Fahrzeuge trommelten.
»Wir sollten woanders weiterreden«, schlug Enrico vor. »Da Sie mir gefolgt sind, kennen Sie vermutlich mein Hotel.« Als sie nickte, fügte er hinzu: »Dann nichts wie weg hier!«
Als er sich hinter das Lenkrad seines Fiats klemmte, war er schon halb durchnässt. An eine Suche nach Angelo war bei diesem Wetter nicht mehr zu denken. Außerdem hatte er das Gefühl, dass auch ein Gespräch mit Dr. Falk lohnenswert sein konnte. Ihr Auftauchen hier in den Bergen ließ nur eine Schlussfolgerung zu: Sie wusste mehr, als sie bislang gesagt hatte.

Nachdem Enrico sich in seinem Zimmer trockene Sachen angezogen hatte, traf er Vanessa Falk in der kleinen Hotelbar, gegen deren Fenster der Regen mit unverminderter Wucht prasselte. Obwohl es erst gegen halb fünf am Nachmittag war, brannte Licht in der Bar. Draußen war es so finster wie nach Einbruch der Dunkelheit, wenn nicht gerade ein Blitz aufleuchtete. Dr. Falk hatte sich einen Latte Macchiato bestellt und starrte hinaus in den Regen, als könne sie dort etwas sehen, das anderen verborgen war. Enrico orderte einen Cappuccino und dazu ein Stück Sandkuchen, weil er seit einem Brötchen am Flughafen nichts mehr zu sich genommen hatte.

Dann setzte er sich zu der rothaarigen Frau und sagte: »Kein Wetter für einen Ausflug in die Berge, Dr. Falk.«
»Vanessa«, sagte sie.
»Wie?«
»Sagen Sie einfach Vanessa zu mir, sonst komme ich mir vor wie hundertachtundfünfzig Jahre alt.«
»Gut, Vanessa, wenn Sie mich Enrico nennen.«
»Klar doch. Männer, die mich von hinten anspringen, nenne ich grundsätzlich beim Vornamen.«
Enrico lächelte. »Kommt das häufiger vor?«
»Dass ich Männer beim Vornamen nenne?«
»Dass Sie in so aufregende Situationen geraten.«
Sie schüttelte den Kopf. »Als Religionswissenschaftlerin gerät man nicht jeden Tag in Lebensgefahr, weder in eine echte noch in eine eingebildete. Das größte Risiko ist wahrscheinlich, von einem Bücherregal erschlagen zu werden oder sich am Fotokopierer die Hand einzuklemmen.«
»Ich würde nicht nur von einer eingebildeten Lebensgefahr sprechen, was Marino betrifft. Wenn die Mörder zu dem Zeitpunkt noch in der Kirche waren, wovon man durchaus ausgehen kann, haben Sie sich in echter Gefahr befunden. Insofern können Sie es als Glück auffassen, dass ich Sie angesprungen habe und nicht ein anderer.«
»Ich werde Ihnen zu Ehren bei Gelegenheit einen Freudentanz aufführen«, sagte sie maliziös. »Aber eins beruhigt mich doch. Wie ich Ihren Worten entnehme, halten Sie mich nicht für die Mörderin oder eine Komplizin der Täter.«
»Sollte ich das?«
»Fragen Sie diesen Commissario aus Rom, Donati!«
»Apropos. Hat er Ihnen erlaubt, Rom zu verlassen?«
Vanessa lächelte hintergründig. »Was er nicht weiß, macht ihn nicht heiß.«
»Wenn er von Ihrem Ausflug Wind bekommt, könnte er Sie leicht zur Fahndung ausschreiben lassen.«

»Soll er doch. Dann sehen wir, ob seine Leute wenigstens falsche Mörder fangen können, wenn es ihnen schon mit echten nicht gelingt.«

»Seien Sie nicht ungerecht, Vanessa! Wir selbst sind durch das Durcheinander, das wir in der Kirche veranstaltet haben, vielleicht nicht ganz unschuldig daran, dass die Mörder entkommen konnten. Aber schließlich ist es Ihre Sache, wenn Sie sich der Gefahr einer Verhaftung aussetzen. Mich interessiert viel mehr, warum Sie das tun.«

»Ah, beginnt jetzt das Kreuzverhör, Herr Rechtsanwalt?«

»Finden Sie nicht, dass Sie mir eine Erklärung schulden? Schließlich sind Sie mir hinterhergefahren und nicht ich Ihnen!«

»Jaja, wir modernen Frauen übernehmen schon mal gern die aktive Rolle«, spottete sie, offenbar nicht gewillt, es Enrico leicht zu machen.

»Das Unwetter scheint noch eine ganze Weile anzuhalten«, stellte er mit einem Blick nach draußen fest. »Wir haben also viel Zeit, um Spielchen zu spielen. Allerdings halte ich es für produktiver, wenn wir den Smalltalk beenden.«

»Meinetwegen«, sagte sie und klang auf einmal sehr sachlich. »Aber mir wäre es recht, wenn das kein einseitiges Gespräch wird.«

»Soll heißen?«

»Dass ich auch ein paar Dinge erfahren will.«

»Kann ich mir denken.«

»Wieso?«

»Weil Sie mir auf der Fahrt in die Berge so treu gefolgt sind wie ein Sancho Pansa seinem Herrn Don Quijote. Da darf ich wohl eine gewisse Portion Neugier vermuten, auch wenn Sie eine ›moderne Frau‹ sind.«

»Also ein Spiel mit offenen Karten?«, fragte sie.

»Das wäre mir am liebsten.«

»Und Sie beantworten mir auch meine Fragen?«

»Ja, sofern ich den Eindruck habe, dass Sie offen und ehrlich zu mir sind.«
»Gut, lassen wir's drauf ankommen. Was wollen Sie wissen, Enrico?«
»Was suchen Sie hier in den Bergen?«
»Ich will herausfinden, welches Geheimnis in Borgo San Pietro verborgen ist, genau wie Sie.«
»Ich bin hier nur als Tourist unterwegs.«
Vanessa lachte hart. »Sind Sie der Mann, der gerade die Worte ›offen und ehrlich‹ benutzt hat? Wenn ja, dann erzählen Sie mir doch mal etwas über Ihren mysteriösen Einsiedler!«
Enrico war ehrlich überrascht. »Woher wissen Sie denn von dem?«
»Ich habe einen Informanten im Vatikan. Das ist ganz nützlich, wenn man dem vatikanischen Geheimarchiv seine wahren Geheimnisse entlocken will. Durch ihn bin ich in etwa über das informiert, was Sie hier erlebt haben.«
»Wer ist Ihr Informant?«
»Ich bin bereit, Ihnen einiges zu verraten, aber *das* ganz sicher nicht. Auch Sie als Anwalt sollten wissen, dass Informanten nicht länger Informanten sind, wenn man sie preisgibt.«
»Aber dann sagen Sie mir vielleicht, was Sie an diesem Einsiedler – sein Name ist übrigens Angelo – interessiert?«
»Angelo?«, fragte Vanessa mit plötzlicher Erregung. »Wirklich?«
»So lässt er sich nennen. Warum ist das so wichtig für Sie?«
»Weil es darauf hindeutet, dass er der Mann ist, den ich suche.«
»Welcher Mann?«
»Angelo Piranesi.«
»Der Name sagt mir nichts.«
»Der Mann, den ich suche, muss sehr alt sein, hundert Jahre oder mehr.«
»Der Angelo, den ich kenne, ist sehr alt. Aber ob er wirklich hundert oder darüber ist? Dafür erschien er mir recht rüstig.«

»Erzählen Sie mir von ihm!«, bat Vanessa.
Da sie ohnehin über die Ereignisse in Borgo San Pietro und in Pescia Bescheid zu wissen schien, zumindest im Groben, sah Enrico keine Gefahr darin, ihrer Bitte nachzukommen. Er berichtete, wie er und Elena von den Dorfbewohnern verfolgt und durch das Auftauchen des Alten gerettet worden waren. Als er anschließend von Elenas Heilung erzählte, beobachtete er sein Gegenüber genau. Er konnte in Vanessas Zügen allenfalls eine leichte Überraschung festmachen, keinesfalls aber Unglauben oder gar Spott.
»Aber jetzt fragen Sie mich bitte nicht, woher Angelo diese seltsame Kraft hat!«, schloss er.
»Vielleicht von Gott«, sagte sie mit ernstem Gesicht. »Oder von einem Engel, was aufs selbe hinausläuft.«
»Von Gott oder einem Engel?«, wiederholte er elektrisiert. »Wie kommen Sie darauf?«
»Lassen Sie mich Ihnen eine kleine Geschichte erzählen, Enrico. Sie beginnt im Mai 1917, als die Staaten Europas und darunter auch Italien miteinander im Krieg lagen. Italien startete in diesem Monat eine seiner zahlreichen und ebenso blutigen wie fruchtlosen Offensiven am Isonzo, der aus den Alpen kommt und in den Golf von Triest mündet. Auch hier in den Bergen rund um Pescia wird man den Krieg gespürt haben, weil die meisten Männer an der Front kämpften. Für die Daheimgebliebenen aber, vornehmlich die Alten, die Frauen und die Kinder, ging das Alltagsleben weiter wie gewohnt. Wo die Männer fehlten, mussten die anderen eben Hand anlegen. Am dreizehnten Mai gingen zwei Kinder, die Brüder Angelo und Fabrizio Piranesi, wie gewohnt mit der kleinen Ziegenherde von Borgo San Pietro auf die Weide, die ein paar Kilometer vom Dorf entfernt hinter einer Anhöhe verborgen lag. Was dann genau geschah, ist nur gerüchteweise bekannt. Es heißt, die beiden hätten eine Erscheinung gehabt. Ein gleißendes Licht sei am Himmel aufgetaucht, aus dem ein Engel zu ihnen herab-

gestiegen sei. Dieser Engel, ein Bote Gottes, habe ihnen eine Prophezeiung von schrecklichem Ausmaß gemacht.«

»Und Sie glauben, der Einsiedler sei jener Angelo Piranesi?«

»Es wäre doch möglich. Fabrizio Piranesi ging wenige Jahre nach der Prophezeiung, kaum dass er erwachsen war, in ein Kloster und ist dort 1989 verstorben. Über das Schicksal seines Bruders ist nichts weiter bekannt. In einem alten Zeitungsbericht heißt es, er habe sich in die Einsamkeit zurückgezogen. Wäre es nicht möglich, dass jener Engel, falls er den Brüdern wirklich erschienen ist, nicht nur eine Prophezeiung, sondern auch jene heilende Kraft übermittelt hat?«

»Das ist reine Spekulation«, seufzte Enrico und dachte daran, dass es für die Menschen in Borgo San Pietro gar keines Engels bedurfte, um sie mit der heilenden Kraft auszustatten. Laut Fabius Lorenz Schreibers Reisetagebuch hatten sie schon vor zweihundert Jahren über diese mysteriöse Macht verfügt. Enrico beschloss, das Tagebuch Vanessa gegenüber vorerst nicht zu erwähnen. Noch kannte er sie kaum und hatte keine Ahnung von ihren wahren Absichten. »Wie kommt es, dass ich von dieser Prophezeiung noch nie etwas gehört habe?«

»Es war Krieg, der Erste Weltkrieg. Die Leute hatten anderes im Sinn als das seltsame Erlebnis zweier halbwüchsiger Ziegenhirten in den oberitalienischen Bergen. Außerdem habe ich den Eindruck, dass der Vatikan alles unternommen hat, um die Prophezeiung geheim zu halten. Laut meiner Information liegt eine Niederschrift der Weissagung im Geheimarchiv des Vatikans, und zwar in dem Teil, der auch der Forschung verschlossen bleibt. Aus irgendeinem Grund fürchtet die Kirche das Bekanntwerden des Inhalts.«

»Und Sie hoffen, von Angelo die Wahrheit zu erfahren?«

»Wenn er Angelo Piranesi ist, ja.«

»Ich hatte nicht den Eindruck, dass er sonderlich daran interessiert ist, etwas über sich zu erzählen.«

»Wenn ich es nicht versuche, werde ich es nicht erfahren.«

Enrico gab etwas Zucker in seinen Cappuccino und sagte nachdenklich: »Das Ganze erinnert mich an diese Prophezeiung von Fatima. Stammt die nicht auch aus dem frühen zwanzigsten Jahrhundert?«

»Sogar exakt aus dem Jahr 1917. Hier waren es drei Kinder, die mehrere Marienerscheinungen hatten. Die erste datiert übrigens vom dreizehnten Mai.«

Er wollte gerade einen Schluck trinken und hob die Tasse, hielt aber mitten in der Bewegung inne. »Das ist doch derselbe Tag!«

»Ganz recht, derselbe Tag. Ein seltsamer Zufall, wenn es denn einer ist, nicht wahr?«

»Ich weiß wenig mehr von dieser Fatimageschichte als den Namen. Vielleicht könnten Sie mich ein wenig aufklären?«

»Gern«, sagte Vanessa lächelnd und berichtete von den drei Hirtenkindern aus dem portugiesischen Dorf Fatima, von ihren Erscheinungen und von den drei Prophezeiungen, deren dritte vom Vatikan erst vor wenigen Jahren veröffentlicht worden war.

»Die dritte Prophezeiung spricht von einem Attentat auf den Papst?«, fragte Enrico. »Erst im Mai hat man versucht, Papst Custos zu töten.«

»Ja, aber die Prophezeiung spricht von einem Berg und einem großen Kreuz. Das Attentat auf Custos fand jedoch im Vatikan statt.«

»Dort gibt es viele Kreuze. Und ist der Vatikan nicht gleichsam der Berg der Christenheit? Die Päpste sehen sich als Nachfolger von Petrus, und dessen Name bedeutet nichts anderes als Fels.«

»Respekt, Enrico! Vielleicht hätten Sie besser Theologie statt Jura studieren sollen. Ihr Mut zu kühnen Auslegungen wäre Ihnen da hilfreich gewesen.«

»Ich glaube, im Auslegen stehen die Juristen den Theologen nicht viel nach«, sagte Enrico, während er den Kuchen probierte. »Wie hat doch der Jurist Goethe gesagt: ›Im Auslegen seid frisch und munter! Legt ihr's nicht aus, so legt was unter.‹«

»Der hatte es ja auch mit der Theologie, wenn ich an den ›Faust‹ denke. Um auf die dritte Prophezeiung von Fatima zurückzukommen, natürlich gibt es darüber die unterschiedlichsten Theorien. Meine Hoffnung ist, dass die Weissagung von Borgo San Pietro hilft, die dritte Prophezeiung von Fatima zu entschlüsseln.«

»Jetzt sprechen *Sie* aber kühne Gedanken aus, Vanessa. Wie kommen Sie darauf?«

»Ein Gerücht besagt, dass die beiden Prophezeiungen dasselbe beinhalten. Schließlich fanden sie auch am selben Tag statt.«

»Mit dem Unterschied, dass Fatima weltbekannt ist, während kein Mensch von Borgo San Pietro gehört hat.«

»Das ist leicht zu erklären. Zwar hat Portugal wie auch Italien im Ersten Weltkrieg gegen Deutschland und Österreich-Ungarn gekämpft, aber die Portugiesen waren nicht so unmittelbar betroffen wie die Italiener, die an den eigenen Grenzen Schlacht um Schlacht schlugen. Die Portugiesen hatten zwar ein Expeditionskorps an die Westfront nach Frankreich entsandt, und weitere portugiesische Truppen kämpften in Afrika, aber der Krieg war für sie viel weiter weg als für die Italiener. Da hatte es die Erscheinung von Fatima leichter, Aufmerksamkeit zu erregen. Auch gab es in Fatima mehrere Erscheinungen, die sich über einen Zeitraum von sechs Monaten erstreckten, während es in Borgo San Pietro bei dem einen Ereignis vom dreizehnten Mai geblieben ist. Jedenfalls ist keine weitere Erscheinung in dieser Gegend bekannt geworden. Da hatte es der Vatikan mit der Sache in Borgo San Pietro ungleich leichter, den Deckel draufzuhalten.«

»Klingt logisch. Trotzdem habe ich noch ein paar Fragen.«

»Und die wären?«

»Glauben Sie daran, dass Gott Boten mit Nachrichten, nennen wir sie Engel, zu den Menschen schickt?«

»Warum fragen Sie mich nicht gleich, ob ich an Gott glaube, Enrico?«
»Davon gehe ich bei einer Theologin aus.«
Vanessa trank ihren Latte Macchiato aus und sagte zögernd: »Ich weiß nicht, was die drei Hirtenkinder in Fatima und was die beiden Brüder hier wirklich gesehen oder sich zu sehen eingebildet haben. Für die Himmelslichter in Fatima gibt es zahlreiche Zeugen, aber für die Erscheinung Marias, die zuweilen auch als Engel bezeichnet wird, haben wir nur das Zeugnis der drei Kinder. Allen anderen blieb sie verborgen. Haben die drei sich nun aufgrund der Himmelslichter etwas eingeredet, das sie später weitergesponnen haben, um nicht aufzufliegen, oder einfach nur, weil sie Spaß daran hatten? Möglich ist es, aber ich glaube es nicht. Dann hätte der Vatikan nicht ein so großes Interesse an dem Ereignis gezeigt. Außerdem wurde das Leben der portugiesischen Hirtenkinder durch die Erscheinungen einschneidend beeinflusst – falls man bei den Geschwistern Francisco und Jacinta Marto überhaupt von einem Leben sprechen kann. Sie wurden beide nicht alt. Wenn man Francisco fragte, was er später werden wolle, wenn er erwachsen sei, sagte er, er wolle nicht erwachsen werden. Er wolle nur sterben und in den Himmel kommen. Im August 1918 erkrankte er schwer an Grippe, und im April des folgenden Jahres starb er. Seine kleine Schwester Jacinta entwickelte sich infolge der Erscheinungen zu einer regelrechten Asketin. Sie verzichtete oft aufs Mittagessen oder nahm an heißen Tagen keine Flüssigkeit zu sich. Auch hierin könnte man den Wunsch nach einem frühen Tod sehen, zu dem es schließlich auch kam. Jacinta infizierte sich ebenfalls mit Grippe, zu der sich eine Tuberkulose gesellte, an deren Folgen sie starb. Nur ihrer Cousine Lucia de Jesus Santos war ein langes Leben beschert, und das verbrachte sie im Kloster.«
»So wie Fabrizio Piranesi, der vermeintliche Bruder unseres Einsiedlers.«

»Ja. Und jetzt sagen Sie selbst, Enrico, klingt das nach einem Kinderstreich?«
»Nein. Aber vielleicht haben die Kinder sich früh für ein geistliches Leben entschieden und dachten, ein wenig Budenzauber kann da nicht schaden. Dass die beiden Geschwister aus Fatima krank wurden und starben, kann ein Zufall gewesen sein.«
Vanessa schüttelte vehement den Kopf. »Für ein Leben als Priester, Mönch oder Nonne entscheidet man sich als junger Erwachsener, aber nicht als Kind. Was wollten Sie werden, als Sie zehn waren?«
»Erst Bundesligaprofi, später Popstar.«
»Na, sehen Sie?«
»Und Sie, Vanessa? Was wollten Sie werden?«
»Kein Kommentar.«
»Wir wollten doch offen zueinander sein!«, ermahnte er sie.
»Na ja, ich wollte mal Fotomodell werden.«
»Und warum haben Sie sich anders entschieden?«
Jetzt grinste Vanessa. »Wenn Sie wollen, können Sie ein richtiger Charmeur sein. Wenn Sie gerade so freundlich sind, muss ich das ausnutzen. Werden Sie mich zu dem Einsiedler mitnehmen?«
»Kommt drauf an.«
»Worauf?«
»Was Sie vorhaben. Nehmen wir einmal an, Angelo trifft sich mit Ihnen und stellt sich als der Gesuchte heraus. Falls er Ihnen die Wahrheit über die mysteriöse Prophezeiung erzählt, was machen Sie dann mit der Information?«
»Sie kommt selbstverständlich in das Buch, das ich schreibe.«
»Wie? Keine eigennützigen Motive?«
»Ich bin ein Engel«, flötete sie lächelnd. »April, April, natürlich denke ich auch an mich. Ich möchte, dass mein Buch ein Knaller wird, zumindest in der theologischen Fachwelt. Vielleicht dürfen Sie dann in Kürze schon Frau Professor zu mir sagen.«

»Ich denke, mit dieser Eigennützigkeit kann ich leben. Also gut, sobald das Wetter besser wird, hoffentlich schon morgen, nehme ich Sie mit in die Berge.«
Sie beugte sich über den Tisch und küsste Enrico auf die Wange. Er empfand die Berührung und das Kitzeln ihrer Haare in seinem Gesicht nicht als unangenehm – im Gegenteil.

14

Rom, Montag, 28. September

Die Scheibenwischer sprangen in der höchsten Geschwindigkeitsstufe hin und her, und trotzdem sah er kaum fünf Meter weit. Ein Unwetter war vor ein paar Stunden nicht nur über Rom, sondern über weite Teile Italiens hereingebrochen. Wer nicht unbedingt vor die Tür musste, blieb zu Hause. Die Straßen waren so leer wie selten in Rom, und das war auch gut so. Andernfalls wäre er vermutlich längst in einen Unfall verwickelt gewesen. Wieder durchbrach ein Blitz das Grau-Schwarz des wolkenverhangenen Himmels, und fast gleichzeitig schlug etwas gegen seine Windschutzscheibe. Es war ein heruntergerissener Ast, der auf der Scheibe einen kleinen Sprung hinterließ.

Alexander fluchte laut und nahm den rechten Fuß noch mehr vom Gaspedal, bis er fast mit Schrittgeschwindigkeit über das unebene Pflaster der Via Appia rumpelte. Vermutlich kam er zu spät zu seiner Verabredung, aber dafür sollte Werner Schardt bei diesem Wetter Verständnis haben. Er hatte es sehr wichtig gemacht, als er Alexander am Nachmittag anrief. Schardt hatte gesagt, er habe einen Hinweis auf die Identität der Priestermörder. Näheres hatte er weder am Telefon sagen wollen, noch war er bereit gewesen, Alexander in der Stadt zu treffen. Er schien sich regelrecht zu fürchten und hatte als

Treffpunkt das Restaurant »Antico« vorgeschlagen, das an der Via Appia Antica lag, der alten römischen Konsularstraße.
Immer wieder knackte abgerissenes Astwerk unter den Reifen, während Alexander durch eine Welt fuhr, die nur aus seinem Wagen, einem kleinen Stück Straße und den hohen Pinien und Zypressen zu beiden Seiten zu bestehen schien, die ein düsteres, fast schon außerhalb seines Blickfelds verschwimmendes Spalier bildeten. Beinah hätte er die kleine Abzweigung verpasst, an der ein Schild auf das »Antico« hinwies. Der Weg zum Restaurant sollte achthundert Meter betragen, aber Alexander, der zum ersten Mal hier war, kam er doppelt so lang vor. Die Zufahrt war von hohen Hecken eingefasst und mündete auf einen großen, vollkommen leeren Parkplatz, neben dem sich ein Gebäude im Stil einer alten römischen Villa erhob. Dass es ein Neubau war, sah man bei dem schlechten Wetter kaum. Soweit Alexander wusste, hatte das »Antico« erst vor zwei oder drei Monaten seine Pforten geöffnet.
Die Laternen, die den Parkplatz säumten, waren nicht eingeschaltet, und auch das Restaurant war in Dunkelheit gehüllt. Alexander hielt den Peugeot vor der Eingangstür an, stieß die Fahrertür auf und erreichte mit zwei schnellen Schritten das schützende gläserne Vordach, auf das wütend der Regen trommelte. Im Restaurant war tatsächlich alles dunkel, und an der Tür hing ein großes Schild: »Montags Ruhetag«. Alexander drehte sich langsam im Kreis und suchte den Parkplatz ab, konnte aber weder ein Fahrzeug noch Werner Schardt entdecken. Ärger stieg in ihm hoch. Falls Schardt es angesichts des Wetters vorgezogen hatte, im Gardequartier zu bleiben, hätte er Alexander zumindest Bescheid geben können. Ein neuer Gedanke verdrängte rasch den Ärger: Hatte man Werner mit Gewalt davon abgehalten, sich mit ihm zu treffen? Das allerdings hätte bedeutet, dass er den Mördern in die Hände gefallen war. Vielleicht aber hielt ihn einfach nur das schlechte Wetter auf, und Werner oder sein Taxifahrer tastete sich eben-

so zögernd über die Via Appia wie er selbst vor wenigen Minuten. Er beschloss, im trockenen Wagen auf Werner zu warten. In diesem Moment sah er ein Licht an der Einmündung zum Parkplatz. Es waren die Kegel zweier Scheinwerfer, und ein zweiter Wagen rollte langsam heran. Es war ein dunkles Fahrzeug, dessen Fabrikat er nicht erkennen konnte. Werner Schardt besaß kein Auto. Wenn er es war, musste er sich den Wagen geliehen haben. Die Scheinwerfer blendeten Alexander, und er konnte nicht erkennen, wer in der dunklen Limousine saß. Der Wagen hielt ein paar Meter hinter dem Peugeot an, und der Motor erstarb. Aber das blendende Licht blieb eingeschaltet. Alexander kniff die Augen zusammen, als er durch das laute Regengeprassel hindurch das Geräusch einer Autotür vernahm.

Eine Stimme rief: »Alexander, bist du da?«

Das war Werner Schardt, kein Zweifel.

»Hier unter dem Vordach«, antwortete Alexander. »Das Restaurant hat geschlossen.«

»Dann komm in meinen Wagen, da können wir ungestört reden.«

Alexander zog den Kopf ein, als könne ihn das vor dem Regen bewahren, und lief zu Schardts Fahrzeug. Er hatte es fast erreicht, da konnte er die Silhouetten im Innern erkennen. Dort saßen drei Gestalten, den Umrissen nach Männer. Alexander machte auf dem Absatz kehrt und lief zurück zu seinem Wagen. Als er die Fahrertür des Peugeot aufreißen wollte, zersplitterte die Seitenscheibe, und winzige Glaskristalle fielen zusammen mit dem Regen auf seine rechte Hand. Gleichzeitig hörte er die Detonation des Schusses.

Er spurtete in Richtung des Restaurants, wobei er Haken schlug wie ein fliehender Hase, um den drei anderen das Zielen zu erschweren. Vor ihm prallte ein Geschoss an der Hauswand ab und sirrte als Querschläger in die Dunkelheit. Mit einem Hechtsprung brachte er sich hinter der nächsten Ecke in

Sicherheit. Als er sich abrollte, stieß er mit dem Kopf gegen etwas Hartes. Es war einer von mehreren großen Kübeln, in denen Pflanzen standen – oder das, was das Unwetter von ihnen übrig gelassen hatte. Alexander kauerte sich zwischen die Kübel, die bei der schlechten Sicht guten Schutz boten, und kam endlich dazu, seine Waffe aus dem altmodischen Schulterholster unter seiner Lederjacke zu ziehen. Es war eine automatische Pistole, eine SIG Sauer P 225, wie sie den Offizieren und Unteroffizieren der Schweizergarde als Dienstwaffe diente. Als Alexander sich nach seinem Abschied von der Garde auf dem schwarzen Markt um eine Waffe bemüht hatte, hatte er mit Absicht nach dem vertrauten Modell gesucht.
Mit der durchgeladenen und entsicherten P 225 im Anschlag kauerte er zwischen den Pflanzkübeln und starrte in den Regen, der ihn inzwischen vollständig durchnässt hatte. Das Haar klebte an seinem Kopf wie ein Helm, und das Wasser rann in kleinen Bächen unentwegt in seinen Kragen. Von seinem Versteck aus konnte er den Parkplatz nicht einsehen, und er konnte auch nichts Verdächtiges hören. Falls die drei nach ihm suchten – und davon ging er aus –, verständigten sie sich vermutlich durch Zeichen. Und selbst wenn sie leise miteinander sprachen, hätten Regen und Donner ihre Worte verschluckt. Er spürte, wie seine Anspannung wuchs, und wünschte sich fast, seine Feinde würden sich endlich zeigen. Lieber sah er der Gefahr ins Auge, als auf ihr plötzliches Auftauchen zu warten. Wie ein Echo hörte er in seinem Kopf die Stimme seines Vaters bei ihrem letzten Gespräch: *Beende deine Recherchen über die ermordeten Priester, oder du wirst sterben!*
Ein Geräusch hinter ihm, nur ein leises Klacken, ließ ihn herumfahren. Er sah eine schemenhafte Gestalt, die in diesem Augenblick hinter den Kübeln in Deckung ging, die am weitesten von Alexander entfernt waren. Er kroch dem anderen auf allen vieren entgegen, wobei er darauf achtete, dass seine Pistole nicht in eine der zahlreichen Pfützen geriet. Nach fünf oder

sechs Metern sah er ein paar Beine hinter zwei dicht beieinander stehenden Kübeln. Er stieß sich ab und landete auf dem anderen Mann, den er bäuchlings zu Boden presste.

Alexander drückte die Mündung seiner Automatik gegen den Hinterkopf des anderen und stieß leise hervor: »Waffe fallen lassen! Und keinen Mucks, sonst bist du tot!«

Die Waffe seines Feindes glitt mit einem metallischen Geräusch auf den gepflasterten Boden. Der Mann, den er zu Boden drückte, hatte dunkles Haar, kurz geschnitten wie das eines Soldaten. Das noch sehr junge, zum Kinn spitz zulaufende Gesicht war Alexander unbekannt.

»Schweizer?«, fragte er knapp.

»Ja«, kam es halblaut zurück.

»Name?« Als er keine Antwort erhielt, sagte er hart: »Deinen Namen, Mann!«

»Peter Grichting.«

»Wo stecken die beiden anderen, Grichting?«

»Hinter dir, Dummkopf!«, hörte er Werner Schardts Stimme deutlicher, als ihm lieb war. »Und jetzt rückst du deine Waffe raus, Kamerad!«

»Und wenn ich diesen Grichting erschieße?«, fragte Alexander, ohne sich umzusehen.

»Dann wird die Polizei hier morgen zwei Tote finden«, sagte Schardt in einem gleichgültigen Tonfall.

Alexander legte seine P 225 vorsichtig auf den Boden. Kaum hatte er sie losgelassen, bäumte sich der unter ihm liegende Mann auf und schüttelte ihn ab. Alexander fiel auf das nasse Pflaster und sah jetzt die beiden Männer hinter ihm. Werner Schardt und ein Unbekannter, der mit seinem jungenhaften Gesicht und dem Stoppelhaar ebenfalls aussah wie einer jener jungen Rekruten, mit denen die Schweizergarde ihre gelichteten Reihen aufgefüllt hatte. Beiden zielten mit Pistolen auf ihr Opfer.

»Schusswaffen!«, sagte Alexander verächtlich. »Ist das nicht

ein wenig profan für eure Verhältnisse? Bei den ermordeten Priestern wart ihr kreativer.«
»Du bist kein Geistlicher, kannst also kaum dieselbe Behandlung verlangen«, erwiderte Schardt kühl.
»Warum überhaupt dieser Aufwand mit Kreuzigung und Ersäufen? Ihr seid doch keine abgedrehten Psychopathen. Wenn ich mich nicht sehr täusche, handelt ihr im höheren Auftrag, und eure Absicht war es, die Ermordeten zum Schweigen zu bringen. Die beiden ersten Opfer wussten zu viel aus ihrer Zeit im vatikanischen Geheimarchiv, oder?«
»Du bist ein Schlaukopf, Alexander Rosin. Aber wohin hat dich das geführt?«
»Du hast meine Frage nicht beantwortet.«
»Wir wollten es der Polizei nicht so leicht machen, daher die Idee mit den vermeintlichen Ritualmorden. Die Medien sind ja auch voll drauf abgefahren.«
Peter Grichting hatte sich erhoben und sowohl seine eigene als auch Alexanders Waffe an sich genommen. Jetzt waren vier Pistolenmündungen auf Alexander gerichtet. Er musste sich sehr zusammenreißen, damit die in ihm aufkeimende Todesangst nicht überhand nahm. Er konzentrierte sich auf seinen Dialog mit Werner Schardt, er musste Zeit gewinnen.
»Und euer Auftraggeber?«, fragte Alexander. »Ist der auch zufrieden mit euch?«
»Sonst wären wir wohl kaum hier.«
»Darf ich vielleicht erfahren, wem ich meinen Tod zu verdanken habe?«
»Zerbrich dir darüber nicht den Kopf, Rosin, wirklich nicht! In ein paar Sekunden ist für dich ohnehin alles vorbei.«
»Dann beantworte mir wenigstens eine letzte Frage, Werner: Wessen Kette wurde bei dem ermordeten Pfarrer Dottesio gefunden? Du trägst deine noch. Und die jungen Schweizer hier waren noch nicht bei der Garde, als Franz Imhoof seine Ostergaben verteilte.«

»Es war meine Kette. Ich musste daraufhin die eines Kameraden stehlen. Das war wohl der einzige Fehler, der mir unterlaufen ist.«
Eine Stimme hinter den drei Schweizern sagte: »Das würde ich nicht so sehen. Chronische Schwatzhaftigkeit gehört auch nicht gerade zu den hervorragenden Eigenschaften eines Mörders.«
Stelvio Donati bog um die Hausecke und richtete eine Waffe auf Schardt. Gleichzeitig traten aus allen Richtungen Polizisten in Zivil und Uniform aus dem Regengrau, bewaffnet mit automatischen Pistolen und Maschinenpistolen.
»Wenn denn auch ich jetzt um die Waffen bitten darf«, sagte Donati. »Und dann die Hände hübsch hoch, wie es sich für Mörder gehört, die in ihre eigene Falle gegangen sind.«
Während die drei Gardisten der Aufforderung nachkamen, stand Alexander auf und blickte Donati vorwurfsvoll an. »Du hast dir aber Zeit gelassen, verdammt viel Zeit, Stelvio!«
Der Commissario grinste. »Ich wollte eure muntere Plauderei nicht unterbrechen. Es klang so interessant.«
Werner Schardt warf Alexander einen hasserfüllten Blick zu. »Ich hätte dir einfach eine Kugel in den Rücken jagen sollen!«
»Nicht doch«, sagte Donati und hob drohend den Zeigefinger der linken Hand. »Auf die kurze Entfernung kann das zu ernsthaften Verletzungen führen, selbst wenn man eine kugelsichere Weste trägt.«
Schardts Blick wanderte ungläubig zwischen Alexander und Donati hin und her. »Woher habt ihr gewusst, dass das eine Falle ist?«
»Nicht gewusst, aber vermutet«, sagte Donati. »Rosin zum Essen in ein Restaurant zu bestellen, das weitab vom Schuss liegt und montags geschlossen hat, ist schon mal verdächtig.«
»Ich hätte mich einfach geirrt haben können mit dem Restaurant«, wandte Schardt ein.
»Ja«, stimmte Alexander ihm zu. »Ich wäre auch nicht beson-

ders misstrauisch gewesen, wäre ich nicht vor einer Falle gewarnt worden.«
»Gewarnt? Von wem?«
»Auch wenn für dich in ein paar Sekunden noch nicht alles vorbei ist, Werner, brauchst du dir darüber nicht den Kopf zu zerbrechen.«

Zweieinhalb Stunden später betrat Alexander frisch geduscht und in sauberen Kleidern Donatis Büro im Polizeihauptquartier auf dem Quirinal. Der Commissario saß entspannt hinter seinem Schreibtisch, hatte das Bein mit der Prothese weit von sich gestreckt und rauchte einen seiner geliebten Zigarillos.
»Ist das Rauchen im Polizeihauptquartier eigentlich erlaubt?«, fragte Alexander, als er die Tür hinter sich schloss.
»Keine Ahnung«, antwortete Donati und stieß einen großen Rauchkringel aus. »Hast du eigentlich einen Waffenschein?«
Alexander grinste breit. »Wechseln wir das Thema, Stelvio! Du bist auffallend gut gelaunt. Haben unsere drei Schweizer etwa ein umfassendes Geständnis abgelegt?«
»Das nicht, im Gegenteil, sie sind so stumm wie die sprichwörtlichen Fische. Aber immerhin haben wir sie erwischt, und eben hat mich der Justizminister höchstselbst angerufen und mir ordentlich Honig ums Maul geschmiert. Da darf man sich doch mal freuen, oder?«
»Schon«, sagte Alexander und setzte sich Donati gegenüber. »Aber lieber wäre mir, wir hätten auch ihren Auftraggeber. Wenn der will, kann er neue Killer anheuern.«
»Mal den Teufel nicht an die Wand!« Donati drückte den Zigarillo im überquellenden Aschenbecher aus und erhob sich. »Gehen wir zu deinem Freund Werner! Mal sehen, ob er jetzt bereit ist, eure Plauderei fortzusetzen.«
Als sie Schardt in dem fensterlosen Verhörraum gegenübersaßen, fühlte Alexander sich unangenehm an die Besuche bei seinem Vater erinnert. Hier herrschten dieselbe sterile Atmo-

sphäre, dieselbe Kälte, dasselbe künstliche Licht. Schardt, der inzwischen ebenfalls saubere Sachen trug, hockte mit gefesselten Händen auf einem der klobigen Stühle und starrte ins Nichts, tat so, als seien Alexander und Donati gar nicht anwesend.

Der Commissario schenkte dem Gefangenen ein freundliches, aber unechtes Lächeln. »Signor Schardt, wäre jetzt nicht die Zeit für ein umfassendes Geständnis? Damit könnten Sie Ihre Lage wesentlich verbessern. Wir fragen Sie zuerst. Aber wenn Sie nicht reden, kommen Ihre Komplizen an die Reihe. Wer zuerst redet, hat vor Gericht die besten Karten.«

»Niemand von uns wird reden«, sagte Schardt emotionslos. »Es ist gleichgültig, ob wir im Gefängnis sitzen oder nicht. Nur unsere Sache ist wichtig.«

»Und was ist Ihre Sache?«, hakte Donati nach.

»Das dürften Sie kaum verstehen«, lautete die abschätzige Antwort.

»Sie können ja versuchen, es mir zu erklären.«

Schardt schüttelte leicht den Kopf. »Glauben Sie wirklich, ich falle auf Ihre einfältigen Tricks rein? Ich werde Ihnen gar nichts erklären!«

Alexander beugte sich zu ihm vor. »Aber mir bist du eine Erklärung schuldig, Werner!«

»Dir, Rosin? Ich wüsste nicht, warum.«

»Aus zwei Gründen. Erstens wolltest du mich umbringen. Zweitens hast du die Schweizergarde ein zweites Mal in Verruf gebracht, zu einem Zeitpunkt, wo sie sich noch nicht von den Aufregungen im Mai erholt hat.«

»Mir kommen gleich die Tränen. Du sorgst dich um den Ruf der Garde? Du hast unseren Verein doch verlassen!«

Das klang fast, als würde er Alexander des Verrats beschuldigen. Alexander begriff, dass in Schardt auch nicht ein Quäntchen von Unrechtsbewusstsein vorhanden war. Im Gegenteil, der Gardist schien sich, seiner nebulösen »Sache« verpflichtet,

ganz und gar im Recht zu fühlen. Schardt war ein Fanatiker der gefährlichsten Sorte: einer, der absolut kaltblütig und überlegt zu Werke ging.
»Ich glaube, wir werden wirklich nichts von ihm und den beiden anderen erfahren«, sagte Alexander zu Donati. »Warst du eigentlich dabei, als die drei trockene Sachen angezogen haben?«
Der Commissario schüttelte den Kopf. »Ich bin nicht vergnügungssüchtig.«
»Aber ich«, erwiderte Alexander und zeigte auf Schardt. »Ich würde gern seinen nackten Oberkörper sehen.«
Donati warf ihm einen schiefen Blick zu. »Wie bitte?«
»Ich würde gern Schardts nackten Oberkörper sehen«, wiederholte Alexander.
Zum ersten Mal in dem Verhör zeigte der Gefangene Emotionen. Mit einem wütenden Blick auf Alexander fragte er: »Ist das zulässig? Darf Rosin überhaupt hier sein? Seit wann ist der Presse erlaubt, Polizeiverhören beizuwohnen?«
Donati spielte den Verwunderten. »Erst ein paar Priester abschlachten und sich dann auf Recht und Gesetz berufen, das haben wir gerne!« Er gab dem uniformierten Polizisten an der Tür einen Wink, näher zu treten. »Kollege, erfüllen Sie meinem Freund doch bitte seinen Herzenswunsch!«
Ohne große Umstände zerrte der Beamte Schardts Pullover und T-Shirt in die Höhe. Der Rücken war mit zahlreichen blutigen Striemen überzogen, viele älter und vernarbt, andere noch sichtbar frisch.
Leise sagte Alexander: »*Totus tuus, Domine. Hic iacet pulvis, cinis et nihil. Mea culpa, mea culpa, mea maxima culpa.* – Vollkommen der Deine, Herr. Hier liegen Staub, Asche und nichts. Durch meine Schuld, durch meine Schuld, durch meine übergroße Schuld.«
So lautete die Bußformel der Mitglieder des Geheimordens *Totus Tuus*, wenn sie sich geißelten. Im Mai hatte Alexander

solche Narben öfter gesehen, nicht zuletzt bei Elena, die in einem von *Totus Tuus* geleiteten Waisenhaus aufgewachsen war. Die Vermutung, die er seinem Vater gegenüber geäußert hatte, sah er jetzt bewahrheitet. Der Orden war nicht vollständig zerschlagen, sondern noch aktiv. Mehr noch, *Totus Tuus* war unzweifelhaft in die Priestermorde verwickelt.

»Verdammt!«, zischte Donati. »Warum bin ich nicht darauf gekommen?«

»Gönn mir doch meinen kleinen Geistesblitz, Stelvio! Ich bin sicher, dass wir auch bei den beiden anderen Gefangenen Spuren von Geißelungen finden werden. Der körperliche Schmerz ist ein unverzichtbarer Teil der Gehirnwäsche, mit dem *Totus Tuus* seine Mitglieder zu willenlosen Gefolgsleuten macht. Ich sehe schwarz für die Schweizergarde. *Totus Tuus* scheint fest entschlossen, sie auch weiterhin als ausführendes Organ zu missbrauchen.«

»Wo sonst findet man auf einem Haufen so viele überzeugte Katholiken, die in Nahkampf und Waffengebrauch trainiert sind«, sagte Donati. »Die perfekten Söldner für den Orden.«

Alexander nickte, war aber mit seinen Gedanken schon woanders. »Hat man bei den ermordeten Priestern Hinweise auf Geißelungen gefunden?«

»Nein«, lautete Donatis Anwort.

»Ist das sicher?«

»Absolut. In zwei Fällen war ich bei der Leichenschau dabei, und im Fall von Giorgio Carlini habe ich den Autopsiebericht Zeile für Zeile gelesen. Solche Narben wären darin mit Sicherheit vermerkt worden.«

Werner Schardt, noch immer mit hochgezogenem Pullover und T-Shirt, sagte: »Mir ist kalt.«

Alexander blickte ihn angewidert an. »Mir auch.«

15

Pescia, Dienstag, 29. September

Über Nacht hatte sich das Unwetter gelegt. Als Enrico am Morgen aufstand und ans Fenster trat, war der Himmel noch grau und trüb, aber es regnete nicht mehr. Der Waldboden würde vermutlich noch schlammig sein. Andererseits wusste man nicht, wie lange der Regen aussetzte. Kurz entschlossen rief er Vanessa Falk in ihrem Hotel an und verabredete mit ihr einen Ausflug in die Berge. In einer Stunde wollte sie bei ihm sein. Er frühstückte ausgiebig und ging hinaus auf den Parkplatz. Die Luft roch noch nach Regen, feucht und schwer, und über den Bergen hingen die Wolken besonders fest zusammen. Eine Wolkenformation sah aus wie eine gigantische, zur Abwehr ausgestreckte Hand. Enrico holte tief Luft und schüttelte den Kopf. Er wollte sich nicht verrückt machen. Angesichts all des Mysteriösen, das ihm hier begegnet war, musste er nicht noch etwas hinzuerfinden.

Mit einem kurzen Hupen kündigte Vanessa ihr Kommen an, als ihr gelber Mietwagen über die schmale Brücke rollte. Enrico ging ihr entgegen, öffnete die Tür auf der Beifahrerseite und zwängte sich, während er seine Jacke auf die Rückbank warf, auf den Sitz. Er fand Kleinwagen nicht gerade bequem, aber angesichts der engen Straßen in den Bergen waren sie sehr praktisch.

Vanessa hatte sich auf den Ausflug gut vorbereitet. Sie trug kniehohe Stiefel, robuste Jeans, eine Bluse aus demselben Material und darüber eine Weste mit zahlreichen Taschen. Ihre rote Mähne hatte sie hinten zu einem Pferdeschwanz zusammengebunden. Sie wirkte jetzt gar nicht wie eine Religionswissenschaftlerin, sondern sah aus wie einem Katalog für Outdoorkleidung entsprungen. Einmal mehr stellte Enrico fest, dass sie eine sehr attraktive Frau war, allerdings auch eine, über deren Motive er sich noch immer nicht ganz im Klaren war. Wurde sie wirklich nur von wissenschaftlicher Neugier angetrieben?

»Guten Morgen, Indiana Jane«, begrüßte er sie gut gelaunt. »Welchen verborgenen Tempel wollen wir heute entdecken?«

»Vielleicht einen der Etrusker, das wäre schon mal ein guter Anfang«, erwiderte sie, während sie den Fiat wendete und zurück zur Brücke lenkte. »Wir machen es wie in der Fahrschule. Sie sagen mir einfach, wo es langgeht.«

»Einverstanden«, sagte Enrico mit breitem Grinsen. »So etwas hört ein Mann gern von einer Frau wie Ihnen.«

Sie bedachte ihn mit einem bösen Blick, aber er konnte nicht einschätzen, ob er ernst gemeint oder nur gespielt war.

Das gestrige Unwetter hatte deutliche Spuren hinterlassen. Immer wieder stießen sie auf abgerissene Zweige und Äste, und die Fahrbahn war an vielen Stellen von einer Schlammschicht bedeckt. Vanessa ließ die angemessene Vorsicht walten und fuhr sehr langsam. Zum Glück hatten sie kaum Gegenverkehr.

»Wenig los hier«, stellte sie dann auch fest.

»Das wundert mich«, sagte Enrico. »Elena hatte gedacht, dass hier bald ein ganzes Journalistenheer auftaucht, um im Geburtsort des Gegenpapstes eine Invasion zu starten. Aber bislang scheint sie die Einzige aus der schreibenden Zunft zu sein, die sich für Borgo San Pietro interessiert.«

»Ich finde das nicht so verwunderlich wie Sie. Zurzeit haben die Redaktionen und Fernsehstationen vermutlich alle verfügbaren Journalisten nach Neapel geschickt. Dort finden die aktuellen Ereignisse statt, überschlagen sich geradezu. Borgo San Pietro kann nicht weglaufen. Wenn sich die erste große Aufregung über die Gegenkirche und ihren Papst gelegt hat, wird der Ort schon noch seinen D-Day erleben.«

»Was gibt es denn Neues in Neapel? Wurde Papst Custos gebührend empfangen, oder hat es Ärger gegeben?«

Vanessa warf ihm kurz einen verwunderten Blick zu, bevor sie sich wieder auf die Straße konzentrierte. »Haben Sie denn keine Zeitungen gelesen, keine Nachrichten gesehen oder gehört?«

Er schüttelte den Kopf. »Im Moment bin ich, was Sensationsmeldungen angeht, Selbstversorger.«

Sie lachte. »Dann können Sie nicht wissen, dass Papst Custos mit wenig Euphorie in Neapel empfangen wurde, als er gestern Nachmittag dort ankam. Die Vertreter der Gegenkirche haben sich rundweg geweigert, mit ihm zu sprechen. Für sie ist er der falsche Papst, ein Ketzer, nach der Ansicht mancher sogar der Antichrist. Starker Tobak, den die Medien natürlich begierig breittreten.«

»Und Custos? Wie reagiert er darauf?«

»Er hat in einem Kloster Unterkunft genommen, das der Amtskirche treu geblieben ist. Man hört relativ wenig von ihm und vermutet, dass er die Gegenkirche nicht durch harte Aussagen provozieren will, sondern lieber versucht, hinter den Kulissen alle diplomatischen Kanäle zu aktivieren.«

»So wie ich ihn kenne, würde das zu ihm passen.«

»Richtig, Sie haben ihn am Sonntag ja persönlich kennen gelernt. Was ist er für ein Mensch?«

»Ihr Informant im Vatikan ist wirklich gut im Bilde, Vanessa. Was den Papst betrifft, so will ich mich nicht erdreisten, nach unserer kurzen Begegnung ein Charakterbild von ihm zu zeichnen. Aber auf mich hat er einen sehr angenehmen Eindruck gemacht. Ein weiser und zurückhaltender Mann, dessen

Art es kaum ist, die Medien mit Sensationsmeldungen zu füttern.«

»Das hat er schon im Mai getan, als die Nachricht von seinen heilenden Kräften um die Welt ging. Seltsam übrigens, dass er über ähnliche Kräfte verfügt wie der Einsiedler, finden Sie nicht?«

»Ich habe mit dem Papst darüber gesprochen.«

»Und?«, fragte Vanessa neugierig. »Was sagt Custos dazu?«

»Er kann auch nur Vermutungen anstellen. Vielleicht ist Angelo auch ein Nachfahre von Jesus, aber per Ferndiagnose lässt sich das nicht mit Sicherheit sagen.«

»Das wäre in der Tat ein Ding!«

»Was sagen Sie als aufgeklärte Theologin eigentlich zu dem ganzen Komplex, Vanessa? Glauben Sie Custos, dass er von Jesus abstammt?«

»Sie sind es doch, der den Papst persönlich kennen gelernt hat, Enrico! Was glauben Sie?«

»Ich kann Ihnen sagen, was ich nicht glaube, nämlich, dass Custos absichtlich etwas Falsches über seine Abstammung behauptet. Aber ich weiß nicht, wie man das aus wissenschaftlicher Sicht einschätzen soll. Ist überhaupt bewiesen, dass Jesus wirklich gelebt hat?«

»Es gibt Historiker und Theologen, die es für bewiesen halten, andere behaupten das Gegenteil.«

»Das nenn ich eine wissenschaftlich präzise Auskunft. Was glaubt denn eine gewisse Dr. Falk?«

»Ich gehe mit einer mehr als neunzigprozentigen Wahrscheinlichkeit davon aus, dass es einen historischen Jesus gab. Und wenn es ihn gab, kann er auch Kinder gezeugt haben.«

»Falls er nicht vorher am Kreuz gestorben ist«, gab Enrico zu bedenken.

»Gestorben und wiederauferstanden, so haben es die Gläubigen seit zwei Jahrtausenden gelernt. Aber was Custos der Welt über einen nur scheintoten Jesus berichtet hat, der nach seiner so genannten Wiederauferstehung übers Meer geflohen ist, erscheint mir als denkendem Menschen wahrscheinlicher als die Wiederauferstehung aus dem Neuen Testament.«

»Also halten Sie es für möglich, dass Custos von Jesus abstammt.«

»Möglich ist es, ja, aber nicht bewiesen. Es kann sein, dass viele Nachfahren von Kleopatra, Attila oder Hannibal unter uns weilen, nur wissen wir es nicht – und sie selbst vermutlich auch nicht.«

»Das klingt jetzt aber despektierlich«, monierte Enrico.

»Keineswegs. Ich leugne nicht, dass Custos über ungewöhnliche Kräfte verfügt. Aber ich kann nicht sagen, ob er sie von einem Vorfahren namens Jesus ererbt oder sonst wie erlangt hat.«

»Wobei noch die Frage zu klären wäre, woher der historische Jesus *seine* besonderen Fähigkeiten erlangt hat.«

»Na, er war Gottes Sohn«, sagte Vanessa im Tonfall größter Selbstverständlichkeit.

»Wie, Sie glauben an die unbefleckte Empfängnis?«

»Keine Ahnung, ich hab's noch nicht ausprobiert. Aber wenn es einen Gott gibt, verfügt er sicher auch über genügend Möglichkeiten, einen Menschen mit besonderen Gaben auszustatten. Ob man das als unbefleckte Empfängnis bezeichnen will, ist eine Geschmacksfrage.« Nachdem sie in einer Kurve mit einer schnellen Lenkbewegung einem entgegenkommenden Lieferwagen ausgewichen war, fügte sie hinzu: »Jedenfalls bin ich gespannt, ob sich Custos und Lucius doch noch gegenübertreten. Es wäre das Treffen zweier höchst ungewöhnlicher Männer.«

»Wieso?«

»Ach ja, Sie sind von allen aktuellen Ereignissen unbeleckt. Unser Gegenpapst scheint über die Gabe der göttlichen Eingebung zu verfügen. Jedenfalls behauptet er so etwas. Heute Morgen hat er in einer Fernsehansprache Custos ermahnt,

Neapel schnellstmöglich zu verlassen. Gott sei erzürnt, dass Custos sich in die Belange der *Heiligen Kirche des Wahren Glaubens* einmischen wolle. In der Nacht sei Lucius ein Engel des Herrn erschienen und habe eine große Katastrophe für den Fall angekündigt, dass Custos in Neapel bleibe. Das Unwetter von gestern sei nur ein Vorgeschmack auf das kommende Unglück gewesen. Interessanterweise hat das Unwetter tatsächlich zu der Zeit begonnen, als der Hubschrauber des Papstes auf dem Flughafen von Neapel gelandet ist. Eine wilde Geschichte, wie?«

»Wie hat Custos darauf reagiert?«, erkundigte sich Enrico.

»Bis jetzt noch gar nicht. Jedenfalls habe ich nicht gehört, dass er Neapel verlassen hätte.«

»Glauben Sie an diese Vision des Gegenpapstes?«

»Sie stellen mir aber schwierige Fragen! Ich habe, ehrlich gesagt, keine Ahnung. Vielleicht hat er einfach nur schlecht geträumt.«

»Schlechte Träume können manchmal sehr bedrückend sein«, sagte Enrico und dachte an seinen Alptraum, den ein tiefreligiöser Mensch vielleicht auch als Vision bezeichnet hätte.

Enrico fand die Lichtung wieder, auf der Commissario Massi vor vier Tagen seinen Wagen abgestellt hatte. Er bat Vanessa zu parken, und zu Fuß tauchten sie in das dichte Unterholz ein.

»Sind Sie sicher, dass wir auf dem richtigen Weg sind?«, fragte Vanessa nach einigen Minuten, als rings um sie nichts mehr außer Bäumen, Büschen und Dornenranken zu sehen war.

»Ich hoffe es. Sehen Sie die abgeknickten Zweige da vorn? Das ist wahrscheinlich passiert, als ich mit Massi und Pisano hier langgegangen bin.«

»Oder es ist gestern bei dem Sturm passiert.«

»Auch möglich«, gab Enrico zu.

»Sie sind mir ja ein schöner Pfadfinder!«, spottete Vanessa.

»Ich habe Rechtswissenschaft studiert, nicht Fährtenlesen.«

»Und? Was machen wir jetzt?«

»Weitergehen«, schlug Enrico vor und steuerte auf den Pfad mit den abgeknickten Zweigen zu. »Deshalb sind wir hier.«

Der Weg war aufgrund des Unwetters noch beschwerlicher als ein paar Tage zuvor. Diesmal mussten sie nicht nur Pfützen, sondern auch kleinen Tümpeln ausweichen. Vanessas Stiefel leisteten ihr gute Dienste. Enrico trug zwar auch feste, aber nur halbhohe Schuhe, und bald hatte er nasse Füße.

Irgendwann fragte Vanessa: »Finden Sie überhaupt zum Wagen zurück?«

Grinsend zog Enrico einen Kompass aus der Jackentasche und hielt ihn unter Vanessas Nase. »Ich bin nicht Old Shatterhand, aber ganz dumm bin ich auch nicht. Übrigens sollten Sie mal nach links sehen, hinter den kugelförmigen Busch.«

Vanessa blickte in die von Enrico angegebene Richtung und sagte leise: »Das sieht aus wie die Überreste einer Mauer, einer sehr alten Mauer.«

»Ja«, triumphierte Enrico. »Wir sind auf dem richtigen Weg!«

Bald tauchten links und rechts von ihnen die runden Grabhäuser der Etrusker auf, manche im Laufe der Jahrhunderte so stark von Pflanzen überwuchert, dass sie nur mit Mühe zu erkennen waren. Von einigen Gräbern war kaum noch ein Stein zu sehen, und auf den oberflächlichen Betrachter mochten sie wie natürliche Hügel wirken.

»Faszinierend«, sagte Vanessa, die sich neugierig umsah. »Ein Paradies für Archäologen.«

»Wenn die erst mal anfangen, hier zu graben, ist es die längste Zeit ein Paradies gewesen.«

»Mag sein. Und in einem dieser Gräber haust der Einsiedler?«

»Ja. Wieso?«

Vanessa schüttelte sich. »Finden Sie die Vorstellung, in einem Grab zu leben, nicht morbid? Es hat so was von lebendig begraben sein.«

Enrico zuckte mit den Schultern. »Angelo scheint sich hier ganz wohl zu fühlen.«

Sie gingen weiter, und er hielt nach Angelos Unterschlupf Ausschau. Es war nicht einfach, denn ein Grab sah aus wie das andere.
Nach zwanzig Minuten des Suchens stieß Enrico einen halblauten Jubelruf aus. »Hier ist es!«
»Sicher?«, fragte Vanessa und musterte den Steinhügel, vor dem er stehen geblieben war. »Das sieht nicht anders aus als die übrigen Gräber.«
»Sehen wir doch einfach nach!«, sagte er und ging langsam die brüchige Treppe hinab. »Seien Sie vorsichtig, sonst bröckeln Ihnen die Stufen unter den Füßen weg!«
Unten blieben sie vor dem dunklen Gang stehen, und Enrico rief laut nach Angelo. Er tat es noch vier- oder fünfmal, ohne eine Antwort zu erhalten.
»Der Hausherr – oder muss es Grabherr heißen? – scheint nicht daheim zu sein«, sagte Vanessa.
»Oder er will nur, dass wir genau das denken.«
Mit eingeschalteten Taschenlampen tauchten sie in den Gang hinein und suchten alle Räume sorgfältig ab, sogar länger als nötig, weil Vanessa die gut erhaltenen Wandmalereien der Etrusker bewundern wollte.
Enrico wies sie auf die vielen geflügelten Figuren hin. »Halten Sie eine Verbindung dieser Flügelwesen mit den Engeln des christlichen Glaubens für möglich?«
Die Wandmalerei, vor der sie standen, zeigte eins der Flügelwesen, das vor zwei Menschen stand und ihnen etwas überreichte, das wie eine Schale aussah. Die Menschen, Mann und Frau, knieten vor dem Geflügelten und streckten ihm in dankbarer Erwartung die Hände entgegen. Sie waren bekleidet, der Geflügelte hingegen war nackt. Er sah aus wie ein Mann, aber es waren keine Geschlechtsteile zu erkennen.
»Sicher ist das möglich«, sagte Vanessa, nachdem sie das Bild eingehend betrachtet hatte. »Vielleicht gehen die etruskischen Engel – nennen wir sie der Einfachheit halber so – und die der

Christen auf ähnliche Gottes- und Jenseitsvorstellungen zurück, vielleicht sogar auf dieselben Ereignisse aus einer Zeit, über die wir nichts weiter wissen als das, was uns Überlieferungen wie dieses Bild mitteilen.«

»Wollen Sie damit andeuten, dass die Menschen irgendwann einmal tatsächlich Besuch von Engeln erhalten haben?«

»Vielleicht waren es keine Engel, wie wir sie uns vorstellen, sondern einfach nur Angehörige einer Kultur, die den übrigen Kulturen auf der Erde überlegen war. So überlegen, dass die Menschen es sich nicht anders erklären konnten, als sie zu Engeln, zu Götterboten, zu stilisieren.«

Enrico schüttelte halb ungläubig, halb missbilligend den Kopf. »Das klingt jetzt aber sehr nach der viel strapazierten Atlantislegende oder nach Erich von Däniken.«

»Kein Rauch ohne Feuer, so heißt es doch. Es bedarf nicht unbedingt Außerirdischer, um Menschen einen Kulturschock erleiden zu lassen. Auch in unserer Zeit gibt es noch ein paar unberührte Flecken in Afrika, Asien oder Südamerika, wo wir mit unseren Handys und Notebooks wenn nicht als Götter verehrt, so doch als zumindest etwas Ähnliches angesehen würden. Was immer auch die Etrusker von diesen Engelswesen geglaubt haben mögen, sie sahen in ihnen etwas Höherstehendes. So wie die Engel des Christentums den Menschen Gottes Botschaft überbringen, scheinen auch die etruskischen Engel etwas überreicht zu haben.«

»Etwas, das sehr materiell aussieht und nicht wie eine Botschaft«, fand Enrico.

»Nicht unbedingt. Diese Schale könnte auch nur das Symbol für eine immaterielle Gabe sein. Aber für was?«

»Vielleicht für die besondere Fähigkeit, anderen Menschen, die krank sind, zu helfen.«

»Gut möglich. Dann wäre die Schale vielleicht ein Sinnbild für Medizin.«

Sie setzten die Erkundung des Grabes fort und entdeckten

einen großen Raum, in dem der Einsiedler offenkundig wohnte und schlief. Ein paar Schalen und Töpfe enthielten einen bescheidenen Lebensmittelvorrat aus Obst, Brot und etwas Käse. Eine große Kanne war bis zur Hälfte mit Wasser gefüllt. In einer Ecke auf dem Boden bildeten eine löchrige Matratze, ein kleines Kissen und zwei zerfranste Wolldecken Angelos Nachtlager. Der Einsiedler selbst aber war nirgends zu entdecken.

»Wir sind zur falschen Zeit gekommen«, stellte Enrico fest.

»Es ist die falsche Zeit, aber der richtige Ort. Wir brauchen nur zu warten, bis Angelo zurückkommt.«

»Das wäre eine Möglichkeit«, brummte Enrico, wenig begeistert von der Aussicht, möglicherweise viele Stunden in diesem düsteren Grab zu hocken.

Er wollte Vanessa vorschlagen, später noch einmal wiederzukommen, aber da hörte er ein Geräusch, das seine Aufmerksamkeit beanspruchte. Es waren Schritte auf der Treppe, die lauter wurden. Sie bekamen Besuch.

Rom, Vatikan

Der junge Schweizer kontrollierte Alexanders Passierschein mit einem kurzen Blick und winkte ihn anschließend durch. Alexander bemerkte im Rückspiegel, wie der Gardist an der Porta Sant'Anna ihm nachsah. Der Anblick des Schweizers versetzte Alexander einen Stich mitten ins Herz. Er dachte an den gestrigen Tag und daran, dass er mit Werner Schardt den Bock zum Gärtner gemacht hatte. Und zwar einen Bock, wie man ihn sich schlimmer kaum vorstellen konnte.

Ausgerechnet den Mann, der tief in die Priestermorde verwickelt war, hatte er ins Vertrauen gezogen. Vermutlich hätte Schardt sich ins Fäustchen gelacht, wäre er ein weniger ernsthafter Mann gewesen. Alexander fühlte sich getäuscht und betrogen, aber das war nicht das Schlimmste. Die Reputation der Garde hatte einen weiteren schmerzhaften Schlag erlitten, und er fragte sich, ob sie sich davon erholen konnte. Schon nach den Ereignissen im Mai hatte die Garde kurz vor der Auflösung gestanden. Eigentlich hätte es Alexander, der aus der Einheit ausgeschieden war, gleichgültig sein können. Aber so war es nicht. Seit vielen Jahrhunderten dienten die Rosins in der Schweizergarde der Päpste. Für ihn und seine Vorfahren war es kein Beruf gewesen, sondern eine Berufung. Als erst sein Vater und dann sein Onkel Heinrich zum Gardekommandanten ernannt worden waren, stellte das den Lohn für die treuen Dienste der Familie Rosin dar. Alexander hatte sich seinen Abschied von der Schweizergarde nicht leicht gemacht, aber nachdem sich sein Vater als Verräter und Mörder entpuppt hatte, war es nach seiner Auffassung für die Garde das Beste gewesen, wenn der Name Rosin nicht mehr in ihrer Soldliste auftauchte.

Die Verhaftung der drei Gardisten hatte im Vatikan natürlich für Aufsehen gesorgt. Heute Morgen hatte ihn ein Anruf von dort erreicht. Kardinalpräfekt Lavagnino wünschte, ihn dringend zu sprechen. Nachdem Alexander seine Pflichten in der Redaktion erledigt und Donati im Polizeihauptquartier einen kurzen Besuch abgestattet hatte, war er zum Vatikan weitergefahren. Er parkte den VW Polo, den er als Mietwagen fuhr, solange sein demolierter Peugeot in der Werkstatt war, auf einem Abstellplatz zwischen Petersdom und Audienzhalle und betrat den Palast des Heiligen Offiziums. Er musste keine fünf Minuten warten, um bei Lavagnino vorgelassen zu werden. Ein weiterer Geistlicher saß im Büro des Kardinalpräfekten, ein etwa sechzigjähriger Mann, dessen ernste Gesichtszüge von seiner einfachen, randlosen Brille noch unterstrichen wurden.

»Das ist meine rechte Hand, Kardinal Ferrio«, stellte Lavagnino den anderen vor. »Solange Seine Heiligkeit und Don

Luu in Neapel weilen, kümmern wir uns um, hm, diese unliebsame Affäre.«

»Sie meinen die Morde«, brachte Alexander es auf den Punkt.

»Ja, leider«, seufzte Lavagnino und bat Alexander um eine Schilderung dessen, was sich am vergangenen Tag an der Via Appia ereignet hatte.

Alexander gab einen lückenlosen Bericht, der mit dem fruchtlosen Verhör Schardts und der Entdeckung der Narben endete.

»Auch Schardts Komplizen schweigen eisern, das hat mir Commissario Donati soeben bestätigt. Und auch sie haben diese Narben, die Spuren von Geißelungen.«

»Könnten die Narben nicht von etwas anderem herrühren?«, fragte Kardinal Ferrio.

»Dann wäre es ein sehr großer Zufall, dass alle drei ähnliche Narben haben«, meinte Alexander. »Abgesehen davon glaube ich zu wissen, wie die Spuren von Geißelungen aussehen. Ich habe keinen Zweifel daran, dass es die Anzeichen ritueller Züchtigungen oder Selbstzüchtigungen sind. Ich hätte der Schweizergarde gern die Schande erspart, aber nach meiner Meinung hat *Totus Tuus* seine Hände im Spiel. Die Garde ist schon wieder – oder noch immer – von *Totus Tuus* unterwandert.«

Lavagnino fragte mit bestürztem Gesichtsausdruck: »Haben Sie das auch im ›Messaggero‹ geschrieben?«

Alexander schüttelte den Kopf. »Mein Artikel über die Festnahme der drei ist sehr zurückhaltend ausgefallen. Ich habe kein Interesse daran, die Schweizergarde ins Gerede zu bringen.«

»Ich danke Ihnen dafür, Signor Rosin, auch im Namen Seiner Heiligkeit. Die Kirche bräuchte mehr zuverlässige Stützen, wie Sie eine sind.«

»Weniger Verräter in den eigenen Reihen würden es auch schon tun«, seufzte Alexander und fügte schnell hinzu: »Verzeihen Sie, Eminenz, das ist mir so rausgerutscht.«

Lavagnino winkte ab. »Sie haben ja Recht, leider. In dieser bewegten Zeit hat unsere Kirche mehr Feinde in den eigenen Reihen als von außen. Deshalb haben Kardinal Ferrio und ich Sie persönlich sprechen wollen. Zurzeit ist es selbst hinter den dicken Mauern des Vatikans besser, nur wenige Leute in wichtige Dinge einzuweihen.«

Ferrio rückte seine Brille zurecht und wirkte dabei leicht nervös. »Kommen wir noch einmal auf *Totus Tuus* zu sprechen und nehmen wir an, dieser Orden ist weiterhin aktiv. Was sind dann seine Ziele?«

»Wie wäre es mit Macht?«, schlug Alexander vor. »Eine Diskreditierung der Kirche stärkt automatisch die Gegenkirche.«

»Sie glauben, *Totus Tuus* steckt mit den Kirchenspaltern unter einer Decke?«, fragte Ferrio.

»Ich halte es für möglich. *Totus Tuus* hat schon immer eine sehr konservative Linie vertreten und war mit Papst Custos von Anfang an nicht einverstanden. Da ist die Überlegung einer Komplizenschaft zwischen dem Orden und der Gegenkirche nahe liegend, falls nicht noch mehr dahinter steckt.«

Ferrio beugte sich gespannt zu Alexander vor. »Zum Beispiel?«

»Die so genannte Glaubenskirche hat erstaunlich rasch ihre administrativen Strukturen aufgebaut und scheint auch über ausreichende finanzielle Mittel zu verfügen. Alles macht auf mich den Eindruck, als sei es von langer und erfahrener Hand geplant.«

»Und wir glaubten, *Totus Tuus* sei zerschlagen und seine Mitglieder seien in alle Winde zerstreut!«, rief Lavagnino aus.

»Ich habe das nicht geglaubt«, sagte Alexander. »Dazu war der Orden einfach zu mächtig. Wir haben ein paar seiner Glieder abgeschlagen und auch sein Haupt, aber das hat nicht genügt. Wie die schreckliche Hydra in der griechischen Sage hat auch *Totus Tuus* viele Häupter, und die scheinen sich schneller an den Gegenangriff gewagt zu haben, als uns lieb sein kann.«

»Es wird schwer sein, etwas gegen *Totus Tuus* zu unternehmen«, meinte Ferrio. »Wir haben zu niemandem aus dem Führungskreis des Ordens Kontakt.«
»Irrtum«, widersprach Alexander. »Wir können meinen Vater fragen. Auch wenn er ein Gefangener ist, könnte er uns im Kampf gegen *Totus Tuus* entscheidend weiterhelfen.«
Ferrio nickte. »Vielleicht könnte er das wirklich, vorausgesetzt, er will es auch.«
»Ich kann ihn fragen, wenn Sie wollen. Ich möchte ihn wegen der Sache von gestern Abend sowieso gern sprechen.«
»Selbstverständlich«, stimmte Lavagnino zu. »Aber ich kann kaum glauben, dass Markus Rosin wirklich mit uns zusammenarbeiten wird. Er scheint den Heiligen Vater und alle, die ihm dienen, nicht nur abzulehnen, sondern regelrecht zu hassen.«
»Vielleicht kann der Vatikan da selbst irgendetwas tun. Mein Vater ist durch den Verlust seines Augenlichts schon sehr gestraft, dazu noch die lebenslängliche Haft. Ein gewisses Entgegenkommen könnte meinen Vater veranlassen, ebenfalls entgegenkommend zu sein.«
»Sie denken an eine Begnadigung?« Lavagnino verzog das Gesicht zu einer unwilligen Grimasse. »Er hat schwere Schuld auf sich geladen. Außerdem kann nur Seine Heiligkeit über eine Begnadigung entscheiden.«
»Falls mein Vater zur Kooperation bereit ist, können wir Papst Custos ja fragen. Was seine Schuld angeht, da haben Sie fraglos Recht, Eminenz. Aber muss man hier nicht abwägen, was schwerer wiegt, die Sühne einer Schuld oder das Schicksal der Kirche?«
Lavagnino tauschte einen kurzen Blick mit Ferrio und sagte: »Ich stimme Ihnen völlig zu, Signor Rosin. Also gut, sprechen Sie mit Ihrem Vater! Alles Weitere sehen wir dann.«
Fünfzehn Minuten später ging Alexander ungeduldig im Vorraum des Gefängnisses auf und ab und fragte sich, warum es

diesmal so lange dauerte, bis man ihn zu seinem Vater vorließ. Als schließlich eine Tür aufging, trat nicht ein einfacher Gendarm der Vigilanza ein, sondern ein Mann mit spitzem Vogelgesicht, den Alexander gut kannte. Aldo Tessari war vor ein paar Monaten noch Vizeinspektor und damit stellvertretender Leiter der Vigilanza gewesen. Nachdem sich sein Vorgesetzter Riccardo Parada als Mitglied der Verschwörung gegen Custos entpuppt hatte und festgenommen worden war, hatte der Papst kurzerhand Tessari zum Generalinspektor befördert. Dass Tessari ihn empfing, noch dazu mit einer zutiefst bekümmerten Miene, hielt Alexander für kein gutes Zeichen. Von einer Sekunde zur anderen war er von Unruhe und Angst erfüllt.
Tessari streckte zögernd die Hand aus, und Alexander ergriff sie. »Guten Tag, Signor Rosin. Sie können nicht zu Ihrem Vater, leider.«
»Was ist denn? Geht es meinem Vater nicht gut?«
Tessari schluckte schwer, als müsse er sich überwinden, um mit Alexander zu sprechen. »Als gerade einer der Wächter in die Zelle ging, um Ihren Vater zu holen, hat man ihn gefunden ...«
»›Gefunden‹? Was heißt das, Signor Tessari? Sagen Sie mir doch endlich, was los ist!«
Tessari nickte heftig und wirkte jetzt wahrhaftig wie ein Vogel, der eifrig nach Körnern pickt. »Ihr Vater hat sich die Pulsadern aufgeschnitten. Es tut mir sehr Leid, aber er ist tot.«
Alexander wunderte sich, wie ruhig er angesichts dieser Mitteilung blieb. Sein Verstand arbeitete normal weiter, und ein zynischer Gedanke tauchte auf, den er laut aussprach: »Der Vatikan scheint meiner Familie kein Glück zu bringen, wie?«
»Was meinen Sie damit?«
»Erst wurden mein Onkel und meine Tante hier ermordet – und jetzt auch noch mein Vater.«
»In seinem Fall handelt es sich um Selbstmord.«
»Sind Sie da sicher, Signor Tessari?«

»Ich sehe keinen Grund, daran zu zweifeln.«
»Aber ich«, sagte Alexander und berichtete von dem gestrigen Vorfall und von den Striemen auf den Rücken der drei Festgenommenen. »Ich Idiot habe Schardt gegenüber auch noch erwähnt, dass man mich vor einer Falle gewarnt hat. Wahrscheinlich konnte er sich an fünf Fingern abzählen, von wem die Warnung stammte.«
»Aber dieser Schardt befindet sich im Gewahrsam der römischen Polizei, und Ihr Vater war hier eingesperrt. Schardt konnte unmöglich seine Ermordung veranlassen.«
»So naiv können Sie doch nicht sein, Tessari! Wenn wir es wirklich mit *Totus Tuus* zu tun haben, ist niemand hier im Vatikan seines Lebens sicher, weder Sie noch der Papst. Der Orden hat schon einmal versucht, den Heiligen Vater zu töten.«
»Da haben Sie Recht. Ich werde sofort die Sicherheitsmaßnahmen verschärfen.«
»Das ist eine gute Idee. Darf ich zu meinem Vater?«
»Aber wozu? Er ist tot.«
»Ich möchte ihn trotzdem sehen, bitte, und sei es nur, damit ich es wirklich glauben kann. Vergessen Sie nicht, dass ich meinen Vater schon einmal für tot gehalten habe. Dabei war sein Ableben nur vorgetäuscht gewesen, damit er sich in aller Ruhe seinem Wirken als Ordensgeneral widmen konnte.«
»Meinetwegen, kommen Sie mit! Aber ich warne Sie, es ist kein schöner Anblick.«
Tessari führte Alexander zur Zelle seines Vaters. Es war ein kleiner Raum, nur mit dem Notwendigsten ausgestattet. Auf einem Regal standen ein paar Bücher in Blindenschrift, die zu erlernen Markus Rosin offenbar bemüht gewesen war, auf dem Tisch darunter ein Kofferradio. Sonst fand Alexander keinen Hinweis darauf, wie sein Vater die Zeit verbracht hatte. Vermutlich gab es nicht viele Dinge, mit denen sich ein blinder Gefangener beschäftigen konnte. Zur Einrichtung gehörten ein kleiner Tisch und ein Plastikstuhl. Markus Rosin saß auf dem

Stuhl. Der Oberkörper war auf die Tischplatte gesunken, auf der auch die ausgestreckten Arme lagen. Die Ärmel des Pullovers waren nach oben geschoben, und die Unterarme schienen eine einzige blutende Wunde zu sein. Noch immer quoll das Blut hervor, rann über die rot verschmierte Tischplatte und bildete auf dem Boden darunter eine stetig größer werdende Pfütze. Markus Rosin trug auch noch seine Sonnenbrille, als sei es wichtiger, den Anblick seiner fehlenden Augen zu ersparen als den seiner aufgeschnittenen Arme.

»Warum hat niemand die Wunden verbunden?«, fragte Alexander.

Tessari sah ihn entgeistert an. »Wozu? Er ist tot, glauben Sie mir! Der Arzt ist bereits unterwegs, aber er wird nur noch den Totenschein ausstellen können.«

»Ja, entschuldigen Sie!«, sagte Alexander leise und bemühte sich, sich auf das Wesentliche zu konzentrieren. »Wer hat die Leiche gefunden?«

Tessari zeigte auf einen der herumstehenden Männer. »Signor Bastone hier war es.«

Alexander wandte sich an ihn. »Signor Bastone, trug mein Vater immer die Sonnenbrille, wenn er in der Zelle war? Für ihn selbst war es doch gleichgültig, ob er sie aufsetzte oder nicht. Er musste den Anblick seiner fehlenden Augen nicht vor sich verstecken.«

Bastone, ein mittelgroßer Endvierziger mit Ansätzen zur Korpulenz, überlegte kurz und sagte dann: »Ich glaube, er setzte die Brille nur auf, wenn er herausgerufen wurde. Doch, doch, genauso war es. Wenn man in seine Zelle kam, setzte er die Brille auf. Hier drin scheint er sie sonst nicht getragen zu haben.«

»Und doch hat er sie jetzt auf«, sagte Alexander und blickte seinen toten Vater an.

»Worauf wollen Sie hinaus?«, fragte Tessari.

»Es sieht so aus, als sei mein Vater nicht allein gewesen, als er

starb. Oder glauben Sie, er war so rücksichtsvoll, an diejenigen zu denken, die seine Leiche finden?«
»Manchmal geschehen die verrücktesten Dinge«, gab der Generalinspektor der Vigilanza zu bedenken.
»Die verrücktesten Dinge sind aber niemals die wahrscheinlichsten«, entgegnete Alexander.
Tessari maß ihn mit einem taxierenden Blick. »Sie wollen unbedingt auf einen Mord hinaus, Signor Rosin. Warum? Die Lage Ihres Vaters war verzweifelt, er hatte vom Leben nichts mehr zu erwarten. Das ist doch wohl Motiv genug für einen Selbstmord, oder?«
»Ein Motiv macht noch keinen Selbstmord.«
»Und eine Sonnenbrille keinen Mord«, beharrte Tessari.
»Womit soll sich mein Vater seine Pulsadern aufgeschnitten haben?«
Tessari zeigte auf ein Messer, das halb verdeckt von Markus Rosins rechtem Arm auf dem Tisch lag. »Diese Messer geben wir in der Kantine aus und sammeln sie auch sorgfältig wieder ein. Trotzdem muss es Ihrem Vater gelungen sein, eins mitgehen zu lassen. Die Messer sind sehr stumpf, deshalb hatte Ihr Vater wohl reichlich Mühe, sein Werk zu vollenden.«
»Meinen Sie nicht, er hätte eine leichtere Methode gewählt, sich umzubringen?«
»Wieso? Sie sagen doch selbst, dass die Mitglieder von *Totus Tuus* sich aus religiöser Überzeugung Schmerzen zufügen.«
»Zur ihrer religiösen Überzeugung gehört aber auch, dass Selbstmord eine Sünde ist.«
»Mein Gott, Rosin, können Sie nicht akzeptieren, dass Ihr Vater freiwillig aus dem Leben geschieden ist? Geben Sie sich vielleicht selbst die Schuld daran, weil er durch Ihre Mithilfe überführt und eingesperrt wurde?«
»Das ist es nicht«, widersprach Alexander, obwohl er sich insgeheim fragte, ob Tessari damit Recht hatte. »Ich glaube vielmehr, Sie wollen aus ganz bestimmten Gründen von einem

Mord nichts wissen, Signor Tessari. Denn das würde bedeuten, dass Ihre Vigilanza von *Totus Tuus* verseucht ist. Ohne Mitwirkung Ihrer Männer kann mein Vater nicht umgebracht worden sein. Wollen Sie sich dieser Tatsache nicht stellen? Oder wollen Sie sie gar verbergen?«

Tessari versteifte sich. »Ich habe es nicht nötig, mir von Ihnen haltlose Beschuldigungen anzuhören. Bitte verlassen Sie jetzt das Gefängnis, Signor Rosin!«

»Ich werde auf einer Autopsie der Leiche bestehen«, sagte Alexander, als er aus der Zelle trat.

»Sie können auf gar nichts bestehen. Hier ist nicht die italienische Justiz zuständig, sondern allein der Vatikan.«

Alexander verließ das Gefängnis und war froh, als er an die frische Luft trat. Ein Gefühl des Unwohlseins stieg in ihm hoch, und seine Knie wurden wacklig. Er setzte sich auf eine halbhohe Mauer, schloss die Augen und atmete tief durch. Erst hier draußen wurde ihm richtig bewusst, dass er seinen Vater ein weiteres Mal verloren hatte – und diesmal endgültig. Nie würde Markus Rosin seine Taten bereuen und sich mit Alexander aussöhnen können. Oder hatte er bereits alles bereut und, erdrückt von der Schwere seiner Untaten, seinem Leben ein Ende gesetzt? Nein, sagte Alexander sich, nicht so schnell und so umfassend. Sein Vater war von dem, was er für *Totus Tuus* getan hatte, zutiefst überzeugt gewesen. Eine solche Überzeugung legte man nicht einfach ab wie ein schmutziges Hemd. Alexander glaubte nicht an einen Selbstmord.

In einem Punkt allerdings lag Tessari ganz richtig: Alexander machte sich Selbstvorwürfe. Möglicherweise hatte er durch seine Bemerkung gegenüber Werner Schardt seinem Vater die Mörder auf den Hals gehetzt. Er fühlte sich elend und allein und wünschte sich, Elena wäre jetzt bei ihm gewesen.

Als das Telefon melodiös zu läuten begann, stand Papst Custos an einem der kleinen Fenster und blickte hinaus aufs Meer.

Das Franziskanerkloster, in dem er untergekommen war, stand auf dem Vomero, jenem Hügel in Neapel, den die Touristen am liebsten per Seilbahn besuchten. Hier gab es Sehenswürdigkeiten wie die Villa La Floridiana mit ihrem Keramikmuseum und einem großen Park oder das säkularisierte Kartäuserkloster San Marino mit vielen sehenswerten Gebäuden und einem Museum zur neapolitanischen Kunst und Geschichte. Im Augenblick aber interessierte die Schaulustigen und vor allem die Journalisten, Fotografen und Kameraleute, die auf den Vomero kamen, nur das unscheinbare kleine Kloster San Francesco mit seinem hoch stehenden Gast. Draußen auf der Straße belagerten sie das Kloster in so großer Zahl, dass die Polizei den Verkehr umleiten musste. Die Unterkunft des Papstes lag im rückwärtigen Teil, und so blieb er von dem Trubel verschont. Fast wünschte er es sich anders, dann hätte er sich von den quälenden Überlegungen ablenken können.

So aber kreisten seine Gedanken ununterbrochen um die Gegenkirche und um das seltsame Spiel, das der Gegenpapst und seine Anhänger mit ihm trieben. Bislang hatte Custos die Abtrünnigen für überzeugte Christen gehalten, nicht aber für Scharlatane. Die Weissagung des Gegenpapstes jedoch, dass Custos' Anwesenheit in Neapel zu einem Unglück führen würde, ließ alles in einem neuen Licht erscheinen. War Tomás Salvati, der sich Papst Lucius IV. nannte, ein gewissenloser Machtpolitiker, der die Gutgläubigkeit seiner Anhänger schamlos ausnutzte? Wenn ja, dann war Custos' Reise nach Neapel zum Scheitern verurteilt gewesen, bevor er sie überhaupt angetreten hatte. Mit einem Betrüger würde er sich nicht einigen können, denn dem wäre am Wohl der Kirche nicht gelegen.

Natürlich gab es noch eine andere Erklärung, eine, die Custos persönlich noch weniger behagte: Salvati hatte tatsächlich eine Vision gehabt. Das würde bedeuten, dass finstere Mächte am Werk waren, Mächte, denen Custos möglicherweise hilflos gegenüberstand. Das Unwetter gestern war schlimm gewesen, aber er hielt es nur für ein Unwetter. Dass es genau zu der Zeit eingesetzt hatte, als sein Hubschrauber auf dem Flughafen landete, war ein Zufall gewesen, den Salvati und seine Anhänger wohl ebenso klug wie unverfroren ausnutzten.

Der Sturm hatte sich gelegt, und es regnete auch nicht mehr, aber der Golf von Neapel, auf den Custos blickte, lag noch immer unter einer dichten Wolkendecke. Der Seegang war rau, aber die Reedereien hatten ihre gestern unterbrochenen Dienste wieder aufgenommen. Ein großes Containerschiff schob sich gerade gemächlich aus dem Hafen und wurde von einer Fähre, einem schnellen Tragflügelboot, überholt, die unterwegs nach Procida, Capri oder Ischia war. Die Menschen vergaßen das Unheil schnell, wenn es um das Geschäft ging, und vielleicht war das der entscheidende Grund, warum die Menschheit auf diesem Planeten überlebt hatte.

»Soll ich rangehen, Heiligkeit?«

Henri Luus Stimme riss Custos aus seinen Gedanken. Er drehte sich um und nickte. Er hatte ganz vergessen, dass sein Privatsekretär anwesend war. Luu hatte auf einem unbequemen Stuhl gesessen und die regionalen wie auch die wichtigen überregionalen Tageszeitungen nach Beiträgen über die Ankunft des Papstes in Neapel durchgesehen. Dabei war Luu mit jener Akribie vorgegangen, die Custos so an ihm schätzte.

Luu nahm den Hörer ab, und seine Miene veränderte sich schon nach wenigen Sekunden, wurde noch ernster. Custos kannte seinen Privatsekretär gut genug, um zu wissen, dass es keine guten Nachrichten waren, die der Anrufer übermittelte. Luu stellte nur wenige, einsilbige Zwischenfragen und sagte dann: »Ich werde Seine Heiligkeit informieren. Halten Sie uns bitte auf dem Laufenden, Eminenz!«

»Lavagnino?«, fragte Custos, nachdem Luu den Hörer aufgelegt hatte.

Luu sah ihn überrascht an. »Woher wissen Sie das, Heiligkeit?«

»Das war nicht schwer zu erraten. Wir selbst sind in Neapel, also kommen die neuesten Hiobsbotschaften vermutlich aus Rom. Was ist passiert?«

»Markus Rosin ist tot.«

»Wie?«, fragte Custos nur.

»Man hat ihn mit aufgeschnittenen Pulsadern in seiner Zelle gefunden.«

»Also Selbstmord.«

»Das zumindest behauptet Generalinspektor Tessari, sagt Kardinal Lavagnino. Alexander Rosin allerdings ist anderer Meinung. Er glaubt, sein Vater wurde ermordet. Irgendetwas mit einer Sonnenbrille, so ganz habe ich das nicht verstanden.«

»Der junge Rosin hat ein Gespür für solche Dinge. Nicht zuletzt deshalb habe ich ihn gebeten, zusammen mit der Polizei die Priestermorde zu untersuchen. Wenn er Recht hat, bedeutet das nichts Gutes. Ich habe schon lange den Verdacht, dass im Vatikan noch immer düstere Mächte zu Werke gehen.«

»Soll ich den Flughafen anrufen, damit unser Hubschrauber startklar gemacht wird, Heiliger Vater?«

Custos schüttelte nachdenklich den Kopf. »Noch habe ich Hoffnung, dass unsere Reise hierher nicht ganz vergebens war. Es ist nur ein Gefühl, aber etwas Entscheidendes wird sich hier bald ereignen.«

»Ich bin nicht so optimistisch wie Sie, wenn ich ehrlich sein darf.«

»Sie sollen mir immer ehrlich Ihre Meinung sagen, Henri, ansonsten wären Sie für mich wenig hilfreich. Ich weiß ...«

Ein plötzliches Zittern des Bodens unter seinen Füßen ließ Custos verstummen. Die Erde schien zu schwanken. Er verlor

den Halt und wollte sich noch an einem kleinen Tisch abstützen. Der aber kippte um. Auch Custos stürzte, und seine Stirn prallte gegen die aufragende Tischkante. Ein stechender Schmerz durchzuckte seinen Kopf, dann spürte er etwas Warmes auf seiner Wange. Er fasste mit der Hand an die Stelle und hatte Blut an den Fingern.
Ein neues, schwereres Beben erschütterte das Zimmer. Etwas prasselte auf Custos hernieder – Putz von der Decke. Ein Krachen und ein Aufschrei ließen ihn in Richtung seines Privatsekretärs sehen. Henri Luu lag am Boden, begraben unter einem umgestürzten Schrank.

In der Gegend von Borgo San Pietro

Die Schritte kamen näher. Enrico und Vanessa standen in dem unterirdischen Raum, in dem der Einsiedler wohnte und schlief, und richteten die Lichtkegel ihrer Taschenlampen auf die einzige Türöffnung, die hinaus auf den Gang führte. Ein rascher Seitenblick auf seine Begleiterin zeigte Enrico, dass ihr ebenso unwohl zumute war wie ihm. Die Schritte auf dem Gang stammten vermutlich von Angelo, und der würde wenig erfreut darüber sein, wenn er zwei Störenfriede an diesem intimen Ort vorfand.
Das Licht der Lampen erfasste eine hagere Gestalt, zu der ein bärtiges Gesicht gehörte: Angelo. Er hob die Hände schützend vor die Augen und sagte vorwurfsvoll: »Das Licht blendet mich.«
Enrico und Vanessa schalteten die Lampen aus. Enrico hörte ein kratzendes Geräusch, ein Zischen folgte, und die kleine Flamme eines Streichholzes flackerte auf. Angelo entzündete eine Kerze, die er in die Mitte des Raums stellte. Ihre unstete Flamme warf zuckende Schatten an die Wände, als wären die

hier begrabenen Toten erwacht, um einen Geistertanz aufzuführen.
Das alte, runzlige Gesicht des Einsiedlers wirkte in dem schwachen Licht wie aus einer anderen Welt, und er bedachte seine ungebetenen Gäste mit einem abweisenden Blick. Schließlich sah er Enrico an. »Du hast dein Wort gebrochen.«
»Ich hatte gute Gründe dafür.«
»Welche?«
»Diese Frau hier, Dr. Vanessa Falk aus Deutschland, hat Sie gesucht. Sie ist sehr hartnäckig und hätte Sie auf jeden Fall aufgespürt. Da hielt ich es für besser, sie zu begleiten. Zumal ich auch noch ein paar Fragen an Sie habe, Angelo.«
»Habe ich dir nicht gesagt, dass ich nicht gestört werden will? Und ich will auch keine Fragen beantworten!«
Vanessa trat einen Schritt vor. »Warum verstecken Sie sich vor der Welt, Signor Piranesi? Was haben Sie zu verbergen? Ist es die Prophezeiung, die Ihnen und Ihrem Bruder gemacht wurde, über die Sie nicht sprechen wollen?«
Angelo richtete seine Augen auf Vanessa, und jetzt erst schien er die Frau richtig wahrzunehmen. In seinem Blick lag eine Mischung aus Erstaunen, Verwirrung, Unsicherheit und Zorn. »Wer bist du? Woher kennst du diesen Namen?«
»Den Namen Piranesi, Ihren Namen? Den habe ich aus alten Aufzeichnungen über Ihre Begegnung mit dem Engel.«
»Ich weiß nicht, wovon du sprichst. Bitte, geh!«
»Was fürchten Sie so sehr, Signor Piranesi?«, fragte Vanessa. »Haben Sie Angst, Ihre besonderen Kräfte zu verlieren, wenn Sie darüber mit Fremden sprechen? Ist das der Handel, den Sie mit dem Engel getroffen haben?«
»Du weißt gar nichts!«, entgegnete Angelo. »Gott schickt uns seine Boten nicht, um zu handeln. Was sollten wir dem Allmächtigen schon zu bieten haben?«
»Gehorsam, Gefolgschaft, Liebe«, schlug Vanessa vor.
»Unseren Gehorsam und unsere Gefolgschaft kann der Herr

erzwingen, wenn Ihm daran gelegen ist. Auf unsere Liebe ist Er nicht angewiesen, wir aber auf Seine.«
»Dann sagen Sie es mir«, verlangte Vanessa. »Welche Botschaft hat Ihnen der Engel damals überbracht?«
Angelo senkte den Blick und starrte in die Kerzenflamme. »Ich darf nicht darüber sprechen.«
»Hat der Engel es Ihnen verboten, oder war es der Vatikan?«, fragte Vanessa.
Der Einsiedler schüttelte traurig den Kopf. »Ihr achtet meine Worte nicht, so wenig, wie ihr euer eigenes Wort achtet, das ihr anderen gebt.«
Enrico fühlte sich tief getroffen. Das Schlimmste war, dass Angelo Recht hatte. Enrico hatte sein Wort gebrochen, weil er gehofft hatte, mehr über den Einsiedler, über die seltsamen Heilkräfte und letztlich auch über sich selbst zu erfahren. Aber es sah ganz so aus, als hätten Enrico und Vanessa mit ihrem Ausflug in die Berge eher eine Tür zugestoßen statt eine geöffnet.
»Es tut mir Leid, Angelo«, sagte er, während er dem Alten in die Augen sah. »Ich habe nicht in böser Absicht gehandelt. Wir werden Sie jetzt verlassen. Falls Sie es sich anders überlegen und mit uns sprechen wollen, finden Sie mich im Hotel ›San Lorenzo‹. Wenden Sie sich einfach an Ezzo Pisano, er wird Sie schon zu mir bringen. Verzeihen Sie, dass wir hier einfach eingedrungen sind.«
Vanessa schien nicht viel davon zu halten, so rasch aufzugeben, aber Enrico zog sie mit sanfter Gewalt mit sich. Als sie wieder zu ebener Erde und im Tageslicht standen, zischte sie: »Das war dumm von Ihnen, Enrico. Wir hätten den Mann mit Sicherheit zum Reden gebracht.«
»Ich bin mir da keineswegs so sicher wie Sie. Und jetzt kommen Sie, wir haben uns hier schon genügend lächerlich gemacht!«
Vanessa blickte ihn empört an. »Wer hat sich lächerlich gemacht? Ich etwa?«

»Wir beide.«
Wieder packte er sie an der Hand und zog sie mit sich. Anfangs sträubte sie sich, aber dann fügte sie sich und folgte ihm freiwillig.
Sie hatten den größten Teil der Strecke zu der Lichtung mit Vanessas Wagen bereits zurückgelegt, als fremde Geräusche an ihre Ohren drangen. Erst hörten sie nur Schritte und das Knacken zertretener Äste, und sie dachten, Angelo habe es sich anders überlegt und folge ihnen, um mit ihnen zu sprechen. Dann aber hörten sie auch Stimmen, die halblaut miteinander sprachen. Es waren mehrere Personen, durch das dichte Unterholz vor ihren Blicken verborgen. Aber die Unbekannten kamen näher und schienen darauf aus zu sein, Enrico und Vanessa einzukesseln.
»Laufen Sie!«, raunte Enrico Vanessa ins Ohr, und zeitgleich begannen sie zu laufen.
Die Lichtung mit dem Wagen konnte nach Enricos Schätzung höchstens noch zweihundert Meter entfernt sein. Sie hasteten durch das dichte Unterholz, so schnell es ging. Auch ihre Verfolger liefen jetzt, aber Enrico und Vanessa erreichten die Lichtung zuerst. Ihr Pech war nur, dass der Fiat verschwunden war. Heftig keuchend, standen sie auf der leeren Lichtung und blickten sich irritiert um, während es rings um sie im Unterholz knackte. Sie saßen in der Falle: Die Verfolger hatten sie umzingelt.

16

Nördliche Toskana,
Mittwoch, 30. September

»... haben wir gerade neue Informationen über das heftige Erdbeben erhalten, das gestern die Stadt Neapel und das umliegende Gebiet erschüttert hat. Aus Neapel und fast allen anderen Städten in einem Umkreis von einhundert Kilometern werden schwere Verwüstungen gemeldet. Die neuesten Opferzahlen sprechen nach amtlichen Angaben von vierhundertachtundsiebzig Toten und mehreren tausend Verletzten. Der Sachschaden ist zum jetzigen Zeitpunkt noch nicht zu ermessen, beläuft sich aber mit Sicherheit auf einen dreistelligen Millionenbetrag. In Neapel wurden ganze Straßenzüge dem Erdboden gleichgemacht. Über die Ursache des plötzlichen Erdbebens, für das es keinerlei Vorwarnung gegeben hat, ist noch nichts bekannt. Ein Zusammenhang mit dem ebenfalls unerwarteten Ausbruch des Vesuvs, der zur selben Zeit stattfand, ist jedoch wahrscheinlich. Über das gesamte Gebiet wurde der Ausnahmezustand verhängt. Starke Militäreinheiten sind aus allen Teilen des Landes unterwegs, um bei den Bergungsarbeiten zu helfen und um die öffentliche Sicherheit zu garantieren. Aus mehreren Städten wurden Plünderungen gemeldet. In Caserta kam es zu einem Feuergefecht zwischen der Polizei und einer Bande von Plünderern, bei dem drei Beamte verletzt und fünf Plünderer getötet wurden. Die Polizei weist darauf hin, dass ihren Anordnungen unbedingt Folge zu leisten ist. Außerdem wird vor der Rückkehr in teilweise zerstörte Häuser gewarnt, weil diese ganz einstürzen könnten. Weiterhin ist mit neuen Beben zu rechnen, weshalb die Bevölkerung in den gefährdeten Gebieten gebeten wird, die öffentlichen Notlager aufzusuchen. Wir schalten jetzt zu unserem Reporter in Neapel, der …«

Alexander hörte bloß noch mit halbem Ohr auf das Autoradio. Er hatte schon mehrere Liveberichte aus Neapel gehört, bei denen die Reporter immer nur erzählen konnten, dass sie auch nicht mehr wussten, als allgemein bekannt war. Er konzentrierte sich lieber auf die gewundene Bergstraße. Vor ihm tauchte eine Straßengabelung auf, und er drosselte die Geschwindigkeit des VW Polo, um die verwitterten Schilder entziffern zu können. Links ging es nach Borgo San Pietro, also lenkte er den Wagen in diese Richtung. Leichter Regen setzte ein, und die Scheibenwischer begannen ihre monotone Arbeit. Alexanders Gedanken wechselten von der Katastrophe in Neapel zu seinen persönlichen Angelegenheiten.

Der Tod seines Vaters lag erst vierundzwanzig Stunden zurück. Viel zu wenig Zeit, um ihn auch nur ansatzweise zu verarbeiten. Alexander war erstaunt, wie nachhaltig er getroffen war. Vor ein paar Monaten hatte er geglaubt, mit seinem Vater für alle Zeiten fertig zu sein. Aber das war ein Trugschluss gewesen, geboren aus seinem Zorn und seiner Verzweiflung. Jetzt erst begriff er die verborgene Hoffnung, die er tief in sich vergraben und sich nicht eingestanden hatte. Die Hoffnung, eines Tages doch noch einen Vater zu haben. Eine Hoffnung, die sich jetzt nie mehr erfüllen würde.

Noch immer war unklar, was mit Markus Rosins Leiche geschehen würde. Alexander wollte Himmel und Hölle in Bewegung setzen, um eine Obduktion durchzusetzen, mochte Generalinspektor Tessari sich auch noch so sehr dagegen sperren. Alexander hatte sogar daran gedacht, den Papst in Neapel anzurufen, aber das Erdbeben und der Ausbruch des Vesuvs waren dazwischengekommen. In der ersten Aufregung hatte es sogar geheißen, Papst Custos sei tot. Dann aber wurde die Meldung korrigiert. Das Kloster San Francesco, in dem Custos sich aufhielt, hatte einige Schäden davongetragen, aber es war nicht eingestürzt, wie es anfangs geheißen hatte. Custos und sein Privatsekretär sollten mit leichteren Verletzungen davongekommen sein. Als diese Nachricht publik wurde, war Alexander ein Stein vom Herzen gefallen.

Aber der Tod seines Vaters lastete weiter auf ihm. Er sehnte sich nach Elena, dem einzigen Menschen, der ihm geblieben war. Am Morgen hatte er sich kurzerhand in seinen Mietwagen gesetzt und die Autobahn nach Norden genommen. Er wollte Elena überraschen, aber er selbst war überrascht gewesen, als er das Krankenhaus in Pescia betrat. Eine Ärztin namens Addessi hatte ihm mitgeteilt, dass Elena sich gestern Mittag gegen den Rat der Ärzte selbst entlassen habe. Sie hatte sich gelangweilt und gemeint, gesünder könne sie nicht mehr werden. Sie hatte Dr. Addessi noch gesagt, der Einsiedler, der ihr geholfen habe, interessiere sie brennend. Alexander war zu Elenas Hotel gefahren, wo er hörte, dass sie nur für ungefähr eine Stunde auf dem Zimmer gewesen sei. Dann war sie mit ihrem Mietwagen weggefahren und seitdem im Hotel nicht mehr gesehen worden. Das Zimmermädchen berichtete, dass Elenas Bett in der Nacht nicht benutzt worden sei. Da Enrico Schreiber im selben Hotel wohnte, erkundigte Alexander sich auch nach ihm. Auch er hatte sein Zimmer in der Nacht augenscheinlich nicht benutzt, und er war gestern zuletzt an der Rezeption gesehen worden.

Alexander war alarmiert gewesen. Auf einmal war die Trauer um den Verlust seines Vaters zweitrangig geworden, verdrängt durch die Sorge um Elena. Nun hoffte er, sie in Borgo San Pietro zu finden. Falls nicht, war er mit seiner Weisheit am Ende.

Die Sondersendung im Radio über die Katastrophe am Golf

von Neapel erweckte wieder seine Aufmerksamkeit, als der Papst erwähnt wurde. Er drehte den Lautstärkeregler auf und hörte gespannt zu.

»... ist jener Mann, der als Gegenpapst Lucius bekannt wurde und eigentlich Tomás Salvati heißt, in Neapel mit einer Äußerung vor die Presse getreten, die äußerst zwiespältig aufgenommen wurde. Seine Gegner haben ihm prompt vorgeworfen, das Unglück etlicher tausend Menschen für seine eigenen Zwecke auszubeuten und die Opfer des Erdbebens zu verhöhnen. Eine Stellungnahme von Papst Custos, der bei dem Erdbeben leicht verletzt wurde, steht noch aus. Wir bringen Ihnen jetzt die Äußerung von Lucius IV. im Originalton, möchten aber darauf hinweisen, dass wir uns mit dem Inhalt nicht identifizieren ...«

Der Regen wurde heftiger und trommelte auf den VW. Alexander drehte den Lautstärkeregler noch weiter auf, um die Ansprache des Gegenpapstes nicht zu verpassen. Als Lucius zu sprechen begann, schwangen Ernst und Besorgnis in seiner Stimme mit. Es war eine Stimme, die Alexander sofort in den Bann zog.

»Meine Söhne und Töchter, Christen, Mitmenschen, hört meine Worte und nehmt sie euch zu Herzen. Aber fürchtet euch nicht, denn ich spreche zu euch, um Gutes zu bewirken. Ein schreckliches Unheil hat diese Stadt und das Land ringsum verwüstet. Die Wissenschaftler rätseln, was das Unglück ausgelöst haben könnte, aber sie haben noch nichts Greifbares gefunden. Das ist kein Wunder, denn Gott kann man nicht mit wissenschaftlichen Apparaten messen. Gott muss man erfühlen, und man muss an Ihn glauben. Das Einzige, was wir von Ihm sehen und hören können, sind Seine Zeichen. Ein solches Zeichen hat Er uns gestern gesandt. Ganz recht, Gott hat das Verhängnis über uns kommen lassen als Strafe für den Frevel, den die Kirche in Rom unter der Führung des Mannes, der sich Papst Custos nennt, begangen hat. Jetzt ist dieser Custos sogar hierher gekommen, nach Neapel, um sich gegen unsere *Heilige Kirche des Wahren Glaubens* zu stellen, die noch jung ist und doch die althergebrachten Werte vertritt. Werte, die von Custos und der römischen Kirche mit Füßen getreten werden und die er hier in Neapel vollends ausmerzen will. Gott aber steht auf unserer Seite und wendet sich gegen den falschen Papst. Als Warnung hat Er uns vor zwei Tagen das Unwetter gesandt, gerade zu der Stunde, als Custos hier eingetroffen ist. Der aber hat die Warnung in den Wind geschlagen, und so sandte der Herr eine zweite Warnung. Viele Menschen mussten sterben wegen Gottes Zorn, aber noch immer weilt Custos hier in Neapel. Erst wenn er die Stadt verlassen hat, wird wieder Ruhe und Frieden einkehren. Und erst wenn er seinen Irrweg eingesehen und sein falsches Pontifikat niedergelegt hat, wird Gott ganz und gar mit uns versöhnt sein.«

Alexander war angesichts dieser Worte so perplex, dass er fast eine scharfe S-Kurve übersehen hätte, die sich ohne Vorwarnung vor ihm auftat. Im letzten Augenblick bremste er den Polo ab und konnte verhindern, dass der Wagen in das dichte Unterholz rutschte, das die Straße zu beiden Seiten säumte. Was der Gegenpapst über die Katastrophe von Neapel gesagt hatte, klang tatsächlich wie eine Verhöhnung der Erdbebenopfer. Vor allem klang es vollkommen absurd: ein Gott, der Hunderte von Unschuldigen tötete, nur um Custos zur Abreise zu bewegen? Alexander hätte die Ansprache als plumpe, überzogene Propaganda abgetan, wäre nicht jener tiefe Ernst gewesen, der in jedem Satz des Gegenpapstes mitschwang. Salvati schien wirklich zu glauben, was er da sagte, oder aber er war ein begnadeter Schauspieler. Ging man von der ersten Variante aus, stellte sich die Frage, wie der Gegenpapst zu seiner aberwitzigen Theorie über das Erdbeben gekommen war. Im Radio gab inzwischen ein renommierter Theologe aus Bologna einen ausführlichen Kommentar zu der Ansprache ab, konnte aber letztlich auch nur dieselben Mutmaßungen anstellen wie Alexander.

Als Borgo San Pietro vor ihm auftauchte, dachte Alexander an Elenas Erlebnisse in diesem Dorf. Er war sich so gut wie sicher, dass sie nach dem Verlassen des Krankenhauses hierher zurückgekehrt war. Und er fragte sich, ob sie damit einen schlimmen Fehler begangen hatte. Die Mauern des Bergdorfes wirkten so abweisend, wie Elena sie in einem ihrer Telefonate geschildert hatte. Vor dem Dorf lag ein von Buschwerk umgebener Parkplatz, auf dem etwa fünfzehn Autos standen. Alexander stellte seinen Wagen am Rand des Parkplatzes ab und stieg aus. Regen und ein frischer Wind peitschten ihm ins Gesicht. Er schlug den Kragen seiner Lederjacke hoch und sah sich auf dem Parkplatz um, aber einen Mietwagen konnte er nicht entdecken. Mit schnellen Schritten näherte er sich dem Dorf und sah jetzt, dass es sehr wohl Lücken in dem Mauerwerk gab. Kleine Durchlässe, die man in früheren Jahrhunderten schnell hatte verschließen können, wenn der Verteidigungsfall eingetreten war. Dann konnte niemand mehr ins Dorf hineinkommen – und auch nicht hinaus.
Durch eine schmale Gasse gelangte er auf eine menschenleere Piazza. Angesichts des unfreundlichen Wetters war es nicht verwunderlich, dass kein einziger Dorfbewohner sich blicken ließ. Alexander fragte sich, ob sie sich bei besserem Wetter gezeigt hätten. Oder hätte sein Erscheinen sie genauso von der Piazza vertrieben wie Wind und Regen? Nach dem zu urteilen, was er über die Menschen von Borgo San Pietro gehört hatte, zählte Gastfreundschaft nicht zu ihren hervorstechendsten Eigenschaften. Sein Blick fiel auf den Kirchturm, und er dachte an den ermordeten Bürgermeister, mit dem das Unheil für Elena seinen Anfang genommen hatte.
Von der Sorge um Elena angetrieben, umrundete er die Piazza und suchte die alten, halb verrosteten Straßenschilder ab, bis er die betreffende Straße fand. Es war eher eine Gasse, ähnlich schmal wie die, durch die er den Ort betreten hatte. Das Haus mit der Nummer vierzehn erhob sich am Ende der kleinen

Gasse, und unter der Klingel stand auf einem fast ausgebleichten Schild der Name *Pisano.* Alexander presste den Daumen auf die Klingel. Ein unmelodiöser Ton schrillte durch das Haus und war auch draußen deutlich zu hören. Sonst tat sich nichts. Als Alexander zum fünften oder sechsten Mal klingelte, bemerkte er, dass einer der Vorhänge im oberen Stock sich bewegte, obwohl das betreffende Fenster wie alle anderen verschlossen war.

»Ich weiß, dass Sie da sind, Signor Pisano!«, rief Alexander, während er zu dem Fenster hinaufsah. »Machen Sie bitte auf! Ich muss Sie dringend sprechen.« Als sich nichts tat, schlug er kräftig mit der Faust gegen die Haustür und fügte hinzu: »Wenn es nicht anders geht, trete ich die Tür ein!«

Das wirkte. Er hörte Schritte, das metallische Geräusch eines im Schloss gedrehten Schlüssels, und die Tür öffnete sich einen Spalt. Ein altes, verwittertes Gesicht lugte ängstlich durch den Spalt, und eine heisere Stimme fragte: »Wer sind Sie? Was wollen Sie?«

»Ich heiße Alexander Rosin und bin der Freund von Elena Vida. Darf ich bitte eintreten? Hier draußen im Regen ist es alles andere als gemütlich.«

Zögernd trat der alte Mann zwei Schritte zurück. Alexander schlüpfte ins Haus und schloss die Tür hinter sich.

»Signor Pisano, nehme ich an.«

Der Alte nickte. »Was wollen Sie von mir?«

»Elena hat gestern das Krankenhaus verlassen und ist seitdem verschwunden. Wissen Sie, wo ich sie finden kann?«

Pisanos heftiges Kopfschütteln wirkte etwas übertrieben. »Nein, Signore, ich habe keine Ahnung. Wieso fragen Sie ausgerechnet mich?«

»Weil Elena mehr über Ihren seltsamen Einsiedler herausfinden wollte, diesen Angelo. Sie haben doch vor einigen Tagen Signor Schreiber zu ihm geführt. Vielleicht hat auch Elena Sie gebeten, sie zu Angelo zu bringen.«

Pisano wirkte verängstigt, vielleicht auch überrascht. Auf jeden Fall war ihm nicht wohl in seiner Haut. Sein unsteter Blick ging immer wieder zur Tür hinter Alexander, als rechne er jeden Augenblick mit dem Eintreten von jemandem, den er lieber nicht in seinem Haus sah – zumindest nicht gerade jetzt, wo Alexander da war.

»Ihre Freundin war nicht bei mir. Tut mir Leid, aber ich kann Ihnen nicht helfen. Wenn Sie jetzt bitte gehen würden, ich habe einige dringende Angelegenheiten zu regeln.«

»Dringende Angelegenheiten in einem so beschaulichen Ort wie Borgo San Pietro? Darf ich fragen, worum es geht?«

»Das dürfen Sie nicht! Ich muss Sie bitten, mein Haus sofort zu verlassen. Andernfalls werde ich die Polizei zur Hilfe rufen.«

»Bis die aus Pescia hier ist, kann es aber dauern. Was ist mit Ihnen, Signor Pisano? Wovor haben Sie Angst? Können Sie mir wirklich nicht helfen – oder wollen Sie einfach nicht?«

»Ich ... kann nicht. Gehen Sie jetzt, bitte!«

»Schade«, seufzte Alexander und wandte sich zur Tür. »Ich weiß nicht, was Sie so eingeschüchtert hat, Signor Pisano, aber hoffentlich können Sie Ihr Schweigen mit Ihrem Gewissen vereinbaren.«

Als Alexander wieder auf der Gasse stand, kam Pisano zur Tür. Bevor er sie schloss, sagte er halblaut, aber eindringlich: »Seien Sie vorsichtig, Signor Rosin!«

Eine seltsame Warnung, dachte Alexander, als er durch den Regen zum Parkplatz zurückging. Er glaubte nicht, dass Pisano das als allgemeine Ermahnung gemeint hatte. Pisanos ganzes Verhalten deutete auf eine konkrete Gefahr hin, und Alexander zweifelte nicht daran, dass sie mit Elenas Verschwinden zusammenhing. Insofern hatten Pisanos letzte Worte Alexanders Verdacht bestätigt. Dennoch war er nicht zufrieden. Er hatte sich von seinem Besuch in Borgo San Pietro mehr erhofft. Es gab auch nicht einen konkreten Hinweis darauf, was mit Elena geschehen war oder wo er nach ihr suchen sollte.

Der Parkplatz war noch genauso menschenleer wie vor ein paar Minuten. Missmutig startete er den VW und fuhr die enge Bergstraße zurück, während er sich nach beiden Seiten umsah, ob vielleicht Elenas Mietwagen irgendwo im Unterholz stand. Zu spät bemerkte er deshalb den Baumstamm, der in einer Kurve quer über der Fahrbahn lag. Er trat sofort auf die Bremse, aber sein Wagen schlitterte gegen den Baum. Ein klirrendes Geräusch verriet, dass einer der Frontscheinwerfer die Kollision nicht heil überstanden hatte. Der Aufprall war nicht besonders stark, und der Sicherheitsgurt bewahrte Alexander vor Schäden.

Fluchend löste er den Gurt und stieß die Tür auf. Vor zwanzig Minuten hatte der Baum noch nicht hier gelegen. Der Wind blies zwar unangenehm stark, aber längst nicht so heftig, um einen Baum zu entwurzeln. Als Alexanders Alarmglocken zu schrillen begannen, war es bereits zu spät. Zu beiden Seiten der Straße sprangen fünfzehn oder zwanzig Männer aus dem Unterholz. Alle trugen Waffen: Äxte oder Eisenstangen, aber auch Gewehre. Alexander war umzingelt und blieb reglos neben dem VW stehen, um die feindselig dreinblickenden Männer nicht zu reizen. Er hätte ein Jahresgehalt darauf verwettet, dass es Bewohner des Bergdorfs waren.

»Jetzt weiß ich, warum es in Borgo San Pietro so leer war«, sagte er, als sie bei ihm anlangten. »Und ich hatte schon gedacht, Sie wollen nicht mit mir sprechen.«

»Halten Sie den Mund!«, fauchte ihn ein rotgesichtiger Mann mit Halbglatze an, der ein Schrotgewehr in seinen grobschlächtigen Händen hielt. »Umdrehen und Hände auf den Rücken halten, schnell!«

Die beiden schwarzen Mäuler, die Mündungen der Waffe, die auf seine Brust zielten, waren für Alexander Anreiz genug, der Aufforderung zu folgen. Jemand packte ihn von hinten und drückte ihn gegen seinen Wagen, während ein anderer Mann Alexanders Hände auf dem Rücken mit Stricken fesselte. Sie gingen nicht gerade zimperlich mit ihm um, die Stricke schnitten schmerzhaft in seine Handgelenke. Sie tasteten ihn nach Waffen ab und fanden die P 225 im Schulterholster. Der Mann mit dem geröteten Gesicht nahm die Pistole und auch Alexanders Handy an sich. Mit geübtem Griff schaltete er das Handy aus, sodass jeder Versuch, Alexander zu orten, vergebens sein musste.

»Lorenzo, kümmere dich um den Wagen!«, sagte der Rotgesichtige, der hier das Kommando zu führen schien. »Bring ihn zu den anderen.« Er wandte sich zu Alexander um. »Und Sie kommen mit!«

Auch dieser Anordnung konnte Alexander sich nicht widersetzen. Zwei Männer nahmen ihn kurzerhand in die Mitte, packten mit festem Griff seine Oberarme und führten ihn ins Unterholz. Der Rotgesichtige und die anderen Dörfler folgten ihnen, jeder Gedanke an Flucht war unsinnig. Außerdem wollte Alexander gar nicht fliehen, jedenfalls nicht jetzt. Er hoffte, dass die Männer ihn zu Elena führten.

Durch dichtes Gestrüpp und über vom Regen aufgeweichten Boden, der zahlreiche tückische Pfützen und Schlammlöcher aufwies, ging es ungefähr zwanzig Minuten lang, bis sich vor ihnen eine Lichtung mit einer Ruine auftat. Das Gebäude musste, der Größe nach zu urteilen, einmal sehr imposant gewesen sein, obwohl jetzt nur noch einige Mauerreste und abgebrochene Säulen zu sehen waren. Auch wenn Alexander kein Archäologe war, erkannte er doch, dass es sich um ein sehr altes Gebäude handelte. Die Mauern und Säulen standen hier wahrscheinlich schon seit Jahrhunderten, wenn nicht seit Jahrtausenden.

»Was ist das?«, fragte er spontan.

»Dein Gefängnis«, sagte der Rotgesichtige nur und stieß ihn vorwärts. Alexander stolperte und fiel hin. Mit den gefesselten Händen konnte er den Sturz nicht abfangen, und so schlug er mit der Stirn gegen eine Mauerkante. Das Resultat waren ein

blitzartiger Schmerz in seinem Kopf und ein warmer Blutfaden, der seine rechte Wange hinunterrann.
»Sei nicht so grob, Livio!«, sagte einer der Männer. »Wir wollen ihn doch nicht umbringen.«
»Das wäre vielleicht das Beste«, brummte der Anführer. »Stehen Sie schon auf! So schlimm war es doch gar nicht.«
Einer der Männer half Alexander, wieder auf die Beine zu kommen, und sie führten ihn mitten in das Gewirr aus Mauerresten und Steintrümmern. Vor einem kleineren Schutthaufen blieben sie stehen, und ein paar Männer räumten die Trümmer mit anscheinend geübten Handgriffen beiseite. Der Schutt war nur die Tarnung für eine hölzerne Klappe gewesen, unter der eine ebenfalls hölzerne Treppe in dunkle Tiefe führte. Eine Taschenlampe flammte auf und beleuchtete festes Mauerwerk. Alexander vermutete, dass dieser unterirdische Raum oder Gang aus der Zeit stammte, als die Ruine ein prächtiges Bauwerk gewesen war. Die Bodenklappe und die Holztreppe dagegen waren neueren Ursprungs, wahrscheinlich von den Dorfbewohnern angebracht. War dies der Eingang zu einem unterirdischen Verlies?
Die meisten Dörfler blieben zurück, während der Anführer, den sie Livio nannten, und eine Hand voll Männer ihren Gefangenen in die Tiefe begleiteten. Am unteren Absatz der wackligen Holztreppe begann ein schmaler Gang, der schon nach ungefähr zwanzig Metern vor einer festen Holzbohlentür endeten. Vor der Tür saß ein hagerer Mann auf einem Stuhl und las im Schein einer trübe leuchtenden Funzel eine Autozeitschrift. Neben dem Mann lehnte eine Schrotflinte an der Wand.
»Alles klar hier unten, Ugo?«, fragte Livio.
Ugo nickte müde und deutete mit dem rechten Daumen auf die Tür. »Die sind so leise, als wären sie tot.«
»Wen haben Sie da drinnen eingesperrt?«, fragte Alexander besorgt, obwohl er die Antwort zu kennen glaubte.

»Das wirst du gleich sehen«, sagte Livio und zog einen Schlüssel aus der Hosentasche, mit dem er das schwere Vorhängeschloss vor der Holzbohlentür öffnete.
Ein lang gezogenes Quietschen ertönte, als er die Tür aufzog. In dem Raum dahinter brannte eine ähnliche Lampe wie auf dem Gang, nur schien das gelbe Licht noch trüber zu sein. Alexander sah mehrere Feldbetten und einen großen, viereckigen Tisch, um den mehrere Stühle und Hocker standen. Auf einem der Stühle saß eine rothaarige Frau und blickte ihm neugierig entgegen: Dr. Vanessa Falk. Zwei weitere Personen waren aufgesprungen, als die Tür aufging. Enrico Schreiber stand neben der Religionswissenschaftlerin und sah nicht minder gespannt zur Tür. Die dritte Person war Elena. Sie lief Alexander entgegen, umarmte und küsste ihn. Für einen Augenblick schloss er die Augen, vergaß alle widrigen Umstände und genoss es einfach, wieder mit Elena vereint zu sein.
Mit einem scharfen Jagdmesser durchtrennte Livio Alexanders Fesseln. Er schlug die Tür hinter sich zu, und die vier Gefangenen hörten, wie der Schlüssel zweimal herumgedreht wurde. Die Männer draußen unterhielten sich noch ein paar Minuten, dann entfernten sich Schritte. Vermutlich blieb nur der einsame Wächter, Ugo, zurück. Alexander trat an die Tür und untersuchte sie.
»Vergiss es!«, sagte Enrico. »Wir haben uns die Tür schon angesehen. Mit unseren Mitteln hier unten haben wir keine Chance, sie aufzubrechen. Selbst wenn wir es versuchten, ginge das nicht ohne Lärm, und der Wächter wäre gewarnt. Wir müssen hier unten schmoren, bis die Leute aus Borgo San Pietro es sich anders überlegen.«
»Nicht unbedingt«, sagte Alexander, zog seine Lederjacke aus und dann auch sein Hemd.
»Was tust du?«, fragte Elena irritiert.
»Wusstest du nicht, dass ich ein Anhänger der Freikörperkultur bin?«, erwiderte er augenzwinkernd, während er sein T-Shirt

hochschob. Darunter kam eine kleine, verdrahtete Apparatur zum Vorschein, die mit Klebebändern auf seiner Brust befestigt war. »Zum Glück hat unser Freund Livio sich mit meiner Pistole und dem Handy zufrieden gegeben, als er mich durchsuchte. Darauf hatte ich gesetzt. Das hier sollte er nicht finden.«

»Ein Sender?«, staunte Elena.

»Ja, ein Peilsender. Siehst du diesen kleinen Hebel an der Seite? Sobald ich ihn umlege, wird die Polizei in Pescia ihre Suche nach uns beginnen.«

»Funktioniert das Ding auch hier, unter der Erde?«, fragte Vanessa Falk.

»Das sollte es, zumal wir nach meinem Eindruck nicht besonders tief sind«, antwortete Alexander. »Dieser Commissario in Pescia, Massi, hat mir zugesichert, dass es ein sehr leistungsstarker Sender ist. Er wird normalerweise benutzt, um erpresstes Geld aufzuspüren.«

»Mich wundert, dass die Polizei in Pescia so etwas überhaupt im Arsenal hat«, sagte Enrico.

»Ich weiß nicht, wo sie den Sender herhaben. Ich habe mit Rom telefoniert, und Commissario Donati hat seine Verbindungen spielen lassen. Danach hatte ich keine Schwierigkeiten, von der hiesigen Polizei die gewünschte Unterstützung zu bekommen.« Alexanders Daumen schwebte über dem Einschalthebel. »Soll ich?«

»Nur zu!«, kam es von Vanessa Falk. »Ich bin nicht scharf auf eine weitere Nacht hier unten.«

Alexander legte den Hebel um – und fluchte.

»Was hast du?«, fragte Elena.

»Dieses grüne Lämpchen hier sollte aufblinken, wenn der Sender arbeitet.«

»Und warum blinkt es nicht?«

Statt zu antworten, bewegte Alexander den Hebel mehrmals hin und her, aber nichts geschah. Der Peilsender war tot.

Wütend riss er die Klebestreifen von seiner Brust und legte den

Apparat auf den Tisch. »Ich bin vorhin schwer gestürzt. Dabei muss der Sender kaputtgegangen sein. Wir haben nicht zufällig einen Feinmechaniker unter uns, oder?«

Alle schwiegen betreten, bis Vanessa Falk fragte: »Was machen wir jetzt?«

Alexander blickte sie an. »Dasselbe, was Sie drei hier unten bisher auch getan haben, Frau Dr. Falk: abwarten.«

Sie nickte. »Sagen Sie einfach Vanessa zu mir. Unter diesen Umständen sind Förmlichkeiten wenig angebracht.«

Sie setzten sich an den Tisch und schilderten einander ihre Erlebnisse.

Mit Bestürzung reagierten Elena, Vanessa und Enrico auf die Nachricht über das schwere Erdbeben im Golf von Neapel, und als Alexander vom Tod seines Vaters erzählte, drückte Elena fest seine Hand. Es tat ihm gut, ihre Nähe zu spüren. Aber die Sorge um ihrer aller Leben dämpfte seine Freude über das Wiedersehen.

»Haben Livio und seine Leute euch gesagt, was sie mit uns vorhaben?«, fragte er.

»Nein, wir wissen nichts Konkretes«, sagte Elena. »Die Männer haben uns beschimpft, weil wir herumgeschnüffelt hätten. Als sie mich gefangen nahmen, hat einer von ihnen zu mir gesagt, jetzt hätte die Schnüffelei ein für alle Mal ein Ende.«

»Ich glaube, sie haben gar keinen konkreten Plan«, meinte Enrico. »Vielleicht reden Sie sich gerade die Köpfe heiß darüber, was sie mit uns anstellen.«

Vanessa machte ein düsteres Gesicht. »Wenn sie unsere Schnüffelei, wie sie es nennen, ein für alle Mal unterbinden wollen, müssen sie uns umbringen.«

»Oder sie sperren uns lebenslänglich hier unten ein«, meinte Elena.

»Beides sind wenig rosige Aussichten, aber auch wenig wahrscheinliche«, fand Alexander. »Die Männer aus Borgo San Pietro sind nicht gerade zartfühlende Geschöpfe, aber wie eiskalte

Mörder wirken sie auch nicht. Ich schätze, sie sind in einer ähnlichen Lage wie Professor Marcus und seine Kumpane.«
»Wie wer?«, fragte Vanessa.
»Kennen Sie nicht den hübschen alten englischen Film ›Ladykillers‹? Professor Marcus und seine Kumpane haben die alte Mrs. Wilberforce ohne deren Wissen zur Komplizin bei einem Geldraub gemacht. Als die Lady ihnen auf die Schliche kommt, müssten sie die Mitwisserin eigentlich umbringen, aber keiner der rauen Burschen bringt es übers Herz. Livio und seine Leute würden uns wahrscheinlich auch am liebsten loswerden, wissen aber nicht, wie.«
»Wir könnten ihnen versprechen, über den Vorfall hier zu schweigen«, schlug Enrico vor. »Dann würde man sie nicht wegen Entführung belangen.«
»Versuchen können wir es, sobald wir eine Gelegenheit dazu haben«, stimmte Alexander zu.
Er sah sich in dem Raum um und bemerkte erstaunt die bunten Wandmalereien, die Szenen aus dem antiken Alltag zeigten. Männer und Frauen beim Essen; eine Frau, die einen Krug Wasser vom Brunnen holte; zwei auf der Flöte spielende Knaben und ein paar mit Speeren bewaffnete Männer auf der Wildschweinjagd.
»Alte römische Malereien?«, wunderte er sich.
»Eher etruskische«, sagte Elena. »Nach allem, was Fabius Lorenz Schreiber hier erlebt hat, befinden wir uns vermutlich in den Überresten eines etruskischen Bauwerks.«
Alexander sah sie perplex an. »Wer ist Fabius Lorenz Schreiber?«
»Ein Mann, der schon vor zweihundert Jahren aufregende Erlebnisse in Borgo San Pietro hatte und sie in einem interessanten Tagebuch aufgezeichnet hat. Aber das sollte dir besser Enrico erzählen. Er hat sich intensiver mit dem Tagebuch auseinander gesetzt.«
Staunend lauschte Alexander Enricos Bericht über die Erleb-

nisse von Fabius Lorenz Schreiber und über die heilenden Kräfte der Menschen von Borgo San Pietro.
»Ist es das, was sie vor uns verheimlichen wollen?«, fragte Alexander, als Enrico alles erzählt hatte. »Wollen die Menschen hier vermeiden, dass man sie der Weltöffentlichkeit als Wunderwesen vorführt?«
»Möglich«, sagte Enrico nachdenklich. »Vielleicht steckt auch noch mehr dahinter. Fabius Lorenz Schreiber spricht von einer großen Machtquelle, die hier verborgen sein soll. Eine Macht, die einst zum Untergang dieser etruskischen Stadt geführt hat.«
»Aber was für eine Macht kann das sein?«
»Ich habe keine Ahnung«, erwiderte Enrico. »Ich weiß zu wenig von den Etruskern.«
»Die Etrusker sind ja auch ein geheimnisvolles Volk«, sagte Vanessa. »Niemand kann mit Sicherheit sagen, woher sie gekommen sind. Der Ursprung ihrer Kultur ist ebenso mysteriös wie die Zugehörigkeit ihrer Rasse und ihrer Sprache. Es gibt darüber verschiedene Theorien, aber die sind unter den Altertums- und Sprachkundlern heftigst umstritten. Interessanterweise hat man schon in der Antike die Ansicht vertreten, dass die Sprache der Etrusker mit keiner anderen verwandt sei. Dieses Gebiet hier, die Toskana, wird allgemein als ihr Stammland bezeichnet. Aber wo ihr eigentlicher Ursprung liegt, ist noch nicht geklärt. Sie haben sich bis nach Süditalien ausgebreitet, wurden dann aber von den aggressiven Römern verdrängt. Ihre Kultur wurde fast vollständig von der römischen assimiliert.«
»Bemerkenswert«, fand Alexander. »Was wissen Sie noch über die Etrusker?«
»Bedaure, damit hat es sich auch schon. Ich wollte damit nur sagen, wenn es ein antikes Volk gibt, das über uns unbekannte Kräfte verfügt hat, kommt keins dafür so sehr in Frage wie das der Etrusker.«
»Was die heilenden Kräfte betrifft, verfügen auch Papst Custos

und die *Auserwählten* über sie«, sagte Elena. »Es scheint sich hier also nicht um eine spezifisch etruskische Errungenschaft zu handeln.«

»Vielleicht war Jesus ein Etrusker«, schlug Enrico vor und erntete halbherziges Gelächter. »Im Ernst, vielleicht gehen die Kräfte des historischen Jesus und die der Etrusker auf einen gemeinsamen Ursprung zurück.«

Vanessa nickte ihm anerkennend zu. »Das ist ein guter Gedanke, aber bei unserem Kenntnisstand muss er leider Spekulation bleiben.«

Sie diskutierten noch eine ganze Weile weiter, bis Schritte und Stimmen auf dem Gang sie verstummen ließen.

»Unerwarteter Besuch?«, fragte Elena halblaut.

Alexander starrte auf den Peilsender. »Vielleicht funktioniert der Sender doch, und nur die Lampe ist kaputt!«

»Wir werden es gleich wissen«, sagte Vanessa, als man das Klacken des Schlosses hörte.

Enrico war ebenso enttäuscht wie seine drei Mitgefangenen, als keine Polizisten eintraten, sondern Livio mit einigen seiner Männer. Livios Schrotflinte zeigte drohend in den Raum, und Enrico fragte sich, ob ihr Exekutionskommando vor ihnen stand. Dann aber traten die Männer aus Borgo San Pietro beiseite und machten fast ehrfürchtig dem Einsiedler Angelo Platz. Der ließ seine Augen durch den unterirdischen Raum schweifen, bevor er ausgiebig die Gefangenen musterte.

»Es tut mir Leid, was hier mit euch geschehen ist«, sagte er schließlich. »Ich habe erst vor kurzem davon erfahren, als Ezzo Pisano zu mir kam und mir von eurem Schicksal berichtete.«

Livio räusperte sich. »Wir haben das für dich getan, Angelo, um dich zu schützen.«

»Das weiß ich, und doch war es nicht recht. Ihr hättet mich fragen sollen, bevor ihr so etwas tut. Was soll jetzt werden? Die

Polizei wird in euer Dorf kommen, und alles wird dadurch nur noch schlimmer.«
»Vielleicht können wir das mit der Polizei vermeiden«, sagte Enrico schnell. »Keinem von uns ist etwas zugestoßen.« Sein Blick fiel auf die blutige Schramme an Alexanders Stirn. »Jedenfalls nichts Schlimmes. Wir könnten der Polizei in Pescia sagen, dass wir freiwillig die Gastfreundschaft der Leute aus Borgo San Pietro in Anspruch genommen haben. Ich denke, meine Freunde sind damit einverstanden.«
Ein kurzer Blick in die Runde bestätigte ihm die Richtigkeit seiner Annahme.
Angelo blickte Livio an und fragte: »Was sagst du dazu?«
»Ich weiß nicht recht. Die können uns viel versprechen.«
»Sie können uns nicht ewig hier festhalten«, gab Enrico zu bedenken. »Wenn die Polizei uns gewaltsam befreit, stehen Sie weitaus schlechter da. Vertrauen Sie uns!«
Angelo nickte Livio aufmunternd zu, und der Mann mit dem roten Gesicht ließ seine Schrotflinte sinken.
»Also gut«, seufzte er. »Ihr seid frei und könnt gehen, wohin ihr wollt.«
»Am liebsten zu unseren Autos«, meinte Vanessa. »Aber wo sind die?«
»Sie stehen in einer alten Scheune. Wir werden sie zum Parkplatz vor dem Dorf bringen.«
»Gut«, sagte Vanessa beinah heiter, »dann nichts wie los!«
Sie wollte den Raum verlassen, aber Angelo machte eine abwehrende Handbewegung, die sie anhalten ließ.
»Ich würde gern noch mit euch sprechen«, sagte der Einsiedler. »Ich allein. Livio, ihr anderen verlasst bitte diesen Ort!«
»Natürlich, Angelo«, antwortete Livio ungewohnt zahm, und die bewaffneten Dörfler zogen sich aus dem Raum und dem unterirdischen Gang zurück.
Der Einsiedler nahm auf einem Schemel Platz und seufzte. »Was hier geschehen ist, ist zum Teil meine Schuld, auch wenn

ich nichts davon wusste. Ich hätte mit der menschlichen Neugier rechnen müssen, mit dem Drang, das Unbekannte kennen zu lernen und das Dunkle zu erhellen. Das habe ich unterschätzt, und beinah hätte es Menschenleben gekostet. Außerdem ist einer unter euch, der ein gutes Recht hat, hier zu sein und Fragen zu stellen.« Als er den letzten Satz aussprach, ruhte sein Blick auf Enrico.

»Warum habe ich dieses Recht?«, fragte Enrico. »Weil ich zu Ihnen hier gehöre, etwa? Weil meine Mutter aus diesem Dorf stammte?«

Angelo nickte. »Du hast die Kraft in dir, du bist ein Engelssohn.«

Enrico erschrak bei diesem Wort und dachte an den Geflügelten aus seinem Traum. »Was heißt das, ein Engelssohn?«

»So nannte man früher diejenigen, aus deren Händen die heilende Kraft strömte. Es heißt, die Engel hätten diese Gabe den Vorvätern überbracht zum Dank dafür, dass sie von ihnen freundlich aufgenommen wurden.«

»Verfügen nicht alle Menschen in Borgo San Pietro über diese Gabe?«

»Es werden immer weniger. Bei einigen ist die Gabe noch sehr schwach vorhanden, aber längst nicht so stark wie bei dir oder mir. Dies ist keine Zeit für Engel. Auch nicht an diesem Ort, der lange Zeit als auserwählt galt.«

»Noch in Ihrer Kindheit, nicht wahr, Signor Piranesi?«, hakte Vanessa nach. »War es nicht ein Engel, der Ihnen und Ihrem Bruder die Prophezeiung überbracht hat?«

Lange saß der Einsiedler mit in sich gekehrtem Blick da, als habe er Mühe, sich an seine lang zurückliegende Kindheit zu erinnern. Als er seine Lippen öffnete, sprach er leise: »Es war eine leuchtende Gestalt, wunderschön, mit ebenmäßigen Zügen, wie ich sie bei keinem Menschen gesehen habe. Ihre Haut schimmerte wie goldene Seide, und die Gestalt schien über dem Boden zu schweben. Die Flügel auf ihrem Rücken verliehen ihr

das Aussehen eines Engels, aber sie hatten keine Federn. Ich kann nicht sagen, wie diese Schwingen beschaffen waren.«
»War es ein Mann oder eine Frau?«, fragte Enrico.
»Vielleicht beides, vielleicht keins davon, ich weiß es nicht.«
»Möglicherweise haben Engel kein Geschlecht«, gab Elena zu bedenken und fragte Angelo: »Haben Sie und Ihr Bruder sich nicht gefürchtet?«
»Anfangs ja. Wir wollten weglaufen, aber irgendetwas hielt uns fest wie eine unsichtbare Riesenfaust. Da war eine Stimme in unseren Köpfen, obwohl der Leuchtende nicht die Lippen bewegte. Die Stimme sagte uns, wir sollten Vertrauen haben und uns nicht fürchten. Uns würde kein Leid geschehen. Wir seien auserwählt worden, um eine wichtige Botschaft zu empfangen.«
»Auserwählt von wem?«, wollte Vanessa wissen.
»Das sagte die Stimme nicht. Aber Fabrizio und ich glaubten, nur Gott konnte diesen Engel gesandt haben.«
»Und dann hat der Engel Ihnen und Fabrizio seine Botschaft übermittelt?«, fragte Enrico.
»Ja und nein. Wieder sahen wir den Engel nicht sprechen, und wir hörten auch keine Stimme. Es war anders, und es lässt sich kaum beschreiben. Ein Erlebnis, wie ich es niemals zuvor und auch nie wieder danach hatte. Es war, als erlebten wir etwas mit, was an einem anderen Ort und in einer anderen Zeit stattfand, obwohl wir nicht dort waren.«
»Was haben Sie erlebt?«, fragte Enrico.
Angelos knochige Hand fuhr durch seinen langen Bart. »Wir mussten der Kirche versprechen, darüber Stillschweigen zu bewahren. Aber vieles ist geschehen, und selbst die Kirche ist nicht mehr dieselbe und hat sich gespalten. Vielleicht ist es gut, wenn ich mein Wissen weitergebe, denn bald werde ich meinem Bruder folgen.« Sein Blick heftete sich auf Alexander. »Du bist der, dem Papst Custos sein Leben verdankt.«
Es war eigentlich keine Frage, aber trotzdem sagte Alexander: »Ja, der bin ich.«

»Du sollst hören, was der Engel mich sehen ließ. Vielleicht ist es an dir, den Papst ein zweites Mal zu retten. Höre: Ich stand auf schwankendem Boden, und rings um mich war der Himmel voller Feuer und Rauch. Die Menschen klagten um ihre vielen Toten, und ihre Häuser waren nur noch Ruinen. Zwischen den Toten und Verletzten, den Klagenden und den Mutlosen schritt mit gebeugtem Haupt der Heilige Vater einher, und Tränen flossen über seine Wangen. Er ging einen steilen Weg bergan, an dessen Ende ein großes Kreuz auf ihn wartete. Diejenigen unter den Menschen, die ihren Mut noch nicht ganz verloren hatten, blickten den Heiligen Vater mit neuer Hoffnung an und warteten darauf, dass er das Kreuz berührte, um sie von ihren Qualen zu erlösen. Aber plötzlich waren Feuer und Rauch nicht nur am Himmel, sondern auch rings um den Heiligen Vater und die, die ihm folgten. Die Hölle schien sich aufgetan zu haben, um diejenigen zu verbrennen, auf denen die Hoffnung der Menschen ruhte.«

Angelo schwieg und atmete heftig, als hätte er das eben Erzählte hautnah miterlebt. Seine Züge verrieten Angst.

»Was noch?«, fragte Alexander. »Was ist mit dem Heiligen Vater geschehen?«

»Mehr weiß ich nicht«, sagte der Einsiedler fast tonlos. »Hat der Höllenatem den Heiligen Vater wirklich verbrannt? Ich kann es nicht sagen. In mir war eine große Leere, und ich fühlte mich schwach, als hätte ich seit Tagen nichts gegessen. Ich setzte mich auf den Boden, und als ich wieder aufblickte, war der Engel verschwunden.«

»Eine seltsame Vision«, seufzte Alexander.

»Nein, gar nicht«, widersprach Vanessa. »Sie hat erschreckend viele Übereinstimmungen mit der dritten Prophezeiung von Fatima, die im selben Jahr empfangen wurde, in dem auch Angelo Piranesi und sein Bruder Fabrizio den Engel sahen. In der dritten Prophezeiung von Fatima ist ebenfalls von großer Verwüstung die Rede und von einem steilen Berg mit einem hohen

Kreuz. Was Angelo als plötzliches Auftreten von Feuer und Rauch bezeichnet hat, könnte das Attentat sein, das in der Prophezeiung von Fatima erwähnt wird.«
Der Einsiedler nickte. »Ich spüre, dass das Leben des Heiligen Vaters bedroht ist. Die Erfüllung meiner Vision steht kurz bevor. Vielleicht aber könnt ihr es verhindern.«
Alexander stützte die Stirn in die Hand, als sei ihm sein Kopf angesichts all dieser Enthüllungen zu schwer geworden. »Wenn es doch eine Prophezeiung ist, eine Botschaft Gottes, wie können wir einfache Menschen an dem etwas ändern, das von höchster Stelle beschlossen ist?«
»Wenn jemand etwas ändern kann, dann *einfache Menschen*«, behauptete Vanessa und sah Alexander an. »Vergessen Sie nicht, dass Gott den Menschen einen freien Willen gegeben hat, um eigenverantwortlich über ihr Schicksal zu bestimmen. Nach Gottes Plan kann ein jeder selbst entscheiden, ob er sich dem Vorherbestimmten fügt oder nicht. Wenn Gott den Menschen eine Botschaft schickt, kann das auch die Aufforderung sein, etwas gegen das zu unternehmen, was geschehen soll. Es kann eine Warnung und zugleich eine Prüfung sein.«
»Das sind aber viele Kanns«, seufzte Elena. »Angenommen, diese Vision stammt wirklich von Gott, dann macht er es den Menschen nicht gerade einfach, das Richtige zu erkennen.«
Vanessa lächelte nachsichtig. »Das wäre ja auch keine besondere Prüfung, oder?« Sie wandte sich an den Einsiedler. »Hat Ihr Bruder dasselbe gesehen – oder erlebt – wie Sie?«
»Nein. Als wir über das sprachen, was der Engel uns gezeigt hatte, kam heraus, dass Fabrizio etwas ganz anderes gesehen hatte.«
Vanessa beugte sich zu Angelo vor und sah ihn gespannt an. »Was?«
»Er sah eine Welt, in der die Kirche sich gespalten hatte. Ein zweiter Papst machte dem Heiligen Vater die Gläubigen abspenstig. Aber nur ein Papst folgte dem richtigen Weg. Der

andere war verblendet, stand im Bann des Verfluchten, des Engelsfürsten.«
»Wer ist das, der Engelsfürst?«, fragte Enrico.
»Der, dem die gefallenen Engel gehorchen. Der, auf dem der Engelsfluch lastet.«
»Sprechen Sie von Luzifer, von Satan?«
»Ich kenne seinen Namen nicht«, sagte Angelo. »Und auch Fabrizio hat den Namen nicht gewusst. Aber in seiner Vision war der Engelsfürst unter die Menschen gekommen, und sein Fluch bedrohte die Welt. Nur eine vereinte Kirche konnte der Bedrohung widerstehen.«
Der Einsiedler schwieg zwanzig oder dreißig Sekunden, versunken in das so viele Jahrzehnte zurückliegende Erlebnis, und fügte dann leise hinzu: »Das war die Botschaft an meinen Bruder.«
»Eine vereinte Kirche«, murmelte Alexander. »Dann ist die Quintessenz dieser Vision, dass die Kirche ihre Spaltung überwinden muss.«
»So hört es sich an«, pflichtete Vanessa ihm bei. »Zwei Päpste sind einer zu viel. Angelo, hat Ihr Bruder Ihnen gesagt, welcher Papst der richtige und welcher der falsche ist?«
Der Einsiedler schüttelte den Kopf. »Ich weiß nicht, ob die Menschen das erkennen können. Vielleicht wissen das nicht einmal der Heilige Vater und sein Gegenpart.«
»Vermutlich nicht, wenn jeder von ihnen sich für den rechtmäßigen Papst hält«, meinte Elena.
Sie diskutierten noch eine Weile über die Visionen der beiden Brüder, ohne dass neue Gesichtspunkte oder gar neue Erkenntnisse aufgetaucht wären. Schließlich wandte Enrico sich mit einer ganz anderen Frage, die ihm auf den Nägeln brannte, an Angelo: »Können Sie mir Näheres über meinen Vater sagen?«
Der Einsiedler zögerte mit seiner Antwort. »Ich weiß nicht, wer er ist.«

»Die Art, in der Sie das sagen, lässt aber erkennen, dass Sie eine Vermutung hegen«, bohrte Enrico nach.
»Etwas vermuten und etwas wissen sind zwei verschiedene Dinge.«
Enrico sah Angelo flehend an. »Wie soll ich die Wahrheit herausfinden, wenn ich nicht einmal einen Hinweis habe?«
Angelo heftete seinen Blick mit einer solchen Intensität auf ihn, dass Enrico die Anwesenheit der drei anderen in dem unterirdischen Raum fast vergaß. »Die Macht der Engel ist stark bei dir, so stark wie sonst nur noch bei mir. Ich habe es sofort gespürt, als ich dich sah. Und durch unsere vereinten Kräfte konnten wir Elena retten.«
Enrico sah ihn ungläubig an. »Sie wollen damit doch nicht andeuten, dass Sie mein Vater sein könnten?«
Zum ersten Mal sah er ein breites Lächeln auf Angelos Gesicht. »Ich bin nicht dein Vater, gewiss nicht. Aber vor vielen Jahren gab es einen anderen Engelssohn in Borgo San Pietro, bei dem die Macht sehr ausgeprägt war. Er war noch jung an Jahren, und es gab eine Zeit, da warfen er und deine Mutter sich verliebte Blicke zu. Im Dorf fing man schon an zu reden, aber niemand sprach laut darüber.«
»Warum nicht? War dieser andere Mann schon verheiratet?«
»Ja, mit Gott.«
»Ein Priester?«, fragte Enrico ungläubig.
Angelo blieb stumm, aber ein kurzes Nicken beantwortete die Frage.
»Jetzt wird mir so einiges klar«, sagte Enrico. »Das war in der Tat eine Schande für ein katholisches Dorf wie Borgo San Pietro, die es in den Augen der Menschen rechtfertigte, vielleicht sogar als notwendig erscheinen ließ, meine Mutter weit fort zu schicken. Jetzt verstehe ich auch, warum meine Mutter mir nie gesagt hat, wer mein Vater ist. Sie wollte ihn schützen. Angelo, wo ist er jetzt?«
»Er hat das Dorf schon vor vielen Jahren verlassen. Es heißt,

der Vatikan habe ihm das nahe gelegt, wenn er sein Priesteramt nicht verlieren wollte.«

»Wegen meiner Mutter – und meinetwegen? Aber wir waren doch weit weg.«

»Nein, darum ging es nicht. Der Engelssohn hatte von seiner Macht Gebrauch gemacht, um schwer kranken Menschen zu helfen. Und die Leute hier in den Bergen fingen an, ihn zu verehren, mehr, als es einem einfachen Priester zusteht. Deshalb, so heißt es, sandte man ihn weit fort in den Süden des Landes, und Pfarrer Umiliani übernahm seinen Posten.«

Enrico dachte an den Schuhkarton seiner Großtante, der neben Berichten über die Wunderkräfte von Papst Custos auch Zeitungsausschnitte über den Gegenpapst enthalten hatte. »Tomás Salvati, der Papst der Gegenkirche, stammt aus Borgo San Pietro und ist hier einmal Priester gewesen. Ist er der Mann, von dem Sie sprechen, Angelo?«

»Ja, er ist der Engelssohn, von dem ich gesprochen habe.«

Das war eine Eröffnung, die alle vier für einige Zeit zum Schweigen brachte. Jeder dachte wohl über die Konsequenzen nach, die sich daraus ergaben.

»Tomás Salvati verfügt über ähnliche Kräfte wie Papst Custos, das ist ein Ding«, sagte Elena schließlich. »Angelo, stammen die Engelssöhne, wie Sie sie nennen, von Jesus ab?«

»Darüber weiß ich nichts. Ich habe nie etwas davon gehört. Nur davon, dass unsere Fähigkeiten uns von den Engeln, unseren Vätern, vermacht wurden.«

»Was heißt das, von Ihren Vätern?«, fragte Elena.

Enrico, dem sein Zwiegespräch mit Papst Custos in den Sinn kam, antwortete an Angelos Stelle und berichtete von der Legende von den gefallenen Engeln, die sich mit den Menschenfrauen verbunden hatten.

»Ist es das?«, wollte Elena wissen. »Glauben die Menschen in Borgo San Pietro, dass sie von gefallenen Engeln abstammen?«

»Ich weiß nicht, ob es die gefallenen Engel sind«, antwortete

Angelo. »Aber es heißt, dass einst die Engel aus dem Himmel herabstiegen und nach Borgo San Pietro, wo die schönsten Töchter des ganzen Landes lebten, kamen, um sich mit ihnen zu verbinden. Als Dank für die freundliche Aufnahme gaben die Engel den Menschen hier die Gabe der heilenden Kraft.«

»Und offenbar zugleich die Gabe, in die Zukunft zu sehen«, fügte Vanessa hinzu.

Elena blickte zweifelnd in die Runde. »Ich würde sagen, das alles klingt reichlich unglaublich, wie ein aus dem Aberglauben geborenes Ammenmärchen, hätte ich die heilende Kraft nicht am eigenen Leib erlebt.«

»Wenn etwas daran ist, so handelt es sich wohl um eine Mischung aus Wahrheit und Legendenbildung«, meinte Vanessa. »Was immer den Menschen hier vor langer Zeit widerfahren ist, einige von ihnen verfügen unbestreitbar über besondere Kräfte. Wir können heute kaum noch sagen, woher diese Kräfte stammen. Vielleicht waren die Etrusker wirklich ein besonderes Volk, und ein Teil ihres Wissens, ihrer Macht, lebt in ihren Nachfahren weiter, in den Menschen von Borgo San Pietro. Aber Menschen neigen dazu, nach Erklärungen zu suchen, und so könnte die Legende von den Gaben der Engel entstanden sein.«

»Eine Legende, die vermutlich sehr alt ist und schon zu Zeiten der Etrusker bestand«, ergänzte Enrico und erinnerte an die vielen Engelsdarstellungen der Etrusker.

Alexander war aufgestanden und ging unruhig in dem Raum auf und ab. Jetzt blieb er stehen und sagte: »Ich muss ständig an den Gegenpapst denken. Wenn er über so besondere Kräfte verfügt, warum hat man dann nirgendwo etwas darüber gelesen? Das müsste für die Presse doch ein gefundenes Fressen sein!«

»Offenbar sind seine Wundertaten nicht gerade in die Öffentlichkeit hinausposaunt worden«, erwiderte Elena. »Auch im Archiv des ›Messaggero‹ stand nichts darüber.«

»Der Vatikan wollte nicht, dass es bekannt wird«, sagte Angelo. »Aber dort wusste man davon.«
»Klar«, meinte Vanessa. »Sonst hätte man ihn kaum hier abberufen. Aber hätte Papst Custos dann nicht davon wissen müssen?«
»Nicht zwangsläufig«, meinte Elena. »Er ist erst seit ein paar Monaten im Amt. Merkwürdig ist allerdings, dass ihm nach Salvatis Aufstieg zum Gegenpapst kein vollständiges Dossier über diesen Engelssohn vorgelegt wurde. Vielleicht sind Mächte am Werk, die das verhindert haben. Das könnte mit den Priestermorden zusammenhängen. Wissen Sie etwas darüber, Angelo?«
»Viele Jahre nach Salvatis Abberufung kamen zwei Geistliche aus dem Vatikan nach Borgo San Pietro und stellten Fragen über die Heilungen«, sagte Angelo. »Sie sagten, es sei für ihre Akten.«
»Wann?«, fragte Elena.
»Vor ungefähr fünf oder sechs Jahren, wenn ich mich recht erinnere. Kurz danach wurde Tomás Salvati zum Kardinal ernannt.«
»Das übliche Vorgehen«, sagte Elena. »Der Vatikan wollte sich vergewissern, dass Salvati nicht noch mehr Leichen im Keller hat.«
»Leichen?«, fragte der Einsiedler.
»Geheimnisse, die einem hohen Würdenträger der Kirche nicht gut zu Gesicht stehen«, erklärte Elena. »Erinnern Sie sich noch, wer diese beiden Männer aus dem Vatikan waren, wie sie hießen?«
»Ich hatte die Namen vergessen. Aber dann hörte ich sie erst vor kurzem aus dem Mund von Ezzo Pisano, als er mir von den Priestermorden in Rom und Ariccia erzählte.«
»Sie meinen die Morde an den Pfarrern Dottesio und Carlini?«, vergewisserte Elena sich.
»Genau. So hießen die beiden Geistlichen aus dem Vatikan, die

nach Borgo San Pietro kamen, um Fragen zu stellen. Sie haben nicht viele Antworten erhalten. Die Menschen hier mögen keine Fremden, schon gar keine, die Fragen stellen.«

»Wem sagen Sie das!«, stieß Alexander hervor und rieb seine noch immer von den Fesseln schmerzenden Handgelenke. »Aber warum stehen sie Fremden so abweisend gegenüber?«

»Über die Jahrhunderte hinweg sind immer wieder Fremde zu uns in die Berge gekommen, die glaubten, sie könnten die Engelsmacht für ihre Zwecke nutzen. Manche Engelssöhne gingen mit ihnen, und die Macht der Engel wurde schwächer. Auch Tomás Salvati wurde uns von der Kirche genommen, und jetzt bin ich der Letzte, der über diese Kraft verfügt. Wohl gibt es noch ein paar andere mit dieser Gabe, aber bei ihnen ist sie zu schwach, um wirken zu können.«

»Verstehe«, brummte Alexander. »Die Menschen haben Angst, dass man Sie auch noch wegholt. Deshalb die ablehnende Haltung gegenüber Fremden und die Bereitschaft, Menschen zu entführen und einzusperren.«

Angelo war die Verärgerung, die in Alexanders Worten mitschwang, nicht entgangen. Er heftete seinen Blick auf Alexander und sagte: »Vergiss nicht, was du den Leuten versprochen hast!«

»Keine Sorge. Der Polizei gegenüber werden wir das Wort Entführung nicht erwähnen.« Er sah sich in dem unterirdischen Raum um und grinste. »Offiziell sind wir zur Sommerfrische hier gewesen. Eine sehr erhellende Sommerfrische überdies. Die Verbindung zwischen Borgo San Pietro und den ermordeten Priestern ist hochinteressant. Vor allem vor dem Hintergrund, dass Dottesio und Carlini kurze Zeit nach ihren Recherchen die Glaubenskongregation und den Vatikan verlassen haben. Als habe ihnen jemand nahe gelegt, sich aus der Schusslinie zu bringen.«

»Damals war aber noch gar nicht absehbar, dass die Kirche sich

spalten und dass Salvati zum Gegenpapst gewählt werden würde«, wandte Elena ein.
»Wirklich nicht?«, fragte Alexander. »*Totus Tuus* plant seine Unternehmungen von langer Hand. Vielleicht dachte man im Orden damals nicht an eine Kirchenspaltung, vielleicht aber an die Möglichkeit, Salvati eines Tages ins Amt des Papstes zu heben.«
»Das würde bedeuten, dass der Gegenpapst diesem Orden angehört«, schlussfolgerte Vanessa.
»Nicht notwendigerweise«, entgegnete Alexander. »Vielleicht vertritt er einfach eine Linie, die *Totus Tuus* genehm ist, und weiß nicht einmal, wem er in die Hände spielt. Aber wir haben noch keine plausible Erklärung dafür, dass Dottesio und Carlini gerade jetzt ermordet wurden.«
»Doch, die haben wir«, meinte Elena. »Durch seine Wahl zum Gegenpapst ist Salvati ins Interesse der Öffentlichkeit gerückt, weltweit. Wer immer hinter ihm steht, muss befürchten, dass seine Wundertaten, mögen sie auch Jahre zurückliegen und sich in der Abgeschiedenheit dieser Berge ereignet haben, ans Licht gezerrt werden. Außerdem trat noch Vanessa auf den Plan, die Kontakt zu den beiden aufnahm.«
»Aber nicht deswegen«, sagte Vanessa. »Ich wollte für mein Buch nur einen Zugang zu den wirklichen Geheimnissen des vatikanischen Geheimarchivs haben.«
»Das wussten die Mörder beziehungsweise ihre Auftraggeber nicht«, fuhr Elena fort. »Sie mussten befürchten, dass Dottesio und Carlini etwas ausplaudern, und sei es auch nur unabsichtlich. Immerhin fällt auch die Prophezeiung von Borgo San Pietro unter das Thema Ihres geplanten Buches. Nur der Tod der Priester konnte die Gefahr endgültig beseitigen.«
»Ergibt das wirklich einen Sinn?«, fragte Enrico, der sich schwer damit tat, seinen Vater als möglichen Verbündeten und Mitwisser der Priestermörder zu sehen. »Warum sollte die Öffentlichkeit nichts von Salvatis Wundertaten erfahren? Auch

Papst Custos ist mit seinen besonderen Fähigkeiten an die Öffentlichkeit getreten.«

»Was ihm nicht nur Lob, sondern auch eine Menge Tadel eingetragen hat. Viele seiner Gegner bezeichnen die Behauptung, er stamme von Jesus ab, als Ketzerei, als Gotteslästerung. Ein Gegenpapst, der mit sehr ähnlichen Wundertaten aufwartet, wäre der Allgemeinheit kaum vermittelbar gewesen, mag er seine Kräfte nun auf Jesus oder irgendwelche Engel zurückführen. Wenn *Totus Tuus* diesen Mann als neuen Papst durchsetzen wollte, musste der Orden alle Hinweise auf seine heilenden Kräfte tilgen.«

Der Schwerpunkt des Gesprächs verlagerte sich vom Gegenpapst zurück zur Vision der beiden Piranesi-Brüder. Sie hätten nur diese eine Engelserscheinung gehabt, die sie wenige Wochen später einem Bischof gegenüber zu Protokoll gaben, erzählte Angelo. Sie seien ermahnt worden, mit niemandem darüber zu sprechen.

Seit jenem Tag im Mai 1917, als ihnen der Engel erschienen war, war das Leben für Angelo und Fabrizio nicht mehr dasselbe gewesen. Beide fühlten sich auf besondere Art zu Gott hingezogen, und Fabrizio entschied sich für ein Leben in der Abgeschiedenheit des Klosters. Angelo wurde daraufhin von den Menschen in Borgo San Pietro bestürmt, den Ort nicht zu verlassen, weil er einer der letzten verbliebenen Engelssöhne mit der ausgeprägten Gabe der Heilkraft war. Angelo beugte sich dem Wunsch, wurde aber bald zum Einsiedler und zog sich in die Abgeschiedenheit der etruskischen Totenstadt zurück. Er suchte die Nähe der Engel, wie er es ausdrückte, und floh die Nähe der Menschen.

Viel mehr konnte Angelo ihnen nicht mitteilen, und schließlich begleitete er sie zum Parkplatz, wo die Fahrzeuge der Entführten nebeneinander aufgereiht standen. Auf den Sitzen lagen die Handys, die man ihnen abgenommen hatte, und auch Alexanders Automatik. Von den Dorfbewohnern war niemand zu

sehen. Angelo ermahnte die vier Fremden noch einmal, an ihr Versprechen zu denken.
»Keine Sorge«, beschwichtigte Elena ihn. »Wir werden der Polizei von einem harmlosen Ausflug in die Berge erzählen, mehr nicht.«

»Nur ein harmloser Ausflug in die Berge, wollen Sie mich auf den Arm nehmen?«, fragte zwei Stunden später ein wütender Fulvio Massi, als sie ihm auf der Polizeiwache von Pescia Bericht erstatteten. »Drei Menschen verschwinden spurlos, sind nicht zu erreichen, und dann tun Sie so, als sei nichts gewesen? Und Sie, Signor Rosin, wozu habe ich Ihnen diesen teuren Apparat mitgeben lassen? Wo ist er überhaupt?«
Alexander kramte in seinen Jackentaschen und legte den Peilsender auf Massis Schreibtisch. »Bitte sehr, Commissario. Es ist leider kaputtgegangen.«
Massi erhob sich von seinem schweren Drehstuhl und sprach mit einer Stimme, die mühelos den Fernseher übertönte, der in einer Ecke lief und eine Sondersendung über die Katastrophe am Golf von Neapel zeigte: »Ich weiß nicht, was da oben in den Bergen geschehen ist. Aber eins weiß ich mit Sicherheit: Sie vier verschweigen mir nicht nur etwas, sondern eine ganze Menge. Ich hätte nicht übel Lust, Sie allesamt wegen Behinderung der Polizeiarbeit einzusperren.«
»Zwei Journalisten des ›Messaggero di Roma‹ von der toskanischen Polizei widerrechtlich festgehalten«, sagte Elena und nickte anerkennend. »Da freut sich aber die italienische Presse. Sie werden reichlich Schlagzeilen bekommen, Commissario, aber wohl kaum solche, die sich in Ihrer Personalakte gut machen.«
Massis Kopf ruckte zu ihr herum. »Wollen Sie mir drohen, Signorina?«
»Nicht mehr als Sie uns, Signor Massi.«
Die Blicke Elenas und des Commissario trafen sich zu einem

stummen Duell. Schließlich wandte der stellvertretende Polizeichef von Pescia sich von ihr ab und blickte Enrico an. »Warum vertrauen Sie mir nicht? Habe ich Ihnen nicht nach besten Kräften geholfen, Ihnen allen?«

Enrico tat es Leid, dass sie mit Massi Katz und Maus spielten. Ohne die Unterstützung des Commissario wäre es vielleicht nicht gelungen, Elena zu retten. Andererseits wollte er das Angelo gegebene Wort nicht noch einmal brechen, zumal die Schuld, in der sie Angelo gegenüber standen, nach seinem Dafürhalten ungleich größer war. Zögernd sagte Enrico: »Borgo San Pietro ist ein besonderer Ort, das sollten Sie doch wissen, Commissario. Er birgt viele Geheimnisse, und nur wenige davon gibt er preis. Nicht jedes Geheimnis ist für alle Ohren bestimmt. Denken Sie an das Schweigen Ihrer eigenen Schwester! Sie hat ihre Lippen sicher nicht gern vor Ihnen verschlossen. Vielleicht sollten Sie mit ihr sprechen, Commissario. Was die Geheimnisse von Borgo San Pietro angeht, muss jeder seinen eigenen Weg finden.«

Massi setzte sich wieder, wie um über Enricos Worte nachzudenken. In das Schweigen, das für kurze Zeit in seinem Büro herrschte, brach die Stimme eines Fernsehmoderators: »Im Rahmen unserer Sonderberichterstattung über das Katastrophengebiet im Süden des Landes schalten wir gleich zu unserem Korrespondenten in Neapel, Luigi Pericoli. Er hat interessante Neuigkeiten über den Streit zwischen Papst und Gegenpapst.«

Hinter dem Moderator wurde der Korrespondent eingeblendet, der vor dem Dom von Neapel stand. Das Bauwerk hatte schwere Schäden davongetragen und war durch Absperrseile gesichert. Der Himmel über Neapel war düster, fast schwarz, was vermutlich auf den Ausbruch des Vesuvs zurückging.

»Luigi, was haben Sie uns Neues mitzuteilen?«, fragte der Moderator.

»Morgen Vormittag will der Gegenpapst Lucius IV. auf dem

Monte Cervialto östlich von Salerno eine Messe abhalten, um Gott mit den Menschen zu versöhnen und dem allgemeinen Unglück ein Ende zu bereiten, wie die Gegenkirche verlauten ließ.«

»Warum ausgerechnet auf diesem Berg?«, fragte der Moderator.

»Dort steht ein berühmtes Kreuz, das so genannte Kreuz der großen Gnade. Dort sollen schon viele große Sünder ihre Taten bereut und sich wieder mit Gott versöhnt haben.«

Statt des Korrespondenten wurde das Foto eines großen, schmucklosen Holzkreuzes eingeblendet, das auf einer Anhöhe einsam in den Himmel ragte.

»Und was sagt die Amtskirche dazu, Luigi?«, wollte der Moderator wissen.

Der Korrespondent kam wieder ins Bild und sagte: »Papst Custos, der noch immer in Neapel weilt, hat angeboten, den Gottesdienst gemeinsam mit dem Gegenpapst zu zelebrieren, was eine ziemliche Sensation ist. Sofort hieß es, die Kirche in Rom würde damit die Kirchenspaltung als Faktum anerkennen. Allerdings hat die Gegenkirche sich eine Teilnahme von Papst Custos an dem Gottesdienst verbeten. Nach ihrer Auffassung hat Custos durch sein Erscheinen in Neapel die Naturkatastrophe ausgelöst.«

»Gibt es denn inzwischen wissenschaftliche Erkenntnisse über die wahre Ursache der Katastrophe?«

Der Korrespondent schüttelte den Kopf. »Das noch nicht. Allerdings sind sich alle Wissenschaftler darüber einig, dass die Beben und der Vulkanausbruch naturwissenschaftlich zu erklären sind und nicht theologisch.« Luigi Pericoli stutzte, drückte den Knopf, der in seinem linken Ohr saß, fester hinein und sagte dann: »Gerade höre ich eine interessante Neuigkeit. Trotz der Aufforderung der Gegenkirche, dem Versöhnungsgottesdienst fernzubleiben, will Papst Custos morgen Vormittag zum Kreuz der großen Gnade hinaufsteigen. Wie es heißt,

will er das barfuß tun, um zu zeigen, dass er zu jeder Buße bereit ist, falls er wirklich Schuld auf sich geladen hat.«
Enrico, Vanessa, Alexander und Elena sahen einander ungläubig an, und jeder dachte dasselbe: Morgen Vormittag würden die Vision von Angelo Piranesi und die dritte Prophezeiung von Fatima in Erfüllung gehen.

17

Östlich von Salerno, Donnerstag, 1. Oktober

Schon seit Stunden fuhren Enrico, Vanessa, Elena und Alexander durch eine trostlose Landschaft, was nicht allein auf die Verwüstungen des schweren Erdbebens zurückging. Der Vesuv stieß in unregelmäßigen Abständen schwarze Rauchwolken ungeheuren Ausmaßes in den Himmel, und die Vormittagssonne war nur zu erahnen. Südlich der Abruzzen lag das Land unter einem düsteren Schleier, der es selbst dort, wo keine verlassenen Dörfer und eingestürzten Gebäude von dem Erdbeben kündeten, verdorrt und tot wirken ließ. Sie hatten Pescia mit zwei Fahrzeugen verlassen, da Fliegen zurzeit eine unsichere Sache war. Der zivile Flugverkehr war südlich von Rom vollständig zum Erliegen gekommen, und selbst die Flüge nach Rom waren wegen zahlreicher Änderungen infolge der Katastrophe sehr unzuverlässig.

Vorneweg fuhren Alexander und Elena im Mietwagen des Schweizers, Enrico folgte mit Vanessa in seinem gemieteten Fiat. Bis auf die Höhe von Rom waren sie gestern Abend gut durchgekommen, aber danach wurden die Straßen zusehends voller, und bald ging es, wenn überhaupt, nur noch mit Schrittgeschwindigkeit vorwärts. Flüchtlingskolonnen aus dem Süden, Hilfskonvois Richtung Süden und eine wahre Völkerwanderung an Katastrophentouristen verstopften das

Fernstraßennetz. In einem Hotel nahe Latina hatten sie freie Zimmer gefunden, ein paar Stunden geschlafen und setzten heute Morgen bereits um halb sechs ihre Fahrt fort. Inzwischen waren sie auf Nebenstraßen ausgewichen, die einzige Möglichkeit, überhaupt noch voranzukommen.

Enrico war froh, dass Vanessa neben ihm saß. Nicht nur, weil ihm die Unterhaltung mit ihr half, die Langeweile der ereignislosen Autofahrt zu vertreiben. Er mochte Vanessa, und je länger er mit ihr zusammen war, desto weniger dachte er an Elena und desto geringer wurde sein Schmerz über den Verlust von etwas, das er in Wahrheit nie besessen hatte.

»Warum tun Sie sich das eigentlich an?«, fragte er seine Beifahrerin, während sie endlos lange vor der Schranke eines Bahnübergangs warteten. »Alexander will den Papst retten, Elena wird am Monte Cervialto eine gute Story finden und ich vielleicht meinen Vater. Aber warum machen Sie diesen Trip mit, Vanessa?«

»Mitgegangen, mitgefangen, um ein altes Sprichwort abzuwandeln«, sagte sie lächelnd. »Glauben Sie, ich hätte Theologie studiert, wenn mir der Konflikt zwischen Papst und Gegenpapst gleichgültig wäre? Außerdem ist die Prophezeiung von Borgo San Pietro ein wichtiger Komplex in dem Buch, das ich schreiben will. Wann hat man schon mal Gelegenheit, die Erfüllung einer Prophezeiung hautnah mitzuerleben?«

»Ich will nicht hoffen, dass die Prophezeiung über das Attentat auf Papst Custos in Erfüllung geht. Er ist ein außergewöhnlicher Mensch.«

»Nein, natürlich nicht. Obwohl …«

»Was?«, hakte er schnell nach, als Vanessa sich auf die Lippen biss.

»Ach, nichts, nur so ein Gedanke.«

»An was dachten Sie? Ich sehe Ihnen doch an, dass es wichtig ist.«

»So gut kennen Sie mich schon?«

»Eine gemeinsame Geiselnahme verbindet eben. Also, raus mit der Sprache!«

»Ich will Sie nicht beunruhigen, Enrico, aber warum gehen wir eigentlich so fest davon aus, dass Custos das Opfer des Attentats ist? Der Heilige Vater, um den es in den Prophezeiungen von Borgo San Pietro und Fatima geht, könnte doch auch der Gegenpapst sein.«

Enrico verstand sofort, warum Vanessa diese Überlegung für sich hatte behalten wollen. Sie wollte ihn nicht mit dem Gedanken belasten, er könne seinen Vater verlieren, bevor er ihn überhaupt gefunden hatte.

Aber es war eine wichtige Überlegung, und er betätigte die Lichthupe, um Alexander zum Anhalten zu veranlassen. Die beiden Fahrzeuge rollten an den Straßenrand, und die vier Insassen stiegen aus. Die Luft war schwer und drückend und machte einem das Atmen nicht gerade leicht. Ein Lkw-Konvoi mit Hilfsgütern fuhr an ihnen vorbei, und das Dröhnen der schweren Dieselmotoren unterband für kurze Zeit jede Unterhaltung. Als der hinterste Lkw um die nächste Kurve gebogen war, teilte Enrico den anderen mit, was Vanessa ihm gerade gesagt hatte.

Elena nickte Vanessa anerkennend zu. »Die Möglichkeit, dass der Gegenpapst das Ziel des Attentats ist, besteht durchaus. Wir müssen Bretter vor dem Kopf gehabt haben, dass wir nicht eher daran gedacht haben. Allerdings halte ich persönlich Papst Custos für gefährdeter. Sein Ableben würde *Totus Tuus* Vorteile bringen, nicht das von Tomás Salvati.«

»Spekulieren bringt uns nicht weiter«, sagte Alexander ungeduldig und zückte sein Handy. »Ich werde noch einmal versuchen, Donati zu erreichen.«

Aber das Ergebnis war dasselbe wie gestern und heute Morgen schon, als Alexander vergeblich versucht hatte, den Commissario oder jemand Maßgeblichen im Vatikan anzurufen. Niemand, der wichtig gewesen wäre, war zu sprechen, und nach

Neapel bekamen sie erst recht keine Verbindung, weder übers Handy noch übers Festnetz.
»Wir könnten beim nächstbesten Polizisten Alarm schlagen«, schlug Vanessa vor. »An allen großen Kreuzungen stehen Streifenwagen.«
»Zeitverschwendung«, sagte Alexander kopfschüttelnd, während er sein Handy zurück in die Jacke steckte. »Sie würden uns kein Wort glauben, und das würde ich an ihrer Stelle auch nicht. Wahrscheinlich könnten wir froh sein, wenn sie uns nicht für durchgeknallt halten und festnehmen. Fahren wir lieber weiter, jede Minute zählt!«
Sie stiegen wieder in die Fahrzeuge und setzten die Fahrt durch das verschlungene Netz von kleinen und kleinsten Nebenstraßen fort. Enrico dachte an den gestrigen Tag, an die Begegnung mit Angelo und an die Auseinandersetzung mit Fulvio Massi. Er wunderte sich noch immer, dass Massi sie einfach hatte ziehen lassen. Vermutlich hatte der Commissario eingesehen, dass aus ihnen nichts herauszubekommen war. Ein anderer als er wäre wohl penetranter gewesen, aber Massi kannte die Leute von Borgo San Pietro und wusste um ihre Geheimnisse. Vielleicht gab er sich mit der Einsicht zufrieden, dass Borgo San Pietro nicht alle Geheimnisse preisgab. Falls nicht, würde er wahrscheinlich seine Schwester gehörig ins Gebet nehmen.
Hinter einer weiteren Kurve war die Straße dicht, zugeparkt mit Autos, die auch rechts und links der Fahrbahn auf den Feldern standen. Militär hatte die Straße abgesperrt, und ein paar mit Schnellfeuergewehren und Maschinenpistolen bewaffnete Soldaten wachten darüber, dass niemand die Absperrung durchbrach. Ganz in der Nähe ragte der Monte Cervialto, ein Berg von über eintausendachthundert Metern Höhe, in den finsteren Himmel.
»Ende der Landpartie«, sagte Enrico, lenkte den Fiat an den Straßenrand und stellte den Motor ab, wie es vor ihm auch Alexander mit seinem VW Polo tat.

Sie stiegen aus und fragten ein junges Paar, das in der Nähe stand, was hier los sei.
Der Mann zeigte nach vorn, wo die Soldaten standen. »Da kommt doch der Papst vorbei, wissen Sie das nicht? Deshalb sind wir alle hier.«
»Papst Custos?«, fragte Elena.
Der Mann grinste. »Stimmt, heutzutage muss man das dazusagen. Ja, ich meine Papst Custos. Wir erwarten ihn in wenigen Minuten.«
Enrico und seine Begleiter entfernten sich ein Stück, bis sie unter sich waren, und hielten Kriegsrat.
»Die Soldaten werden uns niemals durchlassen«, meinte Alexander.
»Und wenn wir zurückfahren, an der nächsten Kreuzung abbiegen und es woanders versuchen?«, fragte Vanessa.
Alexander schüttelte den Kopf. »Das dauert zu lange und bringt wahrscheinlich nichts. Am besten gehen wir hier querfeldein und suchen eine Lücke in der Kette der Wachtposten. Wir müssen Custos warnen!«
Alexanders Vorschlag wurde angenommen. Sie gingen quer über das Feld zu einer hohen Hecke, die es begrenzte, und dann weiter an der Hecke entlang.
»Das Glück ist mit den Dummen!«, stieß Alexander halblaut hervor, als er in der Hecke eine Lücke entdeckte, durch die sie sich zwängten.
Jetzt sahen sie vor sich einen gewundenen Weg, der geradewegs in den Berg hineinzuführen schien.
»Diesen Weg muss Custos nehmen«, sagte Elena.
Alexander stimmte ihr zu und zeigte auf eine kleine Ansammlung von Bäumen und Büschen, keine fünfhundert Meter vor ihnen. »Das ist ein gutes Versteck für uns für den Fall, dass hier Wachen patrouillieren.«
Sie liefen zu dem kleinen Wäldchen und hatten sich kaum ins Unterholz verdrückt, als auch schon ein Trupp Soldaten in

ihrer Nähe erschien. Sie duckten sich zwischen Farn und Buschwerk und beobachteten, wie die Soldaten, zehn oder zwölf Mann, hinter einer niedrigen Grenzmauer zwischen zwei Feldern Stellung bezogen.

»Was tun die da?«, fragte Elena. »Das sieht nicht gerade nach einer Patrouille aus.«

Alexander kniff die Augen zusammen und blickte angestrengt zu den Soldaten. »Die bringen ihre Waffen in Stellung, Maschinengewehre und sogar zwei Raketenwerfer zur Panzerabwehr. Ich ...« Er stockte und sah Vanessa an. »Die Prophezeiung von Fatima! Dort ist von Feuerwaffen und Pfeilen die Rede, oder?«

»Ja. Aber Custos hat das Kreuz auf dem Hügel noch längst nicht erreicht. Es muss noch kilometerweit weg sein.«

»Sie selbst haben gesagt, dass man die Prophezeiungen nicht wortwörtlich nehmen darf. Custos ist unterwegs zu dem Kreuz, und die Raketen, die man mit solchen Dingern da verschießt, haben die Form von Pfeilen. Ein Kind, das eine solche Waffe im Jahr 1917 gesehen hat, muss unweigerlich an Pfeile gedacht haben.«

Vanessa schaute ihn ungläubig an. »Aber das dort sind italienische Soldaten!«

»Sie tragen die Uniform der Armee, aber das muss nichts heißen«, sagte Alexander. »Vielleicht sind es sogar echte Soldaten. Wenn *Totus Tuus* die Schweizergarde unterwandern kann, warum dann nicht auch die italienische Armee?«

Während er noch sprach, tauchte auf dem Bergpfad zu ihrer Linken eine lange Prozession auf und kam langsam näher. An ihrer Spitze ging ein ganz in Weiß gekleideter Mann: Papst Custos.

»Es ist zu spät«, sagte Enrico, der beobachtete, wie die beiden Soldaten mit den Raketenwerfern ihre Waffen schulterten. »Wir können nichts mehr unternehmen.«

»Doch!«, widersprach Alexander und zog seine Automatik aus dem Schulterholster.

»Eine Pistole gegen ein Dutzend schwer bewaffneter Soldaten?«, zweifelte Enrico. »Ist das nicht Selbstmord?«
»Was soll ich tun?«, fragte Alexander. »Zusehen, wie der Papst ermordet wird?«
Elena legte eine Hand auf seine Schulter. »Schieß, Alex!«
Kniend brachte er die Pistole beidhändig in Anschlag, zielte kurz und drückte ab. Einer der beiden Soldaten mit den Raketenwerfern sackte getroffen zur Seite und verschwand hinter der Mauer. Ehe Alexander einen zweiten Schuss abgeben konnte, schwenkte ein Soldat sein Maschinengewehr zu dem kleinen Wald herum und gab einen Feuerstoß nach dem anderen ab. Er schien nur auf gut Glück ins Unterholz zu schießen, aber das war gefährlich genug. Rings um sie zersplitterte Holz, flogen abgerissene Äste und Zweige durch die Luft. Ein Splitter riß Enricos linke Wange auf, und der spürte einen stechenden Schmerz. Er ließ sich flach auf den Boden fallen und riss Vanessa mit sich. Auch Alexander und Elena drückten sich platt auf den Boden.
Zu dem Rattern des MGs gesellte sich der Lärm weiterer Waffen: Schüsse und Explosionen. Es hörte sich gewaltiger an als das schlimmste Unwetter. Der Hauptteil galt vermutlich Custos und seinen Begleitern. Enrico fühlte sich elend, als er daran dachte, dass sie nur um wenige Minuten zu spät gekommen waren. Um Haaresbreite wäre es ihnen gelungen, den Papst zu warnen. Jetzt aber mussten sie hilflos mit ansehen, wie die Mitglieder der Prozession zu Boden gingen – ob verwundet oder auf der Suche nach Deckung, ließ sich nicht erkennen.
Enrico strengte seine Augen an, um die Gestalt des Papstes zu suchen. Aber er konnte Custos nicht sehen. Der Papst musste irgendwo in dem hohen Gras liegen, vielleicht verletzt oder tot. Eine trockene Explosion übertönte den Lärm der Schüsse und Schreie, und eine graue Rauchwolke hüllte das, was von der Prozession noch zu sehen war, ein.

»Was ist das?«, fragte Enrico.
»Eine Rauchgranate«, antwortete Alexander. »Sie haben die Prozession eingenebelt. Aber wozu? Es erschwert ihnen doch die Sicht beim Zielen.«
Eine weitere trockene Explosion war zu hören, ganz in ihrer Nähe, gefolgt von einem lauten Zischen. Ein ungewöhnlicher, scharfer Geruch drang in Enricos Nase, und seine Sinne begannen sich zu verwirren. Eine Stimme – gehörte sie Alexander? – rief warnend: »Gas!«
Vergebens versuchte Enrico sich zu erinnern, was dieses Wort bedeutete. Er war viel zu müde, und das Nachdenken bereitete ihm Übelkeit.
Er sah noch, wie ein paar der Attentäter in geduckter Haltung auf den Bergpfad zuliefen. Wollten sie sich vergewissern, ob Custos auch wirklich tot war, zerfetzt von ihren Kugeln?
Die Bilder verschwammen vor Enricos Augen. Direkt vor ihm öffnete sich ein schwarzes Loch, ein immer größer werdender Tunnel, der Erlösung von Übelkeit und Müdigkeit versprach. Nur zu bereitwillig ließ Enrico sich in dieses Loch fallen.

Das Licht kehrte zurück, aber mit ihm auch Müdigkeit und Übelkeit. Enrico fühlte sich hundeelend und hörte die Stimme, die zu ihm sprach, wie durch einen dicken Wattebausch. Jemand hielt seine Hand und blickte ihn an. Er wusste, dass er das Gesicht kannte, obwohl er es nicht klar erkennen konnte. Seine Augen tränten stark, und er konnte alles um sich herum nur verschwommen sehen. Die Person neben ihm war eine Frau, und sie tupfte seine Augen mit einem weichen Tuch ab. Er sah jetzt besser, erkannte langes, rotes Haar, das ein schönes, ernst dreinblickendes Gesicht umspielte.
»Wie geht es dir?«, fragte Vanessa, und er wunderte sich nur kurz darüber, dass sie ihn duzte.

Auf einmal sah er alles wieder vor sich, die schwer bewaffneten Soldaten und die Prozession mit dem Papst an der Spitze. Statt Vanessas Frage zu beantworten, wollte er wissen: »Was ist mit Elena und Alexander? Und mit dem Papst?«
»Custos ist höchstwahrscheinlich tot. Alexander und Elena haben es mit ein paar Schrammen überstanden. Sie sind auch hier.«
Er lag in einer Art besserem Feldbett, um ihn herum standen dünne Trennwände. Jetzt erst bemerkte er die vielen Stimmen der anderen Patienten und ihrer Besucher jenseits der Trennwände. In diesem Raum mussten viele Menschen liegen.
»Wo sind wir?«, fragte Enrico.
Es kostete ihn wie schon eben einige Anstrengung, die Wörter deutlich zu formulieren. Seine Zunge war schwer und gehorchte ihm nur widerwillig.
»In einem Notlazarett der Armee, etwa fünf Kilometer von Salerno entfernt. Man hat diese Baracken ursprünglich für die Erdbebenopfer errichtet. Aber jetzt liegen hier auch viele, die bei dem Attentat verletzt wurden.«
»Erzähl mir bitte alles, was du weißt!«
Vanessa nickte und hielt wieder seine rechte Hand. »Alexanders Schuss konnte den Papst nicht retten, aber vielleicht hat er wenigstens einigen Begleitern, die weiter hinten gingen, das Leben gerettet. Sie warfen sich in Deckung, und viele von ihnen liegen hier verletzt. Die hohen kirchlichen Würdenträger aber, die in Custos' Nähe waren, sind zum großen Teil tot. Viele von ihnen hat man noch nicht identifizieren können. Die abgefeuerte Rakete soll sie regelrecht in Fetzen gerissen haben. Auch Custos hat man noch nicht identifiziert, aber da die Attentäter es auf ihn abgesehen hatten, wird davon ausgegangen, dass er tot ist.«
Enrico dachte an sein Gespräch mit dem Papst auf der Dachterrasse des Apostolischen Palastes, und Schmerz erfüllte

ihn. Die Welt hatte mit dem so genannten Engelspapst einen großen, unersetzlichen Mann verloren.

»Wir vier haben das sprichwörtliche Glück im Unglück gehabt«, fuhr Vanessa fort. »Nachdem die Attentäter uns durch eine Betäubungsgasgranate außer Gefecht gesetzt hatten, ließen sie uns in Ruhe. Gott sei Dank, denn sonst wären wir wohl nicht mehr am Leben.«

»Die Attentäter – waren es wirklich Soldaten?«

»Die Armee bestreitet das. Es sollen Männer gewesen sein, die sich als italienische Soldaten verkleidet haben. Aber niemand kann sagen, woher sie kamen und wohin sie verschwunden sind.«

»Sie sind spurlos untergetaucht?«

»Ja. Bei dem Chaos, das zurzeit im Erdbebengebiet herrscht, ist das kein Wunder.«

Ein Gesicht lugte um eine Trennwand, eine Frau mit kurzem blondem Haar im weißen Kittel. »Ah, der Patient ist schon wieder guter Dinge. Fühlen Sie sich in der Lage, einen Besucher zu empfangen, Signore?«

»Ja, sicher«, sagte Enrico und war überrascht, als der Privatsekretär des Papstes an sein Bett trat.

Don Luu hatte ein großes Pflaster mitten auf der Stirn, und sein linker Arm steckte in einer Schlinge. Er nickte Vanessa und Enrico zu, bevor er sagte: »Heute ist ein schwarzer Tag für die Kirche und die ganze Menschheit. Wir haben den Heiligen Vater verloren, und Trauer erfüllt mein Herz. Trotzdem muss ich Ihnen beiden danken. Ohne Ihre Hilfe wären noch mehr Menschen gestorben.«

»Wir haben nichts getan«, erwiderte Enrico.

»Dank Ihnen und Alexander Rosin, der auf die Attentäter geschossen hat, konnten wenigstens diejenigen, die weiter hinten in der Prozession gingen, Deckung suchen. So auch ich. Ich bin zurzeit nicht gut zu Fuß. Seit bei dem Erdbeben in Neapel ein Schrank auf mich gestürzt ist, habe ich Probleme mit meinem linken Bein. Wäre ich vorn gewesen, bei Seiner Heiligkeit, stände ich jetzt nicht vor Ihnen.«

»Ich weiß wirklich nicht, ob Sie uns danken müssen«, sagte Enrico. »Eigentlich wollten wir alle retten. Vor allem wollten wir verhindern, dass der Papst stirbt.«

»Ich bin sicher, dass Sie getan haben, was in Ihren Kräften stand«, sagte Don Luu verständnisvoll. »Später müssen Sie mir Ihre Geschichte in allen Einzelheiten erzählen. Jetzt ist dafür zu wenig Zeit.« Er blickte auf seine Armbanduhr. »In fünf Minuten habe ich ein Telefonat mit dem Vatikan. Mein fünftes oder sechstes seit dem Anschlag.«

Er verabschiedete sich, und Enrico blickte ihm voller Bewunderung nach. In Don Luu schien eine große Kraft zu stecken, dass er so kurz nach dem Verlust des Papstes wieder seiner Arbeit nachging. Wahrscheinlich fand er diese Kraft in seinem Glauben. Und es musste ein starker Glaube sein, wenn Luu auch angesichts der jüngsten Ereignisse Trost in ihm fand. Enrico dachte an Papst Custos und stellte sich die Frage, warum Gott es zuließ, dass ein solcher Mann, der noch so viel für die Menschen und die Kirche hätte tun können, sterben musste.

Enrico und seine Begleiter sahen Don Luu erst am Abend des folgenden Tages wieder.

In der Zwischenzeit hatten sie mehreren hohen Offizieren und zwei Regierungsbeamten immer wieder ihre Geschichte erzählen müssen. Niemand wollte so recht glauben, dass sie aufgrund von Prophezeiungen am Ort des Attentats aufgetaucht waren. Aber wenn Enrico ehrlich war, so wäre ihm ihre eigene Geschichte auch seltsam vorgekommen, hätte er sie nicht selbst erlebt. Sie hielten sich noch immer in dem Militärkomplex auf, den man nahe Salerno aus dem Boden gestampft hatte, um den Opfern des Erdbebens und des Attentats zu helfen. Zwei enge Kammern in einer Baracke am Rand des Lagers dienten ihnen

als Unterkunft. Als Don Luu zu ihnen kam, wirkte er erschöpft.
»Gibt es Neuigkeiten über den Papst?«, fragte Alexander. »Hat man inzwischen seine Leiche identifiziert?«
Luu nahm dankbar auf dem Stuhl Platz, den Elena ihm anbot. »Nein, vermutlich ist der Leichnam Seiner Heiligkeit von Sprenggeschossen zerrissen worden.«
Alexander wollte etwas sagen, schwieg dann aber und starrte betreten die Wand an.
Enrico konnte sich vorstellen, was in dem Schweizer vorging. Im Mai hatte er Custos vor der Ermordung durch *Totus Tuus* bewahrt, nur um mitzuerleben, wie den Papst wenige Monate später doch noch sein Schicksal ereilte. In Alexander mussten die verschiedensten Gefühle brodeln: Trauer, Wut und Verbitterung.
Luu blickte in die Runde. »Ist Ihnen noch etwas eingefallen, was Sie mir mitteilen möchten? Ich fahre heute Abend nach Rom, um im Vatikan Bericht zu erstatten. Das ist keine leichte Aufgabe, glauben Sie mir!«
»Sie sind vermutlich besser informiert als wir, Don Luu«, meinte Vanessa. »Wie hat man im Vatikan auf die schreckliche Nachricht reagiert?«
»Natürlich war es ein Schock, aber unser aller Arbeit geht weiter, und zur Trauer bleibt wenig Zeit. Die wichtigste Frage ist jetzt: Was kommt nach Papst Custos?«
»Was oder wer?«, hakte Elena nach. »Laufen etwa schon die Vorbereitungen für die Wahl eines neuen Papstes?«
»So schnell geht das nicht. Außerdem steht noch gar nicht fest, ob wir tatsächlich einen Papst wählen müssen.«
»Jetzt sprechen Sie in Rätseln, Don Luu.« Elena sprach aus, was sie alle dachten.
»Es gibt schon einen Papst. Lucius. Nicht wenige Entscheidungsträger im Vatikan sind der Ansicht, er sei das passende Oberhaupt einer wiedervereinigten Kirche.«

Alexander starrte Luu fassungslos an. »Aber das würde alle Reformen, die Custos in den vergangenen Monaten in Angriff genommen hat, beenden. Es wäre fast so, als hätte es Papst Custos nie gegeben.«
»Mehr noch«, meinte Elena, »unter Papst Lucius wäre die Kirche vielleicht konservativer als jemals zuvor. Dann hätten im Vatikan Mächte das Sagen, deren Einfluss verheerend sein kann.«
Enrico, Vanessa und Alexander wussten, was sie meinte: den Einfluss von *Totus Tuus*.
»Das wäre der Nachteil dieser Lösung«, stimmte Luu zu. »Der Vorteil läge in der Überwindung des Schismas.«
»Aber zu welchem Preis!«, rief Alexander, lauter vielleicht, als er beabsichtigt hatte.
»Manch einer meint, die Wiedervereinigung der Kirche sei jeden Preis wert.«
Elena fixierte den Geistlichen. »Und was meinen Sie, Don Luu?«
Der Privatsekretär holte tief Luft und schien sich unwohl in seiner Haut zu fühlen. »Ich war Papst Custos persönlich und auch in seinen Ansichten eng verbunden, sonst hätte er mich nicht in dieses Amt berufen. Aber inzwischen weiß ich nicht mehr, ob er in allem den richtigen Weg gegangen ist. Er kannte sein Ziel und ist geradewegs darauf losgegangen. Aber andere konnten ihm nicht folgen, jedenfalls nicht so schnell. Was in zwei Jahrtausenden Kirchengeschichte gewachsen ist, lässt sich nicht in wenigen Monaten ändern. Vielleicht brauchen wir jetzt einen konservativen Papst, um der Kirche das feste Fundament wiederzugeben, das ihr in jüngster Zeit zu entgleiten drohte.«
»Und was sagt die Gegenkirche dazu?«, wollte Vanessa von Luu wissen.
»Wir haben darüber noch nicht mit den Abweichlern gesprochen. Deshalb muss ich ja nach Rom. Morgen findet im

Vatikan eine Konferenz statt, die uns bei der Entscheidungsfindung helfen soll.«

Als Henri Luu gegangen war, stieß Alexander einen heftigen Fluch aus. »Ich wünschte, statt Custos hätte es diesen Lucius erwischt!«

Enrico sah den Schweizer an und erwiderte: »Ich nicht.«

18

Nördlich von Neapel,
Montag, 5. Oktober

Das Landgut lag so friedlich in dem kleinen, von Steineichen und Pinien bewachsenen Tal, als hätten das schwere Erdbeben und der Ausbruch des Vesuvs niemals stattgefunden. Hier schien es keine Zerstörungen gegeben zu haben, das Anwesen machte von außen einen völlig intakten Eindruck. Vermutlich, dachte Enrico, hat Tomás Salvati es deshalb zu seinem vorläufigen Quartier gemacht. Nach dem Gottesdienst auf dem Monte Cervialto hatte er sich hierher zurückgezogen und war seitdem nicht mehr an die Öffentlichkeit getreten. Den Medien aber bot er auch so genügend Stoff. Es war zu keinen weiteren Erdbeben gekommen, und auch der Vulkan am Golf von Neapel hatte sich beruhigt. Landauf, landab rätselte man, ob Gott durch die Messe auf dem Monte Cervialto tatsächlich versöhnt worden war oder ob es sich um einen bloßen Zufall handelte. Ein paar Boulevardblätter spekulierten gar, ob Custos' Tod das Opfer gewesen sei, durch das man Gottes Wohlwollen wiedererlangt habe.

Im Vatikan wurden heiße Diskussionen darüber ausgetragen, ob man einen neuen Papst wählen oder ob man Lucius das Amt des Oberhirten antragen solle. Gestern erst hatte Enrico mit Elena telefoniert, die am Samstag mit Alexander nach Rom zurückgefahren war. Sie hatte gesagt, sie müsse sich die Finger

wund schreiben, so viele sich überschlagende Nachrichten gab es derzeit aus dem Vatikan.
Enrico und Vanessa waren in der Gegend von Neapel geblieben und hatten sich in dem Ort Aversa, der von dem Erdbeben verschont geblieben war, einquartiert. Enrico spürte, dass die ganze Sache für ihn noch nicht vorüber war. Sein Traum suchte ihn jede Nacht mit einer Heftigkeit heim, die ihn kaum noch schlafen ließ. Vielleicht wäre er verzweifelt, wäre nicht Vanessa gewesen, die neben ihm lag und ihn tröstete. Sie war eine wunderbare Frau, und er hätte sehr glücklich sein können, wäre nicht dieser Traum gewesen.
Jetzt war es Nachmittag, die Sonne schien, und das grüne Tal unweit von Neapel wirkte angesichts all der Verwüstung ringsum auf Enrico wie das Paradies. Sie hatten den Mietwagen unter der ausladenden Krone einer Pinie geparkt, und Enrico spähte durch ein kleines, aber leistungsfähiges Fernglas zu dem weitläufigen Anwesen hinüber.
»Es ist schon nach drei«, sagte Vanessa, die neben ihm stand. »Vielleicht kommt er heute nicht.«
»Er geht jeden Tag durch diesen Pinienhain spazieren, auch gestern und vorgestern. Warum sollte er es heute nicht tun?«
»Vielleicht halten dringende Geschäfte ihn ab.«
Enrico stieß einen Seufzer der Erleichterung aus. »Nein, er hat sich nur etwas verspätet. Hier, sieh selbst!«
Er reichte Vanessa das Fernglas, damit sie die kleine Gruppe sehen konnte, die das Anwesen verließ und gemächlichen Schrittes auf den Pinienhain zuhielt. Vorneweg ging eine weiß gekleidete Gestalt, Tomás Salvati, der Gegenpapst.
»Und du willst wirklich mit ihm sprechen?«, fragte Vanessa, als sie das Fernglas absetzte.
»Deshalb bin ich hier. Meinst du, sonst hätte ich an den vergangenen beiden Tagen diesen Ort ausgekundschaftet? Sein Nachmittagsspaziergang ist die einzige Gelegenheit, an Salvati heranzukommen.«

»Aber selbst wenn er mit dir spricht, könntest du enttäuscht sein.«

»Das werde ich nur herausfinden, wenn ich es probiere. Wünsch mir Glück, Vanessa!«

»Das tu ich, von ganzem Herzen.«

Sie küsste ihn auf den Mund, bevor er in gebückter Haltung in den Pinienhain eintauchte, um unbemerkt möglichst nah an die Gruppe mit dem Gegenpapst heranzukommen.

Während er durch das Gehölz schlich, kam er sich vor wie ein Kind, das seinem Vater einen Streich spielen wollte. Genau genommen kam das der Wahrheit ziemlich nah. Zugleich klopfte sein Herz, und er hatte Angst vor dem Augenblick, den er so herbeigesehnt hatte. Es würde jener Moment sein, an den man ein ganzes Leben zurückdachte, im Guten wie im Schlechten. Er unterdrückte den starken Impuls, umzukehren und sein womöglich kindisches Indianerspiel abzubrechen. Er war nicht so weit gegangen, um jetzt zu kneifen. Und vielleicht würde er nie wieder die Gelegenheit erhalten, seinem Vater zu begegnen, ihm überhaupt derart nah zu kommen.

Schon hörte er die leisen Stimmen der Männer, die sich angeregt unterhielten. Er wollte stehen bleiben, um sich sein weiteres Vorgehen zu überlegen, da knackte unter seinem rechten Fuß laut ein zerbrechender Ast. Automatisch hielt Enrico die Luft an und lauschte. Das Geräusch schien niemandem aufgefallen zu sein. Er beschloss, das Versteckspiel aufzugeben und sich offen zu zeigen. Er war nah genug, um seinem Vater von Angesicht zu Angesicht gegenüberzutreten. Gerade als er diesen Entschluss gefasst hatte, durchbrachen zwei sich schnell bewegende Gestalten das Unterholz, warfen sich auf ihn und drückten ihn zu Boden. Er schlug mit dem Rücken auf und hatte noch Glück, dass der Waldboden einigermaßen weich war. Auf Enrico kauerte ein großer hellhaariger Kerl, dessen Muskeln den grauen Anzug zu sprengen drohten. Er richtete die Mündung einer automatischen Pistole auf Enricos Stirn.

Der zweite Bodyguard stand breitbeinig daneben, hatte ebenfalls seine Automatik auf Enrico gerichtet und rief laut: »Wir haben den Attentäter! Aber möglicherweise sind hier noch weitere versteckt. Bringt Seine Heiligkeit in Sicherheit!«
Von einer Sekunde zur anderen wurde Enrico das Groteske der Situation bewusst. Vor wenigen Tagen noch hatte er – vergeblich – versucht, ein Attentat auf Papst Custos zu vereiteln. Und jetzt wurde er selbst, obwohl er nicht einmal eine Waffe bei sich trug, für einen Mann gehalten, der den Gegenpapst ermorden wollte. Enrico konnte nicht anders als laut lachen.
Weitere Gestalten bahnten sich einen Weg durchs Unterholz, Geistliche in dunklen Anzügen und ein hoch gewachsener Mann in einem langen, weißen Gewand.
Der Leibwächter, der eben gerufen hatte, wandte sich entsetzt zu dem Weißgewandeten um. »Aber Heiligkeit, Sie sollten nicht hier sein! Hier droht Ihnen Gefahr!«
Tomás Salvati alias Lucius IV. blickte stirnrunzelnd erst den Bodyguard und dann Enrico an. »Der Mann sieht mir gar nicht gefährlich aus. Wer sagt Ihnen, dass er ein Attentäter ist?«
Der Leibwächter sah den Gegenpapst perplex an. »Warum hätte er sich sonst hier verstecken sollen?«
Enrico selbst gab die Antwort: »Weil ich mit dem Mann sprechen will, der sich Papst Lucius nennt.«
»Mit mir?«, fragte der Weißgewandete. »Warum? Wer sind Sie?«
Enrico sah ihm fest in die Augen, holte tief Luft und sagte: »Ich bin Mariella Baldanellos Sohn!«

Draußen dämmerte es schon, und noch immer sprach Enrico mit seinem Vater. Sie saßen im Haupthaus des Anwesens, in einer geräumigen Bibliothek, stellten einander Fragen, erzählten wechselseitig aus ihrem Leben und waren beide bemüht, den anderen nicht zu verletzen. Enrico erfuhr, dass sein Vater nach

Mariellas Verschwinden aus Borgo San Pietro mehrmals versucht hatte, Kontakt zu ihr aufzunehmen.

»Nicht, um unsere Liebe neu zu entfachen«, sagte Tomás Salvati. »Ich liebte deine Mutter zwar, aber ich hatte meinen Fehltritt eingesehen. Mein Leben sollte Gott geweiht sein. Doch ich wollte mich der Verantwortung nicht entziehen, sondern war bereit, für Maria und für mein Kind zu sorgen. Aber Marias Angehörige schwiegen eisern. Weder wusste ich, wohin man sie geschickt hatte, noch erfuhr ich, ob sie einem Sohn oder einer Tochter das Leben geschenkt hat. Bis zum heutigen Tag habe ich nichts von deiner Existenz gewusst, Enrico.«

»Und jetzt komme ich vorbeispaziert und durchkreuze deine schönen Pläne.«

Sein Vater legte den Kopf schief und musterte Enrico neugierig. »Wie meinst du das?«

»Na, nach dem Tod von Custos stehst du dicht davor, auch von der Amtskirche als Papst anerkannt zu werden. Ein Bastardsohn macht sich da nicht so gut. Aber keine Angst, Vater, ich bin nicht hergekommen, um dich zu bloßzustellen. Von mir erfährt niemand etwas, und auch Vanessa wird schweigen.«

Vanessa war hinzugekommen, als die Bodyguards Enrico überwältigt hatten. Nach einem kurzen klärenden Gespräch war sie nach Aversa zurückgefahren, um im Hotel auf Enrico zu warten.

»Ich schäme mich deiner nicht, Enrico. Ich werde zu dir stehen, wenn du es möchtest.«

Enrico schüttelte den Kopf. »Nicht nötig, deshalb bin ich nicht hier. Ich wollte dich nur sehen, mit dir sprechen. Es gibt so vieles, das ich mir nicht erklären kann.«

»Was?«

»Diese heilenden Kräfte und der Traum, von dem ich dir erzählt habe.«

»Der alte Einsiedler, Angelo, hat schon eine Menge erklärt, auch wenn es dir seltsam oder zum Teil unglaublich erscheinen mag. Wir sind wirklich Engelssöhne, Enrico. Er, ich und auch du.«

»Papst Custos hat mir von den gefallenen Engeln erzählt, die sich mit den Menschenfrauen eingelassen haben. Entstammen wir dieser unheiligen Verbindung?«

»Das glaube ich nicht. Könnte eine heilende Kraft wie die unsere, die Gutes bewirkt, etwas Bösem entsprungen sein? Es gibt die gute und die böse Macht, und beide liegen dicht beieinander. Wie der Geflügelte in deinem Traum, der dir einmal als Engel und dann wieder als Teufel erscheint. Vieles von dem, was ich dir sage, Enrico, ist beileibe kein gesichertes Wissen. Es sind Vermutungen, die Ergebnisse jahrzehntelanger Forschungen und Überlegungen, die ich angestellt habe. Ich habe viele Quellen studiert, Zeugnisse miteinander verglichen, das Unwahrscheinlichere zugunsten des Wahrscheinlicheren verworfen, und doch kann ich nichts von alldem beweisen.«

»Von was?«, fragte Enrico gespannt.

Tomás Salvati griff zu der Wasserkaraffe, die vor ihnen auf einem niedrigen Tisch stand, füllte sein fast leeres Glas und tat einen tiefen Schluck. Er stellte das Glas wieder ab, lehnte sich in seinem Sessel zurück und sagte: »Gott war nicht grundsätzlich gegen eine Verbindung der Engel mit den Menschen. Gute Kräfte, die den Engeln innewohnten, sollten auf die Menschen übergehen. Aber dazu bedurfte es eines sorgsamen Vorgehens, das Gottes Plan folgte. Nicht alle Engel erschienen dem Herrn geeignet. Unter denen, die nicht von ihm auserwählt wurden, entstand Unmut. Sie revoltierten unter Luzifers Führung und nahmen sich, was der Herr ihnen verwehrte. Darauf gründet sich die Legende von den gefallenen Engeln und ihrer Verbindung mit den Menschentöchtern. Wir Engelssöhne aber sind nach Gottes Plan entstanden, als die Engel sich mit einem auserwählten Volk verbanden.«

»Mit den Etruskern?«

»Mit den Vorfahren jenes Volkes, das wir heute als Etrusker

kennen, ja. Die zahlreichen Engelsdarstellungen auf ihren Relikten sind dir ja auch aufgefallen.«
»Der Geflügelte in meinem Traum, ist das Luzifer?«, fragte Enrico.
»Vielleicht. Möglich, dass er die Macht über dich erlangen will, über einen der letzten Engelssöhne. Aber du siehst nicht nur den Dämon, sondern auch den leuchtenden Uriel.«
»Wen?«
»Das Wesen, das du siehst, wenn du nicht in die Teufelsfratze starrst. Es ist unser beider Ahnherr Uriel, der vierte Erzengel.«
Enrico versuchte, sich an seinen lange zurückliegenden Religionsunterricht zurückzuerinnern. »Tut mir Leid, aber ich kenne nur drei Erzengel: Michael, Gabriel und Raphael.«
»Das sind die drei Erzengel, die namentlich in der Heiligen Schrift erwähnt werden. Die Kirche hat anfangs auch Uriel als Erzengel verehrt, dann aber davon abgelassen, weil sein Name nicht in der Bibel steht.«
»Und doch gibt es ihn?«
»Vielleicht wundert es dich, das gerade aus meinem Mund zu hören, aber nicht alles, was in der Heiligen Schrift steht, ist richtig. Und nicht alles, was richtig ist, steht in der Bibel. Henoch, der Sohn Seths, der wiederum ein Sohn Adams war, erwähnt Uriel, aber Henochs Schriften sind nicht Teil der Bibel, wie wir sie kennen. Die äthiopische Kirche dagegen betrachtet sie als Bestandteil der Bibel und feiert Uriels Fest an jedem fünfzehnten Juli. Kann das, was wahr ist, davon abhängen, ob man gerade in Äthiopien ist oder nicht?«
»Wohl kaum«, sagte Enrico. »Erzähl mir mehr über Uriel! Schließlich sucht er mich seit frühester Kindheit in meinen Träumen heim.«
»Uriels Name bedeutet ›Gott ist mein Licht‹. Das ist auch mein Motto, und deshalb gab ich mir nach meiner Wahl zum Papst den Namen Lucius, der Leuchtende. Ich möchte die Herzen der Menschen im Sinne Gottes erleuchten, wie es auch Uriel

tut. Er wird als erster unter den sieben höchsten Engeln genannt, als Herrscher über die Welt der Menschen und den Hades, und in einigen alten Schriften nennt man ihn den ›Engelsfürst‹.«

Enrico erschrak und stieß sein Wasserglas um. Das Nass ergoss sich über die Tischplatte und tropfte auf den Fußboden.

»Was hast du?«, fragte sein Vater besorgt.

»Auch Angelo erwähnte den Engelsfürst, als er von der Vision seines Bruders sprach.«

»Und?«

»Nach Angelos Worten sah sein Bruder Fabrizio eine Welt, in der sich die Kirche gespalten hatte und in der es zwei Päpste gab. Doch nur einer der Päpste folgte dem richtigen Weg. Der andere war verblendet von dem Verfluchten, dem Engelsfürst. So ähnlich hat Angelo es erzählt.«

Tomás Salvati war blass geworden und schüttelte den Kopf. »Das kann nicht sein! Enrico, das kann nicht wahr sein!«

»Ich habe keinen Grund, dich anzulügen, Vater. Und ich wüsste auch keinen Grund, weshalb Angelo gelogen haben sollte.«

Salvati wirkte erregt. »Hat Angelo noch etwas gesagt über den Engelsfürst und die gespaltene Kirche?«

»Ja. Die Botschaft an seinen Bruder sei gewesen, dass nur eine vereinte Kirche der Bedrohung widerstehen könne, die der Engelsfürst mit seinem Fluch heraufbeschworen hat.«

»Bist du dir da sicher?«

Enrico nickte. »So lauteten Angelos Worte.«

»Aber sie sind falsch! Das Gegenteil stimmt. Die Kirche musste sich spalten, um zu ihrer wahren Bestimmung zurückzufinden. Nur dann hat sie die Kraft, das Böse abzuwehren. Das ist es, was Fabrizio damals offenbart wurde.«

»Woher willst du das wissen, Vater?«

19

Nördlich von Neapel, Mittwoch, 7. Oktober

Fast genau achtundvierzig Stunden, nachdem Enrico seinem Vater gegenübergetreten war, passierte eine große schwarze Limousine die bewachte Einfahrt zu dem Anwesen nördlich von Neapel. Der Mercedes fuhr den gewundenen, von Zypressen gesäumten Weg zum Haupthaus entlang und wurde dort bereits von einem etwa fünfzigjährigen Geistlichen im schwarzen Anzug erwartet. Dieser Mann, dem sein untersetzter, massiger Körper eher das Aussehen eines Ringers als eines kirchlichen Würdenträgers verlieh, hieß Francesco Buffoni und war der Privatsekretär von Lucius IV. Als die Limousine auf dem unbefestigten Vorplatz anhielt, wirbelte sie eine kleine Staubwolke auf, die Buffoni husten ließ. Der Chauffeur und ein Leibwächter stiegen aus, um die hinteren Türen zu öffnen. Zwei Geistliche kamen aus dem Fond des Wagens und gingen zu Buffoni, der sie mit steifer Förmlichkeit begrüßte und ins Haus führte. Er brachte sie in jene Bibliothek, in der Tomás Salvati zwei Tage zuvor lange mit seinem Sohn gesprochen hatte. Jetzt stand Salvati vor einem der vielen Regale und las in einem dicken Buch, das er beim Eintreten der drei Männer zurückstellte.

»Kirchenrecht«, sagte der Gegenpapst, als er sich zu ihnen umwandte. »Der Fluch jedes engagierten Geistlichen. Aber ich habe den Eindruck, dass die derzeitige Lage einzigartig ist. Darüber, dass nach dem Ableben eines Papstes ein konkurrierender Papst das Amt des anderen quasi mitübernimmt, habe ich nichts Einschlägiges gefunden. Wahrscheinlich müssen die Kirchenrechtskommentare demnächst umgeschrieben werden.«

Er wollte seine beiden Besucher mit Handschlag begrüßen, aber sie knieten vor ihm nieder und küssten den Fischerring an seiner rechten Hand, der im Siegel den heiligen Apostel Petrus beim Fischen zeigte.

»Sie küssen den Ring eines Papstes, der nicht der Ihre ist«, sagte Salvati verwundert.

»Im Herzen sind Sie jetzt schon unser Heiliger Vater«, erwiderte Kardinalpräfekt Renzo Lavagnino, während er sich aufrichtete. »Wie Sie eben sagten, das Kirchenrecht muss umgeschrieben werden.«

»Heißt das, im Vatikan stimmt man der Wiedervereinigung unserer Kirchen zu, mit mir an der Spitze?«

Kardinal Araldo Ferrio erhob sich ebenfalls und nickte. »Ein wenig Überzeugungsarbeit wird noch vonnöten sein, aber das ist eher eine Angelegenheit von Tagen als von Wochen.«

»Erstaunlich«, fand Salvati. »Ich hätte gedacht, dass Custos eine stärkere Anhängerschaft im Vatikan hat.«

»Die hatte er zweifellos, aber mit dem Tod ihres Papstes sind diese Leute vollkommen kopflos geworden«, erklärte Lavagnino. »In der Tat gibt es einen verzweifelten Versuch, einen anderen Mann aus den Reihen der *Auserwählten* auf den Heiligen Stuhl zu setzen. Das Problem für die *Auserwählten* ist aber, dass sie über keinen geeigneten Kardinal verfügen. Custos war ihr Joker, und den haben sie ein für alle Mal verloren. Sein Tod war das Beste, was uns passieren konnte.«

Salvati musterte den Leiter der Glaubenskongregation streng. »Billigen Sie etwa dieses Attentat, Eminenz?«

»Nein, natürlich nicht«, sagte Lavagnino schnell. »Aber was geschehen ist, können wir nicht mehr ändern. Auch wenn die

Tat verabscheuungswürdig war, ihre Folgen kommen uns zugute.«

»Da haben Sie wohl Recht«, meinte Salvati mit einer Miene, die keinen Zweifel daran ließ, dass er nur widerwillig als Nutznießer des Attentats auftrat. »Setzen wir uns doch und unterhalten uns in Ruhe über die Neuigkeiten aus dem Vatikan! Ich habe einen kleinen Imbiss vorbereiten lassen. Nach der langen Fahrt können Sie beide sicher eine Stärkung vertragen.«

Sie nahmen Platz, und ein Diener stellte ein Tablett mit belegten Weißbrotscheiben auf den Tisch. Ein zweiter Diener brachte Rotwein und Wasser.

Als Salvati mit seinen Gästen wieder allein war, sagte er: »Das Attentat auf Custos könnte die Erfüllung der dritten Prophezeiung von Fatima sein und gleichzeitig die jener Vision, die dem Einsiedler von Borgo San Pietro zuteil wurde.«

»Ganz richtig, Heiligkeit«, bestätigte Ferrio, der gerade nach dem Weißbrot griff. »Wir leben in einer bedeutenden Zeit, einer Zeit des Umbruchs und des Neuanfangs. Aber gerade deshalb dürfen wir den rechten Weg nicht verlassen, gerade deshalb braucht die Kirche einen Papst wie Sie.«

»Die andere Vision, die der Bruder des Einsiedlers hatte, weist uns den rechten Weg«, ergänzte Lavagnino. »Nur durch die Kirchenspaltung war es möglich, Sie, Heiligkeit, auf den Stuhl des Papstes zu bringen.«

»Wie gut, dass ausgerechnet Sie beide die *Heilige Kirche des Wahren Glaubens* unterstützen«, sagte Salvati. »Sonst hätten ich und meine Mitstreiter niemals den Inhalt dieser Vision erfahren. Die Niederschrift muss sehr alt sein. Besteht die Möglichkeit, dass ich sie mir einmal ansehe?«

»Selbstverständlich«, antwortete Lavagnino. »Sobald Sie der Papst aller Gläubigen sind, steht Ihnen das gesamte Geheimarchiv zur Verfügung.«

»Haben Sie die Niederschrift nicht dabei? Ich hatte Sie doch darum gebeten.«

»Es wäre zu riskant gewesen«, sagte der Kardinalpräfekt mit einem entschuldigenden Lächeln. »Wenn es jemand bemerkt hätte, hätte das eventuell Verdacht erregt. Aber ich habe Sie fast wortwörtlich über den Inhalt informiert, Heiligkeit.«
»Wirklich?«, fragte Salvati und schlug dabei unvermittelt einen scharfen Tonfall an, der seine Gäste aufhorchen ließ. »Heißt es in der Prophezeiung tatsächlich, dass die Kirche sich spalten muss, um zu ihrer wahren Bestimmung zurückzufinden?«
»Aber ja, das habe ich Ihnen doch gesagt!«
»Vielleicht haben Sie sich nicht ganz so streng an den Wortlaut gehalten, Eminenz, kann das sein? Ist es nicht eher so, dass in der Prophezeiung vor einer Spaltung der Kirche gewarnt wird und vor einem Papst, der dem falschen Weg folgt? Vor einem Papst, der im Bann des Engelsfürsten steht?«
Lavagnino versteifte sich, und seine rechte Hand krallte sich in die Sessellehne. »Was wollen Sie damit sagen?«
»Dass Sie mich von Anfang an belogen und benutzt haben, für Ihre Zwecke, über die ich gern Näheres erfahren würde!«
Der Kardinalpräfekt setzte eine irritierte Miene auf. »Das ist doch absurd! Wie kommen Sie auf solche Anschuldigungen?«
»Ich habe in den vergangenen beiden Tagen ein paar interessante, erhellende Gespräche geführt.«
»Mit wem?«
»Das werden Sie gleich sehen«, erwiderte Salvati, und keine fünf Sekunden später betraten Enrico, Vanessa, Elena und Alexander die Bibliothek. »Ich hielt es für gut, dass diese vier hier unser Gespräch mit anhören, dann sind sie gleich im Bilde. Nun, Eminenz, wollen Sie noch immer behaupten, dass ich mich irre?«
Der Leiter der Glaubenskongregation musterte die vier Eintretenden erstaunlich gelassen. »Eine Verschwörung also, wie nett.«
»Sie haben es nötig, sich über eine Verschwörung zu beschweren!«, fauchte Elena ihn an. »Wer hat denn die Fäden gezogen

bei der Kirchenspaltung, bei den Priestermorden und auch bei dem Anschlag auf Papst Custos? Niemand anderer als Sie, Kardinal Lavagnino! Der Schwindel wäre vielleicht nie aufgeflogen, hätte Enrico seinem Vater nicht von der Prophezeiung erzählt, die den Brüdern Piranesi gemacht wurde. Die deckte sich nicht mit dem Wortlaut, den Sie verbreitet haben.«

Lavagnino hielt ihrem wütenden Blick stand. »Und jetzt sind alle hier zusammengekommen, um über mich Gericht zu halten? Oder wie sonst darf ich den Auftritt hier verstehen?«

»Sie weisen die Vorwürfe nicht von sich, Lavagnino?«, fragte Salvati. »Auch nicht die Beschuldigung, für die Morde und den Anschlag auf Custos verantwortlich zu sein?«

»Warum sollte ich? Es ist die Wahrheit. Und doch habe ich ein reines Gewissen. Alles, was ich tat, geschah zum Besten der Kirche.«

»Welcher Kirche?«, wollte Salvati wissen.

»Der wahren Kirche, die einst war und die wieder sein wird, wenn Verräter wie dieser Custos keine Macht und keinen Einfluss mehr haben.«

Alexander trat vor Lavagnino und sah ihn verächtlich an. »Sollen wir uns das wirklich wünschen, eine Kirche, die ihre Priester ermordet?«

»Ich bereue den Tod jedes dieser Männer, aber es war unumgänglich«, behauptete der Kardinalpräfekt. »Dottesio und Carlini waren, als sie für die Glaubenskongregation arbeiteten, in Borgo San Pietro, um die Wunderheilungen unseres neuen Papstes Lucius zu untersuchen, der damals kurz vor seiner Ernennung zum Kardinal stand. Sie hatten auch von der Engelserscheinung gehört, die sich 1917 in Borgo San Pietro ereignete. Die Gefahr, dass die beiden eins und eins zusammenzählten und unsere Pläne zunichte machten, war zu groß. Von langer Hand haben wir das Pontifikat von Kardinal Salvati vorbereitet. Dumme Gerüchte um seine Wundertaten, die ihn in die Nähe von Custos gerückt hätten, hätten alles verderben können.«

»Besonders als Dr. Falk Kontakt zu den beiden aufnahm, nicht wahr?«, fragte Alexander. »Und als sie nach Marino fuhr, war das das Todesurteil für Giorgio Carlinis Cousin Leone.«

»Es ist so, wie Sie sagen, Signor Rosin«, bestätigte Lavagnino und wirkte noch immer ruhig.

»Und der Bürgermeister von Borgo San Pietro?«, fragte Enrico. »Warum musste er sterben?«

»Aus demselben Grund natürlich. Er war drauf und dran, Ihnen die Wahrheit über Ihren Vater zu erzählen. Zum Glück war uns der Dorfpfarrer treu ergeben. Er hatte den Auftrag, unter allen Umständen über die Wahrung des Geheimnisses zu wachen. Wie er Kardinal Ferrio anvertraut hat, kam es zu Handgreiflichkeiten mit dem Bürgermeister, in deren Verlauf Pfarrer Umiliani den Mann erschlug. Es geschah in der Hitze des Gefechts und war kein geplanter Mord. Aber Umilianis Gewissen war dadurch so schwer belastet, dass er den Freitod wählte.«

»Nachdem Kardinal Ferrio bei ihm gewesen ist«, sagte Enrico mit Blick auf den Geistlichen, den er in der Kirche San Francesco getroffen hatte. »Er hat Umiliani bestimmt nicht davon abgeraten, aus dem Leben zu scheiden.«

Ferrio zeigte weder ein Zeichen von Reue, noch triumphierte er. Mit gleichgültiger Miene, als sei er von alldem nicht betroffen, sagte er: »Umiliani war ein sehr einfach gestrickter Mensch, selbst für einen Dorfpfarrer. Er wäre mit seiner Tat niemals klargekommen. Sein Tod war für ihn die beste Lösung.«

»Für Sie aber auch!«, fuhr Enrico ihn an. »Sie mussten nicht länger befürchten, dass alles herauskam, falls Umiliani sein Gewissen erleichterte.«

Salvati war aufgestanden und ging unruhig auf und ab. »All das sind schlimme Dinge, sehr schlimme Dinge sogar. Nicht zu vergessen der Mord an Markus Rosin, von dem Signor Rosin mir erzählt hat. Das war doch Mord, oder?«

»Wir haben einen Verräter zum Schweigen gebracht«, sagte Lavagnino.

»Das Attentat auf Custos, bei dem er und viele andere hohe Geistliche zu Tode kamen, übertrifft aber alles. Mir ist ganz und gar unverständlich, wie Sie so etwas in die Wege leiten konnten, Lavagnino!«

»Es war eine zweckmäßige Tat wie alles andere auch. Auf einen Schlag konnten wir den Engelspapst und viele Männer aus seinem engsten Kreis zum Schweigen bringen. Wir *mussten* es tun. Und außerdem war es nichts anderes als die Erfüllung einer Prophezeiung. Wir vollstreckten den Willen Gottes.«

Salvati trat vor Lavagnino und ballte die Hände, als wolle er den Kardinal schlagen. »Würdigen Sie unseren Herrgott nicht zum Komplizen Ihrer Verbrechen herab! Dass Sie auf dem Stuhl des Kardinalpräfekten sitzen, ist eine Schande für die Kirche!«

»Für welche?«, fragte Lavagnino und blieb ruhig sitzen. Seine und Ferrios Gelassenheit war angesichts der gegen sie erhobenen Vorwürfe erstaunlich.

Im Gegensatz zu ihnen schien Vanessa die Auseinandersetzung arg mitzunehmen. Sie ließ sich in einen Sessel fallen und rang nach Luft. Enrico kniete sich neben sie und stellte fest, dass sie am ganzen Körper zitterte. Schweiß perlte auf ihrer Stirn. Schnell goss er ihr ein Glas Wasser ein und reichte es ihr. Sie trank es in gierigen Schlucken wie eine Verdurstende.

»Wir sollten dieser Farce ein Ende bereiten«, sagte Salvati nach einem Blick auf Vanessa und zog die oberste Schublade einer Anrichte auf, in der ein Tonbandgerät lief. »Ich denke, wir haben alles Wichtige erörtert, um die Staatsanwaltschaft und die kirchlichen Entscheidungsträger mit ausreichendem Material

zu versorgen. Ich werde noch heute vor die Öffentlichkeit treten und meinen Rücktritt vom Amt des Papstes erklären. Auch wenn ich von Ihren Untaten nichts gewusst habe, fühle ich mich doch an allem mitschuldig, Lavagnino.«
Jetzt stand auch der Kardinalpräfekt auf, gefolgt von Ferrio, und sagte: »Ich bin erstaunt, wie naiv Sie sind. Glauben Sie wirklich, Sie können unsere Pläne mit so einem lächerlichen Tonband durchkreuzen?«
Er ging zur Anrichte, aber Alexander stellte sich ihm mit einem raschen Schritt in den Weg. In diesem Augenblick rief Ferrio laut einen Namen, und Sekunden später kamen vier bewaffnete Männer in die Bibliothek. Zwei waren der Chauffeur und der Leibwächter der beiden Kardinäle. Die beiden anderen gehörten zum Sicherungsdienst des Anwesens.
Angesichts der schussbereiten Pistolen blieb Alexander und seinen Gefährten nichts anderes übrig, als zuzusehen, wie Lavagnino das Tonband aus der Schublade nahm und auf dem Boden zerschellen ließ. Er hob das Magnetband auf, knüllte es zusammen und steckte es in eine Tasche seiner Soutane.
»Wie dumm von Ihnen, zu glauben, ich würde mich einfach so in die Höhle des Löwen begeben. Natürlich wird dieses Anwesen von unseren Leuten kontrolliert.«
»*Totus Tuus* ist mächtig«, sagte Elena.
Lavagnino wandte sich zu ihr um. »Weiß Gott, Signorina. Wie mächtig wir sind, das werden Sie alle noch sehen!«
Lavagninos bewaffnete Schergen nahmen Enrico und seinen Gefährten die Handys und alles, was man als Waffen benutzen konnte, ab und sperrten sie in einen fensterlosen Kellerraum, der von außen verriegelt wurde. Eine Beleuchtung schien es nicht zu geben. Lediglich durch die Türritzen fiel ein schwacher Lichtschimmer, der dem kleinen Raum und allem, was sich in ihm befand, wenigstens umrisshaft Gestalt verlieh. Außer den Gefangenen gab es hier nur ein paar Kisten, in denen Papiere gelagert wurden. Welche Papiere, ließ sich angesichts

der schlechten Lichtverhältnisse nicht feststellen. Sie benutzten die Kisten als Sitzgelegenheiten.
Enrico setzte sich neben Vanessa und nahm ihre Hände in die seinen. Die Hände zitterten noch immer, und Vanessas Atem ging stoßweise.
»Was hast du?«, fragte er besorgt.
»Mir ist schlecht, aber ich weiß nicht, warum«, antwortete sie leise.
»Das alles hier ist vielleicht einfach zu viel für dich.«
»Ja, vermutlich. Tut mir Leid, dass ich hier schlappmache. Aber weder im Studium der Theologie noch in dem der Psychologie wird man darauf vorbereitet, James Bond zu spielen.«
»Und selbst die beste Vorbereitung nutzt manchmal nichts«, stieß Alexander missmutig hervor. »Unser hübscher Plan, Lavagnino auszutricksen, ist zerplatzt wie eine Seifenblase.«
»Er und Ferrio waren die ganze Zeit über auffällig gelassen«, stellte Elena fest. »Als hätten sie geahnt, weshalb Salvati sie hergebeten hat.«
»Ich glaube, sie haben es nicht nur geahnt, sondern gewusst«, sagte Alexander. »Sonst hätten sie wohl kaum ihre Pistoleros in Bereitschaft gehalten.«
»Aber das würde heißen, dass wir verraten wurden«, erwiderte Elena.
»Ganz genau«, knurrte Alexander. »Entweder hat Salvati uns nur etwas vorgespielt, oder der Verräter ist einer von uns!«
Enrico wandte sich an Alexander. »Ich halte Salvati nicht für einen Verräter. Ich sage das nicht, weil er mein Vater ist. Aber er hat auf mich einen ehrlichen Eindruck gemacht. Außerdem hat er gar keinen Anlass zu einer derartigen Täuschung.«
»Den hätte er sehr wohl«, widersprach Alexander. »Elena und ich schreiben für eine bedeutende Zeitung. Salvati könnte daran gelegen sein, sein Ansehen in der Öffentlichkeit rein zu halten.«

»Dann hätte er uns auch unschädlich machen können, ohne mit Lavagnino diese Farce aufzuführen«, meinte Enrico. »Außerdem kann der Verräter auch aus Salvatis Umfeld kommen. Wenn die Bediensteten hier mehr oder minder vollständig auf Lavagninos Gehaltsliste stehen, kann einer von ihnen uns ausspioniert haben.«

»Mag sein«, gestand Alexander zu. »Jedenfalls war es ein Fehler, nicht sofort zur Polizei zu gehen. Wenigstens Commissario Donati hätten wir einweihen sollen, als noch Zeit dazu war.«

»Wir waren uns doch einig, dass wir erst Beweise haben wollen«, erinnerte Enrico ihn. »Auch für meinen Vater und seine Glaubenskirche steht viel auf dem Spiel. Wären wir mit leeren Händen zur Polizei gegangen, hätten die Medien nur dumme Gerüchte über Salvatis mögliche Verwicklung in das Attentat auf Custos verbreitet.«

»Aller gebotenen Rücksicht auf deinen Vater zum Trotz hätten wir nicht versuchen sollen, auf eigene Faust Licht in die Sache zu bringen«, murrte Alexander. »Jetzt sitzen wir hier fest und können nichts tun.«

»Uns wird bestimmt nichts geschehen«, sagte Vanessa, aber es klang nicht sehr überzeugt.

Alexander sah in ihre Richtung. »Wir sollten uns nichts vormachen. Lavagnino hat offen gestanden, dass er über Leichen geht. Und beim Anschlag auf Custos hat er bewiesen, dass es ihm auf ein paar Tote mehr oder weniger nicht ankommt. Ich fürchte, unsere Situation ist mehr als ernst. Wer eine Idee hat, wie wir hier rauskommen, und möge sie auch noch so abenteuerlich sein, sollte sie vorbringen.«

»Wir könnten versuchen, das Papier in den Kisten anzuzünden«, schlug Elena vor. »Wenn die Wachen wegen des Feuers die Tür öffnen, könnten wir vielleicht fliehen.«

»Das ist in der Tat eine abenteuerliche Idee«, fand Alexander. »Noch dazu eine, die allenfalls im Kino funktioniert. In der Praxis könnten wir verbrennen oder am Rauch ersticken, ehe auch nur jemand da draußen auf den Gedanken kommt, den Riegel von der Tür zu ziehen.«

Sie sprachen noch eine Weile über Fluchtpläne, aber kein einziger Vorschlag erwies sich als durchführbar. Alles lief darauf hinaus, dass sie Lavagnino auf Gedeih und Verderb ausgeliefert waren.

Es mochten zwei oder drei Stunden vergangen sein, als sie Schritte und Stimmen auf dem Gang hörten. Der Riegel wurde mit einem rostigen Knarren zurückgezogen, und ungewohnt helles Licht fiel in den Kellerraum. Bewaffnete traten ein und hielten die Gefangenen in Schach. Ihnen folgte ein Mann, an dem alles grau war: die Haare, der Bart und der dreiteilige Anzug.

Er stellte einen schwarzen Lederkoffer auf eine der Kisten. »Ich bin Arzt und möchte jedem von Ihnen eine Spritze geben.«

»Danke sehr, aber wir sind schon geimpft«, sagte Alexander voller Sarkasmus.

Der Arzt lächelte unverbindlich. »Ich will Sie nicht impfen. Es ist eine Beruhigungsspritze. Etwas auszuruhen tut Ihnen allen bestimmt gut.«

Alexander baute sich vor ihm auf. »Wenn Sie uns etwas Gutes tun wollen, Dottore, dann sorgen Sie dafür, dass wir hier herauskommen. Dann kann ich auch wieder ruhig schlafen.«

Der Arzt öffnete seine Tasche und sagte wie beiläufig: »Oh, das können Sie nach dieser Spritze auch, seien Sie versichert.«

Die Waffen seiner Begleiter ließen den Gefangenen keine Wahl. Sie mussten ihre Oberarme frei machen und stillhalten, als der Arzt die lange Nadel in ihr Fleisch drückte.

Für Enrico war es nur ein kurzer Schmerz, und das unangenehme Stechen in seinem Arm wurde schnell von einer wohligen Schwere verdrängt, die sich in seinem ganzen Körper ausbreitete. Dauerte es Minuten oder nur Sekunden, bis er keinen anderen Wunsch mehr verspürte als den, die Augen zu schließen und zu schlafen? Alles um ihn herum versank in einem dichten Nebel. Die Stimmen, die er hörte, klangen undeutlich, seltsam verzerrt, und sie schienen aus weiter Ferne zu kommen. So oft schon hatte Enrico den Schlaf gefürchtet, jetzt aber war es sein sehnlichstes Verlangen, in Morpheus' Armen auszuruhen. Er schloss die Augen und merkte kaum noch, wie kräftige, sehr irdische Arme seinen zusammensackenden Körper auffingen und hinaus auf den Gang trugen.

20

Enrico war in dem steinernen Labyrinth gefangen. Hinter ihm waren alle Brücken eingestürzt, gähnte der schwarze Schlund einer unermesslichen Tiefe. Und vor ihm lag der See. Noch war seine Oberfläche ruhig und glatt, aber Enrico wusste, was gleich geschehen würde. Nicht nur die ungewöhnliche Hitze, die der See auszustrahlen schien, trieb ihm den Schweiß aus allen Poren. In panischem Schrecken sah er sich nach allen Seiten um, aber jeder Fluchtweg war ihm versperrt. Er konnte nur abwarten, konnte nur auf das harren, was der See ausspucken würde.

Hab keine Angst, mein Sohn, ich bin bei dir!

Immer wieder diese Stimme in seinem Kopf! Sie versuchte, ihn zu beruhigen. Ohne Erfolg. Die Angst vor dem, was kommen würde, war stärker.

Enrico blickte hinab auf den See, und der Wasserspiegel veränderte sich, kräuselte sich, schlug Wellen, und schließlich spritzte dampfende Gischt in die Höhe. Der Geflügelte erhob sich aus dem Wasser und bewegte sich wie schwebend auf Enrico zu. Enrico starrte in das ebenmäßige Antlitz, das sich bald in die hässliche Teufelsfratze verwandeln würde. Gleichzeitig wünschte er sich, dass es nicht geschehen möge.

Konzentriere dich auf deinen Wunsch! Gemeinsam sind wir stark, können wir es schaffen!

Enrico befolgte die Anweisung. Mit aller Kraft stellte er sich vor, dass ihm ein gutes Wesen gegenübertrat, kein Teufel oder Dämon. Es war anstrengend, und bald atmete er nur noch in kurzen, schnellen Stößen. Schweißtropfen rannen über sein Gesicht und brannten in seinen Augen. Er fühlte sich schwach, vollkommen ausgelaugt. Am liebsten hätte er sich einfach fallen gelassen und an gar nichts mehr gedacht. Aber er hielt durch, und auf einmal fiel es ihm leichter, sein Gegenüber anzusehen. Vor ihm stand der Geflügelte, ohne sich in einen Dämon zu verwandeln, und lächelte.
Du machst das gut, ich bin stolz auf dich.

»Ich bin stolz auf dich, Enrico, du hast deine Angst überwunden.«
Das war nicht die Stimme in seinem Kopf. Er hörte sie richtig – mit seinen Ohren. Als Enrico die Augen öffnete, waren der See und der Geflügelte verschwunden. Aber er schien sich noch immer in dem Felslabyrinth zu befinden. Die Decke über ihm bestand aus rohem Felsgestein. Die Wände hingegen waren mit Malereien verziert, wie Enrico sie ähnlich bereits gesehen hatte. Dies waren Wandbilder der Etrusker, und er fragte sich, ob er wieder in Borgo San Pietro war.
»Wie geht es dir, Enrico?«
Das war eine andere Stimme als die, die eben zu ihm gesprochen hatte. Die besorgte Stimme einer Frau. Neben dem niedrigen Feldbett, auf dem er lag, kniete Vanessa und sah ihn fragend an. Sein Blick wanderte weiter zu Tomás Salvati. Sein Vater. Es fiel Enrico nicht ganz leicht, das zu akzeptieren, nachdem er so viele Jahre ohne Vater gewesen war. Salvati gehörte die männliche Stimme, die eben zu ihm gesprochen hatte. Aber noch ein zweiter Mann stand an seinem Bett. Ein Mann, bei dessen Anblick Enrico sich sagte, dass dies nicht die Realität sein konnte. Träumte er nur, dass er aus seinem Traum erwacht war? War dies alles ein Trugbild, hervorgezaubert

von dem Dämon aus dem See, um ihn in falscher Sicherheit zu wiegen?

»Sie sehen mich an wie ein Gespenst«, sagte der Mann, der nicht hier sein durfte – nicht hier sein konnte. »Ich bin es wirklich.«

Ungläubig musterte Enrico den anderen, den er zum ersten Mal in einem dunklen Anzug sah. Der Anzug eines Priesters zwar, aber nicht das weiße Papstgewand, in dem Custos sich gewöhnlich zeigte und das er getragen hatte, als Enrico ihm im Vatikan begegnet war. Custos wirkte mitgenommen, hatte eingefallene Wangen und war grau im Gesicht. Aber er lebte, und es waren keine Verletzungen zu erkennen.

»Das verstehe ich nicht«, murmelte Enrico. »Ich habe doch gesehen, wie Sie erschossen wurden!«

»Viele starben bei diesem schrecklichen Gemetzel, ich aber wurde nur leicht verletzt«, erklärte Custos. »Ich dachte, der Herr habe seine schützende Hand über mich gehalten, doch das war nur die halbe Wahrheit. Die Soldaten hatten den Auftrag, mich zu schonen und hierher zu bringen. Nur die Öffentlichkeit sollte glauben, dass ich tot bin.«

Enrico erinnerte sich an die Rauchgranate und an die Attentäter, die zu Custos und seinen Begleitern liefen. Es war das letzte Bild, das vor seiner Ohnmacht durch das Betäubungsgas in ihm haften geblieben war. Jetzt erst verstand er den Sinn: Es war kein Mordanschlag gewesen, sondern eine Entführung. Die Entführer hatten die Prozession eingenebelt, um ihre wahre Absicht zu verdecken. Und sie waren nicht davor zurückgeschreckt, viele Unschuldige aus der Begleitung des Papstes zu töten. Aber diese Einsichten befriedigten Enrico kaum, im Gegenteil, sie warfen einen ganzen Wust an neuen Fragen auf.

»Wo sind wir hier?«, lautete die erste, und gleich darauf die nächste: »Wer hat Sie und uns hierher gebracht?«

»Hergebracht wurden wir von *Totus Tuus*, von Lavagninos

Helfern«, antwortete der Engelspapst. »Sie haben nichts davon mitbekommen, weil man Ihnen eine Betäubungsspritze gegeben hat.«

Enrico sah sich zum wiederholten Mal in dem Raum um, der von einer provisorischen Lampe beleuchtet wurde, die ihre Stromzufuhr durch ein langes, schwarzes Kabel erhielt. »Ich vermisse Elena und Alexander.«

»Die beiden haben eine andere Kerkerzelle«, sagte Custos. »Hier gibt es viele dieser zu unterirdischen Zimmern umgearbeiteten Höhlen, die sich als Gefängnis eignen. Gefängnisse allerdings, deren Design sehr exklusiv ist«, fügte der Papst mit Blick auf die Wandmalereien hinzu. »Eigentlich sollte das alles hier besser ein Museum sein, um die Kunstfertigkeit der Etrusker zu veranschaulichen.«

»Die Etrusker«, wiederholte Enrico leise. »Sind wir in der Nähe von Borgo San Pietro?«

Custos schüttelte den Kopf. »Gehen Sie auf der Landkarte ungefähr fünfhundert Kilometer nach Süden, Signor Schreiber, das kommt eher hin.«

»Nach Süden?« Enrico überlegte kurz. »Dann müssten wir uns noch immer am Golf von Neapel befinden.«

»So ungefähr. Genau genommen befinden wir uns im Monte Cervialto.«

»Wir sind *im Berg drinnen*?«

»Ja. Hier gibt es eine alte Kultstätte der Etrusker, die der Öffentlichkeit unbekannt ist. Einige Mönche haben sie durch Zufall entdeckt, als sie zum Kreuz der großen Gnade pilgerten. Sie waren *Totus Tuus* eng verbunden, und der Orden hielt die Entdeckung unter Verschluss. Dabei ist es eine Entdeckung von bedeutenden Ausmaßen.«

Als Enrico weiterhin verwirrt dreinsah, ergriff Vanessa das Wort: »Die Machtquelle, von der du in dem Reisetagebuch gelesen hast, Enrico.«

»Was ist mit ihr?«

»Kann es sein, dass sie gar nicht in der Umgebung von Borgo San Pietro zu finden ist, sondern hier?«

»Keine Ahnung. Ich weiß noch nicht mal, um was für eine Macht es sich handelt. Aber irgendetwas muss die alte Etruskerstadt bei Borgo San Pietro verwüstet haben.«

»Die Etrusker sind ein mysteriöses Volk, das uns sicher mehr als ein Geheimnis hinterlassen hat«, sagte Tomás Salvati. »Vielleicht gab es bei Borgo San Pietro etwas Ähnliches wie hier. Vielleicht existiert es dort noch immer, irgendwo tief unter der Erde verborgen.«

»Aber was ist hier in dem Berg?«, fragte Enrico.

Salvati sah ihn lange an, bevor er antwortete: »Der See.«

»Der See?«

»Der See aus unseren Träumen, Enrico. Hast du nicht gespürt, dass dein Traum stärker wurde, je näher du diesem Ort gekommen bist?«

»Doch, ja«, lautete Enricos Antwort. Sie kam zögerlich über seine Lippen, denn sein Verstand beschäftigte sich schon wieder mit etwas anderem. »Du sprachst von *unseren Träumen*. Heißt das, auch du hast von dem See und dem Geflügelten geträumt?«

»Ja, Enrico. Auch ich hatte viele Jahre lang Angst vor diesem Traum, bis ich erkannte, dass Uriel mich auf eine Probe stellte. Er erschien mir im Traum als der Lichte und als der Dunkle, und erst als ich mich zum Lichten bekannte, verschwand Luzifer für immer aus meinem Traum.«

»Uriel und Luzifer? Du sprichst von ihnen, als seien sie eine und dieselbe Person.«

»Vielleicht kommt das der Wahrheit nahe«, sagte Salvati. »Aber wir sollten uns hüten, von Personen zu sprechen und dabei an menschenähnliche Wesen zu denken. Gewiss, wenn wir in der Heiligen Schrift oder in anderen Quellen von Engeln lesen, werden sie uns sehr menschenähnlich geschildert, vielleicht noch mit Flügeln, wie sie auch Uriel in unseren Träumen trägt. Aber das alles sind Hilfen, Krücken, die wir Menschen benutzen, um uns die eigentlich unbegreifliche Engelsmacht wenigstens ansatzweise vorstellen zu können. Ich glaube, dass Uriel und Luzifer tatsächlich nur zwei gegensätzliche Ausprägungen derselben Kraft sind. Und das macht sie doch wieder menschenähnlich. Auch wir haben in allem, was wir tun und lassen, immer die Wahl, uns vom Licht oder vom Schatten leiten zu lassen.«

»Der ewige Kampf zwischen Gut und Böse«, fügte Custos hinzu.

Salvati nickte und wirkte gleichzeitig betroffen. »Ein Kampf und eine Prüfung, der wir uns immer wieder aufs Neue stellen müssen. Auch mir erging es nicht anders, als ich von der wahren Vision erfuhr, die Fabrizio Piranesi in den Bergen von Borgo San Pietro hatte. Ich meine den verblendeten Papst, der im Bann des Verfluchten stehen soll, des Engelsfürsten. Als ich das hörte, zweifelte ich an mir und an allem, was ich bisher geglaubt und getan hatte. Mehr noch, ich zweifelte am Erzengel Uriel selbst, unserem Ahnherrn, dem Engelsfürsten.«

»Du sprichst, als hättest du deine Zweifel überwunden«, fand Enrico.

»Das habe ich. Es war die Prüfung, die ich zu bestehen hatte.«

»Also glaubst du nicht, dass Fabrizio Piranesi die Wahrheit gesprochen hat.«

»Ich halte Fabrizio Piranesi und seinen Bruder Angelo nicht für Lügner, ganz bestimmt nicht. Aber Visionen sind, wie dir auch Signorina Falk sagen kann, eine Frage der Interpretation. Dieselbe Erscheinung wird auf ein Kind anders wirken als auf einen Erwachsenen, auf einen Mann anders als auf eine Frau, auf einen Tiefgläubigen anders als auf einen Atheisten. Verhält es sich nicht so, Signorina?«

»Ja«, erwiderte Vanessa. »Ich hätte es nicht treffender sagen können.«

»Ich habe lange über Fabrizio Piranesis Weissagung nachgedacht«, fuhr Salvati fort. »In den vergangenen Tagen hatte ich dazu ausreichend Zeit. Nach allem, was ich über Lavagnino und seine Machenschaften erfahren habe, bin ich tatsächlich jener verblendete Papst, der dem falschen Weg gefolgt ist. Aber ich weigere mich, Uriel zu verdammen. Nichts spricht gegen den höchsten der Engel, alles aber gegen mich. Ich hätte mehr Zwiesprache mit unserem Ahnherrn halten sollen, dann hätte ich den verhängnisvollen Pfad nicht beschritten. Ja, ich stand tatsächlich im Bann des Verfluchten, aber das war nicht Uriel, sondern Luzifer. Im Gegensatz zu dir, mein Sohn, habe ich die Teufelsfratze nicht gesehen, als es darauf ankam. Das ist die große Gefahr, wenn man die Angst überwindet: Man stellt sich nicht mehr selbst in Frage.«

»Es kann schnell geschehen, dass man in gutem Glauben das Falsche tut«, stimmte Vanessa ihm zu. »Und wenn man es bemerkt, kann man es nur noch bereuen, aber nicht mehr ungeschehen machen.«

Enrico sah sie an und musste daran denken, wie sie auf dem Landsitz einen Zusammenbruch erlitten hatte, als Lavagnino seine Untaten offen eingestand. Ein Gedanke, der schon da in ihm aufgekeimt war, nahm erneut Gestalt an. Ein Gedanke, den er am liebsten sofort und für immer aus seinem Kopf verbannt hätte. Aber je länger er über Vanessa nachsann, desto deutlicher stand es ihm vor Augen.

Er sah Vanessa traurig an. »Bereust du es auch? Bereust du, dass du für Lavagnino spioniert und ihm bei seinen Morden geholfen hast? Oder war es für dich als Mitglied von *Totus Tuus* deine Christenpflicht?«

Vanessa musste lange schlucken, bevor sie antworten konnte. »Ich bin kein Mitglied von *Totus Tuus*. Aber das andere stimmt. Ich hielt es tatsächlich für meine Christenpflicht, Kardinal Lavagnino zu helfen.«

»Und die von ihm bestellten Morde haben dir nichts ausgemacht?«, fragte Enrico mit lauter, bebender Stimme.

»Davon wusste ich nichts! Als ich bei ihm vorsprach, um seine Hilfe bei meinen Recherchen zu erbitten, verwickelte er mich geschickt in ein Gespräch über meinen Glauben. Vielleicht hat er gespürt, dass ich schon lange schwankend war in der Auffassung, ob die Kirche noch für Gott steht. Vielleicht hatte er auch Erkundigungen über mich eingeholt, ich weiß es nicht. Aber er brachte mich dazu, ihm zu vertrauen und zu glauben, dass er nur das Beste für die Kirche und für die Gläubigen wollte. Deshalb habe ich ihm Informationen gegeben. Aber ich ahnte nicht, wofür er sie missbrauchen wollte. Als die Killer in Marino auftauchten und Leone Carlini quasi vor meinen Augen umbrachten, wurde ich zum ersten Mal stutzig. Aber die volle Wahrheit wurde mir erst klar, als Lavagnino seine Taten offen zugab.« Sie schwieg eine Sekunde, bevor sie fragte: »Seit wann weißt du davon, Enrico?«

»Ich ahnte die Wahrheit viel zu spät. Erst vorgestern, als du fast zusammengeklappt bist, während Lavagnino so freimütig seine Machenschaften eingestand. Da wurde mir klar, dass du immer in der Nähe warst, wenn etwas Entscheidendes passierte. Dein geheimnisvoller Informant im Vatikan, von dem du mir erzählt hast, ist niemand anderes als der Kardinalpräfekt. Wirklich ein gut informierter Mann! Wusste Lavagnino von dir, dass ihn beim Besuch im Landhaus meines Vaters eine Falle erwartete?«

Vanessa wich Enricos anklagendem Blick aus und nickte nur.

»Vanessas Schuld ist nicht größer als meine«, sagte Tomás Salvati. »Du magst dich zu Recht verletzt und verraten fühlen, Enrico, aber bedenke, dass Vanessa nicht aus bösem Willen handelte, sondern selbst eine Verführte war, eine Verratene.«

Enrico wollte das nur zu gern glauben. Er fühlte sich nach wie vor zu Vanessa hingezogen. Aber gerade deshalb wog ihr Verrat so schwer. In den letzten Tagen waren sie wie Liebende gewesen, aber jetzt musste er sich fragen, ob sie ihm auch das nur

vorgespielt hatte. Er suchte die Antwort in ihren Augen, aber sie wandte den Blick von ihm ab.
Die Stahltür vor der unterirdischen Zelle wurde geöffnet, und das metallische Geräusch fand ein hohles Echo. Enrico sah einen Wachtposten mit umgehängter Uzi-Maschinenpistole und einen Mann in der Kleidung eines Kardinals, der die Zelle betrat. Es war Lavagninos rechte Hand, Araldo Ferrio. Er blieb mitten im Raum stehen, rückte seine randlose Brille zurecht und sah Enrico an.
»Schön, dass Sie wieder bei Kräften sind. Der gute Dr. Brusio zweifelte schon an seiner ärztlichen Kunst und dachte, er habe Ihnen eine zu hohe Dosis des Schlafmittels gespritzt.«
Tomás Salvati ergriff das Wort: »Ausschlaggebend war nicht das Schlafmittel, sondern dieser Ort. Die Kraft des Sees hat meinen Sohn in ihren Bann gezogen. Aber er war stark genug, um ihr zu widerstehen.«
Ferrio sah zufrieden aus. »Er reagiert also auf die Engelsmacht, sehr schön. Dann wird sie auch auf ihn ansprechen. Alles andere hätte mich auch gewundert, schließlich ist er Ihr Sohn.«
»Die Engelsmacht?«, wiederholte Salvati. »Das habe ich bis vor kurzem auch geglaubt, aber jetzt kenne ich die Wahrheit: Es ist der Engelsfluch, der das Verderben über die Welt bringen kann!«
»Nicht das Verderben, sondern die Rückkehr der himmlischen Kraft«, widersprach Ferrio. »Seine Eminenz, Kardinalpräfekt Lavagnino, ist sich da sicher.«
»Er täuscht sich«, erwiderte Enricos Vater und schlug einen beschwörenden Ton an. »Oder er führt Sie absichtlich in die Irre, so wie er uns alle hinters Licht geführt hat. Er bringt die gesamte Christenheit, die Menschheit, in Gefahr. Der Engelsfluch darf nicht entfesselt werden!«
Ferrio blickte Salvati unbeeindruckt an. »Es ist schade, dass Sie uns nicht weiter unterstützen, Salvati. Sie wären ein guter Papst gewesen. Bleiben Sie also ruhig noch eine Weile hier bei Ihrem

Sohn und dem anderen verräterischen Papst! Wir lassen Sie holen, wenn wir Sie brauchen.«

Er ging hinaus, und der Wachtposten verschloss die Tür wieder.

»Was ist dieser Engelsfluch?«, fragte Enrico.

Custos setzte sich auf den einzigen Schemel im Raum und verzog kurz das Gesicht. Offenbar hatte er Schmerzen, wohl aufgrund seiner Verletzungen. »Erinnern Sie sich an unser Gespräch über die gefallenen Engel?«

»Ja, sehr genau.«

»Wie Sie wissen, habe ich auch die Schriften des Henoch erwähnt, die nicht in unsere Bibel Eingang gefunden haben.«

Enrico nickte. »Mit Ausnahme von Äthiopien.«

Custos lächelte. »Richtig. Henoch berichtet von der Strafe Gottes für jene gefallenen Engel, die sich mit den Menschentöchtern einließen. Diese Gefallenen sollten für siebzig Geschlechter unter die Hügel der Erde gebunden werden bis zum Tag ihres Gerichts und ihrer Vollendung, bis das Endgericht vollzogen wird. In jenen Tagen, so heißt es weiter, wird man die Gefallenen in den Schlund des Feuers hinabführen, und sie werden für ewig in der Qual und im Kerker eingeschlossen sein.«

»Ich glaube nicht, dass ich das verstehe«, gestand Enrico.

»Dieser Berg hier mit seinen geheimen Höhlen könnte das vorläufige Gefängnis der Gefallenen sein, von dem Henoch spricht. Der Ort, an dem sie auf das Höllenfeuer warten – oder darauf, dass sie freikommen und ihre böse Macht über die Welt verbreiten können. Es gibt andere Überlieferungen, oft nur bruchstückhaft, die vor der Macht der gefallenen Engel warnen und davor, dass der Engelsfluch die Welt ins Verderben stürzt.«

»Wie sollte das geschehen?«

»Vielleicht ist es unsere Kraft, die Kraft der Engelssöhne, die nötig ist, um die Fesseln der Gefallenen zu sprengen.«

Enrico Kopf brummte angesichts dieser Eröffnungen. Vielleicht waren es auch die Nachwirkungen des Schlafmittels und seines intensiven Traums, die ihm das Denken erschwerten. Mühevoll konzentrierte er sich und fragte: »Sind Sie denn auch ein Nachfahre der Engel?«

»Nach allem, was ich jetzt weiß, ja. Ich hatte immer eine Antwort auf die Frage gesucht, woher Jesus seine ungewöhnlichen Kräfte hatte. Auch er muss ein Nachfahre der Engel gewesen sein, ein Engelssohn. Davon ausgehend, dass die Engel letztlich nichts anderes sind als ein Teil der göttlichen Macht, ist Jesus tatsächlich, und nicht nur sinnbildlich, Gottes Sohn gewesen. Genaues wissen wir nicht. Fest steht nur, dass hier im Monte Cervialto eine Macht schlummert, die wir mit unseren naturwissenschaftlichen Erkenntnissen auch nicht ansatzweise zureichend erklären können. Ihre Träume, Enrico, und das schreckliche Erdbeben beweisen es.«

»Wieso das Erdbeben?«

»Ich habe es vorausgesehen«, sagte Tomás Salvati. »Meine Warnung an Custos, nicht nach Neapel zu kommen, war kein Bluff, kein Taktieren. Ich hatte einen Traum, in dem Custos nach Neapel kam, und der Boden erbebte unter seinen Füßen. Damals hielt ich es für eine Warnung Gottes, aber ich habe mich geirrt. Und vielleicht bin ich genauso Auslöser der Katastrophe gewesen wie Custos – unfreiwillig.«

»Weil die Engelsmacht auf eure Anwesenheit in dieser Gegend reagiert hat?«

»Das vermuten wir«, antwortete Salvati.

»Aber jetzt herrscht Ruhe«, meinte Enrico. »Oder hat es noch Beben gegeben, während ich ohne Bewusstsein war?«

»Nein, Gott sei Dank nicht. Aber ich befürchte, dass das Erdbeben und der Ausbruch des Vesuvs nur ein Vorgeschmack auf das Kommende waren. Ähnlich könnte es vor zweitausend Jahren gewesen sein, als die Etruskerstadt bei Borgo San Pietro verschüttet wurde. Hier wie dort gab es etruskische Kultstätten, zugleich Schulungsorte für die etruskischen Priester.«

»Ich bin heute schwer von Begriff«, entschuldigte sich Enrico im Voraus. »Und ich kann schon wieder nicht folgen. Wenn die gefallenen Engel hier im Monte Cervialto gefangen sind, wie können sie dann für das Unglück in Borgo San Pietro verantwortlich sein?«

»Vermutlich gibt es nicht nur einen Ort, an dem die Gefallenen eingeschlossen sind. Wer weiß, vielleicht mussten sie sogar aufgespalten werden, um ihre Kraft zu schwächen. Möglicherweise gibt es auf der ganzen Welt Orte wie diesen, besondere Orte mit einer Ausstrahlung, die alte Völker wie die Etrusker dazu veranlasst haben, dort ihre Kultstätten zu bauen.«

Enrico sah seinen Vater ungläubig an. »Meinst du, die Pyramiden in Ägypten und in Südamerika, die riesigen Steinfiguren auf der Osterinsel, die Felsenstadt Petra, der Steinkreis von Stonehenge – das alles geht auf die gefallenen Engel zurück?«

»Es ist bloß eine Theorie. Vielleicht trifft es nicht auf alle diese Orte zu, nur auf einige.«

Noch immer lag offener Zweifel in Enricos Blick, als er zu seinem Vater sagte: »Ich fürchte, das alles geht weit über meinen Verstand hinaus.«

»Das trifft auf uns alle zu, Enrico. Alles, was wir hier besprechen, sind nur Vermutungen, Erklärungsversuche. Wir kratzen nur an der Oberfläche dessen, was für uns wohl immer ein Geheimnis bleiben wird. Und vielleicht ist das gut so. Denn wir sind nur Menschen und kaum bereit für die Macht, die im Verborgenen liegt. Möglicherweise hat Gott deshalb so streng darauf geachtet, dass die Engel sich nicht gegen seinen Willen mit den Menschen verbanden.«

Der bewaffnete Trupp kam ein oder zwei Stunden später, um die Gefangenen zu holen. Zeit war in dem unterirdischen Kerker bedeutungslos. Es waren fünf Männer mit automatischen

Pistolen und handlichen Uzis. Angesichts dieser Feuerkraft, der die vier Gefangenen nichts entgegenzusetzen hatten, war jeder Gedanke an Flucht verschwendet.

Der Gang, durch den sie von ihren Wächtern geführt wurden, war von ähnlichen provisorischen Lampen erhellt wie der Raum, in dem Enrico aufgewacht war. Überall stießen sie auf die Wandmalereien der Etrusker, und hier waren auf fast jedem Bild geflügelte Wesen zu sehen. Nach einer Abzweigung endete der Gang vor dem Durchlass zu einer größeren Felskammer, der von zwei lebensgroßen Engelsstatuen bewacht wurde. Einer der Geflügelten lächelte und wies mit einer einladenden Handbewegung auf den großen, hohen Raum. Der zweite Engel aber blickte ernst, und ein Schwert in seiner rechten Hand sollte vielleicht die falschen Leute abschrecken, die Felskammer zu betreten. Die Bewaffneten allerdings ließen Enrico und seinen Begleitern keine Wahl.

Dutzende von armlangen Kerzen, entlang der Wände aufgereiht, beleuchteten den Raum und warfen ein Spiel aus tanzenden Schatten auf das Felsgestein. Auch hier sah man die etruskischen Wandmalereien mit dem Engelsmotiv, gleichzeitig aber schmückten christliche Symbole den Raum. Im hinteren Bereich stand ein mindestens drei Meter hohes hölzernes Kruzifix zwischen zwei Wandteppichen, die das Jesuskind in der Wiege und den gebückt gehenden, sein Kreuz nach Golgatha tragenden Jesus zeigten. Vor dem Kruzifix stand ein mit Kerzen und Blumen geschmückter Tisch, unzweifelhaft ein Altar.

Der größte Teil des Raums wurde von sorgfältig aufgereihten Stühlen eingenommen, von denen die Mehrzahl besetzt war. In den vorderen Reihen hatten viele Kleriker, darunter auch Ferrio und weitere Kardinäle, Platz genommen, hinter ihnen Männer und Frauen, die vermutlich in diesem unterirdischen Komplex arbeiteten. Ganz hinten saßen Alexander und Elena, bewacht von einem Mann, der seine Uzi zwar lässig am Schultergurt trug, aber die beiden kaum eine Sekunde aus den Augen ließ. Enrico, Vanessa, Tomás Salvati und Custos mussten sich neben die beiden setzen, und die Bewaffneten blieben in ihrem Rücken stehen.

»Willkommen zur heiligen Messe«, flüsterte Alexander. »Oder zu dem, was die *Totus-Tuus*-Leute darunter verstehen.«

Orgelmusik setzte ein, obwohl nirgendwo eine Orgel zu sehen war. Vermutlich kam die Musik vom Band. Zwei Messdiener gingen zwischen den Stuhlreihen nach vorn, halbwüchsige Jungen, die ihre Räucherfässchen elegant im hohen Bogen schwangen, und bald lastete schwerer Weihrauchduft auf allen. Den Ministranten folgte gemessenen Schrittes Renzo Lavagnino mit vier weiteren Messdienern. Er blieb vor dem Altar stehen, um wahrhaftig die heilige Messe zu zelebrieren. Er tat es in Latein, ein alter Brauch, der von der Amtskirche längst abgeschafft war, aber von konservativen Geistlichen gegen alle Order aus Rom weiterhin praktiziert wurde.

»Was soll das Ganze?«, fragte Vanessa leise und schüttelte sich. »Auf mich wirkt das makaber.«

»Du weißt wirklich nicht, was hier geschieht?«, fragte Enrico.

Zum ersten Mal seit Stunden blickte Vanessa ihm wieder in die Augen. »Nein. Ich habe mich von Lavagnino losgesagt. Auch ich bin nur eine Gefangene.«

Enrico glaubte ihr, aber er fühlte sich noch immer von ihr betrogen und verletzt.

»Was auch immer das hier darstellen soll, eins beweist es ganz klar«, meinte Alexander. »Lavagnino ist nicht nur verblendet, er ist vollkommen wahnsinnig!«

Nach dem Ende der Messe wechselte der Kardinalpräfekt ins Italienische und sagte: »Brüder und Schwestern, nach diesem Gottesdienst sind wir bereit, uns dem Herrn und seiner himmlischen Macht zu stellen, die viel zu lange schon in diesem Berg ruht. Wir werden die Engelsschar aus ihrem Schlaf erwecken, damit sie uns beisteht in unserem Kampf, den wahren Glauben wieder in der Kirche durchzusetzen. Und wenn die Kirche geeint und fest hinter einem neuen Papst steht, wird auch das gelingen, was bisher gescheitert ist: Wir werden Gottes Wort über den ganzen Erdball verbreiten, bis es keine Ungläubigen mehr auf diesem Planeten gibt.«

»Ein wahnsinniger Missionar«, flüsterte Alexander. »So ziemlich das schlimmste Exemplar von Mensch, das man sich vorstellen kann.«

»Folgt mir nun zum Engelssee!«, forderte Lavagnino und schritt, flankiert von den Weihrauch verteilenden Messdienern, auf den Ausgang zu. Die Kardinäle, die Kleriker und alle anderen schlossen sich ihm an, auch die Gefangenen, wofür die Bewaffneten sorgten.

Je länger sie unterwegs waren, desto wärmer wurde es, und Enrico erinnerte sich an die Hitze, die der See in seinem Traum ausgestrahlt hatte. Erst jetzt fiel ihm auf, dass es im gesamten Höhlensystem, soweit er es kennen gelernt hatte, warm war, obwohl er nirgendwo eine Heizung gesehen hatte. Bald schwitzte er, und den anderen erging es ebenso.

Aber die Hitze war nicht das eigentlich Beunruhigende. Er fühlte eine seltsame Beklemmung, die mit jedem Schritt zunahm, und in seinem Kopf war ein Raunen ähnlich der Stimme aus dem Traum. Er konnte die Worte nicht verstehen, aber er hatte den Eindruck, dass es viele Stimme waren. Die der gefallenen Engel, die ihre Befreier begrüßten?

Als er seinen Vater ansah, sagte der: »Auch ich höre es. Fürchte dich nicht, Enrico! Denk an den Engel aus unserem Traum! Wenn wir stark sind, kann er nicht zum Dämon werden.«

Tomás Salvati wirkte stark und zuversichtlich. Enrico hoffte, dass sein Vater ihm nicht nur Mut machen wollte.

Custos berührte Enricos Ellbogen. »Wir sind zu dritt, und einer wird dem anderen beistehen.«

Die Prozession endete in einem gigantischen Felsendom, in dem es fast so heiß war wie in einer Sauna. Binnen Sekunden klebten Enricos Kleider an seinem Leib. Große Scheinwerfer

erleuchteten den Raum, konnten aber kaum die Ursache für diese Hitze sein.
Überlebensgroße Steinengel bewachten diesen Ort, doch von ihnen lächelte keiner. Alle machten ernste Gesichter, trugen Schwerter, Lanzen oder Fackeln und blickten zu jenem Abgrund, an den Lavagnino nun trat. Enrico hielt die Figuren für Wächter über die Gefallenen.
Die Menschen verteilten sich in dem Felsendom wie nach einem geheimen Plan. Ferrio und die Kardinäle traten nach vorn, um sich links und rechts neben Lavagnino zu stellen. Ferrio wandte sich um und gab den Wachen einen Wink. Drei Wächter führten Enrico, seinen Vater und Custos nach vorn, während die übrigen Bewaffneten bei Vanessa, Elena und Alexander blieben.
Jeder Schritt fiel Enrico schwer. Er wollte stehen bleiben, aber die harte Mündung einer Maschinenpistole in seinem Rücken trieb ihn voran. Die Hitze und mehr noch seine innere Beklemmung ließen ihn kaum atmen. Sein Vater und Custos wirkten gefasster, aber auch ihnen lief der Schweiß in Strömen über das Gesicht.
Als sie den Abgrund erreichten, blickten sie in die Tiefe. Ungefähr hundert Meter unter ihnen war der See, der im Licht der Scheinwerfer zwischen Smaragdgrün und Stahlblau oszillierte. Ansonsten lag er absolut still da. Kein Wind kräuselte die Wasseroberfläche oder wühlte sie gar auf. Aber Enrico machte sich keine Illusionen. Aus seinem Traum wusste er, dass der See von einer Sekunde zur anderen aufbrechen und dampfende Gischt versprühen konnte.
Sein Vater ergriff Enricos rechte Hand und drückte sie beruhigend. Enrico bedachte ihn mit einem verkrampften Lächeln und bemühte sich, die Panik, die in ihm aufsteigen wollte, zu unterdrücken. Er durfte sich nicht von der Erinnerung an seinen Traum, von der Angst so vieler Nächte, unterkriegen lassen. Vielleicht, versuchte er sich einzureden, war dieser selt-

same Ort, der Engelssee, gar nicht der See aus seinem Traum. Im Traum hatte der See eine andere Form gehabt, waren die Felsen viel zerklüfteter gewesen. Aber andererseits sah im Traum selten etwas so aus wie in der Realität.
Custos wandte sich an Lavagnino. »Hören Sie auf damit, noch ist es Zeit! Sie gehen den falschen Weg, Lavagnino! Wenn Sie die gefallenen Engel wirklich erwecken, werden Sie großes Unheil über die Welt bringen. Ist Ihnen das Erdbeben keine Warnung gewesen?«
»Die Macht, die in diesem See schläft, ist nicht böse«, sagte der Kardinalpräfekt. »In den richtigen Händen vermag sie Gutes zu bewirken. Aber man muss stark im Glauben sein, um mit ihr umzugehen.«
»Sind Sie das, Lavagnino, stark im Glauben?«
Wortlos legte der Leiter der Glaubenskongregation sein Gewand ab. Darunter trug er ein Büßerhemd aus grober Wolle, das er hochschob, bis sein nackter Rücken zu sehen war. Dort gab es kaum einen heilen Flecken Haut, nur Wunden über Wunden, alte vernarbte, verschorfte und solche, die noch frisch waren, wie die Blutspuren an seinem Büßerhemd bewiesen.
»Ich züchtige mich jede Nacht, bis ich blute«, erklärte er und zog sich wieder an.
Custos sah ihn angewidert an. »Sie sind nicht stark, sondern nur abgestumpft, und Sie verwechseln Festigkeit mit Hochmut. Vielleicht haben Sie irgendwann einmal aus edlen Motiven heraus gehandelt, aber spätestens zu dem Zeitpunkt, als Menschenleben für Sie nichts mehr zählten, haben Sie den Weg des Herrn verlassen. Sie sind längst das Werkzeug des Bösen geworden, Lavagnino. Nicht Sie sind derjenige, der sich die Engelsmacht untertan macht, die Gefallenen haben sich Ihrer Seele bemächtigt, und Sie sind zu ihrem Sklaven geworden. Der Engelsfluch ist über Sie gekommen. Kehren Sie um, solange noch Zeit dazu ist!«
Lavagnino lächelte überlegen. »Aus Ihnen spricht nackte

Angst. Sie fürchten um Ihr Pontifikat, das Sie die längste Zeit innegehabt haben.«

»Ich fürchte nur um das Heil der Welt. In den wenigen Monaten, seit ich als Papst im Amt bin, habe ich mir oft gewünscht, die Wahl nicht angenommen zu haben. Sie können nicht ernsthaft glauben, dass es ein ständiges Frohlocken ist, Oberhirte der Christenheit zu sein. Sie, Lavagnino, denken wahrscheinlich nur an die Macht, die damit verbunden ist. Sie möchten diese Macht gern selbst ausüben, nicht wahr? Und die Gefallenen sollen Ihnen dabei helfen.«

»Sie sind jedenfalls nicht der geeignete Mann auf dem Stuhl Petri, und auch Salvati hat sich als zu schwach erwiesen. Wenn Sie meinen, dass ein wirklich starker Mann der Christenheit vorstehen sollte, dann haben Sie Recht.«

»Sie sind nicht stark!«, entgegnete Custos. »Sie sind der Schwächste von allen hier, denn Sie haben sich verführen lassen!«

Lavagnino machte eine wegwerfende Handbewegung. »Genug mit diesem nutzlosen Geschwätz! Wir sollten mit der Zeremonie beginnen.«

Ferrio gab darauf ein Handzeichen, und heller, klarer Chorgesang erfüllte den Felsendom. Die Musik kam hier vermutlich ebenso vom Band wie in der Felskapelle.

Lavagnino fiel mit Blick zum Engelssee auf die Knie, und die übrigen Kardinäle taten es ihm nach. Sie begannen inständig zu beten, auf Lateinisch. Das wenige Latein, das bei Enrico aus der Zeit von Schule und Studium hängen geblieben war, reichte gerade aus, um die wichtigsten römischen Rechtsgrundsätze zu begreifen, von dem Gebet aber verstand er kein Wort. Das war auch nicht nötig. Ihm war klar, dass Lavagnino und seine Gefolgsleute die gefallenen Engel riefen. Die Kraft von Enrico, seinem Vater und Custos, der Engelssöhne, sollte der Katalysator sein, der die unsichtbaren Ketten der Gefallenen sprengte. Ein Blick über die Schulter zeigte Enrico, dass alle

Geistlichen und auch die anderen Anwesenden auf die Knie gefallen waren. Nur die Gefangenen und ihre Wächter standen noch aufrecht.
Das Gebet der Kardinäle wurde leiser, jedenfalls für Enrico. Ein anderes Geräusch beanspruchte seine Aufmerksamkeit: das Raunen in seinem Kopf, das zu einem lauten Rufen wurde, zu einem Schreien. Es hörte sich an wie die Klageschreie Tausender gepeinigter Seelen. Hörte er die gefallenen Engel, die unter einer Äonen währenden Gefangenschaft ächzten? Vor seinen Augen begann die Oberfläche des Sees zu verschwimmen, ein Effekt ähnlich dem Flirren sehr heißer Luft. Er konnte nicht sagen, ob es Einbildung oder Realität war, aber er sah etwas aus dem See aufsteigen, eine große Gestalt, und sie erinnerte ihn an das Wesen aus seinem Traum.
Enrico wusste, dass er jetzt stark zu sein hatte. Im Traum hatte er es geschafft, den Dämon zurückzuhalten. Sein Vater hatte ihm geholfen. Auch jetzt war sein Vater an seiner Seite. Und Custos. Gemeinsam mussten sie es schaffen, die böse Macht zu bannen, mochte sie nun Luzifer oder wie auch immer heißen.
Das Wesen flimmerte wie der See selbst. Sosehr Enrico sich auch bemühte, in ihm den Engel Uriel zu sehen, es wollte ihm nicht gelingen. Immer wieder zerflossen die Formen, nahmen eine andere Gestalt an. Je länger Enrico sich anstrengte, desto erschöpfter wurde er. Seine Kraft und seine Konzentration ließen nach, und er fühlte sich ausgelaugt. Mit Erschrecken beobachtete er, was über dem See geschah: Das Wesen nahm jetzt doch eine feste Gestalt an, aber nicht die, die er erhofft hatte. Was eben noch Flügel waren, veränderte sich zu fledermausartigen Schwingen, und das ebenmäßige Gesicht wurde zu einer zerklüfteten, narbigen Fratze.
»Nein!«, schrie Enrico und wollte sich abwenden.
Er musste gegen eine unsichtbare Kraft ankämpfen, die ihn festhielt. Bei dem Versuch, sich loszureißen, strauchelte er und

fiel am Rand des Abgrunds auf den Fels. Aber wenigstens blickte er nicht mehr hinunter auf den See. Er sah auf seine Hände und bemerkte die blutroten Male auf den Handflächen und Handrücken.
Plötzlich nahm er aus den Augenwinkeln eine Gestalt wahr, die mit schnellen Sätzen herankam. Vanessa! Sie lief auf den Abgrund zu und schlug einen Haken, als hätte sie Augen im Hinterkopf. Der Feuerstoß aus der Uzi eines Wächters verfehlte sie nur knapp, und die Geschosse verloren sich über dem Abgrund. Enrico sah Vanessa in die Augen und erblickte darin die Bitte um Vergebung. Ihm war klar, was sie vorhatte. Er wollte ihr zurufen, es nicht zu tun, aber er brachte vor Schreck und Erschöpfung nur ein Krächzen zustande.
Vanessa erreichte die Gruppe der Kardinäle. Die Wachen konnten nicht mehr auf sie schießen, ohne die kirchlichen Würdenträger zu gefährden. Lavagnino wollte sich erheben, vermutlich, um sich Vanessa entgegenzustellen. Sie aber umfasste ihn mit beiden Armen und riss ihn mit sich – in den Abgrund.
Der Anblick der beiden über den Felsrand stürzenden Gestalten brannte sich unauslöschlich in Enricos Gedächtnis fest und erlöste ihn aus seiner Erstarrung. Er überwand seine Angst vor dem Dämon und starrte wieder hinunter auf den See. Das unheimliche Wesen, von dem er noch immer nicht wusste, ob es wirklich oder nur eingebildet gewesen war, blieb verschwunden. Auch von Vanessa und Lavagnino war nicht das Geringste zu sehen. Der See, der wieder vollkommen ruhig dalag, schien sie einfach verschluckt zu haben.
Sein Herz krampfte sich zusammen, und er bedauerte jede Sekunde der vergangenen Stunden, in denen er Vanessa mit Missachtung, schlimmer noch, mit Verachtung gestraft hatte. Es war verlorene Zeit, und jetzt war es auch ein verlorenes Leben, für Vanessa wie für ihn.
Um ihn herum verwandelte sich die andächtige Stille in ein

vielfaches Stimmengewirr. Die Menschen sprangen auf, riefen durcheinander und starrten zu dem Felsenrand, über den ihr Anführer gestürzt war. Fragende Blicke richteten sich auf Ferrio und die übrigen Kardinäle, aber diese waren ebenso überrascht und ratlos wie alle anderen. Enrico schaute zu seinem Vater und zu Custos. Letzterer war in die Knie gegangen, als habe ihn eine ungeheure Anstrengung niedergedrückt. Er atmete heftig und starrte unverwandt auf den See. Tomás Salvati stand aufrecht, aber auch er wirkte mitgenommen. Enrico brauchte die beiden nicht zu fragen, ob sie den Dämon ebenfalls gesehen hatten. Er wusste, dass es so war. Vermutlich hatten nur die drei Engelssöhne ihn sehen können, und das war auch besser so, denn vermutlich konnten auch nur sie seinen Anblick ertragen.

Alexander und Elena hatten das Durcheinander genutzt, um sich zu Enrico und den beiden Päpsten zu flüchten. Die Wachen, über die unerwartete Wendung ebenso perplex wie alle anderen, hatten sie laufen lassen.

»Warum hat Vanessa das getan?«, fragte Elena.

»Sie tat es für uns alle«, antwortete Enrico leise, und seine Stimme zitterte. »Und es war eine Wiedergutmachung.« In knappen Worten berichtete er von Vanessas Verrat.

Plötzlich bebte der Boden unter ihnen. Viele Personen verloren den Halt und fielen hin. Custos wäre in den See gestürzt, hätten Enrico und sein Vater ihn nicht festgehalten. Von der hohen Felsendecke lösten sich kleine und größere Gesteinsbrocken, klatschten in den See oder krachten zwischen die verwirrten Menschen. Die Entsetzensschreie der Verletzten hallten durch den riesigen Felsendom.

Custos rappelte sich auf und wandte sich an Ferrio: »Die ganze Höhle hier stürzt ein! Wir müssen so schnell wie möglich aus dem Berg raus, sonst sind wir alle verloren!«

Ferrio blickte zögernd von Custos auf den See und wieder zurück zum Papst. Er wirkte, als schien er überhaupt nicht zu verstehen, was Custos sagte und was um ihn herum vorging. Der Schock über Lavagninos Tod musste tief sitzen.

»Lavagnino wird nicht zurückkommen, und Sie werden niemals über die gefallenen Engel gebieten!«, herrschte der Papst ihn an. »Ihr Spiel ist aus, begreifen Sie das nicht? Wollen Sie den Tod von all diesen Menschen?«

Ferrio schüttelte den Kopf und schien aus seiner geistigen Paralyse zu erwachen. »Ich zeige Ihnen den Weg nach draußen!«

Immer wieder erbebte der Boden, fielen kleinere und größere Felsstücke herab. Stoß um Stoß erschütterte das Felsgestein, als wollten die Gefallenen gegen den Abbruch der Zeremonie protestieren, die ihnen die Befreiung aus dem Kerker versprochen hatte. Vielleicht wollten sie die Menschen bestrafen, von denen sie sich im Stich gelassen fühlten. Enrico fragte sich, ob es vor zweitausend Jahren in den Bergen von Borgo San Pietro ähnlich gewesen war, als die alte Etruskerstadt mitsamt dem Heiligtum unterging.

Viele der Flüchtenden wurden von dem Felsregen getroffen, schrien auf und sanken verletzt zu Boden. Hässliche Szenen spielten sich ab, als die Fliehenden versuchten, sich in Sicherheit zu bringen. Die meisten von ihnen hatten angesichts der unmittelbaren Lebensgefahr jede christliche Nächstenliebe vergessen. Sie stießen einander beiseite, und wer zu Boden fiel, wurde von den anderen einfach überrannt.

In den Pulk der Dahinstürzenden eingequetscht, musste Enrico hilflos mit ansehen, wie ein zehnjähriger Junge, einer der Messdiener, zu Tode getrampelt wurde. Binnen Sekunden verwandelte sich der Kopf des Jungen in eine breiige Masse aus Knochensplittern, Blut und Gehirn. Mitgerissen von den anderen, verlor er das Kind aus den Augen. Er konnte sich nur damit trösten, dass für den Jungen jede Hilfe zu spät gekommen wäre.

Mehrmals kamen sie zu Abzweigungen, und Enrico glaubte, die Flucht würde kein Ende nehmen. Er versuchte, in der Nähe seiner Freunde zu bleiben. Aber erst verlor er Alexander und Elena aus den Augen, dann auch seinen Vater und Custos. Stehen zu bleiben, zu warten und zu suchen – das alles war unmöglich. Die Menge drängte weiter, und er war ein Teil von ihr. Die elektrische Beleuchtung fiel aus, und für kurze Zeit drängten sich die Menschen in völliger Finsternis. Vereinzelt leuchteten Taschenlampen auf, und in deren unstetem Licht wurde die Flucht fortgesetzt.

Endlich, nach zwanzig oder dreißig Minuten tauchte vor ihnen ein Licht auf, das größer und heller wurde. Tageslicht, das mit Jubelrufen begrüßt wurde. Die Menschen liefen ins Freie und ließen sich dort erschöpft ins Gras fallen. Als Enrico unter freiem Himmel stand, blickte er sich besorgt zum Berg um. Einzelne Steine kamen einen Abhang herabgerollt.

»Die Gefahr ist noch nicht vorüber!«, rief er. »Wir sollten weiterlaufen, so schnell es geht. Wenn wir Pech haben, stürzt der ganze Berg ein!«

In seiner Nähe stand einer der Kardinäle. Er hatte Enricos Warnung gehört und ermahnte die Menschen ebenfalls, nicht so nah am Berg zu verharren. Wieder setzte sich die Menge in Bewegung, aber diesmal nicht so dicht gedrängt. Enrico konnte innehalten und sich umsehen. Er entdeckte Alexander und Elena und ein Stück hinter ihnen auch Custos. Nur sein Vater schien verschwunden zu sein. Enricos Herz klopfte schneller, und er wollte schon zum Ausgang des Höhlensystems zurücklaufen, da taumelte Tomás Salvati ans Tageslicht. Er hatte eine erschöpfte Frau untergehakt, die aus einer Stirnwunde blutete. Enrico eilte zu ihnen und stützte die Frau an der anderen Seite. Sie gehörten zu den Letzten, die von dem etwa zwei mal zwei Meter großen Felsloch wegstrebten.

Gerade noch rechtzeitig. Hinter ihnen krachte Stein um Stein hernieder. Ein heftiges Erdbeben warf Enrico, seinen Vater und die Frau zu Boden. Ein Krachen, lauter als jeder Gewitterdonner, schlug gegen ihre Trommelfelle. Sekunden später um-

hüllte sie eine dichte Staubwolke, raubte ihnen die Sicht und den Atem.
Als der Staub sich verzog, hatte auch das Beben der Erde aufgehört. Enrico wischte mit dem Handrücken über seine staubverklebten Augen und sah, dass das Felsloch unter einem großen Geröllhaufen verschüttet war. Sein Vater hustete und blickte ebenfalls zu den herabgefallenen Felsbrocken, die den Höhleneingang versperrten – er sah zufrieden aus.

Epilog

Der Monte Cervialto war nicht eingestürzt, und am Golf von Neapel war es auch zu keinem zweiten schweren Erdbeben gekommen. Aber der Eingang zum alten Heiligtum der Etrusker lag hinter der Steinlawine verschüttet. Papst Custos und Tomás Salvati wollten alles dafür tun, dass dieser Eingang für alle Zeiten verschlossen blieb. Wahrscheinlich war es Custos' Einsatz zu verdanken, dass das betreffende Gebiet am Monte Cervialto schon einen Tag später zur militärischen Sperrzone erklärt wurde.

»Wir sind dem Engelsfluch nur knapp entronnen«, sagte Salvati zu Enrico. »Und wir sollten alles dafür tun, dass die Gefahr nicht ein zweites Mal heraufbeschworen wird!«

Die Rückkehr des totgeglaubten Papstes sorgte für einen Riesenwirbel in den Medien, weltweit, aber natürlich besonders in Italien. Elena und Alexander schrieben für den »Messaggero di Roma« eine täglich erscheinende Serie über ihre Erlebnisse, in der sie allerdings nur einen Teil der Wahrheit offen legten. Jeder Hinweis auf den Engelssee und sein Geheimnis fehlte, so hatten sie es dem Papst versprochen. In der Öffentlichkeit wurde Renzo Lavagnino als eiskalter Machtmensch dargestellt, der über Leichen gegangen war, um einen Putsch im Vatikan anzuzetteln und sich letztlich selbst an die Spitze der Kirche zu setzen. Das beschrieb wohl einen Teil seines Charakters, fand Enrico, aber jeder Hinweis auf den noch gefährlicheren Teil, auf Lavagninos bedingungslosen Glauben an die Engelsmacht, fehlte.

Ein zweites Mal in diesem Jahr wurde der Vatikan einer gründlichen Säuberung unterzogen, und Custos hoffte, diesmal wirklich alle Anhänger von *Totus Tuus* entfernt zu haben. Aber noch war die Kirche gespalten, und die Welt rätselte, wie es weitergehen würde.

Eine gute Woche nach den Ereignissen am Engelssee wollte Papst Custos laut einer Ankündigung des Vatikans beim sonntäglichen Angelusgebet eine wichtige Mitteilung über die Zukunft der Kirche machen. Genaueres war nicht bekannt, außer dass Custos in den letzten Tagen intensive Gespräche mit Tomás Salvati geführt hatte. Medienvertreter aus aller Welt hatten sich an diesem sonnigen Oktobertag auf dem Petersplatz versammelt und warteten neben Tausenden von Gläubigen auf das Erscheinen des Papstes. Auch Enrico war gekommen und hatte dank Elena und Alexander einen Platz auf der Pressetribüne gefunden.

Endlich wurde die Tür des Balkons geöffnet, und Custos trat vor die Menschen. Zu deren Erstaunen war er nicht allein. Neben ihm stand ein zweiter Mann im weißen Gewand des Heiligen Vaters: Tomás Salvati, der Gegenpapst.

Ein erstauntes Raunen ging durch die Menge und konnte nur durch eine beschwichtigende Geste des Papstes eingedämmt werden. Dann sprachen er und Salvati gleichsam mit einer Stimme das Vaterunser. Am Ende des gemeinsamen Gebets bekreuzigten sie sich, und die meisten Menschen taten es ihnen nach.

»Unser allmächtiger Herrgott und sein Sohn Jesus Christus haben uns zur Eintracht und zur Vergebung ermahnt«, begann Custos seine Ansprache. »Das Gebot zum einträchtigen Miteinander hat die Kirche in jüngster Zeit wahrlich nicht befolgt. Ihr widerfuhr das größte nur erdenkliche Unglück, die Spaltung. Jetzt haben wir zwei Kirchen, und auch die Gläubigen sind in zwei Parteien zerfallen, von denen jede fest daran glaubt, den richtigen Weg zu beschreiten. Aber was heißt das? Unterliegt die Hälfte unserer Gläubigen einem gewaltigen Irrtum? Ich glaube, die Wahrheit liegt in der Mitte. Wir alle irren uns und haben auch wieder Recht. Ich habe mit den Reformen der Kirche vielleicht, nur um schnell voranzukommen, auch manches über Bord geworfen, was gut und richtig war. Die *Heilige Kirche des Wahren Glaubens* wiederum hat sich meinen Reformen so radikal versagt, dass sie gleichfalls mit dem Falschen auch das Rechte verbannte. Obwohl viel von der Unfehlbarkeit des Papstes gesprochen wird, bin ich doch nur ein Mensch und mache Fehler wie ihr alle. Wenn einer allein über das Schicksal einer so großen Schar von Gläubigen gebietet, können Ungerechtigkeiten und Fehler nicht ausbleiben. Um das in Zukunft auszuschließen, habe ich meinen Bruder im Glauben, Lucius IV., gebeten, seine Gläubigen in den Schoß unserer Kirche zurückzuführen und fortan gleichberechtigt mit mir auf dem Stuhl Petri zu sitzen.« Custos wandte sich an den anderen Papst. »Ich vergebe dir alle Schuld, die du auf dich geladen hast, Bruder, und bitte auch dich um Vergebung.«

Die staunende Öffentlichkeit hing an den Lippen von Tomás Salvati – von Lucius IV., als dieser erwiderte: »Ich danke dir für deine Gnade, Bruder Custos, und ich vergebe dir. Mögen die Gläubigen und unsere Kirchen wieder vereint sein im Glauben, so wie wir es sind!«

Sie umarmten sich lang und herzlich, und unter ihnen auf dem Petersplatz brach frenetischer Jubel aus.

»Das ist eine Bombe!«, sagte Elena auf der Pressetribüne und musste sich anstrengen, um die Hochrufe und das Klatschen zu übertönen. »Eine wiedervereinigte Kirche mit zwei gleichberechtigten Päpsten an der Spitze, so etwas hat es noch nie gegeben!«

»Vielleicht die größte Reform, die Custos jemals durchgeführt hat«, meinte Alexander.
Enrico sagte nichts, sondern sah nur lächelnd zu dem Balkon hinauf, auf dem Custos und Lucius Arm in Arm standen.
Elena knuffte ihn in die Seite. »Du hast davon gewusst! Gib es zu!«
»Gewusst nicht gerade.« Enrico grinste. »Aber die eine oder andere Andeutung meines Vaters hat mich so etwas ahnen lassen.«
»Es hat halt seine Vorteile, einen Papst zum Vater zu haben«, sagte Elena. »Wir sollten im engen Kontakt bleiben, Enrico, du bist für jeden Vatikanisten eine hervorragende Quelle! Aber leider wird das wohl nicht gehen. Wie ich von Alex hörte, fliegst du morgen nach Deutschland zurück.« In ihrem letzten Satz schwang ehrliches Bedauern mit.
»Das muss nicht sein«, mischte Alexander sich ein. »Ich habe gestern etwas Interessantes von Stelvio Donati erfahren. Im Zuge der europäischen Zusammenarbeit bei der Kriminalitätsbekämpfung soll in Rom eine internationale Fahndungs- und Koordinationsstelle für Kapitalverbrechen eingerichtet werden. Da sucht man nicht nur Polizisten, sondern auch Juristen aus der ganzen EU. Donati meint, unser Freund Enrico wäre eine echte Bereicherung für diesen Verein.« Er blinzelte Enrico zu. »Eine Bewerbung von dir hätte gute Chancen auf Erfolg. Donati soll nämlich Leiter der neuen Behörde werden.«
Enrico sah ihn dankbar an. Alexander war für ihn nicht länger der Rivale, sondern ein guter Freund. Obwohl sie sich noch nicht lange kannten, hatten sie die gemeinsam überstandenen Gefahren zusammengeschweißt. Und wohl auch die gemeinsame Sorge um Elena.
»Schön, dass ich hier willkommen bin«, sagte Enrico mit einem leisen Lächeln. »Vielleicht werde ich auf das Angebot zurückkommen, eines Tages. Natürlich nur, wenn Commissario Donati und die EU mich dann noch haben wollen.«

»Und in der Zwischenzeit, Enrico?«, fragte Elena mit ernstem Unterton.

»Ehrlich gesagt, so genau weiß ich das selbst nicht. Nach allem, was ich in den letzten Wochen erlebt und erfahren habe, muss ich erst einmal zu mir selber finden. Einen Papst zum Vater zu haben ist schon erstaunlich genug. Aber darüber hinaus noch zu erfahren, dass ich ein Abkömmling jener Wesen bin, die wir Engel nennen …«

Enrico sprach den Satz nicht zu Ende, musste es auch nicht tun. Elena und Alexander konnten auch so ermessen, was ihn bewegte.

Die vergangenen Wochen waren überaus turbulent gewesen. Enrico war auch nicht ansatzweise dazu gekommen, die neuen Erfahrungen und Erkenntnisse zu verarbeiten. Er wusste zu diesem Zeitpunkt nicht einmal, wie er das anstellen sollte. Eins aber war sicher: Er würde viel Zeit zum Nachdenken benötigen und zum Lesen. Bücher über die Etrusker, über die Engel, über Jesus und über das Christentum. Er würde noch einmal studieren, aber diesmal nicht für ein Staatsexamen, nicht für eine berufliche Karriere, sondern für sich selbst.

Und er musste über Vanessa nachdenken, über das Opfer, das sie gebracht hatte. Noch immer fühlte er sich schuldig an ihrem Tod. Hätte er ihr, nachdem er von ihrem Verrat erfahren hatte, nicht so ablehnend gegenübergestanden, hätte sie sich vielleicht nicht mit Lavagnino in den See gestürzt. Aber wäre dann der Engelsfluch über die Welt gekommen? Enrico fand es unsagbar schwer, das Für und Wider abzuwägen, wenn es um den Tod eines Menschen ging – eines geliebten Menschen. Jetzt, nachdem es zu spät war, wusste er, dass er Vanessa verziehen hätte. Und er sehnte sich nach dem Unmöglichen, nach der Gelegenheit, es ihr zu sagen. Es würde lange dauern, bis er wegen Vanessa mit sich ins Reine kam.

Elena musste seine düsteren Gedanken erahnt haben. Sie berührte ihn sanft an der Schulter und schenkte ihm ein bezauberndes Lächeln. »Wie immer deine Pläne auch aussehen mögen, Enrico, hier in Rom wird stets ein Platz für dich sein. Alex und ich freuen uns jetzt schon auf unser Wiedersehen.«

»Ich mich auch«, sagte Enrico. Sein Blick wanderte von Elena hinauf zu dem Balkon mit den beiden Päpsten. »Es tut gut, zu wissen, dass man nicht allein ist.«

Nachbemerkung des Autors

In meinem früheren Roman »Der Engelspapst« habe ich den historischen Mord am Kommandanten der päpstlichen Schweizergarde und seiner Frau zum Anknüpfungspunkt für eine fiktive Geschichte genommen, die neben der erfundenen Handlung, so hoffe ich, auch ein paar erhellende Einblicke in die Machtstrukturen des Vatikans bietet. Inzwischen hat die Mutter des angeblichen Mörders, der sich – auch angeblich – nach der Tat selbst gerichtet hat, durch ihre Anwälte zu beweisen versucht, dass alle drei Toten das Opfer eines Komplotts wurden, in das diverse Geheimorganisationen, von erzchristlichen Orden bis hin zur ehemaligen Stasi, verwickelt sein sollen. Alles deutet auf die Richtigkeit dieser Vorwürfe hin und läuft damit in dieselbe Richtung wie die Erklärung in meinem Roman, der den Geheimorden *Totus Tuus* für die Morde verantwortlich zeichnen lässt.

In diesem Zusammenhang möchte ich betonen, dass jener Geheimorden, der auch im vorliegenden Buch eine Rolle spielt, eine Erfindung des Autors ist. Tatsächliche Organisationen, die sich dieses Namens bedienen, sind mit dem Orden meiner Romane weder gemeint, noch sind Ähnlichkeiten beabsichtigt. Gleiches gilt für alle anderen Namen und Bezeichnungen in meinen Romanen »Der Engelspapst« und »Der Engelsfluch«.

Vermutlich drängt sich den Lesern die Frage auf, inwiefern »Der Engelsfluch« eine Fortsetzung zum ersten Buch darstellt. Zwar treten viele Charaktere aus dem »Engelspapst« auch im »Engelsfluch« auf, aber die Handlung im zweiten Roman ist eine völlig neue und auch ohne Kenntnis des ersten Romans zu verstehen. Beschäftigt hat mich die Frage, wie die katholische Kirche und die Christenheit mit einem Papst umgehen, der seine Abstammung einerseits auf Jesus zurückführt, der andererseits aber radikale Reformen anstrebt, um die Kirche für das neue Jahrtausend fit zu machen. Das Ergebnis der Überlegungen ist jene Kirchenspaltung, die am Anfang dieses Romans steht.

An dieser Stelle näher auf die faszinierende und geheimnisvolle Kultur der Etrusker einzugehen würde den Rahmen des Buches sprengen. Literatur zu diesem Thema finden alle Interessierten in jeder guten Buchhandlung. Auch D. H. Lawrence hat seine Reiseeindrücke betreffend das Erbe der Etrusker niedergeschrieben, die später zu einem Buch über »Etruskische Orte« zusammengestellt wurden. Beeindruckender ist natürlich die Reise zu diesen Orten selbst, wie ich dank guter Freunde feststellen durfte. Mit ihnen die etruskischen Totenstätten von Cerveteri und Tarquinia zu besuchen war nicht nur eine interessante Erfahrung, sondern eine wahre Lust, die Vergangenheit lebendig werden ließ. Wer sich vor Ort mit den etruskischen Hinterlassenschaften befasst, wird staunend feststellen, wie oft auf Bildnissen oder als Skulpturen die geflügelten Wesen – wir nennen sie Engel – auftauchen.

Eine kleine touristische Anmerkung noch zum Schluss. Ich möchte alle Toskanareisenden ermuntern, neben den Touristenattraktionen wie Florenz und Pisa auch dem kleinen Pescia einen Besuch zu gönnen, das eine reizende Piazza und interessante Kirchen aufzuweisen hat. Außerdem erheben sich hinter der Stadt die zerklüfteten Berge, von dem Schweizer Historiker Carlo Sismondi im neunzehnten Jahrhundert »Pesciatiner

Schweiz« getauft, mit ein paar wirklich abgelegenen Dörfern. Auch wenn man Borgo San Pietro dort nicht finden sollte, sind der Entdeckerlust kaum Grenzen gesetzt. Einen guten Stützpunkt für solche Erkundungstouren bietet das Hotel »San Lorenzo«, am Übergang zwischen der Stadt und den Bergen gelegen. Aber Vorsicht, die Straßen sind wirklich sehr schmal.

Jörg Kastner
www.kastners-welten.de

Jörg Kastner

Der Engelspapst

Roman

Entsetzen lastet auf den Dächern und Kuppeln der Ewigen Stadt. Ein mysteriöses Verbrechen ist geschehen.

Zusammen mit der jungen römischen Journalistin Elena sucht der Schweizergardist Alexander Rosin einen Mord aufzuklären, dessen Motive offenbar weit in das uralte Labyrinth der Kirche zurückreichen.

Ein sagenumwobener Smaragd führt die beiden auf die Spur eines jahrhundertealten Komplotts, bei dem die Zukunft der Kirche auf dem Spiel steht.

Knaur Taschenbuch

Wolfram Fleischhauer
Das buch in dem die Welt verschwand

Roman

Man schreibt das Jahr 1780. Große Ideen durchziehen das Land. Mystische Zirkel und Geheimbünde blühen allerorten.

In der fränkischen Grafschaft Alldorf ist es zu merkwürdigen Todesfällen gekommen, und der junge Arzt Nicolai Röschlaub soll bei der Aufklärung helfen. Ist ein bislang unbekanntes Gift im Umlauf? Bahnt sich eine Verschwörung an?

Je tiefer Nicolai dringt, desto unheimlicher wird ihm der Fall. Mit der jungen Frau, die er liebt, flieht er an die äußersten Grenzen des Reiches – und macht eine Entdeckung, die seine Vorstellungskraft sprengt …

Droemer